Karl-May-Weltkarte, Amerika
Die Ziffern bezeichnen die Handlungsorte der Karl-May-Bände 1-70
W
90
60
30
35 19 24 48 38 23 9 8 36 15 19 38 37 23 22 26 35 61 62 70 48 7 9 14 62 33 46 20 21 8 51 55 19
0
26
13 39
12
53

KARL MAY'S GESAMMELTE WERKE

BAND 44

DER WALDSCHWARZE

KARL-MAY-VERLAG BAMBERG

DER WALDSCHWARZE

UND ANDERE ERZÄHLUNGEN

VON

KARL MAY

189. TAUSEND

KARL-MAY-VERLAG BAMBERG

INHALT

Herausgegeben von Roland Schmid

Satz und Druck: St. Otto-Verlag, Bamberg
ISBN 3-7802-0044-9

DER DUKATENHOF

Der Köpfle-Franz

Die steile Bergstraße hinauf schob sich mit langsamen, schildkrötenartigen Bewegungen eine solch eigentümliche Figur, daß ein Unbekannter sie von weitem wohl kaum für ein menschliches Wesen gehalten hätte. In der Nähe aber erkannte man die seltsame Gestalt als einen Mann, der sich mühsam mit den Händen fortschieben mußte, weil ihm die Beine gänzlich fehlten.

Der mit einer alten, vielfach ausgebesserten Jacke bekleidete Körper war durch Riemen in einem aus starkem Holz gefertigten Rollkasten befestigt. Den nach vorn tief niedergebeugten Kopf bedeckte ein ungewöhnlich breitkrempiger Filzhut, dessen ursprüngliche Form und Farbe wohl schon seit Jahren in Sturm und Regen verlorengegangen war; über dem Rücken hing ein umfangreicher, schmutziger Leinwandsack, jedenfalls bestimmt zur Aufnahme von allerhand Geschenken, denn das ganze Äußere des Unglücklichen ließ vermuten, daß er zu denjenigen Beklagenswerten gehörte, die mit der Befriedigung ihrer Bedürfnisse lediglich auf die Mildtätigkeit ihrer Mitmenschen angewiesen sind. Und diese Mildtätigkeit schien sich im vorliegenden Fall als fruchtbar erwiesen zu haben; der Sack war trotz seiner Größe wohlgefüllt, und seine Schwere veranlaßte den Träger, öfter auszuruhen, als es trotz seiner Gebrechlichkeit sonst wohl der Fall gewesen wäre. Nach langer Anstrengung endlich oben auf der Höhe angekommen, hielt er tief atmend still und ließ den Blick hinab in das jenseitige Tal gleiten, in dem sich eins jener armen Gebirgsdörfer hinzog, deren Bewohner meist nur durch die schwachen Fäden einer wenig lohnenden Industrie mit der Außenwelt in Verbindung stehen. Diese Abgeschlossenheit übt einen unleugbaren Einfluß auf alle ihre äußeren und inneren Verhältnisse und erhält dadurch eine Urwüchsigkeit, die unter der dichter gesäten Bevölkerung des platten Landes sehr bald verlorengeht.

Vor ihm, da, wo die Straße sich wieder abwärts neigte, stand ein ziemlich neues, zweistöckiges Gebäude, über dessen Eingangstür in goldenen Lettern die Inschrift „Zur Bergschenke" erglänzte. Vor dem Haus hielt ein leichter Wagen, und aus dem Innern tönte ein mehrstimmiges, schallendes Gelächter durch die geöffneten Fenster. Der Ermüdete schien die Stimmen zu kennen; er erhob bei ihrem Klang lauschend den Kopf, und nun waren seine bisher unter der breiten Kopfbedeckung verborgenen Züge zu erkennen — Züge, wie man sie unter dem alten Hut gar nicht erwartet hätte, so wenig zu seiner übrigen Erscheinung passend, so intelligent, hätte man fast sagen können, wenn nicht ein rätselhaftes Etwas in dem Gesicht, ein eigentümliches gebrochenes Licht des großen, dunklen Auges dieser Bezeichnung widersprochen hätte.

„Aha, der Baron und der Zettelkramer! Ganz gewiß wollen die hinunter zum —" Er drängte den Namen, den auszusprechen er schon im Begriff gestanden hatte, wieder zurück. Der unterbrochene Gedankengang hatte schlummernde Geister in ihm erweckt; sein Auge loderte plötzlich in wildem Feuer; seine Hände erhoben wie drohend die Stemmhölzer, mit deren Hilfe er sich fortgeschoben hatte, und jenes unbestimmbare Etwas zuckte jetzt gehässig über das vorhin so ruhige und unbewegte Angesicht. „Nur zu, nur zu, nur immer zu! Ihr seid zwar Spitzbuben, das weiß ich; ihr vernichtet die Güter, saugt die Bauern aus und bringt ehrliche Leute mit euren Zetteln um Habe und Eigentum, arbeitet mir aber in die Hände, und darum hab ich alleweil Freude, wenn ich euch zu sehn bekomme."

Er rollte sich die kurze Strecke bis zur Schenke weiter. Bei dem Fuhrwerk hielt er überrascht an. „Was?! Das ist ja dem — — na, dem sein Brauner, der ihm hundertzwanzig Dukaten bar gekostet hat! Wie kommt der Gaul zum Baron? Da hat es wieder mal eine Wette gegeben oder ein kleines Spielchen bei verschloßner Tür. Nur zu, nur immer zu, denn so ist's mir grad recht! Ihr würgt ihn langsam ab, und ich geb ihm den Gnadenstoß. Ich hab noch niemand was zuleid getan, aber für den gibt's keine Gnade und kein Erbarmen; für den gibt's auch kein Mitleid und keine Barmherzigkeit, denn er ist mein Teufel gewesen, so lange und so weit ich zurückdenken kann. Jetzt werde ich hineinfahren zu den beiden. Ich will mal sehn, wie sie mich wieder verschimpfieren werden."

Er schob sich in den Flur des Hauses, und von da durch die nur angelehnte Tür in die Gaststube hinein.

Da saßen drei Männer, die des Betrachtens wohl wert waren. Der erste war der Wirt, eine untersetzte, behäbige Gestalt, dessen Gesichtszüge einen nicht üblen Eindruck gemacht hätten, wenn sie nicht durch den Ausdruck der List und Verschlagenheit sozusagen verunziert worden wären. Er qualmte aus einer Meerschaumpfeife mit einem mächtigen Kopf. Der zweite war ein kleines, dürftiges Männchen mit einem abstoßenden Sperbergesicht und einem blauglasigen Zwicker auf der Nase. Der dritte, von breit und hoch gebauter, beinahe hünenhafter Figur, hatte einen großen, eckigen Kopf mit einem Gesicht, als wäre es mit dem Beil aus Holz roh zugehackt worden.

Als dieser letztere den Ankommenden bemerkte, schlug er ein widerwärtiges, schallendes Gelächter an und rief: „Alle Teufel, was ist denn das für eine armselige Mißgeburt, die es da wagt, sich uns vor die Augen zu schieben? So etwas hab ich, bei meiner Seel, noch niemals gesehn!"

„Ja", meinte der Kleine, „solche Geschöpfe sollten von der Polizei angehalten werden, andern Leuten fernzubleiben!"

„Laßt's gut sein, ihr Herrn!" sagte der Wirt in beschwichtigendem Ton. „Es ist der Köpfle-Franz, ein gar nicht schiefer Kerl."

Der Unglückliche hatte diese Worte über sich ergehen lassen, ohne mit der Wimper zu zucken. Jetzt fragte der Lange:

„Ein wunderbarer Name: der Köpfle-Franz. Wie kommt der Mensch dazu?"

„Er hat ihn wegen einer ihm eignen Geschicklichkeit", antwortete der Wirt. „Der Franz ist ein Zeichner, der sich sehn lassen darf. Wenn man vor ihm steht, und er nimmt den Stift in die Hand, so ist er halt der wahre Künstler. Keiner bringt die Köpfe so sauber, so gut und richtig, wie er. Er zeichnet nichts als Köpfe, und wenn er einen abmalt, so ist man getroffen, grad wie man leibt und lebt. Darum heißt er eben der Köpfle-Franz."

„Das machst du mir nicht weis! Wenn er das fertig brächte, so ständ es besser mit ihm."

„Sie glauben's nicht? So werd ich's Ihnen beweisen. Franz, willst du mich abzeichnen, so wie ich jetzt hier sitze, mit der Tabakspfeife im Mund? Du sollst ein gutes Bier bekommen und noch fünf Groschen darauf."

„Warum denn nicht? Das Bier soll mir recht sein, denn ich hab grad den richtigen Durst, und das Geld ist alleweil am notwendigsten zu brauchen. Bleib sitzen; ich werd gleich fertig sein!" antwortete der Krüppel.

Er schob sich an den nächsten Stuhl, nahm den Sack vom Rücken, öffnete ihn und zog eine sorgfältig eingewickelte Papierrolle hervor. Sie enthielt sein Zeichenmaterial. Der Wirt richtete sich erwartungsvoll auf, brachte die neue Meerschaumpfeife in das gehörige Licht, und kaum waren einige Minuten vergangen, so hielt er die fertige Bleistiftskizze in der Hand.

„Franz", rief er befriedigt, „so gut wie heut hast du mich noch niemals getroffen! Hier sind die fünf Groschen, und von wegen dem Bier, da sollst du zwei Seidel haben statt nur eins!"

„Zeig her, Bergwirt", meinte der Kleine. „Wenn er heut wirklich so eine gute Hand hat, so soll er mich auch abmalen. Wahrhaftig, besser bringt's der größte Künstler nicht zuwege! Guck her, Baron! Franz, willst du auch meinen Kopf zeichnen?"

„Meinetwegen, wenn's dem Herrn Bankier recht ist! Hab grad noch zwei Papiere, für Sie und den Herrn Baron eins!"

„Gut", entschied dieser. „Ich seh, daß du kein dummer Kerl bist. Sollst mich also auch mal zeichnen, und wenn ich mit dir zufrieden bin, so bekommst du einen ganzen Taler."

Er hatte erwartet, daß dieses Gebot den armen Teufel in Staunen versetzen werde; dieser aber nahm mit der gleichgültigsten Miene den Bleistift wieder zur Hand und führte ihn mit einer Sicherheit über die Blätter, als handle es sich um die allereinfachste Strichübung. Als die Köpfe ihre Schattierung erhalten hatten, übergab er sie den beiden Männern.

„So! Die Gesichter sind getroffen", sagte er. „Wenn man solche Herren zu Papier bringt, muß man sich schon mehr Mühe geben als bei gewöhnlichen Leuten."

Die Arbeit war sehr gut gelungen; der Baron gab ihm den versprochenen Taler, und auch der „Bankier" entschloß sich zu einer gleichen Zahlung.

„Kannst's immer nehmen, Franz", ermunterte er; „wir sind ja Leute, die es haben! Nicht wahr, Bergwirt?"

Der Gefragte nickte zustimmend und klopfte dabei mit einem verschmitzten Lächeln an seine eigene Tasche.

„Das wollte ich meinen! Wir haben wohl alle drei

nicht nötig, mit dem Pfennig zu fuchsen, denn so lange es in der Welt noch Dumme gibt, braucht kein Gescheiter für's bißchen Münze zu sorgen!"

„Hast recht", lachte der Riese. „Und die Dummen werden ja niemals alle; wenn es mit einem zu Ende geht, so kommt dafür ein ganzer Güterzug voll anderer wieder an. Heut wird hier bei euch ein Gänsrich gerupft!"

„Kann mir's denken, wer es ist. Hab ja auch schon genug Federn von ihm. Aber die schönste Feder, die er gelassen hat, war doch der Braune draußen."

„Ja, ja, Alter, das war ein Meisterstück von uns dreien. Halt nur dein Hinterstübchen immer bereit; gib unsre Karten nicht an andre Leut. Weißt du vielleicht, wer alles zum Dukatenhof geladen ist?"

„Die ganze Nachbarschaft. Die Kleinen bleiben unten in der Stube, und die paar Großen kommen hinauf ins gute Zimmer. Geld gibt's da oben mehr als genug. Heut abend komm ich auch hin; beim Begräbnis freilich kann ich nicht mit sein, weil die Wirtin drunten ist."

„Da kommst du natürlich hinauf zu uns! Wir legen eine kleine Bank, und du — na, du wirst ja sehn, wie es paßt; der Dukatengraf kann dir deinen Stall auch mit bauen helfen."

Der Köpfle-Franz schien wenig oder gar nicht auf diese Reden zu achten. Er hatte sein Geld eingesteckt, sein Bier getrunken und griff eben nach seinem Sack, um sich zu verabschieden, als sich vom Tal her das Geläute von Glocken vernehmen ließ.

„Was?" rief der „Baron" erstaunt. „Schon so weit? Da haben wir über der Malerei die Leiche ganz vergessen und können uns nun sputen, wenn wir den Zug noch sehn wollen. Vorwärts, Kollege!"

Der Kleine setzte den blauen Zwicker fest auf und erhob sich.

„Als ob ein Leichenzug so ganz was grausam Sehenswertes wäre!" meinte Franz gleichgültig. „Meinetwegen mag sterben, wer da will, ich lauf keinem nach. Wer wird denn hinausgetragen?"

„Das ist's ja eben, was ich dir sagen wollte", antwortete der Wirt, der sich anschickte, die beiden Gäste an den Wagen zu begleiten. „Ich habe es nur über den Bildern ganz und gar vergessen. Die Dukatenbäurin ist tot; sie hat vor ihrem Ende gar viel nach dir gefragt und fast gar nicht sterben können, weil du nicht dagewesen bist."

Er verließ das Zimmer und bemerkte deshalb die überraschende Wirkung nicht, die seine Worte auf den Frager ausübten. Dieser starrte mit dem Ausdruck des höchsten Schreckens im erbleichten Angesicht und mit weit aufgerissenen Augen nach der Stelle, wo der Berichterstatter gestanden hatte; kein Glied seines Körpers regte sich; keine Miene bewegte sich; er schien bei der Kunde von dem Tod der Dukatenbäurin selbst zur Leiche geworden zu sein. So blieb er eine ganze Weile wie leblos auf demselben Fleck, bis sich endlich die furchtbare Beklemmung mit einem tiefen, röchelnden Atemzug aus der zusammengepreßten Brust rang:

„Die Anna ist tot — der Anna läuten sie — die Anna wollen sie begraben? Nein, nein, die Anna ist nicht tot, die Anna kann nimmer sterben, die Anna darf nicht begraben werden! Ich leid es nicht, daß ihr sie einscharrt, ich leid es nicht! Fort, fort — — ich will sie sehn; ich muß sie festhalten; ihr dürft sie mir nicht nehmen!"

Der Schreck war verschwunden, dafür aber eine Angst über ihn gekommen, die alle seine Nerven und Sehnen anspannte und ihm den hellen Schweiß aus den Poren trieb, noch eh seine Glieder zu irgendeiner Anstrengung gelangt waren. Er warf sich den Sack über die Schultern, griff zu den beiden Stemmhölzern und arbeitete sich mit einer Geschwindigkeit hinaus auf die Straße, um die ein vollständig Gesunder ihn hätte beneiden können; dann ging es, ohne auf die Zurufe des Wirts zu hören, in fliegender Hast an diesem vorüber und die Straße hinab, auf der das Geschirr des Barons in kurzem Trab bereits dahinrollte.

Man konnte von der Höhe den Zug deutlich beobachten, der sich von dem unteren Ende des Dorfes nach dem in dessen Mitte befindlichen Kirchhof bewegte. Zur Beobachtung der Einzelheiten allerdings hätte man sich in größerer Nähe befinden müssen, und da gab es nicht bloß zu sehen, sondern auch zu hören; gar manches bedeutsame Wort flog unter den Leuten, die sich zu beiden Seiten des Wegs, den das Trauergeleit einschlagen mußte, aufgestellt hatten, hin und zurück.

Allen voran wurde nach schöner, alter Sitte das mit schwarzem Flor umhangene Kreuz getragen, hinter dem in einzelnen Paaren die männliche Schuljugend folgte, begleitet von den Lehrern und dem Ortsgeistlichen. Dann kam der reich mit Kränzen und Girlanden geschmückte, von acht Männern getragene Sarg, dem sich nach den nächsten Verwandten der Verstorbenen eine lange Reihe von Bekannten anschloß. Natürlich richtete sich die Aufmerksamkeit der Zuschauer vor allen Dingen auf die Hinterlassenen der Toten. Es waren dies nur zwei Personen, die nebeneinander gingen, der Dukatenbauer und seine Tochter.

Der erstere mußte schon durch seine äußere Erscheinung auffallen. Es war ein hoch und kräftig gebauter Mann im Ausgang der fünfziger Jahre; seine ganze Haltung zeigte den selbstbewußten, unlenksamen Charakter, durch den er selbst über den häuslichen Kreis hinaus gefürchtet und — gemieden war. Keine Träne stand in seinem Auge; kein Zug der Trauer war in seinem harten, finsteren Angesicht zu bemerken; an der Schleife seines Huts glänzten, wie immer, die sechs Dukaten; wie immer hing ihm statt der Uhrkette die lange Dukatenschnur um den Hals, und wie immer reihten sich an der Weste und dem offenstehenden Rock an Stelle der Knöpfe Dukaten an Dukaten. Er hieß Graf, wurde allgemein der Dukatengraf genannt und wollte auf diesen Beinamen, der sein größter Ruhm und Stolz war, nicht einen Augenblick verzichten, auch nicht für diese Stunde, in der jeder andere den irdischen Flimmer von sich geworfen hätte, um auch an seinem Kleid zu zeigen, daß er die Macht eines höheren Geschicks anerkennen müsse.

Auch das Mädchen an seiner Seite hatte keine Tränen. Aber, das sah man auf den ersten Blick, sie fehlten nur, weil sie bisher zu reichlich geflossen waren. Es trug das mit den schweren Flechten umwundene Köpfchen tief gesenkt; die sonst so rosigen Wangen waren erbleicht, und die gefalteten Hände drückten sich auf die Brust, als müßten sie das schmerzerfüllte Herz vor dem Zerspringen bewahren. Aller Augen wandten sich mit Unwillen vom Vater weg auf die Tochter, und dann gab es keinen Blick, in dem nicht die wärmste Teilnahme und das innigste Mitleid zu lesen gewesen wären.

Es war das erstemal, daß eine Leiche ohne Gesang durch das Dorf getragen wurde, aber die Tote hatte es ausdrücklich so gewollt. Ihr Leben war ein stilles gewesen; sie hatte im stillen gewirkt und gelitten; im stillen wollte sie nun auch beerdigt sein. Nur draußen am offenen Grab sollte man ihr einen Vers singen, einen einzigen Vers; den hatte sie sich selbst ausgewählt und noch in ihrer letzten Stunde beim Pfarrer bestellt. War sie dabei vielleicht von dem Wunsch geleitet worden, im Tod ein mahnendes Wort an das Gewissen ihres Gatten zu richten, da sie im Leben es niemals hatte wagen dürfen? Wenigstens richteten sich die Blicke unwillkürlich auf ihn, als sich auf dem Kirchhof der Kreis um den geöffneten Sarg geschlossen hatte und nach der bekannten Melodie die ernste Erinnerung erklang:

„O Ewigkeit, du Donnerwort,
O Schwert, das durch die Seele bohrt,
O Anfang sonder Ende.
O Ewigkeit, Zeit ohne Zeit,
Vielleicht schon morgen oder heut
Fall ich in deine Hände.
Mein ganz erschrocknes Herz erbebt,
Daß mir die Zung am Gaumen klebt!"

Das Kind der Verstorbenen kniete an der Seite des Sargs und hatte in wortlosem Schmerz den Kopf in das Kleid der toten Mutter gehüllt. Der Dukatenbauer stand aufrecht daneben; sein Auge ruhte nicht auf den Zügen, die er jetzt zum letztenmal sehen durfte, sondern er begegnete mit zornigem Ausdruck den auf ihn gerichteten Blicken der Anwesenden. Die Adern traten dunkler und deutlicher hervor; die Lippen preßten sich kräftiger aufeinander, und die Hände hoben sich langsam, wie bereit zur Abwehr der Beleidigung, die er im Gesang und in den Blicken zu bemerken glaubte.

Als der letzte Ton verklungen war, trat der Geistliche zu Häupten der Verstorbenen und begann seine Rede; aber er nahm nicht, wie sonst üblich, ein Bibelwort zum Thema, sondern es diente ihm der soeben gesungene Vers dazu. Auch das hatte die Tote gewollt, und ihr Wille mußte befolgt werden. Der Pfarrer war im weiten Umkreis als einer der besten Redner bekannt; schon oftmals hatte er harte Seelen auf das tiefste erschüttert, und man ahnte, daß er sich heute eine ähnliche Aufgabe gestellt habe. Trotz des milden, linden Tons, in dem der greise Seelsorger sprach, fühlte auch der Dukatengraf diese Absicht. Sein Stolz bäumte sich dagegen auf; die Falten, die sich ihm von Schläfe zu Schläfe zogen, wurden immer tiefer, und als der Redner bei dem Schwert anlangte, „das durch die Seele bohrt", und die Absicht vermuten ließ, jetzt sich an diejenige Seele zu wenden, die der Toten im Leben am nächsten hätte stehen sollen, da war es mit seiner Geduld zu Ende. Den abgenommenen Hut sich auf den Kopf setzend, ergriff er die Hand der Tochter und sagte so laut, daß alle es hörten:

„Komm, Emma, wenn's so lauten soll, da haben wir hier nichts mehr zu suchen! Ich danke für Ihre Rede, Herr Pfarrer; bezahlt hab ich sie, aber brauchen tu ich sie nicht! Der Dukatengraf weiß ganz von selber, was er zu tun und zu lassen hat, und Sie werden wohl noch erfahren, was für ein Unterschied zwischen Leichenrede und Strafpredigt ist!"

Emma erschrak sichtlich über das Tun ihres Vaters; sie zog ihre Hand aus der seinen und wandte sich zum Sarg zurück.

„So bleib, wenn dir's gefällt; ich hab nichts dagegen!" sprach er, indem er sich vom Grab wegwendete.

Die Nahestehenden wichen scheu vor ihm zurück; er schritt mit trotzig zurückgeworfenem Kopf zwischen ihnen hindurch und verließ den Kirchhof. Draußen kam eben der Wagen des Barons dahergerollt.

„Willkommen, Herr Baron! Sie wollen wohl zu mir?" fragte er diesen.

„Natürlich! Wir müssen Ihnen doch unser Beileid über den Verlust — —"

„Schon gut! Halb soviel ist auch genug! Und wenn Sie sich wundern, mich hier zu sehn, statt drin bei den andern, so sollen Sie unterwegs den Grund erfahren. Darf ich aufsteigen? — "

Sein Verhalten hatte die ganze Versammlung in eine unbeschreibliche Verwirrung gebracht, und nur einer war es, der seine Fassung bewahrte, der Geistliche. Er suchte zunächst das Mädchen zu beruhigen, das jetzt schluchzend an der Erde lag; dann winkte er dem allgemeinen Ausdruck der Entrüstung Schweigen und setzte, als die nötige Stille wieder eingetreten war, die unterbrochene Rede fort.

Ein Begräbnis wie das heutige hatte noch niemals stattgefunden, aber es war auch niemals eine Predigt wie die gegenwärtige gehalten worden, und als am Schluß das Gebet gesprochen war, da wußte jeder, daß er diesen Tag im ganzen Leben nicht vergessen werde.

Der Sarg sollte nun geschlossen werden, und schon griff man zum Deckel, da zog ein lauter, angstvoller Ruf die allgemeine Aufmerksamkeit nach dem Eingang hin.

„Halt, halt“, klang es. „Ihr dürft sie nicht einscharren; ich muß die Anna sehn; sie lebt; sie ist nicht tot!“

Es war der Köpfle-Franz. Trotz aller Eile war es ihm erst jezt gelungen, die Trauerstätte zu erreichen, und mit Aufbietung seiner letzten Kräfte arbeitete er sich den breiten Kirchhofsgang hinauf, bis in die Nähe des Sargs. Er hatte den Hut verloren; die langen Haare hingen ihm in wirren Strähnen um den Kopf; auf Stirn und Wangen stand der Schweiß in großen Tropfen; seine Augen glühten wie im Fieber; sein Atem flog, und seine Hände bebten, als er die schwarzen Bretter erfaßte, um sich an ihnen aufzurichten.

Kein Mensch trat ihm hindernd entgegen. Sie alle kannten die Geschichte des unglücklichen Mannes; sie alle wußten, daß niemand die Verstorbene so sehr im treuen Herzen getragen hatte, wie er, daß ihr Tod keinem, außer ihrem Kinde, so nahegehen müsse, wie ihm; und so störten sie ihn nicht in seinem Verlangen, die leblose Hülle zu sehn.

„Anna, wach auf!“ rief er mit zitternder Stimme. „Der Franz ist da, der Richter-Franz, der mit dir reden will! Ich weiß, du bist nicht tot, du wirst mich hören!“

Sein Auge suchte das erblichene Angesicht der Leiche; es fiel auf den regungslosen Kopf mit dem vor der Zeit ergrauten Haar, den eingesunkenen Augenhöhlen, den eingefallenen Wangen und wandte sich dann mit einem unbeschreiblichen Ausdruck auf die Umgebung.

„Hab ich's nicht gesagt? Die Anna ist nicht tot, die Anna kann mir nicht sterben! Das hier ist dem — na, dem seine Frau; da ist die Bäurin von dem — na, dem Hof da draußen; die kann immer tot sein; die könnt ihr immer begraben, denn sie ist seine Frau gewesen. Aber die Anna, die ist mein; die hab ich bei mir zu Haus viel hundertmal; die laß ich mir nicht nehmen!"

Er schob sich von dem Sarg zurück und gewahrte nun erst Emma, die unter herzbrechendem Weinen die erschütternde Szene beobachtet hatte.

„Wer bist denn du?" fragte er sie. „Dich hab ich noch gar nicht gesehn! So wie du sah die Anna aus, als sie zum erstenmal ins Dorf gekommen ist, grad so wie du. Aber du bist sie nicht, du bist — geh weg", unterbrach er sich, indem es wie Haß in seinen Augen aufblitzte; „ich könnte dir gut sein, grad wie der Anna, aber ich mag von dir nichts wissen. Die Anna hatte blaue Augen, du aber, wenn du auch weinst, ich seh es doch, du hast Dukatenaugen!"

Er nahm die unentbehrlichen Hölzer, die er vorhin von sich geworfen hatte, wieder von der Erde auf, lenkte um und schob sich, ohne die Versammlung weiter zu beachten, wieder von dannen. Sein Weg führte ihn das Dorf hinauf; die Straße war ziemlich menschenleer, und die wenigen Personen, die ihm begegneten, bemerkte er kaum. Nur allein mit seinen Gedanken beschäftigt, lenkte er endlich in einen engen Seitenpfad ein, der zu einer Stelle führte, wo abseits von den übrigen Gebäuden ein kleines, einstöckiges und äußerst vernachlässigtes Haus stand. Es war sein Eigentum und seine Wohnung. Er hielt still, sah sich scheu nach allen Seiten um, und da er niemand gewahrte, der seine Worte hören konnte, murmelte er halblaut:

„Das ist dem Köpfle-Franz sein Dukatenhof. Aber der Franz ist gescheiter als der — der — der andre. Wenn die Leut wüßten, daß der arme Krüppel bloß dann ein Bettler ist, wenn er mal nach Haus kommt, so würde mein Kachelofen — —"

Er hielt vorsichtig inne, denn er war im Begriff gewesen, sein kostbarstes Geheimnis in den Wind zu plaudern. Nachdem er, um sich zu überzeugen, daß alles in Ordnung sei, die Runde um das Häuschen gemacht hatte, zog er einen riesigen Schlüssel aus der Tasche und näherte sich der Tür. Das Schloß war so hoch, daß er es grad noch zu erreichen vermochte; er öffnete, schob sich in den engen, dunklen Flur und schloß dann hinter sich wieder sorgfältig zu.

Die Hütte hatte zur ebnen Erde drei Räume: den Flur, einen kleinen Stall und die Wohnstube. Er öffnete mit einem zweiten Schlüssel die zu der letzteren führende Tür und verriegelte auch diese dann von innen mit einer Bedachtsamkeit, als habe er ungewöhnliche Schätze zu verbergen. Da die Läden zugemacht waren, so herrschte vollständige Dunkelheit um ihn her, bis er ein Feuerzeug hervorsuchte und damit ein kleines Lämpchen anzündete, dessen ungewisser Schein wenigstens eine Art von Dämmerung hervorbrachte. In dieser traten eine Anzahl von Köpfen gespenstisch hervor, die rings an den weißgetünchten Wänden angebracht waren; sie stellten alle ohne Ausnahme in den verschiedensten Ausdrücken und Schattierungen ein und dasselbe Mädchen dar, und wer Emma vorhin auf dem Kirchhof gesehen hatte, dem mußte die Ähnlichkeit dieser Kopfzeichnungen mit ihr sofort in die Augen fallen.

Er hatte den Sack abgelegt, die Stemmhölzer beiseite geworfen und kroch nun in einer Weise auf den Händen in der Stube herum, die ihm das Ansehen eines hilflosen, vierfüßigen Tieres gab, dem die Hinterbeine gelähmt worden sind. In einer Ecke des ärmlichen Gemachs befand sich ein armseliges, anspruchsloses Lager, bestehend aus einem Haufen dürren Laubs, über den eine alte Decke gebreitet war. Er wühlte einige Zeit darin herum und brachte zwei lange, starke Kerzen zum Vorschein, mit denen er sich einem niedrigen Tischchen näherte; dessen Platte bestand aus zwei Teilen, so daß der obere zurückgeschlagen werden konnte. Zu beiden Seiten war eine Drahtdille angebracht, in die er die Kerzen befestigte und dann mit Hilfe der Lampe anbrannte. Dann zog er ein Tuch aus dem Tischkasten, breitete es über die Platte und schlug die Klappe zurück. An der einen Seite der Klappe war ein in Öl gemaltes Porträt angebracht, das denselben Kopf darstellte, der in so vielen, verschiedenen Darstellungen an die vier Wände gezeichnet war.

Er hockte sich vor dem Tisch nieder und richtete sein Auge mit warmem, innigem Blick auf das Gemälde. So saß er lange, lange Zeit, still und im Anschauen versunken. Seine Züge waren jetzt frei von jenem störenden Ausdruck und sprachen von nichts als von einer tiefen Verehrung.

„Da hast mich wieder, meine Anna!" flüsterte er endlich glücklich. „Bin lange fortgewesen, nicht wahr? Aber brauchst keine Sorg zu haben, es ist mir gutgegangen, besser noch als andremal. Hab wieder in der großen Stadt gemalt, wo die schöne Galerie ist mit den vielen Bildern, und wo sie mich immer anschaun wie ein Wundertier, wenn ich die vornehmen Leut zeichne, die da aus- und eingehn. Und denk dir nur, der König war auch da mit seiner Frau und vielen andern Herrn und Damen, Fürsten und Grafen, Ministern und Generälen; die haben mit mir gesprochen. Ich habe sie zeichnen müssen in ihrer Wohnung, all mitnander. Da hat's Geld gegeben, wie ich dir noch niemals soviel mitgebracht hab. Banknoten, Gold und Silber! Aber ich hab mir's umwechseln lassen in lauter Dukaten. Laß dir's zeigen!"

Er bog sich zu dem Rollkasten nieder, und nun zeigte es sich, daß dieser einen Doppelboden hatte, zwischen dem sich ein Schubfach befand, das er hervorzog. Neben Malergerät und sonstigen Dingen, die man dem unscheinbaren Bettler nicht zugetraut hätte, lagen hier mehrere sorgfältig in Papier gewickelte Rollen, die er öffnete, um die Goldstücke im Schein der Kerzen glänzen zu lassen.

„Siehst du, wieviel?“ lachte er glücklich. „Sie sagen hier, ich wär verrückt, weil du nicht meine Frau geworden bist; aber ich bin gescheiter als sie alle, und wer der Reichste ist im Dorf, das wird sich schon auch noch zeigen! Es hat noch keiner von ihnen in der Zeitung gestanden, mich aber haben sie in Dresden hineingesetzt. Wart, ich will dir's mal vorlesen!“

Er nahm ein zusammengefaltetes Blatt aus dem Fach und schlug es auseinander.

„So, hier steht's! Ich hab dir's mitgebracht, damit du auch wissen sollst, was sie dort von mir sagen.“

Zwar nicht fließend, aber doch ohne besondere Fehler las er folgende Zeilen ab:

„Seit einigen Tagen ist wieder, wie schon einige Male früher, jener seltsame Besucher unsrer Bildergalerie zu bemerken, der nicht nur die Augen durch sein körperliches Unglück auf sich zieht, sondern auch durch eine seltene Begabung für das Porträtzeichnen die lebhafteste Teilnahme aller derer erweckt, die den mehr als bescheidenen Mann in der ihm stillschweigend eingeräumten Ecke hocken sehn. Leider scheint der Unglückliche infolge trüber Lebenserfahrungen, über die er ein beharrliches Schweigen bewahrt, geistig gestört zu sein, was ebenso wie sein Alter eine Ausbildung bzw. Ausnutzung seines Talents zur Unmöglichkeit macht; doch äußert sich diese Störung in einer andern durchaus nicht belästigenden Weise und hat jedenfalls ein Wesentliches zu der Beachtung beigetragen, die ihm sogar von hoher und allerhöchster Seite entgegengebracht worden ist. Wie wir vernehmen, hat er trotz seiner mehr als geringen Hoffähigkeit das Glück gehabt, die Majestäten zeichnen zu dürfen; die Hofgesellschaft hat sich diesem Akt der Mildtätigkeit angeschlossen, und wenn man aus sichrer Quelle erfährt, daß einer unserer reichsten englischen Sommergäste ihm eine kleine Familienskizze mit fünfzig Talern bezahlt hat, so liegt darin keineswegs eine Beruhigung für uns, sondern vielmehr eine Aufforderung, ihn auch weiteren Kreisen aufs wärmste zu empfehlen."

„Siehst du?! Was da steht, ist alles wahr, nur das von wegen dem Geist nicht. Ich kann doch nichts dafür, daß ich anders rede als diese Leute und daß sie zu mir niederschaun müssen, wenn sie mich ansehn. Der König hat gar gemeint, er wolle für mich sorgen und deshalb an meine Behörde schreiben lassen, ich aber hab mir das verbeten, denn wir haben's noch lange nicht nötig, uns ins Armenhaus stecken zu lassen, ich nicht und du erst recht nicht! Wer weiß, ob der König immer so viel Dukaten hat wie wir!" Die Erwähnung der verhängnisvollen Münzsorte gab seinen Gedanken eine andere Wendung. „Und der — der — na, du weißt schon, wen ich meine, der auch nicht! Mit dem geht's immer mehr bergab; er spielt und kauft Papiere von dem Zettelkramer, die mal nichts wert sein werden, und nachher — nachher wird der Dukatenhof mein, denn der Baron bekommt ihn nicht, dafür will ich schon sorgen! Ich hab dich nicht haben sollen, weil ich arm gewesen bin, und der — — der war reich. Da hab ich einen Schwur darauf gesetzt, daß der Hof mein wird, und jetzt, jetzt bin ich ebenso schwer und noch schwerer, als der damals war. Und wenn du das nicht glaubst, so will ich dir's beweisen. Wir wollen wieder mal zählen!"

Er kroch zu dem alten, unförmlichen Kachelofen, unter dem ganze Stöße von Zeichnungen lagen, die immer nur den einen Kopf behandelten. Er räumte sie zur Seite, und wer nach kurzer Zeit an dem verschlossenen Laden gehorcht hätte, dem wäre es bei scharfem Gehör vielleicht gelungen, ein Klingen zu erlauschen, das mit der Ärmlichkeit der halb verfallenen Hütte nur schwer in Einklang zu bringen war.

„Auf dem Hoff ißt gesessen eyn Herr von Stiegelitz, so beynahe achtzig Jahr alt gewessen ißt, und hat gehabt eyn so überaus rothe Nasen, weyl er den Safft geliebt hat, so auß dem Faß gelauffen kompt. Daherohalben ist ihme der Beyttel klein geworden, und besagter Stiegelitz hat sich umbesehen müssen nach eyn Käuffer für das Gut. Da kompt eyn Wachtmeister, so unter dem Wallenstein gedient, Graff geheissen, und indeme derselbe Schwedenfeynd den Hoff gekaufft, nimpt er eyn Geldkatzen vom Leib und wirft darauß eyn überauß mächtigen Hauffen Dukkaten auff den Tisch, so mann zu Kemnitz im Lande Hungarn schlägt. Solch Gewechs ist gewessen eyn allermassen köstlich Artzneüen für dem alten Herrn sein trukken Kehlen, und hat selwiger Wachtmeister von diesser Stundt geheissen der Dukkatengraff. Hab ihn auch noch gekannt, indem er meyn zweitte Leich gewesen ißt, so ich eyn Parentation gegeben hab."

So lautete eine Stelle aus der alten Chronik, die noch heute auf dem Pfarramt einzusehen ist. Der Wachtmeister ist gestorben; eine ganze Reihe seiner Nachkommen ist ihm gefolgt, aber Name und Vermögen haben sich erhalten und fortgeerbt von Kind auf Kindeskind. Die Dukatengrafen haben stets mit Stolz auf ihre Vorfahren zurück- und auf ihre Nebenmenschen herabgeblickt, sind nie umgänglich gewesen und haben auch niemals für irgend jemand Freundschaft und Vertrauen gezeigt.

Nur Heinrich Graf, der letzte von ihnen, machte eine Ausnahme von dieser Regel. —

Da draußen in dem kleinen, einstöckigen Häuschen wohnte eine arme Tagelöhnerswitwe, die zu den Arbeiterinnen des Dukatenhofs zählte und sich in der freien Jahreszeit ihren Unterhalt mühsam mit Spitzenklöppeln verdiente. Sie hatte einen einzigen Sohn, der ein aufgeweckter, munterer Junge war, der ärmste im Dorf, aber der erste in der Schule. Gegensätze berühren sich. Heinrich, der Sohn des Reichsten im Ort, aber der Letzte auf der Schulbank, war selten zu Haus zu treffen, sondern kroch mit dem Richter-Franz unter dem niederen Strohdach des Häuschens herum, wo sie allerhand Romane spannen, oder strich mit ihm durch Feld und Wald, eine Arbeit, zu der er die meiste Lust besaß. Der Arme half dem Reichen im Lesen und Schreiben, und dieser teilte dafür mit dem Hungrigen sein Butterbrot.

Die Knaben wurden Jünglinge. Sie waren die beiden hübschesten Burschen auch über das Dorf hinaus, und gar manches Mädchen blickte mit sehnsüchtigem Herzen nach ihnen, wenn sie des Sonntags miteinander zum Tanz kamen. Die blanken Dukatenknöpfe standen dem Heinrich zum Entzücken, und — wer nun gar die kostbare Uhrkette sah, die er so gern im Schein der Lichter flimmern ließ, der verzieh es ihm, daß er noch immer, wie in den Kinderjahren, die meiste Zeit im Walde steckte und sich wenig um den Hof bekümmerte.

Er brauchte ja nicht nach dem Brot zu arbeiten wie andere, und die Hirsche, Rehe und Hasen sind für jedermann gewachsen. Der Franz konnte zwar keine dukatnen Ketten und Knöpfe aufzeigen, ja, er hatte nicht einmal eine Uhr, denn alles, was er erübrigte, das gab er seiner Mutter, die nun alt geworden war und nichts mehr verdienen konnte, aber er war so nett und bildsauber, fast noch hübscher als der Heinrich. Und dazu war er so klug und gescheit, daß selbst der Schulmeister gesagt hatte, er könne ihn nichts mehr lehren, besonders nicht im Zeichnen. Daß er zuweilen des Nachts mit einem Päckchen über die Grenze schlich, das konnte ihm niemand übelnehmen; der liebe Gott hat nicht befohlen, daß der Tabak auf der einen Ackerfurche mit acht Kreuzern bezahlt werden soll, wenn er auf der anderen nur einen Groschen kostet, und wer als armer Handarbeiter für eine alte Mutter zu sorgen hat, der muß dahin gehen, wo man ihn am besten bezahlt — so dachte man wenigstens allgemein.

Eine gab es, die ihm ganz besonders zugetan war, die Marie auf dem Dukatenhof. Sie war eine vater- und mutterlose Waise, aber ein schmuckes und ordentliches Mädchen, an dem man schon seine Freude haben konnte. Wer weiß auch, was geworden wäre, denn der Franz war gar lieb und freundlich mit ihr, so daß es manche heimliche Neiderin gab, doch da trat ein Ereignis ein, durch das ihre Hoffnung, und nicht bloß die ihrige, zunichte gemacht wurde.

Es hatte nämlich seit einiger Zeit sowohl der Wilddiebstahl als auch die Schmuggelei in der Gegend so überhand genommen, daß die Regierung sich genötigt sah, dem gesetzwidrigen Treiben durch scharfe Maßregeln entgegenzutreten. Das Forst- und Grenzpersonal wurde durch Militär verstärkt, und der kommandierende Offizier nahm sein Quartier im Dorf, da dieses ziemlich in der Mitte des Beobachtungsgebiets lag. Er war der älteste Leutnant der Armee, hatte es während der Befreiungskriege vom Soldaten bis zum gegenwärtigen Dienstgrad gebracht, konnte aber auf weitere Beförderung nicht rechnen, und da er durchaus nicht aus dem Dienst scheiden und um eine Zivilanstellung einkommen wollte, so pflegte man ihn zur Lösung von Aufgaben der vorliegenden Art zu verwenden. Und dazu war er allerdings auch grad der rechte Mann, das sollte sich bald zeigen.

Ein Leutnant ist im Gebirg ein gar vornehmer Herr, und niemand wagte es, ihn ins Haus zu nehmen. Der Dukatengraf aber hatte nicht nur den Mut, sondern auch die Räumlichkeiten dazu, und so zog denn der alte Leutnant mit Sack und Pack und mit Weib und Kind bei ihm ein. Er mochte sich von den beiden letzteren nicht trennen. Und das konnte ihm auch gar niemand übelnehmen, wie alle Jungburschen wenigstens in Beziehung auf die Tochter sofort einsahen. Sie hieß Anna und war in allem das gerade Gegenteil ihres Vaters. Er war Soldat durch und durch, kurz angebunden und hielt es nicht für nötig, sich beliebt zu machen; man nannte ihn grob und stolz und ging ihm aus dem Weg. Dies geschah natürlich am sorgfältigsten von denjenigen, die seine amtliche Tätigkeit zu fürchten hatten. Ganz anders aber verhielt man sich zu den beiden Frauen, die mehr als er mit den Leuten in Berührung kamen und sich sichtliche Mühe gaben, den Eindruck zu mildern, den die Rauheit des Leutnants hervorbrachte. Bald waren sie allgemein beliebt, und Anna, mit der sich kein hiesiges Mädchen messen konnte, hatte im Flug die Herzen der männlichen Jugend erobert.

Bei dem gesunden Sinn der einfachen Menschen wurde sie durch diese Eroberungen nicht belästigt, und nur einer hielt sich für berechtigt genug, ihr seine Zuneigung offen zu zeigen — Heinrich. Sein Vater, der alte Dukatenbauer, hatte, obgleich der Leutnant augenscheinlich nicht mit großer Habe gesegnet war, nicht das mindeste gegen die Neigung seines Sohnes einzuwenden, vielmehr tat er sein möglichstes, dem Stammbaum der Dukatengrafen ein so vornehmes Blut beifügen zu dürfen. Er ließ seinen Reichtum im hellsten Licht spielen, machte den Gästen ihren Aufenthalt so angenehm wie möglich und benutzte dann einmal eine Gelegenheit zu einer leise anspielenden Frage.

„Hätte nichts dagegen, Graf, wenn Euer Sohn was taugte! Ihr seid ein gemachter Mann und ich auch; wir könnten uns zusammenschicken. Aber ich hab den Heinrich auf dem Korn; Ihr werdet schon wissen, weshalb, und die Anna scheint ihm nicht nachzulaufen. Schlagt Euch also den Gedanken aus dem Kopf!“

So lautete die unverblümte Antwort des Leutnants. Der Bauer nahm seinen Sohn vor, erreichte aber bei dessen eigenwilligem Charakter nichts weiter, als daß Heinrich einen Haß auf den Vater des Mädchens warf, den er sich aber nicht anmerken ließ. Er besaß ein leidenschaftliches Gemüt und gehörte zu der Art Menschen, die durch eine Weigerung nur hartnäckiger werden und dann um jeden Preis zum Ziel zu gelangen suchen. Daß Anna ihn nicht liebhaben könne, hielt er gar nicht für möglich. Er war gewohnt, bewundert zu werden, und sah in ihrer Zurückhaltung nur die natürliche Wirkung der Hochachtung, die sein Reichtum ihr einflößen mußte. Bei nächster Gelegenheit wollte er sich ihre Zusage holen, und dann war der Leutnant gezwungen, nachzugeben. — —

Es war an einem Novemberabend. Noch lag kein Schnee, aber der Winter hatte seine Nähe schon längst durch starke Nachtfröste verkündigt, und wen nach eingebrochener Dunkelheit nicht die Notwendigkeit hinaus ins Freie trieb, der zog es vor, in der wohlerwärmten Stube zu bleiben. Um diese Zeit galt es für die Beamten und das Militär ganz besonders wachsam zu sein, da durch den hartgefrorenen Boden das Wildern und Paschen erleichtert wurde und niemand Gefahr lief, sich durch zurückgelassene Fußspuren zu verraten.

Franz war wie gewöhnlich bei Heinrich auf dem Dukatenhof. Dessen Bewohner hatten sich alle, den Leutnant ausgenommen, in der Wohnstube des Bauern zusammengefunden und kürzten sich die Zeit durch allerlei Unterhaltung. Als es zehn Uhr schlug, erhob sich Franz, um nach Haus zu gehen. Marie, die genau wußte, wann er sich zu verabschieden pflegte, war vor einigen Minuten in die Küche gegangen und trat ihm draußen im Flur entgegen.

„Franz!" sagte sie.

„Ach so! Dich hab ich ganz vergessen. Gute Nacht!" antwortete er.

„Franz!" wiederholte sie.

„Was noch?"

„Du bist jetzt ganz anders geworden als sonst."

„Anders? Das denkst du bloß! Ich wüßte doch nicht, inwiefern ich anders sein sollte! Wie war ich denn früher, und wie bin ich jetzt?"

„Geh, Franz! Du weißt, daß ich das nicht sagen kann. Aber ich wollte, wir wären wieder allein auf dem Dukatenhof!"

„Ist dir vielleicht der alte Kommandant nicht recht?"

„Der schon! Aber — —"

„Aber — —?"

„Das kann ich dir nicht sagen, Franz!"

„So sag es mir ein andermal! Gute Nacht, Marie!"

„Gute Nacht!"

Die Worte des Mädchens hatten ihren Eindruck auf den jungen Mann doch nicht verfehlt. Langsam und gesenkten Hauptes schritt er über den Hof und blieb, am Tor angelangt, stehen, um noch einen Blick über das Gebäude zu werfen. Da oben hinter dem kleinen Dachfenster flammte ein matter Lichtschein auf. Er wußte, von wem er herrührte. Sie wollte allein sein, weil ihr das Herz weh tat. Sie litt nicht allein. Auch er fühlte seit einiger Zeit eine Bitterkeit, die ihm allen Frohsinn raubte. Hatte ihn doch die Mutter schon öfters gefragt, was ihm fehle, und er hatte zu dieser Frage geschwiegen, denn die einzige Antwort hätte doch nur die sein dürfen, die ihm vorhin auch von Marie geworden war: „Das kann ich dir nicht sagen."

Er ging weiter und war dabei so in Gedanken versunken, daß er die leisen Schritte nicht vernahm, die ihn zu erreichen strebten. Erst als eine leichte Hand sich auf seine Schulter legte, bemerkte er, daß er nicht allein sei.

„Herr Richter — —!"

Er wandte sich um und trat überrascht einen Schritt zurück, als er bei dem Sternenschimmer des unbewölkten Sternhimmels Anna, die Tochter des Leutnants, erkannte.

„Sie sind es?“ fragte er verwundert.

„Ja!“ klang es mit ungewisser Stimme. „Ich muß Ihnen etwas sagen; aber kommen Sie von der Straße weg dorthin in den Schatten. Es darf mich niemand bei Ihnen sehen, und ich glaube, Sie werden beobachtet.“

Sie schlüpfte über den Weg hinüber unter einige Bäume, die an der anderen Seite der Straße standen. Er folgte ihr erwartungsvoll; es war ihm so eigentümlich wie noch nie zumute, und doch hätte er vor Freude laut jauchzen mögen.

„Ich werde beobachtet?“ fragte er. „Wer soll mich denn beobachten, und weshalb?“

„Das darf ich Ihnen nicht sagen — —“

Es war sonderbar, auch aus ihrem Mund eine solche Antwort.

„Sie dürfen nicht? Aber vorhin wollten Sie mir doch was sagen.“

„Eine Bitte ist es, die ich aussprechen möchte. Wollen Sie mir diese erfüllen?“

„Gern, o wie gern! Ihnen könnt ich nichts abschlagen!

„So gehn Sie jetzt schlafen, wenn Sie nach Haus kommen. Gehn Sie nicht weiter!“

Er stutzte.

„Warum?“ fragte er dann.

„Weil Sie sich sonst in eine große Gefahr begeben.“

Das helle Dachfenster war ihm auch hier sichtbar; aber seine Gedanken waren jetzt ganz andere als vorhin. Er hätte die gegenwärtige Minute um keinen Preis der Welt verkauft. Die Tochter des Offiziers war ihm heimlich nachgekommen, um ihn zu warnen. Er war ein einfaches, ungebildetes Dorfkind, aber er sagte sich, daß sie sich zu dieser Warnung nur nach einem Kampf mit ihrem Gewissen habe entschließen können, und dieser Kampf hatte seinetwegen stattgefunden, während er es niemals gewagt hätte, aus freien Stücken mit dem Mädchen nur zu sprechen.

„Und ich soll wohl nicht in Gefahr sein?“ fragte er leis und mit stockendem Atem.

„Nein“, klang es zögernd und ebenso leise.

„Warum nicht?“

Sie schwieg; dann bot sie ihm die Hand. „Gute Nacht!“

Er ergriff das kleine Händchen und hielt es fest. Er wußte nicht, woher ihm so plötzlich der Mut kam, aber er fragte dringender: „Warum nicht, Anna?“

„Weil ich es nicht will. Also Sie bleiben zu Haus?“

„Ich darf nicht zu Haus bleiben, nun erst recht nicht; das bin ich den andern schuldig. Aber Gefahr gibt's jetzt keine mehr für mich, Anna.“

„Ist das auch wahr?“

„Ja!“ versicherte er einfach, aber sie hörte es dem Klange dieser kleinen Silbe an, daß die Warnung ihren Zweck erreicht habe. „Und nun möcht ich gern auch mal bitten!“

„Sprechen Sie!“

„Seien Sie mir nicht bös wegen — wegen —“

Er stockte. In diesem Augenblick erschien ihm das, was er vorher wirklich für kein Unrecht gehalten hatte, erst im wahren Licht.

„Ich bin Ihnen nicht bös“, erklärte sie. „Aber tun Sie es nie wieder, bitte, bitte! Wollen Sie mir das versprechen?“

Er streckte ihr beide Hände entgegen.

„Ich versprech's, Anna, ich versprech's zehnmal, hundertmal, tausendmal, aber Sie müssen auch mal Franz zu mir sagen!“

Wieder schwieg sie.

Er hielt ihre Hände gefaßt und lauschte auf die Erfüllung seines Wunsches.

„Gute Nacht, Franz!“ flüsterte sie endlich mit fast ängstlicher Stimme.

„Gut — —“

Er vollendete den Gruß nicht, denn vor ihnen tauchte in diesem Augenblick eine dunkle Gestalt auf, die sich längs des Zauns unbemerkt in ihre Nähe geschlichen hatte. Es war Heinrich.

Er sprach kein Wort; der Grimm verschloß ihm den Mund. Aber er hob den Arm, und von der geballten Faust mit aller Wucht grad an der Schläfe getroffen, stürzte Franz zusammen. Anna sah es nicht; sie war, sobald sie den Dukatenprinzen erblickte, heftig erschrocken davongeeilt. Dieser folgte ihr. Er wußte nicht, was er getan hatte: die Überlegung war ihm vollständig verlorengegangen, so daß er gar nicht an die Möglichkeit dachte, daß der Geschlagene tot sein könne. Ohne die Fliehende erreicht zu haben, gelangte er in sein Zimmer, wo er in sinnloser Wut auf und nieder rannte.

War sein Blut einmal in Aufregung gebracht, so pflegte es sich nicht so schnell wieder zu beruhigen; jedes neue Wort, jeder neue Gedanke brachte die Wogen in neue Wallung. Er öffnete einen Schrank, nahm eine Büchse nebst Schießbedarf heraus und schlich sich hinunter auf die Straße. Franz war fort.

„Hab mir's doch gedacht, daß er nicht zum Tod getroffen war. Aber das tut nichts; sterben muß er dennoch! Er hat mir ja gesagt, daß es heut ein Unternehmen gibt, und ich weiß den Ort, wo er vorüberkommen muß!"

Das Gewehr über die Schulter werfend, eilte er nach dem Wald.

Franz war nur betäubt gewesen und bald wieder zu sich gekommen. Er raffte sich empor und ging nach Haus, wo er des Vorkommnisses mit keinem Wort gedachte. Nach kurzer Zeit verließ er das Häuschen vorsichtig wieder und schritt eilenden Laufs, wie Heinrich, dem Wald zu.

Jedenfalls war Anna Zeugin einer dienstlichen Unterredung bei ihrem Vater gewesen, und aus ihrer Warnung ging hervor, daß heut ein Schlag gegen die Schmuggler geführt werden sollte. Obgleich das Militär noch nicht lange in der Gegend war, hatte der Scharfsinn des Leutnants doch schon die meisten der Personen erraten, die bei dem verbotenen Grenzhandel eine hervorragende Rolle spielten, und seine Anordnungen mit solcher Umsicht zu treffen gewußt, daß mehrere von ihnen bei der Tat getroffen und in das Gefängnis geliefert worden waren. Ging dies noch eine Weile so fort, so mußte das einträgliche Geschäft in ein langes und nachteiliges Stocken geraten, und die Schleichhändler sahen sich zu ernsten Maßregeln genötigt. Man beschloß, die gefährlichen Einzelfahrten aufzugeben und den Transport der hochbesteuerten Güter nur in größeren und wohlbewaffneten Trupps vorzunehmen. Auf diese Weise war die Sicherheit eine größere, denn man konnte es mit dem Grenzpersonal aufnehmen und es im Notfall sogar auf einen wirklichen Kampf ankommen lassen. So war es schon einigemal zu ernsten Zusammenstößen gekommen, bei denen es auf beiden Seiten Verwundete gegeben hatte. Heute sollte ein Hauptschlag vorgenommen werden, und da der Offizier über ihn unterrichtet zu sein schien, so war anzunehmen, daß es in den Reihen der Schmuggler einen Verräter geben müsse. Sie mußten noch rechtzeitig gewarnt werden, und daher strebte Franz in heftigem, dabei aber behutsamem Lauf dem Ort zu, der als Versammlungspunkt dienen sollte.

Dort angelangt, fand er noch niemand vor. Sich stets nur hart am Boden fortbewegend, erkundete er die Umgegend und überzeugte sich auf diese Weise, daß auch die Gegner noch nicht eingetroffen waren. Unter einem dichten Tannengebüsch Schutz suchend, wartete er nun mit ängstlicher Spannung auf das Nahen der Seinigen.

Er hatte nicht lange so gelegen, als er eilige Schritte vernahm. Die Person, von der sie herrührten, konnte wohl kaum zu einer der beteiligten Parteien gehören, sonst wäre von ihr mehr Bedacht genommen worden, ungehört zu bleiben. Sie mußte grad an dem Versteck Franzens vorüber, und dieser erkannte zu seinem lebhaften Erstaunen Heinrich, der in seiner leidenschaftlichen Erregung nicht daran dachte, jedes Geräusch soviel wie möglich zu vermeiden. Das Gewehr auf seinem Rücken ließ vermuten, daß er es auf einen Pirschgang abgesehen habe. Franz hatte damit nichts zu tun und hielt es nach dem Geschehenen und in Rücksicht auf den Zweck seines Hierseins auch nicht für geraten, seine Anwesenheit zu erkennen zu geben. Nach einem kurzen Lauschen schritt Heinrich auf eine dunkle Föhrengruppe zu, hinter der er verschwand.

Nach einigen Minuten gewahrte Franz einen neuen Ankömmling, der sich aber so unhörbar herangeschlichen hatte, daß der verborgene Lauscher ihn erst bemerkte, als er bereits in der nächsten Nähe seines Verstecks stand. Er trug die gewöhnliche Werktagskleidung der hiesigen Landbewohner, hohe Schaftstiefel, Lederhosen und eine kurze Jacke; doch erkannte Franz trotz dieser Verkleidung den Leutnant. Dieser stand ihm so nah, daß er ihn mit der Hand hätte ergreifen können. Leise atmend und jede Bewegung vermeidend, wartete er ab, was der alte Soldat tun werde.

Seine Geduld sollte nicht zu lange auf die Probe gestellt werden. Der Offizier legte die Hand an den Mund und ließ einen Laut hören, der dem Ruf des Uhus gleichen sollte, von dem Kenner aber ohne weiteres als Nachahmung erkannt werden mußte. Das war jedenfalls ein Zeichen für die in der Nähe versteckten Soldaten. Es wurde ihm augenblicklich eine Antwort zuteil, aber nicht eine solche, wie er sie erwartet hatte, sondern eine so fürchterliche, daß das Entsetzen darüber Franz sofort aus seiner liegenden Stellung in die Höhe riß. Ein Schuß krachte drüben aus den Föhren hervor; der Leutnant griff mit den Armen in die Luft, wurde von der

Gewalt, die das tödliche Blei ausübte, um sich selbst gedreht und brach dann zusammen. Die Kugel war ihm grad in das Herz gedrungen.

Wer hatte das getan? Franz fragte nicht; er wußte es; denn ihm war auf einmal alles klar. Er warf keinen einzigen Blick hinüber nach der Stelle, wo er den mörderischen Strahl hatte aufblitzen sehen, er kniete neben dem Gafallenen nieder, um zu untersuchen, ob er tot oder nur verwundet sei.

Da rauschte es heftig durch das niedere Geäst, und eine Anzahl von Männern stürzte herbei, die, sobald sie die Gruppe erblickten, sich auf Franz warfen und ihn emporrissen. Es waren Soldaten.

„Der Leutnant ist es; der Mensch hat ihn erschossen!“ rief derjenige von ihnen, der den Toten zuerst erkannte.

„Bindet ihn; schnürt ihn zusammen, daß er sich nicht rühren kann!“ rief es im Kreis.

Franz sträubte sich gegen diese Maßregel und suchte ihnen den wahren Sachverhalt darzustellen; sie aber hörten nicht auf seine Verteidigung und wollten nichts anderes von ihm wissen, als wo er die Büchse hingeworfen habe. Er versicherte:

„Ich habe nicht geschossen, ich hab kein Gewehr gehabt! Wer's gewesen ist, das habe ich nicht gesehen, sondern nur den Blitz da drüben in den Kiefern!“

„Ausrede!“ rief der Sergeant. „Wir werden das Gewehr schon noch finden, und dann wird es sich wohl zeigen, daß es dir gehört!“

Er untersuchte seinen regungslosen Vorgesetzten und entschied dann:

„Er ist auf der Stelle tot gewesen. Wir müssen ihn hier liegen lassen bis zur gerichtlichen Feststellung des Tatbestands. Ich bringe mit drei Mann den Gefangenen in die Stadt und mache Anzeige, der Unteroffizier aber mit den übrigen bleibt hier, um dafür zu sorgen, daß alles genau so bleibt, wie wir es gefunden haben. Der

Ort wird von Posten umstellt. Die Pascher werden ebenso wie wir den Schuß gehört haben und davonbleiben, aber wir müssen auch sonst alles andere zu vermeiden suchen, wodurch irgendeine Spur verwischt werden könnte."

Es wurde dieser Anordnung sofort Folge geleistet. Man schloß einen weiten Postenkreis um den Schauplatz des Mordes. Der Sergeant befahl, auf jeden zu schießen, der auf dreimaliges Anrufen nicht antworte und sich nicht zurückweisen lasse, ließ von seinen drei Leuten den Gefesselten in die Mitte nehmen und marschierte, das Gewehr schußfertig in der Hand, mit ihnen ab.

Die Kunde, der Richter-Franz habe den Leutnant erschossen, weil er von ihm beim Schwärzen ertappt worden sei, verbreitete sich schon am frühen Morgen wie ein Lauffeuer durch die ganze Gegend, und wer es nur möglich machen konnte, der eilte zur Stelle, um Zeuge von dem Aufheben der Leiche zu sein.

Der Staatsanwalt war schon vor Tagesgrauen unter Gendarmeriebegleitung angekommen, obwohl er sich die Zeit genommen hatte, den Gefangenen erst aufzusuchen. Dieser hatte ihm den Vorgang wahrheitsgetreu berichtet und nur verschwiegen, was in Beziehung auf den Dukatenprinzen zu sagen gewesen wäre. Der gewissenhafte Beamte richtete seine Untersuchungen nach diesem Bericht ein und mußte allerdings bemerken, daß unter dem tief herabhängenden Tannicht zur Zeit der Tat jemand gelegen haben müsse, wie mehrere geknickte Zweige und frische Bruchstellen bewiesen. Auch der Ort, wo der Schütze gestanden hatte, wurde gefunden, doch waren die in dem verdorrten Heidelbeergesträuch befindlichen Spuren nicht von der Art, daß ein weiterer Anhalt gewonnen werden konnte, ebenso wie der auf dem Moos entdeckte, aus Werg bestehende Pfropfen nur dazu diente, die Aussage über die Richtung des Schusses zu bestätigen.

Trotz dieser Umstände und des für ihn sprechenden Eindrucks, den Franz während der Verhöre auf den Untersuchungsrichter machte, mußte die Anklage aufrechterhalten werden, da die Verdachtsmomente zu dringend erschienen und er ganz besonders über den Zweck seines nächtlichen Waldbesuchs sich nicht aussprechen wollte. Eine lange Reihe von Monaten umschlossen ihn die Mauern des Gefängnisses, ehe es zur richterlichen Entscheidung kam. Der gewandte Verteidiger stützte sich zumeist auf einen Umstand, dem bisher nicht die gehörige Beachtung geschenkt worden war: man hatte die Kleider des Angeklagten mit Blut bespritzt gefunden; dies konnte nur dadurch möglich sein, daß er im Augenblick des Schusses sich wirklich in der nächsten Nähe des Ermordeten befunden habe, und da erwiesen war, daß der Schuß aus ziemlicher Entfernung abgefeuert war, so konnte er unmöglich der Mörder sein. Er wurde wegen mangelnder Beweisgründe freigesprochen und durfte seine Haft verlassen. — —

Es war an einem dunklen Abend, als er das heimatliche Dorf wieder betrat und seine Schritte nach dem Häuschen richtete, in dem man, wie er wußte, seiner Rückkehr harrte. Wenn alle ihn verurteilten, zwei taten es nicht: die Mutter, weil sie an ihn glaubte, und Heinrich, der seine Unschuld kannte. Wem der Schuß eigentlich gegolten hatte, das wußte Franz; aber er brachte den jähzornigen Charakter Heinrichs und die an jenem Abend stattgefundene Überraschung in Rechnung. Da er trotz seiner persönlichen Überzeugung den Mörder mit juristischer Sicherheit nicht bezeichnen konnte, so hatte er über Heinrichs Anwesenheit im Walde geschwiegen und gab sich noch jetzt der Hoffnung hin, daß trotz des Vorgefallenen, ja grad deswegen, sobald der Dukatenprinz sich dankbar erweisen wollte, die alte Freundschaft sich von neuem befestigen werde.

Er fand die Tür verschlossen. Sie war für den, der

mit der Vorrichtung vertraut war, auch von außen zu öffnen. Er entfernte mit der untergeschobenen Hand den Riegel und trat ein.

„Mutter?“ rief er, in der Stube angekommen, wo es völlig finster war.

Er erhielt keine Antwort und griff daher zu Lampe und Feuerzeug. Als der Schein der erstern den Raum erhellte, gewahrte er eine lang ausgestreckte Gestalt, die, von einem weißen Tuch überdeckt, auf dem Lager ruhte. Die Leuchte entfiel seiner Hand, und mit einem lauten Aufschrei warf er sich über die Tote hin.

Da trat jemand vorsichtig tappend durch den Eingang.

„Die Tür steht offen! Ist jemand hier?“ fragte eine männliche Stimme.

„Ja!“ antwortete Franz mit unterdrücktem Schluchzen.

„So bist du's selber?“ Es war der Ortsvorsteher. „Ich hab heut vom Amt die Nachricht erhalten, daß du kommst, und wollt nur sehn, ob du auch schon da bist. Wirst wohl gefunden haben, wie's zu Hause steht. Und wenn du etwa nicht weißt, wer schuld dran ist, so will ich dir's sagen. Du hast sie auf deinem Gewissen!“

Franz war nicht schwach. Er hatte die lange Kerkerhaft mutig ertragen; jetzt aber war es nicht nur finster in der Stube, sondern auch finster in ihm. Es war dumpfer Schmerz, der sich seiner bemächtigte. Ohne zu wissen, wozu und wohin, wankte er aus dem Haus und das Dorf hinab. Bei den Bäumen angekommen, in deren Schatten das Verhängnis ihn erfaßt hatte, lehnte er sich müde an einen der Stämme und gedachte des Glücks, das damals den Pulsschlag seines Herzens verdoppelte. War sie noch hier? Oder hatte sie den Ort verlassen, der solch traurige Erinnerungen für sie haben mußte? Er schritt dem Dukatenhof zu, um sich diese Fragen beantworten zu lassen. Er hatte nichts Böses getan, und niemand konnte es ihm verwehren, wenn er Zutritt nahm wie früher. Unter dem Tor traf er auf Marie, die eben im Begriff stand, den Hof abzuschließen. Es war schon spät.

„Marie, du? Guten Abend!“ grüßte er.

„Franz! Wahrhaftig, es ist der Franz!“ rief sie, und schon rollten ihr auch die Tränen aus den Augen. „Willkommen wieder daheim! Haben sie dich endlich losgeben müssen?“

„Endlich!“ seufzte er tief auf.

„Du warst auch schon zu Hause?“

„Ja!“

„Du armer, guter Kerl, wie magst du da erschrocken sein!“

„Ist hier alles daheim?“

„Alles.“

„So laß mich ein!“

„Ich bitt dich, lieber wieder fortzugehen. Oder wart ein wenig hier außen, bis ich gleich wiederkomm. Ich werde dir alles erzählen!“

„Warten? Warum? Sag's gleich!“

„Die zwei Dukatenmänner sind nicht gut auf dich.“

„So!“ dehnte er „Weshalb denn?“

„Weil — weil der alte Soldat erschossen worden ist!“

„So!“ dehnte er wieder, diesmal aber heiser und tief grollend. „Weiter nichts?“

„Und weil — er hat nichts davon gesagt, sondern ich denk mir's nur — von wegen der jungen Bäurin.“

„Der Heinrich hat geheiratet?“

„Hast du noch nichts davon gehört? Du kennst sie auch. Die Anna.“

„Die Anna?“ Das Blut stockte ihm in den Adern, und hastig fragte er: „Welche Anna?“

„Dem Leutnant seine.“

Er sagte nichts, aber er legte seine beiden Arme um den Torpfeiler und preßte den Kopf an die kalten Steine. Sie faßte ihn an, denn sie sah, daß er im Begriff stand, zusammenzubrechen.

„Franz, was ist mit dir? Komm, laß die Säule los; ich werde dich schon halten!"

Er antwortete nicht. Es war ihm, als habe ein Keulenschlag seinen Kopf getroffen; er wollte sprechen, aber er brachte es nur zu einem schrillen Laut, der sich mit einem fast tierischen Klang aus der zusammengeschnürten Brust emporrang.

„Franz, ich bitt dich, red, sag nur ein Wort! Nachher wird es dir wieder leicht."

Die eine seiner Hände löste sich vom Pfeiler und legte sich auf ihren Kopf. Sie fühlte deren Eiseskälte selbst durch das Haar hindurch.

„Marie — — — —!"

Sie konnte sich nicht länger halten und schlug inbrünstig die Arme um ihn.

„Laß doch gehn, Franz! Ich hab dich ja lieb, mehr als mein Leben!"

„Ich weiß! Du bist die einzige, die nicht an mir gezweifelt hat, und das werde ich dir niemals vergessen. Sogar die Mutter hat's geglaubt, was die Leut geredet haben, sonst hätt ich sie heut nicht tot gefunden. Marie, du weißt's nicht, wie mir ist, hier und hier", — er deutete nach der Stirn und dem Herzen — „meine Seel ist weg, und meine Gedanken sind alle; es ist grad, als ob ein Mühlrad mir durchs Leben gegangen wär."

„Das wird wieder anders, Franz, wenn nur mal die ersten Tag vorüber sind! Aber wo willst denn bleiben? Zu Haus bei der Leich kannst du doch nicht sein!"

„Wo anders? Wer soll den Mörder in die Stub nehmen?"

„Oh, wenn ich doch nur nicht Dienstbot wär, ich ließ dich nimmer fort. Geh doch mal zum Herrn Pfarrer! Der weiß in allem Rat und wird auch für dich sorgen."

„Ich geh nach Haus. Bei der Leich, da ist mein Platz; zur Leich, da gehör ich hin, denn ich bin auch tot!"

Er ging.

Das sich ängstigende Mädchen wollte ihn noch zurückhalten, aber er wehrte ihr ab:

„Brauchst keine Sorg zu haben, Marie! Es ist mir wüst im Kopf, aber ich weiß schon noch, was ich tu. Schlaf wohl!"

„Gut Nacht, Franz, und laß dir das Herz doch wieder leichter werden!"

Sie blickte ihm nach, so weit sie es bei der Dunkelheit konnte, und schloß das Tor nicht eher zu, als bis der Klang seiner Schritte vollständig verhallt war. In das Haus zurückgekehrt, traf sie auf den jungen Bauern, der die Wohnung soeben durch den hinteren Ausgang verlassen wollte. Er hatte die hohen Stiefel an und trug einen langen, unter einem Tuch verborgenen Gegenstand in der Hand. Sie wußte, daß es zum nächsten Mittag Wildbret geben würde.

Franz hatte die Straße nicht weit verfolgt; es trieb ihn unwiderstehlich, das, was er gehört hatte, mit eigenen Augen zu schauen. Er bog um das Gut herum und schlich sich durch den Garten nach dem Hofraum, auf den die hinteren Fenster der Wohnstube führten. Nur mit seinen trüben Gedanken beschäftigt, gewahrte er nicht, daß eine Gestalt ihm folgte, die ihn bei dem Übersteigen des Zauns bemerkt hatte. Die Stube war erleuchtet, und am Tisch saßen zwei mit Näharbeit beschäftigte Frauen. Er trat näher, er mußte sie deutlich sehen, sie, an die er gedacht hatte zu jeder Stunde seines einsamen Gefängnislebens. Man rückte drinnen die Lampe, und ein heller Lichtstrahl glitt über ihn dahin. Jetzt erst erkannte sein Verfolger, wen er vor sich habe.

„Der Franz!" murmelte er. „Er ist wieder da — sie haben ihn freigegeben! Er will die Anna sehn. Nun weiß er, daß sie meine Frau geworden ist, und wird mich verraten! Soll ich ihn jetzt wegputzen?" Er nahm das Tuch vom Gewehr und legte an; aber nach einigen Augenblicken ließ er die Waffe wieder sinken. „Nein, der

Dukaten-Heinrich ist nicht so dumm, daß er sich einstecken läßt und nachher seinen Kopf hergibt! Ich weiß was Besseres, wie man den Franz zum Schweigen bringt."

Es war ein teuflischer Gedanke, der ihn erfaßt hatte. Das Gelände vom Hof nach dem Garten zu stieg an, und in der Nähe des Fensters lagen die abgesägten Stämme zweier starker Nußbäume, die man ihres Alters wegen vor kurzer Zeit gefällt hatte. Jetzt hatte die eigene Schwere sie noch nicht zu tief in den Boden gedrückt, und es bedurfte also nicht mehr als Manneskraft, einen von ihnen ins Rollen zu bringen. Einmal in Bewegung gesetzt, mußte er bis an die Mauer rollen und den dort stehenden Beobachter treffen.

Ahnungslos, welch eine furchtbare Gefahr ihm drohe, hing dieser mit dem Auge an dem lieblichen, jetzt aber tiefblassen Gesicht der so heiß Geliebten. Was hatte sie bewogen, dem Mörder ihres Vaters die Hand zu geben? War es vielleicht die Liebe gewesen? Er konnte keinen anderen Grund finden, er konnte überhaupt gar nicht sinnen und denken, er fühlte nur, daß es finster in ihm wurde, finsterer noch, als es vorhin gewesen war. Da vernahm er ein lautes Getöse, unter dem der Boden erzitterte, hinter sich — rasch drehte er sich um — ein schmetternder Schlag gegen die Mauer ließ das Haus erbeben — ein furchtbarer, markerschütternder Schrei erschallte durch die Nacht — die Tat war geschehen.

Der alte Dukatenbauer drin in der Stube fuhr, von dem Lärm aus dem Schlummer geweckt, von seinem Großvaterstuhl empor; auch die beiden Frauen waren, auf das heftigste erschrocken, in die Höhe gesprungen; das Gesinde, das sich vor kurzem erst zur Ruhe begeben hatte, eilte herbei, und auch Heinrich erschien unter der Tür.

„Was ist denn hier unten los bei euch?" fragte er. „Das war doch grad, als ob's ein Erdbeben gegeben hätt!"

„Es war nicht bei uns; es war draußen im Hof", lautete die Antwort.

„So müssen wir nachsehen. Brennt rasch die Laterne an!"

Man folgte dem Gebot und eilte dann hinaus, wo sich den Leuten ein entsetzlicher Anblick bot. Zwischen dem zurückgeprallten Klotz und der Wand lag in einer tiefen, rauchenden Blutlache ein menschlicher Körper, dem die Beine bis herauf an den Leib vollständig zermalmt worden waren.

„Was ist hier geschehen? Wer ist der Mann?" fragte der Bauer.

Heinrich nahm dem Knecht die Laterne aus der Hand und leuchtete dem Verunglückten in das Gesicht.

„Der Franz ist's, der Richter-Franz!" rief er verwundert. „Was hat der hier gewollt? Ist er denn wieder los vom Amt?"

„Den hat das Holz erschlagen. Er ist ihm zu nahe gewesen, und da hat es ihn mit fortgerissen", sagte der alte Bauer. „spannt rasch ein Pferd vor den Wagen und fahrt nach dem Doktor. Vielleicht ist er noch nicht tot."

„Der Franz? Mein Herrgott, ist das wahr?" rief Marie, indem sie die anderen zurückdrängte. „Ja, er ist's! Franz, Franz, was ist mit dir geschehen? Oh, wärst du doch nach Haus gegangen!"

Sie warf sich trotz des fließenden Blutes über ihn hin und wehrte die Arme zurück, die sie von ihm wegziehen wollten.

Auch Anna war mit nach dem Hof geeilt. Als sie den Namen des Zerschmetterten nennen hörte, riß es ihr die Hände nach dem Herzen. Nur ein leiser Wehlaut entrang sich ihren Lippen, dann aber wurde es ihr dundel vor den Augen; die Gestalten der Umstehenden verschwanden in wirbelnden Nebeln; sie wankte und glitt langsam an dem Hause nieder.

Heinrich sah sie liegen. Er faßte sie, zog sie empor und hastete ihr zu:

„Was ist denn das mit dir? Hat dich wieder mal der Herzwurm angebissen? Dem Franz ist nichts als sein Recht geschehen. Sie haben ihn losgelassen, weil er sich aufs Leugnen gelegt hat, aber wer Menschenblut vergießt, dessen Blut wird auch vergossen; so steht es in der Bibel, und was die sagt, das ist wahr. Geh du hinein, du bist uns hier nichts nütz!"

Er führte sie in die Stube, wo sie kraftlos in den Sessel sank. Das Gesicht in die Hände vergrabend, legte sie den Kopf auf den Tisch und ließ den Tränen freien Lauf, die sich zwischen den Fingern Bahn brachen und schwer und langsam auf die Diele niedertropfen.

Ihr blühendes Leben war seit Monaten schon welk geworden, und heute, heute hatte es den schwersten Schlag erhalten.

Ein Gottesgericht

Ganz am oberen Ende des Dorfes lag ein kleines Häuschen, einstöckig, wie das des Köpfle-Franz, und nur mit Stroh gedeckt. Aber es war sauber gehalten, und die Fenster, durch die das Licht hinaus auf die Straße blitzte, weil die Läden noch nicht geschlossen waren, zeigten kein einziges Fleckchen, das die Glasscheiben getrübt und verunziert hätte. So blank und reinlich wie diese waren, sah es im ganzen Stübchen aus. Die heute erst frisch gescheuerte Diele war mit grünen Tannenzweigen belegt, Tisch, Bänke und Stühle bis aufs Weiß gerieben; die Kacheln des altertümlichen Ofens, in dem ein lustiges Feuer knisterte, glänzten wie Emaille, und das blecherne Kochgeschirr flimmerte wie feines Silber aus der Ecke hervor.

Dieser Sauberkeit entsprach auch das Äußere der Frau, die am Klöppelkissen saß und mit emsigen, geschickten Fingern die zierlichen Hülsen erklingen ließ. Sie war nicht mehr jung; zahlreiche graue Fäden durchzogen das früher dunkle Haar, aber es lag doch noch wie Jugend auf ihren weichen, regelmäßigen Zügen, und die Wangen zeigten noch immer eine leichte Röte als den Widerschein der Jahre, die nichts von Falten und Furchen wissen. An der Wand über dem Tisch hing das Bild des Heilands in einfach vergoldetem Rahmen, und auf der anderen Seite zwei Köpfe, die mit Bleistift auf gewöhnliches weißes Schreibpapier gezeichnet waren. Sie stammten von dem Köpfle-Franz und trugen in gotischen Buchstaben die Unterschrift ‚Karl' und ‚Marie'. Die Frau war die einstige Magd auf dem Dukatenhof und hatte zu ihrer Hochzeit ihr Bild und dasjenige ihres Bräutigams vom Köpfle-Franz als Angebind erhalten.

Sie ließ plötzlich die Arbeit ruhen und horchte nach der Tür. Ein Mann trat ein, der, das Alter abgerechnet, dem Bild an der Wand aufs Haar ähnlich sah. Er grüßte freundlich:

„Guten Abend, Mütterle! Da bin ich schon! Heute ist Sonnabend, und da ist die Arbeit früher alle!"

„Guten Abend, Vater!" dankte sie. „Ich hab nicht gedacht, daß du schon jetzt nach Haus kämst. Die Erdäpfel sind noch nicht ganz fertig, aber sie werden gleich kochen."

„Schadet nichts! Ich schmauch derweil ein wenig meine Pfeif. Schon gut; ich bring die Stiefel schon ganz selber herunter!"

Sie leistete ihm beim Ausziehen Hilfe, legte einiges Holz im Ofen nach und kehrte dann zu ihrer Klöppelei zurück. Er hatte auf der Bank Platz genommen, stopfte sich mit behaglicher Bedächtigkeit die Pfeife und blies dann den Rauch des anspruchslosen Krautes mit einer

Miene von sich, die auf einen ganz besonderen Genuß schließen ließ.

„Hast's schon gehört, Marie?“ fragte er.

„Was denn?“

„Hm! Ich seh es schon, du weißt noch nichts, sonst hättest du's in den fünf Minuten, die ich hier bin, schon längst vom Herzen runter.“

„Ich bin heute gar nicht ins Dorf gekommen. Was gibt es denn so grausam Neues?“

„Es ist nicht bloß eine, es sind zwei Posten, die ich bring, die eine vom Dukatengraf und die andere vom Schmugglerfürsten. Denk dir nur, Mutter, der Dukatenbauer hat gestern abend die Emma verspielt.“

„Verspielt? Wie denn? So was ist doch gar nicht möglich!“

„Freilich ist's möglich! Er hat wieder mal mit dem Baron und dem Zettelkramer droben beim Bergwirt gesessen, und als das Geld alle gewesen ist, da haben sie zuerst um die neue Kutsche und nachher um die letzte Ernte und endlich um die Emma gespielt.“

„Das ist doch fast gar nicht zu glauben! Es kann doch niemand sein eigen Kind verspielen!“

„Das kommt nur drauf an, wies ausgemacht ist. Der Zettelkramer hat die Kutsche, der Bergwirt die Ernte und der Baron die Emma, die nun seine Frau werden muß.“

„Mein Gott, das arme Kind kann mich grad dauern. Von einem so gotteslästerlichen Handel hat man doch noch nie gehört! Ich bin nur begierig, wie lange es der Heinrich noch treiben wird. Nun hat er doch geprahlt mit seiner Staatskarosse! Und die Ernte, die ganze, mühsame Ernte! Was er gehabt hat, das muß doch nun bald alle sein, und man möchte sich nur wundern, wo er's noch immer hernimmt!“

„Ja, man glaubt's aber auch nicht, was in so einem Gut alles steckt! Man soll niemand etwas Böses gönnen, aber wenn's mit dem ein End nimmt, so hat er's selbst verschuldet und vielleicht auch verdient."

Sie nickte zustimmend und mit ernster werdendem Gesicht. Noch niemals war ein Wörtchen über ihre Lippen gekommen, aber sie wußte, daß an jenem für den Köpfle-Franz so verhängnisvollen Abend der junge Bauer nicht mehr im Hause gewesen war; sie hatte ihn mit dem Gewehr fortgehen sehen, und doch war er gleich dagewesen, als das Unglück geschehen war. Damals hatte es eine schwere Zeit für sie gegeben; aber sie wollte jetzt nicht daran denken und fragte dann:

„Und die andere Neuigkeit?"

„Auf dem Schmugglerfürst seinen Kopf sind dreihundert Taler Prämie gesetzt worden. Denk dir's nur, wenn man die verdienen könnt!"

„Den fangen sie nicht, sonst hätten sie ihn schon längst. Kein Mensch weiß, wer er eigentlich ist, nicht mal seine eigenen Leute. Er ist bald da, bald dort, hat niemals dieselbe Gestalt, und —"

Sie wurde unterbrochen. Es klopfte laut an das Fenster, und eine jugendliche, frische Stimme rief:

„Guten Abend, Vater; guten Abend, Mutterle!"

„Der Wilhelm, der Wilhelm ist's!" riefen beide, auf das freudigste überrascht, indem sie von ihren Sitzen aufsprangen und nach der Tür eilten.

Dort trat ihnen der unerwartet Angekommene mit herzlichem Gruß entgegen. Er trug eine Soldatenuniform mit Unteroffiziersabzeichen. Den Quersack, den er auf der Schulter gehabt hatte, beiseite stellend, umarmte und küßte er die Eltern herzlich und meinte dann: „Nicht wahr, das kommt unverhofft? Ich hatte euch doch geschrieben, daß ich erst zu Weihnachten kommen darf."

„Freilich! Hast wohl Urlaub?"

„Hm, so halb und halb; aber das darf ich euch nur heimlich sagen."

Er schob sie auf ihre Sitze zurück, zog sich selbst

einen Stuhl herbei, sah sich vorsichtig in der Stube um und berichtete dann mit gedämpfter Stimme:

„Ich soll den Schmugglerfürst fangen!"

„Den Schmugglerfürst? Du?" fragte sein Vater erstaunt.

„Ja, ich!" nickte er.

„Das klingt absonderlich! Wie kommst denn du dazu?"

„Das ist nämlich so gewesen: Es ist seit Menschengedenken hier an der Grenze nicht so zugegangen wie jetzt; die Schwärzer treiben ja ihr Geschäft ganz im großen und so öffentlich, als hätte ihnen kein Mensch was dagegen zu sagen. Drum hat der König wieder Militär hergelegt, grad wie damals vor vielen Jahren, wo der Pate den Leutnant erschossen haben soll. Aber das hat nichts geholfen, weil die Pascher einen Hauptmann haben, der gescheiter ist als die Beamten und Soldaten alle miteinander; der bringt ein Abenteuer nach dem andern fertig; in allen Blättern und Schriften wird über ihn gelesen, und ich glaub, er liest's auch selber mit. Jetzt haben sie gar einen Preis auf seinen Kopf gesetzt, aber ich hab gemeint, das hilft auch nichts, denn das Militär kennt die Gegend nicht, und mit den Aufsehern ist's fast ebenso. Da muß einer her, der alle Schlich und Weg genau weiß und ihnen aufpaßt, ohne daß sie es ahnen. Das hab ich mal gesagt, und der Herr Hauptmann hat's erfahren. Dem sein Bruder ist im Ministerium, und so ist's von einem zum andern gegangen, bis ich plötzlich zum Oberst mußte. Der hat mir Urlaub auf unbestimmte Zeit gegeben und ein Schreiben, das ich hier beim Amt und beim Grenzkommandanten vorzuzeigen hab. Nun zieh ich den Soldatenrock aus und geh spazieren; kein Mensch wird ahnen, weshalb ich eigentlich zu Haus bin, und wenn mir das Glück hold ist, will ich den Schmugglerfürsten schon erwischen. Seht her!" Er öffnete den Quersack und zog zwei Revolver hervor.

„Die hab ich mitbekommen, weil ich kein Seitengewehr und keine Flinte tragen darf. Es ist mir auch verboten, mich mit einem Grenzer oder Soldaten sehen zu lassen, weil die Schwärzer sonst Verdacht hegen könnten.“

Die Mutter sah zwar mit besorgtem, aber auch stolzem Auge auf ihren Sohn. Sie wußte, daß seine Vorgesetzten viel auf ihn hielten, und wenn sie auch erkannte, daß ein Vorhaben wie dieses ihn in große Gefahren bringen konnte, so fühlte sie sich doch gehoben durch die Ehre, die in dem Auftrag für ihn lag.

Der Vater aber schüttelte bedenklich den Kopf und sprach:

„Du bist mir zu Haus willkommen, Wilhelm, aber stell dir die Sach nur nicht leichter vor als sie ist. Wenn es herauskommt, was du willst, so kann dir's sehr leicht an den Kragen gehen. Ich glaub, auf zehn Leut ist jetzt hier bei uns einer zu rechnen, der den stillen Handel treibt, und du machst dir auf Lebenszeit die ganze Gegend zum Feind.“

„Laß nur gehn, Vater. Ich werd die Sach schon so andrehn, daß niemand etwas vermutet. Und an die dreihundert Taler mußt du auch mal denken!“

„Das schon!“ schmunzelte er. „Es wär ganz hübsch, wenn die hier auf den Tisch zu liegen kämen, aber das wird wohl seine gute Weile haben. Die dich herschicken, sind ganz gewiß sehr kluge Herren, aber wie's hier zugeht, das wissen sie doch so richtig nicht. Denk dir nur, wie's vorige Wochen gewesen ist! Da droben an der Maut gibt's mitten in der Nacht auf einmal ein Getrappel; die Wache kommt heraus und sieht acht Reiter vor dem Haus halten, mit Gewehren in der Hand und die Pferde mit hohen Packen beladen. ‚Was Verzollbares?‘ fragt der Offizier. ‚Ja‘, antwortet der vorderste. ‚Was denn?‘ ‚Für fünftausend Taler feine Ware; aber kriegen tut ihr nichts dafür als bloß die Ehre, mit dem

Schmugglerfürst geredet zu haben!' Und wie er das sagt, da lacht er laut auf und galoppiert mit den anderen davon, daß die Funken fliegen. Der Offizier hat den Mund aufgerissen und hat sich halbtot geärgert. Und am anderen Morgen fehlen hier im Dorf acht Pferde, bei dem Dukatengraf zwei, beim Richter zwei und die anderen bei vier kleinen Bauern. Die haben sie heimlich aus den Ställen gezogen und drüben im Kaiserlichen noch gleich am anderen Tag verkauft, wie sich herausgestellt hat. Solche Dinge werden jetzt gewagt. Dein Pate, der Köpfle-Franz, hat die Schule für dich bezahlt, so daß du schon was gelernt hast, Wilhelm; du bist kein dummer Kerl; aber den Schmugglerfürsten, den fängst du mir schon nicht."

„Wart's ab, Vater! Es ist ja doch keine Schand, wenn es mir nicht gelingt. Weißt du was? Ich werd den Paten um Rat fragen. Den halten die Leut für dumm und nicht klug im Kopf: aber er ist gescheiter als sie alle miteinander."

„Tu's! Man sagt ja, daß er früher auch mit über die Grenz gegangen sei; vielleicht kann er dir auf den richtigen Sprung helfen."

„Ist er denn jetzt daheim?"

„Ja", antwortete die Mutter. „Gesehn hab ich ihn zwar noch nicht, aber ich weiß, daß er da ist. Zum heutigen Tag bleibt er niemals außen, denn da jährt sich's grad, daß sie ihn da draußen im Wald bei dem Leutnant gefangen haben. Was er da zu Haus vornimmt, das hat noch niemand gesehn; ich selber bin einigemal an seinem Laden gewesen, aber er hat kein Licht in der Stube gehabt. Vielleicht findest du ihn um zehn Uhr da unten beim Dukatenhof."

„Ich werd nachschaun. Aber sag, Mutter, warum kauert er denn eigentlich die wenigen Tag, die er im Dorf ist, grad stets punkt zehn Uhr abends dort unter den alten Bäumen?"

„Das kann ich auch nicht sagen. Der Dukatengraf hat's nicht leiden wollen und gar mal Anzeig bei dem Richter gemacht; aber er hat nichts ausrichten können, weil dem Franz nichts Unrechts nachzuweisen war."

„Wie geht's denn mit dem Dukatenbauer?"

„Immer weiter bergunter. Denk dir nur, gestern hat er sogar die Emma verspielt! Sie muß den Baron heiraten; der hat sie gewonnen."

„Den Baron?" Er sprang vom Stuhl auf und blickte die Sprecherin erschrocken an.

„Ja, den Baron. Der hat ihm schon manch schönen Taler aus der Tasch gezogen und nimmt ihm nun auch noch die Tochter weg, damit er mal gleich den ganzen Hof bekommt."

„Nein, der nimmt sie nicht weg; das weiß ich besser! Er tut nur so, als wollt er sie haben, damit er dem Bauer desto tiefer in den Kasten greifen kann. Kein Mensch kennt ihn; niemand weiß, wo er eigentlich herstammt; er verführt die Bauern und schlachtet nachher die Güter aus, und der Zettelkramer, der Agent, der den Leuten seine schlechten Aktien aufbindet und sich dann ins Fäustchen lacht, der hilft ihm dabei. Und der Bergwirt ist der dritte im Bunde. Er hat erst nichts gehabt, und jetzt spielt er den großen Mann, natürlich nur mit fremdem Geld, das ihm beim Spiel nur immer grad in die Hände läuft. Ich glaub, er weiß auch mehr als mancher andre von der Schwärzerei."

„Das sagen sie alle im Dorf. Und noch eins: ich glaub, kein anderer ist der Schmugglerfürst, als der Baron. Das ist ein schlimmer Gesell, und man kann es ihm schon zutraun."

„Da soll er sich nur in acht nehmen vor mir. Und die Emma bekommt er nicht, dafür werd ich schon sorgen. Ich will mal gleich mit ihr reden!"

Er befand sich in einer Aufregung, für die den Eltern die Erklärung mangelte, und noch ehe sie ihn weiter fragen oder am Gehen hindern konnten, hatte er die Mütze wieder ergriffen und war verschwunden.

Raschen Schrittes durcheilte er das Dorf und beachtete die ihm Begegnenden so wenig, daß er auch das Mädchen nicht bemerkte, das mit einem gefüllten Krug in der Hand aus dem Gasthof trat und überrascht stehenblieb, als er an ihm vorüberging.

„Wilhelm, bist du's?" rief es ihm nach.

Beim Klang dieser Stimme hemmte er sofort seinen Lauf.

„Emma! Schau, wie gut sich das trifft! Ich wollte zu dir", sagte er.

„Ich dachte schon, du kennst mich nicht und willst gar nichts mehr von mir wissen, weil du mich nicht hast ansehn wollen. Grüß Gott, Wilhelm!" Sie reichte ihm die freie Hand und fragte: „Hast wohl Urlaub?"

„Ja. Ich bin erst seit einer Viertelstunde zu Haus."

„Wie lange bleibst du hier?"

„Das weiß ich nicht. Bei uns heißt's bis auf Befehl. Hast Bier geholt?"

„Ja, zum Abendbrot. Sie warten schon, und ich muß mich sputen. Geh du derweil in den Garten; ich werd nicht lange aus sein!"

„Gut; aber sag mir erst, was das ist mit dem Baron! Die Mutter hat mir's gleich erzählt, und da hab ich es nicht aushalten können und bin sofort nach dem Dukatenhof gelaufen."

„Hör, Wilhelm, die Sache ist nicht gut vom Vater. Ich hab heut gar viel geweint und ihm schöne Worte gegeben, aber es will nichts helfen. Auf morgen über acht Tagen soll die Verlobung sein!"

„So!" antwortete er. „Und du wirst dann Ja sagen?"

„Sprich nicht in dieser Weise, Wilhelm! Du weißt, wie lieb ich dich hab, und es ist gut, daß du da bist, sonst hätt ich gar nicht gewußt, was ich vor Angst und Bange tun soll. Nun aber können wir uns besprechen, und was du mir sagst, das werd ich machen, denn den Baron, den kann ich nicht leiden, und seine Frau mag ich erst recht nicht werden."

Sie hatten den Hof erreicht. Da gab Wilhelm ihr die Hand und sagte:

„Du bist grad so wie früher und sollst's auch nimmer bereuen. Der Leutebetrüger soll mit dir gar nichts zu schaffen haben, und ich werd schon noch was finden, wie ich ihm an den Kragen komm. Aber jetzt geh nur herein. Ich werd im Garten warten."

Sie trennten sich. Er ging den Zaun entlang, sprang darüber und legte sich trotz der schon ziemlich strengen Jahreszeit unter den weitgreifenden Ästen eines dickstämmigen Nußbaumes nieder.

Er mochte ungefähr eine Viertelstunde gelegen haben, da hörte er jemand mit leisen Schritten quer über das Feld kommen und am Zaun stehenbleiben. Was wollte der Mann hier? Wilhelm lief Gefahr, bemerkt zu werden. Schon entschloß er sich, den Ort behutsam zu verlassen, um ein besseres Versteck aufzusuchen, als er auch vom Hof her Schritte vernahm, die ihn veranlaßten, seine jetzige Stellung nur dahin zu verändern, daß er sich so eng wie möglich an den Stamm schmiegte.

Der Nahende war kein anderer als der Dukatenbauer selbst. Er erkannte ihn sofort an der langen, breiten Gestalt und dem eigentümlichen Klingen der Uhrkette, das durch das Aneinanderschlagen der Dukaten verursacht wurde. Der Graf ging grad auf die Stelle zu, an der jener sich niedergekauert hatte. Sie mußte also vorher genau bestimmt worden sein und vielleicht schon öfters zu ähnlichen geheimen Zusammenkünften gedient haben.

„Ist wer da?" fragte er mit gedämpfter Stimme, aber bei der ringsum herrschenden Stille konnte Wilhelm die Worte recht gut vernehmen.

„Ja, ich bin's!" antwortete es.

„Nun?“

„Es ist alles in Ordnung. Aber der Händler verlangt das ganze Geld in barer Münze und auch die alte Schuld dazu. Es wäre zuviel diesmal, als daß er es ohne Zahlung wagen könnte, sagt er.“

„Ich weiß es schon; er soll alles haben! Heut steht mein ganzes Geld auf dem Spiel; drum seid fein hübsch vorsichtig, bis ich komm! Hier ist der Zettel. Steck ihn in das Loch!“

Er reichte etwas über den Zaun hinüber und kehrte dann, während der andere sich entfernte, nach dem Wohnhaus zurück. Dort stieg er die Treppe empor und trat in das Zimmer, das ausschließlich nur für seinen Gebrauch bestimmt war und zu dem kein Mensch außer ihm jemals Zutritt bekam. Er öffnete einen Schreibtisch von einer Arbeit und Form, die auf hohes Alter schließen ließen, und setzte sich vor ihm nieder; dann zog er ein Buch hervor, schlug es auf und begann die auf den Blättern befindlichen Zahlenreihen zu überrechnen. Sein schon sonst so strenges Gesicht verfinsterte sich mehr und mehr, und als er auch die letzte beschriebene Seite geprüft hatte, erhob er sich, ließ die geballte Hand dröhnend auf die Notizensammlung fallen und murmelte ingrimmig zwischen den Zähnen hervor:

„Alle, alle ist's mit mir! Kein Stein, kein Ziegel vom Dukatenhof ist mein. Ich bin kaputt; ich bin bankrott; ich muß gehn und vor dem Amt erklären, daß ich nichts mehr hab! Daran ist niemand schuld als der Baron, der Bergwirt und der Agent, dieser Heimtücker, der einen durch seine blaue Nasenquetsch anstarrt wie die Klapperschlange den Vogel, so daß man nicht anders kann, als man muß zu ihm hin!“

Der Grimm trieb ihn mit großen Schritten in der Stube hin und her. Plötzlich aber blieb er stehen.

„Nein, noch ist nicht alles verloren; noch gehört der Dukatenhof mir, und meine Knöpfe und Ketten darf ich behalten. Der Baron hat ja die Emma gewonnen! Damit hat er meinen Schaden gewollt, aber es wird mir nur zu Nutzen sein, denn er darf doch seinen eigenen Schwiegervater nicht vom Hof jagen. Und darauf brauch ich mich nicht mal ganz allein zu verlassen. Ich hab heut alles auf die letzte Karte gesetzt, und wenn's gelingt, so ist der Gewinn grad so groß wie aller Verlust bisher. So köstlich und teuer ist noch niemals ein stilles Gut über die Grenz geschafft worden wie heut, und es muß gelingen, denn ich hab es schlau genug angestellt, daß wir nicht erwischt werden. Die Grenzer sind falsch berichtet und werden zwei Stunden weit von hier auf uns warten, während wir grad vom Dorf aus über die Berge gehen. Das Geld dazu hab ich mit großer Müh zusammengebracht; aber ich kann es schon dran wagen, denn es kommt doppelt wieder zurück."

Er öffnete ein verborgenes Fach des Schreibtisches und zog einige Pakete und Beutel hervor.

„So, jetzt kann's fortgehen. Die Kapuze hab ich im Wald; aber die Gewehre müssen wir heut fortlassen, weil wir so schon fast über unsere Kraft zu tragen haben."

Er schloß das Fach wieder zu, verlöschte das Licht und stieg hinab. Mit den Jahren überlegter geworden, verließ er das Haus nicht durch die Hoftür, wie es früher stets geschehen war, sondern ging durch den Stall in die Scheune und trat durch deren hinteren Ausgang in den Garten.

Hier blieb er zunächst eine Weile stehen, um sich zu überzeugen, daß niemand zugegen sei, der ihn bemerken könne. Früher war er nur aus reiner Neigung zuweilen durch den Forst gestrichen, um irgendein Wild abzulauern; die Verluste im Spiel aber hatten ihn auf den Gedanken gebracht, sie durch einen lohnenden Nebenerwerb auszugleichen; aus dem Wilderer war ein Schmuggler geworden, und zwar ein Schmuggler, der es, ganz seiner Eigenart angemessen, nicht auf gewöhnlichem Wege versuchte, sondern kühn und gewalttätig sich den Gesetzen entgegenstellte und es in kurzer Zeit so weit gebracht hatte, daß der Name, den er sich beilegte, überall bekannt war, während seine Person in ein undurchdringliches Dunkel gehüllt blieb.

Durch die nächtlichen Abenteuer war sein Auge für die Finsternis geschärft worden, und so bemerkte er, daß er nicht allein war. Jener Stamm, der den Köpfle-Franz zum Krüppel gemacht hatte, war damals wieder in seine frühere Lage zurückgebracht worden; der Bauer hatte ihn nie verarbeiten lassen, obgleich der Bedarf dazu stets dagewesen war; es hatte sich etwas Unnennbares in seinem Innern gesträubt, die Säge an das Holz zu legen, und so nahmen die beiden Stämme nach so langen Jahren immer noch dieselbe Stelle wie früher ein. Auf ihnen saßen zwei Gestalten.

Er mußte wissen, wer sie waren, und schlich sich näher. Es gelang ihm, unbemerkt so weit an sie heranzukommen, daß er sie nicht nur erkannte, sondern auch jedes ihrer Worte verstehen konnte. Er erlauschte folgendes:

„Nein, Emma, mit Gewalt ist hier nichts auszurichten, denn dein Vater ist ein harter Mann, den der Widerstand nur noch strenger machen würde. Im ersten Augenblick hätt ich gleich alles niederschlagen mögen, aber als ich hernach hier saß und auf dich wartete, da hab ich mir recht überlegt und bin dabei ruhiger geworden."

„Und was soll ich denn tun?"

„Du mußt ‚ja' sagen. Die Zeit ist zu kurz, als daß wir bis dahin einen andern Ausweg finden könnten, und die Verlobung ist noch lange nicht die Hochzeit. Bis die herankommt, wird der liebe Gott schon helfen!"

„Da hab ich wohl auch noch ein Wort mit zu sagen!" donnerte es da hinter ihnen.

Sie sprangen erschrocken empor und sahen sich um.

„Der Vater!“ rief Emma entsetzt.

„Ja, der Vater ist’s, du ungeratne Dirn! Gleich gehst hinein in die Stub, sonst werd ich dir den Weg dazu weisen!“

Hier gab es keine Weigerung. Sie entfernte sich.

„Und du, was tue ich denn eigentlich mit dir? Also ein harter Mann bin ich? Die Emma ist wohl ein wenig weicher als ich; das will ich schon glauben. Mach, daß du fortkommst von hier, du unnützer Bub, und such dir deine Liebste im Armenhaus, aber nicht auf dem Dukatenhof! Und das will ich dir noch sagen, wenn du dich hier nur wieder blicken läßt, so ist’s um deine Knochen geschehn. Merk dir’s. Und nun, marsch, fort!“

„Herr Graf“, entgegnete ruhig der junge Mann, „Sie sind jetzt nicht in der Stimmung, daß ich Ihnen auf alles richtig antworten könnte; aber erstens kann ich vielleicht beweisen, daß ich kein unnützer Bub bin, und sodann ist’s mir um meine Knochen noch niemals bang gewesen. Und wenn nun gar der Rock darüberhängt, den ich heut anhab, so will ich es keinem raten, sich an mir zu vergreifen. Ich geh, aber —“

Er sprach nicht weiter, ein schallender Schlag hatte ihn mitten in das Gesicht getroffen.

„So, da hast’s, was ich von deinem bunten Flicken halte! Und nun mach schnell, sonst kommt noch mehr!“

Wilhelms Hände ballten sich zusammen; er machte Miene, sich auf den Bauer zu stürzen. Aber mit Aufbietung seiner ganzen Selbstbeherrschung trat er um mehrere Schritte zurück und sagte:

„Nein, Dukatenbauer, ich werd mich an Ihnen nicht vergreifen, denn Sie sind Emmas Vater! Und ein königlicher Unteroffizier, der Ehre im Leib hat, weiß schon noch, wie er auf andre Weise zusammenkommt mit — mit — —“

„Nun — mit — mit wem denn, wenn ich fragen darf, Herr königlicher Feldmarschall?“ höhnte der Bauer.

„Schon gut! Die Ohrfeig kommt mit auf die Rechnung, die ich Ihnen vielleicht bald vorzulegen hab. Gut Nacht, Dukatengraf!“

Er drehte sich um und ging, aber nicht durch den Garten, sondern er nahm seinen Weg durch das offene Haus; das war er sich und seiner Kleidung schuldig. Es kostete Wilhelm nicht wenig Mühe, die in ihm herrschende Aufregung zu bezwingen und seine Gedanken von dem letzten Ereignis weg auf die vorher belauschte Unterredung zu wenden. Er hatte zu handeln, und alles Persönliche mußte deshalb zunächst in den Hintergrund gewiesen werden.

Sein Weg führte ihn nach dem Häuschen des Köpfle-Franz. Dort sah er durch eine dünne Spalte des Ladens, daß noch Licht in der Stube war. Er klopfte an.

„Wer ist draußen?“ fragte es von innen.

„Ich bin's, der Wilhelm! Darf ich herein, Pate Franz?“

„In meine Stub darf niemals kein Mensch nicht — auch du nicht; du weist's ja!“

„Laß mich nur heut mal ein, Pate! Ich hab dich was zu fragen.“

„Frag morgen, wenn du mich auf der Straße siehst!“

„Es muß heut noch sein!“

„Ist's so notwendig?“

„Ja! Die Mutter hat auch gesagt, ich soll zu dir gehn.“

Das schlug durch. Was niemand bei ihm erreichte, das war der Marie möglich. Er konnte ihr niemals vergessen, was sie nach jenem Abend an ihm getan hatte. Sie war vom Dukatenhof fortgegangen und monatelang unter Sorge, Angst und Bangigkeit seine Pflegerin gewesen. Und als es der starken Widerstandskraft seines Körpers gelungen war, die äußerlichen Folgen der furchtbaren Verwundung zu überwinden, da hatte sie nicht mehr von ihm gehen wollen. Aber trotz der Störung, die sein Geist erlitten hatte, erkannte er doch, daß er ein solches Opfer niemals vergelten könne; er nahm es nicht an und veranlaßte sie später sogar, ihrem jetzigen Mann, mit dem sie glücklich lebte, ihre Hand zu reichen. Darum sagte er jetzt:

„So warte; ich komme hinaus. Ich wollte ohnehin fort; da kannst du's draußen sagen!"

Das Licht erlosch, und bald befand sich Franz vor dem Hause, dessen Eingang er wieder verschloß.

„Nun, was gibt's? Ich denk, du bist in Garnison?" fragte er den Unteroffizier.

„Nein, ich kam heut nach Haus und will dir sagen, weshalb."

Er überzeugte sich erst, daß kein Lauscher in der Nähe war und stattete dann seinen Bericht ab, dem er auch das auf dem Dukatenhof Erfahrene beifügte.

„Aber, Pate, du darfst niemand wieder sagen, was ich dir vertraut hab!" schloß er seine Rede.

Franz antwortete nicht. Er schien entweder in tiefes Nachdenken versunken zu sein oder mit einem Entschluß zu ringen.

„Also, dem — dem, na, dem seine Tochter willst du zur Frau haben?" fragte er endlich.

„Ja. Sie ist so gut, gar nicht wie ihr Vater, sondern grad wie ihre Mutter."

„Wie ihre Mutter? Wilhelm, die war nicht gut, die ist nicht gut geblieben; die ist falsch und treulos gewesen; von der mag ich nichts hören. Aber die Anna, die ist brav, und wenn die Emma so ist, da — da —"

Er hielt inne; es war doch ein Kampf, der sich in seinem Innern vollzog. Wilhelm störte ihn nicht; er kannte seine Weise.

„Da — da, ja, da sollst du sie haben", rang es sich endlich wie ein schwerer Entschluß von den Lippen des Krüppels. „Die Anna wird Freud darüber haben, und die Marie, die soll ihren Sohn glücklich sehn. Ja, Wilhelm, du sollst die Emma haben. Als du zur Welt kamst, da hielten sie alle schon den Richter-Franz für verrückt und lachten über ihn, aber dein Vater und deine Mutter, die sagten: ‚Nun soll er allweil grad Pate werden bei dem Jungen'! Die Verwandten haben's nicht gewollt, aber sie haben's doch durchgesetzt. Ich mußt das Glaubensbekenntnis sagen, und dann bin ich Pate gewesen. Schau, Wilhelm, das vergeß ich ihnen nicht und dir auch nicht, und drum wird die Emma deine Frau!"

„Das wird aber nicht so schnell gehn, Pate, und jetzt denk ich auch nur an die Geschichte mit dem Schmuggel."

„Es wird schon gehn, Wilhelm, denn der Köpfle-Franz weiß schon, was er sagt! Aber ja, der Schmuggel! Weißt du was? Der — der — na, der ist der Schmugglerfürst!"

„Pate!" rief der junge Mann.

„Schrei nicht so laut! Du hast's schon selber auch gedacht; es ist dir nur schwer geworden, dran zu glauben. Und den willst du fangen?"

„Hör, Pate, das ist eine schlimme Sache! Du bist klug, viel klüger, als die Leute hier denken; komm, gib mir guten Rat!"

Wieder dauerte es lange, ehe eine Antwort erfolgte. Die Liebe zu Wilhelm trat mit Forderungen an Franz heran, die an seinen bisherigen Plänen mächtig rüttelten.

„Recht hast du schon, der Köpfle-Franz ist gescheiter als sie alle", nickte er endlich. „Er sieht, was kein anderer sieht, und weiß auch von dem Grenzhandel mehr, als sie denken. Wenn ich dir nur sagen könnt, wo der Zettel zu finden ist!"

„Das weißt du?" fragte der junge Mann erstaunt und begierig zugleich.

„Ich hab's erlauscht, mal in der Nacht; es war derselbe Jahrestag wie heut, und du brauchst nicht zu wissen, wo ich da gewesen bin. Aber unterwegs, da hab ich ausgeruht, und wie ich so ruhig und still da sitze, da kommt einer und nachher wieder einer und kurze Zeit darauf der dritte; sie alle greifen an den Baum, machen Zündholzfeuer, sehen was Weißes an, das sie wieder zurückstecken, und gehn nachher fort. Ich hab gewartet, bis keiner mehr gekommen ist, und nachher die Sache genau untersucht."

„Und was ist es denn gewesen?"

„Es ist mir allweil niemals eingefallen, jemand etwas davon zu verraten, aber du, du sollst es wissen. Grad am Born hinauf muß man nach dem Wald gehn; da stehn erst Dornbeer und Erlen; nachher gibt's lauter Tannen, bis drei Lärchen kommen, rechts vom Wasser, und die mittelste von ihnen, das ist die richtige. Sie hat zwei Ellen über der Erde einen kurzen, dünnen Aststumpf, der aber nicht natürlich, sondern nachgemacht ist. Man kann ihn herausdrehn, und dann ist das Papier im Loch zu finden."

„Warum wird es hineingesteckt?"

„Weil der — der, na, der Schmugglerfürst niemand vorher wissen läßt, wo in der Nacht das Stelldichein ist; auf diese Weise kann es nicht verraten werden. Erst auf dem Zettel ist der Ort und auch die Zeit zu lesen, wo die Pakete zu finden sind."

„Ich dank schön, Pate; gute Nacht!"

Er war fort, ehe Franz nur noch ein Wort sagen konnte. Es hätte allerdings noch gar viel zu besprechen gegeben, aber nun er wußte, wo das Papier zu finden sei, war kein Minute Zeit zu verlieren; eiligen Laufs kehrte er zunächst zu den Eltern zurück. Diese wußten von seinem Verhältnis zu Emma nichts und hatten sich seine schnelle Entfernung nicht erklären können. Jetzt erwarteten sie, den Grund zu erfahren, sahen sich aber getäuscht.

„Was ist denn los, was willst du denn mit den Dingern?" fragte die Mutter, als er sofort nach seinem Eintreten nach dem Quersack griff und die Revolver herausnahm.

„Seht, wie rasch das geht", antwortete er, nach den

Patronen greifend. „Ich bin noch kaum einige Stunden hier und weiß schon, wer der Schmugglerfürst ist!"

„Wer denn, und woher hast du's erfahren?"

„Das kann ich noch nicht sagen. Ich muß gleich wieder fort. Heut gibt's ein Hauptgeschäft, und ich werd ihn dabei erwischen!"

„Tu's nicht, Wilhelm! Bleib zu Haus; es ist zu große Gefahr dabei, und du mußt dich doch auch erst anmelden!" riet der Vater, der mit ängstlicher Scheu dem Laden der ihm fürchterlichen Waffen zusah.

„Ich weiß ja noch gar nicht, wie's gehn wird! Erst muß ich erfahren, wo die Pascher zu finden sind, und wenn ich dann noch Zeit hab, so lauf ich schnell um Hilf. Ich will nur gleich das Schreiben einstecken, das ich vorzuzeigen hab. Legt nur den Schlüssel auf die Tür, wenn ich spät wiederkommen sollte. Gute Nacht!"

Vor dem Hause angekommen, lenkte er von der Straße ab gleich nach dem Wald ein. Es war ihm jeder Schrittbreit wohlbekannt. Trotz der Dunkelheit und des Umstands, daß er keinen der zahlreichen Feldwege einschlug, sondern quer über Feld und Wiesen lief, erreichte er den Forst doch grad bei der Stelle, wo das Wasser aus den Büschen ins Freie trat.

Bisher hatte er wenig darauf geachtet, den Schall seiner Schritte zu dämpfen. Nun aber war Vorsicht nötig. Aber er wandte sie nur so weit an, daß sie die Schnelligkeit des Vorwärtskommens nicht beeinträchtigte. Es war ihm nämlich ein Gedanke aufgestiegen, der ihn trieb, den Baum so bald wie möglich zu erreichen. Immer den Bach entlang, wand er sich durch die Erlen, schlüpfte dann, nur auf den Tastsinn angewiesen, durch das Tannendunkel und stand endlich tiefatmend vor den Lärchen.

Mit beiden Händen den Stamm der mittleren untersuchend, fand er die Worte des Paten vollkommen bestätigt. Der Aststummel ließ sich wie eine Schraube herausdrehn, und in der hinter ihm befindlichen Vertiefung stak ein Papier. Er faltete es ausseinander, setzte ein Streichholz in Brand und las bei dessen Schein:

„11 Uhr — Mordloch."

Nachdem er einige Sekunden angestrengt gelauscht hatte, ob sich auch niemand nahe, machte er abermals Licht und untersuchte den Zettel und den umliegenden Boden. Trotz der Weichheit des Mooses war im Erdreich nicht die leiseste Spur eines anderen Fußeindrucks als des seinen zu bemerken, und das Papier zeigte eine Reinheit, Schärfe und Neuheit der Falten, die es nicht gehabt hätte, wenn es schon durch mehrere Hände gegangen wäre. Seine Hoffnung hatte sich erfüllt; es war jetzt erst neun Uhr; die Pascher pflegten wohl erst später nach den Befehlen ihres Anführers zu sehen, und er war also der erste, dem das Blatt in die Hände geraten war. Jetzt zog er sein Notizbuch hervor, nahm den Stift zur Hand und schrieb ungeachtet der Dunkelheit einige Worte auf einen leeren Zettel, den er abriß, zusammenlegte und in das Astloch steckte. Dann drehte er den Stummel wieder ein und begab sich auf einem Umweg von der Stelle fort.

Noch aber hatte er keine große Strecke zurückgelegt, als er den Schritt wieder anhielt. Er hatte sich noch eines Besseren besonnen.

Das Mordloch war die Stelle, an der einst der Leutnant erschossen worden war; sie hatte von diesem Verbrechen ihren Namen erhalte. Aus dem, was Wilhelm bisher erlauscht und von Franz erfahren hatte, ließ sich vermuten, daß dort die Waren direkt an den Schmugglerfürst abgeliefert würden, und es sprachen Gründe dafür, daß dies nicht in Gegenwart derer geschehen werde, die bestimmt waren, die Pakete weiter zu befördern. Die berüchtigte Schlauheit des Anführers legte vielmehr den Gedanken nahe, daß er die Träger der einen Strecke nicht mit denen der anderen in Berührung kommen lasse;

er blieb selbst stets unbekannt und hatte seine Maßregeln jedenfalls so getroffen, daß seine Untergebenen sich untereinander so wenig wie möglich kennenlernten und auch bei der Übernahme und Bezahlung der Schmuggelware nicht zugegen sein konnten. Darauf stützte Wilhelm seinen Plan. Wäre er jetzt zurückgekehrt, um Anzeige zu machen, so war es fraglich, ob die Betreffenden auch anzutreffen seien; mit den zwei Revolvern fühlte er sich dem Schmugglerfürst gewachsen, und wenn dieser der Dukatengraf war, so stellte sich das Bild Emmas schützend vor den Vater, den das Herz gern schonend behandelt hätte, obgleich das Gewissen ihn verurteilen mußte. Er kehrte zu den Lärchen zurück und versteckte sich in deren Nähe so, daß er die Stelle vollständig zu übersehen vermochte. Je länger es dauerte, ehe er den ersten nahen hörte, desto sicherer wurde er, daß noch niemand das Papier gelesen habe. Endlich huschte jemand herbei; ein Zündholz flackerte auf, und Wilhelm blickte in ein wohlbekanntes Gesicht. Es war ein Nachbar seines Vaters. In wenigen Augenblicken hatte er sich wieder entfernt, und zwar in der Richtung, die auf dem falschen Zettel angegeben war. Die für den Lärchenbesuch bestimmte Zeit schien da zu sein, denn es kam jetzt einer nach dem andern, und jeder beobachtete dasselbe Verfahren. Wilhelm kannte sie alle. Der heutige Transport mußte allerdings ein bedeutender sein, denn erst der sechzehnte Mann schien den Schluß zu bilden. Es waren lauter Bewohner der Umgegend, und der heimliche Beobachter mußte im stillen seinem Vater, der ihn vor der Feindschaft dieser Leute gewarnt hatte, recht geben.

Als niemand mehr kommen wollte, erhob er sich und schlug die Richtung nach dem Mordloch ein. Es war kein weiter Weg, den er zurückzulegen hatte, aber das Fortkommen wurde durch den dichten Baumwuchs sehr erschwert, und es verging daher eine geraume Zeit, ehe er in die Nähe des Ziels gelangte. Indem er sich jetzt vorsichtigen Fußes zwischen den Stämmen weiterschlich, hörte er zur Seite ein Rascheln in den Zweigen. Er blieb stehen, ließ den Mann an sich vorüberschlüpfen und folgte ihm dann nach. Fast kam es ihm vor, als sei es derselbe, der am Zaun des Dukatenhofes gestanden hatte.

Es konnte nur noch eine geringe Strecke bis zum Stelldichein sein, als eigentümliche Laute ihn veranlaßten, den Schritt wieder zu hemmen. Ein Schrei erscholl, so heiser und kurz, als komme er aus einer festzugeschnürten Kehle. Dann ließ sich eine hohnlachende, menschliche Stimme vernehmen.

„Ja, schrei nur; es soll dir nichts helfen! Heut ist der Jahrestag, daß du den Leutnant erschossen hast, und ich bin dafür eingesteckt worden. Dann bin ich alle Jahre des Nachts zur selbigen Stunde hergekrochen und hab den Geist des Ermordeten gebeten, mir zu helfen in meiner Rache, und nun hat er dich hergebracht und in meine Hand gegeben grad an der Stell, wo du mich hast in den Tod bringen wollen."

Ein tiefes, schweres, röchelndes Stöhnen unterbrach ihn.

„Gib dir keine Müh, loszukommen. Die Beine sind auf dem Dukatenhof, aber die Händ hab ich noch, und wen der Köpfle-Franz festnimmt, der wird allweil nimmer frei. Deine Frau ist tot, und du mußt ihr nach, und wenn du zehnmal der Schmugglerfürst bist, du bist doch auch noch ein anderer, du bist der — der — na, du weißt schon, wen ich meine, der mir das Herz aus dem Leib gerissen und mir das Leben vergiftet hat bis auf den heutigen Tag. Paß auf, jetzt geht's mit dir zu End!"

Er stand im Begriff, den unter ihm Liegenden mit einem letzten Druck zu erwürgen, aber es kam nicht dazu. Eine kräftige Faust packte ihn von hinten und riß ihn von seinem Opfer zurück, und zu gleicher Zeit flammte mit bleichem Licht ein blanker Messerstahl durch das Dunkel. Der Mann, der an Wilhelm vorbeigegangen war, war seinem Hauptmann zu Hilfe geeilt, doch kam die gezückte Waffe nicht zum tödlichen Stoß, denn auch er wurde ergriffen und von seinem Opfer fortgeschleudert.

„Weg mit dem Messer, sonst helfe ich nach!" rief Wilhelm, der die Sachlage sofort erfaßt hatte.

Der Mann gehorchte nicht, warf sich im Gegenteil mit dem Messer auf ihn. Wilhelm trat rasch zur Seite; sein Schuß blitzte auf, und die Hand des andern sank, die Waffe fallen lassend, zerschmettert nieder. Bei dem Pulverfeuer waren die blanken Knöpfe seiner Uniform zu erkennen; der Mann stieß einen unterdrückten Schmerzensruf aus und eilte fliehend von dannen. Als Wilhelm sich umwandte, sah er nur noch den Köpfle-Franz.

„Wo ist der Schmugglerfürst, Pate?" fragte er.

„Fort!" lachte der Gefragte. „Das kannst du dir doch denken!"

„Ich muß ihm nach — — —"

„Halt, warte erst!" rief Franz, ihn beim Arm haltend. „Sieh mal daher!"

Unter den Föhren, von wo aus einst der verhängnisvolle Schuß gefeuert wurde, lag eine ganze Reihe mächtiger und wohlgeschnürter Pakete.

„Ich hab mir's gedacht", sagte Wilhelm. „Aber wie kommst du hierher und in den Kampf mit dem Schmugglerfürst?"

„Heute bin ich wie alle Jahre hier, wenn's auch niemand zu wissen braucht. Da hab ich alles gesehen, und die Leut, die die Bündel brachten und dann wieder gingen, den Mann, der das viele Geld bekam, und den — — na, den Schmugglerfürst, der nachher auf mich gestoßen ist und mich hat umbringen wollen. Aber da ist er an den Unrechten gekommen, denn wenn der andere nicht gekommen wäre, so hätt es keine Minute länger mit ihm gedauert. Nun aber ist er ausgerissen. Er hat deinen Rock gesehn und gedacht, das ganze Militär ist da.“

„Warte, bei dem Gedanken wollen wir ihn gern lassen“, lachte Wilhelm und brannte in unregelmäßiger Pausenfolge noch einige Schüsse ab. Sodann lud er wieder und reichte einen der Revolver dem Paten. „Hier, Pate, nimm, daß du dich wehren kannst, denn du mußt dableiben als Wache für die Päcke! Ich aber muß wissen, wo der Schmugglerfürst ist; ich spring ihm nach.“

„Dableiben, das will ich schon; aber sag mir nur, wie ich dies kleine Ding allweil anzupacken hab!“

Wilhelm erklärte ihm flüchtig die Handhabung der Schießwaffe und entfernte sich dann. Er wußte, daß er dies wohl wagen dürfe, denn von den Schmugglern war keiner zu erwarten, und allen anderen Fährlichkeiten gegenüber hatte Franz nicht die mindeste Bangigkeit. Wohin er seine Schritte zu lenken habe, das wußte Wilhelm genau. Der Schmugglerfürst nahm jedenfalls an, daß er erkannt worden sei und daß man sofort nach seiner Wohnung eilen werde, um dort auszusuchen und ihn nach Umständen festzunehmen, und deshalb war er ganz gewiß bestrebt, sie noch vor seinen Verfolgern zu erreichen. Darum durchschritt Wilhelm den Wald in grader Richtung auf den Hof zu, ging, dort angekommen, nach der Seite des Guts und nahm sich vor, den Bauer unter allen Umständen gleich als Schmugglerfürst anzureden; nach dessen Verhalten wollte er dann in Beziehung auf Emma das seinige einrichten.

Diese Voraussetzungen zeigten sich als ganz richtig. Durch den würgenden Druck von Franzens Händen fast zur Besinnungslosigkeit gebracht, hatte der Dukatengraf nicht die notwendige Geistesgegenwart gehabt, die Sachlage sofort zu begreifen. Er hielt sich wirklich für von Militär und Grenzjägern überfallen und sah es als eine ganz besonders glückliche Fügung an, daß er ihnen entkommen war. Erst als er aus dem Wald ins freie Feld gelangte, gönnte er sich einen Augenblick Ruhe, um Atem zu schöpfen.

„Verloren, alles verloren“, murmelte er, ingrimmig die Fäuste ballend. „Das viele Geld ist hin, die köstlichen Pakete sind fort; ich bin zum Bettler geworden, grad wie der Richter-Franz. Und das hab ich dem Buben zu verdanken, dem Wilhelm, der mir vom Garten weg nachgeschlichen ist, um Rache an mir zu nehmen. Er hat den Handel belauscht und hernach die Buntröcke herbeigeholt. Ich hab ihn sogleich an der Stimme erkannt, und er mag sich nur hüten, daß er mir nicht mal im Weg steht, sonst ist es aus mit ihm! — Auch der Franz, der Krüppel, der elende, hat sich vor lauter Rachsucht hinausgeschleppt. Hätt ich ihn nur gleich erschlagen!“

Er warf die Hände drohend nach rückwärts und schritt dann dem Dorf zu.

„Ich muß mich sputen, daß ich nach Haus komme, sonst sind sie eher da und nehmen mich vom Feld weg! Ich geh zu Bett, und nachher kann mir niemand etwas anhaben. Aber durchs Dorf geh ich nicht, damit ich nicht gesehn werde.“

Dieser Umweg war die Veranlassung, daß er später als Wilhelm auf dem Hof ankam. Er sah die Möglichkeit ein, daß die gefürchteten Verfolger schon eingetroffen sein könnten, und gebrauchte daher bei seiner Annäherung die äußerste Vorsicht. Nur in kriechender Stellung legte er den Weg durch den Garten zurück, und bei den Stämmen angekommen, strengte er die ganze Schärfe seines Gesichts und Gehörs an, um festzustellen, ob Gefahr für ihn vorhanden sei.

„Hab mir's doch gleich gedacht“, bemerkte er in sich hinein; „dort lehnt einer am Fensterladen, grad da, wo damals der Franz gestanden ist. Der hat es klug angefangen, so daß ich nicht zur Tür hinein kann, und die Scheune, die hat der Knecht beim Schlafengehn verschlossen.“

Nach kurzer Überlegung beschloß er, zunächst nachzuforschen, mit wieviel Gegnern er es zu tun habe; das weitere konnte sich erst nachher ergeben. Sich mit der ganzen Körperlänge immer hart am Boden haltend, kroch er langsam vorwärts, und es dauerte bei dieser mühsamen Fortbewegung sehr lange, bis er die Umgebung abgesucht hatte und nun einen Entschluß fassen konnte. Er kehrte zu den Stämmen zurück.

„Es ist der Bub, der Wilhelm, und er ist ganz allein. Die andern stecken sicher draußen und haben den Hof umzingelt. Ich muß hinein, und ich weiß, wie ich's zustande bring. Wart, Spion, du stehst mir recht, grad so recht, wie damals der Franz, dein Pate, und diesmal soll es nicht bloß die Beine kosten! Der Franz ist nicht gescheit im Kopf, und was der sagt, das gilt nicht vor Gericht, und du, du sollst den Weg zum Amt schon gar nicht finden!"

Damit ein zweites Unglück verhütet werde, hatte man den Stämmen hölzerne Keile als Unterlagen eingeschoben. Er bewegte sich lautlos bis an die Vorderseite des ersten Klotzes und strengte alle seine Kräfte an, sie zu entfernen. An dem einen Ende gelang ihm dies nur nach langer, vergeblicher Mühe, an dem anderen aber war es nun leichter, denn der Stamm hatte jetzt den festen Halt verloren und konnte schon durch einen einigermaßen kräftigen Stoß aus dem Gleichgewicht gebracht werden. Anstatt diesen Stoß von der Gartenseite vorzunehmen, bückte sich der Graf zu dem zweiten Keil nieder — ein fürchterlicher Schrei erscholl durch die Nacht — ein dumpfes Rollen ließ den Boden erzittern — ein schmetternder Schlag machte das Haus erbeben, grad wie in jener entsetzlichen Nacht, nur daß der Schrei heut vor dem Anprall erfolgte.

Dann herrschte auf kurze Zeit eine lautlose Stille über dem verhängnisvollen Ort.

Gesühnte Schuld

Der Winter war längst vergangen; der Frühling hatte seine Blütenflocken bereits verschneit, und es war Sommer geworden. Im Niederland hatte man die Getreideernte bereits eingeheimst, im Gebirg aber wogte das goldene Ährenmeer noch über den Feldern, und nur hier oder da lag auf der Sonnenseite der Sommerroggen auf der Stoppel, um einige Tage gehörig nachzutrocknen.

Es war wieder Sonnabend, aber nicht ein so kühler und düsterer, wie der im vorigen November, dessen Andenken noch nach so langer Zeit unter den Bewohnern die Frische seiner Farben nicht verloren hatte. Die Sonne war längst hinter den nächtlichen Bergen verschwunden, aber es lag noch immer warm und wohlig auf Wald und Feld, auf Flur und Dorf, und die Leute saßen nach vollendetem Abendbrot vor ihren Türen, um sich den heimlichen Regungen hinzugeben, die das Scheiden eines freundlichen Tages in jedem empfänglichen Menschenherzen hervorruft.

Aus dem Forst trat ein junger Mann, der die hellen, munteren Augen liebevoll über das vor ihm liegende Tal gleiten ließ.

„Grüß Gott, du altes, gutes Nest da unten!" rief er fröhlich. „Da bin ich endlich und werde nun auch nicht gleich wieder fortgehn!"

Es war Wilhelm. Der bekannte Quersack auf seiner Schulter ließ schließen, daß er wie damals aus der Garnison zurückkehrte. Gar nicht weit von ihm war trotz der vorgerückten Stunde eine weibliche Gestalt noch im Klee beschäftigt.

„Wer ist denn das? Ich glaub gar, die Emma! Sie holt Futter für morgen früh. Das ist doch Arbeit für das Gesinde und nicht für die Tochter! Und warum hat man denn den Wagen nicht genommen?"

Er schritt den Rain entlang und schlich sich vorsichtig

bis hart an sie heran. Sie merkte sein Kommen nicht. Die Hände von hinten über ihre Augen legend, fragte er mit verstellter Stimme:

„Sag, wer ist's?"

„Wilhelm", antwortete sie.

„Erraten! Willkommen, Emma! Wie geht's?"

Ihre Augen waren gerötet, und an den Wimpern glänzte es feucht; sie hatte geweint.

„Willkommen, Wilhelm! Du fragst, wie es geht? Hast du denn noch nichts davon gehört?"

„Was ist's, von dem ich gehört haben soll? Ich glaub gar, du weinst! Ist bei euch wieder etwas Ungutes passiert?"

„Es ist nichts Neues, und du weißt es noch nicht, nur weil du so weit von hier gewesen bist. Der Dukatenhof ist weg!"

„Das ist doch nimmer möglich! Hat dein Vater ihn verkauft?"

„Nein, noch schlimmer! Das Gericht hat ihn genommen; übermorgen ist die Versteigerung."

„Schau, das ist bös! Was sagt dein Vater dazu?"

„Der sagt nichts, gar nichts. Er sitzt von früh bis abends droben in seiner Stub, starrt vor sich hin und spricht kein Wort. Und wenn ich auf ihn red, so antwortet er nicht, sondern nimmt mich nur immer bei der Hand und blickt mich an mit Augen, mit solchen Augen — ach, es ist zum Herzbrechen!"

Sie legte ihren Kopf an seine Brust und schluchzte laut. Auch er war tief bewegt, und seine Stimme zitterte, als er nach einer Pause fragte:

„Kannst du dir denken, wer schuld ist an dem Unglück, Emma?"

„Wer?" fragte sie.

„Ich!"

„Du?"

Sie blickte unter Tränen erstaunt zu ihm empor.

„Ja, ich! Wenn ich den Schmugglerfürst nicht hätte fangen wollen, so wär gar nichts von alldem geschehn. Aber die Prämie hat mir in die Augen gestochen, und nachher — nachher hab ich sie doch nicht haben mögen."

„Das hat doch nichts mit dem Vater zu schaffen!"

Er schwieg. Sie ahnte nichts von dem wahren Sachverhalt und fuhr zögernd fort:

„Und die Geschichte von dem Leutnant und dem Köpfle-Franz hast du wohl auch noch nicht gehört?"

„Daß er ihn erschossen haben soll? Warum soll ich das noch nicht gehört haben? Das weiß doch jedes Kind!"

„Nein, es ist anders gewesen! Jetzt ist der richtige heraus, der's getan hat."

„Ist's wahr?" klang es überrascht und erfreut. „So ist der Pate endlich gerechtfertigt! Wer ist's gewesen?"

„Ach, Wilhelm", schluchzte sie mit erneuter Heftigkeit; „nein, das kann ich dir nicht sagen!"

„Warum?"

„Es ist fürchterlich, und ich, ich konnte es gar nicht glauben. Ich hab geweint Tag und Nacht und mich vor den Leuten versteckt, als ob ich's selbst gewesen sei."

Er ließ erschrocken seinen Arm von ihr gleiten, denn ihm ahnte, was ihr das Sprechen so schwer machte.

„Sag's nicht, Emma, sag's nicht; ich werd's auch so erfahren!" rief er aus.

„Siehst du", jammerte sie, als sie sich von ihm losgelassen fühlte, „daß du nun gleich auch nichts mehr von mir wissen magst! Und ich kann doch nichts dafür."

Sie verbarg ihr Gesicht in die Schürze und wendete sich von ihm ab.

„Emma, bleib da", bat er. „So hab ich's nicht gemeint. Es ist ja nur der Schreck gewesen, nichts anderes. Komm her und sei ruhig; du weißt doch, daß ich dich liebhab und niemals von dir lassen werd!"

Er nahm sie wieder an sich und zog ihr die Hände

vom Gesicht. Erst jetzt bemerkte er, wie blaß und leidend es geworden war, und mit inniger Teilnahme küßte er ihr die Tränen aus den Augen.

„Auch nicht, wenn — wenn der Vater in — in das Zuchthaus muß?" forschte sie stockend.

„Auch dann nicht, das darfst du sicher glauben! Aber vielleicht kommt's nicht soweit. Wissen's denn die Leut und auch schon die auf dem Gericht?"

„Ja, der Vater hat sich doch selbst angezeigt! Oh, Wilhelm, diese Zeit werd ich nimmer vergessen! Das kam alles Schlag auf Schlag: erst das Unglück mit dem Klotz, nachher die Anzeige wegen des Mordlochs; dann nahm uns der Agent die Ernte, und das Vieh mußte deshalb aus dem Stall; nun ist der ganze Hof verloren, und wer weiß, was alles noch weiter folgen kann!"

„Daß es so schlimm steht, hab ich mir nicht gedacht! Ich bin damals gleich wieder fort, und von den Eltern hab ich keinen Brief erhalten. Aber sei doch ruhig; der liebe Gott wird schon helfen, daß es besser geht, als wir denken. Komm, nimm den Korb; wir wollen nach Haus gehn!"

Er half ihr die Last aufnehmen, dann schritten sie langsam dem Dorf zu.

Er erzählte ihr von lustigen Ereignissen auf seiner Heimreise, und es gelang ihm, sie in eine weniger traurige Stimmung zu versetzen. Bei dem Dukatenhof angekommen, hemmten sie ihre Schritte.

„Wie lange bleibst du jetzt da?" erkundigte sich Emma.

„Für immer."

„Ist's wahr?" rief sie erfreut. „Gehst nicht wieder fort?"

„Wenn du mich nicht fortschickst, nein! Meine Zeit ist um, und ich mag nicht weiterdienen. Zwar hat es mir ganz gut gefallen, und ich bin auch vorgerückt; darum haben sie mir viel zugesprochen, daß ich bleiben soll;

aber die Eltern brauchen mich notwendiger als der König. Ich könnt wohl mal eine gute Versorgung haben, doch das liegt noch weit im Feld, und hier wird sich wohl auch was für mich finden. Wenn du in Not und Sorge bist, so mag ich nicht fort sein, sondern will bei dir bleiben."

„Dir kann's ja nimmer fehlen! Du bist ein tüchtiger Bauer! Das ist besser als Soldat, und dann hast du ja auch den Anteil von den Paketen, die du damals den Paschern abgenommen hast. Das ist ein schönes Stückchen Geld, denn der Köpfle-Franz hat seinen Pack nicht annehmen wollen und dir überlassen, nicht wahr?"

„So ist's. Aber es geht mir auch wie ihm; ich mag's nicht haben. Zwar ist's kein Sündengeld, aber es brennt mir in der Hand und wird nie Segen bringen. Der, dem's gehört, soll's wiederhaben!"

„Kennst du ihn denn?"

„Ich werd es schon erfahren. Und nachher ist —"

„Geh fort!" unterbrach sie ihn. „Der Vater! Mach schnell", fügte sie ängstlich hinzu, „sonst sieht er dich!"

Wilhelm drehte sich ruhig und ohne ein Zeichen des Schreckens nach dem Eingang um. Dort erschien ein Mann, dem grad wie dem Köpfle-Franz die Beine fehlten und der auch wie dieser den Oberkörper in einen Rollkasten geschnallt hatte. Der schwarze, dichte Bart war lange Zeit nicht verschnitten worden, hing ihm fast bis auf die Brust herab und bildete einen auffallenden Gegensatz zu dem schneeweißen Kopfhaar, das sich lang und glatt über den bleichen, hohläugigen Schädel legte. Es war der Dukatengraf; eine einzige Nacht hatte sein Haar gebleicht; eine einzige Nacht hatte ihn aus der Höhe, in der er sich wähnte, in die Tiefe gerissen. Sein Auge hatte die Gruppe erfaßt.

„Bleib stehen, Wilhelm, brauchst dich nicht zu fürchten, denn ich kann dir nichts mehr anhaben!" sagte er.

Er schob sich mit den beiden Hölzern, die er gerade

wie der Köpfle-Franz in den Händen hielt, herbei und wandte sich an Emma:

„Ich werd jetzt meine erste Ausfuhr machen, nicht mit der Staatskarosse und nicht mit dem Braunen, den mir der Baron abgenommen hat, sondern hier auf dem Bußwagen, den ich mir wohl erworben hab. Laß die Tür offen; ich werd wohl spät wieder zu Haus sein!"

Dann legte er das Holz auf die Erde und hielt dem jungen Mann die Rechte entgegen:

„Wilhelm, du hast mal zu mir gesagt, daß die Ohrfeige, die ich dir gegeben hab, mit auf die Rechnung kommen soll. Sie hat nicht drauf gestanden; sie konnte nicht drauf stehn, und darum hast hier meine Backe oder meine Hand. Schlag zu, oder, wenn du mir verzeihen willst, so reich mir deine Hand!"

Der Angeredete war so erschüttert von der Demut des einst so stolzen und selbstbewußten Mannes, daß er kaum zu reden vermochte. Er gab ihm beide Hände und antwortete:

„Herr Graf, ich hab Ihnen ja längst verziehen; Gott geb, daß ich es Ihnen beweisen kann."

„Das kannst du, Wilhelm. Sei gut gegen die Emma, und verlaß sie nicht, wenn ich fort sein werd! Sie ist besser als ihr Vater, tausendmal besser, und ihr werdet glücklich miteinander sein. Jetzt aber muß ich fort. Geht nur immer hinein in die Stube, und du, Wilhelm, grüß mir auch deine Mutter, die Marie; ich bin nicht wert, daß solch Gesinde in meinem Haus gewesen ist!"

Vier Augen blickten ihm nach, als er sich nun mühsam und unbeholfen entfernte, aber die Tränen, die sie füllten, ließen seine Gestalt ins Undeutliche fließen. Emma schluchzte laut und krampfhaft, und Wilhelm hatte sich an den Zaun gelehnt, als müsse er gegen die auf ihn einstürmenden Gefühle eine feste Stütze suchen.

Graf schob sich das Dorf hinauf. Auf beiden Seiten der Straße eilte der Ruf von Haus zu Haus: „Der Dukatenbauer kommt; paßt auf! Wo wird er hinfahren?" Er nickte, still grüßend nach rechts und links, und verfolgte unbekümmert um die ihm in einiger Entfernung nachkommenden Neugierigen seinen Weg bis an das Haus des Köpfle-Franz.

Tür und Läden waren geschlossen. Er klopfte an.

„Wer ist draußen?" fragte der Besitzer des Häuschens von innen.

„Mach auf, Franz; ich bin's, der Heinrich!"

„Welcher Heinrich?"

„Nun, der — der — der vom Dukatenhof!"

„Bleib draußen! Bei mir darf niemand herein, und du erst gleich gar nicht!"

„Mach nur auf! Ich hab dir etwas zu sagen!"

„Sag's andern! Von dir mag ich nichts hören!"

„Du wirst's schon hören wollen; es ist etwas von der Anna."

„Von der Anna? Was denn?"

„Laß mich nur erst ein, dann werd ich es dir sagen."

„Geh fort! Von dir mag ich nichts wissen, auch über die Anna nicht."

„Es sind zwei Briefe von ihr, die ich dir bringe!"

„Zwei Briefe? Wer hat sie geschrieben?"

„Sie selbst. Bitt schön, laß mich ein!"

„So komm!"

Die Tür wurde geöffnet. Im Flur war es dunkel, aber in der Stube brannten die beiden Kerzen zu seiten des Tisches, und ihr Schein fiel verklärend über das aufgeschlagene Bild der Verstorbenen.

Es war ein entscheidender Augenblick für die beiden Männer, die sich jetzt in dem ärmlichen Raum gegenüber kauerten. Die Augen des Köpfle-Franz funkelten glühend und voll unsagbaren Hasses auf den Zerstörer seines Lebensglücks, und es zuckte über seine Gestalt, als müsse er sich beherrschen, um nicht über ihn herzufallen. Aber je länger er ihn betrachtete, desto mehr verschwand der drohende Ausdruck seines Gesichts; die Hände entballten sich, und in ruhigerem Ton erklang es:

„Komm näher; hast nichts zu fürchten!"

Grafs Auge fiel auf das Bild.

„Darf ich hin?" fragte er.

„Ja; aber nicht angreifen!"

Der Dukatenbauer schob sich an den Tisch; aber nicht lange hatte sein Blick auf den bekannten Zügen geruht, so wandte er das Angesicht zur Seite und ließ den Kopf zur Erde sinken. Franz näherte sich ihm.

„Hast du sie denn liebgehabt?" fragte er.

„Liebgehabt?" fragte Graf erstaunt. „Nein, wahnsinnig bin ich vor Liebe gewesen, sonst wär ich doch nicht das, was aus mir geworden ist! Aber sie hat mich nicht leiden mögen, und da bin ich immer mehr auf die schlechte Seite gefallen; das Herz ist mir versteint, und ich hab nur Gefallen gefunden an dem, was andere Leut verdrossen und geärgert hat."

„Sie hat dich nicht leiden mögen?" ertönte es hastig und mit zitternder Stimme.

„Nein, niemals, bloß weil sie dich liebhatte."

„Mich liebgehabt? Aber sie ist doch deine Frau geworden!"

„Weil sie gemußt hat. Als ihr Vater tot war, hat ihr die Mutter in den Ohren gelegen, weil es ihr um die Versorgung zu tun gewesen ist. Und ich, ich hab alles hervorgesucht, um ihren Willen zu brechen. Ich hab gesagt, daß ich im Mordloch gewesen bin und gesehn hab, daß du ihren Vater wirklich erschossen hast und daß ich gegen dich zeugen und schwören wolle, wenn sie nicht meine Frau werde. Das hat geholfen. Um dich zu retten, hat sie endlich ‚ja' gesagt."

„Um mich zu retten!" jauchzte Franz. Seine Liebe hatte im Lauf der Jahre eine rein ideale Richtung genommen; er dachte nicht an die bodenlose Schlechtigkeit, die in dem Verhalten Heinrichs gelegen, dachte nicht daran, daß gerade dieser Beweis von Liebe ihn um ihren Besitz gebracht hatte, sondern er fühlte die furchtbare Last von sich genommen, die der Gedanke, daß ihr Herz dem Dukatengraf gehöre, auf ihn geworfen hatte. Unter ihrem Druck hatte er mehr gelitten als unter der äußeren Verstümmelung, sie hatte auch die Kräfte seines Geistes gebrochen und ihn zu dem „Verrückten" gemacht, der von den Unverständigen verspottet und von den Einsichtsvollen bemitleidet wurde.

„Ja, nur um deinetwillen. Sie hat mir das auch nie verschweigen mögen. Wenn du unter den Bäumen gelegen bist, so hat sie im Garten gestanden und geweint und nach dir hingeblickt, und wenn du auf Reisen gewesen bist, so ist sie an dein Haus gegangen und hat stundenlang vor deiner Tür gesessen. Ich hab's nicht leiden wollen, aber sie ist mir immer wieder entschlüpft, und da ihr euch doch nie getroffen und gesprochen habt, so bin ich endlich auch darüber still geworden."

Franz atmete förmlich jedes dieser Worte von den Lippen des Sprechers; seine Züge wurden hell und immer heller, und in tiefen Stößen drang der Atem aus seiner sich erleichternden Brust.

„Da ist sie doch immer mein geblieben!" rief er mit freudestrahlendem Angesicht.

„Ja. Ich hab sie um ihr Glück betrogen, und dabei ist mir alles zum Unheil ausgefallen. Auf dich wollte ich schießen, und ihren Vater hab ich getroffen; nachher sollte dich der Klotz totmachen, aber du bist — — —"

„Der Klotz? Der ist nicht von selber auf mich gerollt?"

„Nein; das muß ich dir alles sagen, denn deshalb bin ich ja heut zu dir gekommen. Ich hab ihn fortgerollt, damit er dich hat treffen sollen."

„So ist's doch wahr, was ich mir kaum hab denken können, weil's gar so grausig schlecht gewesen ist! O du doppelter und dreifacher Mörder, du bist doch ein wahrer Teufel in Menschengestalt und solltest grad von unten auf gerädert werden!"

„Franz, das bin ich ja auch schon! Siehst's nicht? Und in meinem Alter hat das mehr zu bedeuten als damals, wo du noch jung gewesen bist. Seit ich die Schule verlassen hab, ist mir der Glaube an Gott abhanden gekommen, jetzt aber weiß ich, daß es wirklich die Gerechtigkeit gibt, die in der Bibel steht: Auge um Auge, Zahn um Zahn. Dir hab ich die Füße genommen, nun sind mir die meinen auch zermalmt; und dasselbe Holz hat's getan, das ich auf dich gestoßen hab! Der liebe Gott hätte vielleicht noch Nachsicht gehabt mit mir, aber weil ich auch den Wilhelm hab zerschmettern wollen, so —"

„Auch den Wilhelm? Geh fort, Graf, geh, ich kann's nicht länger hören! Ich hab vorhin gesagt, daß du in meiner Stub allweil nichts zu fürchten hast, drum geh, mach schnell, zur Tür hinaus, daß ich mein Wort nicht breche!"

„Nein, Franz, laß mich nur da, denn du mußt alles wissen! Meinetwegen magst du auf mich schlagen, wie du willst, ich nehme es ruhig hin, wenn ich dir nur beichten darf, was ich an dir verbrochen hab! Hast's nicht gehört, daß ich mich schon beim Gericht angezeigt hab, wegen des Leutnants? Ich braucht's nicht zu tun, aber du sollst gerechtfertigt sein. Sie haben mich bloß deshalb noch nicht abgeholt, weil ich bisher krank gewesen bin und nicht ausreißen kann. Wenn meine Buße hier zu Ende ist, werde ich mich gefangengeben. Heut bin ich bei dir; morgen geh ich in die Kirche; übermorgen laß ich mich aus dem Dukatenhof weisen, und Dienstag fahr ich mit meinem Karren nach dem Zuchthaus. Ich will alles tun und alles tragen, denn ich hab's verdient, und die Emma wird — ach Gott, mein Kind, mein gutes, liebes unschuldiges Kind!"

Es ward still in dem Raum. Der eine hatte ausgekämpft und beugte sich unter den Folgen seiner Taten. In dem Innern des anderen tobte der Kampf noch fort, ja, er war jetzt erst von neuem ausgebrochen und versetzte die Fluten seiner Seele in einen Aufruhr, der unmöglich in wenigen Minuten zu bezwingen war.

„Und noch eins muß ich dir gestehn“, fuhr der Dukatenbauer endlich fort. „Damals, als du aus meinem Hof geschafft warst und krank zu Haus lagst, wo die Marie dich pflegte, da ist die Anna alle Tage gekommen und hat sie gefragt, wie's mit dir steht. Nachher hat sie ein Schreiben gemacht an dich, das die Marie dir geben sollte, ich aber bin darüber geraten und hab ihr's weggenommen. Hier ist's. Ich hab in tausend Nächten darüber gesessen und hab's mit Grimm und Ärger immer wieder lesen müssen.“

Franz griff begierig nach dem Papier; es war zerknittert und beschmutzt und mußte allerdings viel in Gebrauch gewesen sein. Die Nähe des Lichtes suchend, saugte der erregte Leser die Worte langsam von dem Zettel, wiederholte jeden Satz, bis er ihn seiner Seele einverleibt fühlte, und als er zu Ende war, wandte er sich mit zuckenden Lippen zu dem Nebenbuhler:

„Schau, Graf, die Stöße dort unterm Ofen, das alles ist nur ihr Bild, nur immer wieder ihr Kopf. Ich hab gebettelt und gehungert, um Papier zu haben, hab Tag und Nacht und jahrelang gesessen, eh ich ihn ähnlich brachte, aber ich gebe all die Bilder hin für diesen einen Brief, und den bekommst du nicht wieder, der geht allweil mit mir ins Grab.“

„Du sollst ihn auch behalten, dafür hab ich ihn hergebracht. Hier ist noch einer. Den hat sie geschrieben gleich vor dem Tode. In ihrer letzten Stunde mußte ich ihr versprechen, daß ich ihn dir selber bringen wollte. Es ist geblieben bis heut, warum, das kannst du dir denken.“

„Zeig her!“

Er war kurz, aber sein Inhalt machte einen tiefen Eindruck auf Franz. Mit geschlossenen Lidern lehnte er an der Wand; seine widerstreitenden Empfindungen gingen in bald zornigen, bald milderen Zügen über sein matt erleuchtetes Gesicht; Minute um Minute verrann; die Lichter brannten herab; zischend und flackernd verlöschte eins nach dem anderen; es wurde dunkel in der Stube, und noch immer regte er sich nicht. Endlich, endlich klang ein langer, schwerer Seufzer durch die Stille.

„Heinrich!“ hauchte er.

„Franz!“ antwortete der andere.

„Ich hab dir vergeben!“

„Franz, ist's möglich, ist's wahr?“

„Ja! Die Anna hat's gewollt; in dem Brief da steht's geschrieben, und da will ich's auch tun. Wir sind Freunde gewesen von Jugend auf bis an den Tag, wo meine Liebe zu ihr uns getrennt hat; meine Liebe zu ihr soll uns nun in unseren alten Tagen auch wieder zusammenführen. Sie hat dir vergeben in ihrer Todesstunde, ich will auch alles vergessen und nimmer wieder davon reden, solange ich noch lebe!“

„Gib mir deine Hand darauf, Franz!“

„Die sollst du haben, aber nicht hier, wo meine Flüche über dich zum Himmel gestiegen sind, hier ist's nicht heilig genug dafür; komm mit!“

Sie verließen das Haus.

Längst schon war es Nacht geworden, und tiefe Ruhe lag über dem Dorf. Schweigend folgte Heinrich seinem Führer, der denselben Weg nahm, den Graf vorhin heraufgekommen war. Die Schenke wurde zugeschlossen, und der letzte Gast, der sie verließ, kam ihnen mit langsamen Schritten entgegen. Es war der alte Ortsvorsteher. Als er die beiden außergewöhnlichen Gestalten bemerkte, blieb er stehen und sagte zu ihnen:

„Das ist ja der Köpfle-Franz mit dem Dukatengrafen! Ich bin schon oft bei dir gewesen, Franz, hab aber nicht hinein gekonnt."

„Ist auch nicht nötig. Zu mir braucht niemand zu kommen, du auch nicht", antwortete Franz.

„Ich wollte dir nur sagen von wegen damals, als ich dich bei deiner toten Mutter traf, daß ich dir unrecht getan hab."

„Das brauchst du mir nicht zu sagen, das hab ich schon ganz von selber gewußt. Der Franz hat damals ohne dich fertig werden müssen, er braucht dich heut auch nicht. Mach, daß du nach Haus kommst!"

Die Begegnung mit dem Mann, der dem Trostbedürftigen einst so hart entgegengetreten war, hatte seine jetzige Stimmung wie eine Entweihung berührt. Er entfernte sich, so schnell es seine Gebrechlichkeit gestattete. An der Kirche angekommen, lenkte er nach dem Gottesacker ein, dessen Tür niemals verschlossen war. Heinrich folgte ihm. Er wußte nun, wohin der Weg gehen sollte; es war derselbe, den er auch unternommen hätte, wenn er allein von seinem bisherigen Feind zurückgekehrt wäre.

Das Grab war trotz der Dunkelheit rasch gefunden; der feine Duft der Reseda zeugte davon, daß der Hügel in einer liebevollen Pflege stand. Da sagte Franz:

„Komm her, Heinrich! Ich hab mich von der Toten gewandt, weil sie die Dukatenbäurin war; das hat sie nicht verdient, und darum werde ich's wieder gutmachen. Bleib drüben; sie soll mitten zwischen uns sein. So, und nun reich mir deine Hand herüber, und sie mag hören, was ich dir allweil sag. Was du an uns getan hast, das ist so gut, als hättest du's niemals getan. Es wird kein Mensch jemals davon ein Wort aus meinem Mund hören. Wir wollen nun wieder Freunde sein, uns Liebes und Gutes erzeigen und immerfort so handeln, daß sie mit uns zufrieden ist. — Und nun, Heinrich, nun wollen wir beten!"

„Franz, warte noch!“ Man hörte es der Stimme an, in welcher Bewegung sich der Sprecher befand. „Wir wollen nicht heimlich beten, sondern laut. Ich hab's heut hier tun wollen auch ohne dich, und daß du mit dabei bist, das soll's nicht anders machen. Als ich krank und zerschlagen im Bett lag, da hab ich das Lied auswendig gelernt, das sie sich zum Begräbnis bestellt hat. Es soll auch mal bei dem meinigen gesungen werden. Und jetzt, jetzt will ich davon beten.“

Er faltete die Hände. Es war heut ein Tag der Sühne, und eine Sühne sollte es auch sein, die er jetzt an dem Ort brachte, wo sich sein Hochmut gegen die Stimme des göttlichen Wortes empört hatte. Wolken verhüllten den Himmel, nur hier und da blickte aus dem unendlichen Raum ein Stern vorübergehend zwischen ihren zerrissenen Schleiern hindurch; schwarz und gespenstisch ragte die Kirche in die Nacht empor; die Lüfte schwiegen; kein Laut ließ sich hören; kein Lebenszeichen drang über die alten, halb zerfallenen Kirchhofsmauern herein zu den beiden Männern. Da rasselte es plötzlich wie rollendes Eisen im Innern des Turms; die Kirchenuhr hatte ausgehoben; ihr vom Rost zerfressenes Werk erzitterte, krachte und stöhnte unter der Schwere der Gewichte, und mit tiefen, mahnenden Schlägen ertönte die zwölfte Stunde durch das Tal. Als der letzte Ton verklungen war, begann der Dukatengraf:

„O Ewigkeit, du Donnerwort,
O Schwert, das durch die Seele bohrt,
O Anfang sonder Ende.
O Ewigkeit, Zeit ohne Zeit,
Vielleicht schon morgen oder heut
Fall ich in deine Hände.
Mein ganz erschrocknes Herz erbebt,
Daß mir die Zung am Gaumen klebt!“

So wenig sich Franz um die Leute zu bekümmern pflegte, er hatte doch von dem Verhalten Heinrichs bei Annas Begräbnis gehört; darum wußte er, was das Lied in der jetzigen Stunde bedeutete. Der heutige Tag hatte die Versöhnung zu schnell von ihm gefordert, als daß sich nicht ein Rest des alten, langgenährten Hasses in irgendeinem Winkel seines Herzens hätte verbergen können, aber was davon ja noch übriggeblieben war, das wurde durch die Erschütterung des gegenwärtigen Augenblicks gelöst und wich der tiefen Reue des einst so harten, jetzt aber schwer getroffenen Sünders. Dieser fuhr nach einer kurzen Pause fort:

„Wach auf, o Mensch, vom Sündenschlaf.
Ermuntre dich, verlornes Schaf,
Zu einem neuen Leben.
Wach auf, denn es ist hohe Zeit,
Und dich ereilt die Ewigkeit,
Dir deinen Lohn zu geben.
Zeig reuig deine Sünden an,
Daß dir die Gnade helfen kann!"

„Amen!" erscholl es von beider Lippen; Franz reichte seine Hand zum zweitenmal über das Grab hinüber und sagte:

„Das Lied hat nur dir gegolten, Heinrich, aber es hat auch mich getroffen. Du hast deine Sünden angesagt, und darum soll dir auch die Gnade helfen. Was das sagen soll, das wirst du bald von mir hören. Jetzt aber bitte ich, geh Heinrich! Laß mich allein hier bei der Anna. Was zermalmt gewesen ist in mir, das ist heut plötzlich heil geworden, aber mein armer Kopf ist's nicht gewöhnt und muß hier ruhn, bis er's ertragen kann. Schlaf wohl!"

„Gute Nacht! Segne dir's Gott tausendmal, was du heut an mir getan hast. Ich vergeß dir's nimmer!"

Er verließ den Kirchhof. Als er seine Behausung erreichte, fand er das Tor noch offen. Emma hatte auf ihn gewartet, und Wilhelm befand sich bei ihr. Sie hatten Sorge um ihn gehabt und waren ihm nun behilflich, die Treppe hinauf in seine Stube zu kommen. Dort blieb der junge Mann bei ihm zurück.

„Ich möchte Sie gern etwas fragen, Herr Graf", begann er, als Emma sich entfernt hatte, „und darum bin ich so lange auf dem Hof geblieben. Darf ich?"

„Frag nur immer, Wilhelm! Wenn ich kann, so werde ich dir gern Bescheid sagen."

„Sie haben nun wohl auch davon gehört, daß ich für die Pakete, die ich damals im Wald fand, Geld bekommen hab. Das mag ich nicht behalten! Ich hab's zwar nicht gestohlen, aber ich hab's doch mit Gewalt dem abgenommen, der's für die Ware gegeben hat. Nun möcht ich's wohin legen, wo der es finden kann, dem's gehört. Darf ich Ihnen den Ort sagen, damit Sie mir Zeuge sind, wenn es vielleicht mal nötig sein sollte?"

„Wilhelm, du bist ein braver Mensch, das seh ich jetzt schon wieder. Mit dem Schweigen über die beiden Leute, die du damals getroffen hast, da sollst du deinen Willen haben, aber das Geld, das behalt in Gottes Namen! Den du meinst, der nimmt es doch nicht wieder, und weil du es hast, grad erst recht nicht. Und wenn du die Emma wirklich liebhast, so kannst's doch wohl gebrauchen."

„Ist's denn auch wahr, daß ich sie nehmen darf? Sie ist das Kostbarste, was ich nächst den Eltern hab, und wenn sie meine Frau ist, so soll es sicher keinen andern geben, der Ihnen ein guter Sohn ist so wie ich!"

„Ja, du sollst sie haben, hier meine Hand darauf! Ich denke, daß du sie nichts entgelten läßt von dem, was an dem Vater nicht recht gewesen ist." — —

Seit langen, langen Jahren war es heute das erstemal, daß Heinrich sich mit der Genugtuung zur Ruhe legte, die als Segen aus der Erfüllung einer Pflicht erwächst. Sein Schlaf war fest und ungestört, und als er erwachte, fühlte er sich nicht nur körperlich gestärkt, sondern auch innerlich gefestigt, und die Zukunft erschien trotz ihrer schweren Schatten ihm nicht so dunkel wie vorher. Als er das Fenster öffnete, um die frische, würzige Morgenluft hereinstreichen zu lassen, gewahrte er den Köpfle-

Franz, der das Dorf herabkam und Miene machte, vorbeizufahren, ohne hereinzukommen. Er winkte ihm.

„Nachher!“ rief der aufs neue gewonnene Freund über den Zaun herüber. „Ich muß zum Bad!“

Es war Sonntag, und als die Glocken zur Kirche läuteten, folgte auch einer, der seit einem Menschenalter nicht in seinem Stuhl gesehen worden war, ihrem Ruf.

Die Augen der Anwesenden waren mehr auf ihn gerichtet als auf den Pfarrer; er aber schien dies nicht zu bemerken, sondern lauschte den Worten des letzteren, der den seltenen Zuhörer gar wohl bemerkt hatte und, von der Änderung des Sinnes überzeugt, gar manchen tröstenden und erhebenden Wink einfließen ließ, von dem in dem Entwurf seiner Rede nichts zu lesen war.

Als der Dukatengraf nach Haus kam, fand er zwei Gäste vor, die eben aus dem leeren Stall traten. Es war der Baron mit dem Agenten. Sie hatten wegen der morgigen Versteigerung einen Rundgang durch den Dukatenhof unternommen und begrüßten ihn in einer ganz anderen Weise, als es früher geschehen war. Wilhelm hatte ihren Begleiter gemacht.

„Guten Morgen, Dukatengraf!“ meinte der Baron. „Wo hast du heut deine Kette gelassen? Und an dem Rock hier sind doch schwarze Knöpfe?“

„Die Dukaten habt ihr, und die schwarzen Knöpfe hab ich. Wollen sehn, wer das Seine am längsten behält“, antwortete er ruhig.

„Oho, bist du heut patzig! Aber wahr ist's, die Dukaten haben wir und auch noch mehr dazu. Schau her!“ Er zog ein Portefeuille aus der Tasche und entnahm diesem mehrere kleine, sorgfältig eingeschlagene Päckchen. „Das ist der Preis für den Dukatenhof, der morgen unser wird. Du warst kein dummer Kerl, aber gekauft haben wir dich doch, und wenn das Gut zerschlagen ist, so sind wir fertig und versuchen's woanders mit einem noch Gescheiteren.“

„Das könnt ihr tun, wenn ihr den Hof auch wirklich bekommt. Jetzt aber bin ich noch hier, und die Straße da draußen ist euer. Macht, daß ihr miteinander hinauskommt!"

„Gut, du sollst deinen Willen haben, Dukatenmann; aber morgen hörst du auch den unsrigen, und dann ist's umgekehrt!"

Mit stolzen, selbstbewußten Schritten ging er davon. Auch der Agent hatte nach einer Brieftasche gegriffen und sie geöffnet. Ohne ein Wort des Abschieds konnte er unmöglich den Platz verlassen. Er trat hart an Graf heran, hielt ihm das geöffnete Notizbuch vor die Augen, blinzelte ihn höhnisch durch den blauen Klemmer an und fragte:

„Sehn Sie diese Ziffern, Herr Graf? Das ist bei Heller und Pfennig, was Sie im Spiel zum Fenster hinausgeworfen haben und von uns natürlich aufgefangen worden ist. Oh, wir führen sehr genau Buch, und wenn Ihnen an diesen Notizen gelegen ist, so will ich sie Ihnen zur Verfügung stellen. Sie können sich die Zeit damit vertreiben, wenn sie Ihnen jetzt nun wegen des Leutnants etwas lang gemacht wird. Und was — —"

Er konnte seine Abschiedsrede nicht vollenden, denn Wilhelm hatte ihn bei der letzten Wendung beim Kragen genommen und brachte ihn mit solcher Geschwindigkeit vor das Tor hinaus, daß sogar der Klemmer von dem gewaltsamen Fortschritt ergriffen wurde und trotz des weiten Weges bis vorn auf die Nasenspitze rutschte. Ihn wieder an den gehörigen Ort zurückschiebend, schickte sich der kleine Mann zu einer ernsten Verwahrung gegen ein solches Verfahren an; der Baron aber ergriff ihn am Arm, zog ihn lachend mit sich fort und sagte: „So ist dir's recht geschehen, Kleiner! Du brauchtest mit deinem Näschen nicht so ewig lang da drin herumzuschnobern! Aber nimm dir's nicht so sehr zu Herzen! Heute mir, morgen dir!"

Auf dem Rückweg vom Tor bemerkte Wilhelm ein mehrfach zusammengeschlagenes Papier, das an der Erde lag. Es mußte dem Agenten bei der ungewöhnlich raschen Beförderung aus der Brieftasche gefallen sein. Er nahm es auf und schlug es auseinander. Es war ein Blatt aus einer fremden Zeitung, zeigte ein längst vergangenes Datum und enthielt neben gerichtlichen Ankündigungen und einem Börsenbericht nur wertlose Annoncen. Schon wollte er es wegwerfen, als sein Gesicht auf einmal einen ganz anderen, gespannten Ausdruck annahm.

„Steht was Wichtiges drin?" fragte Graf.

„Was sehr Wichtiges. Das müssen wir uns mal genau ansehn und überlegen. Kommen Sie herein!" —

Auch den Nachmittagsgottesdienst besuchte Graf. Als er sich der Kirche näherte, bemerkte er vor dem Pfarrhof eine zweispännige Kutsche; der livrierte Kutscher saß in stolzer Unbeweglichkeit auf dem Bock, den Peitschenschaft auf dem rechten Knie, und ein ebenso gekleideter Diener stand am Schlag. Obgleich aus der Anwesenheit des Geschirrs zu ersehen war, daß der Pfarrer vornehmen Besuch habe, lenkte der Bauer doch an der Kirche vorüber und auf die Wohnung des Geistlichen zu. Dort fand er außer dem ihm wohlbekannten Direktor des nahen Bezirksgerichts eine Dame und einen Herrn vor, deren Äußeres so achtunggebietend war, daß er sich augenblicklich unter einer Entschuldigung zum Verlassen des Zimmers anschickte; der Pfarrer aber hielt ihn davon zurück.

„Bleiben Sie, Graf; Ihr Kommen stört uns nicht!" versicherte er, und sein Auge überflog teilnahmsvoll die verkrüppelte Gestalt des Ankömmlings. Auch die drei anderen ließen ihre Blicke mitleidig auf ihm ruhen. „Was bringen Sie mir?"

„Es sind zwei Bitten, mit denen ich komme, Herr Pfarrer; aber weil Sie nicht allein sind, so weiß ich nicht, ob ich sie sagen darf."

„Sprechen Sie immer, wenn es nicht etwa nur unter vier Augen verhandelt werden kann!"

„Eigentlich wär's wohl so etwas; aber ich hab Sie nicht unter vier Augen beleidigt, und so kann ich auch jetzt öffentlich darüber sprechen. Sie wissen wohl noch alles, wie es dazumal beim Begräbnis meiner Frau gewesen ist. Ich war ein harter, gotteslästerlicher Mensch, der sich aus dem lieben Gott nichts machte und keinem Menschen was zu lieb und gut gehalten hat. Ihre Rede wollte mich im Herzen packen; darum hab ich sie abgeschüttelt und bin davongelaufen. Aber dem da droben bin ich doch nicht ausgerissen, sondern er hat mich festgehalten und mir den verdienten Lohn gegeben. Da sehen Sie, Herr Pfarrer, was aus dem stolzen Dukatenbauer geworden ist, ein armseliger, elender Vogelscheucher, der sich kaum noch über die Straße schleppen kann und der nun gar noch im Zuchthaus sterben und verderben wird. Aber eh ich dahin komme, will ich erst überall Buße tun, wo ich gesündigt hab, und da komm ich auch zu Ihnen, um Sie um Verzeihung zu bitten für das, was damals geschehen ist."

Das waren einfache Worte; der Ton seiner Stimme klang ruhig und unerregt, aber gerade dieser stille, leidende Ernst seiner Rede machte einen tieferen Eindruck, als wenn sie unter Weinen und Klagen vorgebracht worden wäre.

„Was Sie damals getan, Graf, das haben Sie gegen den unternommen, dessen Dasein Sie zu jener Zeit leugneten. Er ist gerecht und straft die Sünde, aber er zürnt nicht ewig. Ich, als sein Diener, reiche Ihnen hier die Hand zur Versöhnung; seine Gnade ist größer als unsere Missetat; sie geht niemals zu Ende und wird sich auch Ihrer erbarmen. Ich weiß, was gestern abend auf dem Kirchhof geschehen ist. Wer so bereut, der wird Verzeihung finden."

„Ich danke, Herr Pfarrer! Ich will ja gern alles auf

mich nehmen, was ich verschuldet hab, wenn ich weiß, daß mir's vergeben ist. Und die andere Bitte, die ist von wegen dem Köpfle-Franz."

Er griff in die Tasche und zog ein Papierpaket hervor, das er öffnete.

Es enthielt die Dukatenkette nebst den Goldstückknöpfen von Rock, Hut und Weste.

„Das sind die Zeichen von dem Hochmut, dem ich all mein Elend zu verdanken hab! Nichts, gar nichts hab ich bei dem Untergang retten können, als die flimmrigen Schandflecke, und nun soll grad der sie bekommen, gegen den ich am schlechtesten gewesen bin, der Köpfle-Franz. Aber wissen darf er's nicht, daß die Gabe von mir kommt, sonst nimmt er sie nicht an, weil er meint, daß ich's jetzt selber brauch. Ich bitte Sie darum recht schön, Herr Pfarrer, wenn ich übermorgen fort sein werd von hier, so verkaufen Sie das Zeug, und was Sie dafür kriegen, das geben Sie ihm! Wenn er denkt, daß es von jemand anderm kommt, so wird er sich nicht weigern, es zu nehmen."

„Das wollte ich Ihnen gern besorgen, wenn ich nicht die Ansicht hätte wie er. Ihre Tochter steht nun so allein und verlassen da, daß sie die Goldstücke wohl ebenso nötig hat wie der Franz."

„O nein, Herr Pfarrer! Der Wilhelm ist ein gar braver Bursche; der wird für sie sorgen und sie niemals im Stich lassen. Wenn's sonst nichts wäre, so brauchte ich mir um sie wohl keine Sorge zu machen."

„Dann geben Sie die Kette her! Ich will sehen, was ich dafür löse, und werde Ihnen später über Ihren Auftrag Nachricht zugehen lassen."

„Dann danke ich Ihnen zum zweitenmal, Herr Pfarrer. Und wenn ich erst mal vom Dorf weg bin, so sehen Sie doch zuweilen mit nach meinem Kind; ein freundlich Wort wird immerdar zu brauchen sein, und ich weiß, Sie sind bereit dazu."

Er fühlte es weich und warm aus seinem Herzen emporsteigen und nahm daher schnell Abschied, um die über ihn kommende Rührung zu verbergen. Die Glocken läuteten zur Kirche; er folgte ihrem Ruf — zum zweitenmal seit langer Zeit und zum letztenmal wohl für das ganze Leben. Und nach beendigtem Gottesdienst besuchte er wiederum den Kirchhof, um Abschied zu nehmen von dem Hügel, der ihm bisher so gleichgültig war und an dessen Seite ihm nun auch die Ruhestätte verweigert werden sollte. Seine letzte Stunde sollte ihm nun hinter eisernen Gittern schlagen, und sein Grab lag wohl einmal außer der Reihe derjenigen, zu denen die Liebe ihre treuen Schritte lenken darf.

Zum Dukatenhof zurückgekehrt, fand er diesen von einer zahlreichen Menschenmenge belagert. Ohne daß man wußte, woher, hatte sich das Gerücht, der König und die Königin seien vom Bad herübergekommen, erst beim Pfarrer gewesen und dann nach dem Dukatenhof gefahren, wie ein Lauffeuer durch das Dorf verbreitet, und alles war herbeigeeilt, um die hohen Herrschaften zu sehen. Die Posaune des letzten Gerichts hätte ihn nicht schrecklicher treffen können, als diese unerwartete Kunde, und er mußte alle seine Kraft und Selbstbeherrschung zusammennehmen, um sich ihren Eindruck vor den vielen Leuten nicht merken zu lassen.

Längst schon war er hinter dem Tor verschwunden; Viertelstunde auf Viertelstunde war vergangen; endlich wurde die Tür aufgestoßen, und der Köpfle-Franz erschien.

Die Arme so hoch wie möglich in die Luft werfend, gab er das Zeichen zur Ruhe und rief dann:

„Hört mal, ihr Leute, wenn ich schrei, so schreit ihr auch!"

Er konnte die Zustimmung der Umstehenden gar nicht abwarten, denn schon im nächsten Augenblick traten die Erwarteten aus dem Haus. Der Diener öffnete den Schlag;

sie stiegen ein, und der Bezirksgerichtsdirektor folgte ihnen. Da richtete Franz sich so hoch wie möglich empor und rief, so laut er nur konnte:

„Paßt auf, ihr Leute! Allweil soll der Herr König leben, vivat hoch!"

„Hoch!" brauste es über die anwesende Menge dahin.

„Und die Frau Königin grad erst recht daneben, vivat hoch!"

Der Ruf widerholte sich und endete nicht eher, als bis der Wagen den Augen der Nachblickenden vollständig entschwunden war. Köpfle-Franz aber kehrte gar nicht wieder in den Hof zurück, sondern schlich sich so schnell wie möglich am Zaun hin und schlug dann den Weg nach seiner Wohnung ein. Noch niemals hatte er sich mit so freudigem Gesicht das Dorf hinaufgeschoben, und als er bei geschlossenen Läden und angesteckten Lichtern vor dem Bild Annas hockte, lag auf seinem Gesicht eine Verklärung, der jenes unbeschreibliche Etwas in seinen Zügen vollständig gewichen war.

„Nun ist's zu Ende mit allem Haß und Streit, mit aller Angst und Sorge, Anna! Aber gekämpft haben wir auch, daß es so weit gekommen ist. Der König hat nicht gleich gewollt, sondern gesagt, da gäb es vorher erst gar viel auf dem Gericht zu tun, eh an die Gnade zu denken sei, aber die Emma ist fast tot gewesen vor Herzleid; der Heinrich hat vollends gar kein Wort zuwege gebracht, auch der Wilhelm hat geweint und gebeten, und da sind der Königin die Tränen über die Wangen gestürzt, und sie hat ihren Mann bei der Hand gefaßt und ihn so lieb und gut angeschaut, daß ihm das Herz endlich doch übergelaufen ist. Er hat mit dem Gerichtsdirektor noch einige Worte in einer fremden Sprache gesprochen und dann gesagt: ‚Nun gut, er soll nicht gefangen sein. Wo so viel Reue und Fürsprache ist, da kann kein König wiederstehn. Aber nun die Freude, die solltest du sehn! Der Heinrich hat geschluchzt wie ein Kind; die Emma hat dem König und der Königin immer nur die Händ geküßt und mit Tränen gesalbt; der Wilhelm und ich, wir sind vor Glück auch ganz stumm gewesen, und die Herrschaften haben selbst nicht gewußt, wo sie mit ihrer Rührung hin sollten. Anna, das war die schönste Stund in meinem Leben! Und nun werd ich meine Rache vollenden, aber nicht die, die ich erst gewollt hab, sondern eine andere, eine viel, viel schönere und bessere."

Er schob sich zum Ofen und zog die darunterliegenden Bilderstöße hervor; dann entfernte er das Blech und eine Lage Ziegelsteine und griff in die jetzt sichtbar werdende Vertiefung.

„Hier sind sie, die Dukatensäcke, alle miteinander! Ich hab gebettelt und gemalt, gescharrt und gespart wohl an die dreißig Jahr, und wenn es mir mal gar zu schwer hat werden wollen, so hab ich gedacht, es ist für deine Rache; der Heinrich muß aus dem Dukatenhof, und du ziehst an seiner Stell hinein. Dann hab ich wieder von neuem Kraft gehabt, bin im Land herumgefahren, hab gehungert und gedurstet, im Wald oder auf der Wiese geschlafen, und wenn ich heimgekommen bin, so ist der Beutel voll gewesen, und ich hab dir das Geld auf Heller und Pfennig vorgezählt. Jetzt ist's gut, und ich kauf auch den Hof, aber nicht für mich, und der Heinrich, der soll nicht hinausgestoßen werden, sondern er soll der Dukatenbauer sein, wie er's bisher gewesen ist. Ich aber, ich bleib bei dir in meinem Häuschen; ich mag nicht fort, denn der Köpfle-Franz und die Anna, die passen nirgends anders hin."

Nun war in dem ärmlichen Raum wieder jenes verheißungsvolle Klingen zu hören, wie am Abend des Begräbnistags, die Nachtruhe blieb dem Auge des Bewohners fern, und als es am Morgen an den Laden klopfte, hatten seine hellen Augen keinen Schlaf gesehen.

„Wer ist's?" fragte er.

„Ich bin's Pate, der Wilhelm!"

„Hast du den Karren mit?"

„Ja."

„So ist's gut. Ich werd aufmachen."

Er öffnete. Wilhelm hielt mit einer Schubkarre draußen.

„Du hast mich bestellt, Pate. Was soll ich denn fortschaffen?"

„Komm herein! Wirst's gleich sehen!"

Mitten in der Stube stand ein altertümlicher Kasten von starkem, halb verrostetem Eisenblech.

„Diese Truhe hier schaffst du mir nach dem Dukatenhof und das Papier auch mit, das drauf liegt. Es kommt in die untere Stube!"

„Schön!" Er wollte den Kasten vom Boden heben, bemerkte aber, daß dazu eine ungewöhnliche Kraftanstrengung erforderlich sei. „Das ist schwer, Pate. Was hast du denn drin?"

„Allerlei alten Kram, der lange Jahre bei mir unterm Ofen gelegen hat. Greif nur fest zu; es wird schon gehn!"

„Und was willst du mit dem Gerümpel auf dem Hof?"

„Das wirst du wohl noch sehn. Mach nur allweil, daß du fortkommst. Ich komm gleich nach."

Als Franz den Hof erreichte, stiegen eben der Baron und der Agent aus der Kutsche, vor die der Braune des Dukatengrafen gespannt war.

„Kommst grad recht, Franz!" rief der erstere. „Kannst nachher gleich den neuen Bauer abzeichnen."

„Hab's schon heut nacht getan. Er ist auf dem Papier mit all seinen Leuten", antwortete der Krüppel.

Der Baron blickte ihn fragend an, wurde aber nicht weiter von ihm beachtet.

Die Räume, die seit Jahrhunderten nur von den Dukatenbauern und ihren Angehörigen betreten worden waren, standen heut offen; Fremde gingen in ihnen auf und ab und bemäkelten die Gegenstände, an denen die strenge Geschichte eines durch Selbstsucht und Hochmut zugrundegerichteten Geschlechts haftete. In der unteren Stube hatten die Herren vom Gericht ihren Sitz aufgeschlagen; im Flur war von dem geschäftigen Bergwirt ein Schanktisch errichtet worden; zahlreiche Neugierige strömten herbei, um dem letzten Atemzug der Dukatenwirtschaft beizuwohnen; es wurde gelobt, getadelt, entschuldigt und verurteilt, bemitleidet und verspottet, gelacht, gescherzt, getrunken; die Gebote folgten sich erst langsam, dann immer schneller; als aber der Baron seine gewichtige Stimme erhob und mit siegesgewisser Miene gleich die wahrscheinlich höchste Ziffer notieren ließ, ging ein achtungsvolles Schweigen über die ganze Versammlung.

„Nicht wahr, das zieht?" fragte er, sich triumphierend im Kreise umblickend. „Komm her, Kleiner, und mach die Tasche auf! Wir müssen unsere Zahlungsfähigkeit nachweisen."

Der Agent tat, wie ihm geheißen war, und bald hatten beide den Tisch mit dem Inhalt ihrer Brieftaschen vollständig bedeckt.

„So, das ist ein Pflaster, wie es hier kein anderer aufzuweisen hat. Wer noch weiter bieten will, der mag's versuchen, aber das Gut wird unser, und der Dukatengraf muß heut noch hinaus!"

„Das wird sich finden!" erscholl es von der Tür her. „Jetzt ist er noch da und hat auch gar keine Lust, schon fortzugehen."

Es war Graf selbst, der sich auf seinem Rollwägelchen hereingeschoben hatte.

„Oho, Krüppel, du tust doch heut gewaltig dick, wo es dir doch etwas dünner zumute sein sollte", höhnte der von den Getränken etwas berauschte Baron. „Bleib nur immer oben in deiner Kammer und zähle zusammen, was du den Leuten schuldig bist!"

„Das weiß ich ganz genau und werd's bezahlen. Noch bin ich hier Herr im Haus, und wer heut abend draußen ist, das wird ja wohl zu sehen sein, wenn du denkst, der Dukatengraf ist alle geworden!"

Er näherte sich dem Blechkasten, den Wilhelm hier abgesetzt hatte und dem von niemand irgendeine Aufmerksamkeit geschenkt worden war, zog den Schlüssel hervor und öffnete. Ein allgemeiner Ruf des Erstaunens entfuhr den Lippen der Umstehenden! Die Truhe war bis an den Rand mit flimmernden Goldstücken gefüllt.

„Siehst du nun, Baron, daß der Graf noch übergenug Dukaten hat, um dich samt deinem Gesellen dort aus dem Haus zu werfen? Herr Assessor, kommen Sie her, und zählen Sie soviel davon weg, als ich schuldig bin, auch die Kosten mit! Und hernach macht ihr anderen, daß ihr hinauskommt! Die Versteigerung ist zu End, und ich will nun wieder Ruh im Haus haben!"

„Wie kommen Sie auf einmal zu dem Geld?" fragte der Beamte.

„Das werden Sie noch heut erfahren. Jetzt aber bitte ich, abzuzählen; ich kann nicht auf den Tisch hinauf."

„Nein, das geht nicht!" rief der Baron. „Ich hab auf den Hof geboten und trete nicht wieder zurück. Ich kann bezahlen; hier liegt mein Geld. Der Hof muß mein werden; darum streich ich es gar nicht erst wieder ein."

„Das will ich mir auch verbitten!" klang es da hinter ihm, und eine feste, schwere Hand legte sich auf seine Schulter. Ein fremder Herr, der bisher den schweigsamen Beobachter gemacht hatte, war an ihn herangetreten. „Kennen Sie vielleicht diese beiden Lichtbilder, meine Herren?" fragte er, dem Baron ebenso wie dem Agenten je eine Karte vorhaltend. „Ich hab die Bekanntschaft dieser Männer schon seit Monaten vergeblich gewünscht und bin ganz glücklich, sie endlich doch noch zu machen. Herr Verwalter und Herr Privatschreiber, Sie sind meine Gefangenen!"

Wie ein Blitzschlag fielen diese Worte in die Versammlung, die für einige Augenblicke vor einer großen Verwirrung ergriffen wurde. Der Baron wollte sich diese zunutze machen, warf sich auf den Tisch, griff mit einigen raschen Griffen das Geld zusammen und stürzte dann nach der Tür. Dort aber nahmen ihn einige bereitstehende Gehilfen des Fremden in Empfang, und nach kurzem vergeblichem Ringen war sowohl er als auch der Agent durch Handschellen und Schließketten unschädlich gemacht. Der Beamte wandte sich nun zu dem Gerichtsbeamten.

„Herr Assessor, gestatten Sie mir, mich Ihnen gegenüber auszuweisen und die im Besitz dieser Männer betroffenen Wertpapiere und Schuldscheine samt dem draußen stehenden Geschirr in meine Verwahrung zu nehmen. Der Herr Ortsrichter wird mir diese Erlaubnis wohl auch nicht vorenthalten."

Die beiden Angeredeten gaben gleich nach dem ersten Blick auf den vorgezeigten Ausweis ihre Zustimmung, und es wurde ein Verzeichnis all der Gegenstände angefertigt, die die Gauner bei sich führten. Der Polizist unterwarf ganz besonders die Notizbücher einer eingehenden Prüfung.

Als er sie zusammenschlug, ließ er das scharfe Auge suchend im Kreis herumgehen.

„Ist der Mann dort an der Tür der Bergwirt?"

„Ja!" lautete die Antwort.

„Er wird den beiden anderen Gesellschaft leisten. Nehmt ihn fest!"

„Was? Mich?" rief der Wirt, sich nach dem Ausgang wendend; schon aber fühlte er sich ergriffen und zurückgehalten.

„Ja, Sie! Eine so genaue Buchführung, wie ich sie hier in der Brieftasche des Herrn ‚Bankier' finde, hat für gewisse Geschäftsarten ihre großen Schattenseiten. Sie gehen mit uns!"

Darauf wandte er sich an Graf.

„Ich konnte Ihrer Anzeige erst heute Folge leisten, weil es mir notwendig erschien, mich zuvor über die vorliegenden Verhältnisse im stillen zu unterrichten. Dies ist so eingehend geschehen, wie es mir die Kürze der Zeit gestattete, und ich sehe mich dadurch in die Lage versetzt, Ihnen eine erfreuliche Mitteilung machen zu können. Die Buchführung dieser Herrn läßt sowohl die Art und Weise als auch die Höhe Ihrer Verluste sehr deutlich erkennen, und da die Beträge noch zum großen Teil vorhanden sind, so dürfen Sie Hoffnung auf eine wenigstens teilweise Wiedererstattung haben. Das Weitere werden Sie auf gerichtlichem Weg mitgeteilt erhalten. — Für jetzt aber ist meine Aufgabe hier vollendet. Gestatten Sie mir, Herr Assessor, mich zu verabschieden!"

In wenigen Minuten rollte die Kutsche des Barons davon; sie war weit schwerer als einige Stunden vorher, und der Braune trabte so unwillig von dannen, als hege er die Überzeugung, daß der Dukatenhof noch immer seine rechtmäßige Heimat sei. Ebenso kurzer Zeit nur bedurfte es, um den Hof von den vielen lästigen Gesellen zu befreien, deren Anwesenheit nun keinen Zweck mehr hatte. Anfangs wollte es niemand begreifen, daß das Gut im Besitz des Dukatengrafen bleiben werde, und als im Lauf des Tages der wahre Sachverhalt ruchbar wurde, war es den Leuten noch viel unerklärlicher, woher der Köpfle-Franz dieses ungeheure Vermögen habe, das ganz sicher einst niemand anders erben werde als Wilhelm und Emma.

Noch am Abend feierten diese beiden ihre Verlobung, bei der außer den Eltern Wilhelms auch der Pfarrer zugegen war. Er hatte den ihm übergebenen Dukatenschatz wieder mitgebracht und wollte ihn in die Hände Grafs zurücklegen.

Dieser aber wehrte ab.

„Nein, Herr Pfarrer, ich nehme die Dukaten nicht

wieder! Der Franz wird sie wohl auch nicht haben wollen, aber ich weiß jemand, der sie recht gut gebrauchen kann. Ich hab gehört, daß sich der Feldhüter Wolf im vorigen November aus Versehen die Hand zerschossen hat; der kann mit seiner zahlreichen Familie das Geld wohl notwendig haben. Ich bin erlöst worden aus tiefer Not; mein Herz soll ferner nie wieder so hart sein, wie es früher gewesen ist. Die Dukaten waren für dich bestimmt, Franz, soll sie der Wolf bekommen?"

„Ich hab allweil nichts dagegen, daß er sie erhält. Jetzt aber schaut mal her, was ich heut nacht den jungen Leuten als Angebinde zur Verlobung gezeichnet hab!"

Er rollte das Papier auseinander, das Wilhelm heute mit dem Blechkasten abgeholt hatte. Es enthielt eine Bleistiftzeichnung und stellte die untere Stube des Dukatenhofes dar; in deren Mitte stand das wohlgetroffene Königspaar, vor dem die beiden Krüppel in flehender Stellung an der Erde lagen. Hinter ihnen hielt Wilhelm die weinende Emma umfangen, und seitwärts von dieser Gruppe verbarg der Gerichtsdirektor seine Bewegung hinter dem vorgehaltnen Taschentuch. Die Züge sämtlicher Personen waren auf das sprechendste wiedergegeben, und die Stimmung des Augenblicks so treu festgehalten, daß die Beschauer des Bildes sich von dessen Anblick ergriffen fühlten und dem Zeichner die unverhohlene Bewunderung aussprachen.

„Nicht wahr", fragte dieser, „es ist gut geworden? Ich hab noch nie etwas so gern gemalt, wie dieses Blatt, und darum hat's gelingen müssen. Das kommt hier an die Wand zum ewigen Andenken an die Stunde, die uns die schwerste und auch die schönste gewesen ist im ganzen Leben."

„Jawohl, die schwerste", meinte Graf; „ich habe das wohl am meisten gefühlt; aber auch die schönste, denn es ist mir unverdiente Gnade zuteil geworden und euch allen Heil und Segen." — — —

Seit diesen Begebenheiten sind gar viele Jahre verflossen. Der ‚Schmugglerfürst' ist in anderen Gegenden des Grenzgebirgs später nachgeahmt worden. Der alte Dukatenhof aber hat sich damals von seinem Verfall schnell erholt. Er gilt noch heut als eins der am besten bewirtschafteten Güter der ganzen Umgegend. Und wenn der oben angeführte Chronist aus seinem längst eingesunkenen Grab hinter der Sakristei hervorsteigen und die Feder in die Hand nehmen könnte, um die Geschichte der Familie Graf bis auf die Gegenwart fortzuführen, so würden seine Aufzeichnungen vielleicht mit den Worten schließen:

„Auß denen zweyen Klötz aber sind gemacht eyn ganz absonderlich Zahl von Bretten, und man hat darauß gebaut eyn schön und fürtrefflich Lauben, so da steht an selwigem Orte, als wo die Bäume vormalen einst gelegen sind. Solch Lauben ißt dem Köpfle-Franz seyn Werkstatt worden, indem er des Morgens von seyner Hütten herunterkompt und erst des Abends wieder von dannen fährt. So kommen denn die Leut, als da sind Männlein und Weiblein, fürnähmlich des Sonntags, in hellen Haufen herbey, umb sich zu holen eyn Contrefey, so mann alsbald hänkt in die Stuben, allwo das Licht am beßten trifft. Sitzt auch zuweilen dabey der Dukkatengraff, so da ißt der Letzte seines Geschlechtes, sambt dem kleynen Enkeleyen, dieweylen die Bäurin in der Küchen schantzt. Und weyl so allermassen viele Bilder gehn von deme Hoff hinauß ins weitte Land, derohalben ist er bey Denen, so ihn kennen, nicht mehr Dukkatenhoff, sondern Köpflehoff geheissen."

DER HERRGOTTSENGEL

Beim Schmuggelgruhl

Der Abend begann zu dämmern. Das Mädchen, das dem auf halber Bergeshöhe liegenden Kirchhof zuschritt, sputete sich; der Ort, nach dem es seine Schritte lenkte, gehörte zu denen, die man nicht gern in der Dunkelheit aufzusuchen pflegt. Noch glänzte der Himmel im Licht des scheidenden Tages; aber das Tal hüllte sich bereits in tiefe Schatten, und die alten, rissigen Mauern des Gottesackers blickten beinah gespenstisch aus dem sich schwärzenden Grün der hoch emporsteigenden Halden hernieder.

Das breite, rostige Gittertor knarrte in den Angeln. Der Mann, der hervortrat, trug Hacke und Spaten über der Schulter und schickte sich eben an, den Eingang wieder zu verschließen, als er die Nahende bemerkte.

„Wünsch guten Abend, Jungfer Selma!" grüßte er. „Kommst heut ja recht spät! Soll ich vielleicht warten und dich nachher bis ins Dorf geleiten? Die Nacht ist da, und der Fußsteig geht schlimm abschüssig."

„Ich danke, Hans", beantwortete sie die vertraulich höflichen Worte. „Geh nur immer heim; der Weg ist mir gewohnt, und ich werd ihn schon gut finden. Hast wohl Arbeit hier drin gehabt?"

„Ja, ein Grab."

„Ein Grab? Ist denn jemand gestorben? Da müßt ich doch auch etwas davon gehört haben!"

„Gestorben ist niemand; aber der Klapperbein kam letzte Mitternacht an mein Fenster und hat mir die Arbeit anbefohlen. Du weißt ja, daß er die Leich immer schon im vorher kennt. Ich bin neugierig, für wen ich die Grube bereitet hab. Leb wohl!"

Er stieg langsam den Berg hinab. Sie trat durch das Tor und schritt zwischen den Gräbern einem kleinen, niedrigen Häuschen zu, das sich gebrechlich an die hintere Kirchhofsmauer lehnte. Sie ging an seiner Tür vorüber, bog um die Ecke, räusperte sich und blieb dann horchend stehen.

„Wer kommt?" fragte eine tiefe Stimme aus dem wirren Gesträuch, das den Winkel bogenförmig umschloß.

„Ich bin's!" erwiderte sie. „Ich bring die Speis für den Tag."

„Die Selma? Wart, ich komm sogleich!"

Die Zweige wurden raschelnd auseinandergebogen, und eine ungewöhnlich lange und dabei äußerst dürre Gestalt kam auf das Mädchen zu.

„Bist ja heut beinah zur tiefen Nacht erst hier! Hast keine Furcht vor mir und vor den Toten?"

„Warum vor dir? Hast mir ja noch niemals was zuleid getan! Und vor den Toten fürcht ich mich schon auch nicht; mein Gang ist ja nötig. Nur wer aus Übermut zum Gottesacker geht, darf denken, daß ein Geist hervorsteigen und ihm begegnen könnt!"

„Es steigt keiner heraus, Selma. Was der Tod einmal genommen hat, das gibt er nimmer wieder frei — ich hab's erfahren!"

Die letzten drei Worte erklangen langsam und hohl; sie kamen so schwer zwischen den Lippen hervor, als hänge das Gewicht eines ganzen vertrauerten und verlorenen Lebens an ihnen. Es dauerte geraume Zeit, ehe er fortfuhr:

„Ich hab auf einen gewartet und geharrt viele, viele Jahr; aber er hat nicht kommen können; der Hügel liegt zu hoch und fest auf ihm. Und Geister — — ja, was ist ein Geist? Wenn wir sterben, so begräbt man uns, und unser Leib verwest; über der Erd aber bleibt nur unsere Tat zurück und lebt in ihren Folgen fort, wenn längst kein Staub von uns mehr übrig ist. Kann diese Folge

Gestalt annehmen und nachher als Geist erscheinen? — Gib mir den Korb!“

Er nahm ihn ihr aus der Hand und trat ins Haus. Nach wenigen Augenblicken kehrte er wieder und gab ihn geleert zurück. Dann beugte er sich zu ihr nieder und legte ihr die beiden kalten, dürren Hände aufs Haupt.

„Der einzige Geist, der hier wandeln geht, der bin ich, Selma. Ich bin tot schon lange, lange Zeit; ich bekomm nur dich und den Leichenhans zu sehen; sonst aber bin ich bereits abgeschieden, obgleich du mich noch greifen kannst. Die aber, die sie damals begraben haben dort in die Eck, die lebt noch unten im Dorf, und mancher hat's erfahren, ganz ohne daß er es weiß. Ich bin in ihr gestorben; sie ist in mir leben geblieben, und die Lieb ist schuld an beidem, an meinem Tod und an ihrem Weiterleben. Hast du sie auch schon empfunden, die Lieb, Selma?“

Sie verstand die seltsamen Worte nicht, die wie unlösbare Rätsel hier an dem Ort erklangen, der das letzte und größte Rätsel des menschlichen Seins mit seinen Hügeln und Kreuzen deckte. Sie bebte unter der Berührung seiner Hände und konnte seine Frage nur mit einem tiefen, seufzenden Atemzug beantworten.

„Hast sie also auch schon kennengelernt, und sie will dir ihre freundliche Seit nicht zeigen? Halt aus, Selma, halt aus! Du siehst der Elsa, deiner Tant, so ähnlich, wie aus dem Aug geschnitten; darum hab ich dich lieb, und darum sollst du glücklich sein. Sie nennen mich den Klapperbein, weil ich tot bin für die Welt und weil der Gram mich bis aufs Geripp verzehrt und abgejammert hat; sie reden von mir wie von einem, auf den niemand mehr rechnen darf; aber der Klapperbein hat dennoch Trost und Hilf für dich; wenn du einmal eines mächtigen Beistandes bedarfst. Geh jetzt, Selma! Ich will dich bis an die Pfort begleiten.“

Er schritt ihr bis zum Gittertor voran. Sie folgte ihm mit leisen Schritten, als dürfe sie die Ruhe und Stille des Todes nicht verletzen, dem er nach seiner eigenen Versicherung anheimgefallen war. Seit einer ganzen Reihe von Jahren hatte sie ihm täglich zur Zeit der Dämmerung das Essen gebracht und dabei nur selten ein Wort aus seinem Mund vernommen. War etwas zu erwähnen gewesen, so hatte er meist nur einen Zettel in den Korb gelegt. Heut war es zum erstenmal, daß er länger zu ihr gesprochen hatte; sie kannte seine trübe, öde Vergangenheit, aber seine Rede vermochte sie nicht zu verstehen. Nur eins fühlte sie: er war ihr freundlich gesinnt, und das gab ihr den Mut zu einer mädchenhaft neugierigen Frage: „Hast heut ein Grab machen lassen, und doch ist niemand tot. Sag, wer wird sterben?"

„Der Schmuggelgruhl", antwortete er einfach. Er konnte in der Dunkelheit die Wirkung nicht erkennen, die diese Auskunft auf das Mädchen hervorbrachte; und während er das Tor verriegelte, fügte er hinzu: „Sag dem Vater, die Zeit ist wieder um. Gut Nacht, Selma!"

„Gut Nacht!" erwiderte sie leise und stieg dann langsamen Schrittes und in tiefem Sinnen die Höhe hinab.

Zu Haus fand sie die Heimgenossen beim Abendbrot versammelt. Nur der Vater fehlte. Er saß in der Nebenstube am Schreibpult, und darum wurde die Unterhaltung nur leise geführt; denn jeder wußte, daß man den Herrn Ortsrichter bei der Arbeit nicht stören konnte, ohne ihn in großen Zorn zu bringen. Und vor diesem Zorn hüteten sich alle; der Richterbauer war ein gefürchteter Mann.

Sie setzte sich mit an den Tisch.

„Hast schon mit dem Ludwig gesprochen, Selma?" fragte eine der Mägde.

„Nein, er ist ja fast die ganze Woch nicht dagewesen, weil er jetzt in der Gärtnerei gar viel zu schaffen hat."

„Er ist vorgestern droben beim Herrgott gewesen."

„Beim Herrgott? Woher weißt du das, und was hat er dort gewollt?"

„Das kann ich nicht sagen. Ich hab's von dem Meinigen, der ist ihm begegnet, und dann hat am Herrgottkreuzle fast eine ganze Stund lang die Latern gebrannt."

Der interessante Gesprächsstoff wäre vielleicht weiter verfolgt worden, wenn sich nicht in diesem Augenblick nach kurzem Klopfen die Tür geöffnet hätte. Eine alte Frau, die sich auf zwei Krücken stützte, trat ein.

„Ist der Richter daheim?" fragte sie nach dem üblichen Gruß.

Da die Tür zum Nebenzimmer nur angelehnt war, so hatte der Genannte die laute Frage vernommen. Er erhob sich rasch von seinem Stuhl und trat näher. Auf seinem Angesicht war die Röte des Zorns deutlich zu erkennen.

„Das ist ja wieder die Botengundel! Hab ich Ihr denn nicht schon dreimal gesagt, daß Sie mir mit Ihrem Gejammer vom Hals bleiben soll? Morgen ist der Termin, und wenn Sie die Steuer nicht schafft, so wird Sie ausgepfändet. Davon helfen Ihre schönen Wort Ihr nimmer los; hätt Sie Ihre Schnapsdreier gespart, so könnte Sie Ihrer Pflicht nachkommen. Marsch fort; ich hab mehr zu tun, als Ihr Geschrei anzuhören!"

„Und doch wird der Herr Richterbauer anhören, was ich Ihn zu fragen hab; dafür ist Er da, und dafür bekommt Er Seinen Lohn. Ich will Ihn gar nicht wieder mit Klag und Bitt belästigen; ich hab nun doch zur Genüg erfahren, daß das bei Ihm nichts hilft. Und was die Schnapsdreier betrifft, die Er mir zum Vorwurf macht, so mach doch Er einmal in Sturm und Schnee, in Frost und Wetter den Botenweg über das Gebirg und sehe Er, ob Er es ohne den Tropfen fertigbringt, der den alten Leib erwärmt. Freilich, Wein kann ich nicht haben, von dem Seine Nas so schön zinnobrig geworden ist, auch ohne daß Er sie erfroren hat, wie ich die meinige!"

„Was will Sie mir das sagen?" schnaubte der Richter sie an. „Soll ich Sie etwa einstecken lassen?"

„Dazu hat Er die Gewalt, aber nicht das Recht. Wer mir den notwendigen Trunk vorhält, der mich wöchentlich zwei Dreier gekostet hat, dem darf ich auch seinen Wein vorwerfen, der doch viel teurer ist. Aber ich bin nicht gekommen, um mich mit Ihm zu zanken, sondern wegen der rückständigen Gemeindeabgaben. Hier ist das Geld!"

„Ah", lachte der Richterbauer, „sieht Sie, wie Sie bezahlen kann? Ich kenn schon meine Leut. Das Pack hat nimmer eher Geld, als bis ihm das Messer an die Kehl gesetzt wird. Ich will Sie mit Ihrer Bitt an die Gemeind schon heimleuchten!"

„Ja, das tut Er gern; das weiß das ganze Dorf! Aber wenn bei Ihm kein Erbarmen zu finden ist, so gibt's noch Hilf beim lieben Gott. Er hat mir die Steuer geschickt und auch noch mehr dazu."

„Der liebe Gott? Das mach Sie mir doch nur nicht weis! Sie hat Ihren Sparpfennig herausgeholt, so ist die Sach!"

„Den Sparpfennig hat die Krankheit schon längst aufgezehrt. Ich hab das Reißen bekommen und meine Beschäftigung aufgeben müssen; die Not ist dann bald eingetreten, und als ich gar zum Krückzeug greifen mußt, hat Er meine Bitt um Nachsicht abgelehnt, anstatt mich zu unterstützen, wie es doch Seine Pflicht gewesen wär. Da hab ich mir einen Brief schreiben lassen, wo alles drin gestanden hat, und ihn gestern abend hinauf zum Herrgott getragen; das Licht für seine Latern hab ich mir beim Krämer geborgt; in meiner Tasch war kein armer Heller mehr zu finden. Vorhin nun, vor wenigen Augenblicken, klopft es an den Laden; ich raff mich empor, geh aus der Stub und schieb die Haustür auf. Da hängt ein Leinwandbeutel an der Klink, aber kein Mensch ist rings zu sehn. Ich frag und ruf, aber es antwortet niemand, und so geh ich wieder in die Stub zurück und brenn die Lamp an, um zu sehn, was in dem Beutel ist. Was meint ihr wohl, ihr Leut, was ich gefunden hab!? Dreißig Taler sind's gewesen, dreißig harte, blanke Taler, und dabei hat ein Zettel gelegen, drauf stand geschrieben: ‚Der Botengundel vom Herrgott geschickt'. Der Herrgottsengel hat mir das Geld gebracht, und so bin ich gleich hergelaufen, um die Steuern zu bezahlen, damit Er mir morgen mein armseliges bißchen Hab und Gut nicht wegnimmt. Aber geb Er wohl Achtung, daß Er sich nicht noch einmal an das Herrgottle wenden muß! Es ist nicht aller Tage Abend, und Er ist auch erst nur ein armer Totengräber gewesen und für ein paar Kreuzer auf den Schleichhandel gelaufen, ehe ihn der Klapperbein zum reichen Richterbauer gemacht hat!"

Sie legte das bereits abgezählte Geld auf den Tisch. Der Richter fand vor Grimm über die mutige Rede der Frau keine Worte. Seine Augen sprühten Feuer; seine Hände ballten sich. Er machte Miene, sich auf die Botengundel zu stürzen, besann sich aber noch rechtzeitig, daß ihm aus einem Angriff auf die gebrechliche Alte wohl wenig Ehre erwachsen werde. Sein Zorn mußte einen anderen Gegenstand haben, sich an ihm abzukühlen.

„Wer hat den Brief geschrieben?" fragte er. „Denn Sie ist doch zu dumm, sich so ein Schreiben selber aufzusetzen!"

„Ja, so klug und gescheit wie der Herr Richterbauer bin ich freilich nicht; aber der ihn geschrieben hat, bringt's schon auch noch fertig. Des Schmuggelgruhls Ludwig ist's gewesen."

„Der —? So also lohnt er meine Lieb und Güt, die ich ihm erwiesen hab, der Liedrian? Da werd ich bald ein Wort mit ihm reden, das ihm gewaltig in die Ohren klingen soll! Er wird genau erfahren, was es heißt, euer Herrgottle gegen die Obrigkeit zu hetzen!"

Die Botenfrau hatte eine weitere scharfe Entgegnung auf den Lippen, konnte sie aber nicht aussprechen, denn es klopfte rasch und scharf. Auf das grollende „Herein!" des Richters trat ein junger Mann in die Stube, dem eine ungewöhnliche Erregung anzusehen war. Der Hausherr ließ ihm keine Zeit zum Gruß.

„Da ist er ja gleich, der Botengundel ihr Geheimschreiber, der so schöne Bettelbrief an den Herrgottsengel fertigbringt! Kommst grad zur rechten Zeit, Bursch, um zu hören, was solch eine Schreiberei einbringen kann!"

„Laßt das jetzt, Herr Richter", fiel der Angekommene schnell ein. „Der Vater ist am Sterben; es hat ihn über alle Maßen schnell gepackt, und er läßt Euch bitten, doch rasch zu ihm zu kommen. Er hat mit Euch zu sprechen!"

Er trat an den Tisch und reichte Selma die Hand. Der Zorn des Richters schien mit einemmal von ihm gewichen; es blitzte hell und freudig über sein Gesicht; doch nur für einen kurzen Augenblick. In der nächsten Sekunde hatte seine Miene den Ausdruck der Teilnahme angenommen.

„Sterben will er?" rief er wie bestürzt. „Es wird wieder nur ein kurzer Überfall sein, den das Fieber macht. Die Zehrkrankheit hat so diese Mode."

„Nein, es ist jetzt gewiß der richtige Ernst; der Tod steht ihm ganz deutlich im Gesicht. Bitte, Herr Richter, macht rasch, sonst kommt Ihr zu spät!"

Hastig ging er wieder fort. Der Bauer schrieb eine Quittung für die Botenfrau, die sich schnell entfernte, und suchte dann angelegentlich in den Fächern seines Schreibpults herum. Nachdem er sich überzeugt hatte, daß die Tür zur Wohnstube verschlossen war, zog er ein unausgefülltes Wechselformular hervor. Er betrachtete es mit finsterem Blick und stieß einige scharfe, unverständliche Laute hervor.

„Endlich ist's aus mit ihm! Der Gedanke, daß er mich

verraten werd, hat mich gequält bei Tag und Nacht und mir wie ein Berg stets auf der Seel gelegen. Das Zahlen hört nun auf; ich hab es längst schon satt und werd mir jetzt alles wieder holen, was er mir abgezwungen hat, nun werd ich auch den Ludwig los, den Habenichts, den ich nur aus Sorg vor seinem Vater gelitten hab. Aber klug muß ich es anfangen mit dem Wechsel. Er hat schon lange Jahr im Kasten gelegen und auf den Tag gewartet, der heut gekommen ist. Der Alte muß ihn von Ludwig unterzeichnen lassen; sie haben alle beid noch keinen Wechsel gesehen und wissen nicht, wie man ihn schreiben muß. So komm ich wieder zu dem meinigen und schaff zugleich die Liebelei aus dem Haus."

Er machte sich zum Ausgehen fertig. Als er durch die Stube ging, war das Abendessen beendet, und das Gesinde hatte sich in Haus und Hof zerstreut.

„Elsa!" rief einer der Knechte draußen im Flur, und als die Magd, die er suchte, nicht antwortete, wiederholte er seinen Ruf.

„Was hat denn der Lümmel hier zu schreien, daß einem das Ohr platzen möcht?" fuhr ihn der Bauer wütend an. Seine Züge waren verzerrt, als habe ein fürchterlicher Schreck sie verzogen; sein Auge glühte zwischen Angst und Zorn, und aus dem Gesicht war die Farbe vollständig gewichen. „Sagst du den Namen nur noch ein einzigesmal, so schlag ich dich zu Boden und werf dich dann zur Tür hinaus!"

Der Knecht schlich sich lautlos von dannen. Er hatte nicht daran gedacht, daß der Richter den Namen Elsa nicht hören konnte, ohne in die äußerste Wut zu geraten. Noch eine ganze Weile stand der Bauer mit gezückten Armen still; es war, als habe er ein Gespenst gesehen oder den Schlag selbst erhalten, den er dem unachtsamen Dienstboten gegeben hatte. Dann verließ er langsamen Schrittes den Hof.

Nicht weit vom Richtergut stand inmitten eines gut gepflegten Gärtchens ein kleines Haus. Er stieß die unverschlossene Pforte des Gartens auf. Ludwig hatte ihn erwartet und empfing ihn hier.

„Geht grad hinein in die Stub, Herr Richter! Der Vater ist allein. Er hat befohlen, die Mutter und ich sollen hinausgehn, um euch nicht zu stören."

Als der Richterbauer den Wohnraum betrat, blieb er fast erschrocken unter dem Eingang stehen. Das Gesicht, das ihm vom Lager her entgegenblickte, war ihm zeit seines Lebens bekannt gewesen; jetzt aber schaute es ihn an wie ein vollständig fremdes, und die einst so vertrauten Züge waren wie unter einer starren, unheimlichen Larve verborgen. Die Augen lagen tief in ihren ausgetrockneten Höhlen, die Wangen war eingefallen, die Schläfen eingesunken; der Tod hatte seine kalte, unerbittliche Hand auf das Haupt des Schmuggelgruhls gelegt und ihm nur noch kurze Frist gegeben; das war dem Leidenden deutlich anzusehn.

„Kommst endlich, Hobuschguster?" ertönte eine matte, klanglose und hüstelnde Stimme. Gruhl hatte den stolzen Mann niemals anders als bei seinem früheren Namen gerufen. „Setz dich ganz her zu mir! Ich hab mit dir zu reden, was niemand weiter zu hören und zu wissen braucht."

Hobusch folgte der Weisung. Der Anblick des einst so rüstigen Jugendgefährten ließ ihn verstummen.

„Paß auf, Guster, was ich dir sag; viel Wort kann ich nicht machen, denn es kostet mich jedes eine Stunde vom Leben. Ich will Abrechnung halten mit dir."

„So sprich!" Mehr vermochte der Richter nicht zu sagen. Er fühlte, daß er sich sammeln müsse.

„Ich steh am Ziel; die Ewigkeit braust mir schon um die Ohren, und ich weiß nicht, wohin mit meiner Schuld und Sündenhaftigkeit. Anklagen hab ich mich nicht wollen; ich hab den Mut dazu nicht mehr und darf auch keine Schand über mein Weib und mein braves, einziges Kind bringen. Die Reu hat mich zerfressen, wie der Rost das Eisen, und als ich zuletzt nimmer aushalten konnt, hab ich einen Brief ans Herrgottle geschickt und gefragt, ob ich auch ohne Beicht selig werden kann, wenn ich eine Sünd bereu, die nicht mehr aufzubessern ist. Gestern abend ist die Antwort kommen: Wenn die Beicht wirklich niemandem nichts helfen kann, so soll ich ruhig sterben; der liebe Gott werd mir auch ohne sie vergeben. Was tu ich nun, Hobuschguster?"

Der Bauer schwieg. Der Kranke fuhr nach einer Pause der Erholung fort:

„Du bist mein böser Geist gewesen und hast mich vom guten Weg auf den schlimmen gebracht. Die Folg war für dich der Richterhof und für mich die Zehrsucht. Drauf hast gemeint, du brauchst mich nicht mehr und bist mir fleißig aus dem Weg gegangen; aber ich hab dich festgehalten und kann dich noch heut vom Hof und Amt fortbringen. Soll ich's tun, Hobuschguster?"

„Das tust du nicht; dazu sind wir zu gute Freunde gewesen!"

„Laß die Freundschaft nur ja beiseit! Zuerst hast du mich ausgenutzt, und dann bin ich dir auf dem Beutel gesessen; denn ich hab dich nachher gehaßt, gehaßt wie — wie, ich kanns nicht aussagen, wie; ich weiß, du bringst mich in die Höll, denn für den Ludwig werd ich schweigen. Für ihn will ich noch einmal, noch auf dem Sterbelager meine Seel verkaufen. Was gibst für sie, Hobuschguster?"

„Nichts geb ich, gar nichts! Du bist der Nimmersatt, der mich schon fast bis in die Armut hinein ausgezogen hat!"

„Red nicht so trauriges Zeug! Der Richterhof ist vierzigtausend Taler wert; du hast ihn vom Klapperbein umsonst bekommen. Was du mir nach und nach hast zahlen müssen, macht noch nicht ganz zwölfhundert

Taler. Ich hab das Häuschen, den Garten und die Wies damit bezahlt. Das Heimwesen kostet mich aber mehr, weit mehr, hör's wohl, Hobuschguster, es kostet mich meine Seligkeit!"

„Weißt wirklich so genau, daß ich den Richterhof umsonst bekommen hab?"

„Du selbst hast mir's und auch dem ganzen Dorf gesagt. Wenn du gelogen hast, ist's deine eigene Schuld. Der Klapperbein hat dir das Gut geschenkt, weil er meint, die Elsa sei damals —"

„Willst gleich schweigen, Schmuggelgruhl", rief Hobusch, vom Stuhl aufspringend, als habe ihn eine Natter gebissen, „oder soll ich mit meiner Hand dem Zehrfieber nachhelfen, damit du rascher das End erreichst? Sag mir den Namen nicht wieder, das rat ich dir!"

„Ja, du kannst ihn nicht hören, das hab ich vergessen. Das ist das Gewissen; aber es wird gar noch anders kommen, wenn für dich einmal die Stund geschlagen hat, die jetzt für mich da ist! Ich mein, der Klapperbein hat dir das Gut geschenkt, um das zu sühnen, daß er deine Schwester in den Schacht gestoßen hat. Du mußt ihm dafür das Essen schicken, so lang er lebt; das und meine zwölfhundert Taler, die machen dich nicht arm."

Er ruhte einige Minuten aus. Das Sprechen griff ihn noch weit mehr an, als er vorher geglaubt hatte. Der Richter unterbrach die Stille nicht; die Klugheit gebot ihm, zu schweigen. Endlich ergriff der Leidende das Wort wieder:

„Der Ludwig hat deine Selma lieb und sie ihn auch. Du hast aus Angst vor mir das Aug darüber zugedrückt; nach meinem Tod wird's ganz anders werden, das weiß ich sehr genau; denn ich kenn dich doch noch besser als alle andern Leut. Drum will ich sichrer gehn in meiner Sorg um ihn. Er hat die Gärtnerei erlernt und braucht noch eine Zugab zu unserm Stückle Grund und Boden. Willst ihm dazu verhelfen?"

„Ja. Ich werd ihm einen Fleck von dem meinigen geben. Ich borg es ihm, und er kann es nach und nach abzahlen."

„Schau, was du heut doch großzügig bist! Und hältst mich wirklich für so dumm, daß ich dir trau?"

„Ich geb's dir schwarz auf weiß!"

„Das wär schon gut; aber kaufen, kaufen kann er sich das Stück von jedem, und dein Land liegt nicht an dem unsrigen. Der Nachbar will verkaufen. Gib dem Ludwig das Geld dazu, Hobuschguster!"

„Bist du toll, Gruhl, oder willst mich noch in deiner letzten Stund vollends auspressen?"

„Laß das Jammern und hör den Handel! Doch wenn du willst, so kann ich auch den Pfarrer zur Beicht rufen lassen und ihm die Schrift geben, die ich dir damals abgezwungen hab."

„Sag, was du willst!"

„Zweitausend Taler. Es ist das letztemal, daß ich etwas verlang. Gib das Geld, und du bekommst die Schrift zurück. Dann bist du frei und brauchst vor niemand keine Sorg zu haben!"

Der Fordernde spielte sich selbst dem Richter in die Hände; er ahnte nicht, daß er sich auf dem Punkt befand, auf den ihn dieser haben wollte.

„Zweitausend Taler? Du bist nicht gescheit! Woher soll ich sie nehmen in dieser schlimmen Zeit?"

„Ich weiß, daß soviel nicht gleich daliegt; aber du hast die Kass' von der Gemeind!"

„Die ist auch leer!"

„So gib mir eine Verschreibung; aber gut muß sie sein, und auf einmal muß sie lauten. Wenn ich meine Seel verkauf, so soll es nur dem Ludwig zugut kommen."

„Es ist zuviel. Tausend will ich schreiben!"

„Hör, was ich sag, es gilt! Ich kann nicht länger warten; die Red nimmt mir die Kraft; der Gedank wird mir ganz schwach, und ich weiß schon kaum mehr, was ich sprech. Ich hab keine Zeit mehr übrig. Schreib zweitausend oder ich schick nach dem Pfarrer!"

„Nun gut! Hast Papier?"

„Nein. Ich weiß, daß du in deiner Tasch stets welches trägst. Aber Tint und Feder findst auf dem Ofensims."

Hobusch nahm das Bezeichnete herab und zog die Brieftasche hervor. Mit Absicht ließ er den Kranken die leere Seite des Formulars sehen.

„Ich hab auch immer Papier bei mir; das Amt erfordert es so. Heut aber ist mir's grad ausgegangen."

„Sei still, Guster; denn mich vermagst nicht zu betrügen. Dort hast ja welches in der Hand!"

„Das kann ich nicht nehmen. Es ist ein Wechselbrief auf Sicht; das wär mir zu gefährlich!"

„Ein Wechselbrief? Von dem hab ich gehört; der ist mir lieber als jeder andre Urkundenschein; denn da bekommst du die Pfändung gleich, wenn du die Zahlung verweigerst. Was ist auf Sicht?"

„Da wird kein Tag geschrieben, sondern ich muß zahlen zu jeder Zeit, sobald der Brief mir vorgezeigt wird."

„Das ist mir noch lieber; so will ich's haben. Mach das Papier fertig!"

„Ich werd ein andres holen!"

„Nein. Schreib, oder ich schick fort!"

„Ich kann nicht, denn du willst mich nur ins Unglück stürzen. Wenn ich heut den Schein ausstell, so kommst schon morgen oder übermorgen, und bis dahin hab ich das Geld noch nicht zusammen."

„Willst mich schon wieder betrügen? Ich werd nicht kommen, auf mich darfst du ihn nicht schreiben; denn ein Toter kann dir den Brief nicht vorzeigen. Du schreibst ihn auf den Ludwig."

„Dann wird er unsern ganzen Handel erfahren; denn er muß dann auf das Papier setzen, daß er den Wechselbrief als Geld von mir annimmt."

„Er wird nichts erfahren. Schreib schnell; ich wart keine Minut mehr länger!"

„Du bist ein wahrer Drach, Gruhl. Verraten darfst mich nicht; lieber will ich mich pfänden lassen, wenn der Ludwig das Geld zu früh von mir fordert! Aber hast auch mein Papier? Ich geb den Wechsel nicht eher aus der Hand, bis ich's zurück hab."

„Schau her. Hier ist's!"

Der einstige Schmuggler griff unter die Decke und nahm einen zusammengebrochenen Bogen hervor, den er dem Richter zeigte. Dieser nickte befriedigt und langte nach der Feder. Das schon halb gebrochene Auge des Sterbenden verfolgte fast angstvoll die langsamen Bewegungen des Schreibenden.

„Mach schnell, Guster; das Herz wird mir schon kalt!"

„Ich bin fertig. Soll ich den Ludwig rufen?"

„Lies mir erst vor!"

Hobusch tat es.

„Zeig her; ich will's auch sehn!"

„So schau! Hier stehn zweitausend Taler, erst in Zahlen und dann auch sogar in Worten, damit du ganz sicher bist. Und hier auch mein Nam hereingeschrieben; den kann ich nicht wegleugnen und niemand mag ihn herauskratzen."

„Ja, ich seh es; der Wechselbrief ist richtig. Ruf mir den Burschen herein!"

Ludwig hatte sich in der Nähe aufgehalten; er war schnell bei der Hand.

„Tritt näher!" gebot sein todesmatter Vater. „Ich werd dir nachher alles erklären, jetzt bin ich zu schwach dazu; aber ich hab mir nach und nach ein Geld zurückgelegt und es dem Hobuschguster zum Aufheben gegeben. Ich dacht nicht, daß es so bald mit mir zu End gehen werd, und wollt dir eine Zugab zusammenhalten, wenn du einmal eine Frau nimmst. Ich hab bisher keine Quittung verlangt, nun es jedoch so mit mir steht, hat dir der Guster einen Wechselbrief geschrieben, damit du dir die Ersparnisse holen kannst, sobald du ihrer bedarfst. Schreib deinen Namen hin; der meinige ist nichts mehr nütze, denn du bist der Erbe!"

„Vater!" rief der junge Mann, kämpfend zwischen Schmerz und Freude, „ich wollt lieber, du wärst —"

„Laß jetzt, laß! Die Sach muß schnell gehn; ich muß schlafen und kann das Aug kaum länger offen halten. Schreib, sonst gilt es nichts!"

„Darf ich den Brief erst lesen? Ich hab noch keinen gesehn."

„Schau her!" meinte der Richter. „Da steht die Summ zweimal und auch mein Nam dabei. Aber mach rasch! Du mußt hinzufügen: ‚Angenommen' und dich dahinter. Oder", setzte er schalkhaft lächelnd hinzu, „willst etwa die Schuld nicht von mir annehmen und sie mir lieber schenken?"

„Gebt her die Feder! Wo kommt es hin?"

„Hier unter das große Wort. Nun schreib!"

Er tat es und entfernte sich dann auf das Geheiß des Vaters wieder.

„So, das ist abgemacht. Hier hast du den Wechsel, Gruhl, und nun gib auch das Papier!"

„Guster, ich bin müd, ich glaub, es ist nicht bloß der Schlaf. Ich hab viel gegeben für den Brief und noch in der letzten Stund den Sohn mit einer Lüg bedient. Du hast viel an mir verbrochen; aber gib dem Ludwig das Geld, und ich will dir alles verzeihn. Hier ist die Schrift!" Er wollte unter die Decke langen, hatte aber die Kraft nicht mehr dazu.

„Ich kann nicht — nimm sie dir selbst!"

Die schweren Lider fielen ihm über die Augen; der Atem ging röchelnd, und die Stirn bedeckte sich mit großen Schweißtropfen.

„Hast sie —? Ja —? So steck den Wechsel — hier an ihre — — Stell!"

Ein kurzes, krampfhaftes Zittern ging durch seine Glieder, und seine Gestalt streckte sich mit einem gewaltigen Ruck in die Länge.

„Ist — er — — dort?“ stieß er nur lallend noch hervor.

Hobusch stand hoch aufgerichtet vor ihm. Mit triumphierender Miene schob er die beiden Papiere in seine eigene Tasche.

„Nein, Schmuggelgruhl, er ist nicht dort“, antwortete er, den Mund nah an das Ohr des Sterbenden haltend. „Jetzt kommt die Rach dafür, daß du mir damals das Papier abgezwungen hast. Ich hab dir das Schweigen bezahlen müssen, und nun ist der Wechselbrief falsch. Hörst's, Schmuggelgruhl? Der Wechselbrief ist falsch, und der Ludwig wird ihn lösen müssen. Ich nehm ihm das Haus, den Garten und die Wies; hast's verstanden?“

Es war eine wahrhaft teuflische Freude, die seine Züge entstellte. Der Sterbende hatte die Worte vernommen; seine bereits schwindende Seele kehrte noch einmal in den Körper zurück. Die Erkenntnis, daß er noch im Tode betrogen sei, schnellte seinen Körper zum letztenmal in die Höhe.

„Hobuschguster“ — — die Zunge suchte angstvoll nach Worten; die Augen traten stier aus den tiefen Höhlen hervor, und die langen, abgezehrten Arme zuckten drohend empor — „fahr zur Höll — stirb ohne Beicht, wie ich — — schaff den Brief heraus — sonst ruf ich! Hilf — Hilf — — Lud — Lu — — Lu —“

Er sank zurück; der Name des Sohnes starb in einem verhauchenden Ächzen dahin. Der Schmuggelgruhl lag bereit für das Grab, das der Leichenhans heut für ihn bereitet hatte.

Der Richterbauer war Totengräber gewesen; er hatte gar mancher Leiche in das erstarrte Angesicht geschaut; er blickte auch jetzt ohne äußere Zeichen von Furcht oder Schreck auf den vor ihm liegenden Toten, fühlte noch einmal nach den Papieren und schritt langsam zur Tür hinaus.

Draußen im Gärtchen stand Ludwig mit seiner Mutter.

„Ihr seid fertig, Herr Richter?“ fragte er. „Dürfen wir jetzt hinein?“

Hobusch legte ihm die Hand auf die Schulter.

„Ja, ihr dürft hinein, alle beid. Geht nur immer zu! Er hat vor seinem End noch gar schön für euch gesorgt, schöner und besser, als ihr's denkt, und wenn es euch gar zu prächtig wird, so kannst ja wieder einen Brief hinauf zum Herrgottle tragen und eine Kerz in die Latern tun; du bist ja dem Herrgottle sein Briefmacher; er wird dir auch so beistehn wie der Botengundel. Wer andre vor der Pfändung bewahrt, mag sich hüten, daß er sie nicht gar selbst bekommt. Schau nur zu, daß du jetzt bald an eurer Klink den Leinwandbeutel findest mit den zweitausend Talern, die du mir nun schuldest!“

Beim „Herrgottle“

Hoch über dem Dorf tritt eine umfangreiche Taubsteinhalde aus dem Berg hervor. Sie stammt aus einer Zeit, in der man hier nach Metallen grub. Als die Lager ausgebeutet waren, verließ man das Werk, verschüttete den Schacht kaum zur Hälfte und ließ das Bretterhäuschen, das sein Mundloch überdeckte, zum Andenken an die vollendete Arbeit stehen.

Seit jener Zeit war die Halde fast ein Menschenalter gemieden worden. Verlassene Schächte sind nach dem Volksglauben der Tummelplatz von allerhand übernatürlichen Erscheinungen; es war zuweilen ein reges nächtliches Treiben um das Zechenhäuschen zu bemerken, das man den Gnomen und Berggeistern zuschrieb, während die Schmuggler und Wildschützen über diese phantastische Annahme sich heimlich lustig machten. Jetzt freilich standen die Dinge anders. Die Zollwächter und Forstbeamten waren dem Spuk gründlich auf die Spur gekommen, und seit Elsa, die einstige Totengräberstochter, in dem Schacht einen grauenhaften Tod gefunden und ihr Vater darum das Herrgottle auf der Halde errichtet hatte, war diese ein heiliger Ort, an dem schon mancher Trost- und Hilfsbedürftige auf den Knien gelegen hatte und vom Herrgottsengel mit Erhörung seines Gebets beglückt worden war.

Die Botengundel hatte dies jenes Abends an sich selbst erfahren. Sie war voll Dankes über die Rettung aus dringender Not und arbeitete sich mit den Krücken an der Höhe des Berges empor, um heut dem geheimnisvollen Helfer ein kleines Zeichen ihrer Erkenntlichkeit darzubringen. Die Lehne, an der sich der Bergpfad emporzog, gehörte zum Richterhof, und Selma war eben hier beschäftigt, dürre Streu zusammenzuharken.

„Grüß Gott, Jungfer Selma!“ grüßte die Alte. „Bist auch hier draußen?“

„Freilich bin ich da, Gundel. Die Küh wollen immer trocknen Unterstand; das Stroh ist gar hoch im Wert, und so muß man sehn, wie es billiger zu erlangen ist. Bist gut nach Haus gekommen gestern?“

„Ganz schön. Ich wohn ja bei Schmuggelgruhls, und da ist der Weg nicht weit, fast nur bis über die Straß herüber. Weißt schon, daß der Gruhl gestorben ist?“

„Ich hab's schon gleich heut in der Früh vernommen.“

„So hat's dir wohl der Ludwig gesagt?“

„Nein, er ist seit gestern noch nicht wieder bei uns gewesen. Der Tod des Vaters ist ihm sicher aufs Gemüt gefallen!“

„Das ist auch gar nicht zu verwundern. Ich hab die Leich gesehn. Sie hat ein gar schreckhaftes Aussehn, grad so, als ob zuletzt der beim Gruhl gewesen wäre, vor dem man drei Kreuz zu schlagen hat. Der Ludwig und die Mutter haben ihn gar nicht sterben sehn; dein Vater ist allein bei ihm gestanden."

„Hast nichts davon gehört, was sie verhandelt haben?"

„Nein. Aber was Guts kanns nicht gewesen sein; denn neben dem Jammer um den Toten hat es noch eine Angst gegeben, die sie gern verbergen wollten; ich aber hab sie doch bemerkt. Sie sind viel heimlich beisammen gesessen, und dann hat der Ludwig sich angezogen und ist zur Stadt gegangen."

„Ist er wieder zurück?"

„Nein. Dein Vater ist — na, du bist sein Kind, und drum will ich schweigen. Aber vielleicht hat er dem Ludwig einen bösen Faden angesponnen; er war gar bös auf ihn, daß er mir den Brief an den Herrgottsengel geschrieben hatte. Du weißt's ja auch; du warst mit dabei. Jetzt aber will ich den Dank hinaufbringen zum Kreuz; dem Engel wird er nicht viel nützen, doch sicher andern, die den Herrgott brauchen."

„Was ist's?"

„Da schau her: eine Kerz und noch eine und auch ein wenig Papier und Tint für den Engel, wenn er immer Briefe zu schreiben hat, wie bei mir."

„Wer mag's wohl sein? — Ein Mensch, der sicher recht fromm und heilig ist und reich dazu, oder ein wirklicher Engel?"

„Wer weiß! Ich zerbrech mir nicht den Kopf darüber; es hat auch andren, die klüger sind als ich, nicht gelingen wollen, ihn zu entdecken. Sie haben sich auf die Lauer gelegt viele Nächte hindurch, aber umsonst. Und dem Vetterbauersfranz ist's gar noch schlimm ergangen."

„Wieso?"

„Da warst du noch ein Kind und hast vielleicht gar nichts davon gehört. Er war ein loser Bub und hat einmal in der Schenk geschworen, er werd den Herrgottsengel fangen. Dann hat er gewartet, bis Licht in der Laterne gewesen ist, und hat den Brief herausgenommen. Da aber ist ein Schlag über ihn gekommen, daß er mehrere Tage lang für tot gelegen hat; das Herrgottle läßt sich nicht verspotten. Nachher hat einmal dein Vater den Knecht hinausgeschickt, er soll die Latern wegnehmen und nach Haus bringen. Der hat's auch getan; aber auf dem Heimweg ist ein fürchterlicher Ries über ihn hergefallen und hat ihn so zerschlagen, daß er beinah gar nimmer wieder aufkommen wär. Von deinem Vater war es schon ganz und gar nicht recht, das Herrgottle anzugreifen; es ist ja für die Elsa errichtet, die seine eigne Schwester war."

„Hast sie gekannt, Gundel?"

„Ob ich sie gekannt hab? Sie war ja meine Pat und ist mit dem Klapperbein manch schönen Abend in meiner Stub gewesen. Sie sollten einander nicht haben, weil er der einzige Sohn des Richters und sie des Totengräbers Tochter war. Ach, Selma, was war doch die Elsa für ein herzlieber Engel, so schön und so gut! Sie hat von Kirchhofsblumen so herrliche Sträuß und Kränz gemacht und in der Stadt verkauft; auch genäht und gearbeitet hat sie für die feinen Leut und sich ein hübsches Geld verdient. Das hat sie aber nicht für sich behalten können, denn dazu ist sie zu mild und barmherzig gewesen; sie hat es lieber hingegeben für die Armen und Kranken und ist deshalb von allen hochgehalten worden. Nur von zweien nicht: dem damaligen Richterbauer, dem Klapperbein seinem Vater, und von ihrem eigenen Vater."

„Von meinem Großvater?"

„Ja, und auch dein Vater hat sie nicht recht leiden mögen, weil sie so fromm und sanft gewesen ist und er so wild und toll. Er hat die Grenzer stets auf dem Nakken gehabt, aber keiner konnt ihm etwas nachweisen. Die Niederlag der Schmuggler war damals da oben im Zechenhaus, und da hat er auch die Elsa gefunden, als sie sich vor Leid und Unglück hinunter in den

Schacht geschmettert hatte. Hat er dir nichts davon erzählt?"

„Nein. Man darf bei ihm gar nicht davon beginnen; er kann den Gedanken daran nicht ertragen."

„Das glaub ich schon; sie war ja seine Schwester. Aber er trägt doch auch die Schuld an ihrem Tod mit. Der Richterbauer ist mit dem Totengräber zusammengeraten und hat ihn über alle Maßen darangenommen; darüber ist dieser aufgebracht gewesen und hat mit dem Sohn der Tochter so lange zugesetzt, bis sie mit der Drohung davongelaufen ist, wenn sie daheim keine Ruh mehr hab, so werd sie tief unten im Schacht welche suchen. Am andern Morgen hat dein Vater sie dort gefunden und heraufgezogen. Als Selbstmörderin ist sie in die ungeweihte Eck hinter dem Gottesackerhaus eingescharrt worden. Der Richterbauer ist gestorben, und sein Anton hat das Gut und auch das Amt geerbt, beides aber bald deinem Großvater übergeben und sich nach dem Kirchhof gemacht. Die Elsa ist ihm so lieb gewesen, daß er selbst von ihrer Leich hat nimmer lassen können. Nun erhält er von euch das Brot und sitzt fast Tag und Nacht auf ihrem Grab, wo er ächzt und stöhnt, oder singt und betet und ganz zum Geripp vermagert und verarmseligt ist. Er ist der Ärmst, der Allerärmst im Dorf; er hat keine Wäsche, kein Geld, keine Kleidung, keine Freud und Lust und auch kein Leben — er ist tot, obgleich er lebt. Den Rock, den er trug, als sie die Elsa fanden, den trägt er noch, und die Lieb, die damals in seinem Herzen war, die ist heut noch drin und wird erst dann aufhören, wenn er ins Grab gelegt wird, das er sich selbst neben der Elsa bereitet hat. So, das ist die Geschicht! Nun leb wohl, Jungfer Selma! Ich muß hoch empor, und meine kranken Füß gehn nur sehr langsam den Berg hinauf."

Es war wirklich ein anstrengendes Unternehmen von der alten gebrechlichen Frau, mit Hilfe der Krücken die

Haldenspitze zu erreichen. Dort stand an der Stelle, wo man Elsas Leiche niedergelegt hatte, ein hohes, hölzernes Kreuz mit der aus Holz geschnittenen Gestalt des Heilands daran. Zu Füßen des Erlösers war eine Laterne und unter ihr ein kleines Kästchen befestigt, das bestimmt war, die an das „Herrgottle" gerichteten Bittschriften aufzunehmen. Es war nur nachts um zwölf geöffnet. Wer einen Brief zu bringen hatte, mußte ihn um diese Zeit einlegen und dann das in der Laterne befindliche Licht anbrennen. Es leuchtete dann bis tief ins Tal hinab, den unten noch vorhandenen Leuten zum Zeichen, daß ein Hilfsbedürftiger die „Herrgottspost" benutzte, um beim Herrgottsengel Rettung zu suchen, da ihn die Menschen verlassen hatten.

Sie kniete vor dem Kreuz nieder, um lange und inbrünstig zu beten. Die Botengundel war wegen ihrer Redfertigkeit bekannt und zuweilen gar gefürchtet; aber ein treues, unverfälschtes Gemüt hatte sie, und den lieben Gott hielt sie hoch in Ehren. Schließlich erhob sie sich, öffnete die Laterne und legte die beiden Lichter und das Papier hinein; das Tintenfläschchen stellte sie auf den verschlossenen Briefkasten. Es war eine geringe, unscheinbare Opfergabe, die sie brachte, aber ihr Herz war weit und groß dabei; sie hätte gern viel mehr gegeben, wäre ihr von der Armut nicht die bereitwillige Hand gebunden worden.

Als sie den Berg wieder herniederstieg, fand sie Selma zum Heimgehen bereit.

„Willst auch hinunter? Ja, geh, der Tag neigt sich zur Rüste, und da gibt's noch gar viel zu tun in einem solch großen Hauswesen, wie das deinige ist. Schau da hinüber auf die Straß! Ist das nicht der Ludwig, der aus der Stadt zurückkehrt? Meine alten Augen wollen ihn nicht mehr genau erkennen."

„Ja, er ist's. Er hat uns auch gesehn und winkt mir, hinabzukommen. Leb wohl, Gundel; komm gut heim!"

„Leb wohl, Jungfer Selma, und lauf geschwind! Den Liebsten darf man nimmer warten lassen. Bin auch einmal ein flinkes Mädchen gewesen; der meinige, Gott hab ihn selig, wußt gar viel davon zu berichten."

Das Mädchen traf mit dem Geliebten zusammen, noch eh er das Dorf erreicht hatte.

„Ist dein Vater zu Haus?" fragte er.

„Ja. Willst vielleicht zu ihm?"

„Ja. Hat er heut von mir gesprochen?"

„Nein. Warum?"

„Hast ihn lieb, Selma, wirklich und wahrhaftig lieb, deinen Vater?"

Sie blickte, befremdet über diese Frage, zu ihm empor. Sein Gesicht sah erhitzt aus, und in seinem Auge lag es wie ein mächtiger, nur mühsam zurückgehaltener Grimm. Einen solchen Blick hatte sie bei dem sanften, ruhigen Mann noch nie gesehen. Sie hatte sich im Gegenteil immer für willenskräftiger und entschlossener gehalten als ihn.

„Was ist mir dir, was soll diese Frage bedeuten?"

„Gib Antwort, Selma, damit ich weiß, was ich zu dir zu sagen hab! Hast ihn lieb, so gern, wie man den Vater haben muß, so lieb, wie dir die Mutter war?"

Sie senkte das Auge und schwieg.

„Sag es, Selma! Wer ist dir lieber, er oder ich?"

„Du!" antwortete sie leise und zögernd, als begehe sie mit diesem Geständnis eine schwere Sünde.

„Ja, so ist's, ich weiß es! Er ist ein Tyrann im Dorf und ein Tyrann in seinem Haus, auch gegen dich. Er hat deine Kindeslieb ermordet und erschlagen; du magst es nur nicht gestehn, dir selbst nicht und andern erst recht nicht. Und weißt, was er noch ist, Selma?"

„Was?" fragte sie bangend.

„Ein Betrüger ist er und ein Fälscher, ein Schuft und Schurk, so lang und groß er gewachsen ist, und ein Mörder und Dieb dazu, der dem Vater das Leben verkürzt und mir den Wechselbrief gestohlen hat, der mich verderben soll. Und so ein Spitzbub ist Obrigkeit im Ort, weil er das Erb- und Lehngericht besitzt!"

„Um Gottes willen, Ludwig, was ist geschehn, daß du über ihn so ganz aus Rand und Band geraten bist?"

„Paß auf, was ich dir sag! Er wird es leugnen und verdrehn, aber es ist dennoch und wahrhaftig so, wie ich's erzähl. Du weißt, ich sag gar niemals eine Lüg."

Er berichtete ihr von dem gestrigen Abend in raschen, fliegenden Worten, erwähnte kurz, daß er jetzt beim Rechtsanwalt gewesen sei und nun zum Richterbauer wollte, und eilte dann in weiten schnellen Schritten davon. Sie vermochte nicht, ihn zu halten. Der Gedanke an den verhängnisvollen Wechsel nahm ihn so in Anspruch, daß er kaum Zeit zum gewohnten Gruß fand.

Auf dem Hof angekommen, erfuhr er, daß der Richter sich in seiner Schlafstube befinde. Er stieg die Treppe empor, obgleich er wußte, daß der Zutritt zu diesem Zimmer ohne alle Ausnahme jedermann verboten sei. Ohne anzuklopfen, öffnete er die Tür. Der Bauer saß vor einem kleinen Schränkchen, das auf dem Tisch stand. Es war aus der Wand gezogen; ein kurzer, unwillkürlicher Blick belehrte Ludwig, daß er ganz zufällig ein Geheimnis entdeckt habe. Das mit Holz bekleidete, viereckige Loch in der Mauer war bedeutend tiefer als der Schrank. Es lagen allerhand Papiere darin, die jedenfalls gut aufgehoben waren, wenn das Kästchen eingeschoben wurde.

„Was soll's? Was willst? Wie kannst in diese Stub hereinkommen?" fragte der Bauer zornig, indem er sich erhob.

„Hab keine Zeit, zu warten, bis Ihr hinunterkommt, Richterbauer. Ich wollt mich nur erkundigen von wegen dem Wechselbrief, den Ihr gestern aus Versehen mitgenommen habt, anstatt ihn bei uns hinzulegen!"

„Versehn? Meinen Wechselbrief hinlegen? Du bist

wohl gar nicht recht bei Trost, daß du meinst, ich will euch das Papier zurücklassen! Da wär doch mein schönes Geld verloren, das ich aus lauter Güt und Freundschaftlichkeit deinem Vater vorgeschossen hab!"

„So!" Der junge Mann rang nach dem fehlenden Atem, eh er weitersprechen konnte. „Wer ist also der Schuldner, wer hat die zweitausend Taler zu zahlen, Richterbauer, Ihr oder ich?"

„Du, natürlich du! Oder glaubst du etwa gar, daß ich auf meinen Sechzigtausendtalerhof hab Geld leihen müssen vom Schmuggelgruhl? Verrückt genug wärst vielleicht doch dazu!"

„Ja, zum Verrücktwerden ist's, Hobuschguster, gradzu zum Verrücktwerden, diese gemeine Schlechtigkeit von Euch! Boshafter kann kein Räuber und kein Mörder sein, als Ihr, und diese Wechselgeschicht ist ein richtiger Totengräberstreich, der einen unter die Erde zu bringen vermag! Erst habt Ihr den Vater in Sünd und Schuld geführt, das weiß das ganze Dorf, und nun wollt Ihr auch den Sohn verderben. Habt Ihr kein Gewissen?"

Der Richter trat auf ihn zu und senkte den scharfen, drohenden Blick fest in sein loderndes Auge.

„Hör, Bursch, nimm dich ein wenig mehr zusammen, sonst könnt es dir leicht an den Kragen gehn! Dein Vater war mein Schulkamerad und auch sonst und später ein guter Freund von mir, drum mag dir auch dein Wort einmal zugut gehalten sein, aber nur dies eine Mal, merk's genau! Er hat gern in ein Häusle kommen wollen und mir so lang gute Wort gegeben, bis ich bereit war, ihm das Geld dazu zu geben. Ich hab's aus Lieb und auch ganz ohne Zins getan. Gestern nun hat er den Tod gefühlt und ist so ehrlich gewesen, nach mir zu schicken, weil ich über die Schuld bisher nichts in der Hand gehabt hab. Auf seinen Befehl ist die Urkund von dir unterzeichnet worden; du erbst das Haus und auch die Pflicht, mich zu bezahlen. So ist's. Er hat noch vor der Unterschrift den Wechselbrief gelesen und du auch, das kannst nicht leugnen, und wenn du nicht gesehn hast, was du unterschreibst, so kann mich nur die Botengundel und der Herrgottsengel dauern, daß sie so einen unkundigen und leichten Kerl in ihren Dienst genommen haben. Jetzt geh und komm mir nimmer wieder ins Haus! Den Wechsel wirst schon bald zu sehn bekommen!“

„Also ist’s wirklich so gemeint, Hobuschguster? Und Ihr denkt, mich richtig damit abzuspeisen?“ Er sprach langsam und ruhig, aber diese Ruhe war eine solche, wie sie dem Sturm voranzugehn pflegt. „Ich bin heut in der Stadt beim Rechtsanwalt gewesen und hab ihm die Sach genau erzählt. Er hat mir einen Wechselbrief gebracht, auf den ich schreiben mußt, was ich gestern Euch geschrieben hab, und darauf gemeint, wenn es so sei, wie ich erzähl, so sei der reiche Richterbauer ein ganz gefährlicher und abgefeimter Spitzbub, vor dem sogar der Schinderhannes sich verkriechen müßt, aber machen könnt ich nichts gegen ihn, den Wechsel müßt ich zahlen, selbst wenn ich eine Anzeig machen wollt; ich hab ja keine Zeugen. Aber verklagen werd ich Euch dennoch — oder — ich bring lieber gleich jetzt die Sach zu End. Der Wechsel wird wohl hier zu finden sein; gebt ihn heraus!“

Mit einem raschen, entschlossenen Schritt stand er vor dem Bauer. Dieser wich keinen Zoll breit zurück. Der Grimm, der bei den Worten Ludwigs in sein Gesicht gestiegen war, wich einem ruhigen, verächtlichen Lächeln.

„Willst mich etwa erschlagen und nachher das Papier fortnehmen? Der Raubmord ist zu vielem gut, sogar zum Zuchthaus und zum Galgen! Schlag zu, Schmuggelgruhlsbub; es ist kein Zeuge vorhanden! Nachher heiratest die Selma und wirst Richterbauer. Schlag zu!“

„Die Selma?“ fragte der junge Mann, zurücktretend. „Guster, daß Ihr diesen Namen nennt, das ist ein Glück für Euch und auch für mich!“ Er holte tief Atem, als sei eine große Gefahr an ihm vorübergegangen. „Nein, vergreifen werd ich mich nicht an Euch, dazu ist mir meine ehrliche Hand zu gut, sondern es bleibt bei dem, was ich vorher gewollt hab: ich werd Euch verklagen.“

„Warum bist du nicht gleich in der Stadt geblieben und aufs Gericht gegangen? Hast dich wohl vor dem Haus gefürchtet?“

„Aufs Gericht? Nein, dahin geh ich nicht, sondern an einen bessern Ort, wo ein Gesetz gilt, das keine Hintertür hat. Ich verklag Euch beim Herrgottsengel. Gleich jetzt werd ich den Brief aufschreiben und ihn heut abend in den Kasten tun. Paßt auf, Hobuschguster! Um zwölf wird die Latern herniederleuchten, und morgen schon ist Euer Urteil fertig!“

„Beim Herrgottle?“ Er lachte höhnisch auf. „Denkst wirklich, daß der richtige Herrgott im Himmel den Kasten an das Kreuz genagelt hat? Wer weiß, was für ein armseliger Strolch euch alle an der Nas herumführt! Vor dem ist mir nicht angst!“

„Ihm wohl auch nicht vor Euch! Er mag sein, wer er will, aber er hat schon über zwanzig Jahr einem jeden geholfen, der seines Beistands wert gewesen ist; er wird Euch kennen und mich nicht verlassen!“

„So!“ Er griff hinter sich und nahm ein Papier zur Hand. „Dann will ich dir gleich einmal zeigen, was ich von dem großen Helfer denk. Hier ist der Wechselbrief; wenn ich ihn vorzeig, mußt du ihn bezahlen. Gilt's jetzt, oder soll ich nachher in deine Wohnung kommen?“

„Solang ich das Haus noch hab, ist's Euch verboten, Hobuschguster. Ich hab die Selma lieb und möcht gern Rücksicht auf sie nehmen, aber ich weiß, daß Ihr sie mir nimmer gutwillig gebt, und so wollen wir gleich unsern Strauß beginnen. Sie wird mein, wenn ich ihn gewinn!“

„Das macht mir keine Sorg! Also hier ist der Brief; schau ihn an; ich will mein Geld. Hast welches?"

„Nein, ich kann nicht zahlen!"

Die beiden erst so erregten Männer waren jetzt scheinbar ruhig geworden; ihre Worte erklangen fast in geschäftlichem Ton.

„Nicht? So geb ich dir Zeit bis übermorgen früh."

„Ich hab auch dann kein Geld!"

„So laß ich dich pfänden. Ich hab noch heut ein Geschäft in der Stadt und werd dabei gleich den Wechselbrief dem Notar übergeben. Soll ich vielleicht befehlen, daß dir immer eine Stub im Armenhaus geöffnet wird?"

„Wartet noch ein wenig!" Ludwigs Stimme konnte doch ein zorniges Beben nicht verbergen. „Wir wollen erst sehn, wer mächtiger ist, Euer Notar oder mein Herrgottsengel."

„Das kannst versuchen! Aber mach den Brief recht schön und setz ein Hochgeboren daran, denn dein Rechtsanwalt kommt aus den Wolken herab. Bist nun fertig?"

„Ja, ich kann gehn, denn was ich Euch noch über den Tod des Vaters fragen könnt, das werdet Ihr mir doch nicht beantworten."

„So geh und komm mir ja nicht wieder! Und läßt du dich ein einzigesmal bei meinem Mädchen blicken, so wirst sehn, was geschieht! Marsch, fort, Herrgottsschreiber!"

„Leb wohl, Totengräberguster; komm gut zum Notar und erstick nicht unterwegs an deiner Schlechtigket!"

Er ging. Sein Inneres war äußerst aufgeregt, und der Zorn verdunkelte ihm die Augen, so daß er Selma, die an der Haustür ängstlich seiner harrte, fast gar nicht bemerkte.

„Halt, wirf mich nicht über den Haufen!" meinte sie. „Bist wohl gar droben in der Oberstub gewesen?"

„Ja. Ich geh heut um Mitternacht zum Herrgottle. Komm hinauf in die Zech, Selma; ich soll nicht mehr mit dir sprechen!“ erwiderte er und eilte, ohne ihr weiter Rede zu stehn, davon.

Da erscholl auch schon aus dem Hoffenster die Stimme des Richters, der dem Knecht zurief:

„Spann die Braunen schnell an das Rollwägle; ich muß noch nach der Stadt!“

Nach einiger Zeit kam er herunter und trat zu Selma in die Küche, wo sie das Abendbrot bereitete.

„Sag nachher dem Klapperbein“, gebot er, „er braucht mich nicht an die Zeit erinnern; ich hätt den Tag auch ohne ihn gewußt! Und für dich hab ich auch etwas: mit dem Schmuggelludwig ist's von jetzt an aus, daß du's nur weißt. Treff ich euch irgendwo beisammen, so ist dein Brot gebacken! Richt dich danach; du weißt, ich sag nichts zweimal, sondern es fällt dann Blitz und Donner ganz auf einen Schlag!“

Sie wandte sich ihm zu, um einen Einspruch zu erheben; er aber achtete nicht auf diese Bewegung, sondern schritt nach dem Hof, wo er in dem schon bereitstehenden Wagen Platz nahm. Die Pferde zogen an, das Geschirr fuhr zum Tor hinaus und rollte auf dem Weg zur Stadt dahin.

Noch niemals war Selma mit so schwerem Herzen nach dem Kirchhof und von da zurück gegangen. Ludwig hatte die Wahrheit gesagt; sie konnte den Vater nicht liebhaben; sie fürchtete ihn nur. Er war so stolz auf den Richterhof und ließ es ihr entgelten, daß sie ein Mädchen war, auf das er Besitz und Amt zugleich nicht vererben konnte. War der schreckliche Betrug, den er an Ludwig verübt haben sollte, wirklich eine Tatsache, oder lag vielleicht doch auf dessen Seite eine Täuschung vor? Sie fühlte sich unglücklich über ihren Zweifel und war fest entschlossen, trotz des väterlichen Verbots um Mitternacht im Zechenhaus zu sein. —

Die Stadt lag nicht weit vom Dorf, und der Richter kehrte bald wieder zurück. Als die Stunde gekommen war, in der er nach dem Wirtshaus zu gehen pflegte, sagte er gute Nacht und verließ den Hof. Nachdem er sich vorsichtig umgeschaut hatte, ob er bemerkt werde oder nicht, ging er um diesen herum und schlug den Fußpfad nach dem Gottesacker ein. Das Gittertor war verschlossen. Er sprang über eine schadhafte Stelle der Mauer und schritt auf das Häuschen zu, das seine Geburtsstätte und für seinen Hochmut ein Gegenstand der ärgerlichsten Erinnerung war.

Aus dem Winkel hinter dem Haus klang das Summen eines Sterbelieds; es verstummte beim Nahen seiner Schritte.

„Ist wer da?" fragte es zwischen den Büschen hervor.

„Ja. Komm heraus, Anton!"

„Was willst? Sag deinen Namen!"

„Ich bin's, der Guster!"

„Schon recht. Wart, ich komm gleich!"

Das Gesträuch teilte sich, und die lange, schmale Gestalt des Klapperbein wurde trotz des abendlichen Dunkels sichtbar.

„Bringst das Geld?"

„Ja. Hast mich gestern doch durch die Selma gemahnt, so daß ich vorhin in die Stadt gefahren bin, um das Fehlende zu borgen. Soll ich es dir vorzählen?"

„Nein; gib her und wart! Ich bring die Quittung heraus."

Ein leises, metallisches Klingen ließ sich vernehmen; dann trat Klapperbein in das Haus. Durch die kleinen Fenster leuchtete einen Augenblick lang der trübe Schein einer Öllampe; sodann wurden die Läden verschlossen. Als der einsame Bewohner des Kirchhofs wieder zum Vorschein kam, hielt er dem Richter ein Papier entgegen.

„Hier hast die Quittung. Leb wohl bis übers Jahr!"

„Kannst wohl gar nimmer ‚Schön Dank!' sagen für die schwere Leistung, die du so ruhig entgegennimmst, als wär's ein Katzenpfennig?"

„Hab's nicht nötig! Gut Nacht!"

„Es wird mir bei der jetzigen schlechten Zeit fast zu schwer, dem Land die tausend Taler jährlich abzuringen. Kannst nicht ein Weniges davon heruntergehn?"

„Tausend Taler. So steht's geschrieben und bleibt's!"

„Dann bring ich's das nächstemal wohl gar nicht zusammen."

„So nehm ich den Hof wieder zurück; er trägt mir dann das Doppelte ein. Gut Nacht!"

Er trat in das Haus, wendete sich aber unter der Tür noch einmal zurück:

„Hobuschguster, sei mild und gerecht im Amt, sonst kann ich's nicht länger verantworten, daß ich dir den Richterhof gegeben hab. Ich hoff, daß ich's übers Jahr nicht wieder so zu sagen brauch!"

Er schlug die Tür hinter sich zu und schnitt damit dem Bauer die Entgegnung ab.

Dieser trat einen Schritt vorwärts, als wolle er ihm folgen, um die scharfen Worte zurückzugeben, drehte sich aber mit einer raschen Bewegung herum und verließ mit absichtlich lauten Schritten den Kirchhof auf dieselbe Weise, wie er ihn betreten hatte. Draußen blieb er halten.

„So, jetzt denkt er, ich bin fort; aber ich kehr heimlich zurück und belausch ihn! Ich muß wissen, wo er das Geld aufbewahrt! Tausend Taler Zins so lange Jahr hindurch, das ist eine Summe, die hier im Dorf kein einziger beisammen hat! Das Essen bekommt er von mir noch besonders, — weiter braucht er fast nichts — und ist also ein steinreicher Mann, trotz seiner lächerlichen Armetei. Ich hätt ihn nach dem Gesetz gleich damals verklagen sollen; jetzt kann ich's nimmer tun.

Er weiß das auch so gut wie ich und fängt darum an, widerwärtig zu tun. Vielleicht nimmt er mir gar einmal den Hof, der erst nach seinem Tod ganz richtig mein sein soll, und dann — ja, dann ist's keine Sünd, wenn ich mir meinen Pachtzins wieder hol!"

Er ging leise eine kurze Strecke an der Mauer hin, stieg an einer anderen Stelle über sie hinweg und schlich sich wieder zum Totengräberhaus zurück. Den Hauptgang her erklangen Schritte. Der Klapperbein war es, der sie verursachte.

„Schau den Fuchs, wie klug und vorsichtig er ist!" murmelte Hobusch. „Er traut mir wahrhaftig nicht und ist mir nachgegangen, ob ich den Gottesacker auch wirklich verlassen hab. Wart, du sollst schon bald inne werden, daß der Richterbauer auch kein Dummkopf ist, und deinen Talerplatz, den werd ich sicher noch heut entdecken!"

Er trat an den Fensterladen, um zu sehen, ob er nicht durch eine Spalte in die Stube zu blicken vermöge. Der Klapperbein hatte sich an den Tisch gesetzt, das Geld beiseite geschoben und blätterte in alten Kalendern herum.

„Da kann ich warten und harren, bis es ihm gefällt, den Zins wegzulegen! Aber ich geh nicht eher fort, als bis ich weiß, wohin er ihn tut. Ich hab ja Zeit; zu Haus denken sie, ich bin in der Schenk, und dort meinen sie, daß ich heut gar nicht fortgegangen bin."

Er wurde auf eine harte Geduldprobe gestellt; eine Viertelstund verging nach der anderen, und die Mitternacht war schon nah, als er endlich von dem Laden zurücktrat.

„Jetzt ist er aufgestanden und hat das Geld gefaßt. Die Blendlaterne ist angezündet; er kommt damit an die Haustür!"

Er hatte sich nicht getäuscht. Der Klapperbein trat, die Laterne verhüllend, aus dem Haus, horchte einige

Sekunden lang in die stille, lautlose Nacht hinaus und verschwand dann in der Ecke, die seinen gewöhnlichen Aufenthalt bildete.

Der Richter zögerte noch kurze Zeit, dann huschte er an das Gebüsch, bog die Zweige so geräuschlos wie möglich auseinander und lugte vorsichtig hindurch. Der dreieckige Raum lag so vollständig im Dunkeln, daß nicht das geringste zu erkennen war; aber tief unten aus der Erde drang ein spärlicher Lichtschein herauf, — er kam aus dem Grab, das der Klapperbein neben dem Hügel der Geliebten für sich bereitet hatte. Der Lauscher schob sich näher und blickte über den Rand in die Tiefe hinab. Eine Leiter führte hinunter. Die Grube hing an ihrem Grunde mit dem Grabe Elsas zusammen, deren Sarg bei dem Schimmer der Laterne deutlich zu erkennen war. Unter seinem Boden mußte sich eine Vertiefung befinden, denn der Klapperbein zog eben den Arm daraus hervor, er hatte das Geld hineingelegt.

„Nun hast du wieder tausend Taler zu bewachen! Zu dir wagt sich kein Dieb, und das Geld ist ja nicht mein, sondern dein. Ich bin tot und du lebst! Ich hab mich zu Tod gesündigt, und du mußt Gutes tun, damit meine arme Seel zu Gnaden angenommen wird!“ klang es dumpf empor.

Der Richter hatte genug gesehen und zog sich eilig zurück. Sein Lauf zwischen den Gräbern hindurch war fast eine Flucht zu nennen, und als er außerhalb des Kirchhofs stand, atmete er in einem so tiefen, keuchenden Zug auf, als sei er der ihm aus dem Grab entgegengehenden Verdammnis entronnen.

„Das war er, der Sarg, in dem sie — sie — sie liegt, in den der Vater damals ihr — ihr — ihre zerschmetterte Leiche hineingebettet hat. Ich konnt nicht dabei sein; ich konnt's nicht ersehn! Nun steckt er das Geld zu ihr, damit sie es bewachen soll, der verrückte Richterbauers-Anton, und wenn ich's haben will, muß ich hinabsteigen und es ihr rauben. Die Höll ist nicht schwerer und schlimmer als das!“

Er schritt vorwärts.

Je weiter sich vom Kirchhof entfernte, desto mehr legte sich seine Aufregung.

„Und ich tu's doch! Ich hol es mir, und wenn sie gleich selbst leibhaftig und lebendig dabeisitzt und es mir verwehren will. Wer tot ist, der ist tot! Sie kann ja nimmer aus dem Sarg hervor und sich vor mich hinstellen, um mir vorzuhalten, daß — daß — halt, da brennt auf einmal die Laterne droben beim Herrgottle! Die hat der Ludwig angesteckt und seine Anklag in den Kasten getan. Soll ich hinauf?“

Er blieb sinnend stehen und blickte zur Halde empor, von wo das Licht am Herrgottskreuzle klar und mild herniederleuchtete.

„Wer mag der Herrgottsengel sein? Vielleicht hätt er doch Lust, dem Ludwig zu helfen; denn der Bub hat's allen angetan, und jeder ist ihm gut. Wenn ich den Brief herausnehm aus dem Kasten, so ist der Sach am besten vorgebeugt. Ich steig hinauf; ich brauch mich doch beileibe vor dem Zechenhäusle nicht zu fürchten, wo damals — —“ er stockte und fügte dann hinzu: „Es ist gar nicht nötig, hineinzutreten; ich nehm den Brief und geh wieder fort. Der Ludwig ist längst schon wieder in das Dorf hinab.“

Er klomm an der Seite des Berges bis zu dem Strauchwerk empor, aus dem die Haldenplatte hervortrat. Die kleine Fläche wurde von dem Licht am Herrgottle erleuchtet, und es war ringsumher keine Spur von der Anwesenheit eines Menschen zu erkennen. Er duckte sich nieder, damit er vom Tal aus nicht etwa gesehen werde, glitt bis an das Kreuz, öffnete das Kästchen und zog den darinliegenden Brief hervor. In gebeugter Stellung wieder zurückeilend, hatte er die Sträucher fast erreicht, als behende eine Gestalt aus dem

Zechenhaus herbeisprang, und sich ihm in den Weg stellte.

„Willst wohl den Herrgottsengel spielen, Hobuschguster? Warum vergißt da die Latern auszublasen? Das ist ja das Zeichen, daß der Engel den Brief empfangen hat!“

Erschrocken, fast wie vom Schlag gerührt, streckte der Angeredete die abwehrenden Hände von sich. Bald aber hatte er den Sprechenden erkannt.

„Der Ludwig!“ rief er. „Fast hätte ich geglaubt, es sei der Engel Gabriel! Statt dessen aber ist's nur der Schmuggelgruhlsbub. Was willst von mir?“

„Gib die Anklag heraus; sie gehört in den Kasten!“

„Warum nicht? Ich hab keine Furcht vor ihr; aber da ich sie einmal ergriffen hab, so werd ich sie zuvor erst lesen. Vielleicht kann ich vom Herrgottle seinem Briefschreiber etwas lernen.“

„Der Herr Richterbauer hat nichts mehr zu lernen; er kann alles, sogar den Wechselbetrug und den Briefraub. Also nun willst auch noch den Herrgott bestehlen? Ich will dich nicht darüber zur Red stellen, denn bei mir liegt eine Leich zu Haus, die dich im Himmel schon verklagen wird; aber den Brief gibst heraus, sofort, wenn du nicht willst, daß ich mir ihn von dir nehm!“

„Du — von mir? Versuch's einmal, den Richterbauer anzugreifen! Der Brief handelt von mir, und so muß ich wissen, was du darin geschrieben hast. Geh fort, sonst zeig ich dir den Weg!“

„Heraus damit, sonst zeig ich dir, wem er gehört!“

Er langte nach dem Papier. Der Richter schlug ihn auf den Arm, daß dieser niedersank. Im nächsten Augenblick hatten sie sich gefaßt. Da rief es zitternd und bittend aus der Nähe:

„Laß ihn los, Ludwig; laß ihn los; es ist der Vater!“

„Wer ist das?“ brauste der Richter auf. „Das ist ja

die Selma!“ Er nahm die Hände vom Gegner zurück und ließ vor Überraschung den Brief fallen. „Weißt, was ich dir heut gesagt hab? Blitz und Donner kommen auf einen Schlag! Paß auf, Herrgottsengel, wie der Richterbauer sich Gehorsam zu verschaffen weiß!“

Er ergriff das Mädchen und riß es zu Boden. In diesem Augenblick huschte ein Schatten gedankenschnell über die Fläche. Der Brief wurde aufgegriffen; die Lampe verlöschte im Nu, und eine tiefe, dröhnende Stimme antwortete:

„Paß auf, Richterbauer, wie der Herrgottsengel seine Bittsteller schützt!“

Eine hohe, im Dunkel der Nacht riesengroß erscheinende Gestalt fuhr vor ihm aus der Erde empor; ein schwerer, schmetternder Schlag streckte ihn zu Boden nieder, und dieselbe Stimme erklang:

„Der Herrgottsengel hat euern Brief empfangen! Schlaft ruhig, ihr Kinder. Gute Nacht!“

Beim Hobuschguster

Heute sollte der Schmuggelgruhl begraben werden. Der Leichenhans hatte Bahre und Sargtuch vor das Haus getragen und kehrte von da nach dem Kirchhof zurück, um bei der Beerdigung behilflich zu sein und nachher die offene Grube zu verschütten. Er traf seinen Herrn und Meister, der nachsah, ob alles sich in gehörigem Stande befinde. Still, wie immer, legte er die Seile und Unterlagen zurecht; der Klapperbein duldete keine überflüssige Unterhaltung, und es war daher für den schweigsamen Gehilfen ein Ereignis, als er die Frage hörte:

„Ist der Richterbauer noch nicht aufgewacht?“

„Erst seit einer Stund ist er wieder lebendig. Ich traf die Magd, die mir's gesagt hat.“

„Was muß doch nur mit ihm geschehn sein?"

„Das wißt Ihr noch nicht! Er hat es selbst im Schlaf ausgeredet, als der Gregorius, oder wie der Wundarzt heißt, bei ihm gewesen ist. Denkt Euch nur, er hat einen Brief vom Herrgottle wegstehlen wollen, und da hat ihn der Herrgottsengel so arg beim Schopf genommen, daß er fast zwei volle Tag lang ohne Besinnung gewesen ist."

„Wem hat der Brief gehört?"

„Das weiß niemand; vielleicht gar dem Ludwig, denn der hat noch in derselbigen Nacht vom Herrgottsengel zweitausend Taler geborgt bekommen, — denkt Euch nur! Es geschehn jetzt ganz merkwürdige Sachen, die man gar nicht glauben könnt, wenn die Nachricht nicht grad von der Botengundel käm, die doch bei Gruhls wohnt. Der Richter hat nämlich dem Ludwig einen gottlosen Wechsel gemacht, mit dem er ihn aus dem Häusle jagen will. Der Ludwig ist aber gleich zum Herrgottle hinaufgestiegen, und der hat ihm das Geld mit einem Zettel gebracht, drauf stand geschrieben, er solle keine Angst haben und zur dringenden Not das Geld einstweilen bezahlen, er werd's ganz sicher zurückerhalten und solle es dann wieder zum Herrgottle tragen. Was meint Ihr dazu?"

„Weiß der Richter schon davon?"

„Das kann ich nicht sagen. Er ist vor einer Stund aufgewacht und hat sogleich die Selma zu sich gerufen, mit der es einen ganz schrecklichen Auftritt gegeben hat. Mehr konnt ich nicht erfahren."

Klapperbein nickte kurz und entfernte sich. Nachdem er einige Augenblicke in seiner Wohnung zugebracht hatte, verließ er den Kirchhof und schritt zum Dorf hinab. Eben begannen die Glocken zu läuten, zum Zeichen, daß die Träger den Sarg aufgenommen hatten, um ihn auf der Straße, die in mancherlei Windungen zur Höhe stieg, nach dem Gottesacker zu bringen. Außer dem Richter und seinen Hausgenossen wohnten sämtliche Nachbarn der Beerdigung bei, daher erreichte der geheimnisvolle Mann sein einstiges Heimgut, ohne von vielen bemerkt zu werden. Die ihn aber sahen, verwunderten sich seines Kommens, denn seit er zwischen den Gräbern lebte, hatte ihn niemand wieder im Dorf gesehen. Der Knecht, der unter dem Hoftor stand, machte Miene, scheu vor ihm zurückzuweichen, doch hielt ihn die Frage: „Wo ist der Bauer?“ auf der Stelle fest.

„Droben in der Oberstub!“

„Und die Tochter?“

„Sie ist bei ihm. Er hält sie gefangen, weil sie den Gruhl hat zur letzten Ruhestätt begleiten wollen.“

„So soll sie gleich wieder frei sein!“

Er stieg die Treppe empor und trat ohne vorheriges Klopfen in das Zimmer. Der Richter lag im Bett; Selma saß, zum Begräbnis angekleidet, in der Ecke; ihr Gesicht zeigte, daß sie geweint hatte.

„Grüß Gott, Richterbauer! Bist ja krank, wie ich hör?“

„Es ist schon fast vorüber“, klang die stockende Antwort. Der Sprecher hätte alles andere eher erwartet, als den Klapperbein bei sich zu sehen. „Heut ist wohl der Jüngste Tag, daß du ins Dorf herabkommst?“

Statt einer Antwort wendete sich der seltene Besuch zum Mädchen.

„Grüß auch dich, Selma! Was tust im Leichenkleid hier in der Stub?“

„Ich darf nicht mit!“

„Wer sagt’s?“

„Der Vater hat’s verboten!“

„So bekommst die Erlaubnis dafür von mir. Geh gleich und schnell. Wenn du nicht die Straß, sondern den Steig nimmst, so bist noch zur rechten Zeit beim Grab.“

Der Richter erhob sich in eine sitzende Stellung.

„Was fällt dir ein? Willst mir wohl gar das Kommando über die Dirn wegnehmen? Sie bleibt hier!“

„Sie geht!“ entschied der Klapperbein. „Der Ludwig ist ihr Schatz, und der Gruhl hat es nicht an dir verdient, daß du ihm die letzte Lieb verweigerst. Geh, Selma, geh. Ich befehl es dir und werd dafür sorgen, daß du um die Folg nicht bang zu sein brauchst!“

„Sie bleibt!“ rief Hobusch noch einmal, aber zu spät. Das Mädchen war schon zur Tür hinaus.

„Laß sie fort, Guster; es ist deine Pflicht!“

„Meine Pflicht? Du sprichst wohl irr? Ich spring auf und ruf sie zurück!“

„Bleib liegen! Ich hab es ihr befohlen, und damit ist's genug! Was spielst für einen Trumpf gegen den Ludwig? Weißt's gewiß, daß deine Kart gewinnen wird?“

„Die Sach geht dich nichts an! Kommst etwa ihretwegen zu mir?“

„Auch mit! Der Leichenhans hat mir vorhin davon erzählt. Was ist's mit dem Wechselbrief?“

„Nichts ist's. Ich hab dem Gruhl Geld ohne Unterschrift geliehen und darauf noch vor seinem Tod den Brief von ihm erhalten. Soll ich das Geld etwa einbüßen?“

„So! Erst beklagst dich, daß der Pachtzins nicht zu erschwingen ist, und jetzt gestehst du, daß du Tausende verborgst. Welchen Reim werd ich mir wohl drauf machen?“

„Keinen. Die Angelegenheit ist mein; dich geht sie gar nichts an.“

„Denkst wirklich? Ich bin da anderer Meinung! Das Gut ist Erb- und Lehngericht, und meine Voreltern haben seit Menschengedenken darauf gesessen und Recht und Gerechtigkeit geübt zur Ehre des ganzen Geschlechts und zur Zufriedenheit aller Nachbarn im Ort. Als ich dir die verschwiegene Pacht übergab, bin ich der Meinung gewesen, daß du das Amt so treu und gut verwalten werdest, wie sie es taten. Dann, und wenn du dein Gelöbnis von wegen der Elsa halten werdest, soll —"

„Schweig!" rief Hobusch, indem er, wie von einer unsichtbaren Hand gepackt, vom Lager emporfuhr. „Ich mag den Namen nicht hören. Er ist mir zuwider, er fährt mir durch die Seel wie Gift!"

„Hast sie also auch noch nicht überwunden, die fürchterliche Geschicht? Also, wenn du gut verwaltest und das gelobte Schweigen hältst, sollte der Hof nach meinem Tod dein Eigentum werden. Geschwiegen hast bisher, aber das andere ist nicht eingetroffen. Du bist ein harter, stolzer Mann geworden, dem die Not seiner Mitbrüder und das Wohl der Gemeind gar wenig am Herzen liegt. Meine guten Wort hast in den Wind geschlagen, und meine Drohung achtest nicht. Von Tag zu Tag hört man Neues, was du getan, aber lobenswert ist's nimmer. Die Felder verstehst zu bewirtschaften, das ist wahr; aber für das Amt bist nimmermehr zufrieden gestaltet. Soll ich dir's nehmen?"

„Schau doch, Anton, wie vortrefflich der Kirchhof zum Studieren ist! Ich glaub nicht, daß der Hofprediger eine so kluge und schöne Red zusammenbringt, wie die deinige ist; doch wenn ich den Text hören will, so geh ich in die Kirch und hab dich dazu nicht vonnöten. Glaub nur nicht, daß ich mich gegen dich verteidigen werd, da müßt schon ein anderer kommen; aber ich sag dir nur soviel, daß du mir weder das Gut, noch das Amt zu nehmen vermagst. Das Schreiben, das du mir damals gegeben hast, ist mir die beste Sicherheit."

„Darüber soll auch noch gesprochen werden. Jetzt hab ich erst ein Geschäft mit dir zu machen."

„Ein Geschäft? Welches?"

„Ich will nicht fragen, ob du dem Gruhl die zweitausend Taler wirklich geborgt hast, aber das möcht ich gern wissen, wer jetzt den Wechselbrief hat. Liegt er beim Rechtsanwalt?"

„Nein. Der Notar war nicht zu treffen; ich hab den Brief also wieder mit nach Haus genommen. Dann — dann kam die Schwäch, an der ich niederlieg, so daß ich nicht wieder in die Stadt gekommen bin."

„Den Grund zu deiner Schwäch kennt jedermann im Dorf. Der Herrgottsengel hat mit seinem Schlag die Gefährlichkeit des Briefes vernichtet; nun gilt dieser nur noch als einfache Schuldverschreibung, und du selbst hast dich um die Freud gebracht, den Ludwig auspfänden zu können. Ich will dir die Schuld abkaufen!"

„Ich verkauf sie nicht. Wer weiß, wann du sie zahlst; vielleicht soll ich's von der Pacht abziehn."

„Ich zahl sie gleich."

„Auch dann verkauf ich sie nicht. Es ist wahr, ich hab die Wechselzeit verschlafen, aber die Schuld bleibt doch, und ich brauch sie gegen den Gruhlsbub, mit dem ich ein Hühnchen zu rupfen hab von wegen seiner Herrgottspost und weil er verraten hat, warum ich krank und lägrig bin."

„Er hat nichts verraten, sondern du selber hast's im Fieber dem Arzt erzählt, und so ist's im Dorf herumgekommen. Der Ludwig ist ein Bursch, gegen den keiner etwas Schlechtes zu sagen vermag; du hast ihn bei der Selma gelitten; nun aber soll's auf einmal alle sein, und du willst ihm sogar noch gefährlich werden; das ist ein grundloser und böser Streich, den ich nimmer leiden werd. Verkaufst du mir die Schuld oder nicht?"

„Nein. Ich behalt sie selber!"

„Gut. So nehm ich meinen Richterhof zurück!"

„Das wirst schon bleiben lassen!" lachte Hobusch. „Denk an die Unterschrift, die du mir damals gegeben hast!"

„Die ist mir nicht mehr fürchterlich. Ich hab die Elsa hinunter in —"

„Hältst den Mund oder nicht?" rief der Richter und stand mit einem Sprung vor ihm. Die Arme bogen sich zusammen, und zwischen den emporgehobenen und geballten Fäusten stierte ein vor Wut und Angst verzerrtes Gesicht dem Sprecher entgegen. „Ich hab dir verboten, den Namen zu sprechen. Sagst du ihn wieder, so fliegst zur Tür hinaus, so lang und groß du bist!“

„Bist ja heut ein rechter Herkules, Guster! Aber leg dich nur wieder zur Ruh; ich werd den Namen verschweigen; er muß mir noch weher tun als dir, denn ich bin es gewesen, der sie hinuntergestürzt hat in den Schacht, und du hast's bloß verschwiegen. Aber darum bist ja eben der Mitschuldige und mußt ruhig sein, sonst wirst auch mit bestraft. Dazu kommt noch, daß ich es nicht mit Absicht verbrochen hab und daß so viele Jahre darüber hinausgegangen sind. Deine Anzeig hätt also vielleicht gar nicht die Kraft, die du ihr immer zugeschrieben hast. Ich hab sie sehr gefürchtet, jetzt aber ist mir nicht mehr bange vor ihr, denn die Straf kann unmöglich so groß sein wie die Qual, die mir der innere Vorwurf stets bereitet hat. Da, schau mich an! Was war ich für ein starker, kräftiger Bursch, und jetzt bin ich ein Geripp, jetzt seh ich aus wie der leibhaftige Tod, jetzt nennt man mich den — Klapperbein. So hat die Kummerkrankheit an mir genagt, so hat sie ein Stück nach dem anderen von meinem Leib und von meiner Seel herabgerissen, bis bloß noch die Kirchhofsscheuch verblieben ist!“

„Da bist nur selber schuld! Der Selbstvorwurf ist eine dumme Angewohnheit, durch die nur alles schlimmer, aber nichts besser werden kann, und ein kluger Mann weiß sich vor ihr ganz schön zu hüten. Nur ein Narr wird sich selbst für das bestrafen., was er getan hat. Geh, Anton, du bist ein solcher Narr! Du hast dich von den Menschen verbannt und das Gut von dir gegeben. Glaubst wirklich, daß du wieder zu ihnen darfst, oder daß du den Hof wiederbekommst?“

„Ich glaub's und werd es dir beweisen. Du hast deine

Versprechung nicht gehalten, drum nehm ich dir die Pacht. Mach dich bereit, zum Montag zieht ein neuer Bauer ein!"

„Ein neuer Bauer? Wer soll's denn sein? Doch nicht du selber?"

„Nein. Ich hab meinen Platz auf dem Gottesacker; den werd ich nicht vertauschen. Der Ludwig ist's."

„Der Ludwig? Hat dich der innere Vorwurf gar endlich noch verrückt gemacht? Der Schmuggelludwig soll Richterbauer werden? Geh doch ins Narrenhaus!"

„Der Nam, den du ihm gibst, zielt nicht auf ihn, sondern nur auf seinen Vater, und der hat ihn nur dir zu verdanken gehabt. Du hast mit vollem Recht der Schmuggelguster geheißen und bist dennoch Richterbauer geworden; warum soll's dem wackeren Burschen nicht auch noch leichter gelingen?"

„Er mag's versuchen! Und gar zum Montag schon! Woher willst denn eigentlich das Recht nehmen, mich ohne Kündigung hinauszujagen?"

„So steht's geschrieben in der Verzeichnung, die du mir für meine Schrift gegeben hast."

„Das ist nicht wahr; das ist die größte Lüg, die du dir ersinnen kannst!"

Sein Auge glitt bei diesem Ausruf mit lauerndem Ausdruck über das entschlossene Gesicht des anderen.

„Das ist keine Lüg, sondern die Wahrheit! Wenn du vergessen hast, was damals geschrieben worden ist, so will ich dir das Papier zeigen. Ich hab's mitgebracht, weil ich mir schon denken konnt, daß du einen Einwand machen werdest."

„Zeig her! Ich glaub's nicht eher, als bis ich's mit eigenen Augen gesehen hab."

„Hier hast's. Lies nur genau, so wirst's bald finden!"

Er zog einen sorgfältig eingeschlagenen Bogen aus der Tasche, befreite ihn langsam von seiner Umhüllung und gab ihn mit siegesgewissem Lächeln hin. Mit einer hastigen Bewegung ergriff ihn Hobusch, warf einen Blick darauf und stieß dann ein höhnisches, schadenfrohes Lachen aus.

„Lesen? Nein, lesen werd ich den Vertrag nicht; ich seh schon, daß er's ist, und weiß auch ganz genau, was ich geschrieben und unterzeichnet hab. Aber etwas anderes werd ich mit ihm tun. Da, schau her!"

Er riß den Bogen in kleine Stücke und verbarg diese unter die Decke seines Lagers.

„O du Wunder von Klugheit und Listigkeit", fuhr er mit boshaftem Lächeln fort, „konntest dir denn nicht denken, warum ich das Papier hab sehn wollen? Solang du's in den Händen hattest, war der Hof dein, und ich mußte ihn hergeben, wenn du ihn zurückbegehrtest.
Drum hab ich gesonnen Tag und Nacht, wie ich's wiederbekommen könnt; aber all mein Denken ist vergebens gewesen. Nun hast mir's so zuvorkommend selbst gebracht, hast mich zum richtigen Richterbauer gemacht, dem niemand mehr den Hof zu nehmen vermag, und darum sollst zum Montag auch die Einzugsred halten dürfen, wenn der Schmuggelludwig den Willkommen hält!"

Der Klapperbein hatte gar keine Miene gemacht, die Vernichtung des Papiers zu verhindern. Er lächelte jetzt noch ebenso siegesgewiß wie zuvor, als er antwortete:

„O du Wunder von Bosheit und Niederträchtigkeit, konntest du dir denn nicht denken, warum ich dir das Papier so gern gegeben hab? Es war die letzte Prüfung, die ich mit dir vorgenommen hab; du hast sie nicht bestanden und sollst darum wieder der Schmuggelguster sein. Womit willst du denn beweisen, daß das Gut dein Eigen ist und daß ich dir's geschenkt hab?"

„Ich hab's ja allen auf dein Geheiß so sagen müssen, und das ganze Dorf weiß es von Anbeginn nicht anders. Womit willst's beweisen, daß es nicht so ist?"

„Ich hab's vom Vater ererbt, das weiß jedermann, und

aus meinem Mund hat noch nie ein Mensch vernommen, daß ich dir's zum Geschenk gegeben hab."

„Ich werd's beschwören! Und außerdem hab ich die Unterschrift, daß du der Mörder bist. Versuch's doch mich zu vertreiben!"

„Das werd ich nicht nur versuchen, sondern gewiß und wirklich tun! Hörst du, wie die große Glocke neunmal anschlägt! Das ist das Zeichen vom heiligen Vaterunser. Jetzt wird der Gruhl in die Erd gesenkt, und der Pfarrer betet über seiner Leich. Ich weiß nicht, was du in seiner letzten Stund mit ihm vorgenommen hast; aber sein Verführer und Mörder bist gewesen, und er wird dich in der Ewigkeit verklagen. Ich hingegen hab's nicht nötig, auch bis dahin zu warten, sondern werd gleich jetzt das Gericht mit dir beginnen. Deine Verschreibung hast mir zerrissen; gib nun auch die meinige heraus!"

„Geh fort und laß dich nicht länger auslachen!"

„Gib sie heraus!"

„Du bekommst sie nicht!"

„So nehm ich sie mir selber!"

„Weißt so genau, wo sie liegt?" lachte er.

„Sehr genau!"

„So hat dir's wohl davon geträumt? Oder bist vielleicht gar hinauf zum Herrgottle gegangen und hast gefragt?"

„Hobuschguster, dein Hohn trifft grad die richtige Stell! Ja, vom Herrgottle hab ich's erfahren, und dem hat's der Ludwig in seinem Brief erzählt. Er hat gesehen, wo der Wechsel lag, und dort wird wohl auch das andere zu finden sein. Die Schlechtigkeit ist sich nur immer selbst zum Schaden. Paß auf, wohin ich greifen werd!"

Er trat an die Wand und streckte die Hand nach dem Schränkchen aus. Im Augenblick stand der Richter an seiner Seite.

„Wag's, Spitzbub, dich an meinem Eigentum zu vergreifen!"

„Ich darf's tun, denn du hast mir das meinige vernichtet!"

„Nimm die Hand vom Kasten fort, sonst schlag ich dich nieder und laß dich nachher einschließen. Was du versuchst, ist nicht nur Diebstahl, sondern der gewaltsame Raub!"

„Die Schrift ist nicht mehr dein Eigentum, sondern das meinige; drum nehm ich sie. Geh fort, sonst bekommst den Herrgottsengelhieb zum zweitenmal!"

„Meinst, daß du ihn zusammenbringst?" fragte er, nach ihm fassend.

„Merk's selbst!" lautete die Antwort, und mit ihr zugleich fiel die Faust auf Gusters Kopf nieder.

Der Getroffene sank lautlos zur Erde. Vermochte der Klapperbein noch jetzt eine solche Hand zu führen, so mußte er in seinen besseren Jahren ein wahrer Riese gewesen sein. Unbekümmert um den am Boden Liegenden zog er den Schrank aus der Wand und untersuchte die Vertiefung. Sie enthielt jetzt nur drei ineinandergesteckte Papiere. Das erste war der Wechsel; er legte ihn an den Ort zurück. Das zweite war das Gesuchte; es enthielt das Bekenntnis, daß er Elsa Hobusch, die Totengräberstochter, in den Schacht gestürzt habe; er steckte es zu sich. Nun warf er einen Blick auf das dritte; es war dasjenige, das der Schmuggelgruhl dem Richter zurückgegeben hatte. Kaum hatte sein Auge die ersten Zeilen entziffert, so trat er mit einem Ausruf des höchsten Erstaunens zu dem am Fenster stehenden Tisch, wo er die vergilbten Schriftzüge besser zu erkennen vermochte.

„Herr, mein Heiland, was ist das? Steht das wirklich hier geschrieben, oder ist's nur ein Traum, den ich hab!"

Mit sichtlicher Gier verschlang er förmlich ein Wort nach dem anderen; seine Augen öffneten sich weit und weiter; seine hohlen, bleichgrauen Wangen färbten sich rot und immer röter. Sein Atem ging fliegend; seine buchstabierenden Lippen bebten; sein Angesicht strahlte hell und heller, als enthalte jede einzelne Silbe ein Himmelreich für ihn, und als er das Ende erreicht hatte, preßte er das alte, vielbeschmutzte Papier mit sprachloser Inbrunst an die Brust, und es ging eine Aufregung durch seinen über den Tisch sinkenden Körper, die sich endlich in einem erschütternden, krampfhaften Weinen Luft machte.

So lag er lange Zeit. Da regte es sich leise hinter ihm; er bemerkte es nicht. Der Schlag war doch nicht so kräftig gewesen, wie derjenige des Herrgottsengels droben auf der Halde; der Richter kam wieder zu sich. Er öffnete die Augen, blickte verwundert und nachsinnend um sich und sah den weinenden Mann über die Platte des Tisches gebeugt. Dieser Anblick brachte ihm das Bewußtsein der gegenwärtigen Lage zurück. Er erhob sich vorsichtig und trat leise hinter den Schluchzenden. Einen Blick auf das Papier werfend, hatte er es im nächsten Augenblick ergriffen und machte Miene, es zu zerreißen wie das vorhergehende. Er kam nicht dazu. Der Beraubte drehte sich blitzschnell ihm zu und ergriff seine Hände mit solchem Druck, daß er die Schrift mit einem Schmerzensruf fallen ließ. Sofort hatte der Klapperbein sie aufgehoben und in die Tasche verborgen.

„Halt, Hobuschguster, solch einen Schatz laß ich mir nimmer rauben! Also darum kannst du den Namen Elsa nicht erhören, weil du ihr — —"

„Bist still jetzt auf der Stell — oder ich — —"

„Tu nicht so grausam mächtig, Schwestermörder; der Stachel ist dir genommen! Du bist der Geier, dem seine Krall verschnitten ist, und wirst mir jetzt Rechenschaft ablegen, hörst, jetzt sogleich!"

„Rechenschaft? Dir etwa?" grollte es halb wütend, halb furchtsam aus Gusters Mund hervor.

„Ja, mir! Oder meinst etwa, daß ich dich nicht bezwingen kann? Denselben Spieß, den du bisher gegen mich gerichtet hast, kehr ich um gegen dich, und weh dir, wenn du dich nicht freiwillig unterwirfst! Ich nehm die fürchterliche Tat, die bisher auf meiner Seel gelastet hat, von ihr herunter und werf sie auf die deinige. Schmuggelguster, du hast die Elsa —"

„Halt ein, und laß den Namen fort, sonst sollst mich kennenlernen!"

„Da kommst du zu spät; ich kenn dich schon genug und bin nicht mehr bang vor dir. Du hast die Elsa, hörst wohl, die Elsa, die Elsa" — er faßte ihn mit mächtigem Griff an den Schultern, hielt ihn fest, daß er sich fast nicht zu rühren vermochte, und rief ihm das Wort langsam und mit schwerer Betonung in das Gesicht — „du mußt's hören, und wenn die Angst dir die Augen aus dem Kopf treibt; du hast die Elsa ermordet, die deine eigene Schwester war! Hier in meiner Brusttasch steht's geschrieben, ausführlich und genau, und du hast es dem Schmuggelgruhl unterzeichnen müssen, grad so, wie du's von mir erzwungen hast. Bist etwa feig geworden, es zu leugnen?"

„Laß los, Anton, und bring das Wort nicht wieder, so bin ich vielleicht zum Reden bereit!"

„Zu reden brauchst nicht viel, ich hab genug gelesen. Du bist ein Schaudermensch, daß man dich fliehen und meiden möcht wie Teufelsspuk. Du hast mich belogen und betrogen, hast mich in Ketten und Banden geschlagen, hast mir mein Herz vergiftet und die Sonn meines Lebens ausgelöscht. Deine Schuld hast auf mich gelegt und damit Schacher und Wucher getrieben bis auf den heutigen Tag; aber dein schändlich Tun hat um Rach emporgeschrien zum Himmel, bis der Herrgott dareingeschaut und dich nun endlich unter sein Schermesser genommen hat. Grad da, als du am sichersten warst und den einzigen Zeugen noch im Tod betrügen wolltest, da hast dich selbst betrogen und der Straf in die Hand gearbeitet. Nun ist die Lüg entdeckt, die Ketten sind zerrissen, mein Herz wird wieder hell und freundlich sein. Es gibt einen Richter, der im verborgenen waltet und aller menschlichen Berechnung lacht; ihm bist verfallen, und bis er sein Urteil spricht, hat er dich einstweilen in meine Hand gegeben. Was meinst, was ich mit dir tu?"

Der Gefragte schwieg; er blickte starr und unentschlossen vor sich nieder. Es entstand eine Pause, und dann klang es merklich milder:

„Hobuschguster, du hast den Richterbauers-Anton zum Klapperbein gemacht; benutz die Freud, die er in diesem Augenblick fühlt, sonst findst du kein Erbarmen! Warum hast du die Tat begangen?"

„Ich hab sie nicht begangen, denn ich hab sie nicht gewollt, sondern der Stoß, der die — der Stoß galt einem andern", lautete die zögernde Entschuldigung. Der harte, gewissenlose Mann hatte mit seinem verstörten Angesicht jetzt Ähnlichkeit mit einem wilden Tier, das sich mit ohnmächtigem Grimm gegen einen überlegenen Gegner sträubt. Er suchte in seinem Innern nach einer Waffe, sein Sinnen schien aber vergebens zu sein.

„Einem andern? Ah, jetzt wird's vollends licht in mir; dieser andere war ich! Ist's so richtig?"

Es dauerte eine Weile, bis die Antwort kam. Ein eigentümlich lauernder Zug glitt über Gusters Gesicht. Er hatte die Waffe doch noch gefunden.

„Wär's ein Wunder, Anton? Denk nach, was du mir stets zu Schad gewesen bist!"

„Ein Wunder — nein, bei dir ist's keins! Die Zech gehört zum Richterhof, und da Elsa und ich uns nicht nehmen sollten, da hatten wir da oben unser Stelldichein. Drum mußt ich euch und eure Niederlag aus dem Schacht vertreiben, damit wir nicht verraten würden. Das hat mir die Pascher zum Feind gemacht, und sie sind gar einmal über mich hergefallen, so daß ich nur mit großer Not davongekommen bin. Einen hab ich dabei mit dem Messer niedergestochen; ich konnt nicht anders. Du lagst damals krank darnieder, und ich wußt noch nicht, daß du zu ihnen gehörtest, sonst hätt ich euch vielleicht doch noch gelitten."

„Ich war der Anführer und lag nur zum Schein. Es galt ein großes Geschäft, und ich wollt den Verdacht von mir fortlenken. Nachher aber wurde aus dem Schein die Wirklichkeit, denn der, den du gestochen hast, bin ich gewesen."

„Du? So ist der Stoß, der mir gegolten hat, aus Rach und Vergeltung geschehn?"

„Vielleicht mit. Es kam noch ein andres dazu. Wir wollten aus der Zech fortziehen und unsere Vorrät wegschaffen. Das Brett war von dem Loch fort auf die Seite gelegt; die Männer befanden sich unten, und ich und der Gruhl hielten die Strickleitern. Da kamst du mit —mit — — mit dem Mädchen."

„Ist's so gewesen? Ich hatt sie hinaufbestellt, um sie zu bitten, heimlich mit mir nach Amerika zu gehen, weil wir uns hier nicht haben konnten. Sie aber war zu brav und hat nicht eingewilligt. All mein Zureden war vergeblich. Da ist mir um ihren Besitz gar bang geworden, und ich hab ihr gedroht, sie in den Schacht zu stoßen, wenn sie nicht mitgeht. Gott ist mein Zeug', ich hätt's nimmermehr getan! Ich hab sie bloß zur Zusag bewegen wollen und nicht geahnt, daß das Mundloch offen sei; es war ganz finster in dem Zechenhäusle. Ich rang zum Schein mit ihr und trieb sie näher an das Loch, in das sie doch nicht fallen konnt."

„Ich hab gemeint, du tust's im Ernst, bin still herangeschlichen und hab nach dir gestoßen."

„Guster, es ist genug. Denken muß ich an diese schreckliche Stund allezeit, an jedem Augenblick, aber von ihr reden, das kann ich nicht weiter! Ich trieb ein frevles Spiel, und du — du hast ihren Tod nicht gewollt, bist aber doch der Mörder, der meinige und der ihrige. Ich möcht es dir nicht anrechnen; aber was du dann weiter an mir verbrochen hast, das ist unerhört, das kann ich dir nicht vergeben, das ist der langsame und tausendfache Mord an Leib und Seel! Ich hab mich dir und du hast dich dem Gruhl verschreiben müssen, und dann bist zwischen uns beiden gestanden und hast uns betrogen um Güter, die höher sind als Leib und Leben oder Hab und Gut. Mir vermagst nichts wiederzuerstatten, aber die Sünd an ihm, die versuch an seinem Sohn zu sühnen. Gib ihm den Wechselbrief zurück! Ich weiß nun sicher, daß er falsch ist!"

„Wenn du mir den Hof läßt!"

„Das kann ich nicht! Ich hab dir schon gesagt, warum. Aber du bist der Bruder von — sei still, ich sag den Namen nicht! — von ihr, und darum will ich lind mit dir verfahren. Du gibst ihm die Selma, und von mir erhält er grad so wie du den Hof in Pacht. Nach meinem Tod ist er dann sein Eigentum. Ich hab keinen Erben und kann ohne Vorwurf so handeln. Willst?"

„Was sagen die Leut dazu?"

„Es erfährt keiner die eigentliche Sach!"

„Anton, es kommt mir zu schnell; ich muß erst überlegen. Gib mir die Zeit dazu!"

„Die sollst haben, obgleich es nicht notwendig ist. Heut über eine Woch bin ich des Abends wieder hier bei dir. Besinn dich gut; es hängt gar viel an einem Faden!"

„So gib die Unterschrift heraus; sie soll vernichtet sein!"

„Die brauch ich zur Sicherheit, und den Wechsel auch. Zeig ihn her!"

„Er liegt bis dahin gut!"

„Bei mir noch besser! Gehst auf den Vorschlag ein, so wird die Schrift zerrissen, aber keine Minute eher, als zur Hochzeit und wenn der Hof dem Ludwig übergeben ist. Tust nicht mit, so geht sie ans Gericht; dann wirst wohl sehen, was weiter kommt. Also heraus mit dem Wechselbrief!"

Der Richter trat grollend an die Mauervertiefung und nahm die Urkunde heraus.

„Hier hast ihn! Du bist der Stein, an dem die Bitt zerschellt."

„Blick in dein eignes Herz! Es ist von noch viel härtrem Gefüg als das meinige. Schau, da gehn die Trauerleut vom Kirchhof zurück. Denk dran, wie bald sie auch dich hinausgeleiten können, und trag's der Selma nicht nach, daß sie mitgewesen ist!"

„Ich will jetzt nichts mehr sagen. Der Kopf brennt mir wie glühend Eisen, und den Hieb, Anton, den kann ich dir nur schwer vergessen. Wenn ich mich leg und nimmer wieder ersteh, so bist du schuld dran!"

„Hast ihn verdient, Guster, und wirst nicht dran sterben. Hast ja schon mehr als das mit Leichtigkeit auf dich genommen!"

Er ging. Hobusch trat zum Fenster und blickte ihm finster nach, bis er ihn droben hinter dem Gitter verschwinden sah.

„Welch eine Stund!" seufzte er tief auf. „Ich hab das Gesetzbuch und weiß, daß ich mit dem Hof nichts gegen ihn vermag, und er läßt sich durch keine Red verschüchtern. Wenn ich nur wüßt, warum er die Pacht verschwiegen hat und warum er für arm gelten will! Vielleicht ist er gar selber der Herrgottsengel. Er weiß alles, was der Ludwig geschrieben hat, und der Hieb, es ist ganz derselbe, der vor Zeiten den Vettersbauerfranz, nachher den Knecht und endlich auch mich beim Kreuzle niedergestreckt hat. Solch einen Schlag kann nur der Anton tun, das weiß ich ganz genau von jungen Jahren her."

Er öffnete die Tür und rief die Tochter herbei. Sie

gehorchte mit Bangigkeit, weil sie die Folgen ihres Ungehorsams fürchtete.

„Schickst heut dem Klapperbein das Essen, oder gehst selbst hinauf?"

„Warum soll ich es ihm schicken? Er mag einen andern Boten nicht leiden!"

„Ich dacht, weil du vielleicht im Sterbehaus vonnöten bist."

Sie blickte überrascht zu ihm empor. „Darf ich denn hinüber?"

„Ich hab nichts dagegen. Sag dem Klapperbein, er soll um zwölf heut bei mir sein, ich hätt ihm Wichtiges mitzuteilen!"

Sie entfernte sich, froh, grad das Gegenteil ihrer Befürchtungen erfahren zu haben, und mußte unwillkürlich an die Worte des alten, geheimnisvollen Freundes denken: „Der Klapperbein hat Trost und Hilf für dich, wenn du einmal eines mächtigen Beistands bedarfst." Hätte sie jetzt das Gesicht ihres Vaters gesehn, so wäre ihre Freude wohl eine minder große gewesen.

„Da hab ich Glück und Seligkeit bereitet", lachte er in sich hinein, „und damit den schlauen Zug begonnen! Die Kirchhofsscheuch legt seine Schrift und den Wechsel sicher nirgends woanders hin, als in die Leichensparbüchs, die ich erlauscht hab. Ich schieb den Riegel vor und steig zum Fenster hinab; meine Botschaft bringt ihn vom Gottesacker fort, und während er an der verschloßnen Tür denkt, ich lieg im tiefen Schlaf, räum ich den ganzen Schatz hinweg. So bekomm ich die Schrift, den Wechselbrief und meine ganze Pacht zurück, und dann, Klapperbein, dann werd ich anders mit dir sprechen als heut, wo mir die Klugheit riet, klein beizugeben. Der Richterbauer ist nicht so leicht zu überwinden; er braucht kein Kreuzle und keinen Herrgottsengel und weiß sich selbst den allerbesten Rat! Und wer weiß, was noch geschieht, wenn der Totenhäusler gar noch das leere Nest bemerkt! Der Schreck ist ein mächtiger Gesell und hat schon manchen niedergeworfen, der stark und rüstig war. Das wäre der beste Schluß für unser Stück und der schönste Lohn für seine Mahnung, ich soll dran denken, daß sie auch mich bald einscharren werden!"

Beim Klapperbein

Mit leichterem Herzen bereitete Selma das Abendbrot und stieg dann ihren täglichen Weg zum Kirchhof empor. Der Leichenhans war noch beschäftigt, Gruhls Grab auszufüllen.

„Grüß Gott, Jungfer Selma! Bringst das Essen für den Herrn?"

„Ja. Ist er daheim?"

„Wo sollt er sein? Er kommt ja gar nie fort, und es ist das größte Wunder, daß er heut einmal ausgewesen ist. Was mag ihn doch nur weggeführt haben?"

„Er war beim Vater."

„Bei dem deinigen? Da muß es etwas ganz Absonderliches gegeben haben; denn als er zurückkam, hab ich ihn kaum wieder erkannt. Er hat ein Gesicht gemacht, wie ein Bursch von zwanzig Jahren, der von der Liebsten kommt, ist bei mir eine ganze lange Zeit im Gespräch gestanden, und dann hab ich ihn gar ein lustig Stücklein trällern hören. Geh zum Winkel; er ist drin!"

Als sie die Büsche erreichte, vernahm sie ein lautes, jubelndes Reden. Sie konnte die einzelnen Worte nicht unterscheiden, da die Töne aus der Tiefe kamen. Der Klapperbein erzählte seiner Toten von dem Glück, sich nicht länger als ihren Mörder anklagen zu müssen. Er vernahm den Ruf des Mädchens erst nach einer Wiederholung und kam dann hervor.

„Bist du's Selma?“ fragte er. „Hast Zank erhalten für den Begräbnisgang?“

„Nein. Der Vater hat sogar gesagt, ich soll am Abend zu Gruhls gehn.“

„Das hör ich gern. Gib her den Korb!“

„Weißt auch etwas von der Wechselgeschicht?“ erkundigte er sich, als er wieder aus dem Haus trat.

„Ich weiß alles.“

„Wie wird es enden?“

„Ich kann's nicht sagen, aber der Ludwig hat vom Herrgottsengel das Geld erhalten, das er zur Not bezahlen soll.“

„Er wird's nicht brauchen, sag ihm das; ich weiß es genau. Und eins will ich dich fragen: Was gibst mir, wenn er der Richterbauer wird und du die Bäurin?“

„Das — das ist — — unmöglich!“ wollte sie ausrufen, aber der Klapperbein war lachend schon hinter der Haustür verschwunden.

Seine Frage nahm ihre Gedanken so in Anspruch, daß sie den Auftrag des Vaters auszurichten vergaß und sich beeilte, recht bald zu dem Geliebten zu kommen.

Sie fand ihn und seine Mutter in Gesellschaft der Botengundel, die herbeigekommen war, um den Leidtragenden ihre Teilnahme zu beweisen. Im Laufe des Gesprächs berichtete sie von der unerwarteten Nachgiebigkeit ihres Vaters und den seltsamen Worten des Totenhäuslers.

„Ich glaub selber auch, daß ich das Geld nicht brauch“, meinte Ludwig. „Der Wechselbrief hat seine Kraft verloren, und für den Notfall ist's doch nur gewesen. Es brennt mir in den Händen, und drum werd ich mich heut beim Kreuzle bedanken und zugleich anfragen, was mit der Summe nun werden soll. Ein solches Geld darf ich doch nicht so leichtsinnig in den Briefkasten tun; es könnte ja gar der Unrichtige darüberkommen. Gehst mit hinauf, Selma?“

„Ja, doch muß ich zuvor sehn, was der Vater macht."

„So geh; unterdessen werd ich den Brief beginnen."

Sie fand die Tür zu dem Zimmer des Richters von innen verriegelt, auch brannte kein Licht. Jedenfalls schlief er also, und so konnte sie den Gang unternehmen. Als sie, das warme Tuch zum Ausgehen um den Kopf geschlungen, bei Gruhls wieder eintrat, beteuerte die Botengundel:

„Bist doch die Elsa, wie sie leibt und lebt! Grad so, mit übergeschlagnem Tuch, kam sie des Abends zu mir, um den Richterbauersanton zu treffen. Du hast ihre Gestalt und auch dasselbe Gesicht, und wenn ich dich so seh, denk ich nicht anders als: es muß die Elsa sein!"

Mit verschämtem Lächeln nahm sie die Schmeichelei hin; sie wußte, die Tante war ein schönes Mädchen gewesen, das schönste für lange Zeit im ganzen Dorf.

Unter traulichem Gespräch stiegen die beiden jungen Leute den Berg empor und erreichten die Halde eben, als es zwölf schlug. Diese Stundenzahl erinnerte Selma an den vergessenen Auftrag. Sie erschrak.

„Zwölf ist's? Ich soll den Klapperbein für diese Zeit zum Vater bitten und hab nicht dran gedacht! Was tu ich, Ludwig?"

„Für jetzt um Mitternacht? Das ist seltsam! Aber die Botschaft muß ausgerichtet werden. Wir gehn jetzt gleich hinab!"

Der Briefkasten am Kreuz war schon aufgeschlossen. Ludwig legte seinen Brief hinein und steckte die Laterne in Brand. Dann eilten sie zum Kirchhof hinab. Sie fanden das Gittertor nur angelehnt, doch hielten sie sich nicht mit Betrachtungen darüber auf. Die Scheu, mit der man einen solchen Ort zu solcher Stunde betritt, ließ sie unwillkürlich leiser auftreten.

„Schau durch den Laden, Ludwig, ob noch Licht ist in der Stub!"

„Es ist keins drin."

„So schläft er schon. Die Kammer ist hinten an der Mauer. Wir müssen um die Eck herum und an das Fenster klopfen!"

Das schon sonst nicht furchtsame und durch die Gegenwart des Geliebten noch mehr ermutigte Mädchen trat ihm voran zu den Büschen. Sie schlüpften hindurch. Nur einige Schritt vor ihnen drang ein heller Lichtschein aus der Erde empor. Selma erschrak doch ein wenig und schmiegte sich an Ludwig.

„Er ist in seinem Grab, das er sich neben der Elsa gemacht hat", flüsterte dieser. „Ich werde einmal hinabschaun!"

Er trat leise an den Rand der Grube, um hinunterzublicken, wich aber sofort und fast erschrocken wieder zurück. „Weißt, wer's ist, Selma?"

„Doch der Klapperbein!"

„Nein. Dein Vater ist's!"

„Mein Vater? Das ist nicht möglich! Was sollt der hier am Grab zu suchen haben? Du hast dich versehn!"

„Nein. Paß auf, er kommt herauf!"

Der helle Schein verschwand; das Licht war ausgelöscht worden. Aber der Himmel stand voller Sterne, und der Mond blickte voll und groß vom Himmel nieder; man konnte jede einzelne der Blumen erkennen, die das Grab der im Schacht Zerschmetterten schmückten. Es war ein tiefes, angestrengtes Stöhnen zu vernehmen; ein schwerer Kasten wurde aus der Grube gehoben, der dann eine breite kräftige Gestalt entstieg. Es war der Richterbauer. Er hatte trotz des Schreckens, den grad dieses Grab für ihn haben mußte, die Ausführung seines finsteren Plans unternommen; aber es war ihm doch beinah über seine Kräfte gegangen. Wie von bösen Geistern gehetzt, blickte er mit stieren Augen und verzerrten Zügen um sich; sein Atem keuchte schnell und ängstlich aus der fliegenden Brust heraus, und die Beine schienen ihm unter dem zitternden Körper brechen zu wollen. Er bückte sich nieder, um den Kasten aufzunehmen; da rauschte es durch die Zweige, und die lange Gestalt des Klapperbein richtete sich vor ihm in die Höhe.

„Willkommen, Spitzbubenguster! Soll ich dir helfen?"

Fast wäre der Angeredete vor Schreck rücklings in die offene Grube gestürzt; er raffte sich jedoch zusammen und trat zwischen seinen Raub und den Erschienenen.

„Ich bedarf hier keiner Hilf. Geh aus dem Wege, Kirchhofsscheuche!"

„Das werd ich gern und willig tun, denn dein Weg führt stracks ins Verderben. Ich bin nicht schuld an der Begegnung. Hättst das Gitter wieder zugeschlagen, wie du es gefunden hast, so wär ich nimmer auf den Gedanken geraten, daß einer mich um Mitternacht besucht. Komm mit herein ins Haus, da soll sich alles finden!"

„Es wird sich hier schon finden!" Er griff zum Boden nieder, raffte ein Beil, das er sich jedenfalls als Werkzeug mitgebracht hatte, auf und schwang es nach dem Kopf des Gegners. „Fahr hinunter in die Grub!"

Der Klapperbein ergriff seinen erhobenen Arm und versuchte, ihm die Waffe zu entreißen.

„Willst so? Gut, sollst deinen Willen haben. Da unten liegt die Schwester, die du ermordet hast; der Mörder gehört zu seinem Opfer. Die Elsa ruft, geh hin zu ihr!"

Die bewaffnete Rechte des Richters festhaltend, holte er zum niederstreckenden Schlag aus, strauchelte dabei über den Kasten, dem er sich beim Ringen etwas genähert hatte, und stürzte unter der Gewalt seines eigenen Hiebes zur Erde nieder. Im Nu kniete Hobusch über ihm.

„Meinst du wirklich, daß ich mich vor der Toten fürcht? Ich lach über sie, und wenn sie jetzt sogleich leibhaftig erscheint, um dir zu helfen. Leb wohl, Anton, mit dir ist's aus!"

Er hob das Beil zum tödlichen Streich. Da stürzte

Selma vor. Das verhüllende Tuch war ihr auf die Schultern herabgeglitten; der Mond warf sein Licht auf ihre klaren Züge.

„Halt ein, halt ein, steh auf von ihm!“ rief sie in höchster Angst.

Er blickte empor.

„Elsa — El — —!“ Es zog ihn halb empor; es riß ihm die Arme weit auseinander; sein Haar sträubte sich, seine Augen quollen mit erschrecklichem Ausdruck unter den Lidern hervor. — „Elsa — El — El — —“

Erst hatte er den verhängnisvollen Namen laut hinausgeschrien; er konnte ihn nicht wiederholen; die Laute erstarben ihm zwischen den Lippen; die ersteifende Zunge vermochte kaum noch zu lallen; er taumelte hin und her, schlug hinten über und stürzte mit lautem Gepolter in die gähnende Grube hinab.

Der Klapperbein hatte sich erhoben und starrte das Mädchen an.

„Die Elsa —? Nein, Selma, du bist's ? Du hast mich vom Tod errettet! Wie kommst du zu dieser Zeit herbei? Und der Ludwig auch?“

„Der Vater hat befohlen, ich soll dich um zwölf zu ihm bestellen; ich hab's vergessen und mich erst kurz vorhin darauf besonnen. Schau nach, Anton“, flehte sie angstvoll, „er ist hinunter ins Grab; schau nach, was mit ihm ist!“

„Um zwölf sollt ich zu ihm kommen? Schau doch, wie klug der Guster ist! Komm, Selma, komm; geh hinein in die Stub. Hier kannst nicht länger sein. Ich werd dir das Licht anbrennen, damit du wartest, bis wir hier fertig sind. Halt Wach hier bei der Grub, bis ich wiederkomm, Ludwig!“

Sie widerstrebte lange, eh es ihm halb durch Bitten, halb mit Gewalt gelang, sie fortzubringen. Der Jüngling blieb in einer unbeschreiblichen Stimmung zurück. Durch Auge und Ohr überzeugte er sich, daß der Körper des Richters regungslos auf dem Grunde der Grube lag. Dann prüfte er das Gewicht des Kastens; dieser war sehr schwer, und ein verräterisches Klingen ließ auf die Kostbarkeit seines Inhalts schließen. War er wirklich mit Geld gefüllt, wie kam er hinab in das Grab und wem gehörte er? Sein Auge glitt suchend über den Boden und traf auf einen hellen Gegenstand, der, wie er vorhin bemerkt hatte, dem Klapperbein im Ringen entfallen war. Er hob ihn auf und vermochte nicht, einen Ausruf der Verwunderung zu unterdrücken. Es war sein Brief an den Herrgottsengel, den er vor kaum einer Viertelstunde in den Briefkasten am Kreuzle gesteckt hatte. Rasch blickte er zur Halde hinauf. Die Laterne war verlöscht, zum Zeichen, daß der Brief an seinen Empfänger gelangt sei. Da hörte er nahende Schritte und verbarg das Schreiben in seiner Tasche.

„Da bin ich wieder! Ist was vorgekommen?"

„Nein."

„So laß uns hinableuchten!"

Er enthüllte die Blendlaterne und ließ ihren Schein in die Tiefe fallen.

Er ist mit dem Kopf aufgeschlagen und in Ohnmacht gesunken. Die Leiter hat er selbst dort aus der Eck herbeigeholt. Komm, steig mit hinab; er muß herauf!"

Es war keine leichte Arbeit, den schweren Mann emporzuschaffen. Sein Körper wog wie Blei, und seine Glieder waren steif und unbiegsam wie Eisen. Erst als er auf der Erde lag, war es möglich, ihn zu untersuchen.

„Das ist nicht Ohnmacht, Ludwig, das ist der Tod, der sichre, starre Tod! Er hat die Selma für die gehalten, die da drunten liegt und ist darüber vor Schreck zu Stein geworden. Der Schreck ist ein gar mächtiger Gesell und hat schon manchen niedergeworfen, der stark und rüstig war!"

„Herr, mein Gott, ist's möglich? Ich kann's gar nimmer fassen!"

„Es ist so; glaub es mir! Der Schlag hat ihn getroffen und sein Blut zu Eis erstarrt. Da sieh den Kopf, das Aug und den ausgestreckten Arm. So hat er dagestanden und die Selma angeblickt — und in dem Augenblick ist er gestorben. Die Leich muß nach Haus getragen werden. Laß uns nur gleich beraten, was wir am besten tun! Komm herein!"

„Zur Selma? Darf sie es denn wissen?"

„Es geht nicht anders; doch müssen wir vorsichtig sein. Die Leich bleibt einstweilen hier, aber den Kasten, den faß mit an; er muß mit in die Stub hinein."

„Das glaub ich auch. Es ist dem Herrgottsengel seine Geldschatull; die dürfen wir nicht wohlfeil stehn lassen!"

„Dem Herrgottsengel seine? Was meinst damit?"

Der Gefragte zog den Brief hervor.

„Warum hast du mein Schreiben verloren, das ich auf deine Post gegeben hab? Richterbauers-Anton, hier liegt einer, den das Gericht Gottes niedergestreckt hat auch mit für das, was er uns Böses getan. Doch der Herrgott straft nicht allein, sondern er weiß auch zu belohnen, und was dort droben am Kreuzle für gute Tat geschehn ist, das wird keinem andern, als nur dir vergolten werden. Hab ich recht?"

„Die Post des Herrgottle ist nicht um des Lohnes willen angebracht worden. Doch komm herein. Du und die Selma, ihr sollt erfahren, was niemand wissen darf!"

Sie gingen in das Haus zu dem in schwerer Besorgnis ihrer harrenden Mädchen.

Draußen schien der Mond, und die Sterne blinkten so hell wie zuvor herab in die Friedhofsecke, wo der Richter den wohlverdienten und von ihm selbst vorbereiteten Lohn gefunden hatte.

DER WALDSCHWARZE

Goliath

Auf der hoch im Gebirge gelegenen Posthaltestelle wurde der aus der Kreishauptstadt einen Tag um den anderen hin und her gehende Eilwagen erwartet. Seine Ankunft war hier noch ein Ereignis, dem einige Bewohner des Orts, auf der Haltestelle hin und her schlendernd, mit Neugier entgegenzusehen pflegten.

So auch heute, wo indes die anwesenden Gebirgsbewohner Anlaß fanden, noch einen zweiten Gegenstand hier zu beobachten. Ihre Aufmerksamkeit war geteilt zwischen dem ein wenig gesuchten, geschäftigen Treiben der beiden Postbeamten und einem leichten Wagen, der vor dem Posthaus hielt.

Ein derber, pausbäckiger Knecht stand vorn bei den mutigen Braunen, denen das geduldige Harren schwer zu werden schien, und am offnen Schlag lehnte eine Gestalt, die jedes Vorübergehenden Blicke auf sich ziehen mußte; sie war von wahrhaft riesiger Größe, die auf ebensolche Körperstärke schließen ließ. Der Mann ragte, wie einst Saul, um eines Kopfes Länge über alles Volk empor; seine breiten Schultern, nur von einer kurzen Tuchjacke bekleidet, der starke Nacken, der unverhüllt aus dem zurückgeschlagenen Hemdkragen hervorsah, die hochgewölbte Brust, die gewaltigen Arme, die kräftigen Schenkel, von einer engen Lederhose umschlossen, die sich in die weit heraufgeschlagenen Aufschlagstiefel verlor, bildeten eine beredte Warnung, mit dem Besitzer dieser Vorzüge lieber nicht in feindselige Berührung zu kommen. Doch wurde diese Warnung bedeutend abgeschwächt durch einen Umstand, der zu der Furcht das Mitleid gesellen mußte: der Mann war blind. Zwei große, glanzlose Augen blickten starr unter den buschigen Brauen hervor; die ursprünglich weiße Hornhaut zeigte eine dunkle, körnige Färbung, und auch über die Gesichtsteile zog sich ein eigentümliches Blauschwarz, das ihm ein beinah schreckliches Aussehen verlieh.

Einer der beiden Postbeamten war unter den Eingang getreten.

„Wer ist der Herkules dort?" fragten die Dastehenden.

„Kennt ihr ihn nicht?" lautete seine Antwort. „Aber gehört habt ihr von ihm! Es ist der Goliath aus Rothenwalde."

„Der Goliath?"

„Ja, der Bachbauer, den sie den Goliath heißen, weil ihn kein Mensch zu überwinden vermag. Der Waldschwarze hat ihm das Augenlicht hinweggeschossen."

„Der Waldschwarze? Ah!"

Der Frager warf einen teilnehmenden Blick auf den Riesen und eilte dann hinweg. Das Posthorn schallte von fern, den nahenden Wagen ankündigend. Dieser bog um die Ecke der Straße und hielt nach wenigen Augenblicken vor der Haltestelle. Der Bachbauer blieb am Wagen lehnen, aber trotz der Verunstaltung seiner Züge konnte man darin die Ungeduld erkennen, mit der er auf die umwogende Geschäftigkeit horchte.

„Kommt er noch nicht, Balduin?" fragte er den Knecht.

„Hab noch nichts von ihm gesehn. Ich kenn ihn doch auch gar nicht", antwortete dieser.

„Wirst ihn gleich kennen: Krauskopf, rote Backen, Samtrock und lackierte Stulpenstiefel, rot und weiß Verbindungsband mit goldner Klunker auf der Weste und die grüne Studentenmütze hoch droben im Pfiff."

„Ja, dort steht einer, der ist so lang und breit wie Ihr; Krauskopf und Stulpenstiefel, das ist richtig, hat er auch, aber Rock, Mütze und Klunker, das wird nicht passen. Jetzt kommt er grad auf uns zu!"

Der junge Mann, den Balduin meinte, war aus dem

Postwagen gestiegen und hatte sich suchend auf dem Platz umgesehen. Als er kein bekanntes Gesicht erblickte, schritt er von dem Ausgang fort und gewahrte das Geschirr, bei dem die beiden standen. Eine Sekunde lang verschärfte er seinen Blick; dann flog es wie ein heftiger Schreck über sein hübsches, jetzt tief erbleichendes Gesicht. Im nächsten Augenblick stand er vor dem Goliath.

„Vater!" rief er aus.

„Frieder!" antwortete der Riese.

Sie lagen sich in den Armen. Aus der Innigkeit der Umarmung konnte man auf die herzliche Liebe schließen, die beide verband.

„Endlich, endlich bist wieder da, Frieder!" seufzte der Bauer auf. „Ich laß dich nun auch gar nimmer wieder fort. Nicht wahr, du bleibst, du böser Wandervogel?"

„Ja, Vater! Und wenn ich dich und die Mutter auch nicht gar so lieb hätte, ich müßte doch die Stelle des Bruders ausfüllen, der —"

„Laß gut sein jetzt, Frieder; das ist Zeit bis nachher!" Das Gesicht des Sprechers legte sich in düstere Falten. „Nicht wahr, hast nicht gedacht, mich so zu finden?"

„Nie; ich kann dir gar nicht sagen, wie es mir das Herz zerreißt, das zu sehn, was zu lesen mir schon so entsetzlich war. Gebe Gott, daß noch Hilfe für deine lieben Augen möglich ist."

„Nichts ist mehr möglich, gar nichts! Ich bin bei allen Doktoren und Professoren gewesen und hab um Hilfe gefleht, wie ein Nestling, der zur Erde gefallen ist, aber umsonst. Komm; steig ein! Ich erzähl dir die Geschichte unterwegs."

„Laß mich erst den Koffer besorgen!"

Nachdem dieser von dem Knecht geholt und auf dem Bock befestigt worden war, stiegen Vater und Sohn ein; die Braunen zogen an, und der Wagen rollte der nahen Landstraße zu, die höher hinauf in das Gebirge führte.

Schweigend saßen sie nebeneinander. Der Bauer rang

mit den finsteren Regungen seines Innern, mit denen er seit seiner Erblindung so viel und vergeblich gekämpft hatte. Mit doppelter Gewalt bäumten sie sich von neuem in ihm auf, da er sich verurteilt sah, auf den so lange entbehrten Anblick des geliebten Sohnes verzichten zu müssen. Und Frieder, so legt sich der Erzgebirgler den Namen Friedrich gern zurecht, konnte kein Auge von der Zerstörung wenden, die dem Gesicht des Vaters den einst so freundlichen und intelligenten Ausdruck geraubt hatte. Es wallte in ihm von Gefühlen, die ihm heiß und feucht in das Auge traten und ihm die Hände ballten, als müsse er den Urheber solcher Leiden zwischen ihnen zermalmen. In diesem lautlosen Zorn lag eine Art unheimlicher Drohung; denn Frieder besaß, wie der Knecht vorhin ganz richtig bemerkt hatte, die Gestalt des Vaters und war diesem an jugendlicher Gewandtheit ja weit überlegen. Zwischen den Bergen rechnet man mehr mit den körperlichen Kräften als in der städtereichen Ebene, wo das geistige Vermögen den Ausschlag gibt.

„So, hast also den Brief erhalten?" fragte endlich der Bauer, als der Wagen schon längst die Stadt verlassen hatte und beinah geräuschlos zwischen den bewaldeten Höhen dahinfuhr.

„Ja, ein fürchterlicher Brief!"

„Er war kurz, aber schlimm. Ich konnte ihn nicht schreiben, weil das Augenlicht nicht mehr vorhanden ist, und so hat ihn die Mutter aufs Papier gesetzt, die mit der Feder nicht viel zuwege gebracht hat."

„Aber warum habt ihr mir nicht vorher gemeldet, daß der Bruder gestorben ist?"

„Gestorben? Ja, gestorben ist er, aber wie und woran? Ich hab es dir nicht kundgetan, weil ich dir das Leid auf kurze Zeit ersparen wollte und weil ich andre Dinge im Kopf trug als Feder und Papier. Aber jetzt sollst du alles erfahren; jetzt bist du daheim, und der Mund kann sagen, was die Tinte nicht zu erzählen versteht."

Des Sprechenden ausdrucksloses Auge starrte leer in die Weite; seine Lippen zitterten unter der Qual des Erlebten und doch nicht Überstandenen, und seine Hände drückten sich auf die hochgehende Brust, als wolle er den darin wütenden Schmerz gewaltsam niederdrücken. Dann fuhr er fort:

„Vom Waldschwarzen hast du gehört?"

„Nein! In den fünf Jahren hab ich in der weiten Welt wenig von zu Haus vernommen, bis die letzte Botschaft kam, die mich veranlaßte, schleunigst heimzukehren."

„So muß ich die Geschichte von vorn anfangen. Du weißt von Kind her, daß vor langen Jahren der ‚Schmugglerfürst' mal hier in den Bergen sein Wesen trieb. Er hatte alle Wilderer und Pascher unter sich, die ihn nicht verrieten, weil sie selber nicht wußten, wer er eigentlich war, und weil sie die Strafe fürchteten, die er jedem gab, den er für seinen Feind hielt. Nachher ist es aber doch herausgekommen, wer er war. Weißt noch die Geschichte?"

„Ja. Die Schmuggelei ist eine von jenen Sünden, die vom Volk durch allerhand Trugschlüsse und Spitzfindigkeiten beschönigt werden, so daß man die Pascher mit dem Heldennimbus umgibt und vorzieht, ihnen allen möglichen Vorschub zu leisten, statt sie der wohlverdienten Strafe zu überliefern."

„Hast recht, Frieder, und wenn es auf mich ankäm, so müßten sie alle am Strick baumeln. Aber tu mir doch den Gefallen und sprich nicht so vornehm wie bisher, sondern red die Sprache, die wir daheim sprechen, sonst kommst mir fremd vor, und ich weiß nicht, ob du auch wirklich der Frieder bist! Also grad wie damals mit dem Grenzmeister ist's auch jetzt mit dem ‚Waldschwarzen', nur daß dieser noch viel schlimmer ist als jener. Was jetzt in einer Woche über die Grenze geschafft wird, das ist sonst in vielen Jahren nicht hinüber- und herübergekommen, und das Wild ist beinah ganz ausgestorben, weil der Waldschwarze es hinwegputzt. Große Schmuggelzüge gehn hin und her; die Kerle sind bewaffnet bis an die Zähne. Der Grenzer, der es wagt, mit ihnen anzubinden, ist verloren, und wer ihnen unglücklicherweise begegnet, wird unschädlich gemacht, wie und womit, das siehst du an mir."

„Schrecklich! Und die Obrigkeit, Vater?"

„Die Obrigkeit, ha, ha! Die gibt sich alle Mühe, aber vergebens. Sie versteht's nicht! Hat sie mir das Auge beschützt? Kann sie mir das Licht zurückgeben in der Finsternis, die mich umgibt, wie das weite Meer den Mann, der am Strohhalm hängt? Wo soll man den Hauptmann der Pascher suchen, und wo soll man ihn greifen und packen? Niemand weiß, wer er ist und wo er wohnt; er ist nirgends und doch überall, und seine Leute sind ihm untertan und gehorsam aufs Wort und auf den Wink. Die Förster und die Grenzer haben sich zusammengetan und ihm Feindschaft geschworen; er lacht sie alle miteinander aus. Niemand hat solche List und Stärke wie er; er ist der Fuchs und der Tiger zugleich; das ist der Grund, warum ihn keiner fängt."

„Sollte es wirklich niemand geben, der ihm die Faust auf den Nacken legt, Vater?" fragte Frieder mit einem selbstbewußten Lächeln.

„Keinen! Die Bachbauern sind seit Menschengedenken ein stark Geschlecht gewesen; auch ich hab mir auf meine Kraft viel zugut getan. Und doch sind wir, dein Bruder Franz und ich, dem Waldschwarzen unterlegen! Freilich weiß ich nicht, auf welche Weise sie über mich gekommen sind, und bei mir sind es gar viele gewesen, sonst hätte meine Faust sich schon Raum verschafft."

„Wie ist's gekommen, Vater?"

„Das war so: Dein Bruder, der Franz, hatte stets gute Freundschaft mit dem Förster gehalten, und sie sind beide oft miteinander auf die Pirsch gegangen. Eines Nachts nun kommen sie nicht wieder heim, und am

Morgen findet man sie an einen Baum gebunden, der eine hüben, der andre drüben, und jeder tot, die Kugel in der Brust! Die Erde und das Gestrüpp waren ringsumher zerstampft und zertreten, als hätte ein gewaltiger Kampf stattgefunden, und in der Tasche steckte bei ihnen ein Zettel, darauf stand geschrieben: ‚Zur Strafe vom Waldschwarzen'. Als sie mir nachher den Franz herbeibrachten, ist mir's gewesen, als ob mich einer mit der Keule erschlüge; ich hab alle Sinne verloren, mich eingeschlossen und nichts gewußt von dem, was um mich vorgegangen ist. Erst nach dem Begräbnis hat mich die Mutter wieder hervorgebracht, und ich bin hinausgegangen auf den Friedhof zu meinem Sohn, der tief unter der Erde gelegen hat, wo ihn mein Auge nicht erreichen konnte. Da hab ich das Gelübde getan, nicht zu ruhn und zu rasten, bis der Waldschwarze vernichtet ist!"

Die letzten Worte waren pfeifend zwischen den knirschenden Zähnen hervorgestoßen worden, und über das Gesicht des Erzählers zuckte ein Grimm, der ihm alle Glieder erbeben machte. Frieder hatte seine beiden Hände ergriffen.

„Vater", rang es sich aus seiner hochgehenden Brust hervor, „grad so denk und fühl auch ich in diesem Augenblick, und was dir nicht gelungen ist, das werde ich um so sichrer erreichen. Hier hast du meine Hand darauf!"

„Du? Geh, Bub! Was denkst denn von dir und ihm? Du bist der kleine Student, der mir nicht an die Schulter reicht und dem das Studium das Mark aus Leib und Seele genommen hat. Ich hab es nimmer gern gehabt, dich als hochgelehrt zu sehn; aber du hast gute Worte gegeben und die Mutter auch, und so ist euch euer Wille geschehn. Jetzt bin ich blind, und der Franz ist tot, und das Geschlecht der Bachbauerriesen stirbt aus. Ich war der stärkste von allen; darum nennt man mich den Goliath; wie aber wird man dich heißen, Knirps?"

Trotz der nichts weniger als lustigen Stimmung des Augenblicks zuckte ein heiteres Lächeln um das Bärtchen, das Frieders Lippen beschattete.

„Fünf Jahre, hast's gehört, Vater, fünf volle Jahre war ich nicht daheim! Denkst nicht, daß ich in dieser Zeit ein wenig gewachsen bin?"

„Ein wenig, ja. Aber der echte Bachbauer wirst nicht sein; der Bücherwurm hat dir die Kraft verzehrt und den Mut dazu."

„So werde ich wieder stark zu Haus; denn nun der Franz tot ist, nehm ich die Arbeit auf mich. Der Bachhof steht mir höher als die Gelehrsamkeit, denn er ist ja meine Heimat, und die hält man hoch!"

„Frieder", rief der Bauer entzückt, „so hör ich's gern, und niemand wird sich mehr darüber freun als die Mutter! Du sollst das Auge werden, mit dem ich schau, und wirst auch die Hand sein, mit der ich schaffe und arbeite. Hab Dank für dieses Wort!"

Ein kräftiger Händedruck, der jeden anderen zu einem Laut des Schmerzes veranlaßt hätte, besiegelte diesen Bund. Nach einem tiefen Atemzug begann der Vater von neuem.

„Es ist nachher für mich eine gar regsame Zeit gewesen. Bei Tag hab ich im Hof und auf dem Feld geschafft, und bei Nacht bin ich hinaus in den Wald gegangen, den Haß im Herzen und die Büchse auf der Schulter. Ich hab gehorcht und gelauscht vom Abend bis zum Morgen und nichts gesehn und nichts erfahren, als daß die Nachbarn alle die Rache erkannt haben, die in mir kochte Tag und Nacht. Nur einer hat kein Mitleid mit mir gehabt, sondern über mich gelacht und gespottet, der Feldbauer, der mein Nebenbuhler von Jugend auf gewesen ist. Er trägt es mir noch heut nach, daß deine Mutter mich genommen hat und nicht ihn, und wo er nur kann, da fügt er mir Verdruß und Schaden zu. Die erste Frau hat er ins Grab geärgert, und die zweite, die er als Witwe bekommen hat, wird wohl das gleiche erleiden müssen. Mich dauert nur das arme Kind, die Martha, die er gar schlecht behandelt, weil er der Stiefvater ist, und dennoch ist sie das schönste und beste Mädel weit und breit. Sie ist trotz der Feindschaft ihres Vaters gekommen und hat der Mutter bei der Pflege geholfen, als ich unter Schmerz und Qual daniederlag. Das werde ich ihr nimmer vergessen, solang ich lebe, denn ihr Wort und Trost war grad so mild und lind wie die Hand, mit der sie mir das Auge verbunden hat. Und ich hab ihn gebraucht, den Zuspruch und den Trost; denn es war, als hätte die Hölle in mir gebrodelt und gekocht, viel schlimmer noch als damals, wie ich das Gelübde am Grabe tat!"

Er holte abermals tief Atem. Die Erinnerung stürmte heftig auf ihn ein, und es dauerte lange, eh er wieder ruhiger zu erzählen vermochte.

„Es war in einer Mondnacht, beinah so hell wie der Tag, als ich drunten auf der Halde saß, wo sie vor langer Zeit den alten Stollen zugeschüttet haben. Da knackte es im Gebüsch, und als ich aufschaute, stand einer vor mir, breit und stark wie ein Herkules, bewaffnet bis an die Zähne und mit einer schwarzen Larve vor dem Gesicht.

‚Der Waldschwarze!' rief ich und sprang empor, um die Büchse anzulegen. Der aber sagte kein Wort, sondern legte den Finger an den Mund und pfiff. Ich wollte grad losdrücken, doch in demselben Augenblick wurde ich von hinten und von der Seite gefaßt und zu Boden gerissen. Sie sind über mich hergefallen wie die Wölfe über das einzige Roß; ich schlug um mich, soviel ich konnte, schüttelte sie ab und sprang empor, wurde wieder niedergeworfen, und so ging der Kampf wohl zehn Minuten fort, bis ich endlich ermüdet war und gefesselt wurde. Es waren wohl an die zwanzig Mann, jeder mit der Maske vor dem Gesicht. Ein Tuch wurde mir um die Augen gelegt und ein Knebel mit Gewalt in den

Mund gesteckt; dann ging es fort, wohin, weiß ich nicht. Halb getragen, halb gestoßen und geschoben, wurde ich über eine halbe Stunde weitergezerrt, bis es wie Strauch- und Dornzeug raschelte und ich eine Treppe hinuntersteigen mußte. Dort war's feucht und kalt; ich wurde zu Boden gelegt, und dann begann mit leiser Stimme die Verhandlung über mich. Ich hörte nichts als das letzte Wort davon: ‚Es ist genug, daß der Franz die Kugel bekam! Der Tod ist nicht so schlimm wie das andre und gibt auch keine größere Sicherheit. Er soll den Waldschwarzen nicht fangen; dafür wird gesorgt!'

Die Stimme kam mir bekannt vor, obgleich sie unter der Larve anders und auch nach Verstellung lautete; aber noch heut kann ich mir nicht sagen, wo ich sie schon vernommen hab. Ich hörte dann ein Geräusch, als werde ein Gewehr geladen, und dann nahm man mir die Binde vom Auge hinweg. Ich blickte auf; aber da blitzte und krachte es grad vor meinem Gesicht los, und ich brach zusammen wie vom Blitz erschlagen. Das Feuer vom Pulver nahm mir's Augenlicht. Der Lauf war nur mit Pulver geladen; schau her, ich hab ein gut Teil davon noch heute im Auge und im Gesicht! Das weitre kannst dir denken! Meine Schmerzen wurden verlacht und verhöhnt; man faßte mich an, schleppte mich empor und schaffte mich in das Dorf, wo man mich liegen ließ; ich brachte schließlich mit Gewalt die Fesseln herunter und nahm dann auch den Knebel fort. Der Nachtwächter kam herbei und führte mich nach Haus. Das ist die Geschichte, Frieder; das andre will ich nicht erzählen. Das Gewehr taugt nichts mehr in meiner Hand, aber diese Hand, Frieder, diese Hand, wenn sie den Waldschwarzen erst ergriffen hat, sie läßt nicht wieder los; er mag sich winden wie eine Schlange und krümmen wie ein Wurm, sie hält ihn fest und malmt ihn zusammen wie Papier, das man zerknüllt. Der Waldschwarze ist mein Gedanke am Tag und mein Traum bei Nacht;

ich hab weder Ruh noch Rast und vermag nicht zu sterben, eh ich weiß, daß er den Lohn bekommen hat!"

Obgleich der Wagen in raschem Trab auf der Straße dahinrollte, hatte der Sprecher sich doch erhoben. Er streckte die muskulösen Arme aus, als könne er den Todfeind mit ihnen erfassen; die Faust öffnete und ballte sich abwechselnd, ein sprechendes Bild der Zermalmung, von der er gesprochen hatte. Seine Zähne mahlten hörbar aneinander; ihr Elfenbein blickte drohend zwischen den grimmig sich spaltenden Lippen hervor, und die Augen starrten aus ihren Höhlen, als wolle die leidenschaftlich angeregte Kraft der unverletzten Sehnerven den geblendeten Augapfel durchdringen, um auszublicken nach dem geheimnisvollen Dämon, der so viel Unglück verschuldet, so unversöhnlichem Haß das Dasein gegeben hatte.

Frieder war in die Ecke zurückgesunken. Seine Glieder wurden nicht wie diejenigen des Vaters bewegt von der gewaltigen Gärung, die auch in seinem Innern herrschte. Aber in seinen Augen glühte es wie ein eingeschlossener Brand, der nur der geringsten Öffnung bedarf, um vernichtend emporzulohen.

Dem Knecht war kein einziges Wort der Unterhaltung entgangen. Dem guten Menschen stand das Wasser in den Augen. Er wußte, was sein Herr gelitten hatte und heute noch litt; das griff ihm ans Herz. Und wie sehr er sich räusperte, wie oft er sich mit dem Ärmel über das Gesicht fuhr, die Tropfen erneuerten sich immer wieder, so daß er endlich, zwischen Ärger und Beschämung kämpfend, auf die Braunen einhieb, daß sie förmlich auf der Straße dahinflogen. An einer Stelle, wo ein Feldweg in die Straße mündete, drehte er sich um und fragte: „Gradaus oder links?"

„Fahr links ab. Wir kommen näher", antwortete der Bauer, obgleich er den Weg nicht zu sehen vermochte.

Er wußte, welcher gemeint war; er war ihn früher

stets selbst gefahren, um einen guten Bruchteil Zeit zu gewinnen. Es ging weiter. Der Wald lichtete sich zur offenen Heide, zwischen der das Gleis schmal und holperig dahinführte, und schon senkte sich der Weg herab zum Dorf, als Balduin sich nochmals nach rückwärts wandte: „Dort kommt einer geritten. Es muß der Feldbauer sein!"

Er war gewohnt, dem Blinden jede Begegnung zu melden, damit dieser die Begrüßung nicht verfehle.

Der Reiter, den er meinte, kam ihnen in scharfem Trab entgegen. Es war eine breite, nicht zu hohe, aber massige Gestalt, an welcher der nicht mehr zu junge Schimmel grad genug zu tragen hatte. Dicht vor ihnen hielt er mitten auf dem Weg das Pferd an, so daß auch Balduin zum Halten gezwungen war.

„Holla, wer ist das?" rief er. „Das ist ja der Goliath mit dem Studenten, der in die weite Welt gegangen ist, weil ihn zu Haus niemand gern leiden mag! Fahrt seitwärts ab, damit anständige Leute vorüber können!"

„Ihr könnt uns eher ausweichen als wir Euch, Feldbauer", meinte der Knecht. „Reitet ab!"

„Ich euch, Grünschnabel? Fällt mir nicht ein! Marsch auf die Seite, sonst helf ich nach!"

Als Balduin keine Miene machte, dem Gebot zu folgen, bekam der Schimmel die Sporen; der Reiter hielt im nächsten Augenblick neben dem Wagen und zog dem Knecht mit der Peitsche einen kräftigen Hieb über das Gesicht.

„So, Bursche, da hast, was du brauchst, um ein andermal zu wissen, wer Meister ist, du oder ich!"

„Was ist das, Feldbauer?" fragte der Blinde. „Du wagst es, mein Gesinde zu schlagen! Könnt ich sehn, so wollte ich dir schon heimleuchten!"

„Du mir heimleuchten? Denkst vielleicht, ich fürchte mich vor dir? Da hast den Hieb grad so wie der Knecht!"

Der Feldbauer holte aus zum Schlag, kam aber nicht dazu. Mit einem gedankenschnellen Sprung war Frieder aus dem Wagen und griff dem Schimmel in die Nüstern, daß er vorn emporstieg, und zwar so kerzengrade, daß der Reiter zu Boden fiel. Sofort kniete der junge Mann auf diesem, entriß ihm die Peitsche und bearbeitete ihn damit, als habe er einen Schulknaben unter sich liegen.

„Frieder, Frieder, was machst du?“ rief der Blinde angstvoll, der nicht anders glaubte, als daß die hörbaren Schläge seinem Sohn galten.

„Ich lehr ihn Achtung vor dem Bachbauern, Vater. Hab keine Sorge um mich!“

Der Feldbauer strengte seine ganze Kraft an, sich emporzubäumen und den Gegner abzuwerfen; es gelang ihm nicht. Die tatendurstige Erbitterung, durch die Erzählung des Vaters in dem Herzen Frieders hervorgerufen, war infolge der Beleidigung zum Ausbruch getrieben worden. Der Jüngling hielt die Arme des Feindes unter den Knien fest, drückte ihm mit der Linken die Kehle wie zwischen einem Schraubstock zusammen und ließ mit den unaufhörlich niedersausenden Peitschenhieben nicht eher nach, als bis er fühlte, daß die Widerstandskraft des Feldbauern vollständig erlahmte.

„So, du hast genug und bist gezeichnet für lange Zeit! Ich will dich lehren, den Knecht zu schlagen und den Vater zu beschimpfen. Die Peitsche nehm ich mit, zum Zeichen, daß der Student, den niemand leiden mag, weit über den Feldbauern kommt, der der Liebling ist vom ganzen Dorf. Willst sie wiederhaben, so kannst sie vom Bachhof holen; nachher sollst sie bekommen, aber anders nicht!“

Er gab dem Schimmel einen Schlag, daß dieser laut wiehernd das Weite suchte, und sprang, ohne den Überwundenen eines weiteren Blicks zu würdigen, schnell in den Wagen, der seinen Weg unverzüglich fortsetzte.

„Frieder!“ stieß der Blinde vor Erstaunen hervor.

„Wunderst dich wohl, Vater? Der Feldbauer mag dir beinah gewachsen sein, mir aber nicht! Willst mich nun noch den Knirps heißen?"

„Nun sicher nicht! Ich hab dich vor mir geschaut immer nur grad so, wie du vor fünf Jahren gewesen bist, und es ist wahr, du bist gewachsen, Frieder. Aber einen Feind hast du dir erworben, der die Züchtigung niemals vergeben wird."

„Ich fürchte mich nicht und nehm's mit zweien auf von seinem Schlag!"

Als der Wagen in den Bachhof, den ersten und größten des Dorfs einfuhr, stand die Bäuerin schon zum Empfang bereit.

„Komm her, Anna, und nimm den Sohn wohl an", meinte der Blinde. „Er hat die grüne Mütze und die Klunker abgelegt und will für immer bei uns bleiben. Ich sag dir, daß er ein Bachbauer werden wird, wie es noch keinen gegeben hat, denn der Mensch ist ein Riese, noch stärker als der Goliath!"

Martha

Es war am nächsten Sonntag. Der Gottesdienst ging zu Ende, und die Kirchgänger traten auf den Kirchhof heraus, um den gewohnten Gang durch die Gräber zu halten und dabei die Neuigkeiten der vergangenen Woche zu besprechen. Die Stadt hat ihre Zusammenkunft am Brunnen und ihre Kränzchen, das bayerische Dorf im Gebirge seine Spinnstuben und das sächsische seine Gottesackerversammlungen, auf denen Mann und Weib, alt und jung Gelegenheit finden, sich auszusprechen über alles, was das Herz bedrückt oder die Neugier befriedigt. Zweierlei beschäftigte heute die Zungen ganz besonders: die Rückkehr des Bachfrieder und der seltene

Umstand, daß der Feldbauer nicht in der Kirche gewesen war. Daß beides im engen Zusammenhang stand, wußte man bereits, nur hielt man eine eingehende Erörterung für notwendig. Deshalb hatte sich ein zahlreicher Kreis von Zuhörern um Balduin, den Kutscher des Bachbauern, versammelt, der an der Kirchenmauer lehnte und mit wunderlichen Gebärden sein Erlebnis erzählte.

In seinem Eifer gab der gute Balduin der Sache etwas mehr Farbe, als unumgänglich nötig war.

„Ihr hättet nur das Gesicht sehn sollen, auf dem die Peitsche gearbeitet hat wie das Graupelwetter auf dem Dach. Da ist Hieb auf Hieb und Schlag auf Schlag gekommen, und die Schwiele, die ich hier über die Nase vom Feldbauern bekommen hab, hat mehr als hundert Prozent getragen. Und der Feldbauer ist ganz langsam aufgekrabbelt und seinem Schimmel nachgehinkt, während wir davonfuhren."

„Also darum kommt er nicht in die Kirche, weil ihm das Gesicht gezeichnet ist. Ihm ist ganz recht geschehn, und nun wird er wohl nicht mehr so sehr mit seiner Körperstärke prahlen, da er den Meister gefunden hat!"

„Er mag sich nur auch ferner fein hübsch vor dem Frieder in acht nehmen; den hab ich in den paar Tagen genugsam kennengelernt. Er ist so gut und fromm wie ein Lamm, aber wenn man ihn bei der Galle angreift, so mag man nur immer schnell um die Ecke springen. Ihr solltet nur mal sehn, wie lieb und lind er ist! Die Mutter hat er stets beim Kopf, und den Vater trägt er auf den Händen. Dazu greift er überall wacker an. Im Hof, da lag ein Klotz, der Bretter geben sollte; drei Männer konnten ihn kaum herschleppen; er aber hat ihn aufgenommen und vors Tor geschafft. Den Stier nimmt er bei den Hörnern und drückt ihm den Kopf zu Boden, daß er sich nicht zu rühren vermag. Und bei dieser Gütigkeit und Stärke ist er gelehrt und geschickt, daß man sich nur wundern muß. Er hat nach Maschinen geschrieben und nach andern Dingen, von denen unsereiner nicht mal den Namen kennt, und dem Bauer einen Plan über den Feldbau vorgelegt, nachdem das Land grad um die Hälfte mehr bringen muß als früher."

„Ja, klug ist er und geschickt dazu, sonst hätte er ja gar nicht die Universität überstanden!"

„Das Dorf hat noch niemals einen so studierten Herrn und klugen Bauern gehabt, und wir müssen also stolz auf den Frieder sein, der bewiesen hat, daß es bei uns auch Leute gibt, die nicht auf den Kopf gefallen sind. Wie er heut die Orgel gespielt hat, so was Schönes ist hier noch gar nimmer gehört worden; der Kantor ist das reine Nichts gegen ihn. Seht, dort kommen sie beide vom Chor herab!"

Frieder wurde von allen seinen Bekannten, denen er bisher noch nicht begegnet war, mit Begeisterung begrüßt; er hielt sich aber nicht lange bei ihnen auf, sondern schritt dem stillen Winkel zu, wo sich die Grabstätten der Bachbauern befanden. Der Platz war von tief herabzweigenden Trauerweiden beschattet, unter denen eine Steinbank stand, deren Sitz mit weichem Moos bekleidet war. Als er die Zweige auseinanderschlug, fiel sein Blick auf ein Mädchen, das hier gesessen hatte und sich jetzt in halber Verlegenheit erhob.

Er hatte sie schon in der Kirche bemerkt und sich von ihrer Erscheinung seltsam ergriffen gefühlt. Ihre hohe, schöne Gestalt war nicht mit dem hier in der Gegend üblichen, sondern mit dem jenseits der Grenze getragenen Festtagsgewand bekleidet. Der kurze, rot und weiß gestreifte Rock ließ einen hübsch gebauten Fuß frei; um die Hüfte war eine seidene Schürze gebunden, deren zierlicher Schnitt es verriet, daß sie nicht für den gewöhnlichen Gebrauch gefertigt war; unter dem dunklen Jäckchen blickte das samtne Mieder hervor, dessen Ausschnitt nach der Landessitte das feingefaltete, blütenweiße Hemd freigab, das sich in schmaler Krause um den schönen Hals legte. Von dem unbedeckten Kopf hingen die mit einer einfachen blauen Knopfblume geschmückten Haare in zwei langen, dicken Zöpfen bis über die Hüften herab, und die Hände, die jetzt das Gesangbuch umschlossen, schienen sich noch nie mit gröberer Hausarbeit beschäftigt zu haben. Wer ihr ins Gesicht blickte, fühlte sich sofort gefangen von dem Ausdruck der Sanftmut und Herzensgüte, der darüber ausgebreitet lag.

„Grüß Gott!" antwortete sie auf seinen Gruß und schlug langsam die seidenen Wimpern empor, die sich aber sofort wieder über das große, tiefblaue Auge senkten.

„Sei nicht bös über die Störung, die ich dir bereitet hab!" bat er. „Ich hab nicht gewußt, daß jemand hier ist. Soll ich gehn?"

„Nein, bleib nur, denn ich bin's ja, die weichen muß!" Sie schlug ihr Auge mit einem wie um Verzeihung bittenden Blick wieder halb empor, und es war ihm, als müßte er die feinen Lider vollends heben, um dieses wunderbare Auge ganz und voll zu erblicken.

„Warum mußt du weichen? Bitte, sag es mir!" bat er.

„Weil dieser Ort nicht mir gehört, sondern dir."

„So kennst mich wohl?"

„Ich sah dich gestern nach der Stadt reiten, als ich auf dem Feld war, und die Magd sagte mir deinen Namen."

„Darf ich auch wissen, wie der deinige lautet?"

„Martha."

„Martha?" wiederholte er, selbst nicht wissend, ob freudig oder schmerzlich überrascht. „Bist wohl gar die Martha vom Feldhof?"

„Ja."

Das eine Wörtchen kam nur langsam und in einem Ton über ihre zögernden Lippen, als müsse sie um Entschuldigung bitten, daß sie die Tochter des Feldbauern sei. Er aber trat näher, ergriff ihre Hand und sagte:

„So bin ich dir unendlich viel Dank schuldig für die große Liebe und Barmherzigkeit, die du dem Vater und der Mutter erzeigt hast, Martha. Der liebe Gott mag's lohnen, wir können's nicht! Warum bist dieser Tage nicht zu uns hereingekommen?"

Sie schwieg.

„Darf ich's nicht wissen?" fuhr er fort.

„Ich kann's nicht sagen."

„Und eine Ausrede magst auch nicht machen, denn das wäre eine Lüge, und dazu bist du zu brav und stolz, nicht wahr? Aber laß gut sein, Martha; ich weiß doch, was du nicht sagen willst! Der Vater hat dir's verboten. Ist es so oder anders?"

Sie nickte nur mit dem Kopf, schaute aber jetzt voll und groß zu ihm empor mit einem Blick, in dem er eine hinter Verlegenheit verborgene Anklage zu lesen meinte.

„Hätte ich gewußt, was ich heut nun weiß", entschuldigte er sich daher unwillkürlich, „so wär der Angriff des Feldbauern nicht in der Weise abgewehrt worden, wie es geschehn ist. Aber sag, hat er dir schon auch vorher verboten, nach dem Bachhof zu gehn?"

„Ja."

„Schaust, Martha, was ich mein! Und dennoch bist herübergegangen? Warum bleibst allweil jetzt davon? Die Mutter hat immer groß Sehnen nach dir, und du kannst ihr viel Freude bereiten, wenn du bald mal vorsprechen magst. Darf ich ihr sagen, daß du kommen willst?"

„Ich weiß noch nicht!"

„So weiß ich jetzt, warum! Als ich nicht daheim war, hast den Bachhof besucht, nun ich aber nach Haus gekommen bin, bleibst weg. Ich allein bin die Schuld; du magst mich nicht leiden. Leb wohl, Martha; das tut mir weh!"

Er ließ die Hand fahren und wandte sich zum Gehen.

„Frieder!" bat sie.

Er drehte sich wieder zu ihr herum. Sie sprach weiter: „So hab ich's nicht gemeint! Deine Eltern sind mir nicht gram, daß mein Vater solche Feindschaft hegt; denn ich kann ja nichts dafür. Von dir aber hab ich nicht gewußt, ob auch du so denkst wie sie."

Er legte seine Hand auf die ihrige und entgegnete in beinahe leisem Ton:

„Das ist nur die halbe Offenheit! Ich bat dich, zu kommen, und dennoch gabst du zur Antwort: ich weiß noch nicht! Fürchtest dich vor mir, Martha?"

Jetzt zuckte ein rasches Lächeln um ihren Mund, zwischen dessen Lippen die kleinen Zähne hervorblitzten, und ihr Blick traf den seinen mit voller Aufrichtigkeit.

„Ja, beinahe."

„Warum?"

„Du bist der Mächtigste weit und breit, und dazu hast so viel Gelehrsamkeit studiert; soll man sich da nicht vor dir fürchten?"

„Wenn das nichts andres bringt, als Furcht und Scheu, so möcht ich, daß ich ungeschickt und nicht so mächtig wär dazu! Soll das so sein, Martha?"

„O nein, Frieder! Bleib, wie du bist!"

„Aber dann wirst dich auch ferner scheuen und nicht kommen?"

„Ich werd mir die Angst abgewöhnen. Ich hab mir den Mann, der den Vater besiegt hat, ganz anders vorgestellt, recht wüst, rauh und hart, nicht so sanft und freundlich, wie du bist. Sag deinen Eltern, daß ich kommen werd!"

„Hab Dank! Nun geh ich gern, denn ich weiß, daß ich dich wiedersehe!"

„Nein, laß mich gehn, und bleib du! Du kamst zum Bruder, der unten liegt. Das ist ein fromm und heilig Recht, das ich dir nicht verkürzen darf!"

Sie reichte ihm die Hand und ging. Er bog die Zweige, die sich hinter ihr geschlossen hatten, wieder halb auseinander und blickte ihr heimlich nach. An der Ecke der Kirche wandte sie sich einmal um, ohne Absicht, wie man von einem innern Zwang getrieben wird. Er bemerkte es und sah mit einem stillen, innigen Lächeln vor sich nieder.

„Das ist also die Martha, von der die Eltern soviel Liebes und Gutes erzählen! Ich hab das alles gern geglaubt, doch nun ich sie gesehn und gesprochen hab, weiß ich, daß sie noch mehr und noch viel besser ist. So weit ich auch gewesen bin, eine solche Schönheit, mit solcher Herzenseigenschaft gepaart, hab ich noch nicht gesehn, und hier auf dem abgeschiednen Dorf hätt ich's gar nimmermehr gesucht!"

Noch immer stand er und schaute nach der Ecke, hinter der sie verschwunden war.

„Und welch einen Vater hat dies engelgleiche Gemüt! Wär ich ihr vorher begegnet, so hätt er keine solche Lehre erhalten, die gleich auf ein für allemal berechnet war. Freilich etwas zu stark bin ich dabei gekommen; das mag sein; aber der Grimm über den Waldschwarzen war da, und den Vater, der soviel erduldet hat, laß ich nicht verhöhnen und nicht schlagen. Wer das versucht, darf nicht auf Nachsicht rechnen. Ja, sie hat recht, ich bin sanft und freundlich, aber es gibt einen Punkt in mir, den man nicht anstoßen darf; es ist die Lieb zu Vater und Mutter und all den andern Meinen!"

Sinnend sah er vor sich nieder, dann sagte er wieder halblaut:

„Daher ist dem Waldschwarzen die größte Rache geschworen, denn er hat diesen Punkt am stärksten angefaßt. Ich weiß, daß ich ihn finde; ich weiß, daß ich ihn ergreife; die Ahnung sagt es mir. Der Vater hat es falsch gemacht, denn er hat es alle Welt wissen lassen, daß er nach ihm jagt. Von mir aber soll's niemand erfahren, was ich tu, selbst die Eltern nicht; denn sie würden große Sorge und Angst um mich empfinden, daß es mir so gehe wie dem Franz, der nun hier unter dem Hügel liegt. Aber er ist nicht tot; er ist nicht gestorben, sondern er lebt noch; er ist wiedererwacht in mir und wird dem Mordblender Vergeltung bringen!"

Er brach einen kleinen Zweig von dem Lebensbaum, der auf dem Grabe stand, und steckte ihn an den Hut.

„Das ist die Kokarde, der ich diene, lieber, armer Bruder! Sie kommt nicht eher von ihrem Platz herunter, als bis meine Aufgabe erfüllt ist!"

Er verließ den Kirchhof und ging nach Haus, wo das Mittagsmahl schon seiner wartete. Darauf verließ er den Hof wieder, um sich in den Wald zu begeben. Er brauchte einige Spannhölzer für den Wagen und hatte vom Förster den Auftrag erhalten, sich die passenden Eichen- und Buchenstämmchen auszusuchen und zu bezeichnen.

Im Freien angekommen, schlug er unwillkürlich einen Umweg ein, um den Feldhof zu meiden, der eine Strecke vor dem Dorf lag. Droben auf der Höhe, wo das Buschwerk begann, kamen ihm Schritte entgegen. Der Nahende war kein anderer als der Feldbauer. Als er Frieder erkannte, blieb er mitten auf dem Pfad stehen. Sein Gesicht trug noch deutliche Spuren der Züchtigung, die er von dem Jüngling erhalten hatte. Sie entstellten ihn bis zur Häßlichkeit, so daß sein Wegbleiben von der Kirche gar nicht zu verwundern war. Es mußte eine sehr dringliche Angelegenheit sein, die ihn in den Wald geführt hatte.

„Weich aus, Bub", befahl er; „heute geht's anders als vorher!"

„Ja, heut weich ich aus, aber nicht, weil Ihr's gebietet, sondern aus einem ganz andern Grund", antwortete Frieder.

„Den Grund kennt man schon! Leut unvermutet überfallen, das kann jeder; aber wenn er offen angeredet wird, da geht nur ein Lump oder Feigling auf die Seite."

Frieder trat ruhig auf ihn zu, legte ihm die Hand schwer auf die Schulter und sah ihm mit blitzenden Augen in das blaurot angeschwollene Gesicht. Es lag dabei etwas in ihm, was der Bauer nicht zu erklären vermochte, ihn aber abhielt, den vielleicht beabsichtigten Kampf zu beginnen.

„Feldbauer, Ihr habt wohl kein Verständnis für andre und viel bessere Gründe, derentwegen man einer Rauferei ausweicht. Und was den Lump und Feigling betrifft, so kann nur ein solcher es unternehmen, einen Blinden, der sich nicht zu wehren vermag, mit der Peitsche schlagen zu wollen. Das muß ich Euch sagen, und nun gehabt Euch wohl!"

Der Bauer schob die Tabakspfeife, die er bisher im Munde behalten hatte, schnell in die Tasche, faßte ihn am Arm und schrie ihn an:

„Ihr habt noch mehr verdient als die Peitsche, ihr alle beide. Nimm dich nur in acht, daß du dem Waldschwarzen nicht auch in die Hand gerätst, sonst wirst mich gar nimmer lange mehr sehn! Hier hast den Trumpf drauf!"

Er schlug mit der Faust nach Frieders Gesicht; dieser aber fing den Hieb auf und faßte dann die beiden Arme des Gegners mit einer Gewalt, daß dieser einen Laut des Schmerzes ausstieß.

„Feldbauer, ich hab Euch schon gezeichnet, und Ihr wißt es genau, daß ich mich nicht vor Euch fürcht. Aber ich werd Euch doch aus dem Weg gehn, so gut ich kann, denn der Klügere gibt nach. Erhebt Ihr aber den Arm nur noch ein einziges Mal gegen mich, so schlag ich hin, wo sich's gehört!"

Er ließ ihn los, um seinen Weg fortzusetzen. Die Ruhe des Waldes gab seiner Stimmung schon nach kurzer Zeit das verlorene Gleichgewicht wieder, und der Groll wich den freundlichen Regungen, die seine Begegnung mit Martha in ihm zurückgelassen hatte. Den Blick nachdenklich zur Erde gesenkt, gewahrte er plötzlich eine Schlange, die sich quer über den Weg schlängelte. Er folgte ihr zwischen die Büsche, um sie zu ergreifen, doch machte das hohe Heidekraut ihm das schwierig; sie entwich zwischen einigen Steinen, die eine jener Winterstöcke bildeten, wie man sie häufig in den auf felsigem Boden stehenden Wäldern findet. Er hob den ziemlich schweren Granit in die Höhe und gewahrte — nicht die Natter, sondern einen Zettel, der auf dem plattgedrückten Boden lag. Auch ohne ihn aufzuheben, konnte er deutlich die mit Bleistift geschriebenen Worte lesen: „Beim alten Stollen um zwölf!"

Was war das? Er untersuchte den seltsamen Fund. Das Papier war weiß und sauber, als käme es erst aus dem Laden, und da der Boden hier ziemlich feucht war, so konnte es nur seit kurzer Zeit hier erst liegen. Er brachte den Zettel an seinen Ort zurück, gab dem Stein genau die frühere Lage und warf dann einen forschenden Blick auf die Umgebung.

Nur einige Schritte davon hatte ein Stößer eine Taube zerrissen; die Federn lagen auf dem Boden zerstreut, einige in der unmittelbaren Nähe des Steins. Die Federn waren im Gebrauch gewesen, wie sich gleich beim ersten Blick zeigte; es hatte jemand die Tabakspfeife damit gereinigt, wie sich aus dem Geruch erkennen ließ.

„Der Feldbauer!" stieg es in Frieder auf, und sofort folgte eine andere Ahnung, die ihm das Blut in die Schläfen trieb, so daß er es dort vernehmlich pochen fühlte.

„Nimmt dich nur in acht, daß du dem Waldschwarzen nicht auch in die Hand gerätst, sonst wirst mich gar nimmer lange mehr sehn!" klang es ihm auf einmal wieder vor sein Ohr und ...

Er konnte den Gedanken nicht ausdenken; ein leises Rascheln ließ sich aus der Richtung des Pfades her vernehmen, und er hatte kaum Zeit, sich unter einem jungen

Tannenwuchs zu verbergen, so trat ein Mann zwischen den Büschen hervor, hob den Stein ein wenig, warf einen Blick auf den Zettel und verschwand dann so schnell, wie er gekommen war.

„Es ist so, wie ich dachte", flüsterte Frieder in höchster Erregung. „Die Pascher haben den Bestellort hier. Ich bleibe da und warte, wer kommt!"

Er versteckte sich unter dem dichten Tannicht, so daß er nicht bemerkt werden, aber selbst den Stein und seine Umgebung genau überblicken konnte. Er brauchte nicht lange zu warten, denn schon nach kurzem wiederholte sich die Szene, und nach Verlauf von einigen Stunden hatte er gegen zwanzig Personen gezählt, die den Stein entfernt und den Zettel gelesen hatten. Die meisten waren ihm fremd; aus seinem Dorf befanden sich nur einige darunter, und diese wenigen waren sämtlich als mißtrauenerregende Kerle bekannt. Zwischen dem Erscheinen der einzelnen lagen fast regelmäßig zehn Minuten, und nicht ein einziges Mal geschah es, daß zwei zugleich erschienen; auch kamen und gingen sie nicht aus und nach derselben Richtung, sondern diese Richtung wurde immer rundum und nach den Himmelsgegenden eingehalten. Die Leute waren allem Anschein nach höchst pünktlich und wohlgedrillt, und die ganze Art und Weise schien darauf berechnet zu sein, ein Zusammentreffen zwischen ihnen streng zu vermeiden. Keiner sollte den anderen erkennen.

Aus Besorgnis, sich zu verraten, verließ Frieder sein Versteck nicht eher, als bis die Dämmerung hereingebrochen war. Dann schlich er sich mit unhörbaren Bewegungen fort und erreichte unter Anwendung größter Vorsicht das offene, weite Feld.

Seinen Eltern teilte er nichts von der Entdeckung mit, zu der ihn die unschuldige Schlange geführt hatte. Er suchte so gleichgültig wie möglich zu erscheinen und ging nach dem Abendessen, um jede Gelegenheit zu einem verräterischen Wort zu vermeiden, in die Schenke, aus der er erst nach einigen Stunden heimkehrte. Eben wollte er die Pforte öffnen, als diese von innen aufgezogen wurde.

„Gute Nacht, Bachbäuerin!“ hörte er grüßen.

„Gut Nacht, Martha, laß dich bald wieder blicken!“

Es war die Tochter des Feldbauern, die sich von seiner Mutter verabschiedete. Als sie ihn gewahrte, sagte sie verlegen: „Frieder! Wie hast mich doch erschreckt!“

„Warst bei den Eltern drin?“ fragte er.

„Ja. Du siehst, daß ich bereits angefangen hab, die Furcht vor dir zu überwinden!“

„Du kommst doch bald wieder her?“

„Sobald ich Zeit dazu find.“

„Das machst du sehr recht. Du fühlst dich vereinsamt?“

„Ja, ganz allein, heut und allezeit. Ich hab niemand gesucht und also auch niemand gefunden, zu dem ich gehn und mit dem ich plaudern möcht, als nur deine Eltern, Frieder.“

„Darf ich mitgehn bis hinauf zum Feldhof?“

„Ja!“ sagte sie leise.

„So komm!“

Sie schritten wortlos nebeneinander dem Feldhof zu. Es war beiden genug, daß sie beieinander waren. Er konnte nicht ablassen, wieder und immer wieder in ihr Angesicht zu blicken, das im Mondlicht so zart und engelhaft aus der leichten Hülle blickte, die sie um den Kopf geschlungen hatte. Und sie konnte, wenngleich verstohlen, kein Auge abwenden von der mannhaften Gestalt, die mit solch rüstigen Bewegungen an ihrer Seite schritt. Es war ihr, als könne sie so mit ihm gehen fort und immerfort, von einem Ort, von einem Land, von einem Erdteil zum anderen, weit über die Erde hinaus, bis in den Himmel hinein, der mit ihm doppelte Seligkeit bieten müsse!

Unweit des Feldhofs blieben sie unter dem Schatten der Erlen, die sich an den Ufern des Baches erhoben, stehen.

„Hat dein Vater nicht gefragt, wohin du gehst, Martha?"

„Nein. Er geht des Abends punkt acht Uhr zur Ruh und schläft dann so fest und gern, daß er auch in der dringendsten Sache nicht geweckt werden darf. Drum weiß er nicht, ob ich bleibe oder gehe."

„Aber die Mutter darf's wissen?"

„Ja, und sie hat ihre Freud daran, wenn ich sage, ich geh zu euch. Sie hat deine Mutter nur wenig getroffen, aber sie hält gar große Stücke auf sie und kann gar nicht begreifen, warum der Vater so großen Haß auf euch geworfen hat."

„Das kannst du erfahren: er hat meine Mutter nicht bekommen und kann darum sie und den Vater nicht leiden. Ich bin ihm im Wald begegnet, und er hat mich beschimpft und mit mir raufen wollen."

„Hast mitgetan, Frieder?" fragte sie mit ängstlicher Schnelle.

„Nein! Ich hab an dich gedacht, den Schlag abgewehrt und bin dann fortgeeilt."

„Frieder, willst mir was versprechen?"

„Ja, wenn sich's mit meiner Ehre verträgt."

„Bitte, geh ihm aus dem Weg; tu mir's zuliebe!"

„Ich werd's tun; das hab ich ja um deinetwillen heut schon getan. Ich kann mir denken, daß ihr gar viel zu erdulden habt, und ich will euch nicht noch größern Gram bereiten."

„Ach ja, Frieder, wenn du wüßtest, wie der Vater ist! So hart, so finster, so ganz ohne Herz und Gemüt! Ich sage nur wenig, und das wenige sogar würde ich verschweigen, wenn's mein rechter Vater wäre. Ich war noch jung, kaum aus der Schule, als er kam und die Mutter zur Frau begehrte. Ich konnte ihn nicht ansehn und meinen toten Vater nicht vergessen; darum hab ich geweint und gefleht, aber es hat nichts geholfen, denn der Oheim hat die Mutter gezwungen, ja zu sagen."

„Gezwungen? Hat er das Recht und die Macht dazu?"

„Das Recht wohl nicht, aber die Macht. Er ist ein großer Kaufmann drüben über der Grenze, und der Feldbauer ist oft gekommen und hat große Rechnung mit ihm gehabt und viel Geld von ihm empfangen. Wir haben seit dem Tod des Vaters bei ihm gewohnt, und ich bin grad wie das Kind gewesen, bis mich der Bauer fragte, ob ich nun auch mal seine Tochter sein möchte. Ich hab mich gesträubt und die Mutter auch, der Oheim aber hat gemeint, er gehe zugrunde, wenn sie es nicht tue. Der Bauer hat ihn bei der Hand gehabt, weshalb, das weiß ich heut noch nicht. Um den Oheim zu erretten, ist die Mutter endlich mitgegangen. Nun hat sie nichts als Gram und Tränen, und ich hab Angst, daß sie es nicht verwinden kann. Frieder, ich hab in meinem Leben noch keinem Menschen ein Leid getan, aber den Vater, den Feldbauer, den — den — den verabscheue ich! Ja, ich verabscheue ihn, denn er kommt mir nicht anders vor, als der böse Geist, dem die Mutter und ich verschrieben sind, damit er uns statt Glück und Frieden nur Gram und Qual bereite!"

Sie gab sich ihren so lange zurückgehaltenen Gefühlen hin und merkte kaum, daß sie offener sprach, als es vorher ihre Absicht gewesen war. Ihre Worte hatten für Frieder einen geradezu unschätzbaren Wert, auch abgesehen von dem rückhaltlosen Vertrauen zu ihm, das sie so deutlich bekundeten. Er ließ sie aussprechen, dann versuchte er den besten Trost, den er einem Charakter wie dem ihrigen zu geben vermochte.

„Weißt, Martha, daß auch die böseste Sache eine gute Seite besitzt? Schau, wenn ein großes Leid ins Herz niedersteigt, so bleibt's nicht leer und hohl, sondern es wächst in der Seele ein Kristall nach dem andern und leuchtet hinauf und hinaus. Es sprießen tausend Blumen auf, die nicht verwelken und vergehn; aus jeder Träne wird eine Perle, und jeder Pulsschlag bringt einen Diamanten hervor. Der Pflug der Leiden tut dem Acker weh, aber die Ernte ist unsagbar reich und köstlich. Sie wächst und reift verborgen und tritt zutage, wenn sich die Liebe naht, um den Strahl auf sie zu werfen. Wer solch ein Herz besitzen darf, der gibt's nicht hin für Millionen, denn jeder Blick, jedes Wort und jede Tat ist fromm und rein wie der Gedanke, der in ihm wohnt. Da ist nicht eine Spur von Falschheit; da gibt es nichts von Tand und Flitterwerk, das nur die Leerheit deckt und zur Verachtung führt, sondern alles ist echt und lauter. Gib mir dies Herz oder allen Reichtum, alle Macht und Ehre der Welt, so werfe ich das fort und nehme das Herz fest und laß es nimmer rauben. Auch bei dir ist das Leid früh eingekehrt, und du hast bisher nur die schlimme Seite gekannt; ich aber sehe die reiche Ernte schon kommen und preise den unendlich glücklich, dessen Auge dir den Sonnenstrahl spenden darf!"

„Frieder!"

Sie sprach nur das eine Wort; aber der Atemzug, der es begleitete, kam aus ihrem tiefsten Innern und klang so voll und lang, als wolle er ihm ihre ganze Seele entgegenhauchen. Sie legte ihr tiefgesenktes Köpfchen an den nahen Erlenstamm. Er sah es nicht; er hörte es nicht; nur sein Herz sagte ihm, daß sie weine. Das war jene stille, innerliche Weise, in der sie auch den häuslichen Kummer so lange Zeit hindurch getragen hatte. Er ließ sie gewähren, bis sie das Köpfchen hob und ihm langsam die Hand entgegenstreckte.

„Leb wohl, Frieder. Ich darf nicht wieder zu euch kommen!"

„Warum nicht?"

„Ich bin so klein, so gar nichts wert; die Perle und der Diamant ist mir versagt!"

Da legte er die Hände segnend auf ihr Haupt.

„Oh, bleib so klein und gering, dann bist du groß und herrlich! Aber wiederkommen mußt, sonst weiß ich nicht, was ich beginne. Willst, Martha?"

Der Ton dieser Bitte klang so unwiderstehlich, und ihr eigenes Herz mahnte so dringlich; sie nickte zustimmend.

„Wenn du gebietest, so muß ich folgen, Frieder. Gut Nacht!"

„Gut Nacht!"

Als er nach Hause kam, empfing ihn die Mutter mit sanftem Vorwurf.

„Warum kommst so spät, Frieder? Die Martha war da; konntest auch mal mit ihr sprechen."

„Laß gut sein, Mutter, sie wird euch schon wieder besuchen. Dann bleib ich zu Haus", antwortete er lächelnd.

Sie gingen schlafen. Frieder wartete, bis es im Hause ruhig war, dann nahm er aus dem Schreibtisch eine Hülle, worin ein Paar Doppelpistolen lagen. Er lud sie vorsichtig und steckte sie zu sich. Dabei sprach er:

„Die Büchse paßt nicht zu solchem Gang, das lehrt die Geschichte mit dem Vater. Ich nehme hier diese Waffen; sie sind leicht zu führen und werden mich nicht verlassen, wenn ich sie brauchen muß. Oh, Martha, was bist doch für ein armes Kind! Ich glaube, wenn der Zweig von meinem Hut herunter ist, so hast den Vater verloren. Aber sie soll niemals erfahren, daß sie ihn selbst verraten hat. Wie kommt der Feldbauer zu der Rechnung mit dem Kaufmann drüben und zu dem vielen Geld? Wie ist dieser in seine Hände geraten, daß er ihm sogar die Schwägerin und die Nichte verkaufen mußte? Warum geht der Bauer stets punkt acht Uhr schlafen und ist dann selbst im Notfall nicht zu sprechen? . . ."

Er sann nach, dann sprach er weiter:

„Feldbauer, ich geh dir aus dem Weg, aber den Waldschwarzen, den darf und muß ich suchen. Hab acht, daß ich dich nicht dabei ertappe! Wärst du besser mit der Frau und dem Kind, so könntest vielleicht trotz des blinden Vaters noch Gnade finden. So aber hast die Nachsicht verscherzt und sollst uns erlösen von der Rache und die Deinen von dem Unheil, das du über sie gebracht hast!"

Er verließ leise den Hof und schritt dem Wald in der Richtung des alten Stollens zu. Im freien Feld benutzte er jede Gelegenheit zur Deckung, um nicht gesehen zu werden, und im Forst blickte er scharf um sich, um jede Begegnung zu vermeiden. Beim leisesten Geräusch trat er hinter einen Stamm, bis er überzeugt war, daß er ohne Sorgen weitergehen könne. So kam er nur langsam vorwärts, und es war bereits Mitternacht, als er die Taubgesteinhalde erreichte, auf deren Höhe der Stollen gemündet hatte.

Die Mündung war verbaut und verschüttet worden und so dicht von Gebüsch und Dornzeug umwachsen, daß man ohne Säge oder Axt unmöglich zu ihr gelangen konnte. Er dachte:

„Hier sind sie nicht. Sie brauchen ein Versteck; das ist der Stollen, und weil sie hier nicht hineingelangen können, so muß der Eingang weiter oben sein."

Er folgte der Richtung des unterirdischen Ganges und kam an eine Stelle, wo dessen Decke eingebrochen war. Die dadurch entstandene, trichterförmige Vertiefung war ihm von früher wohlbekannt, und er wußte genau, daß die nachgestürzte Erde keine in den Stollen führende Öffnung freigelassen hatte. Doch war keine Stelle so wie diese zum Versteck geeignet, und die menschliche Hand konnte ja nachgeholfen haben, um es so sicher wie möglich zu machen.

Er verbarg sich am Rand des Trichters in ein üppiges Hasel- und Pulverholzgesträuch. Es war die höchste

Zeit gewesen, denn kaum hatte er sich bequem hingelegt, so raschelte es ihm gegenüber, und eine Gestalt, deren Gesicht mit einer dunklen Maske verhüllt war, trat aus dem Dickicht. Nachdem sie die Umgebung aufmerksam gemustert hatte, stieg sie die steile Böschung hinab und verschwand in dem unten herrschenden Dunkel, das der seitwärts über den Bäumen stehende Mond nicht zu durchdringen vermochte; ihr folgte bald eine zweite, eine dritte. Und es konnte noch nicht ein Uhr geschlagen haben, so hatte er wieder, wie am Nachmittag, gegen zwanzig gezählt.

Jetzt herrschte eine geraume Weile tiefe Stille ringsumher. Dann begann es sich unten wieder zu regen; einer nach dem anderen stiegen die Männer aus dem Dunkel hervor, der erste als Führer und Lauscher ohne Last, die anderen aber alle mit schweren Paketen beladen, den Knotenstock in der Faust, das Messer an der Seite und die Büchse nach vorn über den Nacken gehängt. Nur einen Augenblick lang blitzte hinter dem letzten ein Lichtstrahl auf, der aus dem Stollen kam, dann war es wieder finster.

Als die Schritte der Schmuggler verschollen waren, erhob sich Frieder, um vorsichtig und nachdenklich nach Haus zu eilen.

Tanz

Eine volle Woche war vergangen; sie hatte Abwechslung ins Dorf gebracht. Die Kunde von der Blendung des Bachbauern und der Ermordung seines Sohnes war zur Behörde gelangt, die einsah, daß mit den bisher verfügbaren Kräften dem Treiben der Verbrecher nur schwerlich Einhalt getan werden könne. Man beschloß, durchgreifendere Maßregeln zu ergreifen, und schickte eine Abteilung Soldaten in die Berge, um im Anschluß an das Forst- und Grenzpersonal dem Waldschwarzen, auf dessen Ergreifung, tot oder lebendig, ein namhafter Preis gesetzt wurde, das Handwerk zu legen.

Frieder hatte sich frühmorgens wieder in den Wald begeben, um den Trichter einer möglichst genauen Untersuchung zu unterwerfen, aber er war nicht auf die geringste Spur eines verborgenen Eingangs gekommen. Von da ging er zum Förster, um ihm die gestern ausgesuchten Spannhölzer zu bezahlen.

„Weißt auch, daß wir Besuch bekommen?“ fragte dieser, als das Geschäft abgeschlossen war.

„Was für einen?“

„Einen gar willkommnen für unsre Mädels: Militär.“

„Ah! Wozu?“

„Wegen des Waldschwarzen. Ich hab schon gestern die amtliche Benachrichtigung erhalten und war vorhin beim Ortsvorsteher, der es auch schon weiß und soeben die Quartierliste angefertigt hat. Zu uns nach Rothenwalde her kommen zwanzig Mann unter einem Feldwebel, der zum Feldbauer gelegt wird.“

„Zum Feldbauer? Warum zu dem?“

„Weil er da draußen möglichst unbeachtet wohnt und ihn nicht jedermann belauern kann. Er selber hat darum gebeten und kann also nicht ganz unbekannt hier sein.“

„Man wird wohl nur solche Leute schicken, die in der Nähe zu Haus sind; das ist bei ihrer Aufgabe ein großer Vorteil, den man nicht versäumen darf.“

„Es wird doch nicht der Buschwebel sein? Der Brief war unterschreiben, daß man den Namen gar nicht lesen konnte.“

„Wer ist das, der Buschwebel?“

„Das ist der zweite Sohn vom Buschbauer in Steinertsgrün. Er ist der wildeste Bub gewesen im ganzen Gebirg und hatte sich mit seinem Vater so vollständig zerschlagen, daß er vor Ärger freiwillig zum Militär ging. Dazu hat er ganz gut gepaßt, immer lustig und fidel, leicht im Sinn, aber gewandt im Dienst und dazu ein Bursch, dem jeder gut sein muß, der die Wildheit nicht kennt, die still in ihm verborgen wohnt. Wenn's aber drauf ankam, ist er drauf und dran gegangen, wie der böse Feind, und hat es auf diese Weise bis zum Feldwebel gebracht."

„Darum nennt man ihn hier, den Namen und Grad zusammenfassend, den Buschwebel?"

„Ja, darum! Bei seinen Vorgesetzten ist er hochbeliebt, weil sie wissen, daß er gradwegs in die Hölle hinuntergeht, wenn sie ihn schicken, und darum hat man wohl ihn und keinen andern zum Grenzdienst auserlesen. Mir ist dies gar nicht sehr genehm, denn ich weiß vorher, daß ich nicht gut mit ihm auskomme, und doch gebietet's der Dienst, daß wir gar oft mit ihm verkehren."

„So kennst ihn schon persönlich?"

„So ziemlich. Er steht in der Kreisstadt und kam nach Steinertsgrün auf Urlaub. Sein Vater ist jetzt stolz auf ihn und hat sich völlig mit ihm ausgesöhnt. Dort hat er mal die Martha vom Feldhof gesehn, die da Gevatter war, und ist ihretwegen herübergekommen auf ein paar Tage. Da ist's gar hoch hergegangen in der Schenke; das Mädel hat ihn nicht angesehen, und weil er da hat abziehen müssen, wird er jetzt die Gelegenheit ergreifen, den Versuch nochmals zu machen."

„Das wird ihm der Feldbauer schon verleiden!"

„Wer weiß! Der Buschhof in Steinertsgrün, der mal unter zweien geteilt wird, ist unter Brüdern seine sechzigtausend Taler wert, und sodann kann man ja nicht in die Verhältnisse blicken, die bei solcher Sache den Vorschub leisten. Der Buschwebel hat gewiß noch nicht verzichtet. Mich geht's nichts an; die Hauptsache ist, daß wir den Waldschwarzen loswerden, und dazu sind nun alle Zügel angespannt. Auch das Waffenverbot ist da. Wer mit Messer oder Gewehr in Wald und Flur betroffen wird, kommt sofort in Haft, und greift er zur Waffe, wird er augenblicklich niedergeschossen."

„Wie nun, wenn ich durch den Wald geh und das Pistol bei mir trage zur Verteidigung, falls ich angegriffen werde?"

„So mußt du einen Waffenschein lösen. Doch willst das nicht, so bin ich ja da! Dein Bruder ist, als ich noch Unterförster hier war, fast täglich mit uns ins Revier gegangen. Kannst's auch so halten, und bist allein mal draußen, so verantworte ich die Waffe."

„Ich nehme das an, Förster, denn ohne Waffe geh ich nicht in den Wald, des Hasses wegen, den der Waldschwarze auf uns geworfen hat."

Zu Haus fand Frieder die Mutter schon beschäftigt, sich auf die unterdessen angesagte Einquartierung vorzubereiten. Der Bachhof bekam zwei Mann, die am anderen Tag eintrafen und eine Stube zugeteilt erhielten; der Feldwebel, der wirklich der Sohn des Buschbauern war, kam auf den Feldhof, und die übrigen wurden je nach dem Vermögen der Einwohnerschaft über das Dorf verteilt.

Von jetzt ab machte sich eine rege Geschäftigkeit im Ort bemerkbar. Der Buschwebel rasselte mit seinem Schlepper auf und ab, drehte den Schnurrbart und brüstete sich wie ein General; seine Untergebenen folgten diesem Beispiel, und die Bauern ergaben sich mit Vergnügen unter den militärischen Pantoffel, denn sie hofften von ihm Befreiung von dem Unwesen der Pascher und Wilderer und hatten dabei das ihnen so seltene Vergnügen, mit den Soldaten kneipen zu können.

Dabei muß allerdings gesagt werden, daß die Abteilung in dienstlicher Beziehung ihre volle Schuldigkeit tat. Der Tag war in regelmäßige Wachen geteilt, und es gab keinen Augenblick, wo die Grenze nicht unter der strengsten Aufsicht stand. Dieses hatte wenigstens den geringen Erfolg, daß der unbekannte Waldschwarze seine Unternehmungen einstellte, vielleicht, um die Gegner erst gehörig kennenzulernen und sie dabei einzuschläfern.

So war der Sonntag wieder gekommen, und es gab nach dem Gottesdienst auf dem Kirchhof doppelt soviel Gesprächsstoff wie gewöhnlich. Frieder war keine neue Erscheinung mehr, und er konnte nach dem Grabe des Bruders gehen, ohne die allgemeine Aufmerksamkeit auf sich zu ziehen. Was er halb gewünscht und halb geahnt hatte, das traf ein: Martha saß auf der Bank, grad wie vor acht Tagen. Er hatte sie seit dem Sonntagabend nicht wieder gesehen und empfand über die Begegnung eine Freude, die sie deutlich in seinen Zügen lesen konnte.

„Martha, bist auch hier? Grüß Gott!" sagte er.

„Grüß Gott, Frieder! Ich dachte nicht, daß du sogleich zum Grabe kämst."

Frieder lächelte glücklich bei dieser das weibliche Zartgefühl verratenden Entschuldigung und bot ihr die Hand.

„Also gehst du bloß dahin, wo du mich nicht zu finden meinst; drum bist du auch die ganze Woche nicht zu uns hereingekommen!"

„Ich war nicht ein einziges Mal im Dorf. Ich konnte nicht fort wegen der Einquartierung, die uns gar sehr zu schaffen macht. Der Vater ist wie ausgewechselt. Er geht erst spät schlafen und sitzt mit dem Feldwebel so fest bei Wein und Bier, daß ich nicht fort kann."

„Also geht er nicht mehr um acht Uhr zur Ruh?"

„Seit der Feldwebel da ist, nein. Heut hat er's aber gleich früh gesagt, daß er wieder mal gehörig ausschlafen will. Der Feldwebel ist nicht da am Abend, denn es gibt einen Fang."

„Wieso?"

„Einer seiner Soldaten hat in der Früh auf dem Heimweg einen Zettel gefunden, den in der Nacht ein Pascher verloren hat; drauf steht geschrieben, daß heut punkt neun eine große Menge von Gütern bei der Schießhütte über die Grenze geschafft werden soll. Da will er nun alle seine Leute dort aufstellen und hat davon auch schon den Offizier benachrichtigt, der in Steinertsgrün im Quartier liegt."

„So gedenkt er wohl den Waldschwarzen dort zu fangen?"

„Er ist seiner Sache ganz sicher."

„Ach so! Dann ist der Feldwebel ein gar kluger Bursch, wenn er den schon nach so kurzer Zeit ertappt, nach dem hier jahrelang trotz aller Mühe vergebens gefahndet worden ist! Aber paß auf, er kommt mit leeren Händen zurück!"

„Woher weißt du das?"

„Ich denk es mit", antwortete er ausweichend.

„Ich wollte aber doch, er bekäme ihn gleich heut! Dann käme er doch endlich wieder fort!"

„Das wünschst du wohl?

„Von ganzem Herzen. Er ist so — so eigen mit mir, verfolgt mich Schritt für Schritt und weiß doch, daß ich dies nicht gern hab."

„Woher soll er das wissen?"

„Ich hab's ihm selbst gesagt. Er war schon einmal hier in Rothenwalde und hat es gleich so getan, bis ich mir's verbat und ihm ausgewichen bin."

„Was sagt der Vater dazu?"

„Er leistet ihm Vorschub, und ich bekomme viel böse Worte, weil ich es mir nicht gefallen lasse. Er fängt schon an, Gewalt zu gebrauchen, denn er hat mir befohlen, heut nachmittag zum Tanz zu gehn. Der Feldwebel hat ihn drum ersucht."

„Und was wirst du tun?"

„Ich weiß nicht; ich mag nicht hin, und dennoch muß ich wohl, wenn der Vater darauf besteht. Ich dachte, ich wollte dich treffen und deinen Rat hören."

Sie bemerkte nicht, daß sie sich widersprach. Also war sie doch zum Grabe gekommen, weil sie Frieder hier zu finden hoffte.

„Warum den meinigen, Martha?"

„Weil er der beste ist, den ich bekommen kann", antwortete sie einfach.

„So geh nur immer hin; es wird dir nichts geschehn!"

„Aber wenn er mich zum Tanz auffordert?"

„So sagst du ihm, du seist schon versagt."

„An wen?"

„An mich, Martha."

„So wirst du auch dort sein?"

„Dir zuliebe. Oder willst du dich lieber an einen anderen versagen?"

„Nimmermehr! Ich hab nicht oft getanzt, und du bist der einzige, mit dem ich es wieder versuchen möchte. Nun aber muß ich gehn; der Vater will das Mahl beizeiten haben."

Sie huschte fort, und auch Frieder ging. Daheim schützte er einen unaufschiebbaren Gang vor, bat, ihm das Mittagessen aufzuheben, und begab sich auf einem weiten Umweg in den Wald. Bei dem Stein angekommen, hob er ihn empor; es lag kein Zettel da, und nun verbarg er sich erwartungsvoll in seinem früheren Versteck.

Seine Vermutung bestätigte sich bald. Der Feldbauer kam, suchte erst vorsichtig, doch ohne den Lauscher zu bemerken, die Umgebung ab und legte dann ein Papier unter den Stein, worauf er sich schleunigst entfernte. Schnell war Frieder bei dem Granit, hob ihn empor und las: „Beim alten Stollen um neun Uhr."

Was nun geschah, konnte er sich denken. Er verließ behutsam den Ort und ging nach Haus. Später besuchte er die Nachmittagskirche, um den Kantor an der Orgel abzulösen, und begab sich dann, als nach beendigtem Gottesdienst die jungen Leute zum Tanz gingen, in die Schenke.

Als er dort eintrat, war die Stube von den Soldaten und den Ortsbewohnern so gefüllt, daß kaum noch ein leerer Platz zu finden war. Der Gebirgsbewohner kann der Natur ihre jährlichen Spenden nur unter doppeltem Schweiß und saurer Mühe abringen; winkt ihm aber einmal das Vergnügen, so säumt er sicher nicht, sondern gibt sich ihm ohne Zögern und Verweilen hin.

„Sind die Musikanten bald da?" fragte der Feldwebel, der am großen Tisch den Vorsitz führte, den Wirt. „Wie lange soll man hier warten, bis es losgeht? Wenn die Glocke erklingt, geht's in die Kirche. Und wenn der Tanz nicht sofort beginnt, werde ich läuten!"

„Sie kommen sogleich hinauf, und Mädels sitzen auch schon genug dabei", lautete die Antwort.

„So trinkt aus und kommt in den Saal!"

Frieder konnte sich denken, daß Martha nicht gleich beim Beginn zugegen sein werde; er setzte sich so, daß er ihr Kommen bemerken mußte, und wartete. Als er sie endlich erblickte, war sie nicht allein, sondern die Mutter befand sich bei ihr. Einige Minuten später erhob er sich und ging hinauf. Sie saßen an einem kleinen Seitentisch allein, und eben brachte der Feldwebel einen Stuhl herbei, um an ihrer Seite Platz zu nehmen.

Noch eine Seite des Tisches war frei. Frieder schritt sofort hinzu, grüßte höflich und fragte:

„Ist's erlaubt, mit Platz zu nehmen?"

„Nichts ist erlaubt", erwiderte der Buschwebel. „Schaff dich auf die Seite; es ist noch Raum genug im Saal!"

Frieder maß ihn mit gleichmütigen Augen von Kopf bis zu den Füßen.

„Mir scheint", entgegnete er, „Sie befinden sich nicht allein hier am Tisch, Herr Feldwebel; die beiden Damen haben jedenfalls das gleiche Recht, über meine Frage zu entscheiden. Die Brüderschaft aber bringen Sie bei Ihresgleichen in Anwendung! Bei mir kommt sie an den Unrechten!"

Er wiederholte seine Bitte vor den Frauen, und da diese zustimmend nickten, so winkte er dem Aufwärter, der eilig einen Stuhl herbrachte.

„Sind Sie schon für den nächsten Tanz versagt?" fragte er Martha.

„Nein."

„Darf ich Sie darum bitten?"

„Gern."

„Auch dann die übrigen?"

„Auch diese!"

„Dank! Ich werde Sie nicht ermüden, sondern von Ihrer Erlaubnis nur dann Gebrauch machen, wenn ich bemerke, daß Sie es wünschen."

„Das geht nicht, das kann nicht gelitten werden!" fiel da der Feldwebel eifrig ein. Er kannte Frieder nicht, obgleich er von ihm gehört hatte, und da sich dieser in der Kleidung durch nichts auszeichnete, war er der Meinung, einen gewöhnlichen Bauernburschen vor sich zu haben. „Kein Mädel hat das Recht, sich für den ganzen Tag an einen einzigen zu versagen. Du hast den ersten Tanz, und den zweiten hol ich mir!"

„Ich bitte nochmals, das Du hinwegzulassen, Herr Feldwebel! Sie hören, daß ich Ihnen Ihre Ehre gebe; weigern Sie sich aber, an dieser Stelle anständig zu sein, so werde ich dafür sorgen, daß eine notwendige Änderung eintritt!"

„Was, Kerl, du willst mich von hier wegjagen und hast dich doch selber nur hinzugedrängt? Soll noch vor dem Tanz das Geschlage losgehn, so ist's am besten, es beginnt gleich. Geh fort, sonst schlag ich dir das Seidel auf den Kopf!"

Er hatte sich erhoben und griff nach dem Bierglas. Mutter und Tochter sprangen erschrocken auf; Frieder aber blieb ruhig sitzen und sagte mit gleichmütigem Lächeln:

„Es fällt mir nicht ein, mich an des Königs Rock zu

vergreifen; werde ich aber zur Abwehr gezwungen, so kommt die Verantwortlichkeit nur auf Sie." Und sich zu Martha und ihrer Mutter wendend, bat er: „Bleiben Sie nur immer ruhig sitzen! Es geschieht Ihnen nicht das geringste. Ich versteh es schon, mit solchen Herren umzuspringen, die nicht zu wissen scheinen, was sie ihrer Kleidung schuldig sind."

„Was? Umspringen willst du mit mir, dem Feldwebel, an den sich keiner wagt? Da hast du den Topf ins Gesicht!"

Er erhob das Glas zum Schlag. Im Nu aber hatte ihn Frieder beim Gürtel erfaßt, hob ihn hoch empor — ein lauter, vielstimmiger Schrei erscholl durch den ganzen Saal — der Feldwebel flog in einem weiten Bogen zum Fenster hinaus, dessen Flügel offenstanden.

Die meisten Soldaten eilten aus dem Saal und die Treppe hinab, um nach ihrem Vorgesetzten zu sehen; die übrigen jedoch machten Miene, seine Niederlage zu rächen. Sie drangen auf Frieder ein. Dieser trat ihnen furchtlos entgegen.

„Wer noch durchs Fenster will, der komme herbei!" rief er.

Seine Augen blitzten, und seine Arme streckten sich ihnen, von denen keiner ihm bis an das Kinn reichte, drohend entgegen. Sie stockten; die klugen Musikanten fielen mit einem lustigen Walzer ein, und wirklich verfehlten die Töne auch hier ihre Wirkung nicht: die Angreifenden zogen sich zurück und wurden durch die antretenden und bald sich drehenden Paare zerstreut. Einige Augenblicke später befand sich kein Soldat mehr im Saal; sie standen alle unten beim Feldwebel, der Kriegsrat mit ihnen hielt. Er war in die Zweige eines grad unter dem Fenster stehenden Baumes gestürzt und arg zerrissen und zerkratzt, innerlich aber nicht beschädigt worden."

„So etwas kann nur der Bachfrieder wagen", meinte

er, die Spuren des Sturzes soviel wie möglich beseitigend. „Hätte ich gewußt, daß er es ist, so wäre ich vorsichtiger gewesen und hätte mich nicht unvermutet packen lassen. Jetzt muß ich nach Haus, um die andre Uniform anzuziehn; diese hier muß zum Schneider. Nachher aber komm ich wieder, und dann wird sich's finden, was wir tun. Geht hinauf, und wartet, bis ich zurückkehre!"

Frieder saß ruhig bei den Frauen und unterhielt sich gut mit ihnen. Die Feldbäuerin war eine hohe, früher wohl kräftige Gestalt, jetzt aber hatte das Leid sie geschwächt und gebeugt und den bleichen, einst jedenfalls schönen Zügen seine tiefen Spuren eingegraben. Sie besaß eine über ihren jetzigen Stand weit hinausgehende Bildung, deren segensvolle Wirkung Frieder an der Tochter deutlich erkannt hatte. Sie war erfreut, einmal ein Gespräch führen zu können, das ihr bei dem einfachen Leben des Dorfes einen seltenen Genuß bereitete.

Frieder bemerkte, daß die Soldaten zurückkehrten, sah auch die Blicke, die sie ihm zuwarfen, und ahnte, daß der kaum beendete Streit seine Fortsetzung finden werde, doch ließ er die Frauen nichts davon merken. Eben wurde ein sanfter Dreher angefangen.

„Willst du tanzen, Martha?" fragte er, jetzt wieder in das trauliche ‚du' und den heimischen Dialekt zurückfallend, das beides er in Gegenwart des Feldwebels aufgegeben hatte.

„Wenn dir's recht ist, tanze ich gar nicht, Frieder. Ich hab hier kein Wohlgefallen daran und mag auch keinen Zank verschulden", antwortete sie.

„Das ist mir grad lieb, Martha. Ich tanze auch nicht gern an solchem Ort und darf dir's also noch viel weniger zutraun. Ich hab vollauf Genüge an unserer Rede, die mich anmutet, als ob ich zu Haus sei bei der Mutter."

Die Bäuerin wollte diese herzlich gemeinten Worte beantworten, doch erstarb ihr schon das erste Wort auf den Lippen. Vorn an der Tür war der Buschwebel, der sich rasch umgekleidet hatte, wieder erschienen; hinter ihm folgte der Feldbauer, der von ihm alles erfahren hatte. Dieser warf einen schnellen Blick im Saal umher, ließ dann einen Tisch nebst vier Stühlen in die Ecke stellen und trat zu den Seinen.

„Steht auf, und kommt herüber. Ich werde euch lehren, mit Lumpen zu verkehren!"

Die Frauen blickten erschrocken auf Frieder. Dieser winkte ihnen unbefangen lächelnd zu und sagte nur:

„Ich muß nun verzichten auf die Gesellschaft, aber auf das andre nicht, Martha. Brauchst Schutz, so bin ich da!"

„Der Schutz bin ich, du Laffe; du bist unnütz dazu. Kein Mensch wird dich gebrauchen", fuhr ihn der Bauer wütend an, indem er die Tochter beim Arm ergriff und sie über den Saal mehr stieß als führte. „Hier, Feldwebel, hast du die Tänzerin, und wir wollen sehn, wer was dagegen hat."

„So tanze ich gleich jetzt auf der Stelle! Vorwärts, Mädel, und aufgepaßt, Kameraden; wer stört, der fliegt hinaus!" erwiderte der Buschwebel, nahm Martha aus der Hand des Stiefvaters und stellte sie an die Spitze der Schar, die zum Tanz bereit stand.

Ein halblautes Murren erhob sich unter den anwesenden Burschen, teils über die Behandlung des von allen geachteten Mädchens, und teils darüber, daß der Feldwebel sich nicht an den ihm zugehörigen, hinteren Platz, sondern voranstellte. Martha warf einen bittenden Blick auf Frieder, der sich schnell erhoben hatte. Sie wollte lieber mit dem Verhaßten tanzen, als den Jüngling einer Gefahr aussetzen. Aber schon stand dieser in der Mitte des Saals und winkte der Musik Schweigen. Dann schritt er auf den Feldwebel zu und erklärte mit lauter Stimme:

„Die Tänzerin ist mein; sie hat sich mir versprochen. Bitte, Martha, deine Hand!"

Der Feldwebel hielt das Mädchen fest und zog es einige Schritte zurück.

„Herbei, Soldaten, es geht los!" rief er.

Frieder trat zurück und wandte sich an die Dorfburschen.

„Wer hat Herz und hält zu mir? Herbei, wer was auf seine Tänzerin gibt und sich nicht verschimpfieren lassen will!"

Im Nu waren die Jacken herunter, und sämtliche jungen Leute standen bei ihm.

„Kellner, die Tür weit auf!" gebot Frieder und trat auf seinen Gegner zu.

„Jetzt gilt's die Wahl, Herr Feldwebel! Sie haben den Krieg erklärt, und er mag losgehn: entweder bekomm ich meine Tänzerin oder" — er erhob mit deutlicher Bewegung den Arm — „erst durch das Fenster, jetzt durch die Tür!"

Die Soldaten sahen die nervigen Arme der Bauernburschen und deren weit überlegene Zahl; sie zogen sich langsam von dem Feldwebel zurück. Dieser bemerkte die Flucht; er erkannte, daß seine Partei trotz der Stärke des Feldbauers und auch seiner eigenen Unerschrockenheit den kürzeren ziehen werde, und ließ die Hand von Martha.

„Schön, so geht's auch ohne Kampf", meinte Frieder.

„Wer blanke Knöpfe am Rock hat und in fünf Minuten noch im Saal weilt, wird hinausgeschafft. Ich will euch zeigen, was es heißt, sich unsern Mädels aufzuzwingen und dazu zum Kampf zu blasen! Vorwärts, angetreten zum Tanz!"

Die Musik fiel ein; er tanzte, obgleich der Feldbauer es wehren wollte, mit Martha vor; die anderen folgten, und die Soldaten schlichen einer nach dem anderen aus dem Saal. Nur der Buschwebel blieb beim Feldbauer stehen. Als die gegebene Frist verlaufen war, trat Frieder zu ihm: „Links schwenkt, marsch!"

Er faßte ihn beim Kragen. Da trat der Bauer an ihn heran. „Den läßt gehn, sonst hast's mit mir zu tun!"

„Ich hab gesagt, daß ich dir aus dem Wege geh, Feldbauer, doch komm mir nicht in den meinen! Der Feldwebel geht hinaus und damit basta!"

„Er bleibt hier! Und mein Mädel gibst her; es hat keiner ein Recht darauf, als der, dem ich es gebe!"

„Was hast für ein Recht zu vergeben? Bist etwa der Vater oder Vormund?"

„Der Vater bin ich und befehle, daß sie kommt!"

„Der Stiefvater bist du, der Henker und Peiniger. Aber das sag ich dir, Feldbauer, wenn die Martha über dich klagt, daß du ihr den Streit entgelten läßt, so laß ich sie dir von der Obervormundschaft wegnehmen. Sie soll hier bei der Mutter sitzen, doch nur so lange es mir gefällt, nicht dir! Jetzt nochmals vorwärts!"

Der Buschwebel legte die Hand an den Degen und machte Miene, ihn zu ziehen; sofort aber flog er unter die bereitstehenden Burschen hinein; diese schoben ihn weiter, einer dem andern zu, und er kam durch die Tür und die Treppe hinab, eh er nur den leisesten Widerstand zu leisten vermochte. Innerlich beschämt, doch ohne dies zu äußern, verließ er die Schenke, wo er zweimal nacheinander die schmachvollste Niederlage erlitten hatte, und begab sich nach seinem Quartier.

Als er am Bachhof vorüberging, schüttelte er drohend die Faust.

„Das werde ich dem Frieder gedenken! Er und der Waldschwarze, sie sind mir verfallen, der eine wegen der Liebe und der andere wegen der Ehre!"

Rache brütend saß er in der ihm eingeräumten Stube des Feldhofs, bis der Bauer mit Martha und ihrer Mutter nach Haus kam. Dieser hatte sich in dem Saal ruhig verhalten und kein Wort mit den Frauen gewechselt, sich auch auf dem Heimweg völlig schweigsam gezeigt. Die Drohung Frieders, sich an die Obervormundschaft zu wenden, hatte ihre Wirkung nicht verfehlt. Überhaupt war es nicht die unvergleichliche Körperstärke des jungen Mannes allein, sondern auch dessen geistige Überlegenheit, die Eindruck auf ihn gemacht hatte, wenn er dies auch weder sich selbst noch einem andern eingestehen mochte.

„Nun, hast dein Wort schön gehalten!" meinte er, als der Feldwebel zu ihm in die Wohnstube trat. Die beiden hatten nicht lange gezaudert, Brüderschaft zu schließen. „Erst tust, als willst ihn fressen, und dann weichst zurück, läßt dich gar hinauswerfen! Ihr Soldaten seid gar tapfre Leute, aber bloß mit der Zunge, nicht mit der Faust!"

„Sei still! Wo ist denn dein Beistand geblieben, den du mir versprochen hast? Als es zum Austrag kommen sollte, bist dagestanden, als ob dir die Ernte verhagelt wär. Dir schadet's nichts, wenn dein Gesicht ein paar Schwielen und Striemen weiter erhält; bei mir aber ist das anders. Was soll der Leutnant sagen, wenn ich gezeichnet oder vielleicht gar zum Dienst untauglich gemacht werde?"

„So steck die Hände in die Hosentasche, und ich will dich in den Glasschrank setzen; da bist gut aufbewahrt! Aber nimm den Rat von mir, daß du die Sache zur Anzeige bringst. Man hat sich an des Königs Rock vergriffen, und da ist große Strafe drauf gesetzt!"

„Du redest wie ein Buch — aber was für eins! Die Martha hat sich versagt, und ich hab sie auf deine Aufmunterung nicht hergegeben, vielmehr meine Leute zum Kampf gerufen. Ich allein bekomm die Schuld und muß nur noch froh sein, wenn ich nicht selber angezeigt werde. Und wem verdanke ich das? Deinem Mädel und dir! Sie ist in ihn vernarrt, das hab ich gleich gesehn; und du hast den großen Mund, aber kleine Faust. So sind wir abgezogen wie der Fuchs, der den Schwanz im Eisen läßt!"

„In ihn vernarrt? Bist recht gescheit? Meine Tochter vernarrt in den Bachfrieder, dem ich das Gesicht und noch viel mehr verdanke? Das wär mir die Lotterie, in der er die große Niete bekommt und andres oberdrein!"

„Schon gut! Wirf sie ihm an den Hals und den Feldhof dazu. Der Feldwebel findet schon eine, die zu seinen dreißigtausend Talern paßt. Aber ich will mich mit dir gar nicht streiten; ich hab andre Dinge vor, denn wenn ich den Waldschwarzen fange, so bekomm ich die Prämie und steig sicher zum Leutnant empor."

„Dann bin ich der erste, der dich beglückwünscht", meinte der Bauer mit zweideutigem Lachen. „Und dann wird auch die Martha anders sein; Herr Leutnant klingt doch noch ganz anders als Feldwebel. Mach nur schnell! Vielleicht ergreifst ihn heut an der Schießhütte, wenn dir's glückt!"

„Es wird schon glücken. Ich hab meine zwanzig Mann, und der Offizier kommt mit zwanzig, das macht vierzig, die Grenzer und die Jäger gar nicht gerechnet. Er muß unser werden! Jetzt geh ich fort zum Rendezvous; ich hab nicht viel Zeit zu verlieren."

„Zum Rangdewuh? Was ist das für ein Kerl?"

„Feldbauer, du bist ein Esel! Rendezvous ist französisch und heißt der Ort, wo man sich versammelt. Aber das kannst ja nicht wissen, weil ihr Bauern überhaupt die Klugheit nicht löffelweis verschlungen habt!"

Er ging. Der Bauer sah ihm durch das Fenster nach.

„‚Feldbauer, du bist ein Esel!' so hat er gesagt. So ist's gemeint. Ob er den Waldschwarzen auch wohl für einen Esel hält? Ich mein, der wird's ihm zeigen, wer die Klugheit mit Löffeln verschlingt, er oder der Prahlwebel, der alles fangen will und sich doch vom Saal fortwerfen läßt!"

Der Feldbauer verzehrte sein Abendbrot und gab dann vor, schlafen zu gehen. —

Frieder hatte nach ihm den Saal verlassen und war, um nicht bemerkt und abgehalten zu werden, vom Garten aus ungesehen auf sein Zimmer gelangt. Dieses war ganz wie das Studierzimmer eines Gelehrten eingerichtet; auch die Möbel boten eine Bequenlichkeit, wie sie sonst auf dem Dorf nicht gebräuchlich ist. Er zog sich um und steckte außer den Doppelpistolen eine Maske zu sich, die er aus dunklem Stoff heimlich angefertigt hatte.

„Die Larve brauch ich heut, damit mein Gesicht nicht hell von der Umgebung absticht, und auch für den Fall, daß ich jemand begegne. Der Waldschwarze darf nicht erfahren, daß ich ihm nachgeh, sonst läßt er mich bewachen, und der Anstand wird mir doppelt erschwert."

Es gelang ihm, den Hof wieder unbemerkt zu verlassen, und eine halbe Stunde später war er am Trichter des Stollens angelangt. Der Abend hatte bereits sein Dunkel über den Wald gelegt, doch spendete die Sichel des abnehmenden Mondes so viel Helle, daß man einige Schritte weit zu sehen vermochte. Er verbarg sich heute nicht am Rand des Einsturzes, sondern glitt die Senkung hinab bis an die Stelle, wo er das Licht hatte aufblitzen sehen. Dort gab es ein dichtes Himbeerstrauch- und Farrengewirr, in das er sich verkroch. Die vorgebundene Maske machte es unmöglich, sein helles Gesicht zu erkennen, und so fühlte er sich trotz der Verwegenheit seines Unternehmens vollständig sicher. Die Pascher mußten hart neben ihm den Eingang suchen, und da er tief am Boden lag, war anzunehmen, daß sich jede ihrer Bewegungen deutlich gegen den helleren Himmel abzeichnen werde.

Der erste kam und stieg hernieder. Nachdem seine Hand einen etwas höher liegenden Punkt berührt hatte, bückte er sich nieder, ein leises Rollen ließ sich hören, dann verschwand er, auf den Knien kriechend, im Innern des Stollens. Frieder rührte sich nicht. Auch der zweite, der dritte und vierte kam — dasselbe Berühren der angegebenen Stelle und dasselbe langsame Verschwinden. So ging es beinah eine Stunde fort, vom fünften bis zum neunzehnten, und selbst als dieser in das Versteck gekrochen war, veränderte der Lauscher seine Lage nicht, denn das geringste Geräusch konnte ihn verraten.

Beinah die gleiche Zeit wie vor acht Tagen mußte er warten, eh die dunklen Männer der Erde entstiegen. Hinter dem letzten leuchtete auch heute der helle Schein für einen Augenblick und ließ die Linien des Vierecks, das den Eingang bildete, sehr deutlich erkennen; dann schloß sich die Öffnung, die Schritte verklangen, und es herrschte tiefe Stille ringsumher.

Frieder wartete noch einige Zeit und stand dann schon im Begriff, sich zu erheben, als das Rollen nochmals erklang. Augenblicklich senkte er sich in seine vorige Lage zurück und hielt das Auge auf den sich wieder öffnenden Eingang gerichtet. Ein Mann kroch hervor und stellte sich unweit von ihm auf. Er trug, wie Frieder deutlich sah, langes, dunkes Haupthaar, das bis auf die Schultern niederhing, und einen ebensolchen Vollbart, den die vorgebundene Maske nicht ganz zu verhüllen vermochte. In seinem Gürtel blitzte neben einigen Pistolenläufen eine offene Messerklinge, und mit der rechten Faust hielt er den oberen Lauf einer kurzen Stutzbüchse umschlossen.

Das war jedenfalls kein anderer als der Waldschwarze! Sollte Frieder ihn fassen? Sollte er ihn niederschießen? Ein Griff nach der Pistole hätte dazu genügt. Doch nein, sein ganzes Geheimnis mußte unverhüllt daliegen, eh er ihn greifen wollte, und zwar ihn mit der ganzen verbrecherischen Genossenschaft.

„Es ist ganz dunkel; das paßt, um mir den Spießer zu holen. Sie sind alle bei der Schießhütte, und ich kann sicher gehn!“ murmelte der Vermummte, indem er sich anschickte, die Senkung zu ersteigen.

Als er fort war, richtete Frieder sich auf. „Ja, es ist

der Feldbauer! Er hat seine Stimme hier nicht verstellt, weil er gemeint hat, allein zu sein; sonst hätte ich ihn nimmer erkannt, so gut war er verkleidet. Er geht wildern und kommt nach mehreren Stunden erst zurück, das ist gewiß. Jetzt bin ich ungestört und werde nicht warten bis morgen, sondern den Stollen sofort untersuchen. Er hat das Licht brennen lassen, es schien hinter ihm her, sonst dürfte ich's nicht wagen."

Er untersuchte nun den Verschluß mehr mit der Hand als mit dem Auge. Er bestand aus einem Stein, der jedenfalls auf Rollen ging, und auf seiner Außenseite mit Moos bekleidet war. Eine großblättrige Pflanze, die es unmöglich machte, seine von der Umgebung gelösten Umrisse zu erkennen, bedeckte ihn. Frieder versuchte, ihn nach innen zu bewegen, es gelang ihm nicht, trotz Anwendung aller seiner Kräfte. Er erhob sich also wieder und prüfte die Stelle, nach der alle, auch zuletzt der Schwarze selbst, so auffällig gelangt hatten. Es war eine aus der Erde hervorstehende Wurzel, aber kalt und unbiegsam, man hatte sie, wie eine nähere Untersuchung ergab, aus Eisen künstlich nachgebildet und mit Naturfarbe bestrichen, so daß sie bei einer zufälligen Betrachtung nicht auffallen konnte.

Frieder versuchte, sie zu bewegen, es gelang. Sie war in der Gestalt eines Drehlings geformt, der sich durch eine Verbindungsstange in das Innere fortsetzte und dort voraussichtlich in einer Vorrichtung endete, die das Schließen und Öffnen bewerkstelligte. Jedenfalls bestand diese nur aus einer eisernen Stange oder Schiene, die sich, je nachdem man die Wurzel drehte, vor den Stein legte oder sich von diesem zurückzog.

Die Drehung bekam Frieder erst nach vielen Versuchen heraus; dann stellte er die Wurzel, rollte den Stein nach innen und kroch, eine Pistole in der Hand, durch die jetzt entstandene Öffnung in den Stollen. Eine wohlgefüllte Tonlampe brannte am Boden, doch war, so weit ihr Schein reichte, kein lebendes Wesen zu bemerken. Der furchtlose junge Mann brachte den Stein wieder in seine vorige Lage und bemerkte auch die vermutete Eisenstange, die er vorschob, um den Verschluß zu bewerkstelligen.

Dann nahm er die Lampe vom Boden auf und untersuchte den Stollen zunächst in der Richtung nach seiner verschütteten Mündung zu. Er fand nichts Bemerkenswertes und ging wieder zurück. Jetzt schritt er am Eingang vorbei und gelangte an eine eingehauene Nische, in der mehrere Stufen aufwärts führten. Die früher jedenfalls über ihnen vorhandene Öffnung war, wie sich an dem Gemäuer erkennen ließ, vor kurzer Zeit wieder zugebaut worden.

„Das sind die Stufen, die der Vater hinabgestiegen ist damals, und feucht und kalt ist's auch; das stimmt. Hier ist die schwarze Tat geschehen, und hier wird auch meine Rache über sie kommen wie der Blitz, den man nicht vorher ahnt und vor dem es kein Entrinnen gibt!"

Nicht weit davon entfernt gab es eine starke, eiserne Tür. Sie war geöffnet, doch hing in den Haspen ein großes, eisernes Vorlegerschloß. Der Raum dahinter war niedrig und eng, und das auf dem Boden liegende, faulige Stroh ließ ebenso wie der in der Ecke stehende, halbzerbrochene Wasserkrug vermuten, daß diese Höhlung als Gefängnis verwendet wurde.

Frieder ging weiter und kam an eine Stelle, wo der Stollen künstlich erweitert worden war. Rohe Steinbänke standen ringsum, viele Nägel steckten in den Wänden, und von der Decke hing eine Öllampe herab, deren Glasrohr noch Wärme zeigte. Dies war allem Anschein nach der Versammlungsort der Bande.

Von hier aus führte der Stollen in gerader Richtung unter der Erde fort, bis plötzlich eine querüberlaufende Mauer ein unübersteigliches Halt gebot. Frieder untersuchte sie Zoll für Zoll, ebenso den Boden, die Decke und die Steinwände des Stollens, fand aber nichts, was auf einen versteckten Durchgang schließen ließ. Er klopfte, der Ton klang hohl. Der Gang setzte sich also jenseits fort, doch war es allerdings möglich, daß er von den Schmugglern nicht benutzt wurde.

„Aber wie ist der Waldschwarze in den Stollen gekommen? Beim Stein da vorn nicht, sonst hätte ich ihn ja bemerkt. Er muß noch einen Zugang haben, den nur er allein benutzt. Heut ist's zu spät, weiter zu forschen; ich werde die nächsten Tage dazu benutzen. Jetzt muß ich fort, sonst wage ich doch zu viel!"

Er ging zurück, setzte die Lampe auf derselben Stelle nieder, von der er sie genommen hatte. Dann schob er die Eisenstange zurück, zog den Stein von der Öffnung und stieg ins Freie. Nachdem er vermittels der Wurzelkurbel den Eingang wieder verschlossen hatte, trat er den Weg nach Haus an. Er wußte sich sicher. Der Schwarze wilderte jedenfalls nicht in der Richtung des Dorfes; die Schmuggler waren nach der Grenze gegangen, und so hielt er es nicht für notwendig, seine Schritte unhörbar zu machen. Soeben war er in die Nähe des Forsthauses gelangt, als ein scharfes „Halt, steh, oder wir schießen!" erklang, und zugleich sah er von vorn und der Seite mehrere Gewehrläufe auf sich gerichtet.

„Gut Freund! Was soll's?" antwortete er, stehenbleibend.

„Wer bist?"

„Der Frieder vom Bachhof."

„Ah", vernahm er die Stimme des Buschwebels, „sind Sie es, Herr Goliath Junior? Darf ich bitten, die Maske abzulegen?"

Frieder erschrak. Er dachte erst jetzt daran, daß er sie im Eifer der Nachforschung nicht vom Gesicht genommen hatte. Er band sie los. Der Feldwebel trat, während seine Leute die Gewehre noch immer im Anschlag hielten, auf ihn zu und sah ihm ins Gesicht.

„Ja, er ist es. Haben Sie Waffen bei sich?"

„Ja, geladene Pistolen."

„So, so! Da hätten wir ja einen von den Kerls, vielleicht gar den Herrn Urian, den Waldschwarzen selber. Her mit der Waffe und der Larve!"

Frieder wußte, daß der Feldwebel im Recht handle und übergab beides.

„Gut. Jetzt bist du mein Gefangner! Also darum ließ sich um neun Uhr keine Fliege bei der Schießhütte sehn, weil der Zettel falsch war und uns verleiten sollte. Unterdessen ist hier ein Putsch geschehn, und es ist nur gut, daß ich auf Streife ging, sonst wäre der Vogel glücklich heimgekommen. Wirst niemand mehr durchs Fenster werfen und nicht mehr oft mit der Martha tanzen, mein Bursche! Vorwärts, marsch!"

„Oho, so weit sind wir wohl noch nicht! Warum ich die Larve anlege, das ist meine Sache, und die Pistolen darf ich tragen."

„Wer hat's erlaubt?"

„Der Förster."

„Das wird sich finden. Marsch vorwärts, sag ich, sonst brauch ich Gewalt!"

„Papperlapapp, die Gewalt kennt man schon! Wie weit sie reichen darf, das weiß ich auch. Dort ist noch Licht im Forsthaus, und der Förster wird daheim sein. Jetzt geh ich gradeswegs zu ihm, und ihr dürft mitkommen. Wer mich aber anrührt, den schlag ich zu Pulver. Ihr kennt mich, und damit Punktum!"

Er ging auf das Forsthaus zu, und der Feldwebel folgte ihm mit den Seinen auf dem Fuß. Er getraute sich doch nicht, sich an dem „Goliath junior" zu vergreifen.

Der Förster war eben erst von der Schießhütte nach Haus gekommen und blickte allerdings verwundert auf, als er seinen Freund in solcher Begleitung bei sich eintreten sah.

„Frieder du? Wie kommst du zu dieser Stunde zu mir?“ fragte er.

„Er ist unser Gefangener“, schnitt der Feldwebel die Antwort ab. „Er gehört zu der Bande des Waldschwarzen.“

„Der Frieder? Sind Sie bei Sinnen. Herr Feldwebel?“

„Sogar sehr! Wir haben ihn auf der Tat ertappt.“

„Auf welcher Tat? Wie kann der Frieder zum Waldschwarzen gehören, der ihm den Bruder erschossen und den Vater geblendet hat?“

„Das geht mich nichts an! Er hatte eine Larve im Gesicht und geladne Pistolen bei sich, als wir ihn fanden.“

„Und hat Ihnen beides ohne Gegenwehr übergeben?“

„Die Gegenwehr hätte ihm nichts geholfen!“

„Das muß ich sehr bezweifeln, wie ich ihn kenne. Die Pistolen hab ich ihm erlaubt; er ist freiwillig mein Gehilfe im Forstwesen und darf in den Wald, wann und wie er will, bewaffnet oder nicht, ganz wie es ihm gefällt. Ich werde es verantworten.“

„Da kann ich nichts dagegen sagen. Aber die Larve?“

„Das ist seine Sache.“

„Oder auch nicht. Der Schwarze geht mit der Larve und seine Leute alle miteinander auch. Wer sich im Wald maskiert, der wird verhaftet.“

„Wo steht das geschrieben?“

„Das versteht sich von selber! Er soll mich nicht umsonst aus dem Fenster und aus der Tür geworfen haben! Er bleibt verhaftet und wird aufs Gericht geschafft!“

„Also nicht wegen der Maske, sondern aus Rachsucht. Zeigen Sie mal die Pistolen und die Larve!“

Der Feldwebel reichte ihm beides hin. Der Förster nahm die Gegenstände und gab sie dem Freund zurück, der nur lächelnd der Verhandlung zugehört hatte.

„Hier hast du die Sachen, Frieder. Geh nach Haus! Und wer etwas dagegen hat, der mag auch mich vor Gericht belangen.“

„Halt!“ gebot der Feldwebel. „Her mit dem corpus delicti! Es gehört mir und der Gefangne dazu!“

Da legte ihm Frieder die Hand auf die Schulter.

„Feldwebel, jetzt will ich auch mal sprechen. Sie haben gehört, was der Förster sagt. Er bürgt für mich, und das ist mehr als genug, denn er und ich, wir sind jederzeit zu finden. Ich werde vielleicht doch noch wen durchs Fenster werfen und mit der Martha tanzen, wenn mir's paßt. Jetzt geh ich aber nach Haus, und wer versucht, mich daran zu hindern, der wird sogleich sehn, was geschieht. Ich laß mich weder zur Schießhütte, noch ins Bockshorn jagen. Merkt's, und nun gute Nacht!“

Er ging, und keiner getraute sich, ihm den Weg zu vertreten.

Im Stollen

Der Feldwebel hatte doch die Anzeige gemacht und eingesandt, und die Folge davon war, daß Frieder vom Amt eine Zustellung erhalten hatte und heut in die Stadt geritten und im Verhör gewesen war. Dies schien einen für ihn befriedigenden Verlauf genommen zu haben, wie die Miene zeigte, mit der er das Pferd bestieg, um wieder heimzukehren.

Ein gut Teil über die Hälfte des Weges war zurückgelegt, und er gelangte an ein einsames, mitten im Wald an der Straße gelegenes Wirtshaus. Ein hochbeladener Heuwagen hielt vor der Tür, und er erkannte das Gespann als das Eigentum des Feldbauern. Er konnte annehmen, daß dieser Leute genug habe, um solche Fuhren nicht selbst unternehmen zu müssen; jedenfalls führte ein Knecht das Geschirr, und es war dann kein Grund vorhanden, auf den frischen Trunk zu verzichten, den er hier zu sich nehmen wollte.

Er stieg daher ab, befestigte die Zügel an den Lattenzaun und trat in die Stube. Er hatte sich getäuscht. Außer einigen Holzbauern, die im Winkel ihr mageres Brot verzehrten, befanden sich der Feldbauer und einige Soldaten im Zimmer. Sie waren auf einer Streife durch den Forst hier eingekehrt und wurden von dem sonst nicht sehr freigebigen Bauern auf das beste freigehalten. Frieder setzte sich an einen besonderen Tisch, ließ sich sein Bier geben und wandte sich von den Anwesenden ab, dem Fenster zu.

„Trinkt, immer trinkt!" meinte der Feldbauer mit einem giftigen Blick auf den Neuangekommenen. „Ehrliche Leute, die ohne Larve sich sehn lassen, dürfen in das Wirtshaus gehn; andre aber soll man durch die Polizei fortweisen."

„Was ist denn mit der Larve?" fragte der Wirt.

„Nichts weiter, als daß man die kleinen Spitzbuben hängt, die großen aber laufen läßt. Der Buschwebel hat einen gefangen, der die Maske und Pistolen getragen hat. Er gehört ganz sicher zum Waldschwarzen, hat sich aber gut herausgelogen und wagt es auch noch, bei Männern zu sitzen, die keine Mörder und Blender sind."

„Wer ist es denn?"

„Ja, da fragst mich zuviel. Schau dich danach um!"

„Ach so! Warst in der Stadt?" forschte der Wirt ablenkend.

„Ja, das Heu ist mir heuer verregnet, so daß ich mit meiner Ernte nicht reiche. Da es nun billig ist, wollte ich mir einen Vorrat holen."

Frieder trank sein Bier, bezahlte und ging. Die Niederträchtigkeit seines Feindes war so ungeheuerlich, daß er sie kaum zu fassen vermochte. Als er an dem Wagen vorüberlenkte, durchzuckte ein sonderbarer Gedanke sein Gehirn.

„Ist dem Feldbauer wirklich sein Heu vernäßt, so daß er sich welches kaufen muß? Seine Wiesen tragen ja grad so gut wie die unsern, und der Feldhof hat doppelt so viel Futter als er verbrauchen kann. Und warum fährt er selber? Da steckt was dahinter, und er hält die Soldaten auch nicht umsonst frei, soviel ist gewiß. Ich muß ihn auf der Zeche belauschen, wenn er das Heu abladet!"

Die „Zeche" war nämlich der Ort, wo der Feldbauer sein Heu aufbewahrte.

Frieder nahm den Braunen scharf in die Zügel und sah halb das Dorf vor sich liegen. Vor diesem und zwischen der Straße auf dem Feldhof erblickte er Martha, die am Ufer des Bachs Wäsche netzte. Er konnte sich diese Gelegenheit, einige Worte mit ihr zu wechseln, nicht entgehen lassen und lenkte zu ihr hin.

„Gute Arbeit, Martha! Hast große Wäsche?" grüßte er.

„Ja, da gibt's zu tun. Ach, Frieder, es ist uns am Montag gar bös ergangen, und so schlimm, wie da, ist er noch nie gewesen."

„Wegen des Tanzes?"

„O nein. Von dem hat er kein Wort gesagt, aber daß du dann mit den Pistolen im Wald gewesen und verlarvt gewesen bist."

„Das weißt du auch schon?"

„Der Buschwebel hat es ihm gleich in der Frühe erzählt, und dann brach das Gewitter los. Frieder, das war schauderhaft! Der Vater hat gesagt, ich sei in dich — —"

„Du seist — — was denn, Martha?"

„Ich kann's nicht sagen! Dann hat er mich beim Haar ergriffen und ebenso die Mutter, die mir mit Flehn zu Hilfe kommen wollte. Nachher —"

„Halt, Martha, erzähl nicht weiter, sonst reite ich zurück und zertrete ihn zu Brei und Staub, wo ich ihn finde. Ich weiß jetzt alles; das Maß läuft immer voller, und ist der letzte Tropfen hinein, so kommt die Flut, in der er untergeht!"

„Frieder, ich bitt gar schön, tu es nicht! Du bist ihm über; das wissen alle; aber es kann nichts draus werden als Kummer, Sorge und Unheil!"

„Bedauerst ihn vielleicht?"

„Es ist ja doch der Vater! Die Mutter wäre schon längst von ihm, wenn nicht die Schande dabei wär. Sie hat ihn niemals liebgehabt und wohl auch nimmer achten können, und ich zittere, wenn ich ihn nur seh. Aber der Zorn bringt schlimme Frucht, Frieder."

„Wer sie sät, der wird sie ernten, Martha; das ist ein Gesetz, daran niemand etwas zu ändern vermag. Ich hab ihn erst vorhin wieder geflohn, als er mit mir beginnen wollte, doch, wo er mir das Herz antastet, da soll er nicht auf Nachsicht rechnen. Lieber laß ich mir den Hof wegbrennen, als den beleidigen, den meine Liebe umfangen hält! Was hast du gedacht bei meinem Gang zum Wald?"

„Der Vater sagt, du seist der Waldschwarze. Ich aber weiß es besser: du hilfst dem Förster, nicht wahr?"

„Der hat's mir bezeugt. Jetzt komme ich vom Gericht und hab den Freipaß für den Wald bei Tag und Nacht."

„Und du wirst auch hinausgehn?"

„Warum sollt ich nicht?"

„Frieder, tu's nicht! Es ist jetzt gar viel Gefahr im Wald, und selbst der Tapferste kann nicht sagen, ob er gut daraus hervorgeht. Es gibt ja Leute, um derentwillen du dich schonen mußt!"

„Hast recht, Martha! Aber es gibt auch einen Engel, der mich beschützt auf jedem Weg, den ich geh!"

„Welcher ist das?"

„Du selbst! Aber sag, warum legst du die Wäsche hier auf die Wiese und nicht in den Garten, wo es bequemer ist?"

„Wir haben dort kein Wasser. Der eine Brunnen wird ausgebessert, und der andre, den der Vater ganz allein gegraben hat, gibt keinen Tropfen, weil er in den Stollen gestoßen ist, der unter dem Hof fortgeht. Wir dürfen davon gar nicht reden, sonst wird der Vater böse; er sagt, die Leute lachen ihn aus, wenn sie hören, daß er Wasser gesucht hat, da, wo keins zu finden ist."

„Wie alt ist dieser Brunnen?"

„So alt, als ich auf dem Feldhof bin. Er grub ihn gleich in der ersten Zeit und nur bei Nacht."

„So weiß die Gemeind gar nichts davon?"

„Nein, weil es zu viel Umständ macht. Nur die Mutter hat es gewußt und ich. Die Mündung ist in der Hinterkammer neben der Scheune, wozu er nie den Schlüssel herausgibt. Darum muß ich auf die Wiese."

„Und das ist gut, Martha, sonst hätt ich dich jetzt nicht gesehn!"

„Wirst mich auch heut am Abend sehn, wenn ich es möglich machen kann. Er geht wieder um acht Uhr zur Ruh."

„Ja, komm, Martha! Wirst große Freude anrichten, und sollt ich nicht sofort daheim sein, so komme ich sicher noch, ehe du gehst. Leb wohl!"

„Leb wohl, Frieder!"

Sie blickte ihm nach, wie er dem Braunen die Sporen gab und gewandt über die breiten Gräben setzte.

Frieder eilte nach Haus. Er mußte darüber lächeln, daß seit seinem Hiersein ihn der Waldschwarze fast mehr in Anspruch nahm als das Bachgut. Er war abermals gezwungen, den Feldbauer zu belauschen, und zwar ohne Verzug; daher konnte er den Eltern nur kurze Auskunft erteilen.

„Nun, wie war's auf dem Amt?" fragte der Vater.

„Ganz, wie ich gedacht hab. Sie wollten alles wissen; ich hab ihnen bloß gesagt, daß ich mich gegen den Schwarzen maskiere. Dann mußte ich von euch erzählen und bekam darauf die Erlaubnis, zu tun, was ich für gut halte."

„Ja, warum sagst du nicht, was dir begegnet ist im

Wald? Wenigstens uns kannst du es doch erzählen. Wir sind so sehr erschrocken, als wir hörten, daß du es machst wie der Franz; wirst uns wohl auch so ein Herzleid bringen, wie er. Was soll daraus werden?"

„Nichts andres, als daß ich den Schwarzen fange, Vater! Darauf kannst du dich verlassen!"

„Ja, grad so wie der Franz und ich! Dann wirst du eines Tages tot am Baum gefunden, oder du kommst eines Morgens heim ohne Augenlicht!"

„Vater, sorge dich nicht! Ich bin alt genug, um zu wissen, ob ich sicher geh."

„Ich war's auch!"

„Und grad jetzt weiß ich genau, daß er mir nicht schaden kann. Er ist schon fast in meiner Hand."

„Fast — in deiner Hand —?" Der Blinde sprang auf, und auch die Mutter trat hinzu. Sie hatte das Wort noch nicht ergriffen, weil der Vater ja auch ihre Gedanken aussprach. „Ist's wahr, Frieder, sag schnell, ist's wirklich wahr?"

„So wahr, wie ich vor euch steh!"

„So red, was ist's? Schaff ihn mir zur Stell, rasch, damit ich ihn unter mir zerdrücke, wie der Funken zerstiebt unter dem Hammer, der Eisen zermalmt!"

Ein einziger Augenblick hatte den alten Mann in eine Aufregung versetzt, die ihn alles andere vergessen ließ. Frieder suchte ihn zu besänftigen.

„Du sollst ihn haben, aber jetzt noch nicht. Es ist noch nicht die rechte Zeit dazu!"

„Die rechte Zeit ist stets da, auch jetzt! Oder weißt du noch nicht, wer's ist?"

„Ich weiß es, aber ehe ich den Namen nenne, muß der Beweis vollständig sein und ohne Lücken. Darum hab noch einige Zeit Geduld! Du bist der erste, der ihn von mir erfährt; das will ich dir versprechen."

Frieder ging. Hinter dem Dorf, da, wo der Wald sich von der Höhe hernieder zu neigen begann, hatte man einst nach Erz gegraben. Der Ertrag war in der ersten Zeit lohnend gewesen, nach und nach aber so gesunken, daß man den Bau aufgegeben hatte. Noch heut trat die Taubgesteinhalde weit aus dem Berg hervor, um deren Rand sich eine rohe, hölzerne Umzäunung zog, zum Zeichen, daß der Zugang für Unberufene verboten sei. Der Platz gehörte nun zum Besitztum des Feldhofs, und der jetzige Bauer hatte an Stelle des kleinen, verwitterten Häuschens, welches das Mundloch des noch immer offenen Schachtes bedeckte, eine Scheune errichtet, angeblich, um sich bei der Heu- und Grummeternte am Berge die Mühe des Heimbringens zu ersparen. Der Ort wurde noch „die Zeche" genannt. Niemand ging dort hinauf, um den Argwohn des gefürchteten Feldbauers nicht zu erregen.

Frieder richtete es so ein, daß er von der Forstseite die Halde erreichte und an die Wand der Scheune gelangte, wo man ihn vom Tal aus nicht bemerken konnte. Die Tür war verschlossen; das wußte er, doch kostete es ihm keine große Anstrengung, mit dem Messer einen Laden zu öffnen. Er stieg durch diesen in das Innere und verschloß ihn dann wieder. In einer Ecke der Scheune führte der Schacht in die Tiefe; seine Mündung war mit Brettern belegt. Der übrige Raum war zur Hälfte mit Heu bis unter das Dach angefüllt.

Frieder stieg hinauf und wühlte sich so zwischen die duftigen Bündel hinein, daß er vor Entdeckung sicher sein und doch alles überblicken konnte.

Der Feldbauer hatte bald nach Frieder die Schenke verlassen; jetzt hörte man die Räder seines Wagens knarren; er öffnete die Flügel des Tores und schob das ungelenke Fuhrwerk rücklings in die Scheune. Die Pferde blieben unter dem Eingang stehen, der so eng war, daß niemand an ihnen vorüber konnte.

Nachdem der Bauer die Läden einer raschen Besichtigung unterworfen hatte, legte er Jacke und Mütze ab, entfernte die Bretter von dem Mundloch und zog eine umfangreiche Seilrolle und einen Gegenstand hervor, dessen Zweck Frieder völlig unbekannt war. Er sollte nicht lange über ihn im unklaren bleiben.

Nachdem einige Bündel Heu vom Wagen genommen waren, zeigte sich, daß sie nur bestimmt gewesen waren, die eigentliche Ladung dem Auge zu entziehen. Diese bestand in Paketen, kleinen Fässern und Kisten, die der Bauer mit einer Schnelligkeit ablud, die man seinem massigen Körperbau gar nicht zugetraut hätte. Dann zog er den rätselhaften Gegenstand herbei, der aus vier, oben in einem Gelenk vereinigten, unten aber sich ankerartig auseinanderbiegenden Eisenstäben bestand. Er befestigte ihn an das Seil, belud ihn mit einem Teil seiner Fracht und ließ ihn dann in den Schacht hinunter.

Frieder mußte im stillen die Klugheit seines Gegners anerkennen, der eine Vorrichtung erfunden hatte, die das Abladen überflüssig und jede anderweitige Hilfe entbehrlich machte. Denn sobald die Ladung unten angekommen war, stießen die Ankerarme auf den Boden, legten sich auseinander und warfen die Last von selbst ab; wurde die Vorrichtung dann wieder emporgezogen, so nahm sie ihre vorherige Gestalt an.

Auf diese Weise waren die Güter bald in dem Schacht verschwunden; der Feldbauer versteckte die beiden Gegenstände unter das Heu, bedeckte das Mundloch wieder, warf das noch vorhandene Futter vom Wagen und fuhr davon, nachdem er das Tor verschlossen hatte.

„Nun kenne ich das ganze Geschäft!" murmelte Frieder tief aufatmend. „Hier hält er die Einfuhr, ohne daß ein Mensch ein Wort davon erfährt oder mit einer Silbe daran denkt. Am Stollen ist die Ausfuhr für die Pascher, die gar nicht wissen, woher die Packen und Kisten kommen; und dazwischen ist der Brunnen, durch den er auf und ab steigt, wenn man im Feldhof denkt, er schläft; dort muß er auch die Niederlage haben, und in der

Mauer, die ich betrachtet hab, ist ein Loch, durch das er geht, obgleich ich's nicht zu finden vermochte. Aber ich werd es noch entdecken, und zwar heut. Er geht wieder um acht Uhr schlafen, wie Martha sagte, und wenn ich auch nicht beim Stein gewesen bin, so weiß ich also demnach, daß seine Leute bestellt sind. Er hat den Zettel dazu wohl gleich in der Früh besorgt, und jetzt steigt er durch den Brunnen, um die Güter bereit zu machen."

Frieder öffnete den Laden und sprang hinaus. Offenlassen durfte er ihn auf keinen Fall, aber nur nach langer Mühe gelang ihm der Verschluß.

An der Berglehne traf er ganz unerwartet mit dem Buschwebel zusammen, der von weiter oben aus dem Wald kam und große Eile zu haben schien.

„Was läufst hier im Weg herum?" polterte jener mit hochgerötetem Gesicht, das sich höhnisch verzog. „Bist ja mehr im Wald als zu Haus; aber ich werd dir gar bald das Spazierengehn verleiden!"

Frieder lachte. „Feldwebel, machen Sie kalte Umschläge; die Hundstage sind vor der Tür!" entgegnete er.

„Ja, die Tage, wo man die Hunde an die Kette legt und ihnen den Beißkorb gibt. Wirst auch einen bekommen für dein Herumstreichen. Und das gar bald; ich sorg dafür!"

Er eilte weiter, geradeswegs auf den Feldhof zu. Von dessen Flur aus erblickte er den Bauern, der eben den Schlüssel an die Brunnenstube steckte.

„Halt, Bauer, komm her!" rief er ihm zu.

„Was soll's?" fragte dieser.

„Eine Neuigkeit, eine wichtige. Komm herauf in meine Stube, denn hier ist nicht der Ort dazu!"

Er schritt voran. Der Bauer folgte ihm halb erwartungsvoll, halb mißmutig. Er war von ihm in der dringendsten Beschäftigung gestört worden.

„Nun, Feldwebel, was gibt's, daß ich hierher geschleppt werde?"

„Ich hab ihn; ich hab ihn fest!“ antwortete der Gefragte, mit einer Miene im Zimmer hin und her stolzierend, als habe er eine Schlacht gewonnen.

„Wen denn?“

„Den Waldschwarzen und seine ganze Sippschaft!“

„Bist wohl nicht bei Trost?“ fragte der Bauer, die Spannung seiner Züge soviel wie möglich beherrschend.

„Sogar sehr, ganz ungeheuer bin ich bei Trost! Hab ich dir's nicht gesagt, Feldbauer, daß ich ihn fangen werd? Oh, man weiß schon, warum man grad mich hergeschickt hat! Und kaum bin ich hier, so ist er auch schon in die Falle geraten. Der Leutnant ist mir sicher, und mit der Martha — hm, hübsch ist sie, und bekommen tut sie auch etwas mit; aber ein Offizier muß auf Standesehre halten. Wenn sie einen andern will, so bekomm ich zehn dafür!“

„Aber so rede doch kein so dummes Zeug, Feldwebel, sondern sprich von der Leber weg! Du hast den Waldschwarzen? Wo denn?“

„Beim alten Stollen!“

Der Bauer schrak beinahe zusammen.

„Beim alten Stollen! Hast ihn wohl schon dort?“

„Ja, wenigstens so gut, als hätt ich ihn schon! Dir kann ich's erzählen, denn du bist der letzte, der ihn warnt! Aber halt den Mund, das sag ich dir! Also, ich geh heute in den Wald. Ich hatte etwas viel gespeist, und es war große Hitze, so daß ich müde zu werden begann und es fürs beste hielt, mich ein wenig in das Moos zu legen. Das war dort auf der Höhe, wo die Steine auf der kleinen Lichtung liegen. Da krieche ich unter die Zweige, strecke mich aus und schlafe auch richtig ein. Ich weiß nicht, wie lange ich so gelegen bin, da wache ich auf einmal auf; es raschelt in dem Laub. Rasch blicke ich durch die Zweige, und was seh ich?“

„Nun?“

„Ein Mann steht bei dem Gestein, hebt einen Block

in die Höhe, blickt darunter, läßt ihn wieder fallen und geht dann fort."

„Was ist's weiter?" meinte der Zuhörer so gleichgültig wie möglich.

„Was es weiter ist, das wirst du gleich hören! Ich bin noch nicht fertig, mir die Sache zurechtzulegen, da kommt noch einer, der dasselbe tut, und nach zehn Minuten wieder einer, und so geht es fort, bis ich endlich mich vor Neugier nicht mehr zu halten vermag. Ich nehme also die Zwischenzeit gut wahr, spring hin, seh nach, und was hab ich gefunden, he?"

„Nur heraus damit, ich bin doch nicht allwissend."

„Unter dem Stein liegt ein Zettel, und darauf steht: ‚Beim alten Stollen um zehn.' Was sagst du dazu?"

„Das ist ja ganz absonderlich!"

„Absonderlich bloß? Nein, noch viel mehr! Der Waldschwarze gibt am Stein seine Bestellung auf; seine Leute kommen heut an den alten Stollen; ich hab unsre ganze Mannschaft zusammen und fang sie alle miteinander. Weißt, was das ist?"

„Glück, ungeheures Glück, und noch dazu im Schlaf, grad wie's im Buch steht!" sagte der Bauer in halb spöttischem Ton. „Aber, Buschwebel, nimm's auch in acht, daß dir's nicht wieder davonläuft!"

„Mir nicht, darauf kannst getrost Gift nehmen."

„Hast den Zettel mitgenommen?"

„Fällt mir gar nicht ein! Hältst mich wohl für auf die Nase gefallen? Das Papier nützt mir nichts; die Pascher selber brauch ich, die will ich haben! Aber wenn ich ihnen den Zettel hinwegnehme, so wittern sie Verrat und kommen nicht."

„Das mag wahr sein! Aber hast sie doch erkannt?"

„Keinen! Die in der Nähe wohnen, sind vielleicht schon dagewesen, noch ehe ich recht erwacht bin; doch das schadet nichts. Ich weiß, wo sie zu finden sind, und werd sie alle miteinander bekommen."

„Aber nicht auf diese Weise, wie du vorhin sagtest."
„Warum?"
„Am alten Stollen heißt's, aber wo? An einem Punkt von ihm oder an der Mündung?"
„Hm, ja, das weiß ich nicht."
„Siehst! Nun nimmst die ganzen Soldaten mit, stellst sie auf, und grad wo die Schmuggler ihr Stelldichein haben, da hast sie nicht beisammen. Und denkst etwa, der Waldschwarze ist so dumm und merkt nicht, daß ihr da seid? Er hat seine Spione in jedem Haus, und wenn keiner was sieht, das Gelaufe von euch wird doch bemerkt. Seine Leute kommen natürlich nicht anmarschiert wie ein Regiment Soldaten, sondern sie schleichen sich einer hübsch nach dem andern herbei; da kannst du warten, bis du sie bekommst."
„Das klingt ja ganz richtig! Aber was soll ich tun?"
„Buschwebel, du mußt das ganz von selbst wissen! Der Feldbauer ist ein Esel, das hast ja gesagt, nicht wahr? Wie kann er dir da sagen, was zu tun ist?"
„Hartkopf, der du bist! Das war ja nicht so schlimm gemeint. Du hast mehr von dem Waldschwarzen gehört als ich und kennst also seine Schliche noch besser. Sag, was würdest du tun an meiner Stelle?"
„Zu keinem Menschen plaudern."
„Auch zum Leutnant nicht?"
„Erst recht nicht! Oder willst, daß er dir den Preis wegnimmt? Du mußt ihm ja gehorchen, auch wenn er die Sache so anstellt, daß nur er die Ehre davon hat."
„Meiner Seel, du hast recht, Feldbauer! Ich muß die Sache erst ganz allein auf mich nehmen, und wenn ich den Ort genau kenne, sie so einrichten, daß der Fang so schnell kommt, daß ich keine Zeit hab, ihm vorher Meldung zu machen."
„Jetzt wirst gescheit, Feldwebel. Niemand darf etwas davon wissen, sondern du schleichst ganz allein hinaus, leise und heimlich, daß dich keine Katz bemerkt, bis an

den Stollen, wo du die Pascher sicher triffst. Ich denk mir schon den Ort, wo es ist."

„Sag, wo?"

„Grad an der Mündung, wo auch der Bachbauer damals gesteckt hat, steht eine Birke, und gleich daneben geht ein Loch in die Erde. Es ist vom Gesträuch bewachsen, so daß man es gar nicht sieht, aber du wirst schon merken, wenn sie hineinkriechen."

„Weißt's genau?"

„Ganz und gar. Das Loch kenn ich schon lange, hab aber nicht daran gedacht, daß ein Versteck dahinter ist, in dem die Pascher sind."

„Sollen sie's etwa mit der Glocke in die Welt hineinläuten, wo sie stecken? Aber es ist gut, daß ich erst mit dir gesprochen hab! Nun ich einmal weiß, wo sie zu finden sind, können sie mir nimmer entgehn. Ich werd es schon so anfangen, daß ich den Leutnant nicht brauche. Am meisten freu ich mich auf den Bachfrieder, denn der ist dabei, das weiß ich genau."

„Wirklich? Woher?"

„Weil er auch da droben war und jedenfalls auch mit unter den Stein geblickt hat, nämlich als ich noch schlief. Ich hab ihn dann eingeholt, und er ist ganz verlegen dagestanden, als er mich erblickt hat. Was will er im Forst? Er ist Bauer und gehört auf den Acker oder in den Stall."

„Ich an deiner Stelle machte kurzen Prozeß mit ihm. Sobald er mir begegnete, bekäme er die Kugel, und keine Katze miaute nach ihm. Ob er der Schwarze ist oder nicht, dabei ist er doch, und dann ist's ja gleich, ob er ein wenig früher oder später vorgenommen wird."

„Verdient hätt er's; aber die Kugel ist nicht genug für ihn. Er muß ins Zuchthaus, das ist noch zehnmal schlimmer als der Tod. Nachher kann er darüber nachdenken, wer der stärkere ist, er oder ich. Aber weißt, Feldbauer, du kennst das Loch, geh mit hinaus zum Stollen!"

„Was fällt dir ein! Mich geht die Sache ja gar nichts an. Ich bin nicht herbeibefohlen, um den Waldschwarzen zu fangen, und werd mich hüten, mir die Hand an ihm zu verbrennen. ‚Was deines Amtes nicht ist, da laß den Vorwitz', sagt das bekannte Sprichwort, und du hast ja selbst gemeint, ich hätt den großen Mund, aber die kleine Faust. Was kann ich da nützen?"

„Mach keine Flausen! Was in der Hitze gesagt wird, kann vergessen werden. Und dein Schade wird's auch nicht sein, wenn du mir beistehst auf den heutigen Abend."

„Mein Vorteil auch nicht. Fürchtest dich vielleicht allein im Wald?"

„Ich? Der Buschwebel? Bist bei Sinnen?"

„Ja, mehr als du selber. Ich wette, du kommst nicht allein hinaus zum Stollen. Der Mut ist eine eigne Sache; er weicht gern aus dem Herzen und setzt sich auf die Zunge."

„So mag's bei dir sein, aber bei mir nicht. Ich geh, und morgen wirst sogleich erfahren, was ich ausgerichtet hab."

„Ich bin begierig darauf. Geh nur beizeiten und lauf nicht wieder fort, wenn's anfängt dich zu gruseln!"

Er verließ die Stube und ging nach dem Hof, wo er den Brunnenraum öffnete und dann von innen wieder sorgfältig verschloß. Dort sprach er zu sich selbst:

„Welch ein Glück, daß er nicht zu schweigen versteht! Hätte er im stillen die Anzeige gemacht, so wär ich in eine böse Tinte geraten! Mut hat er, das ist wahr, aber die Klugheit fehlt ihm dabei. Jetzt droht mir von ihm mehr Gefahr als vom Bachfrieder. Er kennt den Stein und das Geheimnis, und ich muß ihn zur Verschwiegenheit bringen. Das Blenden hilft nichts, entweder stirbt er oder — ja, oder er muß zur Gesellschaft übertreten. Das ist die einzige Wahl, die ich ihm lasse. Zu hart ist's nicht für ihn, denn was hat er gesagt von der Martha? Er bekäm zehn andere an ihrer Stelle? Gut, er wird noch alle Finger nach ihr lecken und sie dennoch nicht erhalten. Sie war nur die Lockspeise und soll mir noch weit höher hinaus helfen. Heut halte ich Abrechnung mit ihm wegen des Esels, den er mir ins Gesicht geworfen hat.“

Die Haspel, außer der kein weiterer Gegenstand in der Brunnenstube zu bemerken war, trug zwei Eimer, die so an dem Seil befestigt waren, daß je einer von ihnen niederfuhr, wenn der andere in die Höhe ging. Der Feldbauer bestieg den oberen und ließ sich langsam hinab, indem er das den unteren tragende Seilende durch die Hände gleiten ließ.

Der Buschwebel war in seiner ungewöhnlichen Aufregung zurückgeblieben. Er hatte keine Ahnung davon, daß er ein Spielball in der Hand dessen war, den er fangen wollte. Der Rat des Feldbauern schien ihm der beste, und er befolgte ihn, da ihm viel daran lag, seinen Mut zu beweisen.

Er konnte das Hereinbrechen des Abends kaum erwarten und machte sich, sobald es zu dunkeln begann, auf den Weg. Die nötige Vorsicht ließ ihn nur langsam vorwärtskommen; doch erreichte er die verschüttete Mündung des Stollens noch vor dem neunten Glockenschlag.

Er fand auch bald die alte Birke; es war die einzige, die an dieser Stelle stand, und er bückte sich nieder, um nach dem angegebenen Loch zu forschen.

Aber im selben Augenblick erhielt er einen Schlag auf den Kopf, der ihn sofort zu Boden streckte; eine Schlinge legte sich um seinen Hals; Hände und Füße wurden ihm zusammengebunden — er hatte das Bewußtsein verloren.

Als er erwachte, war es völlig dunkel um ihn her, und es vergingen einige Minuten, ehe er sich auf das Geschehene besinnen konnte. Mit der Erinnerung kam ein fürchterlicher Grimm über ihn; er zerrte mit aller ihm zu Gebote stehenden Kraft an den Fesseln, und als diese Anstrengung fruchtlos blieb, begann er laut zu rufen.

Seine Stimme mußte gehört worden sein, denn es dauerte nicht lange, so vernahm er das Rasseln eines Schlosses; eine Tür wurde geöffnet, und heller Lichtschein fiel auf das faulende Stroh seines Lagers. Er befand sich in der Gefängnishöhlung, die Frieder jüngst bemerkt hatte.

Draußen standen zwei tief verhüllte Männer, der eine von ihnen trug eine Laterne; der andere trat näher und löste den Strick, der die Füße des Gefangenen zusammenhielt.

„Vorwärts!" gebot er mit einem derben Tritt seiner schwerledernen Stiefel gegen des Feldwebels Beine, und zugleich packte er ihn beim Kragen und zog ihn in die Höhe. Dann stieß er ihn in den Gang und schob ihn vor sich her bis in die Erweiterung des Stollens, wo die Hängelampe unter einem dämpfenden Schirm hervor ein spärliches Licht verbreitete und eine bedeutende Anzahl finsterer Gestalten, wohlbewaffnet und mit der Maske versehen, rund auf den Bänken Platz genommen hatte. Einer von ihnen erhob sich und fragte:

„Buschwebel, weißt du, wo du bist?"

Seine Stimme klang dumpf unter der Maske hervor, so daß wohl jede Silbe zu vernehmen, ein Wiedererkennen aber nicht möglich war.

„Ja. Im Stollen bin ich, in der Räuberhöhle, hinterrücks überfallen und hereingeschafft. Aber das soll euch nicht gut bekommen; ich werd euch alle zusammen an den Galgen bringen!" drohte er.

Ein durch die Larven gedämpftes, allgemeines Gelächter war die Antwort.

„Spare das Drohen und Aufschneiden", meinte der vorige Sprecher. „Du bist nicht in der rechten Lage dazu. Du stehst vor Gericht und sollst das Urteil haben für die Mühe, die du dir mit uns gibst."

„Vor Gericht? Ich kenne kein Gericht, das in solcher Weise abgehalten wird; ich verwahre mich dagegen; ich erkenn's nicht an; ich will meine Freiheit haben!"

„Ob du dich verwahrst oder nicht, das ist gleichgültig, und wenn das Urteil ausgeführt ist, mußt du's schon anerkennen. Schau dich um, Buschwebel! Dort steht der Waldschwarze. Siehst das Pistol in seiner Hand? Sobald du noch ein einzig Wort sagst, das ihm nicht gefällt, bist eine Leiche. Dann schimpf, soviel du willst!"

Der Sprecher deutete nach dem Hintergrund des Stollens. Dort stand hoch aufgerichtet die breite Gestalt des Pascheroberhaupts. Die langen Haare wallten bis auf den Nacken herab; der dunkle Bart quoll unter der Larve hervor; im Gürtel blitzten die Waffen, und die ausgestreckte Rechte hielt die Pistole zum Losdrücken bereit.

Den Feldwebel überlief ein kalter Schauer. Sein ganzes heißblütiges Wesen sträubte sich gegen den Zwang, und doch mußte er einsehen, daß hier die einzige Rettung nur in der Ergebung zu suchen sei.

„So beginnt das Possenspiel; aber macht's so kurz wie möglich!" rief er aus.

„Hab keine Sorge! Wir sind nicht an allzu große Länge gewöhnt! Also, du hast geschworen, den Waldschwarzen zu fangen, um Leutnant zu werden und den Preis zu erhalten, der auf seinen Kopf gesetzt ist? Weil das aber ein ganz vergebliches Beginnen ist, so wollen wir Mitleid mit dir haben und dir behilflich sein. Die Tresse, nach der du dich sehnst, sollst gleich bald erhalten, und auch den Preis, aber nicht in Silber und Gold, sondern in Hanf und Eisen. Sieh her: hier ist der Strick und dort der Nagel! Da wirst abgetan, und morgen in der Früh hängst du im Wald, und in der Tasche steckt der Zettel mit der Schrift: ‚Zur Strafe vom Waldschwarzen!' Grad wie beim Bachfranz und beim Förster!"

„Das ist Mord, den ich nicht verdiene!“

„Sei still! Weshalb bist du nach Rothenwalde versetzt? Warum liegst im Wald den ganzen Tag, und wozu bist heut an den Stollen gekommen? Du hast den Bestellort belauscht und mußt sterben! Der Tod macht alles stumm; dann sind wir vor dir sicher!“ Der Sprecher wandte sich zu den Paschern: „Wer von euch für den Tod stimmt, der mag aufstehn!“ Alle ohne Ausnahme erhoben sich. „Siehst, Buschwebel, wie's um dich steht? Bete ein Vaterunser, denn in zwei Minuten hängst an der Wand!“

Die Männer hatten sich nicht wieder gesetzt; sie umringten ihn drohend. Er fühlte zum erstenmal in seinem Leben die Angst vor demTod über sich kommen.

„Gibt's keine Rettung, keine Hilfe weiter?“ fragte er bebend.

„Keine!“

„Ich werd schweigen; ich werd euch nicht verraten!“

„Das versprichst wohl, aber zu halten, das vermagst nicht!“

„Ich schwör's euch zu! Fordert den schlimmsten Eid; ich werde ihn willig leisten!“

„Dein Eid nützt uns nichts! Nur das Grab ist still und plaudert nichts. Komm her!“

Der Sprecher legte ihm die Schlinge wieder um die Beine. Ein Widerstand war unmöglich. Der Feldwebel hatte dem Tod mehrmals kalt in das Auge geschaut; das war im Feld gewesen, wo man mit ruhmglänzender Stirn und bewaffneter Faust gegeneinander anstürmt. Hier aber war das anders. Hier sollte er ohne Kampf und Ehre von hinterlistigen Meuchelmördern überfallen werden! Seine ganze Natur bäumte sich dagegen auf, und kein Mittel schien ihm zu kostbar oder auch zu verwerflich, um sich zu retten. Er versuchte noch einmal die Festigkeit der Fesseln; seine Muskeln strafften sich, trotz aller Anstrengung rissen die Stricke nicht.

Man schleppte den Buschwebel zur Mauer; er fühlte die verhängnisvolle Schlinge um den Hals, und sein Blick fiel auf den Waldschwarzen, der zwar jetzt den Arm zurückgezogen hatte, sonst aber noch in der vorigen Haltung im Hintergrund stand.

„Hilf mir, — rette mich!“ rief er. „Warum bist der Hauptmann, wenn du nicht begnadigen darfst?“

„Das darf ich schon, wenn ich will! Denn ich bin der Hauptmann und der König und der Herrgott in Berg und Tal. Ich trotz dem Himmel und der Höll, und wer vom Menschenvolk meine Pläne kreuzen möchte, der muß sterben. Wer mich fangen will, für den gibt's keine Gnade!“

„Ich will dich nicht fangen. Ich werd mich um dich nicht mehr bekümmern; ich will so tun, als ob du gar nicht vorhanden wärst!“

„Das gilt nichts! Wenn du los sein willst, so mußt einen bessern Preis bezahlen! Tritt ein in die Gesellschaft!“

„Als Pascher? Nimmermehr!“

„Nicht als Pascher, sondern zum Schutz. Du trittst in meinen Dienst und schaffst mir Kunde von meinen Feinden.“

„Also Spion! Das tu ich nicht!“

„Gut, hängt ihn auf!“

„Gnade! Gebt mir Bedenkzeit!“

Der Schwarze schien nachzudenken.

„Sollst sie haben“, entscheid er dann, „aber morgen um diese Zeit hängst entweder oder bist unser Kamerad. Fort mit ihm!“

Der Buschwebel wurde wieder in sein Gefängnis abgeführt. Man gab ihm die Hände frei, befestigte ihn aber mittels einer Kette an die Mauer. Den Inhalt seiner Taschen hatte man ihm schon vorher genommen. Nachdem für Wasser und Brot gesorgt worden war, schloß sich die Tür hinter ihm.

Noch ehe es völlig dunkel war, hatte sich Frieder wieder hinauf zur „Zeche" begeben. Er trug ein ziemlich umfangreiches Paket bei sich, das mehrere vollständig neue und sehr lange Leinen enthielt. Sie waren schwach, um nicht viel Raum wegzunehmen, aber er hatte sie erprobt und wußte, daß sie ihn halten würden.

Nach reiflicher Überlegung war er zu der Ansicht gekommen, daß er, um das Geheimnis des Waldschwarzen vollständig aufzudecken, auf der Zeche sein Heil versuchen müsse. In die Brunnenstube des Feldhofs zu gelangen, war ihm unmöglich, und das Eindringen durch den Einsturztrichter konnte kaum zu einem weiteren Ergebnis führen.

Zwar begab er sich vielleicht in eine Gefahr, die von mehreren Seiten auf ihn lauerte und die ihn plötzlich überraschen konnte, da er sie nicht kannte. Aber der Himmel hatte ihm bisher geholfen, so daß er auch jetzt das Vertrauen auf ihn festhielt.

Mit einer kleinen Handsäge schnitt er sich einige harte Stämmchen im Busch und lehnte sie unter den Laden der Zechenscheune. Nachdem er diesen geöffnet hatte, stieg er ein, brachte sie in das Innere und legte sie quer übereinander. Dann verband er sie an ihrem Berührungspunkt mit einem festen Strick und zog einen Haken mit einer Rolle hervor. Er befestigte ihn und befand sich nun im Besitz einer Vorrichtung, die ihm mittels der Leinen die Einfahrt ermöglichen mußte. Das Seil, dessen sich heut der Feldbauer zur Bergung seines Paschguts bedient hatte, reichte nur einmal hinab und war für Frieder also unbrauchbar; doch hatte er sich dessen ungefähre Länge gemerkt, um sie als Maßstab für seine Leinen zu nehmen.

Sie waren an ihren Enden so verknüpft, daß die Verbindungsstellen ohne Stocken über die Rolle des Kolbens laufen konnten. Frieder verschloß den Laden wieder, entfernte die Bretter von dem Mundloch, legte die Stämme darüber und schob die Leine über die Rolle. Dann zog er eine kleine Blendlaterne hervor, zündete sie an und befestigte sie über der Brust.

„Glück auf!“ murmelte er, sich selbst ermunternd, und trat in die Schlinge, die er sich für den Fuß angebracht hatte. Unten lauerte der Tod, und die gähnende Tiefe grinste ihm entgegen wie der Schlund eines ungeheuren Geschützes, das in jedem Augenblick ihm ein sicheres Verderben entgegenspeien konnte. Der kleinste Zufall konnte Unheil bringen, doch der mutige Jüngling schüttelte alle ängstlichen Gedanken von sich, griff ruhig Fuß um Fuß der Leine und fühlte, als er das Ende noch nicht erreicht hatte, den festen Boden unter sich.

Er sah sich um. Nicht weit von ihm führte ein zweites Mundloch abermals zur Tiefe; es war unbedeckt; und zu seiner Rechten ging der Stollen in waagrechter Richtung in die Erde hinein. Die Schienen, auf denen man die „Hunde“ bewegt hatte, waren noch ziemlich wohlerhalten, ja, es hatte den Anschein, als seien sie auch jetzt noch im Gebrauch. Diese Beobachtung bestätigte sich, als er bei der Stelle anlangte, die seiner Mutmaßung nach unter dem Feldhof liegen mußte; ein „Hund“ stand hier, noch mit einigen Fässern und Bündeln beladen, und in der Nähe lag ein Wassereimer am Boden, an ein Seil befestigt, das in die Höhe ging.

Er leuchtete empor. Die Decke zeigte ein kreisrundes Loch, dessen Höhe der Schein der Laterne nicht zu erreichen vermochte. Das war zweifellos der Brunnen, den der Feldbauer ganz allein von seinem Hof aus gegraben hatte!

Frieder ging weiter. Er hatte eine ziemliche Strecke zurückzulegen, ehe er die Quermauer erreichen konnte, hinter der er seine Nachforschung gehalten hatte; das wußte er. Darum beschleunigte er seine Schritte so sehr wie möglich und gelangte endlich an eine Stelle, wo der Stollen zu einem Raum erweitert worden war, der, wie gleich der erste Blick lehrte, zur Warenniederlage benutzt wurde.

Hier lag alle mögliche Art von Schmugglergut vom Boden bis zur Decke aufgespeichert; auch Waffen hingen, wohl für den Fall der Aushilfe, an den Wänden, und an der einen Seite war ein Schränkchen angebracht, dessen Tür leicht zu öffnen war.

Frieder leuchtete hinein. Neben Geld und allerlei Wertsachen lagen einige Bücher; sie enthielten eine zwar von unkundiger Hand geführte, aber sehr genaue Buchführung über das geheimnisvolle Geschäft des Waldschwarzen. Die Pascher und die Hehler waren mit Namen oder sonstwie kenntlich gemacht; die Bücher mußten ihnen verderblich werden, wenn sie in die Hand der Behörde gelangten. Der Feldbauer war doch nicht ganz so schlau, wie er es selbst von sich dachte!

Der Stollen führte weiter, doch nur wenige Meter, dann stand Frieder an der Mauer, die sein heutiges Ziel bildete. Er war auf eine schwierige und vielleicht erfolglose Untersuchung vorbereitet gewesen, hatte sich aber, allerdings nur zu seiner Freude, geirrt, denn sobald der Schein der Laterne auf sie fiel, gewahrte er die Vorrichtung, von der er an der anderen Seite keine Spur gefunden hatte.

Es war eine Drehwand, zwischen vier Rahmenbalken aufgeführt, die so bearbeitet und angestrichen waren, daß sie an der Mündungsseite des Ganges ganz genau an dessen Wände anschlossen und auch in der Farbe nicht von ihrer Umgebung abstachen. Ein hölzerner Riegel je hüben und drüben bewerkstelligte den Verschluß. Frieder schob den einen zurück und konnte nun mit verhältnismäßig leichtem Druck die Mauer bewegen.

Der Waldschwarze hatte dies alles jedenfalls eigenhändig hergestellt. Welche Anstrengung und Ausdauer hatte es ihm aber gekostet, dem alten Stollen seine jetzige Einrichtung zu geben!

Jetzt hätte Frieder durch den Trichter das Freie am leichtesten und sichersten erreichen können, aber er mußte denselben Weg zurückmachen, um seine Anwesenheit nicht zu verraten. Die Scheidemauer war nur von dieser Seite zu öffnen und zu verschließen, und die im Schacht niederhängende Leine konnte nur allzu leicht zum Verräter werden.

Er kehrte also um und beeilte sich, so schnell wie möglich die Ausfahrt zu erreichen. Er wußte nicht, zu welcher Stunde die Schmuggler heute bestellt waren, und er mußte daher einer Begegnung mit dem Waldschwarzen gewärtig sein.

Nur einem Mann von seiner riesenhaften Stärke war es möglich, sich in dem Schacht emporzuziehn, und als er später nach sorgfältiger Entfernung aller Spuren die Scheune verließ, atmete er tief auf von der ungeheuren Anstrengung, die alle seine Nerven in Anspruch genommen hatte.

Bei den Eltern fand er Martha, die ihm beinahe verlegen die Hand reichte. Es war das erstemal, daß sie mit ihm in Gegenwart der Seinen zusammentraf.

„Wo bist du schon wieder gewesen, Frieder?" forschte der Vater. „Ich hab mich gefreut, daß du aus der Fremde gekommen bist, und geglaubt, dich immer bei mir zu haben; jetzt aber ist's ganz anders. Du bist fast gar nie daheim, sondern gehst deine Wege, und wir bleiben zurück und mögen sehn, wie wir mit unsrer Sorge fortkommen!"

„Laß gut sein, Vater! Das Herumstreichen hat in Kürze ein Ende. Meine Aufgabe ist bald gelöst, und ihr sollt mich dann wieder ganz bei euch haben. Nur ein einzig Mal noch muß ich hinaus, um die Schlinge zusammenzuziehn, die ich bisher gelegt hab. Dann ist's genug."

„Hast ihn schon drin, Frieder? Kann er auch nicht wieder heraus?“

„Nein, er steckt fest, so fest, daß ein Entrinnen unmöglich ist. Und für mich ist nicht die geringste Gefahr mehr vorhanden.“

„Darf ich's auch glauben? Wir sind vor Sorge und Angst beinah vergangen, seit wir wissen, daß du des Nachts hinausgehst, um den Waldschwarzen zu fangen.“

Martha hatte bisher dem Gespräch zugehört, ohne zu wissen, auf wen es sich bezog. Bei dem letztgenannten Namen aber fuhr sie erschrocken auf.

„Den Waldschwarzen willst du fangen?“ fragte sie erblassend. „Oh, tu das nicht, Frieder! Er ist fürchterlich und wird sich grausam rächen.“

„Recht hast mit dem fürchterlich, Martha, doch seine Rache fürcht ich nicht. Der Stachel dazu ist ihm genommen.“

„Wenn auch! Weißt, was in der Bibel steht? Die Rache ist mein; ich will vergelten, spricht der Herr! Überlaß ihn dem lieben Gott, den kann er nicht betören und überwinden.“

Da trat der alte Bachbauer zu ihr und tastete seine Hand auf ihre Schulter.

„Martha, du sprichst, wie ein Weib reden muß, dem ein weich und zart Gemüt gegeben ist, in das der Haß und die Feindschaft noch nimmer hinabgestiegen sind. Aber blick um dich her auf das Elend, das der Waldschwarze angerichtet hat; geh hinaus auf den Kirchhof, wo der Franz in der kalten Erde gebettet liegt; schau her auf mein Angesicht, und du wirst anders denken. Wegen meiner hat sich nie ein Wurm gekrümmt; mein Herz ist mild und sanft; aber es hat eine Stelle, die ist wie Erz und Stein; die hat der Waldschwarze angegriffen, und nun bleibt sie hart und starr, bis ich mit ihm quitt geworden bin. Der Frieder ist der einzige, den ich hab, und seit ich weiß, daß er den Feind beschleicht, hab ich den Seelenkampf, denn jeder kann mir die Kunde von seinem Untergang bringen. Aber nun er so weit vorgeschritten ist, darf er nimmer zurück; ich verbiete es ihm, und er will's auch selber nicht. Wir haben ein Recht auf den Waldschwarzen, und das soll uns niemand nehmen!"

„Gebt's dennoch auf, Bachbauer", bat sie mit unverkennbarer Angst in Stimme und Miene; „gib's auf, Frieder! Denn solch ein Recht kommt nicht von Gott!"

„Und dennoch kommt's von ihm! Du hast vorhin den Spruch gesagt, Martha, aber seine Bedeutung kennst gar nimmer. Die Rache kommt von Gott; er wird vergelten; aber er steigt nicht vom Himmel herab, um mit der Faust dreinzuschlagen, sondern er gebietet uns, die Strafe zu vollstrecken. Ich hab seine Stimme gehört seit langer Zeit, aber ihr nicht Gehorsam leisten können. Soll ich ihr jetzt widerstehn, wo ich die Macht hab, Vergeltung auszuüben? Nein! Frieder, wirf mir den Waldschwarzen in diese beiden Hände, und ich will dich segnen all mein Leben lang; keine Macht, kein Reichtum und keine Bitte soll ihn befreien, und wie er kein Erbarmen gehabt hat mit uns, so soll ihm auch sein Recht werden, voll und unverkürzt, wie er's verdient!"

„Ist er wirklich in deine Hand gegeben Frieder?" fragte das Mädchen.

„Ja, er kann mir nicht den geringsten Widerstand leisten, wenn ich ihn fassen will. Auch seinen Namen kenne ich."

„Wer ist's, Frieder? Oh, sag's, ich bitt gar sehr!"

„Das kann ich heut noch nicht, doch bald sollst du es erfahren."

„Aber gesehn hast ihn! Wie sieht er aus?"

„Stark und breit, im Gürtel Messer und Pistol, das Gesicht voller Bart und die Larve obendrauf; er ist gar furchtbar anzuschaun."

„Was hat er für Haar?"

„Es ist dunkel und geht bis auf die Achsel hernieder."

Sie stieß einen Schrei aus, schlug die Hände vor das Gesicht und sank auf einen Sessel nieder. Die Bäuerin eilte erschrocken herbei, und auch Frieder erfaßte bestürzt ihre Hände, um sie von dem Gesicht zu entfernen.

„Um Gottes willen, was gibt's, was hast, Martha?" fragte er.

Sie ließ die Arme sinken und legte den Kopf auf die Lehne des Stuhls. Ihr Atem ging schwer, ihre Lippen zuckten, und aus den halbgeschlossenen Wimpern rollten zwei große, schwere Tropfen über die todesbleichen Wangen herab.

„Frieder!" klang es müde zwischen den Lippen hindurch.

„Martha, sei stark; mach dein Herz frei und sag, was dir fehlt. Du wirst gern Trost und Hilf von uns erhalten!"

„Ich hab keinen Vater mehr!"

„Wie meinst das? Was weißt du von ihm?"

„Alles, alles weiß ich! O meine liebe, gute Mutter, das wirst nimmer überwinden; das kannst nicht verschmerzen; daran wirst untergehn und sterben, du und auch ich!"

Der Gedanke an die Mutter gab dem erstarrenden Pulsschlag neues Leben; sie brach in ein herzerschütterndes Schluchzen aus. Die Bäurin ließ sich an ihrer Seite nieder und zog das bebende Mädchen liebevoll an sich.

„Weine nicht Martha, sondern erzähl uns dein Leid. Du sollst nie und nimmer von uns verlassen sein."

„O nein, ich kann's nicht erzählen! Ihr würdet mich hassen und mich von euch jagen, und das, ja, das wär mir noch schlimmer als das andre!"

„Dich hassen und dich fortjagen, Martha? Was denkst von uns! Frag meinen Mann und frag den Frieder, ob die an so was denken!"

„Hier, nimm die Hand", meinte mit gütiger Stimme

der Bauer; „ich reich sie dir hin als Stütz und Hilf in jeder Not. Nur mußt reden, damit ich weiß, wie ich dir beispringen kann."

„Und hier, auch meine Hand, Martha", fügte Frieder hinzu. „Ich hab sie noch nie einem Unwürdigen gereicht, und du kannst dich in aller Not auf sie verlassen. Drum sag, warum hast keinen Vater mehr?"

„Du weißt's ja auch!"

„Ich weiß nicht, ob du das Richtige meinst."

„Es ist das Richtige, Frieder, und — ja, ich will's sagen; es muß doch einmal heraus, und je eher, desto besser ist's! Wißt Ihr, Bachbauer, wer der Waldschwarze ist? Mein Vater! ..."

„Dein — Vater ist's? Der Feldbauer?"

Der Blinde ließ ihre Hand, die er in der seinen hielt, fallen und trat einige Schritte zurück. Über sein entstelltes Angesicht zuckte es wie eine plötzliche Erkenntnis; seine blinden Augen schienen aus den Höhlen treten zu wollen; seine Zähne bissen sich fest aufeinander; sein Fuß erhob sich, und seine Ellenbogen warfen sich empor, als wolle er sich auf den stürzen, von dessen Geheimnis so plötzlich der Schleier gerissen war.

„Ja, mein Vater, der Feldbauer! Nicht wahr, nun bin ich Euch verhaßt und verachtet und muß gehn?"

„Der — der — der also!" knirschte es zwischen den Lippen des Gefragten empor. „Ich hab mir's ja oft gedacht und konnte mir den Waldschwarzen gar nicht anders denken als in seiner Gestalt. Also er hat mir den Sohn gemordet! Er hat mir das Aug geraubt; er ist der Satan gewesen für das ganze Gebirg und hat Verderben gebracht über so viele ehrliche Leute, die sich nicht von ihm verlocken ließen! Frieder, ist's wahr? Ist's kein anderer?"

„Er ist's, Vater!"

„So sei er verflucht, tausendmal, millionenmal! Die Erde kann ihn nicht länger tragen, und der Himmel mag ihn nimmer haben; hinunter in die Höll mit ihm! Frieder, komm, reich mir die Hand! Ich muß hinaus zum Feldhof, hinaus zu ihm; ich muß ihn zermalmen, zerdrücken; fort, fort, ich halt's hier nimmer aus!"

Er streckte die Hand nach dem Sohn aus; sie wurde von einer anderen kleinen Hand erfaßt.

„Bachbauer!"

Die Arme Marthas umklammerten ihn, als könne sie dadurch das drohende Unheil von ihrem Heim abwenden.

„Was soll's? Willst ihn vielleicht erretten? Hab ich nicht vorhin gesagt, daß keine Macht, kein Reichtum und keine Bitte ihm helfen soll? Er ist mein erster und letzter Gedanke bei Tag und Nacht; er hat mir mehr geraubt, als ihr wißt und versteht; mein Gemüt, meine Ruh, meinen Frieden, mein Glück, meinen Hof, meine Welt mit allem, was darinnen ist, und auch euch selber. Es ist finster um mich und in mir; ich kann nichts sehn mit dem Auge des Leibes und kann nichts sehn mit dem Auge des Geistes. Was ich gekannt, ich hab's vergessen und verloren, und kein einzig Bild ist mir von euch geblieben. Sagt, gibt's größern Raub auf der Erde? Gibt's eine Straf, die groß genug ist dafür?"

Da trat die Bäurin zu ihm und nahm ihn bei der Hand. Sie kannte die Macht, die ihre Stimme über ihn hatte, und sprach:

„Komm, Vater, setz dich nieder! Der erste Gedanke ist nicht immer der beste. Und der Herrgott ist der Richter. Laß den Frieder erzählen und die Martha; dann wollen wir sehn, was du tust!"

„Ja, erzähle, Frieder; ich brenne vor Begierde, zu wissen, wie du hinter die Schliche gekommen bist!"

„Das werd ich tun, doch muß ich erst erfahren, wie Martha ihn erkannt hat. Magst es sagen, Martha?"

„Es muß ja sein! Der Vater sagte heut, daß er gleich nach dem Abendessen schlafen gehn wolle, und ich nahm mir daher vor, euch zu besuchen. Ich wollte durch den Garten, weil da mein Gang vom Gesinde nicht bemerkt werden kann. Ich ging daher leise über den Hof und an der Brunnenstube vorüber. Es war Licht darin. Ich blickte hinein, und wen sah ich? Den Vater! Er glaubte uns drin noch alle beim Essen und hielt sich darum sicher vor Verrat. Er hatte die hohen Stiefel an und einen Gürtel um den Leib, in dem es von Waffen blitzte. Grad als ich an das Fenster trat, nahm er eine lange Perücke auf den Kopf und hing einen Bart um das Kinn. Dann band er die Larve vor das Gesicht und stieg in den Brunnen. Das ist's, was ich bemerkt hab; es war genug für mich! Ich hab dabeigestanden, als hätt mich der Blitz geschlagen; die Füße sind mir gewesen wie Blei, das Herz wie Stein und der Kopf wie Eisen; und als ich dann gegangen bin, so hab ich gewankt wie ein Trunkner, dem die Glieder nicht gehorchen mögen."

„Du armes Kind!" meinte mitleidsvoll die brave Bäurin. „Darum warst so bleich und müd, als du herbeikamst!"

„Der Mensch ist nicht den kleinen Finger seines Kindes wert!" stimmte der Blinde bei, dessen Blut schon in weniger hohen Wogen ging. „So hat er sein Versteck im Brunnen?"

„Im Stollen, in den der Brunnen geht, Vater", berichtigte Frieder. „Weißt, der Stollen beginnt unten an der Zeche, führt unter dem Feldhof vorbei und mündet in den Wald, wo die Niederlage ist. Die Pascher zählen gegen zwanzig Mann; sie steigen da, wo der Gang nicht weit von der Mündung eingestürzt ist, hinab, empfangen die Waren und tragen sie über die Grenze. Sie kennen bloß den untern Teil des Stollens, und dort sind auch die Stufen, die du hinabgestiegen bist."

„Warst denn darin?"

„Ja, da die Martha den Waldschwarzen kennt, kann ich nun alles erzählen!"

Er begann mit seinem Bericht, den er in größter Ausführlichkeit erstattete. Mehr als einmal ergriff die Mutter oder auch Martha seine Hand, wenn seine Erzählung eine Gefahr berührte, in der er sich befunden hatte. Das Mädchen vergaß den Vater und ihr eigenes Unglück und dachte nur an das fürchterliche Wagnis, das dem unerschrockenen Jüngling mehr als Freiheit und Leben hätte kosten können. Die Bäurin hatte ganz die gleichen Empfindungen, und der Bauer saß da, scheinbar kalt und ruhig, während er doch jedes Wort des Erzählers verschlang und ein über das andere Mal tief aufatmete vor Erwartung des Kommenden, oder vor Stolz, einen Sohn zu besitzen, der der Überlieferung des Bachhofs solche Ehre machte.

Als dieser geendet hatte, herrschte eine ganze Weile tiefes Schweigen in der Stube. Der Vater war der erste, der sprach:

„Hast recht gehabt, Frieder! Die Schlinge ist gelegt; er kann uns nicht entgehn. Noch einmal mußt hinaus, und ich geh mit; es ist keine Gefahr dabei, bei dem Fang muß ich zugegen sein. Kann ich auch nichts sehn, so kann ich's doch hören, wie er sich krümmt und windet, und dann will ich vor ihn hintreten und ihm den letzten Stoß versetzen, der ihn gefangen gibt. Gleich morgen früh machst die Anzeige beim Feldwebel; der mag's dem Offizier berichten, und dann kann der Tanz beginnen."

„Gnade!" flehte Martha. „Habt Erbarmen mit mir und der Mutter! Wenn ihr ihn fangt, wird sie die Schande nicht überleben!"

„Gnade? Hat er Gnade mit mir gehabt oder Erbarmen? Die Gnade gegen ihn wär ein Verbrechen, das uns an seiner Schuld teilnehmen ließe. Was geht dich und die Mutter der Waldschwarze an! Dem Feldbauer will ich um deinetwillen und ihretwegen all den Haß vergeben, den er auf mich geworfen hat; aber der Waldschwarze ist euch fremd; er hat sich in euer Haus hineingezwungen, und seine Sünde steigt hoch zum Himmel empor; sie schreit um Vergeltung wie das Blut Abels und kann nimmer gesühnt und vergeben werden. Das ganze Dorf weiß, wie ihr mit dem Feldbauer steht. Von seinem Tun wird nicht der geringste Vorwurf auf euch kommen, und alle Tore und Türen sind euch geöffnet, wo ihr anklopft. Wollt ihr noch länger hinsiechen und hinkriechen unter dem Unglück, das er euch bereitet? Werft es ab; das ist eure Pflicht und Schuldigkeit, und ihr werdet mir noch Dank wissen, daß ich ihn zertreten hab!"

Der Bachbauer erhob sich und ging in die Nebenstube. Der Goliath kannte sich und sein Herz, und er wußte ganz genau, daß er längeren Bitten unmöglich widerstehen konnte.

Martha weinte. Sie hatte viel gelitten, heut aber war der bitterste Tag ihres Lebens.

„Sei still", tröstete die Mutter; „bis morgen ist noch lange Zeit, und ich kenn den Mann, der gar bärbeißig tut und vor der Bitte Reißaus nimmt, weil er sie nicht versagen kann. Der Frieder wird schon helfen."

„Soll ich, Martha?"

„Oh, tu's, Frieder, tu's! Auf dich muß ich die einzige Hoffnung setzen, die mir noch möglich ist. Wirst sie erhören?"

„Dir tu ich alles zulieb, was ich vermag. Ich werd mit dem Vater sprechen, und vielleicht läßt sich ein Ausweg finden, der das Land vom Waldschwarzen befreit, auch ohne daß der Feldbauer dabei zur Sprache kommen muß."

„Macht's möglich, Frieder, und ich will dir's danken, so lange ich lebe!"

Sie schickte sich an, den Heimweg anzutreten.

„Darf ich mitgehn, Martha?" fragte er.

„Ja; ich bitte drum."

Als sie die Stube verlassen hatten, trat der Bauer wieder herein.

„Warum gingst fort, Vater?“ fragte die Bäurin.

„Weil mir's die Martha angetan hat und ich ihr nichts abschlagen kann. Ich glaub gar, sie könnte mich herumbringen, den Waldschwarzen laufen zu lassen!“

„Und das magst wohl nicht?“

„Auf keinen Fall!“

„Dann strafst nicht ihn allein, sondern auch die Seinen, und zwar viel schlimmer noch als ihn. Er geht ins Zuchthaus; da tut ihm niemand was zuleid; sie aber müssen jede Stund von der Schand hören, die auf ihnen lastet.“

„Das wollen wir abwarten, Frau! Ich nehm sie in Schutz, und wer sie nur mit einem Wort beleidigt, der hat's mit mir zu tun. Sie beide sind Goldes wert, und ich bin neugierig, ob der Frieder nicht das Aug auftut. Ein Mädel wie die Martha gibt's nimmer wieder!“

Die beiden, von denen hier die Rede war, gingen schweigend dem Feldhof zu. An der Stelle, wo sie schon einmal gestanden hatten, hielt Martha die Schritte an.

„Gut Nacht, Frieder!“ sagte sie.

„Warum so schnell, Martha?“

„Hast nicht gehört, was dein Vater sagte? ‚Er sei verflucht, tausendmal, millionenmal!‘ Das ruht nun auch auf mir. Das Mörderkind darf nicht bei rechtschaffnen Leuten stehn. Geh fort von mir, Frieder, und auch ich will gehn, so weit meine Füße mich tragen!“

„Zürne dem Vater nicht! Er ist gar arg verletzt; aber sein Zorn dauert nicht ewig, und der Fluch kam nur aus zornigem Herzen. Die Mutter versteht's gar gut, ihn langsam weich zu stimmen, und ich wette, sie ist schon dabei. Ein Mörderkind bist nicht; das darfst nicht glauben! Der Feldbauer ist dir fremder als der fremdeste Mensch, und du hast nicht den geringsten Teil an ihm!“

„Er ist der Mann meiner Mutter; das mußt bedenken, Frieder. Und wenn das Gericht kommt und ihn fortnimmt, so stirbt sie, und ich sterb mit ihr.“

„Das wäre mir das Fürchterlichste, was mir begegnen könnte. Dein Leben ist mir mehr wert als das meinige, und für dein Glück will ich gern das Schwerste erleiden!" Er hatte ihre Hände gefaßt, und sie hörte an dem leisen Beben seiner Stimme, daß seine Worte aus dem Herzen kamen.

„Sprich nimmer so! Ich darf dir doch nicht wert sein, Frieder!"

„Wer kann's verbieten, wenn du's sein willst?"

„Du selber!"

„Ich? Wär jeder Stein im Gebirg eine Tat, die auf dem Gewissen des Waldschwarzen liegt, und jeder Baum im Wald das Zeichen eines Verbrechens, das er begangen hat, so käm mir dennoch kein solch Verbot in den Sinn. Und wenn alle Welt auf dich zeigte, und niemand etwas von dir wissen möchte um seinetwillen, ich würde dich ehren, mehr als mich selber, und dich verteidigen gegen jede Silbe, die gegen dich erklingt."

Er legte ihr die Hände auf das volle, weiche Haar und zog ihr Köpfchen innig an die Brust.

„Martha, ich hab dich lieb, so lieb, wie ich's dir nimmermehr sagen kann. Als ich dich sah, hab ich von Anbeginn gewußt, daß meine Seele zu dir gehört allzeit und immerdar. Du bist das Köstlichste, was ich kenne, das Herrlichste, was ich mir erwünschte, und all mein Leben lang möcht ich nichts tun, als nur dir zeigen, wie heilig und wie teuer du mir bist. Bitte, sag es, willst mein eigen sein, Martha?"

Martha hatte keine Worte der Erwiderung, aber sie legte ihre Arme um seinen Hals und lehnte ihren Kopf fest an die starke Brust, in der so reiche Liebe wohnte. Er bog sich herab und blickte ihr in das große, klare Auge.

„Nicht so still, Martha! Sag mir ein Wort, ein einziges Wort! Bist mir gut?"

„Ja!"

Er vernahm das Wörtchen kaum, aber es erfüllte ihn mit unendlicher Seligkeit.

„So sollst hier an meinem Herzen sein, so lange es klopft und schlägt, und den Trost empfinden, der das Leid in Freud und Seligkeit verkehrt!"

Sie standen noch lange still und wortlos beieinander, Hand in Hand und Blick in Blick getaucht, und als sie endlich schieden, schien es, als ob sie sich kaum voneinander zu trennen vermöchten.

„Schlaf wohl, Martha, und glaub, es wird noch alles gut."

„Schlaf wohl, Frieder; ich vertrau auf dich und Gott, der helfen wird."

Der Jüngling fand seine Eltern noch wach. Sie hatten auf ihn gewartet.

„Bist gar lange weggeblieben, Frieder", meinte die Mutter. „Martha wollte dich wohl gleich ganz behalten?"

„Ja, Mutter, sie mich und ich sie. Wir geben einander nimmer wieder her."

„Was sagst, Bub?" fragte der Vater. „Ist's wahr?"

„Ja. Die Martha wird meine Frau trotz Feldbauer und Waldschwarzen. Ist's euch recht?"

„Von ganzem Herzen!" riefen beide, seine Hände ergreifend, und der Bauer fügte hinzu: „Eine größre Freud konntest uns gar nie bereiten! Und der Feldbauer? — — Ja, was wird denn nun mit dem? Darf ich den eignen Schwäher ins Gefängnis liefern?"

„Vater, was er an uns getan, das kann vergeben werden; aber wir sind nicht die einzigen, und wenn er frei geht, droht noch viel Gefahr. Mich dünkt's fast ein Verbrechen, wenn wir ihn laufen lassen, und doch kann ich der Martha kein solch Herzleid antun und ihrer Mutter auch nicht. Ich geh hinaus zu ihm und red ihm ins Gewissen. Will er sich bekehren, so ist's gut; will er aber nicht, so ist's die Schuldigkeit, die Landplag auszurotten."

„Das klingt mir aus der Seel, Frieder! Ich will ertragen, was nicht mehr zu ändern ist, und ihm seine Schuld nicht mehr anrechnen, und wenn er besser wird, so kann dich niemand zwingen, den Schwiegervater anzuzeigen. Geht er aber nicht in sich, so bist's Gott schuldig und der ganzen Welt, ihn unschädlich zu machen. Aber nicht du sollst zu ihm, sondern ich selber geh. Geb ich die Rache auf, nach der ich mich gesehnt, so lange als ich im Finstern wandle, so will ich's wenigstens sein, der ihm das Entweder—Oder nach dem Feldhof bringt."

„Du Vater? Das geht ja nicht!" meinte Frieder, und auch die Bäurin erhob lauten Widerspruch; er aber schnitt ihre Einrede dadurch ab, daß er sich erhob.

„Gut, gut, ich weiß alles, was ihr sagen wollt, aber ich weich nicht ab von meiner Forderung. Ich bin noch immer der Goliath, wißt ihr's, und hab keinen Grund, mich vor dem Waldschwarzen zu fürchten, wenn er vor mir steht. Ich geh hinaus; dabei bleibt's, und nun gut Nacht."

Unter der Erde

Am anderen Morgen lief eine Nachricht durch das Dorf, die selbst die Unbeteiligten in nicht geringe Aufregung versetzte. Der Buschwebel wurde vermißt. Der Leutnant war schon am frühen Morgen in dienstlicher Angelegenheit in Finsternberg gewesen und nach dem Feldhof gegangen, um seinen Untergebenen aufzusuchen. Dort hatte er in Erfahrung gebracht, daß dieser gestern abend in den Wald gegangen und bis jetzt noch nicht zurückgekehrt war. Eine Befragung der Soldaten hatte ergeben, daß er während der Nacht keinen der ausgestellten Posten besucht hatte, und es ließ sich also vermuten, daß ihm schon am frühen Abend ein Unglück zugestoßen sei. Aus diesem Grund wurden alle verfügbaren Personen in den Wald beordert, um nach dem Vermißten zu suchen, und schon gegen Mittag brachte einer von ihnen die Dienstmütze des Feldwebels.

Sie hatte an einer verschütteten Mündung des Stollens gelegen und trug die deutlichen Spuren eines kraftvollen Hiebes.

Jetzt gab es keinen Zweifel mehr; der Buschwebel war in die Hände des Waldschwarzen geraten und entweder bereits tot, oder er wurde an einem verborgenen Ort in Gefangenschaft gehalten.

Der Offizier zog darum auch die in der Umgegend stehende Mannschaft herbei, um nichts unversucht zu lassen, der Person oder der Leiche des Verlorenen wieder habhaft zu werden; das sämtliche Forst- und Grenzpersonal wurde in Alarm versetzt.

Die Nachbarn standen vor dem Dorf auf der Gemeindewiese und teilten sich ihre Vermutungen mit, als ein neues Ereignis ihre Aufmerksamkeit erregte. Die Pforte des Bachhofs öffnete sich, und der Bauer trat heraus. Er trug die Sonntagsjacke und wurde von dem Jungknecht geführt, der den Weg nach dem Feldhof einschlug.

„Der Bachbauer geht nach dem Feldhof? Der Jüngste Tag ist vor der Tür; schlagt drei Kreuze und werft die Hände über dem Kopf zusammen!“ meinte einer.

„Wart's erst ab, ob er auch wirklich hineingeht; er kann ja auch vorüberwollen!“ antwortete ein anderer.

„Siehst denn nicht, daß er grad nach dem Tor einbiegt? Jetzt tritt er ein. Was mag er beim Feldbauer wollen?“

„Das wirst schon noch erfahren, denn wenn die beiden zusammenkommen, da schallt's im ganzen Dorf zurück!“

„Ist wer im Hof?“ fragte Frieders Vater, als er das Tor hinter sich hatte, seinen Führer.

„Ja, ein paar Knechte und Mägde, die uns ganz verwundert anschaun. Und dort kommt grad auch die Tochter unter die Tür."

„Gib ihr einen Wink, und führ mich hin."

Martha erbleichte vor Schreck, als sie ihn erblickte, doch wartete sie, bis er vor ihr stand.

„Grüß Gott, Martha! Ist der Vater daheim?" fragte er.

„Ja, er hält den Mittagsschlaf", antwortete sie.

„So weck ihn und führ mich einstweilen in die Stub! Bleib hier im Hof", wandte er sich dann an den Knecht, „bis ich deiner wieder bedarf!"

Sie nahm ihn bei der Hand und leitete ihn in die Stube, wo sich auch die Bäurin befand, die ebenso erschrak wie vorher die Tochter.

„Ihr wollt zum Bauer?" fragte sie erstaunt nach gewechseltem Gruß.

„Ja, zu ihm. Ein gar seltener Besuch, nicht wahr?"

„So selten, daß ich beinah Angst bekomme."

„Vor mir oder vor ihm?"

„Vor Euch nicht, Bachbauer. Wer brav und recht handelt, braucht sich nicht vor Euch zu fürchten."

„Das will ich meinen! Und grad darum werft Eure Angst hinaus, denn niemand hat so wenig Grund dazu wie Ihr. Ich komm in einer Sache, die gar gut und löblich ist, und wenn's so geht, wie ich denke, so bring ich Frieden und Freundlichkeit."

Martha war unterdessen gegangen, um den Vater zu wecken. Sie kehrte zurück, um sein Erscheinen anzukündigen, und hatte noch nicht ausgesprochen, so stand er bereits hinter ihr.

„Oho, wer ist denn das?" rief er höhnend aus. „Der Goliath, der nicht lernen will, rechtschaffnen Leuten aus dem Weg zu gehn? Jetzt kommt er gar noch auf den Feldhof und verpestet mir die frische Luft. Mach dich von hinnen, sonst gebrauch ich mein Hausrecht und setz dich hinaus!"

„Das wirst nicht tun. Ich bin heute eine heilige Person, die selbst der ärgste Feind nicht anzutasten wagt", antwortete der andere.

„So! Bist etwa als heilige Blindekuh in den Kalender gesetzt worden?"

„Den Spott vergeb ich dir. Du denkst, du hast ihn billig, aber glaub mir, er ist eine teure Ware! Ich komm mit dir zu reden, mit dir ganz allein. Hast keine Stub für dich?"

„Für mich? Der ganze Hof ist mein, also brauchst für die Stub nicht bang zu sein. Doch darfst nicht denken, daß ich mir von dir die Vorschrift geben laß. Deine Heiligkeit ist nicht weit her, das weiß ich ganz genau, und was du mir zu sagen hast, kann jeder andre hören."

„Es ist nur für dich allein, und dein eignes Interesse will, daß es niemand höre."

„Mach keine Fabelei! Entweder sprichst oder gehst; das ist mein Bescheid. Ich wüßte nicht, was du dem Feldbauern für Heimlichkeiten zu sagen hättest. — Bleibt da", gebot er den Frauen, die Miene machten, sich zurückzuziehen. „Nun heraus damit, und so kurz wie möglich! Was bist für eine heilige Person geworden?"

„Ich bin als Freiersmann auf den Feldhof gekommen."

„Als Freiersmann? Ein blinder Brautwerber? Das müßt einen schönen Ehstand geben! Willst etwa die Düngermagd für deinen Studenten haben? Nimm sie hin, und schau, daß ich sie nun loswerd!"

„Halb hast recht geraten; der Frieder ist's, der mich schickt, doch nicht um die Magd, obgleich das keine Schand sein würde, wenn sie brav ist und ihre Sach versteht."

„So wüßt ich weiter nicht, wen du begehrst. Ich brenne vor Neugierde; sag rasch, wem solch ein Glück beschert werden soll."

Er setzte sich mit einer Miene auf den Stuhl, als erwarte er eine vergnügte Unterhaltung. Martha war bleich geworden, und die Bäurin zitterte beinah vor Sorge um das Kommende. Der Bachbauer war der einzige, der seinen Gleichmut bewahrte.

„Feldbauer, es ist Feindschaft zwischen uns gewesen, schon seit langer, langer Zeit; du weißt wohl, warum. Ich hab sie nicht begonnen und brauch sie also auch nicht zu enden; doch die Unversöhnlichkeit bringt nichts als Unheil, und darum bin ich gekommen, um dir die Hand zum Frieden zu reichen."

„So, also das willst? Meinst, ich bin ein Bettelbub, dem man den Pfennig hinwirft, der nichts gilt? Ich brauch deine Hand und deinen Frieden nicht; ich hab Hand genug, und den Frieden schaff ich mir schon selber, zum Beispiel, wenn du ihn mir jetzt störst. Der, den du mir bringst, ist Bachgutfrieden; der paßt nicht auf den Feldhof. Und bezahlen soll ich ihn doch auch, nicht wahr? Was willst du dafür?"

„Den — den Buschwebel!"

Der Spott seines Gegners hatte die mühsam festgehaltene Ruhe des Bachbauern erschüttert. Seine Antwort enthielt den ersten Pfeil, den er versendete.

„Den Buschwebel? Bist verrückt?" rief der Feldbauer.

„Nein! Ruf den Leutnant her, so will ich ihm sagen, wo der Buschwebel steckt und wer ihn herausgeben kann! Merk dir eines, Feldbauer, ich komm, um in Ruh mit dir zu reden; zeigst du Vernunft, so bleib ich das Kind, mit dem sich sprechen läßt; bist aber widerhaarig, so bin ich der Goliath, der keinen fürchtet, obgleich er blind ist, selbst den Waldschwarzen nicht, der den Bachgutfrieden nicht gebrauchen kann!"

Der Feldbauer war erbleicht, doch faßte er sich schnell und stand vom Stuhl auf.

„Bachbauer", donnerte er, „wahre deine Zunge, sonst schlag ich den Goliath nieder, so lang und so groß er ist!"

„Das tust nicht, Feldbauer, denn auf die Faust kannst

dich nicht verlassen; das hast ja wohl gemerkt. Steck lieber die Perücke auf und den Bart, binde die Larve vor und schieß mir das Pulver in die Augen; das bringst besser zuwege, grad so gut, wie der Waldschwarze da unten im Stollen."

Auch er hatte sich erhoben; der Haß hatte bei den borstigen Reden seines Todfeindes wieder die Oberhand gewonnen; er blitzte aus jedem seiner Züge; er grollte aus seinem Ton; er streckte und reckte sich. Der Feldbauer hatte Miene gemacht, sich auf ihn zu stürzen, sank aber unter der Wucht der gegen ihn geschleuderten Anklagen in den Stuhl zurück. Der Bachbauer hörte diesen krachen.

„So ist's recht! Setz dich nieder, und hör mich an; dann magst tun, was dir beliebt!"

Auch er nahm wieder Platz.

„Du kennst den Frieder. Er ist ein Bursch, dem es keiner in keinem Stück gleichtut. Das ist die Summe von ihm; im einzelnen brauch ich weiter nichts zu sagen. Er hat die Martha lieb und —"

„Die Martha?" brauste der andere auf, doch beherrschte er sich wieder. „Sprich weiter; dann kommt auch die Summe von mir!"

„Also er hat die Martha lieb und sie ihn auch. Sie ist ein Mädel, fünfzig Feldhöfe wert, so daß ich gegen seine Wahl nicht das mindeste einzuwenden habe. Du bist nun zwar weder der Vater noch der Vormund und hast nicht über sie zu bestimmen; aber weil ich Versöhnung will, komm ich dennoch zu dir, um dir die Sache vorzutragen. Gib dein Wort dazu, und es soll alles vernichtet sein, was zwischen uns so wild und wirr emporgewachsen ist!"

„Bist fertig? So kommt jetzt mein Bescheid; er lautet: Fort, hinaus!"

„Ich meine — —"

„Nichts hast zu meinen! Hinaus!"

„Bleib ruhig, Feldbauer!"

„Hinaus! Gehst oder nicht?"

Er war aufgefahren und auf den Bachbauer zugetreten. Jetzt faßte er ihn am Arm.

„Vater!" rief Martha voller Angst und eilte herbei. Auch die Mutter wagte sich in die Nähe und hob bittend die Hände empor.

„Habt keine Sorge um mich", mahnte jetzt in ernster Ruhe der Blinde. „Bleibt still an eurem Platz!"

„Ja, macht euch fort, sonst fliegt auch ihr hinaus! Also vorwärts, Geselle, sonst mach ich dir Beine!" schrie der Feldbauer.

„Wagst wirklich den Goliath anzutasten? Hinweg mit der Hand!" befahl da der Bachbauer.

Als diesem Gebot nicht sofort Folge geleistet wurde, streckte er die Arme aus. Im Nu wurde der Gegner ergriffen, emporgehoben und mit solcher Wucht zu Boden geschmettert, daß er die Besinnung verlor.

Die Frauen stießen einen Schreckensruf aus und warfen sich bei ihm nieder. Der Blinde stand stolz und hochaufgerichtet da und lächelte.

„Er hat genug, nicht wahr?" fragte er.

„Mein Gott, Bachbauer, er ist tot!" rief die Frau.

„Nein, tot ist er nicht, ich kenne meinen Griff. Sollte er tot sein, so hätt ich etwas weiter ausgelangt. Doch sagt, Feldbäurin, ist Euch der Frieder recht?"

„Er ist mir der liebste von allen, die ich kenne."

„So seid getrost, es wird Euch nichts geschehn! Und sollte etwas kommen, wobei Ihr Hilfe vonnöten habt, so schickt hinaus zu uns; sie wird Euch gern gebracht!"

Er schritt an dem Besinnungslosen vorüber, dem Ausgang zu. Das noch zitternde Mädchen faßte seine Hand und geleitete ihn in den Hof, wo ihn der Knecht empfing.

„Vergiß nicht, Martha, daß dir der Bachhof offensteht. Lebwohl!"

Der Bachbauer ging. Wie gern hätte sie an seiner Seite den Feldhof verlassen und gleich in diesem Augenblick den verheißnen Schutz in Anspruch genommen; aber sie mußte an der Seite der Mutter ausharren, die ihrer schwachen Hilfe und ihres Trostes bedurfte.

Als sie wieder in die Stube trat, begann sich der Bauer zu regen. Er blickte einige Zeit wie abwesend um sich her, dann kam ihm das verlorene Bewußtsein wieder. Mit einem Sprung war er auf den Füßen.

„Wo ist er, der Schuft, der mich in meinem Haus geschlagen hat? Ihr habt ihm geholfen, ihr —"

Er streckte schon die Arme aus, sich an der Frau und der Tochter zu vergreifen, da zog ein Gedanke sie ihm zurück.

„Hierher, Martha, hierher kommst du und stehst Red und Antwort!" befahl er.

Sie folgte der Weisung und nahm allen ihren Mut zusammen.

„Du steckst mit dem Bachfrieder unter einer Decke und hast ihn scharmiert?" fragte er sie.

Sie schlug die Augen zu Boden.

„Gut, ich seh schon, wie's steht. Bist wohl gar bei ihm im Bachhof gewesen?"

„Ja."

„Und hast gewußt, daß der Alte heut kommen werde?"

„Nein."

„Ihr habt vom Waldschwarzen gesprochen? Was weißt du von ihm?"

Sollte sie verraten, daß der Geliebte alles wisse? Nein, es könnte sein Untergang sein. Also antwortete sie nur:

„Ich hab ihn gesehn."

„Du? Wo?"

„In der Brunnenstub."

Sie sah ihm fest in die Augen. Er konnte seinen Schreck nicht verbergen und fuhr einen Schritt zurück.

„Wer ist's?“ fragte er mit lauernden Augen.

„Du selber!“

Da, wo die Mutter stand, erscholl ein tiefer Seufzer. Das Entsetzen hatte ihr sogar den Schrei versagt. Sie lag an der Erde.

„Oh, mein Gott, die Mutter stirbt!“ rief das Mädchen aus.

Sie wollte hin zu ihr. Er hielt sie fest.

„Laß sie liegen! Sie ist zäh wie eine Katze und macht die Augen ganz von selber auf. Nun weiß ich auch, warum der Bachbauer von der Perücke und der Larve geredet hat. Du hast ihm alles erzählt?“

„Ja.“

„Also steht's so! Du hast dich an den Lumpen, den Frieder, so verhängt und deinen eignen Vater an ihn verraten! Ich sollte dich bei den Haaren ergreifen und — Aber nein, ich werd's nicht tun; du und deine Mutter, ihr seid den Griff nicht wert. Geh hin zu ihr, und wenn sie erwacht, so kommst du mit ihr hinauf in meine Stube!“

Er ging voran. Droben angekommen, wanderte er mit langen Schritten im Zimmer auf und ab. Dabei murmelte er halblaut vor sich hin.

„Waldschwarzer, dein Reich geht zu Ende, so schnell und plötzlich, wie du es nimmer geglaubt hast! Noch ist's Zeit: noch wissen sie nicht alles, und ich werde die Maßregeln so ergreifen, daß ich alles noch rette, was ich erworben hab. Will er Anzeige machen, so mag er's tun; ich bin zu Ende, noch eh sie kommen. Und wie nun, wenn ich ihn hinhalte, bis ich fertig bin? Ja, das ist das beste. Die Weiber müssen hinab! Da können sie nicht plaudern, und ich fahr zum Schwäher, jenseits der Grenze, der mir den Hof abkauft. Er hat ihn längst begehrt und kann ihn gleich bezahlen, wenn ich mit ihm Abrechnung halte. Morgen bring ich ihn mit; wir versammeln die Leute, wozu ich den Zettel gleich nachher lege; er übernimmt das ganze Geschäft und mag dann tun, was er will. Dann geh ich in die Welt und lache der klugen Leute, die alle Finger nach mir strecken und doch nichts greifen als die Luft."

Er begann, sich umzuziehen.

„Der Buschwebel mag stecken, bis ich zurückkehre; vielleicht darf er gar nimmer wieder heraus. Und der Bachfrieder, ja, mit dem hab ich noch eine Furche zu ackern, bei der ihm Hören und Sehn vergehn soll. Was hat er nach mir zu spüren? Ist er Soldat oder Jäger oder Grenzer? Er hat ein unberufnes Amt übernommen, und ich werde ihm dafür die Löhnung zahlen bis zum letzten Heller. Ich weiche nicht eher aus dem Ort, bis er dasselbe Gesicht hat wie der Goliath; das bin ich mir und dem Nachfolger schuldig!"

Jetzt führte Martha die Mutter her. Beide blieben unter der Tür stehen und sprachen kein Wort.

„Wir verreisen. Macht euch fertig, und nehmt Speise mit für einen Tag oder zwei", befahl er. „In einer Viertelstunde wird angespannt."

„Wohin, Vater?" fragte Martha.

„Das geht euch nichts an; das ist meine Sache."

„Auf zwei Tage? Und wir alle drei? Willst den Hof verwaist zurücklassen?"

„Halt den Mund, und tu, was ich befehle", herrschte er sie an; „du hast die Suppe eingebrockt und kannst sie nun auch auslöffeln!"

Sie gingen.

„Was hat er vor?" fragte die Mutter.

„Ich weiß es nicht, aber nichts Gutes; das ist sicher. Mir ist's auch gleich, Mutter! Seinetwegen darfst dich nicht vergrämen und verjammern; er ist's nicht wert. Sei stark; tu's mir zuliebe! Weißt nicht, was der Bachbauer gesagt hat? Der Vater mag verreisen, wohin er will; ich pack meine Sachen und geh zum Bachhof. Kommst mit?"

„Nein. Das gäbe einen Skandal, wie er nicht größer gedacht werden kann. Harre aus bei mir, Martha; vielleicht hilft Gott, daß alles noch gut wird!"

„So will ich bei dir bleiben; aber das tu ich: ich schick zum Frieder und laß ihm sagen, daß der Vater uns wegzwingt und nicht sagt, wohin. Darf ich?"

„Ja, tu's; doch laß nichts davon merken!"

Martha erteilte ihren Auftrag einem Taglöhner, der nicht so leicht wie das Hausgesinde vermißt werden konnte. Der alte Mann konnte sich trotz ihrer Mahnung nicht sofort von seiner Arbeit trennen und machte sich dann nur langsam auf den Weg. Er traf Frieder im Hof des Bachguts beschäftigt.

„Recht, daß ich dich gleich finde", berichtete er. „Die Martha läßt dir schnell sagen, daß der Bauer sie mit der Mutter auf den Wagen packt und fortschaffen will."

„Wohin?"

„Das hat er nicht gesagt. Sie müssen Speise für zwei Tage mitnehmen."

„Und wann geht's fort?"

„Sogleich. Das Geschirr stand schon bereit, als ich ging."

„Jetzt sogleich, wo es bereits dunkelt?"

Er eilte hinaus auf die Straße und schritt eine Strecke auf ihr hin, bis er den Feldhof erblicken konnte. Aus dem geöffneten Tor rollte in diesem Augenblick der Wagen mit dem Bauer vorn auf dem Bock und den Frauen auf dem Innensitz. Der Bauer hatte sein Augenmerk auf die Pferde gerichtet, die ihm zu schaffen machten, und hielt das Gesicht von dem Dorf abgewandt. Frieder benutzte dies, trat hinter dem Straßenbaum, der ihn verbarg, hervor und winkte. Sein Zeichen wurde von Martha durch Heben des Taschentuchs beantwortet. Er eilte zurück und gebot dem Knecht, schleunigst zu satteln; dann ging er zu den Eltern.

„Soeben schleppt der Feldbauer die Martha mit ihrer

Mutter fort. Sie wissen nicht wohin und haben zu mir gesandt. Ich muß sehn, was er mit ihnen tut, und reite ihm nach!"

Ohne eine Antwort abzuwarten, eilte er auf sein Zimmer, warf sich in andere Kleider und lenkte schon nach wenigen Augenblicken zum Tor hinaus. Die Geliebte sollte ihm entrissen werden; er mußte ihr folgen und gab dem Braunen die Sporen. Im Galopp flog dieser die Straße dahin; der Wald war in kaum einer Minute erreicht, und hier, wo die Landstraße in schnurgrader Richtung allmählich bergan stieg, sah er trotz der hereinbrechenden Dunkelheit das Geschirr des Feldbauern in ziemlicher Ferne vor sich.

„Er fährt nach der Grenze. Vielleicht schafft er sie zum Kaufmann hinüber, mit dem er das Geschäft macht. Ich reite nur langsam, denn er darf mich nicht bemerken."

Er ließ das Pferd im Schritt gehen, und erst, als die Verfolgten jenseits der Höhe verschwunden waren, nahm er die Zügel zum scharfen Trab empor. Auf der Höhe angekommen, wo rechts und links ein paar schlecht befahrene Holzwege in den Forst abzweigten und die Straße sich wieder abwärts senkte, vermochte er den Wagen nicht mehr zu erkennen.

„Er hat's eilig und ist scharf gefahren. Vorwärts, ich darf ihn nicht aus dem Auge verlieren!"

Eine Viertelstunde verging, das nächste Dorf lag vor ihm, und noch hatte er die Gesuchten nicht erreicht. Bei der Wegzolleinnahme hielt er an.

„Ist hier ein Wagen vorüber, Fuchs und Schimmel angespannt?" fragte er den Einnehmer.

„Nein", antwortete dieser.

„Ganz gewiß nicht?"

„Ganz sicher nicht. Ich bin seit einer Stunde nicht vom Fenster weggekommen."

Frieder warf den Braunen herum und jagte zurück.

„Er hat eine Schelmerei vor und ist in einen von den beiden Waldwegen eingelenkt!"

Als er die Höhe wieder erreichte, stieg er ab, um die Wege zu untersuchen. Es war nun mittlerweile dunkel geworden; das Licht des Zündholzes reichte zu seinem Zweck nicht; er trat zu einer knorrigen Kiefer, die niedrig und verwachsen am Waldrand stand, und fand glücklicherweise an den Knospenstellen mehrere Zweige einiger von Insektenstichen erzeugter Harzäpfel. Rasch war einer davon in Brand gesetzt, und bei dem breitlodernden Licht sah er deutlich die schmalen Spuren der Wagenräder, die rechts von der Straße in den Forst hineinführten und von den ältern, tiefer und breiter gehenden Gleisen der hier verkehrenden Holzfuhrwerke deutlich zu unterscheiden waren.

„Was hat er hier gewollt? Der Weg geht auf der Höhe hin zur Zeche, und kein andrer zweigt sich von ihm ab. Ich muß ihm folgen, aber das Pferd wird mich verraten. Hier anbinden und zurücklassen darf ich's nicht. Ich reite im Galopp heim, geb's ab und springe den Berg hinauf zur Zeche; das ist das beste, was ich tun kann."

Er stieg wieder auf, um diesen Vorsatz auszuführen. Da war es ihm, als vernehme er den unbedachten Knall einer vorsichtig geführten Peitsche.

„Was ist das? Kommt er vielleicht zurück?"

Ein dumpfer Ton ließ sich hören, als ob ein Wagenrad an eine aus dem Weg hervorstehende Wurzel stoße. Schnell war er wieder von dem Tier herunter, zog es zwischen die nächsten Bäume, verhüllte ihm mit dem Taschentuch die Nüstern und versuchte, es durch Streicheln zur möglichsten Ruhe zu bewegen. Es gelang; der Braune gab keinen Laut von sich, als der Wagen hart an seinem Herrn und ihm vorüberging und dann in die Straße einlenkte.

„Das war er. Ich hab ihn genau erkannt; er fährt nach der Grenze. Aber wo sind die Frauen? Sie waren nicht darin. Er hat ihnen ein Leid getan, das ist sicher! Und statt ihnen zu Hilfe zu kommen, hab ich beinah eine Stunde versäumt mit Umweg und Forschung nach der Spur! Es muß was ganz Absonderliches sein, sonst hätte er nicht das Wagnis unternommen, heut, wo der Wald von Soldaten wimmelt, gar mit dem Fuhrwerk der Gefahr zu trotzen."

Noch im Zweifel mit sich selbst, vernahm er jetzt ein lautes Rascheln, das sich der Straße näherte. Einige Soldaten sprangen, als hätte er sie durch die soeben gemachte Erwähnung gerufen, über den Graben und traten, als sie ihn erblickten, mißtrauisch auf ihn zu.

„Wer da?" fragte einer von ihnen.

„Gut Freund! Kennt Ihr mich?" antwortete er.

Es war einer von den beiden, die auf dem Bachhof lagen.

„Der junge Herr mit dem Pferd!" meinte er. „Ist was am Zeug gerissen?"

„Nein. Ich will noch zum Förster und mag mit dem Gaul doch nicht in den Wald; der Hafer sticht ihn heut, und er könnte mir Dummheiten machen. Ihr geht doch nach dem Dorf?"

„Wir sind grad drüber! Soll ich das Pferd mitnehmen?"

„Ja. Sagt dem Vater, daß ich bald nachkomme! Ist der Feldwebel gefunden?"

„Nein. Den braucht Ihr nicht wieder durchs Fenster zu werfen!"

Sie gingen mit dem Braunen ab. Er konnte ihnen das Pferd getrost anvertrauen; seine Stärke hatte ihn in Achtung gesetzt, und die gute Pflege des Bachhofs war nach der unliebsamen Tanzgeschichte das beste Mittel zur allmählichen Aussöhnung gewesen.

Er folgte dem Holzweg, ohne etwas Auffallendes zu bemerken. Auf der Zechenhalde angelangt, stieg er auf die gewöhnliche Weise in die Scheune; er konnte sich des

Gedankens nicht erwehren, daß dieser Ort mit dem Verschwinden der zwei Frauen in Verbindung stehe.

Als er einen von den mitgenommenen Holzäpfeln in Brand gesteckt hatte, gewahrte er eine kleine Blendlaterne, die an einem Nagel hing.

„Er ist hier gewesen und hat die Laterne zurückgelassen, weil er sie nicht braucht. Mir ist's grad recht, denn ohne sie könnte ich nichts beginnen!"

Er brannte sie an und untersuchte nun das Innere der Scheune. Auf den ersten Blick schien alles im gewöhnlichen Stande zu sein, doch bald fiel ihm ein Seilende auf, das unter dem Heu hervorblickte. Er entfernte die Bündel und gewahrte nun, was ihm bei seinen bisherigen Besuchen dieses Orts entgangen war! Unter dem Heu befand sich ein vollständiges Haspelwerk und dabei ein Fahrstuhl. Er sah sich nach einer Spur der Geliebten um, aber es war nichts zu bemerken. Nun schaffte er die Haspel über das Mundloch, hing den Fahrstuhl ein, stieg auf und ließ sich hinab.

Es ging schneller und sicherer als mit der einfachen und immer unzuverlässigen Vorrichtung, deren er sich das letztemal bedient hatte.

Unten angekommen, stand er eben im Begriff, in den Stollen einzubiegen, als er einen Laut vernahm, der sich aus der Tiefe des zweiten Schachts hervorzuringen schien. Er kniete an der Öffnung, die er heute ebenso unbedeckt fand wie letzhin, nieder und rief hinab:

„Ist wer da unten?"

Es erfolgte eine Antwort, die er nicht verstehn konnte.

„Martha!"

Er legte das Ohr auf den Boden, und jetzt war es ihm, als ob er seinen Namen rufen höre. Nun leuchtete er hinab und entdeckte zwei eiserne Haken, aber die Leiter, die an ihnen befestigt gewesen war, fehlte. Wenn die Frauen wirklich unten waren, wie hatte der Feldbauer sie hingebracht? Er schritt ein Stück in den Stollen hinein, um irgendeinen Anhalt zu finden, und hatte sich nicht getäuscht. Die vermißte Fahrleiter lag am Boden. Sie war entfernt worden, um den Gefangenen, die günstigenfalls nur einen Teil des Schachts zu ersteigen vermochten, die Flucht abzuschneiden. Er hing sie ein, erprobte ihre Festigkeit und stieg hinab. Die Fahrt stieß an eine zweite, diese an eine dritte, und so kam er langsam, aber ohne Aufenthalt immer weiter hinab, bis er ganz vernehmlich hörte:

„Frieder, bist's, oder ist's ein anderer?"

„Martha, ich bin's!"

Ein Jubelruf erschallte, und als er den Boden unter sich fühlte, schlangen sich zwei Arme um ihn.

„Ich hab deinen Wink gesehn und darum gewußt, daß du kommen würdest!"

Dann verließen sie ihre bis auf das äußerste abgespannten Kräfte; sie sank auf den feuchten, moderigen Boden neben der regungslosen Mutter nieder, die von dem, was bei ihr geschah, nichts zu bemerken schien.

Er untersuchte sie. Sie lebte, aber ihr Puls ging kaum bemerkbar, und alle an sie gerichteten Worte hallten erfolglos an ihr Ohr.

„Martha, wie seid ihr herabgekommen?" fragte er das Mädchen.

Es konnte unter dem jetzt ausbrechenden Schluchzen nicht antworten.

„Weine nicht, Martha, sondern sei stark um der Mutter willen, sonst weiß ich nicht, was ich mit euch beginnen soll!"

Sie faßte sich mit Gewalt und berichtete ihm folgendes:

„Er sagte, wir würden verreisen, und gebot, Speise für zwei Tage mitzunehmen, hier liegt sie neben der Mutter im Tuch. Dann sind wir bis zur Dunkelheit gefahren und schließlich hielten wir vor der Zeche. Da hat er die Scheune geöffnet und uns hineingestoßen. Was nun gefolgt ist, kann ich nicht erzählen. Wir wollten nicht hinab, bis er das Messer zog und uns die Wahl ließ zwischen Gehorsam und Tod. Von da an hat die Mutter keinen Laut getan und ist wie tot gewesen bis jetzt. Ich hab dann in dem furchtbaren Loch herniedersteigen müssen, und die Mutter hat er sich auf den Rücken gebunden und herabgetragen. Dann ging er wieder hinauf und hat gesagt, daß er morgen wiederkommen werde. Ich hab erst bei der Mutter gelegen und geweint, daß mir der Atem verging. Dann mußte ich an dich denken, Frieder, und ich hab die Hände gerungen und gebetet, der liebe Gott möge deine Schritte herbeilenken, damit du uns findest und befreist."

„Er hat sie gelenkt, Martha, und nun laß ich dich nicht wieder von mir fort, damit du nicht wieder in die Hände des Wüterichs gerätst, der kein Gefühl und kein Erbarmen kennt. Er hat Angst gehabt, daß du plaudern würdest, und euch gefangengenommen. Aber das soll die letzte Karte sein, die er spielt; sobald er zurückkehrt, ist's mit ihm aus. Ich hab ihm Verzeihung geben wollen; er aber hat sie verschmäht, den Vater verhöhnt und dich mißhandelt und gar mit dem Messer bedroht. Er hat mit der Sünde gespielt, und sie mag ihn verschlingen!"

Er leuchtete in dem Raum umher.

„Wie nun, wenn hier giftige Luft vorhanden wäre? Dann lägst du tot mit der Mutter hier. Komm herauf; ich kann dich keine Minute länger hier unten sehn."

Die Fahrt war noch fast neu. Der Waldschwarze hatte sie jedenfalls unlängst erst angefertigt, und man konnte sich ihr unbesorgt anvertrauen. Die Furcht vor dem Messer des Vaters hatte Martha die Kraft gegeben, den gefährlichen Weg zurückzulegen; jetzt stärkte sie das Vertrauen auf die Nähe des Geliebten. Von ihm unterstützt, gelangte sie hinauf in den Stollen. Er ließ sie hier auf kurze Zeit allein und kehrte zur Mutter zurück. Was der Feldbauer vermocht hatte, mußte auch ihm gelingen;

er brachte die Besinnungslose wohlbehalten empor. Sie schlug für einen kurzen Augenblick die Augen auf; ihr Blick fiel auf zwei geliebte Gesichter; ein müdes Lächeln ging über ihre bleichen Züge; dann schloß sie die Augen wieder. Frieder zog seine Jacke aus und legte sie ihr unter den Kopf.

„Wir dürfen sie nicht allein lassen; das Schachtloch ist in der Nähe. Getraust dich, ein paar Minuten hier im Finstern zu sein, bis ich wiederkehre, Martha?" fragte er.

„Es ist so schaurig hier unter der Erde, Frieder. Mußt denn fort?"

„Ja. Ich muß den Buschwebel suchen."

„Du denkst, auch der ist hier?"

„Ja, wenn er noch lebt. Ich geh an die Höhle, von der ich dir und den Eltern erzählt habe. Hier hast du Zündholz und Harzäpfel; sie reichen wohl, bis ich wiederkehre."

„Frieder, geh nicht fort! Ich hab so angst, daß dir was Böses begegnet."

„Sei ohne Sorge! Ich bin heut ganz sicher."

Er hob die Fahrt wieder aus und legte sie an dieselbe Stelle, wo er sie gefunden hatte; dann folgte er dem Stollen. Dabei beeilte er sich, sosehr er konnte, um die Geliebte nicht lange in Ungewißheit zu lassen. Auf der ganzen Strecke fand er nichts Bemerkenswertes; an der Mauer angekommen, schob er einen Riegel zurück; sie folgte einem Druck, und er schlich sich jetzt an die wohlverschlossene Tür des Gefängnisraums. Eine Kette klirrte im Innern. Er durfte den Gefangenen nicht befreien, weil dessen Abwesenheit den Verdacht der Schmuggler erregen konnte, und ebensowenig wollte er mit ihm sprechen, bevor alle Maßregeln zur Ergreifung der Verbrecher getroffen waren. Eine Unvorsichtigkeit des Buschwebels konnte alles vereiteln. Aber wissen mußte er doch, wer der Gefangene sei. Er führte einen einzigen raschen Schlag gegen die Tür.

„Wer ist draußen? Macht auf! Ich hab's ja tausendmal gerufen und gebrüllt, daß ich den Spion machen will, wenn ihr mich nicht hängt!" rief es von innen.

Frieder hatte genug gehört. Es war die Stimme des Buschwebels, und seine Worte enthielten eine kurze, aber deutliche Beschreibung dessen, was er während seiner Gefangenschaft erfahren hatte. Er kehrte in den Vorratsraum zurück, schob den Riegel vor und eilte zu Martha.

Diese empfing ihn mit den Worten:

„Wie lange bist fortgeblieben, Frieder! Ich hab große Furcht gehabt; das Licht hat nicht gelangt, und die Mutter ist wie tot. Ach Gott, was wird noch alles geschehen?"

„Hab guten Mut, Martha! Schau, hier ist der Fahrstuhl. Zusammen können wir nicht empor, hernieder ist's leichter gewesen. Die Mutter muß zuerst hinauf. Willst warten?"

„Ja."

Er legte die Bäuerin in den Stuhl, stieg selbst hinein und zog an. Oben angelangt, bettete er die Besinnungslose auf das weiche Heu und kehrte zurück, um auch Martha heraufzubringen. Trotz seiner Stärke fühlte er sich von der Arbeit und der Aufregung ermüdet. Er mußte ausruhen, eh er daran ging, das Innere der Scheune in Ordnung zu bringen. Als dies geschehen war, öffnete er den Laden und half dem Mädchen hinaus. Dann reichte er ihr die Mutter zu, deren bewußtloser Zustand alles ungemein erschwerte, und folgte dann selbst nach.

„Gott sei Dank; jetzt erst ist's glücklich vorüber. Komm nach dem Bachhof, Martha!"

„Soll ich nicht nach Haus, Frieder?"

„Nie wieder und heut erst ganz und gar nicht! Der Bauer muß denken, ihr seid noch immer im Schacht, und damit er die Befreiung nicht erfährt, darf euch kein Mensch sehn, bis alles zu Ende ist."

Frieder hob die Feldbäuerin empor, nahm sie in die

Arme wie ein Kind und stieg, gefolgt von der Geliebten, mit ihr den Berg hinab. Glücklich und ungesehen in der Nähe des Bachhofs angelangt, blieb er stehen, um für einen Augenblick zu verschnaufen; da tauchte eine in einen Mantel gehüllte Gestalt vor ihm auf; der Hahn einer Pistole knackte, und eine befehlende Stimme gebot:

„Halt, steht! Wer seid Ihr?"

Frieder erkannte den Leutnant, der eine ganz besondere Veranlassung haben mußte, hier so nah am Dorf und in eigener Person Streife zu gehen.

„Der Bachbauer, Herr Leutnant. Haben Sie ein wenig Zeit?"

„Vielleicht. Warum?"

„Bitte, kommen Sie mit herein in den Hof. Ich hab Ihnen Wichtiges mitzuteilen!"

„So! Wer ist das Frauenzimmer, und wen haben Sie hier auf dem Arm?"

„Das werden Sie drin erfahren; hier ist nicht der Ort dazu."

„So gehn Sie voran; ich werde folgen!"

Die Bachbäuerin schlug vor Verwunderung die Hände über dem Kopf zusammen, als sie die Kommenden erblickte.

„Du lieber Herrgott, Frieder, wen bringst denn da?"

„Die Martha mit ihrer Mutter, die ganz von Besinnung ist. Tu sie schnell ins Bett, und schicke den Knecht mit dem Wagen in die Stadt zum Doktor! Aber außer ihm und uns darf niemand wissen, daß sie und der Leutnant hier sind."

Seinem Gebot wurde sofort Folge geleistet. Der Knecht fuhr schleunigst nach der Stadt, nicht anders glaubend, als dem Bachbauer sei plötzlich unwohl geworden; die Kranke wurde in weiche Federn gebettet, und Martha ließ es sich nicht nehmen, bei ihr zu bleiben. Die anderen aber sahen mit Ungeduld den Aufklärungen entgegen, die sie von Frieder zu erwarten hatten.

Die Feldbäuerin war erwacht; der Arzt hatte erklärt, ihr Schwächezustand sei eine Folge langer, innerer Seelenleiden, aufs höchste gesteigert durch den heute über sie hereingebrochenen Jammer. Er hatte die größte Ruhe und Schonung befohlen, vor jeder Aufregung gewarnt und stärkende Arzneien verschrieben. Jetzt lag sie da, glücklich lächelnd über die reiche Liebe, die ihr aus vielen Augen entgegenstrahlte. Sie war hart an der Grenze des Lebens hingestreift, hatte das Rauschen des Todes vernommen und fühlte ihre Seele von der früheren Schwäche befreit.

„Frieder!" lispelte sie.

Er neigte sich zu ihr nieder.

„Ist er wieder da?"

„Nein", antwortete er.

„Ich geb ihn in deine Hand. Das Gesetz hat größres Recht auf ihn als ich. Doch sprich nicht mehr von ihm!"

Er neigte zustimmend das Haupt und kehrte in die Stube zurück, wo der Leutnant beim Vater saß. Beide schienen sich schnell zusammengefunden zu haben; der Offizier hatte sich eine Pfeife angesteckt und qualmte dem Blinden ins Gesicht, daß es paffte; dieser schien sich dieser Vertraulichkeit höchlich zu freuen und überhaupt in einer Stimmung zu sein, wie man sie seit langer Zeit nicht an ihm bemerkt hatte.

„Ist die Stube für die Martha in Ordnung, Frieder?" fragte er.

„Ja, zwei, eine für sie und eine für ihre Mutter."

„Sorge nur, daß ihnen nichts fehlt! Hat auch der Herr Leutnant noch Tabak und gehörig zu trinken?"

„Es ist für alles aufs beste gesorgt", erwiderte dieser selbst.

„Der Knecht gibt doch tüchtig Hafer, daß die Braunen gut aushalten?"

„Ich freu mich auf den Ritt", versicherte der Offizier. „Er bringt mich mit einemmal zum Ziel, wo ich geglaubt hatte, noch monatelang im dunkeln tappen zu müssen. Der Feldwebel hat die Schwierigkeiten nur erhöht und vermehrt, anstatt mir von Nutzen zu sein. Ihnen zum Beispiel", wandte er sich zu Frieder, „muß ich gestehen, daß eine Art Verdacht gegen Sie gehegt wurde. Sie waren maskiert und bewaffnet im Wald gesehn worden und sind heut wieder zu Pferd dort gewesen, wo jeder andre es sich angelegen sein ließ, daheim zu bleiben."

„Grad darum war der Verdacht doch eigentlich ausgeschlossen. Wer sich unsicher fühlte, blieb daheim; wer ein gutes Gewissen hatte, konnte sich sehn lassen. Doch da hängt der Knecht die Laterne heraus; das ist das Zeichen, daß gesattelt ist."

„Er wird doch nicht aufpassen, wer mit aufsitzt?" fragte der Blinde. „Meine Leute sind gut und treu; aber besser ist besser, und vor Austrag der Sache darf niemand erfahren, was heut im Bachhof vorgegangen ist."

„Laß mich sorgen, Vater! Der Herr Leutnant geht durch die Pforte voran und steigt erst auf der Straße zu Pferde. Ist's gefällig?"

Der Genannte legte die Pfeife weg und nahm Abschied. Er erreichte unbemerkt die Straße und hörte bald Frieder hinter sich hergetrabt kommen. Als dieser ihn erreichte, schwang er sich auf. Es war längst Mitternacht vorüber; die Erde lag in tiefer Ruhe, und nur hier und da funkelte ein einsames Licht vom dunklen Himmel herab.

„Wissen Sie, daß ich mich beinah vor Ihnen fürchten möchte?" fragte der Offizier.

„Warum?" lächelte Frieder.

„Weil in Ihrem Körper eine solche Masse Elementarkraft aufgespeichert liegt. Der Name Goliath gehört schon Ihrem Vater mit vollem Recht zu eigen, Ihnen aber noch viel mehr. Wäre diese physische Stärke nicht mit so viel geistigem Vermögen gepaart, so könnten Sie wirklich gefährlich werden, und ich darf Gott danken, daß ich mich in Ihnen geirrt hab."

„Der Waldschwarze konnte ich doch unmöglich sein; er trieb sein Wesen doch schon lange, bevor ich in der Heimat war."

„Das ist schon richtig; aber Sie konnten sich seit Ihrer Rückkehr mit ihm verbündet haben. Ihr Auftreten dem Feldwebel und seinen Leuten gegenüber, das Umherschleichen im Wald, die Maske, die Pistolen, Ihr heutiger, angeblicher Besuch beim Förster, das alles war für mich Grund, in der Nähe des Bachhofs selbst auf Ihre Rückkehr zu warten. Ich war zwar bewaffnet, waren Sie aber wirklich derjenige, für den ich Sie hielt, ich hätte wohl keinen leichten Stand gehabt. Wer einen Kerl wie den Buschwebel durchs Fenster wirft, dem ist auch wohl zuzutrauen ..."

„Daß er einen Leutnant zerbricht", fiel Frieder scherzend mit einem Blick auf die schlanke Gestalt seines Gefährten ein.

„Sie entschuldigen, mein Lieber", lachte dieser, „so weit wäre es denn doch wohl nicht gekommen, sintemal unser oberster Kriegsherr seine Offiziere weder aus der Porzellanfabrik noch aus der Glasbläserei zu beziehen pflegt. Ich hätte mich auch ein wenig gewehrt, wie man zu sagen pflegt, wenn es einem an den Kragen geht. Doch Scherz beiseite! Wie stark ist die Bande des Schwarzen?"

„Gegen zwanzig Mann."

„Und sie gehn stets gut bewaffnet?"

„Mit Büchse und Messer."

„Und im Vorratsraum befinden sich auch noch Gewehre?"

„Eine ziemliche Zahl."

„So werden wir wohl einen harten Stand bekommen."

„Ich fange sie ganz allein, wenn's verlangt wird."

„Oho! Dazu reicht wohl selbst Ihre Riesenstärke nicht aus."

„Warum nicht? Es kommt ganz darauf an, wie man's beginnt."

„Nun, wie?"

„Erst erledige ich den Schwarzen; das ist nicht schwer, und sodann stelle ich mich vor den Eingang und gebe jedem, wenn er kommt, so viel, daß er genug hat. Aber solch eine Anstrengung ist ja gar nicht notwendig, und ich gebe auch zu, daß es nicht so glatt geht, wie man sich die Sache ausgedacht hat. Wir reiten zum Herrn Amtshauptmann, dem ich den Waldschwarzen mit seiner ganzen Bande in die Hände gebe; er mag tun, was er fürs beste hält. Will er ihn billig, so bin ich dabei, und will er ihn auf der Tat abfangen, so soll es auch da nicht an mir fehlen."

„Das will ich gern glauben! Sie hätten statt der Feldhacke die Waffe wählen sollen; wir hätten einen ausgezeichneten Kameraden in Ihnen gefunden. Wenn ich bedenke, daß alle unsre Mühe vergebens gewesen ist, während es Ihnen, dem einzelnen, gelang, ein festes, unzerreißbares Netz um die fürchterlichen Menschen zu schlingen, so möcht ich vor jeden anderen treten, nur nicht vor den Amtshauptmann!"

„Gottes Wille, Herr Leutnant, und Geschicklichkeit!"

„Meinetwegen! Ja, die geschickte Ausnutzung gab erst allem den Wert. Der Feldwebel ist auch am Stollen gewesen, grad wie Sie; aber Sie waren Meister der Sachlage, während er in der Falle steckt. Er ist brauchbar, aber immerhin ein Aufschneider, und hat die empfangene Lehre verdient."

Das Gespräch stockte jetzt; man hatte das Dorf erreicht und mußte am Schlagbaum halten. Es kam auch nicht wieder in regen Fluß bis man zur Amtsstadt gelangte, wo sich eben die Türen der Gasthöfe öffneten, um den früh munteren Fuhrleuten die Abfuhr zu gestatten.

Sie stiegen an einem von ihnen ab, übergaben die Pferde und nahmen einen warmen Frühtrunk zu sich. Dann begaben sie sich zur Amtshauptmannschaft, wo sie den Vorstand wecken ließen. Er empfing sie mit finsterer Miene.

„Ist Ihre Angelegenheit von solcher Wichtigkeit, daß Sie mich im Schlaf stören?" fragte er.

„Wir haben den Waldschwarzen fest."

Diese wenigen Worte des Offiziers brachten den hellsten Sonnenschein auf dem Gesicht des Beamten so plötzlich hervor, daß keiner der beiden sich eines Lächelns zu erwehren vermochte.

„Was Sie sagen, mein bester Leutnant! Ich darf natürlich an der Wahrheit Ihrer Versicherung keinen Zweifel hegen?

„Der allerdings nicht gerechtfertigt sein dürfte. Der Schmuggler befindet sich zwar noch nicht in unsern Händen, da wir es vorgezogen haben, vorher die Befehle des Herrn Amtshauptmanns zu vernehmen, aber es bedarf wirklich nur dieser letztern, um ihn mit seiner ganzen Bande der Gerechtigkeit zu übergeben."

„Sie liefern damit einen ausgezeichneten Beweis Ihrer Umsicht, und ich nehme keinen Anstand, zu bemerken, daß man vollständig überzeugt war, die Ihnen gewordene Aufgabe den besten Händen anvertraut zu haben."

„Denen es aber leider erst von jetzt an gestattet sein wird, in die Handlung einzugreifen. Hier dieser Herr hat ganz allein, ohne jede Beihilfe und aus eignem Antrieb die Aufgabe gelöst, während ich bis heut noch nicht den mindesten Fortschritt zu verzeichnen vermochte."

„Ah!" machte erstaunt der Beamte, indem er die Nase hob und Frieders Person, die er erst jetzt zu bemerken schien, einer näheren Betrachtung unterwarf. „Der Name wurde mir genannt; ich vergaß ihn wieder;

bitte, Herr Leutnant, stellen Sie mir den Mann einmal vor!"

Frieder, den diese Art und Weise belustigte, ließ es gar nicht dazu kommen. Er trat rasch hinzu.

„Ich bin der Bachfrieder aus Rothenwalde, Herr Amtshauptmann, und mein Vater ist der Goliath, den man im ganzen Gebirg nicht anders als mit diesem Namen nennt."

„So, so!" meinte der Angeredete, dessen kleine, schmächtige Gestalt bei dem so unerwarteten und energischen Nähertreten der reckenhaften Figur Frieders wie erschrocken zurückgefahren war. „Den Goliath kenne ich. Der Waldschwarze hat ihn geblendet und seinen ältesten Sohn erschossen."

„Grad darum ist der Schwarze mir verfallen. Wollen Sie ihn haben? Ich bring ihn her."

„Du bist ganz der rechte Sohn des Goliath, wie's scheint. Ja, ja, Rauchfleisch und Kartoffelklöße tun auf dem Lande Wunder. Geist ist nicht nötig, wenn nur der Körper gut gedeiht."

„Grad umgekehrt wie in der Stadt, wo der Körper nicht nötig ist, wenn nur der Geist bis in die Wolken wächst, nicht wahr, Herr Amtshauptmann?"

Er legte dem Männchen die Hand auf die Schulter und blickte mit unwiderstehlicher Freundlichkeit auf ihn hernieder. Der Gefragte trat, um dieser Berührung zu entgehen, noch einen Schritt zurück und wandte sich an den Offizier: „Wollen Sie Ihren Bericht beginnen, Herr Leutnant? Bitte, nehmen Sie Platz!"

„Darf ich ersuchen, diese Aufforderung an meinen Freund zu richten? Er ist mit der Angelegenheit vollständig vertraut, während ich mich dessen nicht rühmen kann."

„Ihr Freund?" klang die verwunderte Frage. „Ich liebe eine kurze, sachgemäße Darstellungsweise, zu der dem Landbewohner die nötige Schule fehlt."

„Ich bitte dennoch", fiel hier Frieder im besten Hochdeutsch ein, indem er sich gemächlich in den Sessel legte, „um Ihre freundliche Erlaubnis zu der Beweisführung, daß Rauchfleisch und Kartoffelklöße keine schlechten Lehrmittel sind, wenn man ihre Wirkung mit dem Besuch einiger Universitäten unterstützt. Ich werde dabei so kurz und sachgemäß wie möglich verfahren."

Er begann. Der Amtshauptmann, der sich trotz seiner Würde von dem Vorgang einigermaßen betreten fühlte, ließ ihn gewähren. Seine Aufmerksamkeit wurde zur Spannung, die von Sekunde zu Sekunde wuchs, bis er seine Bewunderung nicht mehr zurückzuhalten vermochte.

„Sie sind ja ein ganz erstaunlicher Mensch, dem man die größte Anerkennung zollen muß! Warum führen Sie diejenigen, die mit Ihnen verkehren, durch Ihre Sprache und Gewandung irre?"

„Das Gewand paßt genau zu dem Beruf, den ich jetzt den meinigen nenne, und die Sprache des Gebirgs hat dasselbe Recht wie jede andre. Ich hab als Kind mich in ihr ausgedrückt, werd noch heut so von den Meinen am besten verstanden, und ich werde sie beibehalten, so lange ich mit Menschen verkehre, die sie sprechen und verstehn. Doch zurück zur Sache!"

Er nahm den unterbrochenen Bericht wieder auf und führte ihn trotz seines bedeutsamen und aufregenden Inhalts ruhig bis zu Ende. Jetzt sprang der Amtshauptmann empor.

„Er ist es also wirklich, der Feldbauer, und wir haben ihn ganz sicher! Sie haben sich schon jetzt den Preis verdient und werden ihn nebst einer höhern Anerkennung auch sofort nach Habhaftwerdung des Schwarzen erhalten."

„Er wird angenommen", entgegnete Frieder, jetzt wieder in seine frühere Sprechweise zurückfallend, „doch nicht für mich, sondern für die Armen im Ort, denen ich ihn bescheren werde. Nun bitte ich um die Befehle, die wir jetzt brauchen."

Der Amtshauptmann sammelte sich; dann sagte er:

„Vergegenwärtigen wir uns zunächst die Lage! Der Waldschwarze hat sein Versteck in dem sogenannten Stollen, der an drei Orten zugängig ist, an der ‚Zeche', durch den Brunnen und vom Einsturzkessel aus. Die Bande kennt bloß diesen letztern Punkt, wenigstens ist dies wahrscheinlich der Fall; sie wäre also am leichtesten zu überwältigen durch eine Aufstellung im Innern, die jeden einzelnen Ankömmling empfängt und bezwingt. Das Oberhaupt der Schmuggler fühlt sich nicht mehr sicher und ist jedenfalls nur zu dem Zweck verreist, das Geschäft aufzugeben, und dann Person und Errungenschaft in Sicherheit zu bringen. Daß der Feldbauer dies möglichst beschleunigen wird, steht außer allem Zweifel. Ich vermute sogar, daß er sich nach einem Notkäufer für den Feldhof umsieht, und dies kann möglicherweise der Kaufmann sein, dem er die Ware liefert. Ich nehme an, daß er heut zurückkehrt und diesen Herrn gleich mitbringt. Sein erstes wird sein, sich zu überzeugen, ob im Stollen noch alles in Ordnung ist, und in dieser Beziehung ist es ganz vortrefflich gehandelt, daß Sie sich dem Feldwebel nicht gezeigt haben. Er stand bei dem Feldbauer im Quartier, und ich wette, daß dieser so schlau gewesen ist, ihn als Hörrohr zu benutzen. Wer weiß, aus welchem Grund er dann von ihm in die Falle gelockt wurde; wir werden dies jedenfalls noch erfahren. Was nun die Frauen betrifft, so konnten diese allerdings unmöglich in ihrer verzweifelten Lage gelassen werden, doch kann ihr Verschwinden den Waldschwarzen aufmerksam machen, und es wird also nötig sein, ihn sofort bei seiner Ankunft zu empfangen."

„Das dürfen wir nicht", bemerkte Frieder. „Es geht nicht ohne Aufsehn vorüber, und dadurch werden seine

Leute gewarnt. Er ist ein harter Geselle, dem es ganz gleich ist, ob die Frauen eine Stunde länger im Schacht stecken oder nicht; er tut sicher erst das Geschäft ab, ehe er zu ihnen geht; sie sind ihm sonst im Wege. Überdies hab ich den Mundvorrat im Schacht gelassen, und unten sind so viele Gänge, daß sie sich gar leicht verlaufen können. Das wird er denken, wenn er sie nicht findet."

„Das klingt allerdings wahrscheinlich; halten wir also diese Ansicht fest. Täuscht uns die Vermutung nicht, so kehrt er heut nach Rothenwalde zurück und wird seine Leute für den Abend nach dem gewöhnlichen Versammlungsort bestellen. Eine Prüfung des Steins wird darüber Sicherheit geben. Von den drei Angriffspunkten, die uns dann zu Gebot stehn, scheint mir die Zeche der vorteilhafteste zu sein. Oder nicht, Herr Leutnant?"

„Jedenfalls. Man fährt dort ein, läßt den Brunnen für den Waldschwarzen frei und besetzt den Trichter nur von außen, wobei man den Schmugglern ungehinderten Eingang gestattet, ihnen aber den Ausgang verwehrt."

„Ganz richtig. Wir sind also in der Hauptsache gleicher Meinung. Sie werden allerdings den Angriff leiten, mir aber gestatten, dabei gegenwärtig zu sein. Ich nehme einen meiner Assessoren mit, um den Tatbestand gleich an Ort und Stelle aufnehmen zu lassen. Es wird ein Abenteuer sein, auf das ich mich freue. Nur wäre es wünschenswert, die Örtlichkeit schon vorher kennenzulernen. Wird das zu ermöglichen sein?" fragte er, sich an Frieder wendend.

„Sehr leicht, wenn der Feldbauer nicht vorher zurückkehrt, und ich rate darum, sobald wie möglich aufzubrechen."

„Ich stimme bei", meinte der Leutnant. „Die Einzelheiten, um die es sich noch handelt, können und müssen ja den Umständen gemäß bestimmt werden."

„Wohl! Geben Sie mir Frist zu einem kurzen Frühstück, währenddessen ich die laufenden Geschäfte stellvertretenden Händen übergeben und den Assessor benachrichtigen werde. Dann bin ich bereit. Sind Sie mit Fuhrwerk versehn?"

„Nein, wir sind nur beritten. Vielleicht darf ich bemerken, daß es geraten sein wird, alles Aufsehen zu vermeiden und darum den Weg vereinzelt zurückzulegen, womöglich auch bezüglich der Kleidung allen Auffälligkeiten zu entsagen."

„Das versteht sich wohl von selbst, Herr Leuntnant. Geben wir uns ein Stelldichein, wo wir uns treffen, ohne bemerkt zu werden!"

„Eine Strecke vor der Stadt", bemerkte Frieder, „steht eine einsame Waldschenke. Ist man an dieser vorüber, geht links ein Richtweg ab. Dürfen wir Sie auf diesem erwarten?"

„Gut. Ich werde den Wagen schon vor der Schenke verlassen und ihn zurückschicken. Das übrige wird sich dann finden."

Er gab mit der Hand das Entlassungszeichen und begleitete die Männer bis an die Tür. Sie begaben sich in den Gasthof zurück, den sie erst verließen, als sie den Amtshauptmann vorbeifahren sahen. Unweit der Stadt schon überholten sie mit den raschen Braunen die Beamten, denen sie bald weit vorankamen.

„Eine allerliebste, kleine Geschichte das, mit dem Rauchfleisch und den Kartoffelklößen, nicht wahr?" lachte der Leutnant.

Frieder nickte vergnügt.

„Sie gestatten doch nachträglich, daß ich Sie als meinen Freund bezeichnet hab?"

„Ich danke Ihnen dafür! Es schien eine Überraschung zu sein für den Herrn Bürokraten. Aber darf ich vielleicht vorschlagen, uns zu trennen? Es ist besser, wenn niemand uns beisammen sieht. Sie reiten über das Feld an den Bachhof und binden das Pferd an den Zaun. Am Buschrand bei der Zeche treffen wir nachher wieder zusammen."

„Ich stimme bei; auf Wiedersehn bis dahin!"

Er ließ dem Braunen die Zügel schießen und flog davon. Frieder verließ bald darauf die Straße, um die Heimat auf Waldwegen zu erreichen. Als er dort ankam, fand er das Pferd bereits vor. Martha war allein in der Stube.

„Bist schon wieder da? Nun geht's doch noch über den Vater her!" sagte sie.

„Er will's nicht anders. Wir haben getan, was wir konnten, vielleicht auch noch mehr, und sind nun ohne alle Schuld an ihm. Wirst's ertragen können, Martha?"

„Bei dir, ja, sonst nicht! Aber bange ist mir um die Mutter."

„Die Stütze wird ihr nicht fehlen. Ist sie wohler?"

„Ja, aber sprechen mag sie nicht."

Er rief die Eltern und gab ihnen kurzen Bescheid, versah sich mit dem nötigen Licht und begab sich dann zur Zechenhalde, wo der Leutnant schon auf ihn wartete. Sie suchten miteinander den Richtweg auf und trafen auf der Stelle, wo Frieder den Feldbauer mit der Peitsche gezüchtigt hatte, mit dem Amtshauptmann und seinem Begleiter zusammen. Beide gingen ganz unauffällig gekleidet, so daß jeder, der sie nicht persönlich kannte, sie für einfache Bürgers- oder Handwerksleute halten mußte.

„Der Feldbauer ist noch nicht zurück. Ich ging über den Feldhof, angeblich, um mich nach dem Buschwebel zu erkundigen", berichtete der Leutnant.

„So bleibt uns freie Hand. Vorwärts, wir fahren ein!" sagte der Amtshauptmann.

„Wollen wir nicht erst zum Stein gehn, um nach der Bestellung zu sehn?" meinte Frieder.

„Ja, richtig. Das ist das Notwendigste!"

Frieder ging voran. Sie gelangten, ohne jemand zu begegnen, an die Stelle.

Die Zeit, wo die Schmuggler nachzusehen pflegten, war noch nicht da. Frieder hob den Granit empor.

„Am alten Stollen um zehn", las er.

Die anderen traten hinzu, um sich zu überzeugen.

„Er hat gestern bei der Fahrt von der Zeche gewiß den Zettel hier hingelegt. Anders ist's nicht möglich."

„Also um zehn Uhr", nickte der Amtshauptmann. „Da bleibt uns genugsam Zeit für alle Vorbereitungen. Jetzt weiter, meine Herren!"

Der Zettel war unberührt geblieben; Frieder senkte den Stein und ging wieder voran, nach der Halde zurück. Hier langte der Beamte in die Tasche und brachte einen Bund Schlüsselhaken zum Vorschein.

„Sie sehn, ich bin mit dem Nötigen versehn und werde Sie nicht durch den Laden bemühn."

Das Tor wurde geöffnet; sie traten ein. Frieder brannte die Laterne an. Die Herren griffen mit zu; die Haspel wurde über die Mündung gebracht und paarweise langte man unten im Stollen an.

Dieser wurde auf das sorgfältigste in Augenschein genommen, ohne daß man die Lage irgendeines Gegenstandes veränderte. An der Gefängniszelle zog der Amtshauptmann seine Schlüsselhaken wieder hervor und öffnete. Das Licht, das in dem engen Raum lag, ließ die vier Männer im Dunkeln und blendete den Gefangenen.

„Seid ihr endlich da?" fragte er. „Führt mich zum Schwarzen!"

„Haben Sie so große Sehnsucht nach ihm?" fragte der Offizier.

Jetzt erkannte der Feldwebel seinen Vorgesetzten, obgleich dieser die Uniform abgelegt hatte und in Zivilkleidern ging.

„Der Herr Leutnant!" rief er freudig erschrocken. Er wollte sich emporrichten; der Raum gab es aber nicht zu.

„Ja, ich bin es! Und hier an meiner Seite befindet sich der Herr Amtshauptmann, der von Ihnen zu wissen begehrt, auf welche Weise Sie in eine solche Lage gerieten."

„Ich — ich wollte den Waldschwarzen fangen."

„Sehr lobenswert! Doch das wollten wir alle, ohne deshalb in eine gleiche Lage zu kommen! Aber nun vorwärts! Erzählen Sie!"

„Ich hab den Bestellort entdeckt, wo der Waldschwarze seine Zettel niederlegt."

„Ah! Wo ist das?"

„Droben im Wald in einer kleinen Lichtung. Die Zettel werden dort stets unter einen Stein gelegt."

„Weiter!"

„Er hatte die Bande an den Stollen bestellt, und ich ging, sie zu belauschen."

„Ohne mir vorher Notiz von Ihrer Entdeckung zu machen, die doch jedenfalls so wichtig war, daß Sie dies zu tun gezwungen waren?"

„Ich — ich wollte mich vorher überzeugen, ob der Zettel auch wirklich Wahrheit enthielt."

„Wie fingen Sie das an?"

„Ich schlich mich zur angegebnen Zeit nach dem Stollen, erhielt aber gleich im nächsten Augenblick einen Schlag, der mich betäubte. Als ich erwachte, lag ich hier. Ich wurde dann vor die Pascher geführt und von ihnen zum Tode verurteilt. Ich war gefesselt und konnte mich nicht wehren. Schon lag der Strick um den Hals, und ich stand unter dem Nagel, da — da —"

„Nun — —?"

„Da wurde mir das Leben geschenkt."

„Aber doch wohl nicht bedingungslos?"

„Ich sollte Mitglied werden", antwortete er zögernd.

„Ah, jedenfalls in Form eines Spions, was?"

„Ja. Ich schlug es rund ab. Lieber sollten sie mich hängen!"

„Wirklich? Dann wären Sie auch gehängt worden und steckten nicht wohlbehalten hier im Verlies. Wollen Sie wohl die Wahrheit sagen? Der Waldschwarze befindet sich, wie Sie wohl gleich bei unserem Erscheinen geahnt haben, in unsrer Gewalt und wird uns Aufklärung geben, wenn Sie diese verweigern."

„Ich — ich bat um Bedenkzeit, aber nur um Zeit zu gewinnen."

„Schön. Haben Sie vielleicht gesehn, wer den Schlag auf Sie führte?"

„Nein."

„Oder einen von den Männern erkannt?"

„Auch nicht. Sie trugen Masken."

„Machten Sie jemand Mitteilung von der Entdeckung des Zettels?"

„Nein. Der Herr Leutnant waren ja der erste und einzige, dem ich das schuldig war! Es kam kein Wort davon über meine Lippen."

„So? Nun, Feldwebel, Sie lügen, denn Sie haben mit dem Feldbauer darüber gesprochen."

„Nur andeutungsweise", versuchte sich der Feldwebel zu rechtfertigen.

„Nein, ausführlich! Und er hat Ihnen den Rat gegeben, die Meldung zu unterlassen und sich allein zum Stollen zu begeben. Ist es so oder nicht?"

„Ja", gestand der Großsprecher jetzt kleinlaut.

„So sind wir nun im klaren. Ich will jetzt nicht untersuchen, was die von Ihnen erbetne Bedenkzeit für ein Ergebnis gehabt hätte; Sie empfinden schon jetzt die Folgen Ihres dienstwidrigen Verhaltens und werden auch weiter an ihnen zu tragen haben. Ich will Ihnen nur bemerken, daß Ihre Plauderhaftigkeit den Feldbauer — denn dieser ist der Waldschwarze — gleich vom ersten Augenblick unsres Hierseins an in den Stand gesetzt hat, von allen unsern Schritten unterrichtet zu sein. Vernehmen Sie meinen strengen Befehl: Sie bleiben hier in Ihrer gegenwärtigen Lage; der Waldschwarze wird mit den Seinen kommen und Sie nach Ihrem Entschluß fragen. Sie weisen sein Ansinnen entschieden zurück und ergeben sich dann in alles, selbst das Schlimmste, was man Ihnen androht. Wir werden im entscheidenden Augenblick zur Hilfe bereit sein. Nur eine strenge Befolgung dieser Verordnung kann uns Ihre Fehler in einem mildern Licht erscheinen lassen."

Er warf einen fragenden Blick auf den Amtshauptmann. Dieser nickte zustimmend und verschloß die Tür wieder. Auch der Eingang durch den Trichter sowie die Umgebung des letztern wurden in genauen Augenschein genommen.

Hierauf kehrte man zurück und stieg auch in den zweiten Schacht hinab, um zu sehen, ob sich dort unten etwas Bemerkenswertes finden lasse. Es zeigten sich mehrere Gänge, die alle außer einem „vor Ort" abgebrochen waren. Dieser eine wurde verfolgt. Die verhältnismäßig gute Luft, die sich darin befand, ließ vermuten, daß er auf irgendeine Weise mit der Oberwelt in Verbindung stehe. Er war sehr alt und teilweise verfallen, aber immer noch gangbar, und mündete, wie sich endlich nach langer, mühevoller Wanderung zeigte, mitten in die senkrecht abfallende, verwitterte und vielfach zerklüftete Hinterwand eines alten, längst verfallenen Steinbruchs. Hier hatte der Waldschwarze ein Zeichen seiner Anwesenheit zurückgelassen; ein eiserner Haken war in den Stein geschlagen und an diesen eine Strickleiter befestigt, die zusammengerollt am Boden lag, jedenfalls aber lang genug war, um bis auf die Sohle des Steinbruchs hinabzureichen.

„Dies ist wohl nur für den Fall der Flucht angebracht, wenn diese oben nicht mehr möglich sein sollte", meinte der Amtshauptmann. „Kennen Sie den Bruch?"

„Ja", antwortete Frieder. „Er liegt mitten im Forst, und es können Jahre vergehn, ehe ein Mensch dahin kommt. Ich meine auch, daß es für uns geratner sein wird, hier aufzusteigen, als droben im Schacht einzufahren; der Einstieg ist hier viel leichter als dort."

Dem stimmten die anderen bei, und es wurde beschlossen, den Angriff von hier statt von der Zeche aus zu unternehmen. Dann stiegen sie vorsichtig wieder zu Tage und begaben sich auf wenig begangenen Wegen und einzeln zum Bachhof. —

Es war gegen Abend, als der Wagen des Feldbauern von der Straße nach dem Hof einbog. Einer seiner Vertrauten, ein Knecht, hatte ihn bemerkt und eilte herbei, um die Pferde in Empfang zu nehmen.

„Ist was vorgefallen?" fragte der Bauer.

„Nein. Alles in Ordnung!"

„Also gar nichts Neues?"

„Im Hof nicht, aber im Dorf. Das Militär zieht ab."

„Warum?" klang überrascht die Frage.

„Sie müssen zum Manöver ins Niederland und kommen erst in vierzehn Tagen wieder. Der Leutnant ist schon da aus Steinertsgrün mit seinen Leuten, um die hiesige Truppe abzuholen; dann geht's nach der Stadt, um mit dem Nachtzug abzufahren."

„Ohne den Waldschwarzen!" lachte der Bauer mit einem verständnisvollen Blick auf den langen, hageren Herrn, der mit ihm ausgestiegen war. „Schau, da kommen sie wirklich schon!"

Einen Trommler voran, der kräftig auf dem Kalbfell wirbelte, marschierte die kleine Abteilung, vom Leutnant befehligt, aus dem Dorf heraus, begleitet von einer Anzahl leidtragender Dorfjungen, die den so plötzlichen Abschied der Söhne des Mars nicht gut verwinden konnten.

„Sie wollten einen holen, haben aber statt dessen einen dagelassen", kicherte der Hagere. „Deine Sorge war ganz ohne allen Grund!"

„Das denkst bloß! Aufgeschoben ist nicht aufgehoben.

Wir sind auf vierzehn Tage sicher, und das auch nur vielleicht, dann aber geht die Hetze wieder los. Es bleibt dabei, ich mach mich davon."

„Die Bäurin mit der Tochter ist wohl nicht dabei?" erkundigte sich eine nähertretende Magd.

„Geht's dich was an? Tu deine Sach und bekümmre dich nit um ungelegte Eier!"

Sie traten ein, saßen lange und in leise geführtem, angelegentlichem Gespräch beieinander und benutzten dann einen unbewachten Augenblick, um nach der Brunnenstube zu gehen. Von hier aus ließen sie sich in den Stollen hinab, in den der Bauer unverweilt hineinschritt.

„Willst nicht erst nach den Weibern sehn?" fragte der andere.

„Fällt mir nicht ein. Morgen geht's fort; dann hol ich sie herauf; jetzt aber hab ich keine Zeit, auf ihr Geplärr zu achten."

In der Niederlage angekommen, öffnete er den Schrank und zog die Bücher hervor, die von dem anderen einer sorgfältigen Prüfung unterworfen wurden, wobei sie nicht bemerken konnten, daß einige hundert Schritte von ihnen entfernt bewaffnete Gestalten dem unteren Schacht entstiegen.

Frieder befand sich an ihrer Spitze. Er war gleich zurückgeblieben und hatte ihnen jetzt die Strickleiter zugeworfen. Über das, was bevorstand, war er zu Haus allen Erörterungen ausgewichen. Vielleicht hätte der Vater trotz seiner Blindheit gar gewünscht, bei der Geschichte anwesend zu sein, ein Verlangen, das Frieder bei der Schwierigkeit des Unternehmens nicht erfüllen konnte.

Jetzt war sowohl die „Zeche" als auch der Einsturztrichter von Militär- und Forst- und Zollbeamten wohl besetzt; auch um den Feldhof hatte man in einigem Abstand eine Kette gezogen, und im Stollen stand eine hinreichende Anzahl Soldaten. Der Abzug der Soldaten aus dem Dorf war nur eine Finte gewesen.

Frieder schlich leise voran, hinter ihm zunächst der Leutnant und der Amtshauptmann mit dem Assessor.

Es war zehn Uhr, und die Entscheidung nahte. Sie gelangten so weit an den Vorratsraum heran, daß sie jedes Wort der beiden Sprechenden verstanden.

„Nun, machst mit?“ fragte der Feldbauer. „Mich brennt's an den Fersen, und deshalb hab ich dir viel Vorteil gelassen bei dem Handel. Meine Bedingungen kennst.“

„Ja, ich bin dabei; das Geschäft steht gut“, lautete die Antwort.

Sie schlugen ein.

Dann legte der Bauer die Bücher wieder in den Schrank zurück und zog ein Paket hervor.

„Das übrige tun wir später ab; jetzt müssen wir zu den Leuten, die schon längst gewartet haben. Hier hast alles, was wir brauchen!“

Sie legten Perücken und Bärte an, banden Larven vor die Gesichter und hüllten sich in vermummende Kleidungsstücke. Dann schob der Waldschwarze den Riegel zurück, blies die Laterne aus, die ihnen bis jetzt geleuchtet hatte, und schlüpfte zwischen der sich bewegenden Mauer und der Stollenwand hindurch. Der andere folgte.

Die bereits vollständig versammelten Pascher erhoben sich bei ihrem Erscheinen. Ihre Gesichter waren nicht zu sehen, aber ihren Bewegungen konnte man die Befremdung darüber entnehmen, daß ihr Oberhaupt in Begleitung erschien. Der Schwarze ergriff das Wort:

„Ich hab euch bestellt, Leut, nicht um der gewöhnlichen Ursache willen, sondern aus einem andern Grund. Ich trete heut zurück vom Geschäft und geb euch an meiner Stelle einen andern Anführer. Hier steht er. Er wird euch stets so unbekannt bleiben wie ich, aber stets ebenso auf euren Vorteil sehn wie ich. Die Änderung kann nicht leicht und schnell geschehn; sie muß zuvor gar reiflich von uns besprochen werden. Darum wird heut ein Rat abgehalten, bei dem ein jeder seine Meinung sagt."

Die Schmuggler steckten überrascht die Köpfe zusammen; die Nachricht schien keinen guten Eindruck auf sie gemacht zu haben. Nach längerem Flüstern trat einer vor und sagte:

„Waldschwarzer, denkst etwa, du kannst uns verhandeln wie eine Herde Schafe oder Rinder, die sich's ruhig gefallen lassen, wenn man ihr einen andern Hirten gibt? Wir wollen ..."

„Was ihr wollt, könnt ihr nachher sagen. Vielleicht trete ich nicht vollständig aus und geb euch diesen nur als Stellvertreter. Ich hab euch doch gesagt, daß euer Vorteil sichergestellt werden soll, und ihr könnt überzeugt sein, daß ich nicht anders als mit eurer Zustimmung handeln werde."

Das schien sie einigermaßen zu beruhigen.

„Und was wird mit dem Buschwebel?" fragte einer.

„Der kommt zunächst dran; aber es wird anders, als es ausgedacht war. Solange die Soldaten hier waren, konnte er nützen; jetzt sind's weg, und er kann uns nur Schaden bringen. Er kennt den Stein und den Stollen; er merkt vielleicht auch, wer ihn herbeigelockt hat; er muß sterben, sonst sind wir keine Stunde mehr sicher. Seid ihr zufrieden?"

„Ja", klang es dumpf und hohl wie zu schaurigem Gericht.

„Holt ihn heraus!"

Er gab den Schlüssel zu der Gefängnistür aus der Tasche; der Feldwebel wurde herbeigebracht.

„Buschwebel, wie hast du dich entschieden?" fragte ihn der Schwarze.

„Ich kann nicht auf eure Wünsche eingehn."

„Gut, das verkürzt die Sache. Paß auf, wenn ich drei sag, drück ich los."

Er zog das Pistol aus dem Gürtel und erhob den Arm. Zwei der Pascher hielten den Gefesselten.

„Eins — zwei ..."

„Halt — ergebt euch!" erscholl es da im Hintergrund des Raumes, und im selben Augenblick wurde der Waldschwarze von zwei eisernen Armen gepackt. Frieder war herbeigesprungen und hielt ihn fest, daß er sich nicht zu rühren vermochte. Auf seiner Seite stand der Leutnant, den gezogenen Degen in der Hand, und über die ganze Breite des Raumes starrten den Versammelten drohende Gewehrläufe entgegen.

„Fort durch das Loch!" brüllte der Feldbauer, der sich unter dem Griff Frieders vergeblich wand.

Die Pascher gehorchten dem Ruf. Sie stürzten, einer immer den anderen drängend und hindernd, der Trichteröffnung zu. Der Vorderste riß den Strick zurück und warf sich auf den Boden, um hindurchzukriechen.

„Halt, sonst schieß ich!" schallte es ihm entgegen.

Er fuhr zurück.

„Draußen steht der Kessel voll Grenzer!" rief er erschrocken.

„Laß los, sonst schieß ich!" schäumte der Feldbauer.

Er rang den einen Arm empor und richtete den Lauf der Pistole über die Achsel hinweg auf Frieder; dieser riß den drohenden Arm zurück. Der Schuß krachte, die Kugel ging fehl.

Einen fürchterlichen Wutschrei ausstoßend, vereinigte der Feldbauer seine ganzen Kräfte zu einem gewaltigen Ruck. Der Hagere faßte in diesem Augenblick nach Frieder; dieser mußte sich gegen ihn wenden; der Feldbauer kam frei und stürzte sich mitten unter die Gegner. Der gewaltige Anprall warf sie auseinander; er erreichte die offenstehende Wand und schnellte den Stollen entlang dem Brunnen zu. Frieder erhob die Faust. Mit einem einzigen Schlag schmetterte er den Hageren zu Boden und sprang dem Waldschwarzen nach. Dieser hörte die Schritte hinter sich; zum Aufgang durch den Brunnen blieb ihm keine Zeit übrig. Er eilte weiter, riß die Fahrt von der Erde auf, zerrte sie zum Schacht und hob sie ein.

„Steh, Waldschwarzer, der Frieder kommt!" donnerte es hinter ihm.

„Schau, ob du mich bekommst, Halunke!" antwortete jener grimmig.

Er schwang sich in das Mundloch. Aber der Schreck der Überraschung, die Angst vor den Verfolgern und die Heftigkeit der Flucht verwirrten ihn. Sein Fuß glitt von der Sprosse, seine Hände glitten fehl; mit einem fürchterlichen Schrei stürzte der Waldschwarze in den Schlund hinab! ... Frieder vernahm den Schrei und das polternde, dumpfe Geräusch des Falles; er hatte hier nichts mehr zu tun und eilte zurück. Die Pascher hatten die Gefährlichkeit und Nutzlosigkeit eines jeden Widerstandes erkannt und sich ergeben. Man war eben daran, sie zu binden. Der Hagere, der sich wieder emporgerafft hatte, sträubte sich am längsten dagegen. Er schrie: „Ich protestiere gegen diese Behandlung. Ich gehöre nicht zu diesem Volk, sondern bin unschuldig hereingebracht worden."

„Versuchen Sie keine Verteidigung; sie nützt Ihnen nichts!" gab der Amtshauptmann zur Antwort. „Wir waren ungesehene Zeugen Ihrer Verhandlung mit dem Feldbauer. Der neue Waldschwarze darf nicht auf Nachsicht rechnen, und Ihre Bücher werden uns wohl vollständig Auskunft geben über das ‚Geschäft'."

„Wo ist der Feldbauer?" rief der Leutnant, der die Fesselung der Gefangenen überwachte, Frieder entgegen.

„In den Schacht gestürzt! Er liegt zerschellt da unten, wo er die Frauen hinabgezwungen hatte."

Die Bande des Buschwebels wurden nun auch beseitigt. Frieder war so rücksichtsvoll gewesen, den Entschluß des früheren Gegners, in den Dienst des Waldschwarzen zu treten, zu verschweigen.

Die Pascher wand man einzeln durch den Brunnen empor; sie wurden sofort unter Militärbegleitung an das Gerichtsamt abgeliefert. Der Amtshauptmann blieb bei dem Assessor zurück, um seinen Pflichten vollauf Genüge zu tun.

Die Nachricht von dem Geschehenen brachte eine ungeheure Aufregung im Dorf hervor. Trotz der späten Stunde versammelte sich alt und jung, groß und klein auf der Gemeindewiese, um die Gefangenen abziehen zu sehen.

Die Nachricht, wer der Waldschwarze gewesen sei, steigerte die bisher gegen den Feldbauer gerichtete unfreundliche Gesinnung zum vollsten Grimm, und hätte er sich bei den Gefangenen befunden, er wäre sicherlich gelyncht worden. Ganz anders allerdings klang es, als Frieder aus dem Feldhof trat, um sich nach Haus zu begeben.

„Endlich bist du wieder da!" empfing ihn der Vater. „Das war eine entsetzliche Ewigkeit, seit du fortgegangen bist. Draußen hat der Lärm gewährt schon über eine Stunde, und ich seh nichts, ich weiß nichts und möchte doch vor Erwartung und Angst um dich an der Wand emporlaufen! Wie ist's gegangen?"

„Gut. Nicht ein Tropfen Blut ist geflossen, und wir haben sie alle bekommen. Hört!"

Er stattete den atemlos lauschenden Eltern seinen Bericht ab.

„Hätte ich nur eine Viertelstunde zu sehen vermocht", rief der Blinde am Schluß, „ich gäbe fünf Jahre vom Leben dafür hin! So aber muß ich alles versäumen, worauf meine Sehnsucht so lange Zeit ging. Doch eins muß ich haben. Wo liegt der Waldschwarze?"

„Im Feldhof. Man hat ihn heraufgeschafft; er ist so zerschellt und zerschmettert, daß man sich vor ihm graut."

„So führst mich hin zu ihm. Die Rache ist zu End! Aber meine Hand muß es fühlen, ob's auch wahr ist. Dann will ich seiner gedenken als eines Toten, dem man verzeiht um der Seinen willen."

Frieder suchte nun Martha auf. Sie befand sich bei der Mutter und sprang bei seinem Erscheinen empor, um sich an seine Brust zu werfen.

„Gott sei Dank, daß du lebst! Oh, was hab ich gelitten, seit du fort bist! Ich hab dich nicht anders gesehn als tot, gemordet vom — von dem, den du fangen willst!" ..

Die Kranke richtete sich langsam empor.

„Ist's vorüber, Frieder?" fragte sie.

„Ja. Besser als zu vermuten war. Er wird nicht mit Verhör und Gefangenschaft gemartert werden, — er ist tot, hinabgestürzt in den Schacht."

Daß der Oheim mit ergriffen worden war, verschwieg Frieder ihr jetzt noch. Sie legte sich zurück und faltete die Hände.

„Was Gott tut, das ist wohlgetan, so will ich denken und mich von nun an nur an eurem Glück erfreuen!" —

Das Militär verließ, diesmal nicht bloß zum Schein, nach einigen Tagen die Gegend. Viele Familien gerieten in Elend, weil ihr Ernährer ein Mitglied der Schmugglerbande gewesen war. Gegen diese wurde eine außerordentlich verwickelte Untersuchung eingeleitet, die mit der Verurteilung aller Beteiligten endete.

Der Feldhof steht noch; er ist in fremde Hände übergegangen. Die unterirdischen Gänge wurden verschüttet, die Brunnen ausgefüllt und jede Spur von der dunklen Herrschaft des Waldschwarzen vernichtet; aber sein Andenken bleibt an dem Hof haften und wird niemals von ihm zu trennen sein.

Wer heute den Bachhof besucht, darf versichert sein, alle Zeichen eines rechten Glücks vorzufinden. Der Goliath lebt noch als ein rüstiger Greis, den der Verlust des Augenlichts nicht hindert, fröhlich mit den Seinen zu sein. Auch die Bäurin ist noch so mild und freundlich wie früher, und ihrem Einfluß ist es zum größten Teil zuzuschreiben, daß Marthas Mutter die Tage des schwersten Leidens glücklich überstanden hat. Frieder ist der tüchtigste und angesehenste Mann der Umgebung und seine Frau ein Engel für jeden Hilfsbedürftigen. Das kleine Töchterchen, das an ihrer Hand durch das Gras des Gartens zappelt, ist bis auf die großen, blauen Augen ganz ihr Ebenbild, und der Junge, der auf dem Baum sitzt und beide mit Kirschen wirft, gibt alle Hoffnung, daß das Geschlecht der Riesen vom Bachhof auch ferner gedeihen werde.

In der Wohnstube hängt unter Glas und Rahmen der Lebensbaumzweig, den Frieder am Grab seines Bruders an den Hut gesteckt und erst nach vollendetem Werk wieder heruntergenommen hatte.

Der Buschwebel hat den Abschied nehmen müssen und ist mit seinem Erbteil in die Fremde gegangen. Niemand weiß etwas Näheres über ihn. — — —

DAS GELDMÄNNLE

Das Modell

Es war ein ganz, ganz kleines Bergle. An dem lag ein ganz, ganz kleines Gärtle, und obendrauf stand ein ganz, ganz kleines Häusle. Aber das Kleinsein schadet nichts, denn vor dem Herrgott sind die Allerkleinsten oft die Allergrößten. Das Bergle, das Gärtle und das Häusle hießen das Damenbergle, das Damengärtle und das Damenhäusle, aber nicht etwa, weil Damen darin wohnten, sondern aus einem ganz anderen Grund, den wir schon noch erfahren werden.

Wie das Bergle entstanden war, das wußten alle Leute. Der Herr Pfarrer hatte es erzählt. Nämlich, als die Erde noch keine Berge hatte, da lebten tief in ihrem Innern, wo das ewige Feuer brennt, zwei Götter, die Pluto und Vulkan hießen. Wenn es ihnen einmal zu warm wurde, was bei der großen Hitze sehr häufig vorkam, so stiegen sie empor, um sich abzukühlen und frische Luft zu atmen. Das taten sie auch einmal an einem schönen, wolkenlosen Julitag. Sie saßen am niedrigen Strand des Weltmeeres und betrachteten die vorweltlichen Rieseneidechsen, die sich im Schlamm sonnten und dabei vor Vergnügen die Mäuler aufsperrten und die Augen verdrehten. Das ärgerte den Vulkan.

„Dumme Geschöpfe!“ sagte er. „Die haben noch keine Ahnung von Reaumur, Fahrenheit und Celsius! Sich in dieser Hitze wohlzufühlen! Das ist hier ja schlimmer als unten bei uns! Diese Sonnenglut! Kein Mensch bringt mich im Juli und August wieder in dieses Nordseebad! Die reinen Hundstage! Wollen wir vielleicht versuchen, ob es am Äquator kühler ist, Bruderherz?“

Pluto zog sein Taschentuch, wischte sich den Schweiß

von der Stirn und antwortete: „Äquator? Nein! In dieser Hitze gehe ich keinen Schritt. Ich bleibe einfach bis zum Dezember sitzen. Da wird es kühl. Ich lobe mir den Schnee!"

Da horchte Vulkan auf.

„Schnee!" rief er aus. „Höre, auf den äußeren Planeten soll es sogar im Sommer schneien, nämlich oben auf den Bergen. Ich habe kürzlich zwei Halbgötter bei mir als Taglöhner angestellt, für monatlich zwölf Taler fünfundzwanzig Silbergroschen, ohne Kaffee und Weihnachtsgeschenk. Der eine stammt vom Uranus und der andere vom Neptun. Ich selbst habe in den Dienstbüchern nachgeschlagen. Die erzählten mir, daß es da oben Berge gibt, auf denen sogar im Hochsommer das Eis nicht alle wird."

„Wirklich?" fragte Pluto etwas ungläubig.

„Wirklich!" bestätigte Vulkan. „Diese Arbeiter flunkern nicht, denn sie sind nicht auf der Erde geboren."

„Aber da könnten wir uns doch sofort die allerschönste Kälte verschaffen!"

„Wieso?"

„Wenn wir Berge machten! Weißt du, entweder einzelne oder gleich so ein ganzes plutonisches oder vulkanisches Gebläse und Geschiebe, was man Gebirge nennt. Ich glaube, wenn wir es sechs- bis achttausend Meter hoch machen, so erreichen wir eine Abkühlung, um die man uns sogar auf dem Neptun und Uranus beneiden würde. Und bei neuntausend Meter bringen wir es ganz gewiß auf ein zwanzig Leipziger Ellen tiefes Gletschereis. Was meinst du dazu?"

„Hm!" brummte Vulkan. „Der Gedanke ist gar nicht übel. Wir haben ja alles, was dazu gehört: Granit, Gneis, Porphyr und wie die Steine alle heißen. Nur den Sand hat uns das Meer weggeschwemmt. Zum Spaß können wir ein bißchen Steinkohle mit dazutun, oder Erz, wenn es nicht gar zu teuer wird!"

„Zu teuer? Mir kommt es auf einige Zentner Silber oder Kupfer nicht an, wenn es mir nur gelingt, mich abzukühlen. Wollen wir eine Probe machen, Kollege?"

„Ganz recht, eine Probe! Bei solchen Dingen ist es nicht geraten, gleich hoch hinauszugehn, weil es dann Jahrhunderttausende dauert, ehe man das Zeug wieder zurückgespült bekommt. Ich schlage vor, wir machen zunächst ein Modell."

„Gut, ein Modell. Wie groß?"

„Nun, sagen wir tausend Quadratfuß im Geviert, bei einer Höhe von höchstens vierzig Brabanter Ellen."

„Einverstanden! Wann fangen wir an? Morgen oder übermorgen?"

„Warum nicht gleich? Morgen, morgen, nur nicht heute, sagen alle faulen Leute. Ich aber pflege so etwas nicht aufzuschieben. Also komm! Machen wir uns ans Werk!"

Sie nahmen sich bei den Händen und fuhren in das Erdinnere hinab, wo sie sich den Oberarchitekten, den Hochbaumeister und den Materialienverwalter kommen ließen, um ihnen ihren Plan mitzuteilen und sich die vorhandenen Vorräte zeigen zu lassen. Diese sind rund um das ewige Feuer aufgestapelt, in das die Stoffe geworfen werden, um sich in der Weißglühhitze in Gase zu verwandeln. Diese werden emporgeblasen und auf dem Weg nach oben in der Weise zurückverwandelt, daß sie mit der emporgehobenen Erdrinde die beabsichtigte Form und Masse bilden.

Als Pluto und Vulkan sich mit dem Architekten und dem Baumeister über die Gestalt und Größe des Modells verständigt hatten, mußte der Verwalter die Vorratsräume aufschließen. Die Mischung stand ganz im Belieben der beiden hohen Götter. Sie nahmen Gneis, Granit, Glimmerschiefer, Tonschiefer, Porphyr, Basalt und verschiedene Quarzite.

„Tu auch ein bißchen Serpentin hinein", bat Vulkan.

„Der ist gut zu Gräberplatten für unberühmte Menschen. Wer ihn findet, der findet ihn!"

„Sehr gern!" antwortete Pluto. „Hast du noch einen Wunsch?"

„Nur, wenn du bei guter Laune bist!"

„Beim Modellieren allemal. Das kostet wenig und macht doch viel Vergnügen."

„Bon! Da drüben liegen die Erze. Ich sehe Zinn, Nikkel, Kobalt, Zink, Wismut, Kupfer und Blei. Wie wäre es, wenn wir eine Probe von jedem mit hinunterschaufeln ließen?"

„Einverstanden! Ich will sogar auch Silber dazugeben und eine Prise Gold. Weißt du, Vulkan, wenn wir es bis zu den Gletschern bringen können, ist mir bei der heutigen Hitze wirklich nichts zu teuer."

Die Halbgötter machten die Form des Modells. Die Viertelgötter füllten sie mit Erz und Stein. Das ging so schnell, daß man in zehn Minuten fertig war. Dann kamen die Achtel- und Sechzehntelgötter, um den Probeberg in das ewige Feuer zu werfen. Er wurde sofort von der Glut gepackt und aufgelöst. Ein zischender Blitz fuhr nach oben; dann war das Werk geschehn.

„Jetzt komm", sagte Pluto. „Wir wollen sehn, ob es uns gelungen ist, die Erdrinde zu durchbrechen."

Sie fuhren wieder nach oben. Die Erde ist groß, und das Modell war klein. Menschen hätten es gewiß niemals gefunden. Götteraugen aber sind bekanntlich scharf. Und weil die Erde damals noch nicht die winzigste Erhöhung hatte, sahen Pluto und Vulkan das zurückverwandelte Modell sehr bald genau auf dem dreizehnten Grad östlich von Greenwich liegen, und zwar fünfzig Grad und zwanzig Minuten nördlicher Breite. Das war leicht zu bestimmen, weil damals die Längen- und Breitengrade noch nicht verwischt und mit sehr deutlichen Nummern versehen waren.

Welch eine Freude, als die beiden Götter nach einer

sehr eingehenden Untersuchung erkannten, daß der kleine Probeberg ihren Erwartungen völlig entsprach. Vulkan lachte vergnügt und sagte:

„Du, Pluto, die Sache kann sich machen! Wir multiplizieren das Modell sovielmal, wie nötig ist, um achttausend Meter Höhe herauszubekommen. Die Rechnung ist sehr leicht. Meinst du nicht auch?“

„Allerdings“, nickte der Gefragte. „Aber der Wassergott wird sich beleidigt fühlen.“

„Warum?“

„Wenn wir die Erde heben, drängen wir doch sein Wasser zurück. Er wird über diesen Gebietsverlust gewaltig wettern.“

„Das glaube ich nicht. Laß mich die Sache machen! Ich fange das ganz schlau an. Er will doch auch einmal aufs Trockene. Wenn wir ihm erlauben, in den Wolken zu uns zu kommen und auf unseren Bergen Bäche und Flüsse anzulegen, so ist das ein Geschäft, wie er es gar nicht besser machen kann. Ich werde mit ihm sprechen. Du kannst inzwischen wieder niederfahren und an die Arbeit gehen. Ich sage ihm gar nicht, daß wir sein Wasser zu den Gletschern brauchten. Du weißt es ja, man muß mit anderen Göttern stets so vorsichtig wie möglich sein, zumal wenn man selbst einer ist! Wenn du alle deine Untergötter scharf zusammennimmst und ich die meinen dazufüge, können wir schon morgen einen Berg bis über die Wolken heben, der allen Ansprüchen genügt, die wir zu machen haben.“

„Und das Modell?“

„Das hat seinen Zweck erfüllt. Wir lassen es hier liegen.“

„Ja, als Merkstein oder als Standpunkt, von dem aus wir morgen zusehen, wie der beabsichtigte Berg sich vor unseren Augen erheben wird.“

„An welcher Stelle?“

„Von hier aus grad im Süden, wenn du nichts dagegen hast. Er wird an seinem Fuß eine Breite von zwei geographischen Meilen haben. Es wird sogar für uns Götter ein großartiges Schauspiel werden, wenn er sich majestätisch aus der Erde erhebt und immer höher wächst, bis er den Himmel zu erreichen scheint. Beliebt es dir vielleicht, die Stunde anzugeben, in der dies geschehen soll?"

„Ich bitte, punkt zwölf Uhr zu Mittag. Du steigst jetzt in die Tiefe und ich gehe zum Wassergott. Sobald ich mit ihm gesprochen habe, komme ich dir nach."

Sie trennten sich, um dann den ganzen Nachmittag und die ganze Nacht hindurch an den Vorbereitungen zu dem beabsichtigten plutonisch-vulkanischen Werk zu arbeiten. Das geschah nicht, ohne daß die irdische Schöpfung etwas davon merkte. Ein dumpfes Rollen ging zuweilen durch die Erde. Die See schlug kürzere Wellen als gewöhnlich. Die Winde wußten nicht genau, wohin. Das Licht hatte einen fahlgelben Schein. Die Wolken zogen sich ängstlich zusammen. Das Getier verkroch sich, als ob es fühle, daß etwas Ungewöhnliches im Anzug sei. Die Sonne schien in ihrem Lauf zu zögern. Sie wäre am liebsten wieder umgekehrt; aber da sie sich durch Vertrag verbindlich gemacht hatte, sich an jedem Mittag genau Punkt zwölf Uhr am Scheitelpunkt einzustellen, so lief sie heute von elf Uhr an etwas schneller, um das Versäumte nachzuholen. So kam es, daß sie schon dreiviertel zwölf den Scheitelpunkt erreichte und eine ganze Viertelstunde warten mußte, bis Pluto und Vulkan bei dem Modell erschienen, um den erwarteten, großartigen Anblick zu genießen.

Es war in der ganzen Natur eine tiefe Stille eingetreten, jene bekannte Stille, die großen, noch unbekannten Ereignissen vorauszugehen pflegt. Dann aber rollte und grollte es in der Tiefe, erst leise, dann lauter und immer lauter. Zuweilen krachte oder knatterte es, worauf es klang wie ein gewaltiger Kanonenschuß.

„Es beginnt", sagte Pluto. „Paß auf! Da, grad im Süden muß er aufsteigen."

Sie wandten ihre Aufmerksamkeit dieser Richtung zu und sahen also nicht, daß sich im Norden von ihnen eine ganz geringe Erhebung zu bilden begann. Aber als Vulkan sich doch einmal umschaute, bemerkte er diese kleine Bodenveränderung.

„Was ist denn das?“ fragte er. „Da unten scheint die Erde Blasen zu bekommen!“

Da drehte sich auch Pluto um, schaute hin und rief erschrocken aus:

„Was sehen meine Augen? Das sind ja die Rochlitzer Berge, nur hundertsiebzig Meter über dem Meer! Und ganz, ganz da draußen, das ist der Kreuzberg bei Berlin! Wo sind denn meine schönen Gase hingeflogen?!“

„Was bewegt sich denn dort im Westnordwesten?“

„Das sind ein paar Bodenwellen, die zwischen Altenburg und Reichenbach liegen.“

„Und da drüben rechter Hand?“

„Das ist die Freiberger Gegend. Da sind die Erze hingeflogen, denn es wackelt alles. Ich kenne das!“

„Da scheint die Sache also schief gehen zu wollen?“

„Wahrscheinlich. Sie geht in die Breite, anstatt in die Höhe!“

„Schade, jammerschade! Wie steht es da mit unsern kühlen Gletschern?“

„Warten wir es ab! Horch! Da hinter uns! Drehe dich um, schnell, schnell!“

Sie wandten sich wieder nach Süden, wo sich die Erdoberfläche höchst unregelmäßig hob und senkte.

Sie wurde aber sofort ruhig, wenn sich irgendwo ein fester Berg gebildet hatte. Götter wissen bekanntlich alles; darum konnten Pluto und Vulkan sofort die Namen dieser neuerstandenen Erhöhungen sagen.

„Dort kommt der Pöhlberg bei Annaberg“, sagte Pluto. „Nicht weit davon der Scheibenberg. Ah, schau; da drüben arbeitet sich der Spitzberg empor!“

„Der Auersberg, der Rammersberg, der Schneckenstein", fügte Vulkan hinzu. „Und dort, dort, dort! Jetzt geht es los! Jetzt kommen unsere Gletscher! Das wächst ja riesenhoch!"

„Glaube es nicht!" warnte Pluto. „Das ist der Fichtelberg und der Keilberg. Die werden nur ganz wenig über zwölfhundert Meter hoch! Wir haben die Gase nicht zusammengehalten. Das war ein unverzeihlicher Fehler. Sie haben in die Breite gewirkt, anstatt nur in die Höhe. Statt einen einzigen, himmelhohen Berg zu bekommen, haben wir es nur zu einem niedrigen, aber langen Gebirge gebracht, das von Hof bis Bodenbach reicht und höchstens von späteren Geschöpfen bewohnt werden kann, die wir wahrscheinlich Menschen nennen werden, für Götter aber, wie wir sind, vollständig unbe — — — halt!" unterbrach er sich. „Paß auf! Nimm dich in acht, Vulkan! Merkst du etwas unter den Füßen? Komm schnell herauf auf das Modell und halte dich fest!"

Sie sprangen auf den kleinen Probeberg und klammerten sich an seinen Felszacken fest, denn der Boden begann unter ihnen zu wanken. Dann war es, als ob sie auf einem riesigen Tier säßen, das sich schüttelte. Es erhob sich aus dem Schlaf. Es stand auf und wurde höher, hundert Fuß, fünfhundert Fuß, tausend Fuß. Dann blieb es, wie es war; aber es bückte sich nach vorn. Dadurch verlor das Modell den festen Halt. Es kam ins Rutschen, erst leise, langsam, dann schnell und immer schneller, bis es sausend in die Tiefe schoß, quer über das neu entstandene Tal hinüber, und dann so plötzlich liegenblieb, daß die beiden Götter weit fortgeschleudert wurden. Glücklicherweise sind Gottheiten auch körperlich unsterblich, aber etwas bange war es ihnen doch geworden. Sie standen auf und sahen erst sich und dann die umliegende Gegend an.

„So etwas hab ich noch nicht erlebt!" gestand Pluto. „Es ist ein wahres Glück, daß es niemand gesehen hat! Wie befindest du dich?"

„Verhältnismäßig wohl", antwortete Vulkan. „Nur da im Rücken hat es mich gepackt. Wahrscheinlich ein Hexenschuß oder so etwas Ähnliches. Du hast recht, es trifft sich gut, daß wir allein gewesen sind. Hätte man uns bei diesem Rutsch gesehen, so müßten wir uns schämen wie alte, abgedankte Heidengötter! Es ist mir überhaupt, als ob unsere Ehre heute einen Stoß erhalten hätte. Diese mißlungene Gletscherherstellung bringt uns keine gute Zensur, höchstens die Vier-b! Wir können das unmöglich auf uns sitzen lassen!"

„Allerdings! Wir schieben es auf den Oberingenieur und auf den Hochbaumeister. Die werden freilich sagen, daß die Dämpfe und Gase unsere Sache seien, aber wozu hat man Untergebene, wenn man das Unangenehme nicht auf sie abladen kann. Und wenn ein Laie kommt, der von der Geologie und Geodynamik nichts versteht, so sagen wir einfach, daß wir hier einen höchst gelungenen Versuch gemacht haben, zwischen Sachsen und Böhmen eine Grenze zu errichten, und in nächster Woche daran gehen werden, weiter im Süden hohe Gletschergebirge aufzubauen."

„Du willst also doch noch Gletscher haben?"

„Natürlich. Hier aber ist das nun nicht mehr möglich, weil uns die Gase den ganzen Untergrund zerklüftet und verdorben haben. Wir müssen uns also nach Süden wenden. Und zwar haben wir das gleich im großen zu betreiben, damit die heutige Schlappe vergessen wird. Ich nehme da ein Gebiet in Aussicht, das von der Wien-Triester Eisenbahn bis an die spanische Grenze geht und die gehörige Breite besitzt, schwere Alpenstöcke tragen zu können. Das eröffnet für spätere Jahrtausende einen fesselnden Anblick auf Sennerinnen, Wildschützen, Bergfexe, Schweizerkäse und Eierschmarren, ein Gedanke, der mir schon am heutigen Tag höchst angenehm ist, wenn ich bedenke, in welch einer unbelebten, leeren Umgebung wir uns in diesem Augenblick befinden."

„Nach Nektar und Ambrosia sieht es freilich hier nicht aus. Und auch, wenn ich die Augen zumache und in die Zukunft schau, geht es hier so ziemlich ärmlich her. Ich seh da meist arme Weber, Strumpfwirker und Spitzenklöpplerinnen. Sollte mich freuen, wenn so ein armer Wurm recht billig in den Besitz unseres Modells käme, und in seinem Innern nachsuchte. Wieviel Silber hast du wohl hineingetan?“

„Es ist reichlich ausgefallen; du weißt ja, daß ich bei guter Laune war. Die Schaufel hat so ungefähr zwischen fünfzehn und zwanzig Pfund gefaßt, und da das ‚Pfund fein‘ dreißig sächsische Taler wert ist, ergibt das einen Betrag von fünf- bis sechshundert Talern. Du weißt, daß ich dir in Beziehung auf das ‚In-die-Zukunft-Schauen‘ über bin. Ich mache auch die Augen zu, und was seh ich da? Einen gewissen Berthold Schwarz, der das erfindet, was wir Götter nicht erfunden haben, nämlich das Pulver. Mit diesem wird man unser Modell auseinandersprengen und das Silber finden. Ich vermute, daß es eine Stufe sein wird, denn ich versteh mich auf die Metallurgie. Es ist zwar auch ein bißchen Gold dabei, aber höchstens für zwei Doppellouisdor. Das findet man wohl kaum. Kannst du sehen, wer der glückliche Finder sein wird?“

„Nicht deutlich. Jetzt aber frag ich dich, ob wir hier noch etwas zu schaffen haben?“

„Ich wüßte nichts.“

„So laß uns gehn!“

Als sie den Platz verlassen wollten, sah Pluto, daß Vulkan hinkte.

„Hast du Schmerzen?“ fragte er.

„Na, und ob!“ antwortete der Gefragte, indem er die Zähne zusammenbiß. „Dieser Hexenschuß geht mir bis in die Zehen. Der Anprall an die Felsenwand ist doch zu stark gewesen. Untersuche doch einmal, ob es heilbar ist!“

Pluto erfüllte diesen Wunsch und sagte dann im Ton des Bedauerns:

„Es ist irgendwo eine Flechse gesprungen. Du wirst also das Hinken behalten, und zwar für immer."

Da sah ihn Vulkan erschrocken an.

„Wirklich?" fragte er. „Das ist schlimm, sehr schlimm! Wir Götter sind leider öffentliche Persönlichkeiten, über die jeder Narr sprechen oder schreiben zu müssen glaubt. Man wird fragen, warum ich hinke. Wenn man dabei auf unseren heutigen Mißerfolg und gar auf den unfreiwilligen Bergrutsch kommt, ist es mit unserem guten Ruf zu Ende. Ja, wenn die Mythologie nicht wäre, besonders die griechische und römische! Man weiß ja ganz genau, daß einst jeder Quartaner seinen ‚Mythologischen Leitfaden' in der Tasche haben wird, und infolgedessen ist es einem immer zumut, als ob man einige Dutzend Steckbriefe hinter sich her hätte. Es wäre geradezu fürchterlich, wenn in diesem Leitfaden erzählt würde, daß Vulkan hinkt, weil er die unterirdischen Gase nicht zusammengehalten hat!"

„Dem ließ sich wohl abhelfen, lieber Bruder, wir geben einfach einen anderen Grund an. Mir fällt da der Zwist ein, den es im vorigen Herbst zwischen Jupiter und Juno gab. Du kamst dazu und hieltest es für deine Ritterpflicht, die hohe Göttin gegen ihren Gemahl in Schutz zu nehmen. Der aber nahm das übel und warf dich auf die Erde herunter. Du kannst es gar nicht verhindern, daß diese Angelegenheit mit in die mythologischen Schulbücher kommt. Darum würde ich an deiner Stelle das Hinken als eine Folge dieses hohen Sturzes bezeichnen."

„Hm! Nicht übel! Es ist allerdings besser, man hinkt infolge einer höflichen Umgangsform. Schauderhaft wäre es, wenn es hieße, man sei lahm geworden, weil das Modell mit einem durchgegangen ist. Es muß unbedingt verschwiegen werden, daß ich mir hier im Königreich

Sachsen, zwischen Jöhstadt und Ehrenfriedersdorf, einen Hexenschuß oder einen Flechsenriß zugezogen habe, weil ich mit meinen unterirdischen Gasen nicht umzugehen weiß. Ich nehme also deinen Vorschlag an und bitte dich, soviel wie möglich für die Überlieferung zu sorgen, daß ich mir infolge jenes Sturzes auf die Erde diesen kleinen Schönheitsfehler zugezogen habe. Nun laß uns gehn! Erlaube mir, daß ich mich auf dich stütze! Komm! Ich hab genug. Hier laß ich mich gewiß nicht wieder sehen!"

Sie entfernten sich und sind dann niemals wiedergekommen. Wie man weiß, ist den beiden Göttern die beabsichtigte Täuschung sehr gut gelungen. Noch heute glaubt jedermann, daß Vulkan wegen Jupiters Gewalttat hinkt. Aber jede Wahrheit muß endlich einmal an den Tag kommen, und auch diese ist durch den Mund des Pfarrers schließlich doch zu ihrem Recht gekommen, und es steht zu erwarten, daß alle Leitfäden der Mythologie hiernach geändert werden. Man kann das mit der festesten Überzeugung tun, denn das „Bergle" ist als glänzender Beweis noch heute vorhanden, wenn auch in etwas veränderter Gestalt.

*

Nun wissen wir also, wie es entstanden ist, das ganz, ganz kleine Bergle. Wie es sein heutiges Aussehen bekommen hat, das werden wir auch noch erfahren. Es genügt für jetzt, zu wissen, daß es eigentlich ein kleines Inselchen ist. Denn als der Bach, der durch das Dorf läuft, zum erstenmal von den benachbarten Bergen herunterkam und das Bergle drüben liegen sah, da gefiel ihm dieses so sehr, daß er gleich schnell hinüberlief und einmal rund um das ganze Bergle floß, um es von allen Seiten genau zu betrachten. Und das ist so geblieben. Jedes Wässerchen, das den Lauf des Baches findet, will unbedingt einmal die Runde um das Bergle machen, weil es einst Modell gewesen ist. Das Wasser bildet also einen vollendeten Ring, der das Bergle einschließt und sich tief in den Boden eingegraben hat, daß er viel, viel tiefer ist, als der Bach selbst. Wenn zwei oder gar drei Männer übereinander in dem Wasser ständen, so schaute der oberste wohl noch nicht darüber heraus. Darum würde man gar nicht hinüber können, wenn es nicht eine Brücke gäbe, die von einem Ufer nach dem andern führt.

Das Gärtle steigt wie ein aufrecht stehender Trichter rund um das Wasser auf. Der Musteranton hat es mit großer Liebe angelegt, und obwohl es schon lange her ist, daß er plötzlich starb, so ist doch genau alles so geblieben, wie er es damals geschaffen hat, nur daß die Bäume unterdessen gewachsen sind und reiche Früchte tragen. Es gibt da nämlich erstens einen Kirschbaum mit gelbroten, schönen, großen Früchten, sodann einen Rettichsbirnenbaum und einen Apfelbaum mit goldig glänzenden Reinetten. Auch ein Zwetschgenbaum ist da, dessen dunkelblaue Früchte stets pünktlich genau zur Kirchweih reifen, wenn Pflaumenkuchen gebacken werden muß. Dazwischen stehen Stachel- und Johannisbeeren; Himbeeren und Brombeeren aber nicht, denn diese holt man sich ja aus dem Wald, wo sie überreich vorhanden sind. Von den Gartenbeeten sind einige für Petersilie, Spinat, Sellerie und andere Küchenpflanzen bestimmt, die andern aber alle für die Blumen, die das „Herzle“ pflegt vom ersten Frühlingstag bis in den späten Herbst hinein, und zwar mit bewundernswürdigem Erfolg. Denn das Herzle hat eine Blumenhand, wie es keine zweite gibt, so weit man in der Umgegend nachzufragen vermag.

Und oben auf dem Bergle über dem Gärtle liegt das Häusle.

Es ist so niedlich klein, daß man meinen sollte, es sei nicht Platz für Menschen, sondern nur für Heinzelmännchen darin.

Wer hat das Häusle einmal anders als schön blütenweiß gesehen? Gewiß niemand! Denn wenn das Wetter die Farbe zu verwandeln beginnt, so wird es schnell wieder frisch angestrichen. Und das tut das Herzle stets selbst; da darf kein anderer kommen. Und wer hat einmal eine trübe oder gar schmutzige Fensterscheibe gesehen, oder einen Spinnenfaden, einen Schmutzfleck oder Staub? Solche Dinge sind für das Herzle wie nicht vorhanden!

Die Herren Gelehrten behaupten, das Herz des Menschen habe zwei Herzkammern und zwei Herzvorkammern. Das wird wohl richtig sein. Aber ebenso richtig ist es, daß es beim Herzle nur eine Stube und eine Kammer gibt, denn was auf der anderen Seite liegt, das ist der Ziegenstall mit dem Winterheu darüber. Die Ziege heißt Karlinchen und hat dafür zu sorgen, daß die Mutter des Herzle ihren Kaffee nicht schwarz zu trinken braucht. Das ist das einzige, was man von ihr verlangt, und da sie von Natur ein gutes Gemüt und für die freundliche Pflege Dankbarkeit besitzt, so wird die Milch im Krüglein niemals alle.

Wer zu dem Herzle will, der geht über die Brücke und auf dem schmalen Gartenweg herauf bis an die Tür. Wenn das Wetter nicht gar schlimm ist, braucht man nicht einzutreten. Denn das Häusle hat ein weitvorspringendes Sommerdach, unter dem die beiden Bewohnerinnen stets bei der Arbeit sitzen, so lange die Witterung erlaubt, sich im Freien aufzuhalten. Sie sind die geschicktesten Spitzenklöpplerinnen weit und breit, und das Herzle ist außerdem als Näherin und Putzmacherin bei alt und jung sehr wohl bekannt. Man sagt sogar, sie habe besseren Geschmack als manche Stadtmamsell.

So! Jetzt ist die Vorrede fertig, und da der Herr Lehrer grad über die Wiese herüberkommt und es eilig zu haben scheint, so mag die Erzählung beginnen.

Das Herzle und ihre Mutter saßen einander vor dem Häusle am Tisch gegenüber. Über diesen war ein weißes Tuch gebreitet, denn die Spitzen, die beide klöppelten, waren so kostbar, daß man sie mit der größten Vorsicht und Sauberkeit behandeln mußte. Zwischen den Klöppelkissen lag ein Muster. Es war nicht gedruckt, sondern mit der Hand gezeichnet und stellte eine Handmanschette vor, wie sie nur von feinen Damen bei festlichen Gelegenheiten getragen wurden. Die Figuren bildeten Schmetterlinge, die sich um ein Herz gruppierten.

Die Mutter hatte graues Haar, doch war ihrem lieben, stillen Gesicht anzusehn, daß sie eigentlich noch nicht in dem Alter stand, in dem man grau zu werden pflegt. Sie hatte rote, gesunde Wangen, aber einen Zug um den Mund, der auf das Vorhandensein schwermütiger Gedanken schließen ließ.

Dem Herzle sah man an, daß sie die Zwanzig überschritten hatte. Ihr Anzug war aus weißem, frisch gewaschenem Leinen. Wenn es nicht Winter war, ging sie nur selten in einer anderen Farbe. Sie liebte das Weiß, obgleich es nicht geeignet war, eine Unschönheit zu verbergen, die wohl jedes andere Mädchen mit aller Mühe verborgen hätte. Daher sei es aufrichtig gesagt, daß das Herzle „bucklig" war. Aber wenn man sie ohne Vorurteil betrachtete, so kam man gar nicht darauf, sie wegen dieser Verkrümmung des Rückens zu bemitleiden. Wie klein, fein und schön die Händchen waren, in denen die Klöppel fast melodisch klapperten! Wie reich und weich das hochaufgesteckte, dunkelbraune Haar! Auf der Stirn gab es nicht das kleinste Fältchen. Die Wangen waren voll, gesund gerötet, die Nase fein, ein wenig aufgerichtet, der Mund wohlgestaltet, das Kinn weich gerundet, mit einem schelmischen Grübchen.

In diesem Gesichtchen gab es keine Spur von jener bitteren, oft beißenden Schärfe, die oft die unliebsame Begleiterin der oben erwähnten Verkrümmung zu sein pflegt. Und nun gar die Augen! Fast hätte man behaupten mögen, sie gehörten nicht auf das Dorf, sondern ganz woanders hin. Solche Augen hatte Murillo gemalt, wenn er beabsichtigte, der Seelenreinheit menschliche Gestalt zu geben. Sie sind sehr selten. Wer sie besitzt, der ist ein guter Mensch.

Unweit des Tisches lag das Karlinchen auf einem Haufen frischgeschnittenen Grases. Das sollte ihr heutiges Frühstück sein; sie hatte es aber vorgezogen, es als Kanapee zu verwenden. Sie schien überhaupt etwas aufgebracht zu sein, innerlich beschäftigt, oder gar gedankenschwer. Dachte sie vielleicht darüber nach, warum ihr heute in aller Frühe ein Kranz aus duftenden Tannenzweigen um den Hals gelegt worden war? Oder galt der ungewisse Blick, den sie zuweilen nach dem Tisch warf, den kleinen Blumensträußen, die Mutter und Tochter vorgesteckt hatten? Es ist ja gar nicht auszusagen, wie es eine Ziege überraschen und aus dem Gleichgewicht bringen muß, wenn sie vom Herzle gleich früh den Kaffeezucker in das Maul gesteckt bekommt und ihr dabei gesagt wird: „Heut werd ich vierundzwanzig Jahr alt, und du, mein gutes Karlinchen, bist nur erst acht!“ Jetzt wendete sie den Kopf. Ein frohes Mekkern folgte; dann sprang sie auf. Dadurch aufmerksam gemacht, schauten die Frauen zur Wiese hinunter, über die ein schmaler Pfad nach der Brücke zum Häusle führte.

„Der Herr Lehrer kommt“, sagte die Mutter.

Das Herzle senkte den Kopf. Das Karlinchen aber eilte den Garten hinab und auf die Brücke zu, um den wohlbekannten Freund ihrer Herrschaft freudig zu begrüßen. Das tat sie immer, wenn er kam, denn sie hatte ihn innig in ihr warmes Ziegenherz geschlossen. Warum? Wohl aus verschiedenen Gründen, von denen einer jetzt offenbar wurde, denn der junge Lehrer zog eine seiner Morgensemmeln, die er ihr mitgebracht hatte, aus der Tasche, gab sie ihr und sagte:

„Hier, dein Teil, Karlinchen. Geh voran, und sag, daß ich Glück zu wünschen komme!"

Sie drehte sich, als ob sie ihn verstanden hätte, um und kehrte mit den sonderbarsten Sprüngen nach ihrem Grashaufen zurück.

Der Lehrer hatte eine Rose in der Hand, nur eine einzige; sie war weiß. Er gab, als er hinaufgekommen war, den Frauen die Hand, fügte für das Herzle die Rose hinzu und sagte:

„Da kommt man, um Glück zu wünschen, und sieht doch, daß es gar nicht nötig ist. Es ist grad umgekehrt: mich sollte ich beglückwünschen, daß ich zu euch beiden kommen darf."

Das Herzle wollte hineingehen, um ihm einen Stuhl herauszuholen; er tat es aber selbst. Er war bei ihnen wie daheim.

„Ich hab auch anderswo schon einen Glückwunsch ausgesprochen", sagte er, als er sich niedergesetzt hatte.

„Beim Rösle?" fragte die Mutter.

Die Tochter schwieg.

„So hieß sie früher, als sie noch Kind war", antwortete er. „Jetzt aber läßt sie sich Rosalia nennen. Ich brachte ihr einen großen Busch von roten Nelken. Die sind ihre Lieblingsblumen. Andere mag sie nicht. Es gab Kuchen und Sekt."

„So in der Frühe?"

„Ja."

Daß er nicht mitgetrunken hatte, sagte er nicht. Dann fuhr er fort:

„Ich wäre lieber erst zu euch gekommen; aber ich mußte hin, eines Briefes wegen, den ich Herrn Frömmelt zu zeigen hatte, weil er der Vorsitzende vom

Komitee ist. Die Regierung hat unsere Ausstellung genehmigt. Der Minister schreibt, er freue sich darüber, daß solche einfache Dorfbewohner so einsichtsvoll und mutig gewesen seien, ein Werk zu unternehmen, dessen weittragende Bedeutung von den Städten nicht erkannt worden sei."

„Das ist schön! Das ist eine Freude!" rief das Herzle aus. „Das haben wir dir zu verdanken, dir und dem Herrn Pfarrer!"

„Mir wohl kaum. Er aber war es, der die Sache in seine kräftige Hand und auf seine beredte Zunge nahm."

„Von dir aber ist der Gedanke ausgegangen. Du hast ihn ausgesonnen und klar durchdacht. Dann bist du der Schriftführer vom Komitee geworden und hast wie ein Feldherr in alle Gegenden hinausgewirkt, um uns den Zuspruch und Erfolg zu sichern. Von dir stammen auch die Schreiben an die Amtshauptmannschaft, an die Kreishauptmannschaft und an das Ministerium. Auf diese Schreiben ist es angekommen, ob wir die Genehmigung erhalten oder nicht. Der Minister wollte durch diese Ausstellung die verarmte Handweberei des Gebirges heben; er wollte zeigen, daß die Hungernden nicht zu verzagen brauchen, wenn sie ihre Zukunft in die eigenen Hände nehmen. Aber keine einzige der Städte ist so herzhaft gewesen, sich dazu herzugeben. Da ist er unwillig geworden und hat gesagt, daß er verzichte. Nur deinen Plänen und Berichten ist es zu verdanken, daß er den guten Willen wiederbekommen hat."

Man sah ihr an, wie gern sie hiervon sprach. In ihren Augen lag ein schönes, frohes Licht, und in ihrem Ton klang die Stimme ihres Herzens. Er sah sie dankbar lächelnd an und erklärte:

„Mein ganzes Verdienst liegt darin, daß ich der Ausstellung einen gesunden Körper und ein einfaches Kleid gegeben hab. Man wollte ein großes Gebäude mit teurer Ausstattung, eine weithin schallende Reklame und allerlei andere Kostspieligkeiten. Das war falsch. Auch hätten wir den Neid der Nachbarschaft erregt. Da hab ich ein ehrliches Wort gesprochen und freu mich, daß ich damit durchgedrungen bin. Die Ausstellung wird sich über alle Dörfer unseres Tales erstrekken, die dieselbe Not und dieselben Bedürfnisse haben, und auf einen großen, prunkenden Ausstellungspalast können wir verzichten, weil wir in jedem Haus und in jeder Hütte ausstellen werden. Es wird jedermann seine Wohnung säubern und schmücken, um den Besuchern die Früchte seines Fleißes, die Tränen seiner Armut und das Lächeln seiner Hoffnung vorzuzeigen. Wer da kommt, der soll den strebenden Geist und die gottvertrauende Seele unserer Bevölkerung kennenlernen. Er soll sehen, daß uns der Kampf zwischen Menschenhand und Maschine, zwischen Armut und Reichtum keineswegs vernichtet hat. Wir wollen nicht etwa gegen das Kapital kämpfen, denn wir brauchen es; aber es soll sich nicht mehr zwischen den Erzeuger und Verbraucher stellen, um beide auszubeuten. Und das wollen wir nicht durch Sturm und Kampf, sondern auf dem friedlichen Weg des Gesetzes und christlicher Liebe erreichen. Und weil wir diesen Frieden betonen, hat der Minister sich ohne unser Ansuchen bereit erklärt, in eigener Person zu kommen, um die Ausstellung zu eröffnen."

Da schlug das Herzle die kleinen, fleißigen Hände zusammen und rief aus:

„Der Herr Minister selbst? Welch eine große Ehre! Hermann, das ist wieder etwas, was wir nur dir zu verdanken haben! Weiß man das auch im Gasthof schon?"

„Ja, freilich weiß man es. Ich hab ja den Brief vorzeigen müssen."

„Bitte, zeig mir ihn auch!"

„Das darf ich nicht, Herzle, denn es stehen Komiteegeheimnisse darin."

Sie sah ihm forschend in das gute, jetzt lächelnde Gesicht und sagte dann:

„Du, ich durchschau dich! Du bist vom Herrn Minister gelobt worden, und das willst du mir nicht zeigen. Was du sagst und was du schreibst, das hat stets Hand und Fuß. Ich glaub, man hat sich da droben im Ministerium den Namen Hermann Burgau besonders angemerkt. Was sagt denn das Rösle zu diesem hohen Besuch?"

„Fräulein Rosalia? Das brauch ich dir nicht erst zu berichten, weil sie zu dir kommen wird, um es dir selbst mitzuteilen. Ihr erster Gedanke warst gleich du."

„Ich? Und der Minister? Wie komm ich mit dem zusammen?"

„Das wirst du schnell erfahren. Dort kommt sie schon. Da muß ich gehen, denn von dem, was nun bei euch gesprochen wird, versteh ich ja nichts."

Er stand auf, gab beiden die Hand und ging. Man sah ihm an, daß er wohl gern noch länger geblieben wäre.

Unten an der Brücke begegnete er der Nahenden. Er zog vor ihr den Hut, als ob sie etwas Vornehmeres als nur ein Kind des Dorfes sei.

Sie hatte ihm ja gesagt, daß sie das so wolle und daß es sie ärgere, wenn man sie jetzt noch Rösle nenne; sie heiße doch Rosalia, wie es im Kirchenbuch geschrieben stehe.

Sie war eine hohe, sehr voll gebaute Person, die sich ganz städtisch trug. An ihrer Brust prangte die Hälfte des roten Nelkenbusches, den Burgau ihr gebracht hatte. Sie grüßte kurz, als sie den Tisch erreichte, gab nur die Fingerspitzen ihrer Hand, setzte sich auf den leergewordenen Stuhl und fiel dann sofort mit der Tür ins Haus:

„Herzle, es gibt Festjungfern, zwölf Stück, alle weiß gekleidet. Ich bin die oberste von ihnen und sag dem Minister das Gedicht, das mir der Herr Lehrer machen muß. Er will zwar nicht, aber ich weiß, ich setze es noch durch!"

„Festjungfrauen?" fragte die Näherin erstaunt.

„Ja; was sollte der Minister von uns denken, wenn er nicht von weißgekleideten Damen mit einem Gedicht empfangen würde! Dieser Gedanke ist von mir. Fein, nicht wahr? Es müssen zwölf sein, grad ein ganzes Dutzend. Ich such sie mir aus. Dich kann man nicht mit wählen, weil du bucklig bist. Der Herr Lehrer bracht den Brief, dazu einen großen Nelkenstrauß, zweiunddreißig Stück. Ich hab sie gezählt. Für dich hatte er nur eine kleine Rose. Da ist sie ja; ich seh sie. Warum bist du nicht auch gekommen, mich zu beglückwünschen? Wir sind an demselben Tag geboren und an demselben Tag in derselben Kirche getauft worden. Da schickt es sich doch, daß man sich das Wort vergönnt!"

Das Herzle schwieg; die Mutter aber fragte:

„Und du, Fräulein Rosalia?"

„Ich? Ich bin da!"

„Um Herzle zu beglückwünschen?"

„Ja. Was sonst?"

„Ich hab noch kein Wort davon gehört!"

„Ach so! Ich soll euch eine Rede halten? Das hab ich nicht nötig. Es genügt vollauf, daß ich gekommen bin!"

„Doch nur wegen des neuen Kleides für die weiße Festjungfrau! Wegen Herzles Geburtstag gewiß nicht!"

„Du bist noch immer des Musterantons Frau, die uns nicht leiden kann, obgleich ihr uns euer ganzes Bergle zu verdanken habt. Und heut ist deine Laune doppelt schlecht. Ich weiß, woran du immer denkst, wenn du mich siehst. Warum war das Herzle immer so krank und immer so still, wenn ich mit ihm reden wollte?

Warum spielte es nur mit andern? Das hat mich wütend gemacht. Hätte es mir gehorcht, so hätte ich ihm damals nicht die Ohrfeigen gegeben und es auch nicht den Berg hinabgeworfen, worauf es bucklig geworden ist. Es ist ein Unterschied, ob man den reichen Musterwirt oder den armen Musteranton zum Vater hat. Wer nicht hört, der muß eben fühlen. Jetzt aber bin ich da, um mit euch über das weiße Kleid zu reden. Das meinige muß natürlich von Seide sein. Der Vater spannt nach dem Mittagessen an. Da fährst du mit in die Stadt, Herzle, um den Stoff für mich auszusuchen."

„Das kann ich nicht; ich hab keine Zeit", antwortete die Näherin.

„Das geht doch mich nichts an! Ich bezahle dich. Und eine Wagenfahrt mit mir ist doch wohl eine Auszeichnung, auf die du dir etwas einbilden kannst. Was hast denn so nötig zu tun?"

„Dieser Spitzenbesatz muß bis zur Ausstellung fertig werden. Und heut ist mein Geburtstag; da geb ich mir für den Nachmittag frei. Man will doch auch einmal zu Atem kommen."

„Wenn du mit dem Besatz fertig werden mußt, so arbeite in der Nacht! Oder meinst du damit auch, daß du keine Zeit für mein neues Kleid hast? Die Näherinnen in der Stadt mag ich nicht. Sie sagen zwar, daß sie mich nicht mögen, aber umgekehrt ist es richtiger. Willst du es machen?"

„Ja. Dann muß ich allerdings des Nachts arbeiten."

„Und fährst mit mir in die Stadt?"

„Nein. Such dir den Stoff selbst aus!"

„Das kann ich nicht, dein Geschmack ist mir lieber als der meinige. Und du sagtest ja soeben, daß du dir freigeben willst."

„Nicht für die Stadt. Ich hab mit dem Herrn Lehrer die Muster zu besprechen. Er ist an meinem Geburtstag stets zum Kaffee zu uns gekommen und wird dies wahrscheinlich auch heut wieder tun. Da muß ich also zu Haus sein."

Da fuhr die Tochter des Musterwirts schnell auf:

„Hat er es dir etwa vorhin versprochen?"

„Nein."

„So kommt er heut nicht; ich werde dafür sorgen! Ich weiß gar wohl, was du denkst und was du willst. Aber das schlag dir nur aus dem Sinn. Der Herr Lehrer ist nichts für dich! Der braucht eine Frau, die gerade gewachsen ist und die das Geschick besitzt, mit feinen Leuten zu verkehren. Der hat eine Zukunft, sagt der Vater, und der versteht es wohl. Er wird nicht lange mehr Lehrer bleiben. Die Behörde ist auf ihn aufmerksam geworden; wir wissen es. Auch der Vater hat mir neulich anvertraut, daß er noch Großes mit ihm vorhabe. Wenn so ein Mann sich eine Frau sucht, so geht er nicht zum armen Damenhäusle, sondern zum reichen Musterwirt, der ganze Säcke voll von blanken Talern hat und dazu eine Tochter, auf die man selbst in Dresden Augen macht, wenn man sie sieht. Also, willst du mir das neue Kleid machen?"

„Ja."

„Und am Nachmittag mit mir in die Stadt fahren?"

„Nein."

„So laß es bleiben! Wenn du nicht mitfährst, darfst du es auch nicht machen. Jede Näherin leckt die Finger danach, für Fräulein Rosalia zu arbeiten. Ich geh jetzt. Wir sind geschiedene Leute. Aber vorher sag ich dir noch einmal: der Herr Lehrer ist nicht für dich gewachsen, und wenn du ihn dir nicht aus dem Kopf schlägst, bekommst du es noch ganz anders mit mir zu tun, als damals, wo ich dich nur bucklig machte!"

Sie war von ihrem Stuhl aufgesprungen. Nun drehte sie sich um und ging, ohne einen Gruß zu sagen, durch das Gärtle hinunter, über die Brücke und auf dem Wiesenweg nach dem elterlichen Haus, wo sie sogleich bekannt gab, daß sie nicht heute, sondern erst morgen nach der Stadt fahren werde.

„Heut muß ich daheim bleiben“, dachte sie. „Ich werde auf den Lehrer warten und mit ihm reden. Dann soll es sich zeigen, wo er den Geburtstagskaffee trinkt, bei ihr oder bei mir!“

Von da ging sie nach dem Innern des Hauses, in die große Gaststube, wo auf einem besonderen Tisch alle ihre Geburtstagsgeschenke „aufgebaut“ waren, damit jedermann sie sehen und bewundern möge. Der Musterwirt liebte es, auch in dieser Weise zu zeigen, daß er der reichste Mann im ganzen Dorf, ja, wohl in der ganzen Umgegend war.

Obgleich es noch am Vormittag war, hatte sich schon eine Anzahl von Gästen eingestellt, die von der Nachricht herbeigelockt worden waren, daß der Feldjäger im Gasthof gewesen sei und etwas Neues vom „Geldmännle“ erzählt habe. Auch das Ausstellungskomitee hatte sich eingefunden, es war wegen des Briefes aus dem Ministerium vom Wirt zusammenberufen worden. Die Tochter kam gerade, als ihr Vater zu erzählen begann, was er von dem Sicherheitsbeamten erfahren hatte. Er sagte soeben:

„Es ist zwar schade um den Neubertbauern, aber er hat immer groß hinaus gewollt. Mit solchen Protzen sollte man eigentlich gar kein Mitleid haben. Er hat ein einziges Kind, eine Tochter. Nun schaut die mal an, wie sie dahergeht! Wie eine Fürstin tritt sie auf, und nichts ist ihr gut und teuer genug gewesen. Ein solches Gehabe mußte den Neuberthof herunterbringen. Die Tochter hat nach und nach den Vater aufgefressen und er dabei sein schönes Bauerngut. Und alles, alles hat er besser verstanden als andere Leute. Und recht hat er gehabt in allem, was man mit ihm sprach. Er hat sich sogar oft mit mir herumgestritten, und das will schon was sagen! Als es immer mehr und mehr abwärts gegangen ist und er bald nichts mehr gehabt hat, da hat er sich nach dem Geldmännle umgeschaut, und dieses ist schnell zu ihm gekommen. Denn das Geldmännle ist allwissend und findet jeden, der es haben will. Der Neubertbauer hat für jeden guten, echten Schein fünf falsche, nachgemachte bekommen, die er gern wieder losgeworden ist, weil sie keinen anderen Fehler haben, als einen ganz, ganz kleinen, den nur der richtige Kenner entdecken kann. Ich hab zwar noch keinen gesehen; ihr wißt ja alle, daß ich nie ein Papiergeld annehme, denn es ist mir einmal eine große Summe in Papier verbrannt; aber ich hab gehört, daß man ein sehr gutes Vergrößerungsglas haben muß, um die falschen Scheine von den echten zu unterscheiden. Darum ist gar keine Gefahr dabei, sich von dem Geldmännle sogar viele tausend Taler oder Gulden umwechseln zu lassen; nur muß man beim Ausgeben vorsichtig sein und es nicht merken lassen, daß man mehr Geld besitzt, als einem zuzutrauen ist."

Er machte hier eine Pause, durch die seine letzte Darstellung zur besonderen Betonung kam. Wer ihn nicht besser kannte, hätte beinahe denken mögen, daß er die Ausgabe von falschem Geld empfehlen wolle. Aber jedermann kannte seine unüberwindliche Abneigung gegen alles, was Papiergeld heißt. Er hatte schon oft fremden Gästen, die von dieser Besonderheit nichts wußten und mit Scheinen zahlen wollten, die Zeche gestundet oder gar geschenkt, weil er nur gemünztes Geld mit seiner Hand berührte. Der Herr Pfarrer, der sich auf gelehrte Worte verstand, hatte einmal gesagt, das sei eine sogenannte Idiosynkrasie, nämlich eine Abneigung, bei der sich die ganze Natur des Menschen sträube, etwas zu tun, was doch eigentlich ganz natürlich ist.

„Der Neubertbauer ist aber nicht so vorsichtig gewesen", fuhr er fort. „Anstatt das nachgemachte Geld an verschiedenen Orten auszugeben, wo man ihn nicht kannte, hat er nur stets daheim auf seinem Hof damit bezahlt. Das war dumm. Denn es mußte auffallen, daß er, der fast gar nichts mehr hatte, nun plötzlich für jede Kleinigkeit einen Hunderttalerschein auf den Tisch legte. Dadurch ist die Polizei aufmerksam auf ihn geworden, und ich hab sie auf die richtige Spur gelenkt."

„Du, Vater, du?" fragte seine Tochter.

„Ja, ich!" antwortete er, indem er sich mit einem triumphierenden Blick im Kreis umschaute.

„Das ist recht! Das ist die richtige Antwort auf die Beleidigung, die uns geworden ist vom Neuberthof. Die Tochter hat gesagt, daß wir das Blut der armen Weber saugen; nun mag sie sehen, was es für sie zu saugen gibt!"

Der Eindruck dieser Worte auf die Anwesenden schien kein guter zu sein; darum fügte der Wirt schnell hinzu:

„Das war nicht mein Grund; ich hatte einen anderen. Ich bin ein Christ, ich gehe sonntags zweimal in die Kirche und bete oft das Vaterunser. Vergib uns unsere Schuld, wie wir vergeben unseren Schuldigern! Ich hab also diese Beleidigung sofort und gern vergeben, denn alle Welt weiß, daß gerade ich es bin, der für die armen Weber Sorge trägt. Das hab ich durch die Ausstellung von neuem bewiesen. Ich bin der Vorsitzende des Komitees. Aber ich bin auch Untertan des Königs und weiß genau, was ich seinen Gesetzen schuldig bin. Ein guter Untertan darf kein Verbrechen dulden, und wenn er eins erfährt, so hat er Anzeige zu machen. Das hab ich getan, weiter nichts. Es war meine Pflicht."

„Hast du denn gewußt, daß der Neubertbauer mit dem Geldmännle Geschäfte macht?" fragte einer der Anwesenden.

„Ja. Er hat es mir erzählt, beim Kartenspiel, als er betrunken war. Er hatte viel an mich verloren und wollte mit einem großen Schein zahlen; den nahm ich aber nicht. Da steckte er ihn schnell wieder ein. Das fiel mir auf. Ich machte ihn noch betrunkener und fragte ihn aus. Alle anderen waren gegangen, wir befanden uns allein. Da begann er im Rausch zu erzählen. Ich erfuhr sogar die Stelle, wohin er des Nachts das gute Geld trägt. In der nächsten Nacht kommt dann das Geldmännle und wechselt es mit falschem aus. Das hab ich der Polizei gemeldet. Die hat sich bei dem Ort aufgestellt. Er kam und legte fünfhundert gute Taler in das Loch. Die ließen die Feldjäger liegen, um das Geldmännle zu fangen. Dieses aber war klüger als die Polizei. Als sie in der nächsten Nacht kam, waren die Taler schon fort und es lagen fünfundzwanzig falsche Hunderttalerscheine an der Stelle. Heute früh ist dann der Neubertbauer gekommen, um sie zu holen. Gerade, als er sie schon in den Händen hatte, wurde er abgefaßt. Nun sind sie noch bei ihm, um alles auszusuchen; dann wird er in die Untersuchung geschafft, wobei er hier bei uns vorüber muß. Das ist es, was mir der Feldjäger vorhin erzählte. Ich muß wahrscheinlich als Zeuge vor Gericht. Man tut das gar nicht gern, denn auch der Falschmünzer ist ein Mensch; aber wer ein gutes Gewissen behalten und ruhig sterben will, der hat zu erfüllen, was das Gesetz von ihm verlangt. Warum schaust du mich so sonderbar an, Gevatter Weigelt?"

„Ich weiß nicht, ob ich ihn an deiner Stelle verraten hätte", antwortete der Genannte.

„Ja, ich sehe wohl, daß mehrere da sind, die wahrscheinlich auch so denken; aber die Richter sind klug, und der Neubertbauer ist dumm. Er brauchte nur zu gestehen, daß er mit mir gesprochen hat, so wäre ich als Hehler und Mitwisser festgenommen worden. Meint ihr auch jetzt noch, daß ich hätte schweigen sollen?"

„Dann freilich nicht. Jetzt sieht man wieder einmal, wie pfiffig das Geldmännle ist. Es war schon fast in der Falle, ist aber doch nicht hineingegangen. Man möchte so gern wissen, wer es eigentlich ist und wo es wohnt, aber es scheint, daß niemand es erfahren wird. Eins nur ist sicher, nämlich daß es von kleiner Gestalt ist. Niemand sagt ‚der Geldmann‘, sondern im ganzen Gebirg wird nur vom ‚Geldmännle‘ gesprochen. Das ist der Beweis.“

„Der aber nichts taugt“, fiel ein anderer ein. „Das Geldmännle ist nicht klein, sondern groß und stark.

„Woher weißt du das?“

„Aus dem Österreichischen herüber. Dort ist im vorigen Jahr einer gestorben, der auch Geschäfte mit ihm gemacht hat. Auf dem Sterbebett ist die Reue über ihn gekommen, und er hat alles gestanden, was er wußte. Man hat sich dann gewaltig viel Mühe gegeben, das Geldmännle zu fangen, hat es aber nicht bekommen. Doch hat man nun gewußt, was es mit seiner Gestalt für eine Bewandtnis hat. Nämlich das frühere Geldmännle ist von sehr kleiner Figur gewesen und nur darum in dieser Weise benannt worden. Nach seinem Tod hat es aber einen Nachfolger bekommen, von dem man weiß, daß er — — schaut“, unterbrach er sich, „was ist das für ein Wagen, und wer sitzt darin?“

Er deutete hinaus auf die Straße. Aller Augen richteten sich nach den Fenstern.

„Das ist der Wagen vom Neuberthof, und der Bauer sitzt darin mit zwei Feldjägern!“ rief der Wirt. „Sie halten draußen an. Die werden doch nicht etwa hereinkommen wollen?“

„Ja, sie kommen“, antwortete seine Tochter, „denn sie steigen ja aus.“

„Was wollen sie bei mir? Ich will im Gericht gern zeugen, aber in meinem Haus will ich keinen Falschmünzer haben, der es mit seiner Schande verschimpfiert.“

„Laß nur, Vater! Wir können nichts dagegen machen. Die Polizei wird schon wissen, warum sie ihn zu uns hereinbringt. Mir paßt das gar nicht schlecht.“

Die Tür ging auf, und die Genannten traten ein. Voran der Neubertbauer und hinter ihm die beiden Feldjäger. Der Bauer war von hoher, breitschultriger Gestalt. Seine Hände waren vorn zusammengefesselt, doch so, daß er sie auf- und niederbewegen konnte. Aber seine Haltung zeigte nichts von Niedergeschlagenheit; sie war aufrecht, ja fast stolz, und als seine Augen den Wirt suchten und ihn fanden, leuchtete ein Blick trotziger Verachtung in ihnen auf.

„Herr Wirt“, sagte der eine Feldjäger, „Sie wissen, was geschehen ist. Wir sind unterwegs nach dem Gerichtsamt. Der Neubertbauer bat mich, hier anhalten zu lassen, da er in dieser Angelegenheit ein Wort mit Ihnen zu reden habe. Ich hatte keinen Grund, es abzulehnen. Führen Sie uns nach einem Zimmer, in dem sich keine Gäste befinden!“

„Das ist nicht nötig“, fiel da der Gefangene ein. „Weshalb ich hierher gekommen bin, dessen brauche ich mich nicht zu schämen. Ich hätte es schon zu Haus getan; aber ich will, daß der hochangesehene Herr Frömmelt dabei ist, wenn ich mein Geständnis und meine Buße tu. Und alle, die hier anwesend sind, sollen hören, was ich sage.“

Da trat die Tochter des Wirts auf ihn zu und fragte in höhnischem Ton:

„Willst wohl Abbitte dafür leisten, daß deine Tochter schöner sein soll als ich, und daß wir dem armen Webervolk das Blut aus den Adern saugen? Für diese Frechheit wirst du außer der Falschmünzerei noch eine besondere Strafe bekommen!“

„Geh mir aus dem Weg, Weibsen!“ herrschte er sie an, indem er sie mit dem Ellbogen auf die Seite schob, um an den nahen Schenktisch zu treten und einen schnell forschenden Blick auf ihn zu werfen. Dann drehte er sich um, lehnte sich mit dem Rücken an den Tisch und blickte lang und mit eigentümlichem Ausdruck auf die erwartungsvoll vor ihm stehenden Personen.

„Darf ich reden, Herr Feldjäger?" fragte er.

„Ja; aber nur, was zur Sache gehört", antwortete der Gefragte. „Sie wissen, daß Sie Untersuchungsgefangener sind, und haben sich danach zu verhalten."

„Keine Sorge! Ich weiß schon, was sich schickt, wenn man das ist, was ich geworden bin!"

Er schloß die Augen. Seine Lippen zuckten, als ob er weinen wolle; aber er war ein willensstarker Mann und kämpfte die innere Bewegung nieder.

Als er dann wieder aufschaute, war sein Gesicht so ruhig wie vorher.

„Wißt ihr, Leute", sagte er, „wer hier vor euch steht? Ihr meint, es sei der Neubertbauer; aber der ist es nicht, sondern der Staatsanwalt, der euch den Steckbrief eines Verbrechers sagt, auf den das Gericht schon lange vergeblich wartet."

Seine Augen bohrten sich in das Gesicht des Wirts, als er fortfuhr:

„Ich bin ein Falschmünzer. Wer hat mich dazu gemacht? Etwa das Geldmännle? Nein, denn das war nur der Schluß. Wer ist das Geldmännle? Ich weiß es nicht, aber ich ahne es. Gott sei ihm gnädig, wie er mir gnädig sein mag! Ich habe es jetzt mit dem Mann zu tun, der mich mit aller Absicht und Berechnung auf die Falschmünzerei vorbereitet hat. Er kam zu mir und bot mir seine Freundschaft an, die mich zu Trunk und Spiel verleitete. Er führte mich zu Prozessen, die ich verlieren mußte; er aber gewann sie als der verborgene Hintermann. Er setzte meiner Tochter teure Mücken in den Kopf und zog mir mein treues, fleißiges Gesinde aus dem Haus. So ging es schnell bergab mit mir, weil ich der Hilfe traute, die er mir fest versprach. Als er den letzten blanken Taler von mir bekam, den ich besessen hatte, da zeigte er mir sein richtiges Gesicht. Der Freund war weg und mit ihm mein ganzer, schöner, lieber Neuberthof. Er ließ mich zwar drin sitzen, doch war dies nur zum Schein. Da bekam ich ein Schreiben vom Geldmännle. Es verhieß mir schnelle Hilfe. Der Hof könne schon in kurzer Zeit wieder mein Eigentum werden. Ich griff zu. Wer mich darüber steinigen will, der lasse es bleiben, denn ich steinige mich selbst! Man hat mich auf der Tat ertappt. Warum? Ich wurde angezeigt. Von wem? Von demselben Mann, dem ich meine Freundschaft mit dem Geldmännle verdanke! Ich komme heute zu ihm, um ihn einzuladen, mit mir vor Gericht zu gehen, nicht als Zeuge gegen mich, sondern als mein Angeklagter, denn ich bin in diesem Augenblick der Staatsanwalt. Ich komme eher hin als er; die Feldjäger haben mich ja schon. Aber ich fordere ihn auf, mir nachzufolgen. Ich versichere ihm bei dieser und auch bei jener Gerechtigkeit, daß mit ihm genau dasselbe geschehen wird, was hier mit mir geschieht. Und was das ist, das sollt ihr sogleich sehn!"

Er drehte sich schnell nach dem Schanktisch um. Man sah, daß er die gefesselten Hände ausstreckte und kräftig wieder auf sich zu bewegte. Die Feldjäger wollten auf ihn zutreten: aber da wandte er sich auch schon wieder zurück, langsam, immer langsamer. Seine Hände lagen zu Fäusten gekrümmt, als ob sie etwas hielten, übereinander auf der Brust.

„Musterwirt", stieß er mit rauher, zitternder Stimme hervor, „so stirbst auch du — — — genau — — — mit diesem Messer!"

Sein Gesicht wurde fahl. Er wankte. Seine Fäuste öffneten sich. Die geschlossenen Hände fielen nieder. Da sah man, was geschehen war.

Er hatte sich das scharfe, spitze Fleischmesser, das stets auf dem Schenktisch bei den Tellern lag, in die Brust gestoßen. Nur der Griff schaute noch heraus. Ein langer, schwerer, röchelnder Atemzug — — — dann brach er tot zusammen.

Hoher Einsatz

Auf dem ganz, ganz kleinen Bergle saß ein kleines Männle. Das war aber nicht etwa heute, sondern vor einer Reihe von Jahren, die nun vergangen sind. Das Männle war der damalige Musterwirt, der immer, wenn sich niemand bei ihm befand, gar pfiffig und selbstzufrieden vor sich hinschaute; sobald aber andere bei ihm waren, hatte er ein stilles, frommes, in sein schweres Schicksal ergebenes Gesicht.

Das Bergle sah zu dieser Zeit ganz anders aus als jetzt, recht wild und unbebaut. Aus seinen Steinritzen ragten einige Tannen. Im übrigen war es von einem stachligen Dickicht überwuchert, das aus Brombeer- und Himbeersträuchern bestand. Eine Brücke über das Wasser gab es auch noch nicht, sondern es lag nur ein alter Holzklotz da, auf dem man wie ein Seiltänzer hinüberturnen mußte. Das tat besonders die Schuljugend gern, und zwar der Beeren wegen, die man sich da gleich von der Ranke weg ins Mäulchen pflücken konnte. Nur durfte man sich nicht vom Musterwirt erwischen lassen, der es durchaus keinem Menschen erlauben wollte, sein Bergle zu betreten. Er hatte sogar einen Pfändwisch mit einem Buschen Stroh darauf vor dem Steg errichtet; aber auch das hinderte die Jungen und Mädel nicht, von den verbotenen Früchten zu naschen, alldieweil die Jugend einmal keine Tugend hat. Man brauchte nur hübsch aufzupassen, wenn er kam. Da war man, husch, über den Steg hinüber und lachte ihn zu seinem Ärger auch noch aus, wenn er das Nachsehn hatte.

Es begab sich aber auch zuweilen, daß er pfiffiger als die kleinen, lockeren Spitzbuben war. Da schlich er sich heimlich hinüber und verbarg sich im Gesträuch. Wer dann kam, der wurde von ihm beim Schopf genommen und ganz gehörig abgebeutelt. Zuletzt gab er da stets die Ermahnung drein, daß es sich nicht für gottesfürchtige Christenkinder gezieme, gegen das siebente Gebot zu sündigen.

Eines Tages saß er auch wieder einmal an seiner Lieblingsstelle, wo man ihn von keiner Seite aus sehen konnte. Er schaute forschend auf den Weg hinab, der von den nächsten Häusern über die Wiese herüberkam und dann am Bach aufwärts nach dem nächsten Dorf führte. Es war aber kein Mensch zu sehen, der die Absicht zeigte, nach dem Bergle zu kommen. Darüber freute er sich, denn es gibt Beschäftigungen, bei denen man sich nicht gern stören läßt, besonders wenn man einen ganzen Haufen harte Taler zählt.

„Genau fünfhundert", sagte er, als er fertig war. „Einer wie der andere, neu aus der Schlägerpresse, blitzblank und scharf geprägt. Es ist kein Tadel daran! Nun tu ich sie in die feuchte Erde, damit sie etwas beschlagen. Denn alt müssen sie aussehen, ehe man sie ausgeben kann. Es ist kein übles Geschäft; aber Papiergeld wäre noch besser. Das kommt viel billiger zu stehn. Hoffentlich ist mit dem Kupferstecher etwas zu machen, den ich mir so schlauerweise verschrieben habe. Wenn es klappt, so kann er heute schon kommen."

Da wo er saß, lag ein ziemlich großer Haufen kleiner Steine. Über diesen machte er sich her. Er brachte einen Teil davon auf die Seite, breitete auf die leer gewordene Stelle seine Taler aus und legte dann die Steine wieder darauf. Kein Mensch konnte ahnen, was für ein Schatz nun hier verborgen war.

„Nun schöpfe ich Wasser aus dem Bach und gieße es darüber. Das gibt die erforderliche Nässe. Wenn sie dann noch durch das dunkle Gummibad gegangen sind und den richtigen Schmutz angesetzt haben, so soll mir einer behaupten, es seien neue Taler!"

Er wollte sich erheben, duckte sich aber schnell wieder nieder.

„Wer kommt denn da? Das ist ja die Marie, die Klöppelmeisterin! Die geht spazieren, jetzt, zur Arbeitszeit? Das ist bei ihr noch niemals vorgekommen! Jetzt schreitet sie gerade auf meinen Weg zu. Sie will herauf aufs Bergle. Und da draußen sehe ich jetzt den Musteranton! Er lenkt auf die Wiese ein. Haben die sich etwa hierher bestellt? Man weiß, daß sie einander gern sehen. Jetzt kann ich heimlich hören, wie es mit ihnen steht."

Das Mädchen war jetzt über den Bach herüber. Sie kam ein Stück herauf und setzte sich auf eine Rasenstelle. Der Bursche folgte ihr nach, blieb vor ihr stehen und reichte ihr die Hand. Was sie sprachen, konnte der Musterwirt nicht hören. Er kroch zwar näher hinzu, erreichte aber nur, daß er einzelne lauter klingende Worte oder Sätze vernahm.

„Für einen Spieler hältst du mich?" hörte er den Anton sagen. „Ich kenne keine Karte. Aber Dame spiele ich gern, doch auch nur mit dem Musterwirt; die anderen können nichts. Und Damespielen ist doch wohl nichts Böses!"

„Nein, wenn es nur zuweilen geschieht. Aber du sitzest mit ihm alle Abende beisammen und hast eine Leidenschaft dabei. Und alles, was man mit Leidenschaft tut, wird zum Schaden."

„Marie, es ist keine Leidenschaft. Ich kann es sofort lassen!"

„So mach dich von ihm los! Er nützt dich aus; er bezahlt dich schlecht. Du bekommst von ihm einen Hungerleiderlohn, und du lässest es dir gefallen, weil er dich mit seinem Damespiel ködert. Ich weiß nichts gegen ihn; aber ich empfinde es in mir, daß er nicht der gute, fromme Mensch ist, der er scheint."

Hierauf sprachen sie wieder leiser. Er hörte nur ihre Stimmen, nicht aber die einzelnen Worte. Nach längerer Zeit aber rief Anton um so lauter:

„Das soll ein Wort sein! Ich danke dir, Marie! Wir

wollen fleißig sein; ich werde nicht mehr spielen, sondern sparen. Ich habe dich hierher bestellt, weil man dich sonst allein fast gar nicht treffen kann. Nun ist das Bergle mir zum Glück geworden. Ich wollte, es wäre mein! Da baute ich mir ein kleines Häusle drauf und machte auch ein Gärtle drum herum. Da wohnte ich mit dir wie das Rotkehlchenpaar im kleinen Nestle, und unser Herrgott sollte seine Freude an uns haben!"

„Die könnt ihr ihm schon machen", klang es da hinter ihnen. „Ich will euch gern dazu verhelfen."

Der Musterwirt, der Antons Worte gehört hatte, war aufgesprungen und zu ihnen hingeeilt. Ein rascher Entschluß hatte ihn dazu getrieben. Sie standen Hand in Hand vor seinen Augen.

„Also heiraten wollt ihr euch, ihr Habenichtser?" fuhr er fort. „Der Anton hätte meine Tochter haben können, wenn er klug gewesen wäre. Ich meinte es gut mit ihm. Ihr aber denkt, es sei das Gegenteil. Und spielen soll er auch nicht mehr mit mir, mein Mustermacher? Nun, des Menschen Wille ist sein Himmelreich, oft aber auch seine Hölle. Ich werde euch nichts in den Weg legen. Ja, ich will euch sogar zu dem Rotkehlchennest verhelfen, von dem er jetzt geredet hat. Er darf nicht mehr mit mir spielen, obwohl er nichts verloren hat, denn wir spielen beide gleich. Eine Partie mußt du ihm schon noch erlauben, eine einzige, die letzte, allerletzte."

„Um was?" fragte der Anton.

„Um mein Bergle hier. Wenn du sie gewinnst, ist das Bergle dein, das ganze, so wie es vor unseren Augen steht, und auch das Wasser, das rund um ihn läuft."

Da blitzte es in den Augen Antons auf.

„Du, diese Partie gewinn ich dir ab, Musterwirt!" sagte er.

„Das will ich ja", lachte dieser. „Aber frag nur auch, was du dagegen zu setzen hast!"

„Nun was?"

„Wenn du verlierst, so hast du drei volle Jahre ganz umsonst für mich zu arbeiten."

„Ah, so? Das ist ein teurer Satz!"

„Noch lange nicht so teuer wie mein Bergle!"

„Weil du reicher bist als ich. Für die Armut sind drei volle, unbezahlte Arbeitsjahre ein schwerer Einsatz. Ich mach nicht mit."

Er trat um einige Schritte zurück.

„Also nicht", sagte der Wirt enttäuscht. „Was sagt denn die Marie dazu? Die ist natürlich noch viel mehr dagegen als er!"

Sie sah ihm scharf und kalt in die Augen. Ihr Blick war wie ein Messer, das tief hinunterstieß.

„Ich freu mich darüber, daß er nicht will", sagte sie; „denn er beweist mir dadurch, daß er gern das Gute tun wird, was ich von ihm erbitte. Ich durchschau dich, Musterwirt. Du willst noch zwei Partien Dame gewinnen, nicht bloß eine. Die zweite mit ihm. Die erste aber spielst du jetzt mit mir, wenn auch ohne Brett und Damensteine. Ich sag dir jedoch, daß du sie schon jetzt verloren hast, denn der Anton wird dieses letzte Spiel mit dir machen. Ich will es so!"

„Er soll drei volle Jahre gegen das Bergle setzen?"

„Ja."

„Mädel, bedenk, was du tust!"

„Sei still! Mich brauchst du nicht zu ermahnen. Vorhin warst du überzeugt, daß du gewinnen werdest; jetzt aber hast du schon Angst bekommen."

„Es ist nicht Angst, sondern Staunen. Er tritt vor mir zurück, und gerade du schiebst ihn zu mir hin! Ich kann das nicht begreifen."

„Wenn nur ich es begreife, so ist es gut. Doch will ich es dir sagen. Der Anton sprach davon, daß der Herrgott seine Freude über uns haben werde. Er glaubt an ihn und ich auch; du aber nicht, obgleich du dich so stellst. Es ist in mir eine Stimme, die mir sagt, daß der Herrgott mitspielen werde; der gehorche ich. So, nun weißt du es!“

„Ja, jetzt weiß ich es“, lachte er. „Also sag, Anton, bist du bereit dazu?“

„Ja“, antwortete der Bursche. „Was die Marie will, das tu ich.“

„So komm heut abend um sieben zu mir! Punkt acht wird es beginnen. Aber denk ja nicht daran, mich zu hintergehen! Ich bin der Kluge von uns beiden. Im Gesetz steht geschrieben, daß man Spielschulden nicht einklagen kann. Wenn ich gewinne, und du willst dann nicht für mich arbeiten, so muß ich es mir gefallen lassen; kein Paragraph steht mir zur Seite. Aber ich fang das ganz anders an, als du dir vielleicht denkst. Ich nehme zwei Bogen Papier. Auf den einen schreib ich folgendes: ‚Der Musteranton hat von morgen früh an drei volle Jahre lang für den Musterwirt zu arbeiten. was dieser ihm befiehlt. Er erklärt hiermit vor den unterschriebenen Zeugen, daß ihm diese Arbeit im voraus bezahlt worden ist.‘ Und auf dem anderen wird zu lesen sein: ‚Der Musterwirt übergibt dem Musteranton morgen früh das sogenannte Bergle als volles, unbestrittenes Eigentum, so wie es liegt und steht. Auch das Wasser rundum gehört dazu, weiter aber nichts. Der Musteranton hat dem Musterwirt das Bergle ganz bezahlt.‘ Diese Urkunden werden von uns beiden und von drei Zeugen unterschrieben. Während des Spiels bekommt der Ortsrichter sie in seine Tasche. Nach dem Spiel wird dasjenige des Gewinners zerrissen, der dann das andere bekommt. Bist du einverstanden?“

„Ja.“

„So erkläre ich dir hiermit, daß du mir mein Bergle bezahlt hast. Und was sagst du nun zu mir?“

„Daß du mir den Lohn für drei Arbeitsjahre vorausbezahlt hast.“

„Das wirst du heut abend auch vor Zeugen sagen?"

„Ja."

„So ist die Sache abgemacht. Punkt sieben wirst du kommen, und Punkt acht beginnt das Damespiel. Es wird eine englische Dame, mit Vor- und Rückwärtsschlagen und auch noch über das Feld."

„Was für eine, das ist mir gleich."

„Gut; wir sind also fertig. Nun macht euch jetzt von dannen. Das Bergle ist noch mein, und morgen habt ihr auch nichts hier zu suchen, denn dein Mitspieler kann doch nichts mit mir machen!"

Die beiden gingen. Er sah ihnen nach, bis sie sich drüben voneinander trennten.

„Das hab ich gut gemacht!" lachte er zufrieden. „Er ist der beste Damezieher weit und breit, aber gerade die englische spiel ich besser als er. Auch hab ich ihn eine Stunde früher bestellt. Da laß ich ihn trinken. Ich weiß schon, wie das anzufangen ist. Ich geb im Dorf bekannt, was geschehen soll. Da bekomm ich die ganze Stube voll Gäste. Ich schenke für alle ein Freibier, für uns aber einen scharfen, starken Wein; den ist er nicht gewöhnt. Das erste Glas wird ihm schmecken. Das zweite nimmt ihm die Gedanken, und beim dritten weiß er schon nicht mehr, was er tut. Für mich aber ist es, als ob ich Wasser trinke. Und sodann weiß ich noch etwas. Wenn er über den nächsten Zug nachsinnt, und ich schau ihm scharf in das Gesicht, so wird er unsicher. Dann zieht er falsch. Er kann meine Augen nicht vertragen. Das hab ich oft beobachtet, und dann hat er stets verloren. Das tu ich auch heut. Jetzt aber will ich meine Taler noch begießen; dann geh ich heim, um die Papiere gleich zu schreiben. Drei Jahre Arbeit! Er ahnt gar nicht, daß er die eigentliche Seele meines Geschäfts ist. Er erfindet unerschöpflich neue Muster. In diesen drei Jahren kann er mir für ein ganzes Menschenleben vorarbeiten. Dann aber ist er kaputt, und ich werfe ihn hinaus."

Als die Steine bis tief in den Boden hinein durchnäßt waren, ging er nach Haus. In der Gaststube saß ein Handwerksbursche. Des Wirtes Tochter winkte ihren Vater zu sich. Sie war von ganz anderer Gestalt als er. Was ihm an Stärke und Länge fehlte, das hatte sie fast zuviel.

„Der dort hat schon einige Male nach dir gefragt", sagte sie. „Er ist ein Kupferstecher und will hier übernachten."

Der Musterwirt ging zu ihm hin und forderte die Ausweispapiere. Das war seine Pflicht, wenn jemand über Nacht bleiben wollte. „Frommhold Uhlig, Kupferstecher und Graveur", las er auf dem Wanderbuch. Das war der Richtige, den er erwartete! Dieser saß schon beim vierten oder fünften Schnaps, doch ohne daß man die Wirkung des Alkohols an ihm verspürte. Er schien das Gift gewohnt zu sein. An der Wand lehnte sein Knotenstock, und auf dem Nebenstuhl lag ein kalbledernег Ranzen. Der Wirt setzte sich zu ihm, um ihn fragend auszuhorchen. Der Fremde ließ dies einige Zeit geschehen und lächelte dazu. Als aber eine Frage gar zu verfänglich klang, lachte er laut auf und sagte:

„Musterwirt, spiel nicht mit mir Theater, sonst laß ich den Vorhang sofort fallen. Es soll keiner von uns beiden denken, daß er dem anderen über ist. Mich fängt man nicht mit Fragen. Weißt du, was ich will und was ich kann?"

„Bis jetzt weiß ich nur, daß dich ein Bekannter zu mir schickt", antwortete der Gefragte.

„So weiß ich mehr von dir, als du von mir, und kann es auch beweisen. Du bist das ‚Geldmännle' und willst Papiergeld machen, anstatt wie bisher nur Taler. Brauchst nicht zu erschrecken. Ich bin gerade so verschwiegen wie du. Du befindest dich in meiner Hand, und ich geb mich in die deinige. Weiß deine Tochter von dem Geschäft?"

„Ja."

„So brauchen wir uns nicht zu scheuen. Es ist sonst niemand da. Paß auf, was ich dir zeigen werde!"

Er schnallte den Ranzen auf und zog einen Pack zusammengerollter schmutziger Wäsche heraus. Darin verborgen befand sich ein kleines, wohlverschnürtes Päckchen. Als die Bindfaden entfernt waren, kamen mehrere lange, schmale Zeichnungen und Metallplatten zum Vorschein. Die schob der Handwerksbursche ihm hin und sagte:

„Da, schau dir das an, und dann sag mir, ob ich bei dir bleiben oder weiterwandern soll!"

Der Wirt zog seine Brille aus der Tasche. Es war eine sogenannte „Nasenquetsche", ohne Seitenstangen; jetzt nennt man diese Art von Brillen „Klemmer". Er betrachtete die Linien und Gravierungen sehr eingehend. Der Ausdruck der Spannung, der dabei auf seinem kleinen Gesicht lag, ging mehr und mehr in den der Freude über.

„Ich will jetzt noch schweigen", sagte er. „Du kommst mit mir hinauf in meine Stube, die nur für mich und meine Tochter da ist. Ich muß diese Sachen erst noch durch ein Vergrößerungsglas betrachten. Die Fünfziger und Hunderter scheinen vortrefflich zu sein. Das ist deine Sache, der Druck aber dann die meinige. Komm! Nimm deinen Stock und deinen Ranzen mit! Du bleibst für heute bei mir. Das andere wird sich morgen finden. Wir brauchen uns ja nicht zu übereilen."

Sie verließen miteinander die Stube. Die Tochter hatte alles gehört und nickte dem Fremden freundlich zu, als er sich an der Tür noch einmal nach ihr umsah.

„Ich möchte, daß du bleibst!" rief sie ihm nach. „Die Burschen hier im Dorf sind mir zu dumm!"

Nach einer Stunde kamen beide wieder herab.

„Dein Wille ist geschehen", sagte der Handwerksbursche zu dem Mädchen, indem er sie in die Wange kniff.

„Jetzt hab ich Geld und geh in die Stadt, um mir einen neuen Anzug zu besorgen und mich auch sonst auszustaffieren. Es ist ein weiter Weg, aber vor Mitternacht bin ich wohl wieder da. Wirst du auf mich warten?"

„Wenn du willst, jawohl."

Als der Kupferstecher fort war, erzählte der Wirt von seiner Abmachung mit dem Musteranton. Der Tochter schien die Sache bedenklich, sie ließ sich aber von den Gründen ihres Vaters leicht überführen. Er setzte sich hin, um die beiden Urkunden zu schreiben, und ging, als er damit fertig war, ins Dorf. Er brauchte nur einigen Bekannten mitzuteilen, was für ein wichtiges Damespiel heute vor sich gehen sollte, so konnte er überzeugt sein, daß es bald überall bekannt sein werde.

So kam es, daß schon alle Tische bei ihm mit Gästen besetzt waren, als es noch gar nicht sieben Uhr geschlagen hatte. Nur der Tisch, der in der Mitte der Stube stand, war freigeblieben, weil da der Kampf ausgefochten werden sollte. Punkt sieben Uhr kam auch der Musteranton. Er wurde lebhaft begrüßt und von dem Wirt an den erwähnten Tisch gewiesen. Dieser erklärte dann, er werde ein Faß Freibier geben, was mit allgemeiner Anerkennung begrüßt wurde. Als das Faß angesteckt worden war, brachte er eine Flasche Wein, zur Stärkung der beiden „Helden des Abends", wie er sich ausdrückte. Es wurden die drei Zeugen bestimmt und die Urkunden verlesen, die der mitanwesende Ortsrichter in Aufbewahrung nehmen sollte. Dieser lehnte aber ab, weil er sich nicht an einer Sache beteiligen dürfe, die trotz aller Umschreibung doch nichts anderes als ein Glücksspiel sei. Darum sollte ein anderer unparteiischer Mann bestimmt werden, die Papiere an sich zu nehmen. Da ging die Tür auf, und wer trat herein? Marie, die „Klöppelmeisterin". Sie kam nicht allein; sie hatte eine Freundin bei sich.

„Ja, was ist denn das? Was willst denn du hier bei

uns in der Gaststube?“ fragte der Wirt. „Weiber gehören doch nicht hierher!“

Sie errötete zwar, als sie aller Augen auf sich gerichtet sah, antwortete aber doch mit fester Simme:

„Ich gehöre dahin, wo der Anton ist. Er will mein Mann sein und ich seine Frau. Ich darf also nicht dabei fehlen, wo es darauf ankommt, ob wir das Bergle behalten werden, das wir heute an dich bezahlt haben. Denn daß es bezahlt ist, das steht doch in den Papieren, die ich da in deinen Händen seh?“

„Ja“, antwortete er. „Ich wollte sie dem Ortsrichter in Aufbewahrung geben; der will sie aber nicht.“

„So weiß ich jemand, der es will, ich nämlich. Gib sie her; ich heb sie auf.“

Sie zog sie ihm schnell aus der Hand und steckte sie ein, noch ehe er es verhindern konnte.

„Das nenne ich aber entschlossen!“ rief er aus.

„Bei einem Damespiel gehören die Preise nicht in die Hände von Männern.“

„So! Na, ganz wie du willst! Aber wenn das eine Papier gewonnen hat, so wird das andere sofort zerrissen!“

„Ja, zerrissen und verbrannt“, nickte sie. „Wann geht es los?“

„Punkt acht.“

„Nicht eher?“

„Nein. Wir müssen doch erst den Wein zusammen trinken.“ Dabei begann er, die Gläser zu füllen.

„Der Anton ist zum Spielen da, aber nicht zum Trinken verpflichtet worden. Er geht jetzt mit uns noch eine halbe Stunde spazieren. Es ist erst halb acht. Wenn es ganz schlägt, sind wir wieder da. Komm, Anton!“

„Tausendmal gern!“ antwortete dieser, stand auf und verließ mit den beiden Mädchen die Stube.

Der Wirt schaute ganz verblüfft hinter ihnen drein, griff unwillkürlich zum vollen Glas, stürzte den Wein hinunter und rief aus:

„So eine Wetterhexe! Da hört doch alles auf!“

Er machte ein so betroffenes Gesicht, daß sich ein allgemeines Gelächter erhob. Einer, den es nach dem Wein gelüstete, trat hinzu, goß wieder voll, nahm das eine Glas und rief:

„Musterwirt, denk einmal, ich sei der Anton, und tu mir Bescheid. Ich trink dir zu, daß du gewinnen mögest. Das kannst unmöglich abschlagen!“

Ein anderer folgte diesem Beispiel. Der Wirt konnte gar nicht anders, er mußte noch zwei Gläser austrinken. Man trank ihm auch in Biergläsern zu. Er tat hier und da Bescheid, wenn auch nur wenig; aber als die halbe Stunde vorüber war, fühlte er deutlich, daß der Wein und das Bier sich nicht miteinander vertragen wollten. Eins blieb unten sitzen; das andere begann, ihm in den Kopf zu steigen. Er konnte viel vertragen, aber der Ärger über die unerwartete Einmischung des Mädchens war ihm auf die Nerven gefallen. Er befand sich in einer Aufregung, die ihm die zu seinem Vorhaben nötige Ruhe fast vollständig raubte. Darum rief er, als Anton um acht Uhr seine beiden Begleiterinnen wieder mit hereinbrachte, diesen zornig zu:

„Was wollt ihr schon wieder hier? Ich spiel mit ihm, aber nicht mit euch!“

„Wir spielen ja gar nicht mit; wir sehen nur zu“, antwortete Marie, an den Tisch tretend. „Es ist Zeit. Ihr könnt anfangen!“

„So geht hinweg! Hierher gehören nur wir zwei!“

Er sagte das in einem solchen Ton, daß sich unter den Gästen tadelnde Stimmen erhoben.

„Wer es ehrlich meint, braucht uns nicht zu fürchten“, antwortete Marie. „Wir gehören hierher, denn wir haben die Preise einstecken. Wir setzen uns!“

Nun wagte er nicht mehr, zu widersprechen. Er nahm also Anton gegenüber Platz. An den beiden anderen Seiten saßen die Mädchen. Es war bestimmt worden, daß niemand herbeitreten dürfe, um zuzusehen. Das Spiel begann. Anton war bei vollster Ruhe. Wenn er nicht auf das Brett sah, hatte er nur Augen für seine Braut, die kein Wort sagte, ihm aber von Zeit zu Zeit lächelnd zunickte, meist aber den Wirt sehr scharf im Auge behielt. Dieser gab sich erst Mühe, gleichgültig oder gar überlegen zu scheinen. Bald aber stemmte er das Gesicht in beide Hände und starrte finster auf die vierundsechzig Felder die vor seinen Augen zu tanzen begannen. So oft er seinen Trick anwenden und den Gegner fest anschauen wollte, begegnete er Maries Augen. Das regte ihn noch mehr auf. Als er aus diesem Grund wieder einen falschen Zug getan hatte, fuhr er sie an:

„Was hast nur immer mich anzuglotzen! Ich mag deine Blicke nicht. Sie bringen mir Unglück!"

„So schau aufs Spiel und nicht auf sie!" antwortete Anton an ihrer Stelle. „Man wird sich doch wohl nicht die Augen verbinden müssen, wenn man hier bei dir ist!"

Hierauf wurde es wieder still, bis nach längerer Zeit der Wirt jubelnd ausrief:

„Endlich, endlich hab ich dich! Das war ein Meisterzug von mir, wie ich fast noch keinen getan hab! Ich stand schlecht, sehr schlecht. Ich wußte fast nicht mehr, wohin. Nun aber hab ich dich gefaßt; paß auf! Ich schlag dir jetzt einen — — zwei — — — drei Steine und bin Sieger, denn du mußt — — —"

Da hielt er erschrocken inne. Er hatte bei diesen Worten die drei feindlichen Steine geschlagen; aber als er hierauf den seinen hinter den letztgeschlagenen setzte, bemerkte er, daß ihm eine Falle gelegt worden war.

„Was muß ich denn?" fragte Anton lachend. Er sah, daß sein Mädchen vor Schreck bleich geworden war. Darum fuhr er fort: „Darfst nicht ängstlich sein, Marie! Es war nur die Nase, an der ich den Musterwirt geführt hab. Er hat mir drei Steine genommen. Ich opferte sie mit List, denn nun komm ich hinterher. Merk auf! Ich schlag ihm dafür einen — — zwei — — drei — — vier Steine und hab jetzt eine Dame! Wie steht es mit dem Bergle und mit der dreijährigen Arbeit, Musterwirt?"

„Schweig!" herrschte ihn dieser an. „Was machst erst ein Gesicht wie ein neugeborenes Unschuldskind und haust mich dann mit allen Fäusten gleich über beide Ohren! Ich würge mich schon wieder heraus. Wart nur ab!"

Er sann und sann, getraute sich aber nicht, zu ziehen.

„Ja, wenn ich nicht so dumm gewesen wäre, eine englische zu verlangen, da ging es wohl noch!" gestand er wütend ein. „So aber sitzt deine Dame gerade auf dem Mittelfeld und nimmt mir alle Steine weg, ich mag nun ziehen, wie ich will!"

„Gibst dich also verloren?"

„Nein; fällt mir gar nicht ein! Gewinnen kann ich sie nicht, aber eine ‚unendliche' muß es werden; da halten wir auf und fangen eine neue an!"

„Mag sein! Versuch es!"

Das klang zustimmend. Darum schaute Marie besorgt zu Anton auf. Dieser zwinkerte ihr mit den Augen heimlich zu. Das beruhigte sie wieder. Endlich hatte sich der Wirt entschlossen. Er tat einen Zug und sagte:

„Hier ist dein Stein. Ich setz dir den meinen hin. Schlag ihn damit!"

„Mit dem Stein? Willst mich mit Worten betrunken machen? Ich soll mit dem Stein schlagen, damit du wieder schlagen kannst? Ich nehme mit der Dame, einen — — zwei — — drei Steine. Wie steht es nun mit der ‚unendlichen', Musterwirt?"

Da sprang der Kleine auf.

„Hol dich der Deixel!" brüllte er. „Ich hab nur noch zwei Steine, du aber sechs und dazu die Dame! Das Spiel ist aus! Ich hab das Bergle verloren! Und warum? Weil ich den Wein getrunken hab, den der Anton trinken sollte, und weil diese Klöppelhexe da mich nicht eine Minute lang aus ihren Augen gelassen hat. Hier ist der dafür da — da — da und da — und da!"

Bei diesen Worten raffte er die Steine vom Brett zusammen und warf sie dem Mädchen in das Gesicht. Dieses aber stand auf, zog das eine Papier aus der Tasche, zerriß es und sagte:

„Daß du mich wirfst, Musterwirt, das ist mir keine Schande, sondern ein Vergnügen. Hier hab ich die drei Jahre zerrissen. Das Papier über das Bergle aber tragen wir schon morgen aufs Amt, wo du nachkommen kannst, um den Kauf zu unterzeichnen. Du mußtest diese zweite Partie verlieren, weil du die erste schon an mich verloren hattest. Jetzt weißt du nun, ob unser Mitspieler, der Herrgott, etwas über dich vermag oder nicht. Wir aber halten Wort: er soll seine Freude über uns haben!"

„Ja, das soll er!" stimmte Anton bei. „Paßt auf, was ich jetzt tu!"

Er nahm das Damebrett in beide Hände, holte aus und schlug es auf die Tischkante nieder, daß es auseinanderbrach. Die Stücke warf er weit von sich und fuhr fort:

„So wahr ich dieses Brett zerbrochen hab, so wahr wird mich niemand wieder bei einem Spiel zu sehen bekommen! Die Marie hat mir die Augen geöffnet. Man sagt, daß das Brett keine Karte sei; aber wenn dabei die Leidenschaft auf der einen Seite steht, so taucht auf der anderen auch sogleich der Teufel auf. Ich mach nicht mehr mit. Das Bergle ist mein. Ich hab es mit meiner letzten Dame gewonnen. Darum soll es von heute an nicht anders als nur das Damenbergle heißen. Gute Nacht, ihr Gäste! Gute Nacht auch, Musterwirt! Ich sag dir Dank für deinen Wein, den ich trinken sollte, aber nicht getrunken hab, weil mein guter Engel kam, um mich aus der Versuchung zu erlösen. Komm, Marie! Wir haben Mondschein. Wir wollen hinaus zu dem lieben Damenbergle gehen und ihm sagen, daß es nun unser ist!"

Er nahm die beiden Mädchen an den Händen und ging mit ihnen fort, über die Wiese hinüber, bis der gewonnene Preis des Abends vor ihnen lag. Der Mond lächelte mit unverkennbarer Freundlichkeit und Güte zu ihnen nieder, und das Bergle sah wie eine von durchsichtigem Silber umsponnene, kleine Märcheninsel aus, auf der es hellichte Freude über den neuen Besitzer gab.

„Weißt, Marie, was ich machen werde, wenn du nichts dagegen hast?“ sagte Anton.

„Nun was?“ fragte sie.

„Ich bau das Häusle wirklich, von dem ich gesprochen hab.“

„Hast denn Geld dazu?“

„Nein.“

„Wovon willst es denn bauen?“

„Von Holz und Stein. Ich nehme keinen Baumeister, keine Maurer und auch keine Zimmerleute. Ich mach alles selber. Das bring ich schon zusammen. Für meine Musterarbeit brauch ich drei Stunden am Tag. Die übrige Zeit bau ich. Das Holz zu den Balken leiht mir der Förster. Die Steine breche und sprenge ich mir aus dem Bergle selbst heraus; das kostet nichts, und ich bekomme dadurch Platz und Land für das Gärtle. Wenn ich recht fleißig bin, kann ich bis zum Winter fertig sein. Dann kommst du und machst das Stüble und die Kammer fertig. Einen Ziegenstall bau ich auch dazu, damit die Abfälle nicht verlorengehen, sondern in Milch verwandelt werden. Und wenn dann im Frühjahr alles fertig und hübsch beisammen ist, so lassen wir die Schneeglöckchen und Narzissen blühen und machen zu Ostern die Hochzeit. Bist einverstanden? Gelt?“

„Ja, wenn du so schön bauen kannst, so muß es wohl werden“, entgegnete sie. „Und daheim gibt es einen Schlüssel für meine Schublade, in der wohl an die fünfzig Taler liegen, die ich mir zusammengeklöppelt habe. Davon kannst du dir immer einen holen oder zwei oder drei oder fünf, wenn du sie brauchst. Denn die Wäsche das andere alles, was ein Mädchen nötig hat, um Frau zu werden, das liegt schon fertig da.

Ich danke dir! Nun gehen wir nach Haus. Brauchst mich nicht zu begleiten, wir sind ja zu zweien. Wie ich dich kenne, so bleibst noch ein bißchen da, schaust dir das Bergle an und gehst auf der Wiese hin und her, um über das Häusle nachzudenken. Morgen kommst dann zum erstenmal zu mir in die Stube und sagst mir, wie es ausschaut und wieviel Fenster es haben wird. Nicht wahr?"

„Ja", antwortete er glücklich lachend. „So wird es wohl sein."

„Da hast meine Hand. Gute Nacht, Anton! Von jetzt an bist mein Bräutigam!"

„Und du meine Braut. Gute Nacht, Marie!"

Die Mädchen gingen heim. Marie fühlte sich unendlich glücklich. Als sie sich zur Ruhe gelegt hatte, konnte sie noch nicht schlafen. Erst betete sie. Dann dachte sie über sich und ihr armes, arbeitvolles Leben nach. Sie war als vater- und mutterloses Waisenkind von Gemeinde wegen an den Wenigstfordernden ausgeboten worden. Da hatte sich eine unterstützungsbedürftige Witwe gefunden, der das Kind mit einem wöchentlichen Erziehungsbeitrag von einem Achtgutegroschenstück übergeben worden war. Dieser Beitrag hatte aber auch zugleich die sachliche Grundlage für die Zukunft ihrer eigenen Kinder gebildet. Wieviel da auf jedes hungrige Mäulchen kam, das kann man sich wohl denken. Die kleinen Händchen lernten niemals spielen. Kaum, daß sie sich bewegen konnten, trat die Arbeit schon an sie heran. Die Witwe war eine Spitzenklöpplerin, und es stellte sich heraus, daß Marie für diese Beschäftigung eine seltene Begabung besaß. Als sie die Schule verließ, konnte man ihr schon die verwickeltsten Muster anvertrauen. Sie brachte mehr fertig als jede andere, und jetzt gehörte sie zu den wenigen Glücklichen, die nicht mehr für den Massenunternehmer, sondern nur noch auf lohnende Privatbestellung zu arbeiten brauchten. Wegen dieser Geschicklichkeit wurde Marie allgemein die „Klöppelmeisterin“ genannt. Sie war dem Musteranton seit langer Zeit gewogen, aber daß ihr heimlicher Wunsch in der Weise, wie es heute geschehen war, in Erfüllung gehen könne, das hatte sie nicht für möglich gehalten. Sie war mit einemmal nicht nur Braut, sondern sogar Grundeigentümerin geworden. Konnte man es da für verwunderlich halten, daß der Traum, als sie endlich schlief, zu ihr trat und ihr die Schublade, von der sie gesprochen hatte, mit lauter funkelnagelneuen Talern füllte? Als sie früh erwachte, erinnerte sie sich sogar, daß auch einige sehr, sehr große Papiergelder dabeigewesen waren.

Als sie das während des kärglichen Frühstücks erzählte, meinte die Witwe, es gebe Träume, die keine Schäume seien. Und da ging auch schon die Tür auf, und der Anton trat herein.“

„So früh?“ fragte Marie staunend. „Es ist erst sieben Uhr!“

„Ja, erst sieben“, nickte er vergnügt. „Am liebsten aber wäre ich schon um zwei oder drei gekommen.“

„Weshalb?“

„Ich wollte gern deine Schublade sehen.“

„Brauchst schon Geld? Ich geb dir's gern. Wieviel?“

„Mach nur erst auf! Dann sag ich's dir!“

Sie holte den Schlüssel und öffnete die Kommode, um die Lade aufzuziehen. Da lagen an die fünfzig Taler; sie war davon fast halb voll! Er aber nahm keinen einzigen heraus, sondern er tat das grade Gegenteil, indem er in seine eigenen Taschen langte und eine Handvoll Silbergeld nach der anderen hervorzog und in die Schublade legte, die fast ganz voll wurde.

„Da hast auch von mir noch fünfzig“, sagte er. „Lauter frische, blanke, funkelnagelneue Taler! Und da sind auch noch zwei Hunderttalerscheine dazu. Deshalb komm ich so früh. Schau her!"

Er zeigte sie ihr und sah ihr dabei mit strahlenden Augen in das erstaunte Angesicht.

„Aber — — — Anton — — — das — — das — — das hab ich — — — das hab ich ja heute nacht geträumt!" rief sie aus.

„Den Traum mußt du mir später erzählen, denn jetzt hab ich keine Zeit", sagte er. „Ich muß mit dem Musterwirt in die Stadt, wo wir den Kauf des Bergle auf dem Amt fertig machen."

„Er weigert sich also nicht?" fragte Marie.

„Vielleicht war er es gewillt, aber die Geschichte mit den fünfhundert Talern hat ihn anders gestimmt."

„Fünfhundert — —?"

„Ja. Ich hab ihm versprechen müssen, höchstens nur dir davon zu erzählen. Gegen andere soll ich schweigen. Komm mit heraus! Da will ich es dir beichten."

Sie folgte ihm aus der Stube ins Freie, wo er mit ihr einen weichrasigen Feldweg einschlug. Nebeneinander hergehend, erzählte er ihr folgendes:

„Als du gestern abend fort warst, schaute ich mir das Bergle an und dachte über das Häusle nach. Ich hatte mich gerade auf der Stelle niedergesetzt, wo du standest, als du sagtest, daß du mein sein willst. An dieser Stelle wollte ich bleiben. Es stand ein Kräutlein Augentrost da; das pflückte ich mir ab und tat es an die Brust. Hier ist es noch."

„Und noch nicht verwelkt?" bemerkte sie errötend.

„Ich hab es dann zu Haus ins Wasser gestellt", erklärte er. „Als ich so dasaß, lag das Bergle gerade vor mir. Wenn ich die Augen öffnete, zeigte es sich mir im klaren Mondschein. Wenn ich sie zumachte, um nachzusinnen, dann sah ich das Häusle. Erst undeutlich. Aber je mehr ich nachdachte, desto deutlicher stand es vor meiner Seele. Endlich sah ich alles ganz genau, das Dach mit dem Schornstein, vorn weit hervorragend, wegen der Sonne und des Regens, das Kämmerle oben und das Stüble unten, daneben der Ziegenstall mit dem Boden für das Winterfutter darüber. Da hab ich gerechnet und gemessen, wie lang und wie breit alles werden soll. Ich bin aufgestanden, um die Vorderseite und die Tiefe abzuschreiten, und als ich alles richtig gewußt hab, da hat es mir keine Ruhe gelassen; ich hab über den Steg hinüber gemußt und das Bergle hinauf, um zu sehen, ob es nicht wohl gar zu klein ist für die Maße, die ich mir ausgesonnen hatte. Es war ganz hell. Ich konnte jeden Stein und jede Pflanze sehen. Aber ich hatte keinen Pflock und keine Schnur, um richtig auszumessen. Indem ich sann, wie dem abzuhelfen sei, sah ich einen Haufen kleiner Steine. Sie waren feucht, wahrscheinlich von dem Tau. Wenn ich mir aus diesen Steinen Linien legte, so war es leicht, den ganzen Grundriß auf dem Boden zu bezeichnen. Ich begann mit dieser Arbeit, die schnell vorwärts ging. Der Haufen wurde kleiner, immer kleiner. Schon schaute die Erde darunter hervor. Da hörte ich es plötzlich klingen. Es war wie Silber oder ein anderes Metall. Ich schaute schärfer hin, und was sah ich liegen? Taler an Taler, eng nebeneinander. Man hatte sie hierher getan und mit den Steinen zugedeckt. Du kannst dir denken, daß ich die übrigen Steine nun schnell und sorgfältig entfernte, um keine Münze mit fortzuwerfen. Als ich damit fertig war, funkelte mir der Schatz im Mondenschein silbern in die Augen. Ich zählte ihn. Es waren fünfhundert Taler, keiner mehr und keiner weniger. Ich suchte weiter nach. Ich grub sogar in den Boden. Aber ich fand weiter nichts. Da tat ich das Geld in mein Sacktuch und in die Taschen, um es heimzutragen. Ich stieg das Bergle hinab, ging über den Steg und dann über die Wiese, war aber noch nicht ganz hinüber, wer kam mir da entgegen? Der Musterwirt! ‚Wo kommst du her?' fragte er mich. — ‚Vom Bergle', antwortete ich. — ‚Was hast du dort so spät zu treiben?' — ‚Einen Schatz hab ich gegraben. Musterwirt, das Bergle war dein, von heut abend aber ist es mein. Hast du dort Geld versteckt?' Er antwortete nicht sogleich. Mir kam es vor, als ob er nicht nur erstaunt, sondern erschrocken sei. Dann fragte er mich: ‚Hast dort welches gefunden?' — ‚Ja.' — ‚Wieviel?' — Rate es!' — ‚Es werden die fünfhundert Taler sein, die mein Oheim, der frühere Besitzer, während der Revolutionszeit dort versteckt hat, weil er sich vor den Freischärlern fürchtete. Es waren lauter neue Talerstücke, geprägt im Jahre 1846. Er starb noch während der Revolution. Später fand ich einen Zettel in der Bibel, worauf das versteckte Geld verzeichnet war, aber nicht der Ort, wo es lag. Nun kommst du jetzt mitten in der Nacht daher und sagst, du habest es gefunden. Komm zu mir! Es ist mein Eigentum!' — ‚Deines? Nein, sondern meines!' — ‚Wieso?' — ‚Auf der Urkunde steht, daß das Bergle mein volles unbestrittenes Eigentum sei, so wie es liegt und steht.' — ‚Aber doch nicht das Geld!' — ‚Das gehört zum Bergle, auf dem es gelegen hat!' Hierauf hat er angefangen, mit mir zu streiten. Er hat durchaus nicht nachgeben wollen, bis ich gesagt hab, daß ich das Geld in das Gericht tragen werde, das entscheiden möge, wem es gehöre. Da ist er zu meinem Erstaunen plötzlich ganz klein geworden und hat mich um einen Vergleich gebeten. Ich hätte ihm gewiß und gern das ganze Geld gegeben; aber ich weiß nicht, wie es kommt, daß ich nicht an die Geschichte von seinem Oheim glauben kann, der doch gestorben ist, als die Revolution längst vorüber war. Die Sache hat einen Haken, den ich kennenlernen möchte. Das sagte ich ihm offen und ehrlich, worauf er mir den Vorschlag machte, das Geld mit ihm zu teilen. Ich ging einstweilen hierauf ein, sagte ihm aber, daß ich meinen Teil nicht als mein festes Eigentum, sondern eine Hypothek auf mein Häusle betrachten werde. Sobald sich der richtige Eigentümer finde und mir beweise, daß er es sei, solle er das Geld zurückerhalten. Dann habe auch er seinen Teil herauszugeben. Er gab mir keine Antwort und forderte mich auf, mit ihm zu kommen, weil wir hier auf der Wiese doch nicht teilen könnten. Im Gasthof schlief schon alles. Wir waren ganz allein. Als ich ihm seine Hälfte vorzählen wollte,. bat er mich um die sämtlichen Stücke. Sie seien noch wie ganz neu, und er liebe neues Geld. Er wolle mir anderes dafür geben. Ich war dazu bereit, und er ging, das andere zu holen. Als ich nun so allein dasaß, kam mir ein Gedanke. Ich traue dem Musterwirt nicht. Ich will den Haken entdecken, den es mit diesem Geld hat. Da darf ich es nicht ganz von mir geben. Ich muß wenigstens einen Teil davon behalten, um es aufzuheben. Darum gab ich ihm dann nur für die zwei Hunderttalerscheine Silber; die übrigen fünfzig Taler aber behielt ich für mich. Als er sah, daß er hieran nichts ändern könne, beruhigte er sich, doch mußte ich ihm Verschwiegenheit geloben. Ich sagte ihm, daß ich vor dir niemals ein Geheimnis haben möchte, und er gab diese einzige Ausnahme zu. Darauf ging ich ein. Dann hat er es ganz von selbst angeboten, mit ihm um acht Uhr nach der Stadt zu fahren, um beim Gericht den Kauf des Bergle eintragen zu lassen. Schau, da oben kommt er schon mit dem Wagen! Er will mich abholen. Er weiß nicht, daß ich zu dir gegangen bin. Ich muß eilen, daß ich ihm da unten auf der Straße gleich begegne. Darf ich heute abend kommen, um dir zu berichten?"

„Ja. Anton, ich bitte dich, hüte dich vor ihm!"

„Das tu ich schon von selber. Er hat mir, als ich heute nacht von ihm ging, bessere Bezahlung für meine Muster versprochen. Das hat mich noch vorsichtiger gemacht. So oft der Musterwirt Gutes zu tun scheint, hat er Böses im Sinn! Jetzt aber muß ich eilen. Leb wohl, Marie!"

In den nächsten Tagen kam es zuweilen vor, daß ein dumpfer Knall im Dorf zu hören war.

„Der Musteranton sprengt sein Damenbergle auseinander", sagte man.

Fast noch mehr aber erzählte man sich die Neuigkeit, daß der Musterwirt einen reichen Teilhaber bekommen habe, der Frommhold Uhlig heiße und dem Geschäft einen höheren Schwung verleihen wolle. Sie seien schon seit langer Zeit bekannt; das könne man daraus ersehen, daß der Kompagnon die Tochter des Wirts heiraten werde. Nun wisse man auf einmal, warum ihr keiner der hiesigen Burschen vornehm und gut genug gewesen sei. Die Vorbereitungen zur Vermählung wurden in größter Öffentlichkeit getroffen, und als der Tag kam, gab es Hochzeit, zu der beinahe das ganze Dorf geladen war.

Man hatte erfahren, daß der Bräutigam sich mit wohl hunderttausend Talern an dem Geschäft beteiligen werde. Es war also kein Wunder, wenn man ihm überall mit der größten Höflichkeit begegnete. Dennoch wurde er, dem hiesigen Sprachgebrauch gemäß, nur mit seinem Vornamen genannt, und zwar mit der Veränderung, die die erzgebirgische Mundart mit sich bringt: Herr Frömmelt, anstatt Frommhold. Auf das „Herr" hatte er auch in den Fällen nicht zu verzichten, daß er später mit diesem oder jenem Brüderschaft machte. Es klingt da oben so gar nicht übel, wenn man jemand sagen hört: „Wie geht es dir, Herr Frömmelt?" oder beim Kartenspiel: „Das mit dem Eichelsolo, das hast du ganz verkehrt gemacht, Herr Frömmelt!"

An seinem Hochzeitstag gab es ein Ereignis, das ihm fast alle Gäste wohl mehrere Stunden lang entzog. Und wohin? Hinüber nach dem Bergle! Gerade als er mit seiner Braut vor dem Altar stand, ertönte ein gewaltiger

Krach. Der Musteranton hatte beim Sprengen mehrere Lunten zugleich in Brand gesetzt, und so geschah es, daß die Sprengschüsse zusammentrafen. Man hörte den Schüssen an, daß sie eine große Wirkung hervorgebracht haben mußten. Welcher Art diese Wirkung war, das erfuhr man, als der aus der Kirche zurückkehrende Hochzeitszug am Gasthof anlangte. Der Anton war zwar auch zum Fest geladen worden, hatte aber verzichtet, zu erscheinen, weil es nicht für nötig gehalten worden war, auch Marie mit einzuladen. Jetzt kam er aber doch, freilich nicht im Sonntagskleid, sondern im Arbeitsanzug und bestaubt und beschmutzt von Kopf bis zu den Füßen. Er hatte etwas in der Hand.

„Wo ist der Herr Bergwerkssteiger, der mit geladen ist?“ rief er in den festlichen Zug hinein.

„Hier!“ antwortete der Beamte.

„Bitte, schaun Sie an, was ich hier habe! Was ist das wohl?“

Der Steiger nahm den Gegenstand, warf einen Blick darauf und rief dann aus: „Alle Wetter! Das ist ja gediegenes Silber! Wo haben Sie das her?“

„Aus meinem Bergle. Ich hab's soeben gefunden. Es ist noch mehr da.“

„Das ist ein Ereignis. Meine Pflicht ruft mich hinüber. Bitte, führen Sie mich!“

Er verließ den Zug. Andere folgten sogleich. Die Kunde von dem plötzlichen, unerwarteten Fund ging wie ein Lauffeuer durch das Dorf. Am fünften Haus hieß es: Der Musteranton hat Silber gefunden, eine ganze Stufe!“ Am zehnten: „Der Musteranton hat einen ganzen Tragkorb reines Silber gefunden!“ Am fünfzehnten: „Der Musteranton hat drei zweispännige Fuhren Silber aus dem Bergle herausgesprengt!“ Und so wuchs die Menge des Metalls von Minute zu Minute so an, daß die Bewohner des letzten Hauses hörten: „Das Damebergle ist ganz aus gediegenem Silber. Es liegt bis tief in den Erdboden hinein. Der Musteranton wird mit einem Schlag der größte Millionär!"

Was Beine zum Laufen hatte, lief zum Bergle hinaus. Im Gasthof saß für einige Zeit das Hochzeitspaar mit dem Brautvater ganz allein am Tisch. Dann aber ging die Aufregung ebenso schnell wieder zurück, und bald saßen die Hochzeitsgäste alle wieder beisammen und der Steiger dazu. Als er aufgefordert wurde, seine Ansicht herauszusagen, warf er diesem Gast ein Ag_2S zu; einem anderen gab er das $Ag_5 Sb S_4$ zu verstehen; ein dritter bekam das $Ag_3 As S_3$ zu hören, und als er einem vierten gar das $(Ag_2 Cu_2) S + Sb_2 As_2 S_3$ mit 64 bis 72 Prozent Silber über die ganze, lange Speisetafel hinunterrief, da hörte man auf, ihn zu belästigen, und er hatte erreicht, was er erreichen wollte: er konnte essen und trinken, ohne bei jedem Bissen das silberne Damebergle mit hinunterschlucken zu müssen.

Und wie hier an der Festtafel, so ging es in der folgenden Woche auch drüben am Wasser, das so ruhig und still wie vorher rund um das jetzt ganz auseinandergesprengte Bergle floß. Es war eine Abordnung von Sachverständigen dagewesen. Hierauf wurden mehrere praktische Bergleute gesandt, die alles auf- und umwühlten. Was gefunden wurde, nahm man mit, und als Musteranton dann nach der Stadt ging, um sich seine „Millionen" auszahlen zu lassen, bekam er genau fünfhundert Taler auf den Tisch gelegt, die er schmunzelnd einsteckte und quittierte.

„Ich bin sehr froh, daß es nicht mehr geworden ist!" sagte er daheim zu Marie, als er ihr diese Summe zur Aufbewahrung brachte. „Das Geld hätte mich vielleicht zum Protzen gemacht, der nicht mit seinem Häusle auf dem Bergle zufrieden ist, sondern es gerade so verkehrt anfängt wie jetzt der Musterwirt, der nun mit seinem ‚Herrn Frömmelt' einen Palast errichtete, der gar nicht in die Armut unseres Webertals paßt!"

Das kleine Männle baute nämlich auch. Es war über Antons Silberfund erst außerordentlich erschrocken gewesen. Als das geringe Ergebnis bekannt wurde, beruhigte er sich schnell. Die paar Taler, die mit dem Berge verlorengegangen waren, wurden durch die Geschicklichkeit des neuen Teilhabers ja hundertfach ersetzt. Es kam jetzt gar viel Geld ins Haus. Was aber nützt dieses Geld, wenn man nicht zeigen darf, daß man es hat! Es galt also, den Leuten einen Weg vorzutäuschen, auf dem es scheinbar verdient worden war. Das Mustergeschäft wurde erweitert. Herr Frömmelt knüpfte Verbindungen mit dem Ausland an, sogar mit Amerika. Man brauchte also mehr Maschinen zum Schlagen der Karten als bisher und infolgedessen größere Räumlichkeiten. Dabei verstand es sich von selbst, daß an dieser Erweiterung auch der Gasthof teilzunehmen hatte. Es war ein großer Tanzsaal nötig, damit der arme Weber sich auch einmal ein Vergnügen gönnen könne. Dazu gehörte unbedingt eine chemische Schnapsfabrik, denn Schnaps ernährt das Blut, gibt also Leben. Man errichtete auch ein Verkaufshaus für alle möglichen Waren, wo dem mittellosen Arbeiter geborgt wird, was er braucht; nur muß er sich verpflichten, nie anderswo zu kaufen, wenn er die Arbeit behalten will. Sodann hat man den vielen kleinen, selbständigen Unternehmern zu zeigen, daß man die Macht besitzt, alles in einer Hand zu vereinigen. Es ist unsagbar vorteilhafter für das Volk, wenn einer viel verdient, als wenn viele wenig oder nichts verdienen; er hat sie dann zu ernähren. Kurz und gut, der Musterwirt war bisher bei diesem Namen genannt worden, weil er neben seiner Schankwirtschaft auch die Musterschlägerei betrieb; von nun an aber wollte er der Volkswirtschaft die Muster liefern, nach denen der arme Mann sich in sein Schicksal zu fügen hat! Darum mußte gebaut werden, groß, breit und hoch!

Die Aufsicht über den Bau übernahm Herr Frömmelt.

Sein Schwiegervater konnte das nicht, weil er jetzt sehr oft verreiste. Die neuen Geschäftsverbindungen erforderten das. Daß er bei seiner Heimkehr stets größere Summen mit nach Haus brachte, aber nicht in Kassenscheinen, das brauchte niemand zu wissen, obgleich es schon im ganzen Dorf bekannt geworden war, daß Herr Frömmelt einen unauslöschlichen Haß auf papiernes Geld geworfen hatte. Auch konnte er neue Taler nicht gut leiden.

So wuchs aus dem kleinen Gasthof eine lange, mehrere Stockwerke hohe Straßenfront heraus, die das Firmenschild „Etablissement zum Musterwirt“ bekommen sollte. Die arme Weberbevölkerung wußte gar nicht recht, woran sie eigentlich damit war. Der große „Ballsaal“, der gebaut wurde, wollte nicht mit ihren geringen Arbeitslöhnen übereinstimmen. Als dann an den neuen Fenstern des Erdgeschosses die Namen von über zwanzig Schnäpsen in goldenen Buchstaben zu lesen waren, da schüttelte man den Kopf, ging aber doch hinein, um sie zu kosten. Da gab es Tische, die für das Kartenspiel besonders hergerichtet waren. Das hatte man noch nie gesehen. Später wurde der Verkaufsladen eröffnet. Er bestand aus mehreren Abteilungen. Jedes Fenster hatte nur eine einzige, große Scheibe. Die aus der Stadt verschriebene Bedienung war ungeheuer höflich. Die Erwachsenen wurden nur mit „Herr“ und „Madame“ angeredet, die Schulmädchen mit „Fräulein“. Und was das ganz Besondere war: man brauchte nicht gleich Geld. Wenn man fünf Groschen zahlte, so bekam man ein Buch, in das alles eingetragen wurde. Man hatte nur zu unterschreiben, daß man bei keinem anderen kaufen werde, sonst sei der Betrag sofort gerichtlich auszupfänden. Man konnte alles haben, was der Mensch zur Nahrung, Kleidung und zur Wirtschaft brauchte. Daher kam es, daß ein jeder, der nur für einige Pfennige Pfeffer oder Salz in seinem Buch stehen hatte, auch gleich einen

Sonntagsrock, ein Federbett, ein Möbel oder gar auch einen Ackerpflug geborgt bekam. Das war doch fein! Die Anerkennung für die beiden Musterwirte wuchs ein ganzes Jahr hindurch fast in das Himmelblaue hinein. Denn sogar den Schnaps, das Bier, den Tanz brauchte man nicht sogleich mit barem Geld zu bezahlen. Es gab dafür besondere kleine Karten, die man „Konsumbilletts“ nannte. Als es im nächsten Jahr zu einer Pfändung kam, der bald einige andere folgten, blieb den Betroffenen nichts als das nackte Leben übrig, aber sie hatten es auch verdient, weil sie während dieser ganzen Zeit mehr im Gasthof als daheim zu sehen gewesen waren.

Selbstverständlich wurde die menschenfreundliche Geschäftsführung der Musterwirte nicht bloß in ihrem Wohnort anerkannt. Man kam auch von den anderen Dörfern her, um bei ihnen einzukaufen. Die zwei Herren „Buchhalter“, die angestellt worden waren, konnten mit vollem Recht erzählen, daß es in der Umgegend Tausende von „Einkaufsbüchern“ gebe, deren Besitzer nur von der „Kulanz“ ihrer beiden „Prinzipale“ abhängig seien. Man munkelte zuweilen, daß dieser oder jener so tief „in der Kreide stehe“, daß er wohl kaum werde bezahlen können. Hörte man dann, er habe seine ganze Schuld mit einemmal berichtigt, so pflegte man scherzhaft zu sagen, wahrscheinlich sei das „Geldmännle“ bei ihm gewesen.

Es kam eine Zeit, in der man behauptete, es gebe keinen, der nicht in den Schuldbüchern der beiden Musterwirte verzeichnet sei. Nur zwei Ausnahmen gab es: den Herrn Pfarrer und den Musteranton. Diese beiden standen ganz gewiß nicht darin.

Der Herr Pfarrer war ein ganz eigener Charakter. Er stand sich mit allen Leuten gut, auch mit den beiden Musterwirten, die zu seinen besten Kirchenbesuchern gehörten. Aber als er einmal von Herrn Frömmelt gefragt wurde, ob er nicht auch ein Konto bei ihm haben wolle, antwortete er, jeder Mensch stehe schon bei dem Herrgott so tief im Konto, daß er seine irdischen Sachen unbedingt bar zu bezahlen habe. Das soll sogar ein wenig spöttisch geklungen haben, was gar nicht zu verwundern war, weil der Herr Pfarrer überhaupt eine ironische Ader besaß, aus der auch die allerliebste Erzählung von Pluto und Vulkan stammte, denen das „Musterbergle“ bei der nachherigen größeren Ausführung so wunderbar in die Breite gelaufen war.

Und was den Anton betrifft, so sagte man von ihm, seine Marie sehe es nicht gern, wenn er mit den beiden Wirten mehr verkehre, als seine Musterzeichnerei für sie unbedingt erfordere. Was er brauchte, das kaufte er, ebenso wie der Herr Pfarrer, in dem einzigen Laden, den es noch gab, weil die anderen alle durch das „Etablissement zum Musterwirt“ erdrückt worden waren. Der Ertrag des Silbers hatte im Verein mit der stillen Hypothek hingereicht, das geplante Häusle auf- und auszubauen. Es war sogar ein Sümmchen übriggeblieben. Das Gärtle war entstanden, dazu ein Brückle über den Bach. Dann hatten die Schneeglöckchen und Narzissen geblüht, und hierauf war eine stille, aber frohe Hochzeit gehalten worden, mit nur ganz wenigen Gästen, nämlich dem Herrn Pfarrer und der Witwe samt den Kindern. Deren älteste Tochter hatte sich inzwischen verheiratet und kam mit ihrem Mann sehr oft ins kleine Häusle. Sie brachten später ein allerliebstes Büble mit, das Hermännle hieß und dessen Hauptvergnügen es war, sich auf die Ziege zu setzen, um zu reiten. Als er das schon beinah konnte, ohne sich halten zu lassen, machte er einst gar große Augen, als die Marie ihm ein ganz, ganz, ganz kleines Kindle zeigte, das sie ihr „Herzle“ nannte. Es war in ein Bettle gebunden und allein für ihn gebracht worden, um seine Gespielin und Gefährtin zu werden.

Grad an dem Tag, als sich dieses „Herzle“ eingestellt hatte, war bei Herrn Frömmelt etwas Ähnliches geschehen. Es kam für ihn ein Töchterlein, das eine gar bedeutende Stimme hören ließ und das große „Etablissement“ in Alarm versetzte. Eine Woche später gab es zwei Kindtaufen, eine große und eine kleine. Der Schreihals bekam den Namen Rosalia. Welcher Name dem anderen Kind gegeben wurde, das ist vollständig nebensächlich. Die Mutter hatte es „Herzle“ genannt, und was eine Mutter sagt, das gilt fürs ganze Leben.

Es darf nicht unerwähnt bleiben, daß der alte, kleine Musterwirt sich dem Anton als Pate für sein Herzle angeboten hatte. Er glaubte ihm damit eine große Ehre zu erweisen. Der Anton aber hatte das nicht eingesehen, sondern gesagt:

„Wenn du Pate stehen willst, so tu es bei deiner Enkelin, die dir doch näherliegt als mein Herzle. Ehe ich dich mit zum Taufstein nehme, müßte ich erst wissen, was es mit dem Geld für eine Bewandtnis hat, das ich damals unter den Steinen gefunden habe. Von Pluto und Vulkan kann es nicht stammen, sonst hätte es der Herr Pfarrer mit erzählt.“

Dieses Geld machte nämlich dem Musteranton noch immer viel zu schaffen. Er besaß die fünfzig neuen Taler noch. Durch einen davon hatte er ein Loch gemacht, um ihn an sein Uhrband zu hängen, und dabei war ihm dieser Taler so fettig blau, so bleiern vorgekommen. Als er die anderen hierauf ansah und auf dem Tisch klingen ließ, kamen sie ihm verdächtig vor. Sonderbarerweise fiel ihm sogleich das Geldmännle ein. Konnten Münzen, die im Jahr 1846 geprägt worden waren, jetzt noch wie neu aussehen, zumal sie im Freien unter einem Steinhaufen legen hatten? Warum war der Musterwirt so sehr bemüht, sie alle in seine Hand zu bekommen? Er war ein kleines hageres Männchen, was genau zu dem Ausdruck „Geldmännle“ paßte. Man sprach jetzt wieder oft von diesem geheimnisvollen Fälscher. Warum betonte der neue Teilhaber so oft und so sehr, daß er neue Taler nicht leiden möge? Warum konnte er Kassenscheine ganz und gar nicht ausstehen? Etwa weil —? Hm!

Auch in Beziehung auf seine Arbeiten, die er den Musterwirten lieferte, waren dem Anton Bedenken aufgestiegen. Er war nämlich bisher der einzige Musterzeichner gewesen, den der Kleine gehabt hatte. Nun gab es einen Teilhaber mit hunderttausend Talern Einlage. Man hatte das Geschäft erweitert, eine Menge neuer Verbindungen angeknüpft und hierauf eine Menge von Bestellungen erhalten, wie man sagte. Wie kam es da, daß er noch immer der einzige Zeichner war? Er wußte, daß in kleinen, unbedeutenden Geschäften oft drei, vier oder noch mehr Zeichner sitzen und den ganzen Tag, von früh bis abends, zu tun haben. Warum war er da allein? Bei dem gestiegenen Bedarf? Und seine ganze Arbeit konnte er in drei Stunden täglich vollauf verrichten! Wie stimmte das zusammen? Es hatte geheißen, auch die Musterschlägerei werde erweitert; nun aber schien sie im Gegenteil ganz eingestellt worden zu sein. Die ganze angebliche Vergrößerung des Geschäfts bestand also höchstens in dem ausgedehnten Versand von Antons Mustern. Das aber konnte doch unmöglich so viel Geld einbringen, wie man den Leuten glauben machte.

Von jedem neuen Webmuster, das Anton erfand, wurden Platten angefertigt, damit es in der erforderlichen Auflage gedruckt werden könne. Dazu hatte es früher einen besonderen Arbeiter gegeben; der war aber entlassen worden. Herr Frömmelt machte das in eigener Person und ging dabei außerordentlich geheimnisvoll zu Werke. Es ist zwar erklärlich, daß man beim Drucken neuer Muster keine fremden Menschen, wohl gar Konkurrenten an sich kommen läßt, aber daß selbst ihm, dem Anton, dem Erfinder dieser Zeichnungen, der Eintritt in die Stube verboten war, in der die neue Druckmaschine stand, dazu gab es doch keinen triftigen Grund. Oder wurden vielleicht nicht nur Muster dort gedruckt, sondern auch noch andere Sachen, von denen niemand etwas erfahren durfte?

Dieser letzte Gedanke war dem Anton gekommen, und er konnte ihn nicht wieder loswerden. Er trug ihn mit sich herum und sann Tag und Nacht über ihn nach. Es war ihm, als ob es sich hierbei auch um das Geheimnis mit den neuen Talern handle, und so kam er schließlich zu dem Entschluß, die Druck- und auch die Matrizenstube einmal ganz genau in Augenschein zu nehmen, was aber nur ganz heimlich geschehen konnte. Er behielt diesen Entschluß aber nur für sich und sagte nicht einmal seiner Marie etwas davon. Er hatte ihr auch nicht die Bedenken mitgeteilt, die ihn in letzter Zeit beunruhigten, weil er es nicht für nötig hielt, ihr Glück mit quälenden Gedanken zu trüben. Am allerwenigsten gerade jetzt in diesen Tagen, wo der Herr und die Dame aus Brüssel so großes Wohlgefallen an ihr und dem kleinen Herzle gefunden hatten!

Es war nämlich vor einigen Tagen ein fremdes Ehepaar in das Dorf gekommen, das im Erzgebirge reiste, um die dortige Spitzenklöppelei kennenzulernen. Der Mann war ein Belgier und besaß ein Versandgeschäft in echten Brüsseler Spitzen. Er hatte erfahren, wie geschickt Marie sei, und hatte sie mit seiner Frau besucht. Marie hatte ihnen verschiedene Arbeiten vorgelegt und dazu eine Menge Muster, die von Anton für sie gezeichnet worden waren. Dieser hatte nämlich die größte Freude daran, mit ihr vor dem Häusle unter dem Dach zu sitzen und für sie zu zeichnen. Während die junge, glückliche Mutter die Klöppel fleißig klingen ließ und das jetzt vier Jahre alte Herzle sich Mühe gab, die Ziege das Liedchen ‚Weißt du, wieviel Sternlein stehen?‘ nachsprechen zu lassen, hatte der Vater das Zeichenpapier vor sich liegen und ließ Muster um Muster vor sich entstehen, von denen eines immer schöner als das andere war. Sonderbarerweise gab es aber kein einziges dabei, in dem sich nicht irgendwo und irgendwie ein Herzle befunden hätte. Auf diese Weise hatte er schon Hunderte von Mustern angefertigt, die alle in der Kommode lagen, um nach und nach geklöppelt zu werden. Das gab einen Vorrat, der wohl für ein ganzes Menschenleben ausreichte.

Diese Sammlung hatte Marie dem fremden Herrn gezeigt. Er sah bald sie, bald ihre Spitzen, bald auch die Muster und bald auch das Herzle an, schaute dann am Häusle hinauf und am Gärtle hinab und rief dabei aus: „Aber liebe Frau, was sind Sie bei all Ihrer Armut doch so reich, ganz ohne es zu wissen! Können Sie schweigen?"

„Ja", antwortete sie, erstaunt über diese sonderbar klingende Frage.

„Dann werde ich Ihnen einen Vorschlag machen, von dem niemand etwas erfahren darf. Sie arbeiten von jetzt an nur für mich, und zwar nach diesen Ihren eigenen Mustern. Ich sage Ihnen aufrichtig, daß ich Ihre Spitzen als echte Brüsseler verkaufen werde. Darum die Verschwiegenheit, um die ich Sie bitte. Dafür aber bekommen Sie einen Arbeitslohn, wie ihn so hoch kein Mensch in Sachsen hier zahlt. Ich werde mit Ihrem Mann alles Nötige feststellen. Haben Sie etwas dagegen einzuwenden?"

Sie war natürlich sofort einverstanden. Das Herzle wurde auch gefragt; es nickte. Die Ziege schüttelte zwar den Kopf dazu, aber das konnte auch wegen der großen Fliege sein, die sich ihr eben jetzt auf die Nase gesetzt hatte, wurde also für Einwilligung genommen.

Die Herrschaften kamen wieder, als der Anton daheim war. Da wurde alles aufgezeichnet und unterschrieben. Die vorhandenen Spitzen packte man ein, nachdem sie sofort bezahlt worden waren. Das Geschäft war abgeschlossen, und die beiden Fremden brauchten also das Bergle nicht mehr zu besuchen. Sie kamen aber doch. Warum? Die Bewohner des Häusle hatten es ihnen angetan; das dort wohnende Glück war ein Magnet, dem man nicht widerstehen konnte. Besonders hatte die Dame es auf das kleine Herzle abgesehen. Am liebsten hätte sie es mit nach Brüssel genommen, an Stelle des einzigen Kindes, das ihr dort gestorben war. Aber die Eltern gaben es nicht her! Als sie endlich abreisten, taten sie es nicht anders: Marie mußte sich samt dem Herzle zu ihnen in den Wagen setzen, um mitzufahren und in der Bahnhofsstadt noch einen ganzen Tag bei ihnen zu bleiben.

„Diesen Tag müssen Sie uns noch schenken, für Sie zur Erholung und für uns zum besseren Abschiednehmen!“ so bat die Dame.

Marie war noch nie aus dem Dorf hinausgekommen, und Anton gab deshalb seine Erlaubnis gern. Er gönnte seiner Frau die große Ehre, die ihr durch diese Einladung widerfuhr, und so kam es, daß er heute den beiden ihm liebsten Wesen zum erstenmal die Hand zum Abschied reichte. Er tat es lächelnd, denn er wußte ja, daß er sie schon morgen wiedersehen werde.

Als er dann drüben im „Etablissement“ in der Zeichenstube saß, an deren Tür das fremde Wort „Atelier“ geschrieben stand, kam es ihm vor, als ob der sonst so gefügige Stift ihm heute nicht gehorchen wollte. Er fühlte eine Unruhe, die er bisher nicht gekannt hatte. Er ging öfters hinaus; die Luft im Zimmer wurde ihm zu schwer. So wie ihm heute, muß es jemand zumute sein, der etwas Böses getan hat oder an dem etwas Böses geschehen soll!

Der alte Musterwirt war nicht daheim. Er hatte gestern eine seiner häufigen Reisen angetreten, die manchmal nur einen Tag, oft aber auch noch länger dauerten. Der Teilhaber, Herr Frömmelt, ging soeben aus dem

Haus und nach dem Niederdorf. Er hatte den Spazierstock in der Hand, ein Zeichen, daß es sich um einen längeren Ausgang handelte. Anton beschloß, ebenfalls nach Haus zu gehen. Er brachte hier doch nichts fertig; vielleicht ging es besser, wenn er unter seinem Vordächle im Freien saß und an sein gutes Weib dachte. Er setzte also den Hut auf den Kopf und ging.

Als er unten im Hausflur an der Tür vorüber wollte, an der „Druckerei und Stereotypie" zu lesen war, blieb er überrascht stehen, weil er sah, daß der Schlüssel steckte. Das war noch nie der Fall gewesen, denn wenn sich einer der beiden Musterwirte darin befand, hatte er die Tür von innen verschlossen. Jeder von ihnen besaß einen Schlüssel zu diesen beiden Räumen. Nun waren beide nicht da, und Herr Frömmelt hatte vergessen, den Schlüssel abzuziehen. So eine treffliche Gelegenheit, die längst gehegte Wißbegierde zu befriedigen, stellte sich vielleicht im Verlauf von Jahren nicht wieder ein. Anton beschloß, sie sofort auszunützen. Niemand war da. Kein Mensch sah, daß er hineinging und die Tür hinter sich wieder zuzog. Sie zu verschließen, wie es der Wirt machte, getraute er sich nicht; er hatte kein Recht dazu.

Da stand die Presse. Der Tisch war eingeschoben. Er zog ihn heraus. Fast hätte er vor Schreck laut aufgeschrien. Die Platten enthielten keine Muster, sondern es waren die korrespondierenden Seiten von Hundertaler- und Hundertguldenscheinen. Die Tür zur Stereotypie stand offen. Sie war von doppelt starkem Holz und an beiden Seiten mit Eisenblech beschlagen. Dazu hatte sie diesseits einen schweren, doppelten Eisenriegel. Das sah fast wie eine Gefängnistür aus. Anton ging hinaus. Allerlei Flaschen und Gläser standen zu beiden Seiten des Herdes, auf dem das Feuer ausgegangen war. Aber Holz lag darauf, zum schnellen Anbrennen fertiggemacht. Es gab Stücke von gehackten Bleistangen und

Silberplatten. Am Boden lagen zwei Prägstöcke. Er betrachtete den einen. Er war für Talerstücke vom Jahre 1846. Dieser Raum hatte kein einziges Fenster, der Vorsicht halber. Er mußte von einer Lampe erleuchtet werden, die von der Decke hing. Sie brannte jetzt nicht, doch fiel das nötige Licht von der Druckstube herein.

Es wurde dem Anton himmelangst; er fühlte, daß er wankte. Sein Kopf begann ihm weh zu tun.

„Hinaus, nur hinaus aus dieser Falschmünzerhöhle!“ dachte er. Er drehte sich um, da ging die vordere Tür auf und — Herr Frömmelt trat herein. Es war ihm anzusehen, wie mächtig er erschrak.

„Der Musteranton!“ rief er aus, aber nicht etwa laut schreiend, sondern grimmig fauchend, wie eine angeschossene wilde Katze. „Es fiel mir unterwegs ein, daß ich den Schlüssel steckengelassen habe. Wie gut ist das! Da erwische ich dich!“

Er machte die Tür hinter sich zu und hielt dem Anton die geballten Fäuste hin. Seine Augen blitzten. Sein ganzes Gesicht war Haß und Zorn.

„Nein, sondern ich erwische dich!“ antwortete der Zeichner. „Ich werde sofort zur Polizei gehen und ihr mitteilen, was ich soeben gesehen habe!“

„Das — — das tust du nicht!“ hohnlachte der Wirt.

„Ich tue es, so wahr ich vor dir stehe!“

„Es wäre dein Untergang!“

„Nur der deinige, nicht aber der meinige. Jetzt weiß ich endlich, woher die falschen Taler stammen! Den einen hab ich hier noch an der Uhr; die anderen neunundvierzig liegen daheim in der Schublade. Weißt doch auch, wo ich sie gefunden habe?“

„Mein Schwiegervater hat es mir erzählt. Ich sollte dich gleich hier auf der Stelle niederschlagen; aber ich tue es nicht, denn ich bin ein guter Christ, kein Mörder. Versprichst mir, zu schweigen, so wirst du ein steinreicher Mann!“

„Nicht um tausend Millionen! Ich mache Anzeige; das ist meine Pflicht."

„Ist das dein letztes Wort?"

„Ja, mein einziges und letztes. Deine Fäuste fürchte ich nicht. Ich habe auch welche!"

Da veränderte sich das Gesicht des Herrn Frömmelt plötzlich. Der Grimm verschwand; er sah fast freundlich aus.

„So habe ich nichts dagegen", sagte er. „Aber du weißt noch nicht alles, und wenn du zur Polizei gehst, mußt du ihr doch alles sagen können. Ich habe für solche Leute, wie du bist, etwas erfunden, wovon sogar mein Schwiegervater noch nichts weiß. Darum gibt es kein Fenster hier. Es ist sehr merkwürdig. Ich werde es dir zeigen, und wenn du es gesehen hast, so wirst du gern und willig mit mir einverstanden sein."

„Niemals!"

„O doch! Komm her zu mir zum Herd, daß du siehst, wie schnell es geht, dich in meinen Freund zu verwandeln!"

Anton trat näher hin. Ob er hier stand oder dort, das machte ja nichts aus. Der Wirt goß den Inhalt einer halbvollen Flasche auf das Holz des Herdes.

„Das ist Spiritus", sagte er, „damit es schnell brennt." Er zündete dann ein Streichholz an und schob es an das Feuchte. Die Flamme loderte sofort hoch auf. Dann holte er eine andere große, zugepfropfte Flasche herbei, warf sie in das Feuer und sagte:

„Sie wird zerspringen, sobald sie heiß geworden ist. Dann bist du mir gewogen. Wo ist deine Frau mit dem Kind? Sie fuhr mit dem Fremden fort."

„In der Bahnhofsstadt. Sie kommt erst morgen wieder", antwortete Anton.

Da tat es einen Knall. Sofort stieg ein dicker Qualm aus dem Feuer.

„Was ist denn das?" fragte er.

„Das wirst du sehr bald merken", lächelte Herr Frömmelt. „Jetzt, Musteranton, zeige mich an, zeige mich an, bei welcher Polizei du willst! Ich lache euch beide aus, dich und sie!"

Bei diesen Worten sprang er zur Tür hinaus, warf sie zu und schob den Doppelriegel vor. Der so plötzlich Gefangene schlug mit den Fäusten von innen an die Platte. Aber beides, Holz und Eisen, war so stark, daß man es fast gar nicht hörte.

„Den habe ich fest und sicher", grinste Herr Frömmelt, indem er tief aufatmete. „Der sagt kein Wörtchen mehr! In zwei Stunden ist er tot, erstickt in den giftigen Dünsten! Heute in der Nacht trage ich ihn dann hinaus an das Bergle und werfe ihn in das Wasser. Da denkt man, er sei von der Brücke hineingefallen und ertrunken. Vorher aber nehme ich ihm den falschen Taler von der Uhr und die anderen aus der Schublade. Den Schlüssel hat er jedenfalls einstecken. Wie gut, daß seine Frau heute nicht im Häusle ist! Und wie werden sich meine Frau und mein Schwiegervater darüber freuen, daß ich mir das Dunstwerk doch noch angeschafft habe, ganz hinter ihrem Rücken. Sie wollten gar nichts davon wissen!"

Nun schob er den herausgezogenen Pressentisch wieder hinein. Dabei fuhr er fort:

„Vor zwei, drei Stunden darf ich die Tür zum Anton nicht berühren."

Er schloß die vordere Tür zu, steckte den Schlüssel ein und ging zum zweitenmal nach dem Niederdorf hinunter, mit größter Höflichkeit begrüßt von allen, die ihm begegneten. Er dankte mit dem freundlichen, leutseligen Lächeln, das er für alle Menschen hatte.

In der Gaststube hatte seine Frau am Fenster gestanden und ihm nachgesehen. Am anderen Fenster saß die Schenkmamsell, die gerade nichts zu tun hatte, weil keine Gäste da waren.

„Der junge Herr ging fort“, sagte sie. „Da oben kommt der alte!“

Sie hatte recht gesehen. Der kleine Wirt kehrte heim, kaum fünf Minuten später, als sein Schwiegersohn gegangen war. Er sah seine Tochter am Fenster stehen und winkte ihr zu, herauszukommen. Im Flur trafen sie zusammen.

„Dieses Mal ist es sehr gut gegangen“, raunte er ihr zu. „Ich bringe fast lauter Goldstücke. Komm mit herein in die Druckerei!“

Er zog seinen Schlüssel aus der Tasche, schloß auf, trat mit ihr ein, schloß wieder von innen zu und zog den Schlüssel wieder ab. Daß hierauf Stunden vergingen, ohne daß die beiden in die Stube zurückkehrten, fiel der Schenkmamsell nicht auf. Sie war dergleichen Absonderlichkeiten gewohnt. Als es dämmerte, stellte sich Herr Frömmelt wieder ein. Er fragte nach seiner Frau, die er nicht sah, und erfuhr, daß sie hinauf zum Vater gegangen sei, als dieser vor drei Stunden von seiner Reise kam. Da griff er, sichtbar erschrocken, zum nächsten Licht und eilte durch den Flur. Sein Schreck war so groß, daß er dabei die Gaststubentür ganz offenstehen ließ. Die Mamsell folgte ihm. Sie sah, daß er die Tür zur Druckerei aufschloß. In dieser wurde es von seinem Licht spärlich hell. Die jenseitige Tür zur Stereotypie war geöffnet worden. Ein scharfer, stechender Geruch drang in den Flur hinaus. Herr Frömmelt schrie:

„Er hat sie nachgeholt; er hat sie nachgeholt!“

Dann fiel das Licht aus seiner Hand; es wurde da drüben dunkel. Das Mädchen konnte diesen Ausruf nicht begreifen. Sie wäre Herrn Frömmelt vielleicht gefolgt, aber sie wußte, daß man nicht hinüber durfte, und soeben schloß er hinter sich zu.

Nun war es volle zwanzig Jahre später. Heute jährte sich der Tag, an dem Herr Frömmelt damals seine Frau und ihren Vater plötzlich verloren hatte. Darum ging er mit Fräulein Rosalia, die einen großen Blumenstrauß trug, zum Gottesacker, um die lieben Toten zu besuchen. Diese lagen nebeneinander. Ein gemeinsames Denkmal berichtete über sie. Unter ihren Geburts- und Todestagen stand zu lesen: „Vereint geschieden, ruhen sie in Frieden, um dort im Paradiesesgarten, des Lebens Früchte zu erwarten. Die trauernden Hinterlassenen."

Als Vater und Tochter vor dem Doppelgrab standen, sagte der erstere in tief bewegtem Ton:

„Ich mach mir noch heute Vorwürfe darüber, daß ich, streng genommen, auch mit schuld an ihrem Tod bin. Ich hatte ein großes Faß voll Most kommen lassen, um den armen Webern ein Mostfest zu bereiten. Das Faß war nicht dicht, es lief aus. Dadurch füllte sich der kleine Keller im alten Haus mit tödlichen Gasen, an denen sie starben, als sie so unvorsichtig waren, miteinander hinunterzugehen, um den Most zu holen. So kann die Wohltat, die für andere bestimmt ist, zum eigenen Verderben werden!"

„Und nicht wahr, es war derselbe Tag, an dem der Musteranton sich ersäufte?" fragte die Tochter.

„Ja, das böse Gewissen trieb ihn in das Wasser. Ich war spazierengegangen und wußte also nicht, wie das Unglück sich ereignet hatte. Er hatte deine arme Mutter um einige Flaschen Most für seine Frau angebettelt. Da stieg sie mit dem Vater hinab, um ihn aus dem Faß zu schöpfen, worin aber keiner mehr war. Der giftige Duft warf beide gleich an den Stufen hin, wo ich sie fand. Am Abend lauerte mich der Anton heimlich ab. Er hatte gehört, was geschehen war, und gestand mir, daß er sie mit seinem Begehr in den Tod getrieben habe. Er möge es gar nicht überleben, daß er ein Mörder sei. Als am anderen Tag seine Frau von der vornehmen Wagenfahrt heimkehrte, sah sie ihn beim Brückle tot im Wasser liegen. Er hatte dich um die Mutter und um den Großvater gebracht. Aber seiner Frau und seiner Tochter wollen wir das nicht nachtragen, weil wir Christen sind und daran zu denken haben, daß auch wir einst sterben müssen!"

Als sie ihre Blumenspende vor dem Denkmal niedergelegt hatten und eine Wanderung über den Kirchhof machten, sahen sie, daß der Totengräber beschäftigt war, ein neues Grab zu schaufeln. Sie gingen hin.

„Wer kommt denn da hinein?" fragte der Musterwirt.

„Der Neubertbauer, der sich bei dir erstochen hat", lautete die Antwort. „Er liegt drüben in der Leichenhalle und muß nach dem Gesetz in der Gemeinde begraben werden, in der er gestorben ist. Denn er ist so verarmt, daß seine Tochter kein Geld hat, ihn hinüber in sein Dorf schaffen zu lassen."

„Und da kommt er in Reih und Glied mit ehrlichen Menschen, die keine Selbstmörder sind?" fuhr Herr Frömmelt auf.

„Ja. Der Herr Pfarrer hat das so befohlen. Und das Kirchengeläut bekommt er auch."

„Das fehlte noch! Für solche Verbrecher haben wir die Glocken nicht bezahlt. Ich bin Mitglied des Kirchenvorstandes und werde sofort hinüber zum Pfarrer gehen, um ihn zur Rede zu stellen! Komm, Rosalia!"

Sie ging zum Pfarrhaus mit, das an den Gottesacker grenzte. Dort wartete sie, während der Vater hineinging. Der Pfarrer war daheim. Er hörte ruhig an, was der Musterwirt vorbrachte. Dann legte er ihm die Hand auf die Schulter und sagte:

„Herr Frommhold Uhlig, Sie werden meine Antwort nicht hier hören, sondern an dem Ort, an dem es sich geziemt. Wenn Sie dann noch wünschen, daß der Verstorbene ohne Geläut und ohne Segen hinten in der letzten Ecke begraben werden soll, dann mag es geschehen. Kommen Sie mit mir!"

„Wohin?"

„Das werden Sie sehen!"

Er führte ihn zur Leichenhalle und trat dort mit ihm ein. Fräulein Rosalia ging hinterher und blieb dann draußen stehen. Sie hörte die laute, mahnende Stimme des Geistlichen, verstand aber die Worte nicht. Zuweilen sprach auch ihr Vater, aber nur kurz und unterdrückt. Das dauerte wohl eine halbe Stunde lang. Dann kam der Vater allein heraus. Der Pfarrer war drin geblieben, um zu beten. Fräulein Rosalia erschrak. Der Musterwirt war ganz verstört. Er schien sie gar nicht zu sehen.

„Hast du den Neubertbauer liegen sehen?" fragte sie.

„Ja, und er mich auch!" antwortete er. „Er hat die Augen offen! Diese Augen, diese Augen! Er hat nur immer mich, mich, mich angesehen! Den Pfarrer nicht! Was will er von mir? Ich hab ihm alles versprochen und erlaubt. Ich geh sogar mit zum Grabe. Dann macht er mir vielleicht wieder andere Augen. Oh, diese Augen! Die sind wie die Bohrer! Ich fühle, wie sie wühlen! Ich ergreif die Flucht!"

Er rannte fort. Sie vermochte nicht, ihn aufzuhalten. Dabei sah er sich von Zeit zu Zeit um, als ob er jemand hinter sich herrennen höre. Als er lange noch vor seiner Tochter nach Haus kam, eilte er nach seiner Stube, riß einen Kasten auf, nahm das Messer heraus, mit dem der Neubertbauer sich erstochen hatte und sagte:

„Du, dich muß ich vergraben! Sonst kannst du mir gefährlich werden. Ich fühle es!"

Er ging in den Busch hinaus, der ihm gehörte. Da hatte er eine Klafter Holz schlagen und einpfählen lassen. Er steckte das Messer unter die Scheite und kehrte dann zurück, einstweilen beruhigt. Aber er hatte das Dorf noch nicht wieder erreicht, so sah er den Erstochenen schon wieder vor sich liegen.

„Diese Augen, diese Augen!“ klagte er wieder. „Wie gut, daß er morgen unter die Erde kommt! Ich darf ihn nicht mehr zu sehen bekommen, sonst fängt er wohl gar noch mit mir zu reden an! Und dann müßte ich alles tun, was er will.“

Er schüttelte sich vor Grauen, dann beschleunigte er seine Schritte, um so schnell wie möglich heimzukommen. Da traf er mit dem Herrn Lehrer zusammen, der bei seiner Tochter stand und, wie es schien, von ihr ausgescholten wurde.

„Denk dir“, sagte sie, „er ist gestern am ganzen Nachmittag drüben bei dem Herzle gewesen! Hier war er nicht, und ich hab ihn auch nicht hinübergehen sehen; aber jetzt hat er es mir eingestanden. Nun soll er mit mir nach der Stadt fahren, wohin ich wegen des seidenen Kleides muß, und das will er nicht. Er sagt, er habe keine Zeit dazu; aber zum Kaffeetrinken beim Herzle hat er Zeit!“

„Kommen Sie mit herauf in meine Stube, Herr Lehrer!“ sagte der Wirt.

Über Burgaus Gesicht ging ein stilles Lächeln. Er folgte ihm.

„Jetzt wird er von dem Vater abgekanzelt, und dann, dann hab ich ihn fest“, dachte Fräulein Rosalia, nach dem Gastzimmer gehend. „Mein Mann muß er werden, unbedingt! Aber das Herrschen und Befehlen, das werde ich behalten!“

In der Stube des Musterwirts angekommen, setzte sich dieser an den Tisch, zog den Kasten heraus und griff nach einem Buch, das drin lag. Der Lehrer aber trat sofort an das offene Fenster und schaute in einer Weise hinaus, als ob ihn der Herr Frömmelt gar nichts angehe.

„Herr Lehrer, Sie wissen wohl, wovon ich mit Ihnen reden will?“ fragte der Wirt, und legte zu dem Buch ein Päckchen, das aus zusammengebundenen Postquittungen bestand.

„Nein“, antwortete der Gefragte kurz.

„Von meiner Tochter.“

„So! Ich dachte, eher von der Ausstellung. Mir aber gleich. Sie ist ja auch eine.“

„Was?“

„Eine Ausstellung, also für die Öffentlichkeit. Für das leise, stille, in sich abgeschlossene Glück der Ehe ist sie nicht erzogen worden. Hierzu taugt sie nicht!“

Da sprang der Vater auf.

„Wozu sagen Sie mir das?“ rief er aus.

„Um Ihnen anzudeuten, daß ich für gewisse Pläne nicht zu haben bin. Ich kenne sie, weil sie mir nur allzuoft nahgelegt worden sind. Aber ich sag Ihnen in aller Freimütigkeit: ich laß mich nicht zwingen, mit Ihrer Tochter in die Stadt zu fahren, und noch viel weniger werde ich mich dazu pressen lassen, mit ihr durchs Leben zu kutschieren.“

„Herr Lehrer, ich bin fast Millionär!“

„Das ist nichts, gar nichts!“

„Aber was sind denn Sie? Sie sind mein Geschöpf!“

„Ihr — — Geschöpf?“ fragte Burgau staunend; er trat näher und nahm den Wirt mit eisigem Blick scharf ins Auge.

„Ja, mein Geschöpf. Das hätte ich niemals gesagt, auch jetzt nicht. Aber Sie weisen mir soeben meine Tochter zurück, ohne daß ich sie Ihnen schon angeboten habe. Wie kommen Sie dazu? Und wie kommen Sie so plötzlich zu dem Ton, in dem es geschehen ist?“

„Infolge der oft wiederholten Andeutungen aus Ihrem eigenen Mund. Und besonders infolge des Auftritts, den Fräulein Rosalia mir jetzt, bevor Sie kamen, gemacht hat, weil ich gestern auf dem Bergle gewesen bin. Sie legte mir die Heirat mit ihr förmlich vor die Füße. Das widert einen an. Das ist unweiblich und abstoßend im höchsten Grad! Dabei behauptet sie, ich hätte zu gehorchen! Das andere, was sie sagte, will ich verschweigen. Aber es war nun meine Pflicht, Ihnen, dem Vater, sofort und deutlich zu sagen, daß Sie auf mich als Schwiegersohn nicht rechnen dürfen!"

Da schaute der Musterwirt ihn an, lange, lange Zeit, erst mit festen, dann mit immer unbestimmteren Blicken, zuletzt wie ganz abwesend.

„Wissen Sie noch, wie Ihre Tochter von ihrem eigenen Vater geschildert worden ist?" fuhr der Lehrer fort. „Es war zwar ein anderes Mädchen gemeint, aber es stimmte ganz genau auf Rosalia: ‚Nun schaut die mal an, wie sie dahergeht! Wie eine Fürstin tritt sie auf, und nichts ist ihr gut und teuer genug gewesen! Ein solches Gehabe muß den Neuberthof herunterbringen!"

Da trat der Wirt zurück und griff sich mit den beiden Händen nach dem Kopf.

„Der Neuberthof, der Neuberthof", hauchte er. „Der wieder und immer wieder! Die Toten stehen auf und rächen sich, hat der Pfarrer gesagt! Hab ich denn ein Loch im Kopf, wo alles hinein kann, was Neubert heißt? Gut, daß er tot ist!"

„Aber noch nicht begraben", bemerkte Burgau unwillkürlich.

„Wie?" fragte der Wirt schnell. „Meinen Sie, daß er noch nicht fort ist? Etwa hier, hier? Ich seh seine Augen! Aber ich geh morgen mit zum Grab, da schau ich zu, bis er hinunter ist und die Erde ganz, ganz darauf!"

Er sah sich so ängstlich in der Stube um, als ob er sich fürchte. Dann goß er sich aus einer Schnapsflasche ein großes Glas voll und leerte es auf einen Zug. Das schien zu helfen. Sein Auge wurde wieder klar, seine Haltung selbstbewußt. Auch seine Stimme hatte wieder den alten, stolzen Klang, als er nun sprach:

„Sie sind Lehrer, Herr Burgau. Wie ist es gekommen, daß Sie das werden konnten?"

„Das weiß doch jedermann im Dorf. Mein Vater war ein armer Weber, meine Mutter die älteste Tochter einer armen Witwe, bei der die Mutter des Herzle als Ziehkind aufgenommen worden war. In der Schule waren die Lehrer stets mit mir zufrieden. Sie sagten, ich sei ein begabter Junge; sie und der Herr Pfarrer gaben mir Privatstunden, ohne Bezahlung dafür zu fordern. Sie sagten, ich müsse wenigstens Lehrer werden; für etwas Höheres reiche der Weberlohn nicht aus. Die Eltern stimmten ein, obgleich sie wußten, daß sie Tag und Nacht arbeiten und dabei hungern müßten, um zusammenzubringen, was auf dem Seminar für mich nötig war. Ich bestand die Aufnahmeprüfung. Da starb die Mutter. Im nächsten Jahr folgte ihr der Vater nach, weil er sich bei karger Nahrung überarbeitet hatte. Nun war es sicher, daß ich das Seminar wieder verlassen und Weber werden mußte. Mir graute. Der Herr Direktor gab sich zwar Mühe, eine Unterstützung für mich zu erwirken, doch vergeblich. Da plötzlich kam der Postbote zu ihm und brachte Geld. Auf dem Brief stand geschrieben: ‚Monatsbeitrag für den Seminaristen Hermann Burgau'. Ich blieb also. Das Geld kam regelmäßig. Es ist nicht ein einziges Mal ausgeblieben, bis ich meine erste Lehrerstelle bekam. Aber den Absender hab ich trotz aller Mühe niemals entdecken können."

„So sehen Sie hier dieses Päckchen an!" sagte der Wirt.

Der Lehrer nahm es in die Hand, öffnete es und schaute nach.

„Die Postquittungen für die Geldbriefe, die der Direktor für mich erhalten hat", rief er aus.

Seine Stimme klang gar nicht froh. Er legte das Paket auf den Tisch, ging an das offene Fenster und schaute hinaus.

„Nun?" fragte der Wirt. „Wo bleibt die Dankbarkeit?"

„Die Dankbarkeit?“ antwortete Burgau und drehte sich nach ihm um. „Sie haben sich vorhin ‚fast Millionär‘ genannt. Was waren da für Sie die wenigen hundert Taler, die ich Ihnen noch in diesem Jahr mit Zinsen zurückbezahlen werde! Sie haben mich Ihr ‚Geschöpf‘ genannt. Mein Gläubiger sind Sie höchstens, mein Schöpfer aber nicht.“

„Gut, also Gläubiger! Sie können mich sofort bezahlen, sofort mitsamt den Zinsen.“

„Wieso?“

„Sie haben hier dieses kleine Buch geschrieben: ‚Die Notlage der Handweberei im Erzgebirge. Eine volkswirtschaftliche Studie‘. Der Verfasser ist nicht genannt, aber ich weiß, daß Sie es sind. Der Ertrag des Buches soll Ihnen bleiben für alle Zeit. Aber wenn Sie damit einverstanden sind, daß mein Name als der des Verfassers auf den Titel kommt, so quittiere ich Ihnen augenblicklich Ihre ganze Schuld.“

„Wie schlau, verehrtester Herr Frömmelt — — wie so schlau!“ lächelte der Lehrer. „Sie wollen da mit meinem Kalb ackern und meine Saat in ihre Furche legen! Sie wissen, daß unsere Ausstellung das erste, praktische Ergebnis dieses meines Buches ist. Sie wissen ebenso, welchen Eindruck gerade dieses Buch im Ministerium gemacht hat. Man soll Sie für die eigentliche Seele der Ausstellung halten, während Sie doch nur Anteil an ihr nehmen, weil sie die Lage der Weber verbessern und infolgedessen die Seiten Ihrer Schuldbücher vermehren soll. Das ist nämlich Ihre Absicht, Ihre einzige! Sie sind ein höchst materieller Herr, so materiell, daß Sie von Geist fast keine Spur besitzen. Und doch möchten Sie auch gern für eine Intelligenz gehalten werden. Sie wollen mit dieser Intelligenz während unserer Ausstellung prunken, und damit dies geschehen könnte, schlagen Sie mir den Schwindel vor, zu dem ich Ihnen die Hand bieten soll. Sie haben sich verrechnet. Die Dankbarkeit, die Sie von mir erwarten, ist die Dankbarkeit der Halunken. Ich aber bin ein ehrlicher Mann und mache folglich nicht mit!"

„Sie weisen also dieses Übereinkommen ab und dazu auch die Hand meiner Tochter?"

„Ja."

„Und was wird aus Ihrer Schuld?"

„Hätte ich von ihr gewußt, so wäre sie längst bezahlt. Ich hab aber noch ein zweites Buch geschrieben, dessen Titel lautet: ‚Die Arbeiterarmut und das unlautere Kapital'. Nächstens wird mir das Honorar ausgezahlt, und davon bring ich Ihnen soviel, wie Sie zu bekommen haben. Als ehrlicher Mann sag ich Ihnen, daß dieses Buch besonders gegen Sie und Ihr Geschäftsgebaren gerichtet ist, und es wäre mir also schon aus diesem Grund unmöglich, Ihr Schwiegersohn zu werden."

„Also haben Sie gar die Absicht, öffentlich gegen mich aufzutreten?"

„Ja."

Da kam der Wirt mit geballten Fäusten auf ihn zu, blieb vor ihm stehen und schrie ihn an:

„Mensch, so vernichte ich dich!"

„Vernichten? Pah!" antwortete der Lehrer. „Sie wären mir der Kerl, der mir gefährlich werden könnte! Ich bin ein Kind des Hungers und der Not; darum schreib ich für mein liebes, armes Volk, für den hungernden Arbeiter! Ich bin es, der unsere Ausstellung ins Werk gesetzt hat, um ihm den Weg zu zeigen, auf dem es sich durch eigene Kraft, durch eigenes Verdienst helfen kann. Sie aber sind der Schröpfkopf, der ihm auf dem Rücken sitzt, der Vampyr, der an seinem Blut saugt, der Egel, der an jeder seiner Adern hängt! Sie sind auf meinen Ausstellungsplan sofort und gern eingegangen, weil Sie meinten, daß er Ihren dunklen Zwecken dienlich sei. Man wird aber mehr zu sehen bekommen, als Sie denken. Ich stelle nämlich auch aus."

„Was?“ fragte der Wirt.

„Den Herrn Vorsitzenden unseres Komitees mit seinem ‚Etablissement‘. Es ist an der Zeit, daß man die ‚Musterwirtschaft‘ derer kennenlerne, die glauben, die Kirchenglocken und des Pfarrers Segen seien nur für Leute da, die in dem Hauptbuch irgendeines ‚Herrn Frömmelt‘ stehen. Wenn so ein ‚Herr Frömmelt‘ glaubt, mit mir anbinden und mich vernichten zu können, weil ich nur ein armer Lehrer bin, so wollen wir abwarten, wie er einst hinausgetragen wird ins Leichenhaus! Sie haben mir Ihre Verwandtschaft angeboten; ich aber mag sie nicht, weil mir vor dem jetzigen Besitzer des Neuberthofes graut. Der erstochene Bauer geht dort um!“

Da fuhr der Wirt blitzschnell um mehrere Schritte zurück, duckte sich zusammen, spreizte alle zehn Finger abwehrend von sich und fragte:

„Hat man ihn schon gesehen? Was hat er von mir gesagt, von mir, von mir?“

Burgau sah ihn betroffen an. Dann schüttelte er den Kopf und sagte:

„Musterwirt, warum erschrecken Sie bei diesen meinen Worten? Warum dieses Entsetzen? Warum kommt mir gerade jetzt das Sprichwort in den Sinn: ‚Gottes Mühlen mahlen langsam, mahlen aber trefflich fein‘!“

„Mahlen, mahlen, mahlen!“ Er griff sich wieder mit den Händen nach dem Kopf. „Sind das die Mühlsteine, die da aufeinander reiben? Das knirscht, das knirscht! Das beutelt bis hinunter! Herr Lehrer, ich bin Ihr Freund, Ihr lieber, guter Freund. Sie greifen nach dem Hut. Gehen Sie jetzt nicht fort, nicht jetzt! Bleiben Sie bei mir! Trinken Sie einen Schnaps mit mir! Es ist Kognak, echter, alter Kognak, eigene und beste Marke!“

Er griff nach der Flasche, um das Glas zu füllen.

„Mir graut vor Ihnen. Ich hab es Ihnen bereits gesagt. Rufen Sie doch den Neubertbauer! Sie haben ihn ja um den Hof geschnapst!“

Er setzte den Hut auf und ging.

Noch ehe er die Tür zumachte, hörte er es hinter sich stöhnen:

„Um den Hof geschnapst! Der kommt vielleicht — — !"

Als er hinunterkam, stand der leichte Schnellwagen der Musterwirts vor der Tür. Der Kutscher mit den blanken Rockknöpfen saß wartend auf dem Bock, hinter ihm Fräulein Rosalia.

„Nun, fertig, abgemacht?" fragte sie den Lehrer mit ihrem freundlichsten Lächeln.

„Ja, abgemacht", antwortete er.

„So steigen Sie ein! Wir kaufen gleich das Tuch zum Hochzeitsfrack."

„Damit hat es keine Eile. Zum Frack fehlt mir die Braut."

Er zog den Hut, grüßte und ging. Sie saß wie starr. Dann aber richtete sie sich auf, stieß ein schmetterndes Lachen aus und schrie den Kutscher an:

„Auf wen wartest du denn, Esel! Bist wohl hier angewachsen? Mach, daß du von der Stelle kommst!"

Da knallte er los; die Pferde zogen an, und Fräulein Rosalia, die „oberste der Festjungfrauen", fuhr nach der Stadt — des weißen, seidenen Kleides wegen! — —

Am nächsten Tag wurde der Neubertbauer begraben. Seine Tochter war gekommen und nach dem Pfarrhof gegangen, um dort bis zur bestimmten Stunde Schutz zu suchen.

Da erschien noch eine andere, nämlich das Herzle. Sie reichte erst dem Herrn Pfarrer und hierauf der Tochter des Verstorbenen die Hand.

„Ich sah dich drüben vom Berg heruntergehen, ganz allein", sagte sie. „Hast schon eine Freundin, die bei dir ist in dieser schweren Stunde?"

„Nein, keinen Menschen", war die weinende Antwort. „Ich hab mich hier versteckt und will erst zum Grab gehen, wenn alle Leute dann fortgegangen sind."

„Verstecken willst du dich vor deinem Vater? Weißt du, ob er nicht vielleicht auf dich wartet? Was gehen dich die anderen Leute an? Als ich sah, daß du allein warst, da hab ich sogleich das dunkle Kleid geholt und Rosen abgepflückt! Dann kam ich her zu dir, um dir die Hand zu geben, damit du jemand hättest, der mit dir zum Vater geht, wenn die Glocken zu läuten beginnen. Wirst es mir erlauben?"

Da schlang die andere ihre Arme um das Herzle, zog es an sich und antwortete, indem sie laut aufweinte:

„Du bist immer und stets das Herzle! Ich war ein stolzes, hochmütiges Bauernkind; nun aber bin ich arm, viel ärmer noch als du. Das Messer, weißt, das Messer, das hat nicht bloß den Vater getroffen, sondern auch mich, tief, tief in die Seele hinein. Darum hast du recht: ich gehöre hin zu ihm, und du, du sollst mich führen."

„Ja, ich führe dich und gebe dir meine Rosen; die sollst du ihm noch schenken."

Da legte der Pfarrer seine Hände auf ihre beiden Köpfe und sprach:

„Mir ist, als ob der Abgeschiedene mich bäte, dir, seinem Kind, seinen Segen zu erteilen, und dir, mein gutes Herzle, seinen Dank. Hört! Die Glocken klingen schon. Ihr geht mit mir hinaus. Denn jeder, der im Leid des Lebens steht, der steht in Gottes Hand und in seines Priesters Schutz!"

Als sie aus dem Pfarrhaus traten, sahen sie, daß sich fast der ganze Kirchhof mit Menschen gefüllt hatte. Es gab viele, viele da, die gegen ein solches „ehrliches" Begräbnis des Selbstmörders gewesen waren; nun es aber der greise, im wahren Sinn christlich denkende Pfarrer durchgesetzt hatte, daß seine Gemeinde ebenso zu vergeben habe, wie sie von Gott Vergebung erwarte, war man gekommen, um zu zeigen, daß die Tat verziehen sei.

Der Tote lag im offenen Sarg über seinem offenen Grab. Das war so Sitte hier im Dorf. Die gesamte aufgeworfene Erde war rund um die tiefe Grube aufgehäuft. Hierüber kamen zwei Querhölzer, auf die der Sarg lang gesetzt wurde. Der Deckel lag daneben. Die Adjuvanten und Kurrendaner sangen ein Lied. Hierauf hielt der Pfarrer über der unverhüllten Leiche seine Rede, worauf der Sarg geschlossen und hinabgelassen wurde, nachdem die Querhölzer entfernt worden waren. Und erst dann, als er unten lag, gab der Geistliche seinen Segen. Von einem Zunageln, Zuschrauben oder einer sonstigen Befestigung des Deckels pflegte keine Rede zu sein. Die Leisten schlossen auch ohnedies eng aneinander, und die Schwere der nachgeschaufelten Erde machte jeden anderen Verschluß überflüssig.

Zufällig gab es morgen wieder ein Begräbnis. Das Grab war schon fertig. Es lag neben dem des Neubertbauern. Darum konnte die versammelte Menge von dieser Seite nicht ganz an das letztere herantreten. So standen in der unmittelbaren Nähe des Sarges also nur die dazu Berechtigten oder Verpflichteten. Das waren die Tochter mit dem Herzle, der Pfarrer, der Totengräber, die Träger des Sarges und die Mitglieder der Ortsbehörde, die in diesem Fall anwesend zu sein hatten; zu ihnen gehörte auch der Musterwirt, weil er sich in den Kirchenvorstand hatte wählen lassen. Er hätte heute auf seine Obliegenheiten freilich mehr als gern verzichtet; aber der Geistliche hatte ihm gestern derart ins Gewissen gesprochen, daß es ihm geradezu unmöglich war, daheimzubleiben.

Er stand am Fußende des Grabes und schaute unausgesetzt in dieses hinab. Es war ihm durchaus unmöglich, die offen daliegende Leiche oder gar deren Gesicht anzusehen. Der Tote hatte die Augen noch immer offen, denn niemand war auf den Gedanken gekommen, ihm vor der eingetretenen Leichenstarre die Lider zuzudrücken.

Ein Lied wurde gesungen. Hierauf folgte die Begräbnisrede. Der Pfarrer verstand es, zum Herzen zu sprechen. Die Tochter des Verstorbenen schien sich in Tränen auflösen zu wollen; das Herzle weinte still, doch unausgesetzt vor sich hin, wobei sie die arme, neue Freundin fest an der Hand hielt. Wer von den übrigen nicht weinte, der war doch tief ergriffen. Der Musterwirt starrte immer in die Grube nieder. Es ging ein immerwährendes Rucken und Zucken durch seinen Körper. Dabei war es, als ob er auf dem Sprung stehe, der großen inneren Qual zu entfliehen, die fast stärker war, als er zu tragen vermochte.

Als Stoff der Predigt waren die Bibelworte gewählt: „Und ihre Werke folgen ihnen nach!" ein Toter läßt zurück, was er hier tat und sprach. Und je näher dem Tod es getan oder gesprochen wurde, um so fester ist und bleibt es mit ihm verbunden. Wehe dem unglücklichen Menschen, von dem ein Sterbender scheidet, indem er ihn verflucht! Und wohl dem Glücklichen, den ein Scheidender segnet; es ist ein Segen wie von Himmelshand!

Da war es dem Musterwirt nicht möglich, länger stehenzubleiben. Fort konnte und durfte er nicht, wenn er nicht ungeheures Aufsehen erregen wollte. Er setzte sich also nieder, auf eines der Bretter, mit denen die lockere, um das Grab hoch aufgeschaufelte Erde gestützt war. Der Pfarrer mochte Mitleid mit ihm fühlen. Er sprach von jetzt an schneller. Am Schluß der Predigt gab er das Zeichen, daß der Sarg zu schließen sei. Die Tochter legte dem toten Vater die Rosen des Herzle auf die Brust, nahm weinend seine Hand zum letztenmal in die ihrige, und dann wurde der Deckel aufgelegt. Die Träger zogen zwei Seile unter den Sarg hinweg und hielten sie hüben und drüben fest, um ihn langsam und vorsichtig hinabzulassen, nachdem die Querhölzer entfernt worden waren. Der Totengräber trat hinzu, um dies zu tun. Er begann mit dem, das unter dem Fußende des Sarges lag. Dabei stemmte er sich mit seinen

Füßen gegen die dünne Erdwand, die er zwischen dem heutigen und dem morgigen Grab gelassen hatte. Sie gab dem zu starken Druck nach und stürzte in die jenseitige Grube. Der aufgeschaufelte Erdwall folgte an dieser Stelle nach, das untere Querholz mit und ebenso der Mann, der hier hüben das Seil zu halten hatte. Er ließ es los und verschwand sofort im Nebengrab.

Hierdurch hatte der untere Teil des Sarges den letzten Halt verloren; er neigte sich nach unten. So verlor die ganze Last das Gleichgewicht und war nicht mehr zu halten; den schmalen Teil voran, rutschte der Sarg auch von der anderen Stütze ab und schoß mit dumpfklingendem Anschlag in die Tiefe. Unten gerade in der Mitte auftreffend, wurde er durch den Stoß auseinander geteilt; die eine Hälfte, in der der Tote lag, lehnte sich, aufrecht bleibend, nach der einen schmalen Seite des Grabes hinüber; der leere Deckel kam ebenso aufrecht an die andere zu liegen.

Ein vielstimmiger Schrei war erschollen. Am lautesten brüllte der Musterwirt. Er wollte aufspringen; aber das Brett, auf dem er saß, hatte nun keinen Stützpunkt mehr und legte sich um. Er verlor mitten im Aufspringen den Boden unter den Füßen, kreischte noch einmal auf und schloß die Augen. Es war ihm, als ob er tiefer, tiefer und immer tiefer sinke, stundenlang, ja wohl tagelang. Dann stand oder lehnte er irgendwo. Er hörte hoch, unendlich hoch über sich schreien. Er wollte sehen, wo er sich befand; aber es machte ihm Anstrengung, die Augen wieder aufzuschlagen. Endlich gelang ihm dies. Er sah sich im oberen Teil des Sarges schief aufgerichtet lehnen. In dem anderen Teil stand der Neubertbauer, der ihm mit offenen, fürchterlich verglasten Augen gerade in das Gesicht starrte. Die Erde schoß in einzelnen, größeren und kleineren Klumpen auf sie beide herab. Das sah genau so aus, als ob der Bauer sich bewege und auf ihn zukomme.

„Er kommt; er kommt!“ brüllte er in fürchterlichster Angst. „Ich muß ihm nach, ihm nach — — — ihm nach!“

Er wollte aus dem Sargdeckel heraus und griff nach dessen beiden Kanten, um mit einer krampfhaften Bewegung loszukommen. Dabei stemmte er seine Füße unwillkürlich unten an den Sargteil, in dem sein entsetzliches Gegenüber stand. Das verursachte einen schiebenden Druck, und die bisher scheinbare Bewegung wurde zur wirklichen. Der Neubertbauer bewegte sich nach vorn. Die gläsernen Augen starr auf ihn gerichtet, neigte er sich zu ihm herüber.

„Die Toten erwachen — — — aber ich räche mich — — ich, ich, ich!“ zeterte der Musterwirt. „Ich erwürge ihn! Er muß ersticken, ersticken — — —ersticken!“

Er schlug beide Arme um den Toten und preßte ihn mit der Anstrengung aller seiner Kräfte an sich. Oben über den beiden war alles in Bewegung, die Erde auch. Sie kam herunter und verschüttete das Grab fast bis zur Hälfte. Dabei flog die andere Querstütze mit herab. Sie stieß erst drüben auf und schmetterte dann hüben mit dem anderen Ende auf den entblößten Kopf des Musterwirts nieder. Das war ein Schlag, der sehr leicht töten konnte.

Man kann sich denken, in welcher Aufregung sich die auf dem Kirchhof befindliche Menschenmenge hin und her bewegte. Der Pfarrer und der Lehrer Burgau waren fast die einzigen, die sich nicht vom Schreck beherrschen ließen. Während der Lehrer sich bemühte, unter den Dorfbewohnern die verlorene Ruhe wieder herzustellen, sorgte der Geistliche zunächst für die Entfernung der Tochter des nun doch noch nicht Begrabenen. Das Herzle mußte sie in das Pfarrhaus bringen, wo sie sich ihrer liebevoll annahm.

Sodann mußte vor allen Dingen der Lebende von dem Toten getrennt und aus dem Grab herausgeholt werden. Aber als man dies versuchte, lagen die Arme des Wirts so fest und starr um die Leiche, daß man sie unmöglich auseinanderbringen konnte. Es hatte ganz den Anschein, als ob der erstere vor Schreck nun auch gestorben sei. Das war grauenhaft! Sie wurden, beide vereint, mit großer Mühe emporgeschafft und einstweilen neben dem Grab hingelegt. Was sollte man nun mit ihnen machen?

Man versuchte noch einmal, die Arme und Hände des Wirts vom Bauer loszumachen, aber es ging nicht. Da war der Pfarrer der Ansicht, daß ein Arzt zu holen sei. Im Dorf gab es keinen, und bis in die Stadt war ein weiter Weg. Es wurde also nach dem Gasthof geschickt; der Kutscher solle sofort anspannen und den dortigen Bezirksarzt holen, da vielleicht ein plötzlicher Todesfall festzustellen sei. Wo aber inzwischen mit den beiden so fest vereinten Körpern hin? Auch hier wußte der Geistliche den besten Rat. Er befahl:

„Schafft sie hinüber in meine Sakristei; ich hol schnell den Schlüssel. Aber deckt sie zu. Solch ein Anblick ist nicht für neugierige Menschen!"

Er ging. Die Träger zogen eiligst den unteren Teil des Sarges aus dem Grab und legten die beiden hinein. Daß dabei der Wirt nach unten zu liegen kam, störte sie nicht; sie dachten nicht daran, daß ein Unterschied zwischen lebendig und tot zu machen sei. Hierauf wurde der Sarg auf die Bahre gestellt. Dann holten sie auch den Deckel, der über die Körper gelegt wurde, weil er doch einmal zum Sarg gehörte. Über das Ganze breitete man das Leichentuch — — der Neugierigen wegen, wie der Pfarrer gesagt hatte. Auf den Schlüssel brauchte man nicht zu warten. Es war ja mit den Glocken geläutet worden und die Kirche also offen. Man trug die Bahre hinein.

Das letztere alles hatte der Totengräber geleitet. Er war der Beamte hierzu und ein erfahrener Mann. Darum sorgte er pflichtgemäß dafür, daß kein Unberufener mit in die Kirche kam und war also mit den Trägern dort allein. Er eilte ihnen voraus nach der Sakristei. Sie war nur für die Gestalt des Geistlichen berechnet und erschien ihm für die breite Bahre zu schmal zu sein. Darum ließ er diese einstweilen auf dem Altarplatz niedersetzen. Die Träger kamen zu ihm, um auch zu begutachten, ob hindurchzukommen sei. Sie taten das mit leisen Stimmen. Das erforderte der heilige Ort, an dem man sich befand und an dem nur der Pfarrer in lauten Worten sprechen durfte.

In diesem Augenblick kam dieser ihnen nach, den überflüssigen Schlüssel in der Hand. Er stand am vorderen Eingang und überschaute schnell die Lage. Von rechts her schien die Sonne durch das Fenster, gerade auf das große Altarbild, das Herr Frömmelt vor zwei Jahren zum Kirchenjubiläum gestiftet hatte. Er stellte die Auferstehung dar. Der Körper lag im Sarg, sichtbar schon in Verwesung übergangen. Aus dieser Verwesung stieg der Geist heraus, dem der Künstler die Gesichtszüge des frommen Spenders gegeben hatte. Sie traten jetzt im Sonnenstrahl mit größter Deutlichkeit hervor.

Vor diesem Bild stand die Bahre in jenem Halbdunkel, das selbst am hellen Tag kleinfenstrigen Kirchen eigen ist. Der Geistliche erschrak, als er sah, in welcher Weise man seine Anordnungen ausgeführt hatte. Er eilte herbei, um das schwere, erstickende Tuch schnell herabzureißen, war aber noch nicht ganz heran, so blieb er stehen. Das Tuch bewegte sich.

Es wurde auf der einen Seite mitsamt dem Sargdeckel hoch emporgehoben. Von innen erschien eine Hand, die es herunterzog. Hierbei stürzte der Deckel auf die Seite, zwei Gestalten erschienen, von denen die eine, die sich mit der anderen aufgerichtet hatte, diese andere noch mit einem Arm umschlossen hielt. Es war der Musterwirt mit seinem toten „Staatsanwalt". Er sah der Leiche in das Gesicht, doch sonderbarerweise nicht mit dem Ausdruck des früheren Entsetzens. Indem er aus dem Sarg heraustrat, ließ er den Toten langsam wieder niedergleiten. Dann richtete er sich hoch auf. Sein Blick fiel auf das Altarbild und blieb darauf haften. Etwas anderes schien er nicht zu sehen. Die Anwesenden, auch der Pfarrer, wagten nicht, sich zu bewegen. Es war ihnen zumute, als ob sie sich nicht hier in der kleinen Dorfkirche, sondern in einer ganz anderen, unendlich weiten und geheimnisvollen Welt befänden. Und das Gesicht des so plötzlich aus dem Sarg Auferstandenen hatte einen Ausdruck, der ihnen unbeschreiblich erschien. Nun erhob er die Hand gegen das Bild, ballte sie zur Faust und sprach mit so lauter Stimme, daß es durch die ganze Kirche schallte:

„Bist du das, frommer Musterwirt? So schön, so rein steigst du aus deinen Sünden? Die Menschen könntest du mit dem Bild betrügen, mich aber nicht, und auch Gott nicht, den Herrn! Schau her, und sieh dir eine andere Auferstehung an, keine gemalte, sondern eine echte! Hier, wo ich bin, da steht soeben der Neubertbauer, den du gemordet hast durch seine eigene Hand, vom Tode auf. Da liegt im Sarg der Körper, mit dem Messerstich in der Brust. Ich aber bin der Geist, sein Geist, der Geist des Neubertbauers! Hörst du mich? Die Toten stehen auf und rächen sich. Drum geh ich fort von hier und such nach einem Messer! Und sobald ich es gefunden hab, triffst du dich ganz genauso, wie ich mich — — — mit deiner eigenen Hand! Wie hat meine Leichenrede geklungen, die auch die deine war? ‚Wehe dem unglücklichen Menschen, von dem ein Sterbender scheidet, indem er ihn verflucht!‘ Den Leib hast du mir genommen, nun nehme ich dir den deinen. Es geht jetzt Geist gegen Geist!“

Er hob die geballte Faust noch einmal gegen das Bild empor; dann griff er sich mit beiden Händen nach dem Kopf und brach langsam in sich selbst zusammen.

Verwirrung

Das Herzle saß mit der Mutter vorm Haus und klöppelte. Die Ziege war hinunter an das Wasser gegangen, um zu trinken, denn man hatte heute einen gar heißen durstig machenden Tag. Auch Ziegen merken das, zumal eine so feinempfindliche wie das Karlinchen. Das galt nicht bloß dem Wetter, sondern fast noch mehr den Menschen. Es gab Personen, von denen das Karlinchen durchaus nichts wissen wollte, zum Beispiel Fräulein Rosalia, die jetzt über die Wiese herüberkam, wahrscheinlich, um das Herzle aufzusuchen, obgleich sie sich kürzlich wegen des Herrn Lehrers so schlecht gegen dieses benommen hatte. Karlinchen war, wie man wohl noch wissen wird, persönlich dabei gewesen. Sie hatte jedes Wort gehört und es sich in den Kopf gesetzt, das ungezogene Frauenzimmer gar nicht wieder auf das Bergle heraufzulassen. Wenn sich aber eine Ziege etwas in den Kopf nimmt, so schafft sie es bis in die Hörner hinauf, und so kann man sich sehr leicht denken, daß sich das Karlinchen jetzt auf die Brücke stellte und die widerwärtige Mustertochter, als sie herüberwollte, mit den Hörnern zu bearbeiten begann. Sie ließ erst dann von ihr ab, als das Herzle herbeigeeilt kam und zu ihr sagte:

„Karlinchen, geh hinauf zur Mutter; die hat noch eine Semmel für dich vom Herrn Lehrer."

„War er heut wieder hier?" fragte Fräulein Rosalia.

„Ja", antwortete das Herzle. „Er fragte nach meinen Spitzen, ob sie in vier Wochen fertig sein werden, weil da die Ausstellung beginnt."

„Er kann immer zu dir kommen; ich hab nichts mehr dagegen. Ich mag ihn nämlich nicht. Ich hab ihn gern gehabt, aber ich kann ihn nicht mehr leiden; er ist mir zuwider. Darum werf ich ihn weg. Ich schenk ihn dir. Heb ihn auf. Du kannst ihn nehmen!"

Da flammte es in dem sonst so freundlichen, ruhigen Gesichtchen des Herzle zornig auf.

„Bilde dir das ja nicht ein, was du sagst!“ rief sie aus. „Du kennst den Herrn Lehrer nicht. Er steht viel höher als du und ich und die anderen alle, den Herrn Pfarrer ausgenommen. Du und ich, wir sind es gar nicht wert, daß er sich überhaupt mit uns abgibt. Und gar heiraten? Das würde ja genauso sein, als ob zwei Salatpflanzen sich einbildeten, es werde ein Bräutigam kommen und eine von ihnen als Rose an seine Brust stecken! An eine solche Stelle gehört das Allerbeste, was es nur geben kann. Du hast dir eingedünkelt, das zu sein, ich aber nun und nimmermehr! Und ihn mir schenken, und ich ihn nehmen? Oder gar du ihn wegwerfen, und ich ihn aufheben, etwa wie einen Ball, der mit sich spielen lassen muß, wie es beliebt? Das ist eine Dreistigkeit, die er sich gewiß verbitten wird, und ich verbitte sie mir auch! Er ist für mich ebenso unerreichbar wie für dich, und darum hab ich ihn mir mit keinem einzigen Gedanken jemals eingebildet; aber ich sag dir trotzdem, daß nicht einmal meine Ziege nehmen würde, was Fräulein Rosalia weggeworfen hat, viel weniger das Herzle. Da hast du es!“

Das Karlinchen hatte nämlich die Mutter um die Semmel angemeckert, war aber nicht allsogleich verstanden worden. Das war ihr ganz von Natur aus in die Hörner gestiegen. Da man aber auf keinen Fall die eigene Herrin mit ihnen bearbeiten kann, so nahm sich das schnell entschlossene Karlinchen eine angenehme Verwechslung der Person vor.

Sie holte wütend aus, rannte das Bergle hinab, wo durch die Abschüssigkeit des Geländes der Angriff sehr an Heftigkeit gewann, und fuhr dem Fräulein Rosalia derartig von hinten in die Beine, daß die Mustertochter sofort zunächst auf die Ziege und dann gar auf die Erde zu sitzen kam.

„Hinterlistige Bestie!“ schrie sie zornig. „Heb mich auf, Herzle! Da, faß mich bei den Händen!“

„Du hast soeben gehört, daß ich nichts von dir aufhebe, am allerwenigsten dich selbst!“

Bei diesen Worten drehte sie sich um, ließ sie sitzen und ging das Bergle hinauf zur Mutter. Das Karlinchen hatte sich die Wut aus den Hörnern gestoßen und befand sich also wieder in leutseliger Stimmung. Sie folgte ihr, sah sie oben fragend an und bekam ohne weitere Bitte die jetzt wohlverdiente Semmel. Fräulein Rosalia aber richtete sich langsam wieder auf, strich die Falten ihres rot und gelb gewürfelten Poil-de-chêvre-Rockes glatt und hinkte, mit sich teils wohl-, teils unzufrieden, hinterdrein. Oben angekommen, machte sie einen weiten Bogen um das Karlinchen herum und sagte:

„Ich würde sogleich wieder fortgegangen sein, wenn ich nicht etwas sehr Wichtiges zu sagen hätte. Nämlich das Zeug zum neuen seidenen Kleid ist da. Und als sie mir den fast ganz toten Vater in das Haus brachten, da bin ich gleich wieder in die Stadt gefahren und habe mir die schwarzen Trauerstoffe geholt. Das gibt drei andere, neue, dunkle Kleider, ohne die Schleier, die Hüte und das Schulterumgehänge aus Trauerflor. Du hast keine Zeit, das alles zu machen, Herzle, und doch muß es schnell fertig werden, denn was soll denn werden, wenn der Vater vollends stirbt? Ich habe ja nichts auf dem Leib, um zu zeigen, daß ich darüber betrübt bin! Darum habe ich mir zwei Näherinnen aus der Stadt bestellt. Die sind vorhin angekommen. Aber ich habe gleich gemerkt, daß sie nicht wissen, wie sie es mit einer richtigen Trauer anzufangen haben. Ich möchte also, daß du kommst und die Aufsicht übernimmst. Hast nur die Angaben zu machen. Kannst deine Klöppelei mitbringen und an den Spitzen arbeiten, wirst aber doch bezahlt, als ob du für mich arbeitest. Das ist doch nobel von mir. Nicht?“

„Wie steht es mit deinem Vater?" fragte das Herzle, ohne auf die letzten Worte einzugehen.

„Der liegt in seiner Stube."

„Und du bist bei ihm, um ihn zu pflegen?"

„Ich? Wo denkst du hin! Was sollten die Gäste sagen, wenn ich nicht immerfort bei ihnen säße! Es würde bald keiner mehr kommen. Das ist eine Not! Und dabei die schwere Sorge um die Kleider! Als die Anführerin der Festjungfrauen muß ich doch etwas so ganz Besonderes haben. Und wo bekommt man das her, wenn man nicht immerfort darüber nachdenkt? Und beim Begräbnis des Vaters bin ich doch ebenfalls die Hauptperson, die einen Anzug haben muß wie keine andere. Ich sinne mir beinahe die Gedanken aus dem Kopf! Der Vater aber liegt in seinem Bett und tut ganz gleichgültig dazu, was um ihn geschieht. Ich glaube, den kümmert es nicht, ob der Sarg schwarze oder silberne Beine hat. Ich habe aber goldene bestellt. Die kosten nur zwei Taler mehr als silberne. Der Knecht geht täglich dreimal zu ihm hinauf, früh, mittags und abends, um nachzusehen, wie es mit ihm steht. Auch der Pfarrer war schon zweimal da. Das ist doch Zuspruch und Besuch genug."

„Was sagt der Arzt?"

„Der schüttelt den Kopf. Er meint, das sei ein ganz eigener Fall, mehr seelisch als wohl körperlich, weil der Vater nicht aufwache und die Augen nicht öffne, aber immerfort leise vor sich hinspreche. Es sei möglich, daß er wieder gesund werde. Viel wahrscheinlicher aber werde er sterben. Der Schlag mit dem Querholz sei lebensgefährlich gewesen. Die Betäubung werde langsam in den Tod übergehen. — Also, du kommst, Herzle?"

„Eigentlich habe ich keine Zeit dazu; ich werde es aber dennoch tun, wenn ich einen Wunsch haben darf."

„Welchen?"

„Ich komme nur dann in die Nähstube, wenn ich

dort etwas anzuordnen habe; sonst aber sitze ich droben bei deinem Vater!“

Da stand die Mutter auf, ging auf die andere Seite des Tisches zu ihrem Herzle hinüber, gab ihm einen Kuß auf die Stirn und kehrte dann an ihren Platz zurück. Das tat sie, ohne ein Wort zu sagen. Fräulein Rosalia aber sprach: „Das ist wieder eine deiner Mucken, die kein anderer Mensch begreifen kann. Ich will dir deinen Willen tun. Mußt aber so bald wie möglich kommen.“

„In einer halben Stunde bin ich drüben.“

„So gehe ich jetzt voraus. Haltet die Ziege fest, damit sie mich nicht wieder stößt!“

„Hab keine Sorge! Gehen läßt sie dich gern; nur das Kommen kann sie nicht leiden.“

Als das Karlinchen sah, daß Fräulein Rosalia sich entfernen wollte, senkte sie den Kopf, schielte ihr warnend in das Gesicht und zeigte ihr die Hörner. Das bedeutet in erzgebirgischer Mundart ungefähr soviel wie: „Mach dich fort, und laß dich ja nicht wieder sehen, sonst setze ich dich abermals auf deinen bunten Poil-de-chèvre-Rock!“

Das Herzle hielt Wort. Nach einer halben Stunde war es drüben im „Etablissement“. Und nach wieder einer halben Stunde trat es mit seinem niederländischen Klöppelkissen in die Stube des Musterwirts. Dort zog es sich ganz leise den Tisch an das Fenster und legte das Kissen darauf. Nachdem es ebenso leise einen Stuhl herbeigeholt hatte, schlich es sich auf den Zehen zu dem Kranken hin, um ihn zu betrachten. Sein Kopf war verbunden, der Verband völlig trocken. Die Lippen bewegten sich, als ob sie sprechen wollten und doch nicht könnten. Da ging es fort und holte Wasser. Es nahm den Verband ab, befeuchtete ihn und legte ihn dann wieder auf. Kaum hatte es das getan, so ging in den Zügen des Musterwirts eine Veränderung vor. Er lächelte; das beruhigte das Mädchen; es hatte das Richtige getroffen.

Hierauf kehrte es nach dem Tisch zurück und begann, möglichst leise zu klöppeln. Es war so still, so ruhig in dem Raum. Das Geräusch der Straße und der rücksichtslosen Geschäftigkeit drang nicht herauf. Die Klöppel klangen aneinander, als ob unsichtbare Engel Kastagnetten spielten. Zuweilen ruhten sie für kurze Zeit, nämlich wenn das Herzle an dem Bett stand, um den Verband wieder anzufeuchten.

Es war beim vierten oder fünften Mal, daß es das tat, da öffnete der Kranke zum erstenmal die Augen, seit er sich hier befand. Er sah es lange an, erst ohne allen Ausdruck; dann aber trat das Leben langsam in die Augen.

„Gib mir Wasser!" flüsterte er.

Das Mädchen holte einen Löffel, schob ihm die Hand unter den Nacken und flößte ihm die kühle Flüssigkeit in den durstig sich öffnenden Mund. Er sog sie mit Begierde ein und sah sie dabei so innig dankbar an, daß sie es heiß aus ihrem Herzen wallen fühlte.

„Wie heißest du?" fragte er sie sodann.

„Ich bin das Herzle", sagte sie.

Da sann er längere Zeit nach. Ein helles Lächeln kam. „Ich kenne dich. Du warst mit ihr beim Pfarrer und dann an meinem Grab. Du brachtest Rosen mit! Laß mich jetzt ruhn!"

Sie kehrte an ihre Arbeit zurück und dachte währenddessen an seine Worte. Dabei lauschte sie aufmerksam zu ihm hinüber.

„Herzle, Wasser!" klang es nach einiger Zeit.

Sie gab es ihm.

„Schieb den Riegel vor!" bat er. „Laß niemand ein!"

Sie tat es und kehrte dann zu ihm zurück.

„Herzle, laß die Rosalia nicht herein — — — auf keinen Fall! Ich will nur dich — — — und dann die — — die — — die andere — — — heute in der Nacht."

„Wen?“

Da machte er ein sehr geheimnisvolles Gesicht und sagte: „Die Tochter des Neubertbauern.“

„Die ist noch drüben im Pfarrhaus, weil sie so sehr erschöpft ist und sich erholen soll. Ich gehe hin, es ihr zu sagen.“

„Aber hier im Haus darf es niemand wissen. Herzle, gib mir die Hand darauf.“

Sie gab sie ihm. Er schwieg eine ganze Weile. Sie sah ihm an, daß er sich erholen oder sammeln müsse. Dann sprach er weiter:

„Wenn alles schläft und niemand etwas sieht, dann bringst du sie mir herauf, eher nicht! Kein anderer Mensch als du darf vorher hier in der Stube sein. Tu genau das, was ich sage; ich werde es dir lohnen! Jetzt aber will ich schlafen!“

Und er schlief tief und fest, wie es schien. Sie wartete, bis die Dämmerung vorüber war. Dann schlich sie sich, nachdem sie die Tür hinter sich verschlossen hatte, hinunter und zum Haus hinaus. Sie ging zum Pfarrer und sagte ihm, was sie wollte, denn das hatte ihr der Kranke ja nicht verboten. Der geistliche Herr war zwar verwundert, aber doch der Meinung, daß man tun müsse, worum der Kranke gebeten habe. Auch verschwiegen müsse man sein. Anna, die Tochter des Neubertbauers, solle um ein Uhr des Nachts im Mustergarten stehen, um von dem Herzle dort abgeholt zu werden. Dieses ging hinauf zur Mutter und teilte ihr mit, daß es heute nicht nach Haus kommen werde. Dann nach dem Gasthof zurückgekehrt, verbot es dem Knecht, heute abend nach dem Kranken zu sehen, denn es sei da und werde über ihn wachen.

Inzwischen war die Zeit zum Abendessen gekommen. Das nahm das Herzle mit Fräulein Rosalia und den Näherinnen ein. Dabei bat es die erstere, heute nacht beim Vater bleiben zu dürfen, weil sie die Nacht gern durcharbeiten wolle und die Mutter ihr das nicht erlauben werde. Die Tochter antwortete:

„Tu, was du willst; ich habe nichts dagegen, wenn du dich nicht bei der halben Leiche fürchtest. Mich aber bringst du nicht hinauf!"

So war dem Herzle also alles gelungen, als es den Schlüssel oben wieder in die Tür steckte. Es hatte sich eine wohlgefüllte Schirmlampe geben lassen und stellte sie so auf den Tisch, daß kein Lichtstrahl das Gesicht des Kranken traf. Dieser schlief noch immer. Später wachte er einige Male auf. Da reichte es ihm Wasser und befeuchtete den Verband. Dabei war er still. Nur einmal fragte er:

„Wird sie kommen?"

„Ja. Um ein Uhr", nickte das Herzle.

„Ich danke dir!" Dann schlief er weiter.

Die Luft trug süßen Grummetduft durchs offene Fenster herein. Es schlug Mitternacht, dann ein, zwei, drei Viertel. Da ging das Herzle hinab, zur hinteren Tür hinaus, die es öffnen konnte, und durch den Hof in den Garten. Die Anna stand, schon seit einiger Zeit wartend, bereit.

„Mir ist die Brust so eng", sagte sie. „Das war bei mir noch nie."

„Hast wohl Angst?" fragte das Herzle. „Er ist so lieb und so gut, gar nicht, wie man ihn bisher gekannt hat!"

„Angst ist es nicht, aber was, das weiß ich nicht."

Sie kamen glücklich und unbemerkt hinauf. Das Herzle verriegelte die Tür. Der Kranke hatte die Augen zu. Sie traten miteinander leise an das Bett, Hand in Hand. Da nahmen seine Züge langsam, nach und nach, einen frohen Ausdruck an. Nicht seine Lider, aber seine Lippen öffneten sich, und er sprach:

„Mein Kind, ich erteile dir meinen Segen, und dir, mein Herzle, meinen Dank!"

Sie sahen einander an, im höchsten Grad erstaunt. Das waren ja dieselben Worte, die der Pfarrer in seiner Stube zu ihnen gesprochen hatte! War das Zufall? Der Musterwirt konnte sie doch unmöglich kennen! Nach einiger Zeit sprach er weiter:

„Das Herzle setzt sich an den Tisch. Die Anna bleibt hier bei mir und gibt mir ihre Hand!"

Sie taten es. Hierauf sagte er, ohne die Augen aufzuschlagen:

„Aus meinem Grabe ist ein großes Geheimnis aufgestiegen. Es befindet sich hier bei uns in dieser Stube. Wer es nicht sieht, dem kann ich es nicht erklären. Auch ich weiß es nicht ganz; darum muß ich darüber schweigen. Hast du deinen Vater liebgehabt, Anna?"

„Mehr, als ich selbst gewußt habe", antwortete sie. „Das fühle ich erst jetzt, wo er tot ist. Ich habe viel an ihm gutzumachen. Wenn ich es doch könnte!"

„Du kannst es. Und es ist nicht schwer."

„Was?"

„Etwas Sonderbares. Aber wie würde dein Vater sich freuen, wenn du es tätest!"

„Ich tu es ganz gewiß, wenn ich kann!"

„So will ich es dir sagen. Nämlich es wird von jetzt an zuweilen eine große Sehnsucht nach deinem Vater über dich kommen, so groß, daß du ihr nicht widerstehen kannst. Laß dich aber von ihr nicht nach seinem Grabe treiben, denn dieses Grab ist eine große Lüge. Zu ihr sollst du nicht gehen, sondern zur Wahrheit, und die ist hier bei mir!"

Sie sah ihn unter Tränen verständnislos an. Er schien das zu fühlen, obgleich seine Augen fest geschlossen waren, denn er sprach nach einer kurzen Pause weiter:

„Das begreifst du nicht. Es ist das Geheimnis, von dem ich redete. Wenn diese Sehnsucht dich ergreift, so machst du dich sofort auf und kommst zu mir, du magst sein, wo du willst. Du fragst hier nach mir und wirst mich dann schon finden. Fürchtest du dich vor mir?“

„Jetzt nicht“, antwortete sie.

„Aber dann! Ich weiß es wohl. Das darf dich aber nicht hindern. Du mußt mir immer gerade in die Augen schauen und darfst keinen Blick von mir wenden. Du sprichst dabei alles, was dir gerade einfallen mag. Die Hauptsache sind nicht deine Worte, sondern deine Augen, die du nicht von mir wegkehren darfst. Es mag sein, wo es will, und es mag dabeistehen, wer da will, das ist ganz gleich! Ich werde es nicht leiden wollen. Ich werde schimpfen. Ich werde dich fortjagen. Du wirst aber nicht gehen, sondern bleiben und mich dabei ansehen. Da wird mein Zorn sich nach und nach verringern, bis er ganz weg ist. Dann werde ich deine Hand erfassen und dir danken, daß du bei mir geblieben bist. Und jetzt paß auf: dann werde ich dir sogar einen Kuß geben, am liebsten auf das Haar. Von da an, aber ja nicht eher, mußt du alles tun, was ich dir sage, denn es ist bestimmt, an deinem Vater gutzumachen was an ihm verbrochen worden ist. Hast du mich verstanden?“

„Ja, ganz!“ antwortete sie.

„Und willst du mir versprechen, es zu tun?“

„Es ist sehr schwer!“

„Ich wußte es! Du fürchtest dich vor mir. Aber ich will dir Mut machen. Versuche es einmal, nur ein einziges Mal! Wenn du es tust, so bringe ich dir die erste Hypothek, die ich auf deinen Neuberthof in den Händen habe. Ich schenke sie dir; du kannst sie verbrennen. Für das zweitemal gebe ich dir die zweite Hypothek. So gebe ich dir in einiger Zeit den ganzen Neuberthof zurück und verlange dafür nichts von dir, als daß du tust, was ich dir soeben gesagt habe. Willst du nun, Anna?“

„Ja", antwortete sie, denn der Preis war groß, und er hatte sie beim Vornamen genannt, ganz in demselben lieben Ton, wie früher oft der verstorbene Vater.

„Versprich es mir hier in die Hand!"

Sie ergriff die seinige mit beiden Händen und sagte: „Ich werde es tun; du kannst dich darauf verlassen!"

„So sei das Herzle unser Zeuge! Geh zu ihr, wenn es dir zu sauer wird! Sie ist unsere Vertraute. Und jetzt gib deinen Kopf her!" bat er. „Ich muß dich küssen, so, wie ich es dir vorhin gesagt habe."

Sie neigte ihm gehorsam ihre Stirn zu.

Er hob die beiden Hände, zog ihr Haupt ganz zu sich heran und küßte sie zweimal, dreimal auf das krause Haar.

„So, mein Kind, meine Anna! Wenn meine Lippen so auf deinem Haar gewesen sind wie jetzt, dann mußt du mich für deinen Vater ansehen und alles tun, was ich dir sage, bis — — — bis die Rosalia kommt, länger nicht, ja nicht! Denn die bringt den mit, der — — der — —"

Er hielt inne und hob den Kopf ein wenig empor, als ob er lausche. Dann zuckte er zusammen und fuhr in ängstlichem Ton fort:

„Wenn die kommt, nachher wird es so, wie es jetzt werden wird. Herzle, Herzle, bring die Anna wieder hinab! Schnell, es ist keine Zeit! Der Zwang ist da, daß ich schlafen muß, dann kommt der andere — — der andere!"

Er legte den Kopf zurück und schloß die Augen. Das Herzle ging mit der Freundin fort. Als sie wiederkam, schlief er fest und tief. Sie setzte sich an den Tisch. Aber sie begann nicht sogleich wieder zu arbeiten. Es war ein fremder Tisch. Sie durfte mit ihm gar nichts zu schaffen haben, und doch schaute sie unverwandt nach dem Kasten. Wie kam es nur, daß es sie innerlich so fremdartig drängte, diesen Tischkasten aufzuziehen und hineinzusehen? Der Drang war so groß, daß sie ihm gehorchen mußte.

Als sie es getan hatte, sah sie lauter alte, gleichgültige Sachen liegen, einen alten, leeren Geldbeutel, ein Messer, eine Lichtputze, ein paar Nägel und so ähnliche Sachen. Aber weiter hinten war ein besonders Fach. Als sie es öffnete, sah sie zunächst ein Buch. Der Titel war: „Die Notlage der Handweberei im Erzgebirge. Eine volkswirtschaftliche Studie". Sie kannte es. Sie wußte, daß der Herr Lehrer es geschrieben hatte. Als sie es wieder hintun wollte, sah sie, was darunter gelegen hatte, nämlich einen Lochtaler, der an einer Schnur hing. Da begann der Kranke unruhig zu werden. Er bewegte sich hin und her. Sie achtete aber nicht darauf, weil der Taler ihre ganze Aufmerksamkeit in Anspruch nahm. Sie zog ihn hervor, um ihn zu betrachten. Er war vom Jahre 1846. Zugleich mit ihm hing an der Schnur eine echte, aber ganz verkrüppelte Elsterperle, die infolgedessen keinen Wert besaß. Das Herzle mußte sich zusammennehmen, um nicht laut aufzuschreien. Das war ja der Taler ihres Vaters mit ganz derselben Schnur, mit der er an der Uhr gehangen hatte! Sie wäre wohl vor Schreck aufgesprungen; aber der Musterwirt warf sich gerade jetzt so ängstlich hin und her, daß sie sich ganz still verhielt. Er stöhnte leise dazu.

Und was lag noch weiter in dem geöffneten Fach? Ein Paket mit Postquittungen! Sie las die oberste. Zehn Taler an den Seminardirektor! Hatte der Musterwirt etwa auch Geld eingezahlt? Sie mußte das wissen und öffnete das Paket. Das unterste Papier war keine Quittung, sondern ein alter Klöppelbrief, nämlich von der allerersten Spitze, die das Herzle als kleines Mädchen gearbeitet hatte. Er war von der Mutter zu diesen Quittungen gelegt worden, um ihn gut aufzubewahren, denn das Päckchen bildete ein großes und verschwiegenes Heiligtum, weil niemand erfahren durfte, daß die Mutter und das Herzle es gewesen waren, von deren Spargroschen der Herr Lehrer während seiner Seminarzeit gelebt hatte. Er sollte das niemals im Leben wissen.

Da gab es drüben bei dem Kranken einen lauten Ruck. Er war bisher so sanft und schwach gewesen. Jetzt hatte er sich absichtlich aufgerichtet und starrte zu ihr hinüber.

„Wer bist du?" fragte er mit lauter, kräftiger Stimme. „Bist du etwa das Herzle?"

„Ja", antwortete sie.

„Wie kommst du in meine Stube? Was treibst du hier? Ich kann nicht auf! Dein Stöbern hat mich geweckt! Aber ich werd bald aufkönnen, denn ich habe sie geholt. Sie kommt; sie kommt!"

Draußen erklangen Schritte, und die Tür, die jetzt nicht mehr von innen verschlossen war, wurde geöffnet. Fräulein Rosalia trat herein, verschlafen, mit ganz verwirrten Haaren. Sie schaute zunächst gar nicht zum Vater hin, sondern gleich hierher zum Herzle. Nachdem sie die Tür hinter sich zugemacht hatte, sagte sie in gehässigem Ton:

„Das ist ja schauderhaft! Ich hab aufstehen gemußt und herauf zu dir! Es war eine richtige Todesangst! Die weckte mich aus dem Schlaf. Die warf mich von einer Seite auf die andere. Sie schob mich aus der Stube und über den Gang hierher. Ich mußte mit der Hand an die Klinke und dann herein — herein! Weißt du etwas davon, Kleine? Hast du mich etwa verhext?"

Anstatt des Herzle antwortete der Vater. Er holte tief, tief Atem, als ob er etwas sehr Schweres überstanden habe. Dabei hielt er seinen Kopf in beiden Händen. Dann ließ er sie herabsinken und sprach:

„Du bist nicht verhext. Ich war im Traum bei dir. Was ist mit mir geschehen? Oh, dieser Traum, dieser Traum! Wäre er wahr, wie schrecklich!"

„Jammere nicht!" fuhr sie ihn an. „Du scheinst ja

wieder ganz munter zu sein! Warum hast du so getan, als ob der Schlag dir so gefährlich gewesen wäre?"

„Der Schlag? Ja, ich bekam einen Schlag, einen Keulenschlag auf den Kopf. Dann kam der Traum. Ich hatte den Körper verloren. Ich war nichts und war doch etwas; aber ich wußte nicht, was! Ich sah mich nicht; ich hörte mich nicht, und ich fühlte mich nicht. Es war nichts, aber auch gar nichts um mich her. Alles leer; alles, alles leer! Ich auch! Ich konnte nicht stehen, nicht gehen, nicht liegen, nicht sehen, nicht sprechen. Ich konnte nichts, gar nichts! Das dauerte lange, lange, fast eine Ewigkeit! Da gingen zwei die Treppe hinab. Die eine war fort, die andere kam wieder. Sie setzte sich an den Tisch, machte einen Kasten auf und begann nach ihren Sachen zu suchen. Da schickte ich meine Angst zu dir hinüber und ließ dich von ihr wecken. Du solltest kommen und die Diebin aus dem Haus schaffen. Ich kann das nicht, denn ich bin noch immer nichts, du aber bist etwas, und das, das muß ich haben!"

„Sie hat nach ihren Sachen gesucht?" fragte Fräulein Rosalia, ohne den Zustand ihres Vaters weiter zu beachten. „Nach welchen Sachen? Das möchte ich doch sehen!"

Sie näherte sich dem Tisch. Ihr Blick fiel auf das offene Paket. Da war es beinahe ein Sprung, den sie tat, um es an sich zu reißen.

„Unsere Quittungen!" schrie sie auf. „Einbrecherin, wie kommen die in deine Pfoten?"

„Sie sind unser", antwortete das Herzle ruhig. „Ich habe noch gar nicht gewußt, daß sie uns abhanden gekommen sind und nun hier bei euch liegen!"

„Nein, unser sind sie, unser! Wir, wir haben für den Lehrer bezahlt! Du lügst, und ich werfe dich hinaus!"

„Und mein Klöppelbrief, der auch dabei liegt?"

„Der ist mein!"

„Du hast ja nie geklöppelt!"

„Das geht dich gar nichts an! Ich will doch sehen, ob — — ah, da fällt mir etwas ein! Du sagst, die Zettel seien euer. Wollen es doch einmal versuchen! Hier hast du sie; da, da!"

Sie schleuderte ihr die Quittungen in drei, vier, fünf Würfen in das Gesicht, von wo sie auf die Diele niederflatterten, und fuhr dann höhnisch fort:

„Du hast gesagt, daß du nie etwas aufheben werdest, was ich weggeworfen habe. Wenn sie euch gehören, so hebe sie auf! Lässest du sie aber liegen, so sind sie unser."

Sie schaute triumphierend zu ihr hin, was sie wohl machen werde. Das Herzle schüttelte lächelnd den Kopf und sagte:

„Das ist so ganz nach eurer Art! Der Arme hat's erworben; der Reiche nimmt's ihm weg! Entscheiden aber wird der liebe Gott! Du hast es ihm hier vor seinen Richterstuhl geworfen. Ich lasse es liegen; er aber hebt es auf. Jetzt aber gehe ich. Den Taler nehme ich mit!"

„Welchen Taler?"

„Den Uhrentaler meines Vaters, der auch hier bei euch lag. Die anderen neunundvierzig, die uns in seiner Todesnacht gestohlen worden sind, die werden sich wohl auch noch dazu finden!"

Da geschah etwas ganz Unerwartetes. Der Kranke sprang mit einem einzigen Satz aus seinem Bett heraus, stürzte nach dem Tisch, raffte dort den Taler weg und schrie, indem er wie wahnsinnig auf das Herzle starrte:

„Musteranton, das ist dein Werk! Aber hüte dich! Da unten ist noch heute der Herd, und da stehen auch noch solche Flaschen!"

In der einen Hand den Taler, faßte er mit der anderen das Herzle beim Kragen ihres Gewandes, schüttelte sie hin und her und knirschte dabei drohend:

„Jetzt bin ich plötzlich nicht mehr nichts; ich bin etwas geworden! Wenn du wüßtest, was, so würdest du auf die Knie niederfallen und mich um Gnade bitten!"

„Ich knie nur vor einem", sprach das Herzle ruhig. „und der, der steht mir gegen dich bei, Musterwirt! Was du mit dem Herd und mit den Flaschen meinst, das weiß ich nicht; aber der, von dem ich soeben sprach, der wird mir's sagen. Behalte nur den Taler! Denn wo dieser ist, da ist mein toter Vater; der hält ihn fest in der eignen Hand und hebt ihn auf für den Staatsanwalt, der seinen Sitz im — —"

„Staatsanwalt!" brüllte der Wirt auf. „Der seinen Sitz im — — —! Wo hat er seinen Sitz, wo? Der Neubertbauer, der Neubertbauer! Da kommt er; da ist er; in meinem Kopf, in meinem Kopf! Da reibt es — — — da mahlt es — — — da beutelt es! Da ringt er mich nieder! Haltet mich! Bleibt da; bleibt da, alle beide! Geht nicht fort! Laßt mich nicht mit ihm allein!"

Er sank da, wo er stand, auf den Boden nieder, mitten in die Quittungen hinein.

„Was hat er nur, der verrückte, der unausstehliche Kerl!" jammerte Fräulein Rosalia. „Ich muß fort; ich kann ihn keinen Augenblick länger ausstehen, sonst werd ich auch verrückt. Ich habe mich zu erhalten!"

„Aber du darfst ihn doch nicht so hier liegen lassen!" warf das Herzle mitleidig ein. „Greif mit zu! Wir heben ihn auf und schaffen ihn nach dem Lager."

„Ich? Ich bin ebenso stolz wie du; ich hebe auch nichts auf, was sich mir vor die Füße geworfen hat! Ich lasse ihn mit seinem Staatsanwalt hier auf den Zetteln liegen. Aber den Taler nehme ich mit. Ich sehe ihn heute zum allerersten mal. Mit ihm hast du uns auch angelogen, daß er von deinem Vater sei, denn wer sich selbst ersäuft, der ist keinen Taler wert."

Sie riß dem ohnmächtigen Vater das Geldstück aus der Hand, lachte verächtlich auf und ging zur Tür hinaus.

Spuk

Im Dorf ging es um! Einstweilen nur des Nachts — — — ganz heimlich und verschwiegen! Es ließ sich von keinem Menschen sehen — — — es trat ganz leise auf — — und wenn ja jemand kam, etwa der Nachtwächter, so versteckte es sich schnell hinter einen Zaun oder hinter eine Ecke. Wenn er vorüber war, so ging es trappelnd weiter. Der Geist war ungeheuer pfiffig. Und darüber brauchte man sich gar nicht zu wundern. Es war nämlich — — — das Karlinchen!

Wenn Menschengeister umgehen, so tun sie das oft ohne jeden triftigen Grund. Sie sind dann eigentlich nur Gespenster, doch keine wirklichen Geister. Wenn aber eine kluge Ziege, von der man weiß, daß sie wahrhaftig Geist besitzt, auf den Gedanken kommt, im Dorf umzugehen, so ist das etwas ganz anderes. Sie wird das niemals tun, ohne von einer wohlüberlegten Ursache dazu getrieben worden zu sein. Das war hier folgende:

Wenn die Mutter mit dem Herzle klöppelnd vor dem Häuschen saß, so sprachen sie jetzt von fast weiter nichts als nur von der Ausstellung, die nun ganz nahe war. Das Karlinchen lag dabei und mußte alles hören, ohne über ihre besondere Ansicht gefragt zu werden. Und die hatte sie doch auch! Die Menschen sollen ja nicht denken, daß sie klüger als gewisse Tiere sind, bloß weil sie ein Paar Beine weniger haben. Der Verstand steckt doch im Kopf; das scheint man sogar in zweibeinigen Kreisen nun endlich eingesehen zu haben! Vergleicht man aber einen Ziegen- mit einem Menschenkopf, so wird man auf der Stelle sehen, daß dem letzteren gerade dasjenige fehlt, was vorhanden sein muß, wenn man seinen Gedanken und Entschlüssen Nachdruck geben will. Und doch kommt sowohl im körperlichen als auch im geistigen Leben meist alles nur auf diesen Nachdruck an. Wer nicht zu stoßen versteht, der bringt keinen Feind, der sich an ihn wagt, über das Brückle hinüber, das ihn von ungehobelten Personen zu trennen hat, zum Beispiel von Fräulein Rosalia!

Diese war kürzlich hier gewesen, um zu fragen, was es mit den besagten neunundvierzig Talern für eine Bewandtnis habe; sie könne es von ihrem Vater nicht erfahren, weil der selbst nichts davon wisse. Der Lochtaler aber mit der Elsterperle stamme noch vom seligen Großvater her. Was man mit diesen Talern wollte, das konnte das Karlinchen nicht begreifen, zumal dabei von dem Kommodenschubfach die Rede war, das sie niemals hatte offen stehen sehen.

Einige Tage später hatte der Herr Lehrer ihr die pflichtschuldige Semmel gebracht, dieses Mal sogar mit einem Stückchen Schweizerkäse dazwischen.

Vor Erstaunen hierüber war ihr der Mund weit offen stehen geblieben. Da hatte der Herr Lehrer lachend gesagt:

„Ja, ja, mein liebes Karlinchen, heute kann ich mir das leisten! Das Honorar für mein Buch ist angekommen. Es war ein schönes Geld, ist aber nun schon fast alle. Ich habe den Musterwirt bezahlt, der mein Wohltäter war, ohne daß ich es wußte."

„Hat er denn das Geld genommen?" fragte da schnell die Mutter.

„Ja, und mir schriftlich Quittung ausgestellt", antwortete Burgau.

Da hatten Mutter und Tochter einander so erschrocken angesehen, daß dem Karlinchen fast bange dabei wurde.

„Er war nicht recht bei Aufmerksamkeit, als er die Quittung unterschrieb", fuhr der Lehrer fort. „Er zerriß sie dreimal, und erst beim viertenmal brachte er sie fertig. Er scheint jetzt überhaupt nicht mehr ganz bei sich zu sein. Man kann vieles nicht begreifen, was er tut. Am sonderbarsten aber ist sein Verhältnis zu der Anna vom Neuberthof, die seit dem Tod ihres Vaters ein liebes, herzensgutes und bescheidenes Mädchen geworden ist. Sie kommt zuweilen ja auch zu euch. Man sieht sie so oft mit ihm zusammen. Aber er scheint nicht recht zu wissen, ob er sie gern haben oder ob er sie hassen soll. Wenn er sie sieht, fährt er sie wie ein bissiger Hofhund an und gebietet ihr, sich augenblicklich zu entfernen. Das tut sie aber nicht. Sie bleibt und schaut ihm freundlich ins Gesicht. Dann wird er auch freundlich, immer freundlicher, und es soll schon vorgekommen sein, daß er sie an sich gezogen und auf das Haar geküßt hat, was er bei seiner eigenen Tochter niemals tut. Ist das nicht sonderbar?"

Die Frauen nickten. Das Karlinchen auch, obgleich man nicht darauf achtete.

„Wißt ihr das schon von den beiden Hypotheken?" sprach der Herr Lehrer weiter. „Das ist etwas, was mir zu denken gibt! Er ist gleich in der ersten Woche nach seiner Genesung zweimal mit der Anna nach der Stadt gefahren, um erst die eine und dann auch die andere Hypothek löschen zu lassen. Dabei hat er vor Gericht zwei Quittungen ausgestellt, daß sie ihm das Geld bar bezahlt habe. Im Gasthof, wo er ausspannen ließ, hat er die Hypothekenbriefe vorher schon in den Ofen gesteckt und vor mehreren Zeugen verbrannt. Aber nach seiner Rückkehr behauptete er seiner Tochter gegenüber, er wisse von der ganzen Sache nichts. Vorgestern hatten wir Ausschußsitzung bei ihm. Auch Anna nahm daran teil, obgleich der Zutritt für andere eigentlich nicht gestattet ist. Er stellte den Antrag, ihn zu entlassen. Er müsse sein Amt als Vorsitzender niederlegen, weil er nicht der rechte Mann dazu sei. Das war uns außerordentlich lieb. Nach dem, was in der letzten Zeit geschehen ist, wurde das Protokoll sehr gern aufgesetzt. Er unterschrieb es selbst, und wir wählten den Herrn Pfarrer an seine Stelle. Heute nun tritt er trotzdem wieder als Vorsitzender auf und sendet uns ein Rundschreiben, um uns für den Abend zur Sitzung einzuberufen. Hierauf war ich bei ihm, um meine Schuld zu bezahlen, und stellte ihm bei dieser Gelegenheit vor, er sei doch ausgetreten. Er sah mich ganz betroffen an und behauptete, kein Wort davon zu wissen! Der Mann scheint irre zu sein. Er war schon damals so verstört, als er mich am Tag vor dem Begräbnis des Neubertbauers mit hinauf in seine Stube nahm."

Das Karlinchen wurde nachdenklich. „Da drüben im Dorf scheint vieles nicht mehr ganz richtig zu sein", dachte es. „Die Menschen haben schwache Köpfe. Man müßte sich viel besser um sie bekümmern. Aber ich kann nicht gut von meinem Bergle fort. Das könnte höchstens nur des Nachts geschehen, und da schließt mich die Mutter immer ein!"

Was nun noch besprochen wurde, das war fast noch merkwürdiger als das Vorhergehende. Es betraf meistenteils die Ausstellung. Daß der Herr Minister kommen werde, das war gewiß. Und wer noch kommen wollte, das war der Herr aus Brüssel mit seiner Dame. Er hatte der Mutter geschrieben, er werde einen Geschäftsfreund aus Mexiko mitbringen, der große Geschäfte in dem Artikel „Rebozo" mache und soeben bei ihm sei. Vielleicht könne hieraus eine für die erzgebirgische Klöppelei sehr nützliche Verbindung zum spanischen Amerika entstehen.

Das Karlinchen horchte auf. Rebozo! Das Wort war ihr völlig unbekannt. Auch die Mutter fragte, was das sei. Denn was das Karlinchen nicht weiß, das kann die Mutter erst recht nicht wissen. Der Herr Lehrer aber sagte, Rebozo sei der lang herabwallende, kostbare Gesichtsschleier der Mexikanerinnen, überhaupt der Amerikanerinnen spanischer Abstammung. Wenn der fremde Herr wirklich komme und die hiesige Klöppelei für entwicklungsfähig halte, so könne sich ihr ein neues, segensreiches Absatzgebiet eröffnen. Der Deutsche sei eben immer noch zu sehr Michel. Er sehe sich nicht eher um, als bis der Zufall ihm die Augen öffne.

Das Wort Michel leuchtete dem Karlinchen sofort ein. Sie sah verständnisinnig zu dem Herrn Lehrer auf. Dieser sprach noch längere Zeit über die verschiedenen Vorbereitungen, die in fast jedem Haus für die Ausstellung getroffen wurden. Was das Karlinchen dabei zu hören bekam, das fuhr ihr dieses Mal nicht in die Hörner, sondern ausnahmsweise ganz nieder in die Beine. Man erinnere sich, daß die Ziegen für neugierig ausgeschrien werden. Die Wissenschaft hat festgestellt, daß dies wahr ist, aber die mag sich nur fein an ihrer eigenen Nase zupfen, denn nirgends gibt es so neugierige Ziegen wie gerade eben in der Wissenschaft. Sie schnobern und naschen an allem herum, was in ganz andere Mäuler gehört! Und wenn man sich über diese Neugierde wundert, so hängen sie ihr einen Mantel um und geben sie für Wißbegierde aus. Handelt es sich um etwas zum Trinken, so nennen sie es sogar Wissensdurst! Nun, das Karlinchen gehörte eben auch zu dieser edlen Art! Sie fühlte Wissensdurst! Wenn man jahraus, jahrein höchstens nur einmal bis hinunter auf die Wiese gehen darf und dafür täglich eine ganze Kanne Milch zu zahlen hat, so kann man schon einmal etwas wagen, was sich der Mensch fast jeden Tag erlaubt, obgleich er keine Milch zu liefern hat, nämlich sich des Abends vom Häusle fortzuschleichen, um seinen scheinbar wissenschaftlichen Durst zu löschen. Nur hat man das so schlau wie möglich anzufangen, wenn man nicht Gefahr laufen will, von der Mutter entweder vorher fest eingeriegelt oder nachher in flagranti erwischt zu werden!

Während das Karlinchen diese köstlichen Gedanken in sich bewegte, war das Gespräch zu Ende gegangen.

Der Herr Lehrer griff nach seinem Hut und sagte: „Und nun noch eins, bevor ich gehe. Heute sind die Festjungfrauen bestimmt worden — — —“

„Ich denke, die sind schon längst bestimmt?" fiel da die Mutter ein. „Die Rosalia sprach doch davon. Sie werde die oberste sein, sagte sie. Das weißseidene Kleid ist ja schon fertig!"

„Ein weißseidenes Kleid für sie? Nach den Ereignissen der letzten Zeit? Festjungfrauen sind doch wohl Ehrenjungfrauen! Was sie sich gedacht hat, geht doch uns vom Komitee nichts an! Wir haben zu bestimmen! Sie, die sich gern Brüstende, ist es allerdings gewesen, die das Wort Festjungfrau zum erstenmal ausgesprochen hat. Es ist leider weitergetragen worden. Der Herr Pfarrer und ich, wir waren dagegen, sind aber überstimmt worden. Doch ist es uns gelungen, dieser Angelegenheit eine solche Form zu geben, daß der Herr Minister und die anderen behördlichen Gäste nicht durch sie belästigt werden können. Diese Herren sollen uns für das halten, was wir sind, nicht aber für Väter eitler Töchter, die sich gern sehen lassen wollen. Wir haben die Liste aufgestellt, Fräulein Rosalia ist nicht dabei. Es gibt allerdings eine ‚Oberste', wie sie es zu nennen beliebt. Diese Oberste wurde derart gewählt, daß jeder den Namen, den er wollte, auf einen Zettel schrieb und den Zettel auf den untersten von zwei Tellern legte. Als sie dann vorgelesen wurde, stellte sich zur allgemeinen Freude heraus, daß es ein ganzes Dutzend Papiere, aber nur einen einzigen Namen gab. Der lautete: — das Herzle!"

„Ich?!" rief die Genannte erschrocken aus.

„Ja, du!" nickte er, während sein Auge strahlend auf ihrem jetzt tief erglühenden Gesichtchen ruhte.

„Warum ich, Herr Lehrer?! Ich bin doch — ich —"

Sie konnte nicht weitersprechen. Es stürzten ihr die Tränen aus den Augen.

Da legte der Lehrer seiner Jugendfreundin die Hand auf das Haupt und sagte:

„Herzle, die ganze Gemeinde will es so, und — der König auch!"

„Der König? Wie ist das möglich?“ fragte sie erstaunt.

„Sag erst, ob du willst. Ich bin vom Komitee zu dir geschickt worden, um dich zu fragen.“

„Wenn es nur die Gemeinde wäre, so würde ich ‚nein‘ sagen. Du weißt, warum!“ antwortete sie mit einem tiefen Atemzug. „Wenn es aber sogar der König will, werde ich gehorchen. Woher weiß er denn aber von mir?“

„Aus meinem neuen, zweiten Buch. Ich hab dich und die Mutter als Beispiel genannt, als einen Beweis, daß die Armut ganz wohl das unlautere Kapital besiegen kann, wenn sie dem lieben Gott vertraut, die Hände fleißig regt und ebenso fleißig darüber nachdenkt, wie man sich selbst auch helfen kann. Das hat dem hohen Herrn gefallen. Es ist aus seinem Privatkabinett ein Schreiben an den Herrn Pfarrer gekommen, dessen Inhalt du nur dann erfahren wirst, wenn du einwilligst, die Oberste der Festjungfrauen zu werden.“

„So muß ich freilich wohl. Aber ich bitte dich, verlange nicht von mir, daß ich deswegen gar besonderen Staat zu machen hab!“

„Herzle, du kannst genauso kommen, wie ich dich hier vor mir sehe. Es bedarf nicht eines einzigen Schmucks. Höchstens ein Rösle aus meinem Schulgarten. Und das bring ich dir gern, wenn du es mir erlaubst.“

Sie nickte nur. Er drückte ihr die Hand. Der Mutter auch. Dann wollte er gehen. Aber das machte sich nicht so schnell, wie er dachte.

Das Karlinchen stand nämlich auf und tat einen Freudensprung, wie man ihn bei ihr noch gar nicht gesehen hatte.

„Das ist drollig!“ lachte er. „Fast sollte man denken, sie habe alles verstanden und freue sich ebenso darüber wie wir. Karlinchen, von heute an gibt es auf dem Bergle eine Festjungfrau!“

Da schielte ihn die Ziege nur so von der Seite an. Es war der reine Spott. Sie wußte es besser, viel besser als er; aber sie verriet es nicht. Doch als sie ihn bis hinab zum Brückle begleitet hatte und ihm nachschaute, wie er über die Wiese ging, machte sie eine zweite Auflage des Freudensprungs und sagte bei sich selbst:

„Nur eine Festjungfrau hier auf dem Bergle? Wart nur, Bursche, was du für Augen machen wirst! Da kenne ich den König doch noch besser! Der weiß schon, was er will! Ich sehe da, daß ich mich nun selbst einmal bekümmern muß. Ich muß unbedingt heute abend in das Dorf. Es gilt nach dem Rechten zu sehen. Freilich heimlich, ganz heimlich! Wie fang ich es nur an, daß ich nicht eingeschlossen werde? Der Riegel — der Riegel!"

Sie ging das Bergle langsam wieder hinauf und blieb für kurze Zeit bei ihren Herrinnen stehen, um sie mit einem Gesicht zu täuschen, das so ziegenhaft wie möglich war. Sie wollte gerade jetzt nicht für eine jener ihrer Kommilitonen gehalten werden, die Wissensdurst besitzen. Als sie glaubte, dies erreicht zu haben, wandte sie sich mit einer Miene, von der ganz gewiß kein Wässerlein trübe werden kann, dem Stall zu, um ihn auf ihr Vorhaben hin zu untersuchen.

Dem Riegel war nicht beizukommen; das sah sie sofort ein. Dafür erschien ihr aber die hintere Wand so ziemlich glückverheißend. Sie bestand aus Brettern, die unten von der Stallfeuchtigkeit zerfressen waren. Sie ging hinein und rannte mit den Hörnern gegen das erste Brett.

Es gab nach. Beim nächsten Stoß auch das zweite.

„Fein!" dachte sie. „Jetzt muß ich aufhalten, sonst merkt es die Mutter. Auf die kommt es an. Vor dem Herzle wäre mir gar nicht bange. Heute abend habe ich nur noch nachzuhelfen. Dann gehe ich in die Wicken."

„In die Wicken gehen" ist nämlich im Erzgebirge genau dasselbe, was man in anderen Gegenden auskneifen, durchbrennen, oder gar sich heimlich drücken nennt. Man sollte eigentlich einmal irgendeinem berühmten Psychologen die Frage vorlegen, durch welche „Assoziationen der Ideen“ das sonst so häusliche Karlinchen auf solch absonderliche Gedanken kommen konnte. Vielleicht schriebe er ein mehrbändiges Werk darüber, daß kein allzugroßer Unterschied zwischen der Tier- und der Menschenseele ist, wenn man die eine leugnet und von der anderen so viel wie gar nichts weiß.

Ob das, was in dem Karlinchen steckte, Seele war oder nicht, das bleibt sich gleich. Aber daß sie Hörner hatte, das kann unmöglich bestritten werden. Und diese waren dazu da, die inneren Entschlüsse auszuführen, mochten diese nun stammen, von wem es ihnen beliebte. Dabei ist hier festzustellen, daß die wackere Ziege sich um so mehr mit ihren Fluchtgedanken beschäftigte, je näher der Abend kam. Sonderbarerweise wollte ihr der gewaltsame Ausbruch jetzt immer weniger gefallen.

„Zwei neue Bretter kosten in dieser halben Länge doch wenigstens dreizehn Groschen“, dachte sie. „Es wäre doch hübsch, wenn ich der Mutter dieses Geld ersparen könnte! Wie schön, wenn sie gerade heute einmal vergäße, die Tür zuzuriegeln. Das ist aber in meinen acht Lebensjahren erst zweimal vorgekommen!“

Dieser Wunsch grub sich so fest ein, daß sie ihn nicht wieder loswerden konnte. Sogar beim Abendmelken dachte sie daran. Und als sie dann aufgefordert wurde, „zu Bett zu gehen“, blieb sie an der Stalltür stehen, drehte sich noch einmal nach der Mutter um, sah sie scharf an und gab dabei den Stoßseufzer frei: „Die Tür hat heute hier aufzubleiben! Ich, das Karlinchen, will es so!“ Dann ging sie hinein und legte sich nieder.

Es verging eine Viertelstunde, eine halbe, eine ganze Stunde. Niemand kam. Punkt zehn Uhr stieg die Mutter mit dem Herzle die Treppe hinauf, nachdem sie die Haustür von innen verschlossen hatte.

„Das ist großartig!“ sprach Karlinchen zu sich selbst. „In zehn Minuten schlafen beide fest. Ich hab mit meinem letzten Blick die Mutter hypnotisiert! Nun aber will ich horchen. Bis es elf schlägt, warte ich; dann schleiche ich mich fort."

Auch diese Stunde verging. Es schlug zweimal elf vom Turm, erst mit der kleinen, dann mit der großen Glocke. Das Karlinchen zählte beide Male, um ja nicht irre zu gehen. Als es stimmte, machte sie sich auf. Das Gärtle hinab und über das Brückle hinüber trat sie sehr leise auf. Dann aber gab es weichen Wiesenweg; da konnte sie sich eher gehen lassen. Zunächst tanzte sie eine kurzbeinige Polka, dann einen munteren Hüppelschottisch hierauf einen Linksumgalopp und endlich ein großes Ringelrennen. Da aber war der ganze Atem weg. Sie mußte ein Weilchen stehenbleiben, um die Lunge wieder in Ordnung zu bringen. Da schlug es zwölf.

„Die Geisterstunde!" dachte sie. „Ich verstelle mich! Wenn ich erwischt werde, tu ich, als ob ich gar keinen Körper hab. Ich schaff ihn um die Ecke!"

Dies zu tun, fand sich für sie wiederholt Gelegenheit, weil infolge der nahen Ausstellung jetzt länger gearbeitet wurde als sonst. Man ging also später schlafen. Vielleicht vor zwei Uhr nicht. Diese Zeit konnte man nützlicher verbringen als durch zweckloses, weiteres Umherstreifen. Eine hintere Gartentür stand offen. Sie ging hinein. Da gab es Beete mit Sellerie, Grünkohl, Blaukohl, Kohlrabi, sogar Rosenkohl. Auf dem Bergle waren solche schöne Sachen streng verboten. Hier aber wohl nicht, zumal wenn man als Geist auftritt! Es haben noch ganz andere Geister sich gern mit Kohl beschäftigt! Das Karlinchen begann, das Leben zu genießen. Der Garten war keine Landkarte. Und wenn er eine gewesen wäre, so hätte man sie bei der hier herrschenden Dunkelheit nicht lesen können. Das Karlinchen wußte also nicht, wo es sich befand, nämlich gerade hinter dem Gasthof. Die zwei erleuchteten Fenster da oben, die offen standen, gehörten zur Stube des Musterwirts.

Dieser schlief noch nicht. Seine Tochter befand sich bei ihm. Sie stand vor dem Tisch und strich soeben neunundvierzig harte Taler in die Tasche ihres Sonntagsrocks, dazu den bekannten Lochtaler mit der Elsterperle an der Schnur. Ihr Gesicht hatte einen entschlossenen Ausdruck. Dasjenige ihres Vaters war bleich. Seine Augen lagen tief in ihren Höhlen.

„Du willst es also tun? Wirklich?" fragte er.

„Ja. Es muß so sein. Und du hast nicht den Mut dazu! Meine Mutter ist die Vertraute ihres Vaters gewesen, ich aber war die deine nicht. Darum ist es soweit gekommen. Nun endlich hast du mir beichten müssen, hast keinen anderen Ausweg gewußt. Du sollst sehen, daß ich mir noch alles rette. Leg dich ins Bett und schlaf! Ich aber geh zum Bach und werfe die Taler hinein. Das hättest du damals gleich tun sollen!"

„Nein", sagte er. „Ich hatte ihm bloß den einen Taler zu lassen und Anzeige zu machen. Die anderen hätte man dann in der Schublade gefunden. Da war die ganze Falschmünzerbande auf dem Bergle entdeckt, die Eltern des Herzle und auch die Eltern des Lehrers die hätte ich natürlich in einen Topf geworfen."

„So kommen jetzt die Kinder daran! Morgen vergrabe ich die Münzstöcke im Schulgarten. Du darfst das nicht. Übermorgen auf dem Bergle das neue Silbergeld. Wir brauchen nur zu sagen, daß das Herzle uns beschuldigt hat. Einen echten Taler mit einer Perle haben wir seit heute. Wir zeigen ihn vor und verlangen, daß im Wasser nachgesucht wird, wo der Musteranton sich ersäuft hat! Da findet man das falsche Geld und wird dann weiterforschen."

„Gehst du gleich jetzt hinüber zum Bach?"

„Nein; der Mond scheint noch, und so eine Sache muß abgemacht werden, wenn es dunkel ist; das wird so um die zweite Stunde sein. Hast du noch viele Hundertmarkscheine?"

„Eine ganze Menge! Ich hab seit längerer Zeit eine Pause gemacht, weil das Schuldbüchergeschäft so gut gegangen ist. Der Neubertbauer war fast noch der einzige, mit dem — — der Neubert — — der Staatsanwalt! — da ist er — — da, da, da!" Er schaut mich an! Er mahlt — — er reibt — — er beutelt!"

„Nein, das bin ich!" schrie sie ihn an, indem sie ihn bei der Brust faßte und schüttelte. „Ich beutle dich! Mensch, nimm dich in acht mit deiner albernen Angst! Aber ich werde dich schon noch zum Schweigen bringen! Wenn du das alte Weib bist, so muß ich der Mann sein, der sich nicht fürchtet. Am besten ist es, ich schmeiße dich ins Wasser, anstatt die Taler! Du bist der Mörder und gehörst hinein! Ich werde nachher einmal dort nachschauen, ob es noch tief genug für einen Menschen ist."

„Mich, mich in das Wasser? Du, du, meine Tochter?" Er schüttelte sich und starrte sie schaudernd an.

„Ich deine Tochter? Da lache ich dich aus! Dein ganzes Herz hat stets am Geld gehangen, nicht aber an deinem Kind. Jetzt, wo du die Rettung brauchst, denkst du plötzlich daran, daß du eine Tochter hast. Für mich bist du nicht der Vater, sondern der Besitzer des Geldes, das ich erben will."

Da faßte er sie am Arm, bohrte seine Augen in die ihrigen und sagte:

„Ich hab nichts dagegen, nichts. Dann mußt du aber auch alles erben, alles!"

„Was?"

„Nicht nur das Geld, sondern auch meine Schuld, mein böses Gewissen, das mich peinigt Tag und Nacht!"

„Gib es her, alter Mann; gib es her! Das sind ja ganz dieselben Kinkerlitzchen, die man drüben auf dem Bergle hat. Dort sagt man, das böse Gewissen werde den Mörder des Musteranton gewiß noch an das Brückle treiben, an dem er ihn hinuntergeworfen hat. So gib mir dein Gewissen! Ich nehm es dir ab. Dummkopf, der du bist!"

Sie stieß ihn auf die Seite und ging zur Tür hinaus. Er trat an das Fenster, legte die Hand an den schmerzenden Kopf, sah in die Nacht hinaus und sagte:

„Dummkopf? Wenn es nur das wäre, wie froh wollte ich sein! Oft halte ich mich für wahnsinnig; aber ich bin es nicht. Es ist etwas ganz anderes! Mein Haus, der Körper, hat zwei Herren. Ich bin der eine, dem es gehört, der es erhalten will. Der andere tut alles, um es zu zerstören, um mich zu vernichten. Ich begegne ihm nie; ich kann ihn nicht erwischen. Aber sobald ich nur den Rücken wende, ist er da, denn er lauert Tag und Nacht vor meiner Tür und nimmt jeden Augenblick zusammen, um zu tun, was mich in Schaden bringt. Er liest meine Geschäftsbücher durch. Er durchstöbert mein ganzes Haus. Er verschenkt, was ich mit Fleiß erworben hab. Er vernichtet meinen guten Namen. Er jagt mein gutes Gesinde fort und holt mir schlechtes dafür herein. Ganz und genauso, wie ich es mit — — — mit — — — mit ihm gemacht habe, als er noch lebte! Er hat es sogar so weit gebracht, daß meine Tochter nichts mehr von mir wissen will, weil das auch meine Absicht bei der seinen war! — — — Das Fürchterlichste dabei ist, daß ich alles anerkennen, bekräftigen und ausführen muß, weil er es in diesem meinem Körper tut. Er spricht mit meinen Lippen. Er gibt mit meiner Hand. Er schreibt mit meiner Feder! Ich bin ihm preisgegeben mit allem, was ich bin und was ich hab. Mein Haus, mein Geschäft, mein Vermögen befindet sich in seiner Gewalt. Er spielt mit meiner Seele und treibt mit meinem Geist Allotria! Vor allem eins will er wissen, was ich verschweigen muß, nämlich das Messer, das Messer — wohin ich es versteckt habe! Wenn er das erfährt, so geht er in diesem meinem Körper in den Busch hinaus und nimmt es unter der

Klafter Holz heraus. Hierauf kommt er heim, stellt sich an den Schenktisch, wo er sich erstochen hat, und stößt es sich vor allen Leuten in die Brust. Dann heißt es überall: Der Musterwirt ist ganz genauso als Selbstmörder in die Grube gefahren, wie der Neubertbauer es ihm befohlen hat. — — Jetzt lege ich mich nieder. Ich muß schlafen — — wenn ich kann. Aber das Licht lösche ich nicht aus; das muß brennen bleiben, denn — — denn — — ich fürchte mich! Mögen die Leute denken, was sie wollen, wenn sie es sehen!"

Er brauchte sich in diesem Fall um die üble Nachrede nicht zu ängstigen. Seine beiden, hellen Fenster wurden nur von einem einzigen Wesen bemerkt, und dieses Wesen war das Karlinchen.

„Das ist ja Herr Frömmelt!" dachte es. „Ich glaube gar, daß dies hier sein Garten ist! Mir gerade recht! Wegen dem brauch ich mir kein Gewissen zu machen, denn er hat auch keins. Und wenn er eins hätte und es käme zu uns an das Brückle, ich würde es anrennen und in das Wasser stürzen, daß es auf der Stelle ersaufen müßte! Ob ich ihm wohl einen Streich spielen könnte? Halt, ich hab's! Da drüben sind seine Blumenbeete. Kohl schmeckt zwar besser, aber ich gehe doch noch hinüber und fresse ihm seine ganzen Aurikel weg. Das soll ihn wohl erbosen!"

Dieser Vorsatz klang zwar nicht allzu schön, aber sie führte ihn trotzdem aus. Als es zwei Uhr schlug, hatte sie den ganzen Aurikelflor aufgefressen, so daß sie kaum mehr Atem holen konnte.

„Das nenne ich gekaut!" sagte sie. „Wenn meine Haut von Papier wäre, so müßte ich zerplatzen. Die Aurikel schmecken zwar scharf bitterlich, und ich weiß noch nicht ganz genau, ob sie sich mit dem Kohl vertragen werden, aber wenn man Herrn Frömmelt etwas zuliebe tut, so soll man nicht nach solchen Dingen fragen! Es scheint, ich bin ganz kugelrund. Die Beine wackeln. Sie sind solche Lasten nicht gewöhnt. Aus meinen gelehrten Untersuchungen wird heute wohl nichts werden. Ich will lieber machen, daß ich nach Hause komme. Bett ist Bett!"

Sie versuchte zu gehen.

Es fiel ihr ungeheuer schwer.

„Hm!" lachte sie innerlich. „Jetzt müßte man einen Hüppelschottisch oder gar einen Linksumgalopp versuchen! Aber ich würde dadurch unsere ganze Milchwirtschaft zugrunde richten! Also Ruhe, nichts als Ruhe! Ich trolle mich heim!"

Sie nahm die Richtung nach der offenen Tür, durch die sie gekommen war. Noch hatte sie diese nicht erreicht, so blieb sie stehen, denn sie hörte Schritte. Es kam jemand, ging in einiger Entfernung an ihr vorüber und durch die erwähnte Tür hinaus.

„Das war ein Frauenzimmer!" dachte sie. „Mitten in der Nacht! Kommt mir verdächtig vor. Ich mache mich hinterher, so sauer es mir bei dieser Leibesfülle auch ankommen wird!"

Gedacht, getan! Sie folgte der Vorangegangenen. Diese schritt nach der Wiese hinüber.

„Was? Dort wohnt ja weiter niemand als wir!" wunderte sich das Karlinchen. „Da muß ich schneller laufen!"

Sie beeilte sich. Der Mond war hinter den Bergen verschwunden. Aber das Karlinchen hatte gute Augen. Sie sah die Gestalt und folgte ihr über die Wiese hinüber. Das „Frauenzimmer" ging bis zum Brückle und blieb dann daneben stehen. Karlinchen schlich heran, leise, ganz leise!

Da kauerte sich die andere am Wasser nieder. Sie griff mit den Händen in den Falten ihres Rocks herum.

„Ist das nicht Rosalias Rock?" fragte sich das Karlinchen. „Wart, Mamsell, dir muß ich einmal in das Gewissen schauen, ob du es auch wirklich bist! Was hast du hier zu suchen?"

Sie trat hart hinter die Kauernde und schob ihren Kopf vor, um ihr in das Gesicht zu sehen. Der lange Ziegenbart strich an der Wange der Wirtstochter hin; sie drehte sich herum. Ein langer Bart, ein noch längeres Gesicht — — zwei große, große Augen und zwei lange, lange Hörner darüber! So mitten in der Nacht — — so unerwartet — — ohne jedes Geräusch — —

„Alle guten Geister! Das ist ja der Teufel, der Teufel!" brüllte sie in unbeschreiblichem Schreck kreischend auf und fuhr in die Höhe.

„Die Rosalia, wirklich die Rosalia!" jubelte es in dem Karlinchen. „Die hab ich hier fest, endlich, endlich! Und mich nennt sie den Teufel! Wart, Mustertochter, der soll dich nun auch holen, und zwar sofort, hier auf der Stelle!"

Sie trat zwei Schritte zurück und senkte den Kopf, holte aus und tat den kräftigsten Stoß, der ihr je in die Hörner gekommen war. Fräulein Rosalia stieß einen Schrei aus und stürzte kopfüber in das Wasser, das sich sofort über ihr schloß. Das Karlinchen trat an die Flut heran und schaute hinein. So stand sie lange Zeit. Was sie gedacht hat, das konnten nur die Wellen erraten. Dann drehte sie sich um und ging leise über das Brückle.

Als sie hinüber war, machte sie noch einmal rechtsumkehrt und senkte drohend die Hörner, als ob sie sagen wollte: „Jetzt bist du genau dort, wohin du gehörst. Komm mir ja nicht wieder herauf! Das Brückle ist die Grenze!"

Dann schwenkte sie wieder um und schlich sich auf den vorsichtigen Sohlen ihres auch nicht ganz guten Gewissens nach dem Stall, um sich von dem heutigen Abenteuer auszuruhen. Sie war überzeugt, irgend etwas Großartiges geleistet zu haben, nur wußte sie nicht genau, ob drüben bei den Aurikeln oder hier am Wasserbrückle.

Die Mutter und das Herzle standen punkt fünf Uhr auf, wie alle Tage. Dabei sagte die erstere:

„Ich bin vor Sorge einige Male aufgewacht. Es fiel mir ein, daß ich vergessen hab, den Stall zuzuriegeln. Was wird da das Karlinchen von mir denken! Ich muß gleich nach ihr schaun!"

Das Herzle wollte mit dabei sein. Sie mußte so rasch wie möglich wissen, was für entsetzliche Folgen die fürchterliche Unterlassung gebracht habe. Die Ziege war noch da; sie schlief so fest, daß sie kaum erweckt werden konnte. Sie mußte aber auf, denn es war Melkenszeit. Karlinchen stellte sich zurecht, doch betrug sie sich während der Lieferung heute anders als gewöhnlich. Sie war augenscheinlich nicht ganz bei der Sache. Sie drehte nicht von Zeit zu Zeit den Kopf nach dem Melkeimerchen um, um nachzusehen, bis zu welchem Höhepunkt die Leistung gestiegen sei, sondern sie hatte die Augen zu und nickte immerfort mit dem Kopf wie eine Großmutter, die den Strickstrumpf in ihren Händen nie fertigbringt, weil sie bei jeder Runde ein Schläfchen machen muß. Aber dieser Ausnahmezustand war keineswegs von nachteiliger Wirkung auf das, was sie zu leisten hatte. Die Milch schien ganz im Gegenteil heute in Strömen fließen zu wollen. Es hörte gar nimmer auf. Das brachte die Mutter auf ängstliche Gedanken.

„Herzle, geh schnell durch den Garten und schau nach, wieviel Kraut und Kohl uns das Karlinchen heute nacht weggefressen hat!" sagte sie. „Ich glaube, sie gibt jetzt schon das vierte Maß! Das geht doch nicht mit rechten Dingen zu!"

Das Herzle tat schnell, was ihr befohlen worden war, und brachte dann die Meldung, von keiner einzigen Pflanze fehle ein Blättle.

„So muß ich ihr den Verdacht abbitten", meinte die

Mutter. „Aber es war kein Wunder! Schau einmal her, da ich nun fertig bin! Hat sich so etwas seit Menschengedenken schon einmal ereignet? Der Eimer ist zum Überlaufen voll. Das ist doch wenigstens für fünfundzwanzig Pfennig mehr als gewöhnlich! Wo kommt das her?"

„Vielleicht gerade weil die Tür aufgestanden hat. Die gute Luft die ganze Nacht hindurch!"

Da nickte das Karlinchen wieder, und zwar tief, sehr tief. Dabei hatte sie die Augen jetzt schnell geöffnet und warf einen zustimmenden Blick zur Stalltür.

„Vielleicht möglich, wenn ich es auch nicht ganz begreifen kann", sagte die Mutter. „Da wäre es ja auch erklärt, daß sie jetzt noch ganz im Stehen schläft, denn die Nachtluft soll ja die Eigenschaft besitzen, schläfrig zu machen. Wir wollen es doch einmal versuchen und heute abend die Tür wieder offen lassen!"

Da tat das Karlinchen ganz unerwartet einen Freudensprung, durch den sie die Mutter beinahe mitsamt dem Eimer umgerissen hätte. Aber sie nahm sich sofort wieder zusammen, um sich ja nicht etwa zu verraten, und trat dann ihr Tagewerk in der altgewohnten, vorgeschriebenen Weise an.

Da hatte sie zunächst zum Bach zu gehen, um zu trinken. Dabei riet ihr eine innere Stimme, jetzt gut aufzupassen, es werde jemand kommen. Deshalb schaute sie, während sie von Zeit zu Zeit ein Maul voll Ampfer zu sich nahm, sehr fleißig nach dem Dorf. Doch wollte sich von daher niemand sehen lassen. Aber, kam da nicht jenseits der Häuser jemand vom Berg herab? So eilig, als ob keine Zeit zu verlieren sei? Auf dem Weg, den die Anna aus dem Neuberthof zu wählen pflegte, wenn sie kam? Ja, ganz richtig! Vielleicht war sie es wirklich!

Karlinchen wartete. Ja, sie wurde sogar bald ungeduldig, denn sie hatte die Anna in ihr Herz geschlossen.

Eine Viertelstunde verging, vielleicht gar noch mehr. Karlinchen konnte es nicht länger aushalten. Sie wollte ihr entgegengehen. Da wurde sie gerufen. Sie drehte sich um. Die Mutter stand an der Brücke und zankte sie aus, daß sie schon früh am Tage spazierengehen wolle. Man habe die Klöppelkissen schon herausgeschafft, um die Arbeit zu beginnen. Sie sollte also kommen, weil man ohne sie nichts fertigbringen könne. Ihr warmes Frühstück steht dabei.

Das zog! Zerdrückte Kartoffeln mit etwas Roggenkleie und einer Prise Feldkümmel dazu, das geht sogar über das, was eine Ziege Freundschaft nennt. Das Karlinchen warf den Kopf forschend nach beiden Seiten. Sie schaute nach dem Dorf und schaute nach dem Brückle, wo jetzt auch noch das Herzle erschien, um ihr zu winken. Wahrscheinlich hätte sie nun die Kartoffel-mit-Kleie-Richtung eingeschlagen; aber da ließen sich auch vom Dorf her mehrere Gestalten sehen, die anscheinend über die Wiese kamen.

„Wer ist das?" fragte das Herzle erstaunt die Mutter. „Das ist doch gar Herr Frömmelt!"

„Ja, und die Anna! Er führt sie an der Hand!" antwortete diese, ebenso verwundert.

„Und hinter ihnen die Gasthofstagelöhner. Was haben sie in den Händen? Stangen, sogar ein Netz. Das braucht der Wirt, wenn er im Teich Karpfen und Schleie fängt. Wollen sie etwa in unserem Bach fischen?"

„Jedenfalls ist es verwunderlich."

Das Herzle nickte und ging der Freundin über das Brückle entgegen. Diese eilte auf sie zu, begrüßte sie und sagte hierauf eilig und leise:

„Ich konnte seit drei Uhr heute nacht nicht schlafen. Weißt du, die Sehnsucht kam über mich. Sie wurde so groß, daß ich herüber mußte. Es war, als ob er mich erwartet habe. Er empfing mich zum erstenmal gleich froh, nicht mit dem gewöhnlichen Zorn, der dann vergeht. Er hatte ein ganz anderes Gesicht; das lächelte immerfort. Er rief die Tagelöhner. Sie mußten die Stangen holen und das Netz. Wozu, das weiß ich aber nicht. Er hat es mir verschwiegen."

Auch die Mutter war ein Stück herbeigekommen. Sie gab der Anna die Hand und wandte sich dann dem Musterwirt zu. Was hatte der heute für Augen! Gerade so lieb und so warm hatte ihr verstorbener Mann sie angeschaut, wenn er von der Arbeit gekommen und hier am Brückle von ihr empfangen worden war. Sie konnte gar nicht anders, sie mußte ihm die Hand entgegenreichen.

Er nahm sie, hielt sie fest und sagte:

„Marie, fürchte dich nicht vor mir! Es schickt mich einer zu dir, dem ich gehorchen muß, obgleich er einst in meinen Diensten war. Der Anton läßt dich grüßen!"

Hierauf wandte er sich an das Herzle:

„Und zu dir schickt mich ein anderer! Ich war dabei und hab gehört, was du mit dem Musterwirt gesprochen hast, als er den Taler deines Vaters an sich raffte. Du hast dich auf den Herrgott berufen. Du meintest, daß er dir sagen werde, was es mit dem Herd und den Flaschen für eine Bewandtnis habe. Du riefst dem Musterwirt zu: ‚Behalt den Taler, denn wo dieser ist, da ist mein toter Vater. Der hält ihn fest. Der hebt ihn auf für den Staatsanwalt!' So sagtest du. Jetzt wird es in Erfüllung gehen. Der Staatsanwalt ist da. Der bin nämlich ich, ich, ich, der tote Neubertbauer, der aber nicht gestorben ist! Ich hab mich zum Staatsanwalt gemacht, kurz eh ich aus meinem Körper ging. Und was ein Scheidender verspricht, das muß er halten. Darum komm ich heute so früh zu euch. Der Weg ist frei, und dein Vater ist da. Man hat ihm die gestohlenen Taler bringen müssen — — — genau dorthin, wo er damals von dem Dieb und Mörder hingebracht worden ist. Das muß so sein. Die Gerechtigkeit hat es verlangt, und ich, der Staatsanwalt, hab darüber gewacht, daß es geschehe!"

Während er dies sagte, strich er der Ziege, die nahe bei ihm stand, mit der Hand liebkosend übers Haar.

„Jawohl, Karlinchen", lächelte er dabei; „wir beide wissen mehr als andere; aber wir verraten es nicht. Man würde uns für wahnsinnig halten — — — mich einfach für verrückt, dich aber für besessen!"

Sie fuhr nach seiner Hand, um ihren Kopf an ihr zu reiben. Vielleicht war sie in diesem Augenblick die einzige, die nicht an der Klarheit seines Verstandes zweifelte, denn in den Blicken der anderen konnte man deutlich sehen, daß sie das, was er gesagt hatte, für irre Rede hielten. Er mochte das bemerken, denn er sah sie zwar freundlich, aber so von oben herab an, eine nach der anderen. Dann sprach er weiter:

„Ich bring euch hier meine Anna. Nehmt sie mit hinauf auf euer Bergle. Wir werden hier inzwischen fischen. Was, das werdet ihr erfahren, wenn wir fertig sind. Dann rufe ich euch zu. Jetzt geht!"

Er sagte diese beiden letzten Worte in einem Ton, dem man gehorchen mußte. Die erste, die über das Brückle ging, war das Karlinchen, und zwar in auffallender Eile. Droben neben dem Tisch stand ihr Frühstück, das allerleckerste, das sie kannte. Sie hatte es nicht vergessen; aber sie sah es gar nicht an. Sie machte eine kurz entschlossene Schwenkung nach dem Stall hin und verschwand in seinem Innern.

„Das hat man auch noch nicht gesehen", sagte die Mutter. „Sie muß doch außerordentlich schläfrig sein, sonst würde sie den Napf nicht stehen lassen!"

Was hätte wohl das Karlinchen gedacht, wenn diese Worte in ihre Ohren gedrungen wären? Es soll zwar Geschöpfe geben, die alles, war ihre Mitgeschöpfte tun, nur auf den Napf beziehen. Eine Ziege aber ist ein hochbegabtes Wesen. Und wenn ein solches Wesen an

Quetschkartoffeln mit Roggenkleie und einer Prise Feldkümmel vorübergeht, ohne sogleich darüber herzufallen, wie geistig tiefstehende Personen sicher täten, so kann es dafür doch andere Gründe geben als nur Müdigkeit!"

Die Frauen hatten an dem Tisch Platz genommen. Sie sprachen von dem Musterwirt. Was er tat, das sahen sie nicht. Manchmal kam eine der Stangen über die Büsche empor, die an dem Innenufer des Baches standen. Seine heutige Art und Weise war ihnen ein Rätsel, das ihre Gedanken lebhaft beschäftigte. Sie waren weder Psychologinnen, noch hatten sie von Psychiatrie wohl jemals etwas gehört. Für sie war er der gefürchtetste aller Feinde, der aber plötzlich und zuweilen die ganze unbegreifliche Macht zeigte, ihre Angst und Furcht in Liebe und Vertrauen zu verwandeln. Und diese Macht kam ihnen nicht im geringsten unheimlich vor, sondern so freundlich wie ein Licht, das einem grauenhaften Dunkel die Schrecklichkeit benimmt.

Jetzt erschien er unten am Brückle und winkte ihnen zu, hinabzukommen. Sie taten es. Er kam ihnen einige Schritte entgegen und sagte:

„Ich möchte euch eine Leiche zeigen. Wird euch das aufregen?"

Sie sahen ihn erschrocken an, ohne zu antworten. Sein Gesicht war ernst, doch dieser Ernst war fern von jeder Trauer. Man sah nicht einmal eine Spur von dem, was man Bedauern nennt. Und seine Stimme klang fast gleichgültig, als er weitersprach:

„Es ist die Rosalia. Sie lag am Brückle da im tiefen Wasser, gerade da, wo einst dein Mann gelegen hat, Marie. Wir haben sie herausgefischt. Wollt ihr sie sehen?"

„Nein, nein, nein!" riefen alle drei abwehrend aus. Sie waren entsetzt. Sie wollten das in Worten ausdrücken. Er aber schnitt ihnen diese Worte ab:

„Schweigt! Ihr steht hier an Gerichtsstelle. Da spricht man nichts, was überflüssig ist. Ich bin der Staatsanwalt und hab euch zu fragen. Die Rosalia hat all eure fünfzig Taler in der Tasche, auch den mit dem Uhrenband. Das ist das Geld, dessentwegen der Musteranton ermordet worden ist. Die Untersuchung über diesen Mord kann also beginnen. Vor welchem Gericht? Es gibt ein irdisches und ein jenseitiges Gericht. Es soll auf euch ankommen, welchem von diesen beiden ihr die Nachforschung und das Urteil überlassen wollt. Übergebt ihr es dem irdischen Gericht, so haben wir jetzt Anzeige bei der Polizei zu machen. Wollt ihr es aber dem Herrgott und seiner Gerechtigkeit überlassen, so nehmen die sogenannten Toten die Sache in die Hände und übergeben sie dem Richter, der niemals irrt und nie Unrecht spricht. Die Polizei sucht vielleicht jahrelang und wird wahrscheinlich den Täter nicht finden. Gott aber kennt ihn seit dem Augenblick seiner Tat und hat ihn mir in die Hand gegeben. Ich fasse ihn beim Nacken wie eine giftige Natter, die nicht mehr beißen kann. Ich heb ihn empor, hoch über eure Köpfe, damit alle Welt ihn deutlich sehen kann. Ich zerdrücke ihm den Kopf, in dem nur giftige Gedanken wohnen konnten. Und was kein irdischer Richter tut, weil er es nicht vermag: ich leiste Ersatz für alles, was er verbrochen hat, sogar für seine sogenannten Morde. Denn jeder, der bei diesem Strafprozeß die Augen offen hat, der muß erkennen, daß gerade die Ermordeten es sind, die über den Mörder zu Gericht zu sitzen haben! Also entscheidet! Welchem Staatsanwalt soll der Mörder des Musteranton übergeben werden? Mir? Oder dem Anwalt beim Gericht in der Stadt?“

Sie antworteten nicht. Aber sein Auge ruhte so eindringlich fragend auf ihnen, daß sich die Mutter schließlich doch die Kraft zu den wenigen Worten nahm:

„Nichts Polizei! Der Himmel mag ihn richten!“

„Der Himmel!“ sagte der Musterwirt, und erhob seine Augen dorthin, wo die Morgensonne jetzt über den Bergen stand. „Der Himmel! Der hat aber Gnade! Selbst für den schwersten Missetäter! Nur fordert er, daß er seine Schuld bereue. Bist du damit einverstanden? Der Anton läßt dich fragen, Maria!"

„Ja", antwortete sie, tief ergriffen.

„So segne dich der Himmel, an den du dich gewendet hast! Denn du hast — — — dadurch mich überwunden, mich, mich, den — — — Neubertbauer. Was ich gesprochen habe, mit dem Messer in der Brust — — — das muß geschehen; das ist nicht zu ändern. Aber die Qual, die Qual, die fürchterliche Qual, an der er lange, lange leiden und dann sterben sollte, die sei ihm abgekürzt! Jetzt wartet hier, nur eine ganz kurze Zeit!"

Er entfernte sich über das Brückle hinüber. Als er wiederkam, hatte er ein Taschentuch in der Hand, mit etwas Schwerem darin.

„Das ist das echte falsche Geld, das ich der Rosalia jetzt abgenommen hab. Und den falschen echten Taler mit der Perle, den sie nachgemacht haben, um die Polizei zu täuschen, hab ich hinzugelegt. Habt ihr Papier im Haus? Und Tinte und Feder?"

„Ja", antwortete die Mutter.

„So sollt ihr dieses Geld wiederbekommen. Warum, das ist meine Sache. Und du gibst mir eine schriftliche Quittung. Komm mit herauf an den Tisch!"

Sie folgten ihm. Das Nötige wurde herausgeholt. Dann diktierte er der Mutter folgendes:

„Fräulein Rosalia Uhlig, die das Gewissen ihres Vaters ist, hat mir die gestohlenen fünfzig Taler meines ermordeten Mannes wiedergebracht. Als Zinsen legte sie den Lochtaler hinzu, mit dem die Polizei betrogen werden sollte. Dann ging sie in den Tod. Der Musterwirt hat also kein Gewissen mehr. Er kann nicht einmal seiner Tochter beichten!"

Als sie ihren Namen daruntergesetzt hatte, nahm er das Blatt, las es durch, sah die Frauen eine nach der anderen lächelnd an und fragte: „Nicht wahr, das ist verrückt? Völlig verrückt?"

Sie antworteten nicht. Denn in diesem Augenblick kam der Herr Lehrer in eiligen Schritten das Bergle herauf. Er hatte nach dem Häusle gewollt und die Leiche am Bach liegen sehen. Ganz gegen sein sonstiges, ruhiges Wesen zeigte er sich darüber im höchsten Grad aufgeregt und stürmte auf den Musterwirt so schnell mit Fragen ein, daß zwischen diesen gar keine Zeit zur Antwort blieb. Da aber hielt er plötzlich inne und schaute dem Genannten entrüstet in das Gesicht.

„Sie lachen, Herr Frömmelt!" rief er aus. „Es ist doch wahr, was man von Ihnen sagt: Sie sind verrückt geworden!"

„Nur übergeschnappt, nämlich aus einem Körper in den anderen", antwortete der Getadelte. „Was ihr überklugen Menschen euch doch für wirre Bilder macht! Ihr laßt ganze Bücher von der Macht des Geistes über den Körper handeln. Wenn euch aber einmal ein Geist beweist, daß er sogar fremde Menschenkörper genauso wie seinen einstigen zu beherrschen vermag, so nennt ihr ihn — — verrückt! Was wißt ihr von Geist und Seele! Nur Falsches, nichts als Falsches! Ihr selbst seid irr! Alle eure Sinne werden nur vom Wahn regiert, und das ist der einzige Wahnsinn, den es gibt! Mein Geist ist klar. Er hat sich selbst erkannt. Sie aber, Herr Lehrer, sind ebenso irrsinnig wie alle, die an meinem Verstand zweifeln. Sie kommen gerade im rechten Augenblick. Hier, lesen Sie diese Zeilen!"

Burgau nahm die Quittung, überflog sie und schaute dann die Mutter fragend an. Diese zeigte auf das Geld, das offen auf dem Tisch lag, und berichtete, daß man es bei Fräulein Rosalia gefunden habe. Die Quittung sei ihr von Herrn Frömmelt diktiert worden.

„Für wen?" fragte er hierauf den Musterwirt.

„Für Herrn Frömmelt", antwortete dieser.

Der Lehrer schüttelte den Kopf und machte ein höchst mitleidiges Gesicht.

„Der sind ja Sie selbst!“ sagte er. „Und wozu die Bemerkung vom Gewissen, die vor den Irrenarzt gehört?“

„Da haben Sie recht. Vor den Irrenarzt! Der werde aber ich sein. Und Sie sind der Patient! Wollen Sie sich von mir unterrichten lassen? Soll ich Ihnen beweisen, daß von uns beiden nicht ich der Wahnsinnige bin, sondern Sie?“

Da sah Burgau ihm offen und ehrlich in die Augen und antwortete:

„Man soll auf die Gedanken Geisteskranker eingehen. Sie sind geisteskrank. Also geh ich auf Ihren Gedanken ein und bitte Sie, mir Ihren Beweis zu liefern!“

„Wohlan, es soll geschehen! Doch fordere ich zweierlei. Nämlich erstens Sie und die Frauen, alles zu tun, was ich von ihnen verlange. Es wird zwar verrückt klingen, ist aber nichts Verbotenes. Und zweitens haben Sie gegen jedermann zu schweigen, bis ich ausdrücklich sage, daß Sie sprechen dürfen. Wer einverstanden ist, der gebe mir die Hand darauf!“

Der Lehrer gab sie ihm sofort und nickte den Frauen zu, seinem Beispiel zu folgen. Als es geschehen war, fuhr der Musterwirt fort:

„Hören Sie, Herr Lehrer, was ich sage! Ich werde es so kurz wie möglich machen! Außer uns hier wissen nur die Taglöhner, was unten am Bach geschehen ist. Ich hab ihnen den Befehl gegeben, die Leiche nach Haus zu tragen und in mein Bett zu legen. Dort schaffen sie sie schon über die Wiese! Es wird eine ungeheure Aufregung geben, aber wenn sie oben liegt, darf niemand mehr hinauf. Sie gehen von hier nach dem Gasthof und sorgen dafür, daß der Weg für sie frei wird. Dann begeben Sie sich zur Leiche, doch darf das kein Mensch sehen. Sie schieben ihr hier diese Quittung in die Hände und verstecken sich dann in der Nebenkammer, wo die heimlichen Geschäftsbücher liegen. Sie sind ja oben gewesen und wissen also, daß eine Glastür hinausführt, an der draußen ein Vorhang ist. Hier ist der Schlüssel dazu. Sie schließen sich ein und ziehen ihn sofort wieder ab. Dann beachten Sie, was sich bei der Leiche ereigenen wird. Verhalten Sie sich still und merken Sie sich jedes Wort, das der Musterwirt zu seiner Tochter spricht!"

„Der Musterwirt? Also Sie!"

„Nein! Das ist ja eben das Rätsel! Ich bin der Neubertbauer. Und ich will den Musterwirt durch diese Quittung zwingen, die Beichte abzulegen, in der er alles gesteht, was er verbrochen hat. Haben Sie Zeit, zu tun, was ich Ihnen sagte?"

„Zeit? Jawohl! Aber den heimlichen Lauscher zu machen, das geht mir gegen den Strich!"

„Wirklich? Da fangen Sie ja schon an, klein beizugeben!"

„Wieso?"

„Sie erklären mich für verrückt, weil ich behaupte, der Neubertbauer zu sein. Ich bin in Ihren Augen ja unbedingt der Musterwirt! Nun, dieser Musterwirt fordert Sie auf, ihn zu belauschen. Er hat Ihnen sogar den Schlüssel dazu anvertraut. Wenn Ihnen das gegen den Strich geht, so geben Sie damit zu, daß ich nicht diejenige Person bin, die das Recht besitzt, Sie in die Nebenkammer einzulassen. Merken Sie, daß meine Beweise schon beginnen? Sie reden ja jetzt schon irr!"

Der Lehrer schaute vor sich nieder. Er fühlte, daß dieser Vorhalt folgerichtig war.

„Gut, ich werde es tun", sagte er. „Sie behaupten, der Neubertbauer zu sein, aber Sie sprechen nicht wie ein Bauer. Sie sprechen sogar noch höher als der Musterwirt. Das ist es, was mich irre macht."

„Weil Sie nicht wissen, was Geist ist. Ich bin nicht der Neubertbauer, abzüglich seines begrabenen Körpers. Ich bin viel mehr, viel mehr. Sie werden das bald erfahren, wenn Sie gehorchen. Ich rechne mit Dingen, von denen Sie keine Ahnung haben, und ich weiß, daß diese meine Rechnung stimmen wird. Ich bin jetzt nicht mehr Körper, sondern nur noch Gesetz und Kraft. Was ich war, das hat sich aufgelöst und ist mit anderem ein vollständig Neues geworden. Dies Neue besitzt eine Macht, von der Sie keine Ahnung haben. Was Ihrer Polizei und aller Ihrer Anstrengung wohl kaum jemals gelänge, das werde ich im Handumdrehen zum guten Ende führen! Gehen Sie! Tun Sie, was ich sagte!"

Der Lehrer entfernte sich. Der Musterwirt sah ihm eine Weile nach und wandte sich dann an die Tochter des Neubertbauers:

„Anna, es wird nachher die Sehnsucht wieder über dich kommen. Du gehst nach dem Gasthof, gleich die Treppe hinauf, in die Stube des Wirts. Du läßt dich von niemand abhalten. Du sagst, Herr Frömmelt habe dich hinaufbestellt. Wenn dieser die Tür verriegelt hat, so läßt du ihm keine Ruhe. Er muß, muß öffnen. Wenn er nicht will, drohst du ihm, du werdest sonst sofort zur Polizei gehen, wegen der Quittung, die seine Tochter in den Händen habe. Da wird er dich einlassen. Dann schaust du ihm in die Augen und sprichst mit ihm, bis er sich in mich verwandelt hat. Das Weitere wird sich finden. Du hast mir treu gehorcht, du liebes, gutes Mädchen. Es war wohl manchmal schwer, doch nun bekommst du auch das Allerletzte, was dir der Wirt noch schuldig geblieben ist."

Er zog sie an sich, drückte seine Lippen auf ihr Haar und wollte gehen. Da kam das Karlinchen aus dem Stall.

„Du willst mich wohl bis zum Brückle schaffen?" fragte er sie. „Na, so komm! Die Luft ist wieder rein!"

Sie lief an seiner Seite, als ob sie zu ihm gehöre. Unten am Wasser liebkoste er sie und sprach noch etwas zu ihr. Dann ließ er sie allein. Die Frauen sahen, daß er nicht geradewegs nach dem Gasthof ging, sondern sich am Bach aufwärts wandte. Nach einer halben Stunde kam er das Dorf herunter. Man grüßte ihn, doch ganz anders als sonst.

„Wie schaut man mich doch nur an!“ dachte er. „Als ob etwas geschehen sei! Aber was? Warum bin ich noch nicht daheim? Wo bin ich gewesen? Als ich mich auf mich besann, stand ich auf der Waldwiese und schaute ins Wasser. Wenn das so weitergeht, da muß ich mich selbst auch für wahnsinnig halten, wie die anderen wohl schon tun, obgleich es bisher falsch gewesen ist!“

Als er den Gasthof erreichte, standen viele Neugierige da, die ihm in scheuer Höflichkeit Platz machten. An der Tür lehnte einer seiner Taglöhner, der ihnen augenscheinlich etwas erzählt hatte.

„Wir haben sie hinaufgeschafft in Ihre Stube“, meldete dieser nun seinem Herrn. „Sie liegt in Ihrem Bett.“

„In meinem Bett? Wer?“ fragte der Wirt.

„Na, doch Fräulein Rosalia. Sie haben es doch befohlen!“ antwortete der Mann verwundert.

Der Wirt griff sich an den Kopf und sah den Taglöhner wie abwesend an. Er ahnte, daß er schon wieder etwas getan habe, wovon er jetzt nichts mehr wisse. Warum diese vielen Leute? War es etwas Schlimmes? Es packte ihn die Angst. Er trat schnell in das Haus und eilte die Treppe hinauf. Als er in das Zimmer trat, sah er seine Tochter lang ausgestreckt auf dem Bett liegen. Sie hatte ein Papier in den zusammengelegten Händen und stierte ihn mit weitgeöffneten Augen an, gerade wie damals der Neubertbauer. Sie war tot. Ihr Anzug triefte noch. Das Oberbett, auf dem sie lag, war vollständig durchnäßt.

„Sie hat sich ersäuft, ersäuft!“ brüllte er auf, stürzte sich auf sie zu und sank vor dem Bett nieder.

Hierauf war es still in der Stube. An der Glastür wurde der Vorhang leise von innen bewegt. Nach einiger Zeit raffte er sich langsam, langsam wieder auf.

In seinem Gesicht arbeitete das sprachlose Entsetzen. Er griff nach dem Zettel, um ihn zu lesen. Als er dies getan hatte, ballte er ihn krampfhaft zusammen. Es sah aus, als ob er dabei die Hände ringe. Dann ließ er ihn auf den Boden fallen.

„Ich hätte kein Gewissen mehr!“ rang es sich aus seiner Brust. „Ich könnte dir nun nicht mehr beichten! Und gerade auf dich hab ich mich verlassen, auf dich allein! Warum hast du mir das getan — — warum?“

Er wandte sich von ihr ab und begann in der Stube hin und her zu gehen, mit unsicheren Schritten, fast taumelnd. Zuweilen blieb er stehen, um das Gesicht in beide Hände zu vergraben. Wollte er weinen? Es kam keine einzige Träne. Dann rief er plötzlich laut aus, indem er die Hände dabei zusammenschlug:

„Nicht in das Wasser, sondern auf das Bergle hast du das Geld getragen! Sogar den neuen Lochtaler auch dazu! Und dir für mich die Quittung geben lassen, für mich, für mich! Also du hast gelogen! Hast mir meine Schuld nicht ab- und auf dich genommen! Du warst zu bequem dazu! Darum bist du in das Wasser gegangen! So ein schneller Sprung ist tausendmal leichter als das böse Gewissen, das du mir nun wieder auf den Hals geworfen hast! Und dazu die Schande, daß ich nun der Vater einer Selbstmörderin bin, die ohne Sang und Klang in die hinterste Kirchhofsecke gehört! Ganz wie der Neubertbauer — — — der Neu — — —“

Er hielt inne, sah wie unter einem plötzlichen Gedanken zu ihr hinüber, sprang auf sie zu, schüttelte das Kissen, auf dem ihr Kopf lag, und stieß hervor:

„Weibsen — — —! So hat er dich ja auch genannt, damals, als du ihn verhöhntest — — — Weibsen, willst du nun etwa mit ihm gemeinsame Sache gegen mich machen? Das bilde dir ja nicht ein! Dazu bin ich euch doch viel zu klug! Ja, wenn er nicht selbst so dumm gewesen wäre, mir zu verraten, wie es nach dem Tode da drüben bei euch Geistern und Gespenstern steht! Das rächt sich nun an ihm und auch an dir!"

Er setzte seine Wanderung durch die Stube fort, jetzt mit fast stürmischen Schritten. Dabei stieß er kurz abgerissene Worte aus, als ob es seine Absicht sei, sich in die Wut hineinzuarbeiten. Nach einiger Zeit blieb er stehen und suchte mit den Augen rund um sich her.

„Ich sehe euch zwar nicht, aber ihr seid da: ihr drückt euch hier herum!" spottete er. „Ich weiß ja, wie schnell der Neubertbauer gekommen ist. Fräulein Rosalia wird sich nicht weniger rasch eingestellt haben. Sie war ja stets sofort bei der Hand, wenn es galt, mir etwas abzupressen! So hört denn zu, was ich euch sagen werde!"

Er schaute nach dem Bett hinüber, machte eine Handbewegung, als ob sich dort diejenigen befänden, zu denen er redete, und fuhr dann fort:

„Was ein Mensch kurz vor dem Tode spricht, das hat er auch auszuführen. Da hilft ihm weder Gott noch Teufel los! Wißt ihr das? Ihr habt es ebensogut wie ich gehört! Was aber hat die Rosalia mir versprochen? Nur zwei Stunden, eh sie zum Wasser ging? Daß sie mein böses Gewissen auf sich nehmen will und meine ganze Schuld! Das hat sie nun zu tun, ohne Weigern und ohne Widerrede! Oder denkt sie etwa, daß ich so dumm bin, sie nicht beim Wort zu halten? Fällt mir gar nicht ein! Sie hat ja selbst gesagt, ich sei nicht ihr Vater! Und hierauf hat sie mir gar noch folgendes in das Gesicht geworfen: ‚Am besten ist es, ich schmeiße dich in das Wasser, anstatt der Taler. Du bist der Mörder und gehörst hinein!' Da aber hat der Herrgott gerichtet und sie zur Selbstersäuferin gemacht! Und das ist für mich mehr als genug; ich muß ihm seinen Willen lassen. Dieser Wille aber ist, daß ihr mein böses Gewissen und meine Schuld gehört. Sie hat es abzubüßen, nicht ich, sondern nur sie allein. Ich mache mich jetzt von allem frei, indem ich es jetzt vom ersten Anfang bis zum letzten Ende aus mir herausnehme und ihr vor die Füße werfe. Sie hat zwar niemals etwas aufgehoben, was man vor ihr niederwarf; dieses Mal aber weiß ich, daß sie sich zu bücken hat. Ich werde beichten!"

Er ging an das offene Fenster, um es zu schließen, schaute nach, ob die Tür gut verriegelt sei, und lachte dabei wie ein Irrsinniger vor sich hin:

„Nicht wahr, das habt ihr nicht erwartet, ihr armen Seelen aus der ewigen Seligkeit? Für so pfiffig habt ihr mich nicht gehalten! Jetzt werde ich euch zeigen, was es heißt, sich die Rechnung ohne den Wirt zu machen, nämlich ohne mich, den Musterwirt!"

Er ging nun auch an die Glastür. Sie war verschlossen. Da griff er in die Tasche, fand aber den Schlüssel nicht.

„Wo ist er?" fragte er. „Ich weiß ganz genau, daß ich ihn eingesteckt hab! Hast du mir ihn etwa gestohlen, Neubertbauer? Wozu? Da draußen liegen meine Bücher. Du hast mir auch schon hineingeschaut! Wo hast du ihn versteckt — jetzt auf dem Spaziergang? Etwa unter die Holzklafter im Busch, wo schon dein Messer steckt? Die Waldwiese, wo ich stand, liegt ja so nahe, daß —"

Da hielt er plötzlich inne. Er erschrak. Das war ja das Geheimnis, das er um keinen Preis verraten wollte! Er schlug sich zornig vor den Kopf, war aber nun glücklicherweise von der Glastür abgelenkt.

„Ich geh nachher hinaus und versteck es woanders", beruhigte er sich. „Jetzt hab ich keine Zeit. Da steht der Tisch. Das soll der Altar sein. Ich leg die Bibel darauf. Die Geister haben Angst vor ihr. Ich schlage den Spruch auf: ‚Und ihre Werke folgen ihnen nach!' Den hab ich mir eingezeichnet, weil er auf den Neubertbauer geht. Und dann, dann werde ich dem Fräulein Rosalia beweisen, daß ihre Quittung lügt. Ich beichte ihr, obgleich sie es nicht will!"

Das Doppelgrab

Es war am Nachmittag. Die Sonne schaute so warm auf das Bergle herab, als ob sie es ganz besonders in ihr Herz geschlossen und heute sehr liebevolle, heimliche Absichten habe, denn sie hatte einen feinen Federwölkchenschleier vor ihr Gesicht gezogen. Das tut sie nämlich immer, wenn sie den Schalk im Nacken hat.

Die Mutter sah mit frohem Lächeln über den Tisch zum Herzle hinüber, denn dieses hatte das Klöppelkissen beiseite geschoben und die soeben fertiggewordene Spitze in der Hand.

„Karlinchen, komm her!" sagte sie. „Stell dich auf wie eine Dame, die beiden Vorderfüße hier auf den Stuhl! Ich will dir die Spitzen anprobieren, denn nur dann, wenn sie dir gut stehen, kann man mit ihnen zufrieden sein!"

Das Karlinchen gehorchte, aber nicht lange. Denn mit einemmal nahm sie die Beine vom Stuhl, schwenkte vom Tisch ab und rannte mitsamt dem Spitzenkragen leichtfüßig nach dem Brückle hinunter. Nämlich der Herr Lehrer kam.

Da entstand in dem Herzle eine schreckliche Angst, natürlich nicht vor dem Herrn Lehrer, sondern um ihre kostbaren Spitzen. Sie sprang auf und lief hinterdrein, dabei laut rufend:

„Meine Dangtell de Brüssel, meine Dangtell de Brüssel?"

Weil man in Brüssel französisch spricht, so stand in den Briefen des dortigen Kaufmanns immer anstatt des deutschen Worts „Brüsseler Spitzen" das französische Dentelles de Bruxelles. Und es hat kein Mensch das Recht, es einem deutschen Mädchen zu verübeln, wenn es nur in dem ganz besonderen Fall französisch redet, daß ihm die Ziege in die Wicken geht. Nun war dem Karlinchen zwar alle Weisheit wohlbekannt, aber da es kein Institut für höhere Töchter im Dorf gab, so war sie in keines der französischen Wörterbücher eingeführt worden und wußte also gar nicht, was das Herzle wollte. Und so geschah es, daß das Herzle und das Karlinchen leider erst da zusammentrafen, wo sich der Herr Lehrer unweit des Brückle ihnen beiden mit ausgebreiteten Armen in den Weg gestellt hatte. Sie kamen angesaust, wie aus einer Doppelpistole geschossen, die Ziege aus dem ersten und das Herzle aus dem zweiten Lauf. Der Herr Lehrer aber war der Kugelfang. Während nun das Karlinchen vorbeischoß, blieb das Herzle an dem Kugelfang hängen.

Sie sagte kein Wort. Aber sie blickte so erschrocken zu dem Lehrer auf, daß dieser seine Arme, die er um das Herzle geschlungen hatte, wieder von ihr löste. Da glitt sie langsam auf den Boden nieder, als ob sie die Kraft, stehenzubleiben, verloren habe. Das war genau an der Stelle, wo die Ziege das Fräulein Rosalia niedergeworfen hatte. Wie sonderbar das ist!

„Herzle, mein liebes, liebes Herzle, warum erschrickst du so?“ fragte der Lehrer.

Ihr Gesichtchen war wie mit Blut übergossen, aber sie antwortete nicht. Es wäre ihr unmöglich gewesen, auch nur ein einziges Wort hervorzubringen. Und nun geschah das gerade Gegenteil von dem, was Fräulein Rosalia gesagt hatte, nämlich nicht das Herzle hob den Herrn Lehrer auf, sondern er sie. Er nahm sie wieder in die Arme und drückte sie fest an sich.

„Weißt du denn wirklich nicht“, fragte er, „daß wir zusammengehören? Daß wir eine einzige Menschenseele sind? Herzle, Herzle, diese Unwissenheit müssen wir der Mutter klagen. Komm!“

Da geschah gleich zweierlei auf einmal. Nämlich die Sonne nahm ihren Federwölkchenschleier ab und lachte der „einzigen Menschenseele“ fröhlich in die glückstrahlenden Augen. Und das Karlinchen war nur ein kleines Stückchen bis über das Brückle hinausgeschossen und dann stehengeblieben, ganz ohne jeden Kugelfang. Die Spitzen hingen ihr noch fest am Hals. Jetzt kehrte sie zurück. Sie sah ihre beiden Lieblinge Arm in Arm. Da schob sie sich zärtlich zwischen sie hinein und kam als Mittelste mit ihnen bei der Mutter an.

Da nun die Sache in vollster Ordnung war, legte die Sonne den Schleier wieder vor. Man weiß ja, daß sie nicht so neugierig ist wie andere Leute, zum Beispiel abends der Mond. Der stand heute schon am Himmel, als es noch gar nicht dunkel geworden war. Da sah er am Häusle drei Menschen sitzen, die trotz der Größe ihres Glücks sehr ernst gestimmt waren. Denn sie sprachen nicht von sich selbst, sondern vom Musterwirt.

„Die Beichte war grad vorüber, da hörte ich die Anna an der vordern Tür", sagte der Lehrer. „Der Wirt wollte sie zunächst nicht hereinlassen, öffnete ihr aber doch. Was sie für einen unbegreiflichen Einfluß hatte! In zehn Minuten war er wie umgetauscht. Er klopfte an meine Tür und forderte mich auf, herauszukommen. Ich bin noch blasser gewesen, als die Leiche im Bett; so sagte Anna. Ich hätte es keinen Augenblick in der Stube aushalten können. Mir war, als ob ich lauter Geister um mich sähe, mit Fratzen anstatt richtiger Gesichter. Darum gingen wir fort. Unten gab er den Befehl, den Arzt aus der Stadt zu holen, der die Rosalia untersuchen und den Totenschein ausstellen solle. Die Anna durfte heim. Mich aber nahm er mit hinaus in den Busch, wo wir das Messer fanden. Er steckte es ein. Was wir dabei gesprochen haben, das werdet ihr später erfahren. Ich hab nicht nur mit ihm, sondern auch mit ‚ihm' geredet. Das klingt zwar irr, ist aber richtig. Denn er verwandelte sich im Lauf des Gesprächs. Was ich während dieser Verwandlung beobachtete und was ich dann mit vorher verglichen hab, das war fast zu viel für mich. Es wird lange dauern, eh es in mir zur Klarheit und zur Ruhe gekommen ist. Dann aber geh ich meinen richtigen

Weg und frag keinen Menschen, ob er mich für verrückt hält oder nicht." Er war aufgestanden, um Abschied zu nehmen. „Heut war ein großer Tag für mich", sagte er noch. „Er hat mir wahrscheinlich sehr viel genommen. Ich fühle, das Alte bricht in mir zusammen, um vollständig neu zu werden. Für das Scheidende hab ich mehr als reichen Ersatz. Ohne den heutigen Tag würde mir mein Herzle nur ein liebes, liebes Weibchen werden, weiter nichts. Sie hat mir aber mehr, viel mehr zu werden, und ich ihr ebenso. Ich weiß, daß ihr mich nicht versteht; versteh ich mich doch selbst noch nicht genau! Aber bis zum ersten Ausstellungsmorgen werde ich bekommen, was mir noch fehlt. So lange hab ich nämlich dem Musterwirt Frist gegeben. Dann muß ich ihn anzeigen, wenn nicht der Neubertbauer ihm schon vorher das wohlverdiente Urteil spricht. Es werden drüben in der Musterwirtschaft jetzt einige schwere Tage sein. Die Leiche wurde hinaus auf den Kirchhof geschafft, in die Totenhalle. Hinweg mit ihr! Dort, wo sie lag, da drüben in der Stube, gibt es noch eine andere Leiche. Die sitzt am Tisch und schreibt und rechnet in ihren geheimen Büchern. Wir wollen wünschen, daß sie sich mehr herausrechnet als nur den Sarg und das Grab! Jetzt gute Nacht, ihr Lieben! Morgen früh komm ich wieder!"

Da stand die Mutter auf und sprach:

„Morgen früh! So sagte auch mein Anton, als wir uns hier am Bergle zum ersten Abend die Hände reichten. Am nächsten Morgen brachte er mir das Geld."

„Und ich werde es aber holen. Das mußte ich dem Herrn Frömmelt versprechen. Er will es wiederhaben. Wozu, das bat er, mir noch verschweigen zu dürfen. Werdet Ihr es mir geben?"

„Wie gern! Wenn ich nur wüßte, wem diese stille Hypothek gehört! Wir haben so viel, daß wir sie zurückzahlen können."

„Das soll sich finden, hat er mir in die Hand gelobt.

Wer begleitet mich jetzt bis an das Brückle? Das Herzle oder nur das Karlinchen?"

„Alle zwei!" riefen sie beide.

Das heißt, das Herzle sagte es mit Worten, das Karlinchen aber mit den Beinen. Sie sprang den beiden voran. Als sie sich einmal nach ihnen umdrehte, war der Lehrer nach dem Dorf zu schon fast verschwunden! Und das Herzle stand auf dem Brückle und schaute herüber! Ob nach ihm oder nach dem Karlinchen, das konnte man bei dieser Dämmerung nicht deutlich sehen. Da hört doch alles und außerdem noch verschiedenes auf! Jetzt geht es aber heim! Denn — — — es wird bald Zeit, die Mutter wieder zu hypnotisieren! Sie will zwar freiwillig auflassen, aber besser ist besser!

Von jetzt an ist auf der Wiese niemand mehr zu sehen. Der Mond steigt höher und immer höher. Er hat das eine Auge zu und das andere auf und blinzelt mit diesem anderen sehnsüchtig nach dem Sauerampfer nieder. Ob er etwa — — —? Hm! Sollte er irgendwo da oben auch über ein Aurikelbeet geraten sein? Jedenfalls hat er es satt. Denn er steigt nun wieder abwärts. Im Dorf klappern noch alle Webstühle. Das geht ihm auf die Nerven. Man sieht es den paar Wolken an, die an seinem Weg stehen, daß er sich beeilt. Es wird auch Zeit, denn soeben schlägt es zwölf. Und — — — was ist denn das? Wer tanzt da plötzlich hier? Erst eine steifbeinige Polka, hierauf einen Hüppelschottisch, dann einen feschen Linksumgalopp und endlich gar auch noch den wohlbekannten — — — aber nein; das ist heute ein Menuett! Man kommt dabei nicht so ganz außer Atem, wie es gestern leider war. Man hat sich doch zu erhalten, sagt Fräulein Rosalia!

Infolge dieses vornehmen Betragens ist es heute nicht nötig, die Lunge erst wieder groß in Ordnung zu bringen. Die choreographische Einleitung ist vorüber, und die Wanderung kann sofort beginnen.

Das Karlinchen sieht dabei den Gasthofsgarten wieder vor sich liegen, schlägt aber einen weiten Bogen um ihn herum, denn die Aurikel haben eine höchst unangenehme Erinnerung hinterlassen. Auch gibt es noch ganz andere Leckerbissen als bloß Kohl. Besonders Zuckerrüben! Aber die richtige Sorte muß es sein! Die kleine, niedliche; höchstens drei Stück auf ein Pfund! Das ist ungeheuer zart! Das zerläuft fast auf der Zunge! Man weiß auch, wo sie wachsen. Andere Ziegen haben es verraten. Nämlich grad aus dem Wirtshaus heraus, bloß über die Straße hinüber und dann die hohe Böschung hinauf, da liegt das große Zuckerrübenfeld. Man geht zwar nicht aufs Stehlen aus; aber die alte Bauernregel sagt: Ein Rüblein in Ehren — — — ist nicht zu verwehren. Na, also — —!

Das Karlinchen geht leise um das Gasthaus herum, klettert drüben an der Böschung hinauf und sieht dann das Feld wie eine grenzenlose Seligkeit weit vor sich ausgebreitet. Eben will sie das Rüblein, das einzige, beim Schopf fassen, da hört sie plötzlich ganz nahe sagen:

„Es ist nur eine Ziege. Wir können sitzenbleiben."

Sie erschrickt zwar ein klein wenig, aber da sie sich an der Rübe noch nicht vergriffen hat, so ist für diesmal ihr Gewissen rein. Es kann sie weder ein Schutzmann noch sonst wer festnehmen. Dagegen aber hat nun sie die Pflicht, sich angelegentlichst darum zu bekümmern, was für Landstreicher sich bei nachtschlafender Zeit hier in der Nähe der kostbaren Rüben herumzutreiben haben. Im Fall eines Zusammenstoßes hat sie ja ihre Hörner! Sie tut also, als ob sie es nur auf das jedermann erlaubte Gras der Böschung abgesehen habe, und frißt sich immer näher an den wilden Schlehenbusch, hinter dem die Worte hervorgeklungen sind.

„Ich bin furchtbar neugierig", sagte jetzt eine zweite Stimme. „Geht er darauf ein, so machen wir einen Schlager, der uns Hunderttausende einbringt."

„Aber wenn er nicht ehrlich ist, so verlieren wir auch alles, was wir dabei wagen, und das ist ein Vermögen, wie es in dieser armen Gegend kein Mensch besitzt!"

„Er ist noch reicher. Für mich gibt es also keine Angst. Bei einem solchen Geschäft ist es selbstverständlich, daß er Vorherzahlung fordert; aber er liefert dann auch zweifellos. Übrigens gehn wir ja ohne Schein auf gar nichts ein! Wenn ich irgendeine Besorgnis habe, so ist es die, daß er es unserem Teilhaber übelnimmt, uns verraten zu haben, wer das Geldmännle eigentlich ist. Dieser war der einzige, der es bisher wußte. Er hat schon mit dem alten, kleinen Musterwirt lohnende Geschäfte gemacht. Die Höhe der Summen, um die es sich bei dem jetzigen handelt, wird seinen Verrat wahrscheinlich entschuldigen. Hauptsache ist, daß wir uns so verhalten, wie das Geldmännle es im Verkehr mit ihm eingeführt hat: Vertrauen zu ihm, Zahlung gleich bei der Bestellung, keine überflüssigen Anforderungen, möglichst Kürze an allem, was man tut und sagt. Horch! Die Tür geht auf. Es sind zwei Personen. Er bringt ihn also mit. Das ist ein gutes Zeichen. Er hat ihn überredet. Nun mache mir nicht den Fehler, durch Mißtrauen oder Weitschweifigkeit alles wieder zu verderben."

„Ich werde schweigen. Sag du, was zu sagen ist! Aber mach mir auch dann keinen Vorwurf, wenn wir mit einem Schlag zu Bettlern werden!"

„Lächerlich! Übrigens wären wir dann genau wieder das, was wir gewesen sind."

Sie hatten bisher gesessen. Jetzt standen sie auf. Das Karlinchen sah, daß sie städtisch gekleidet waren. Sie duckte sich ganz nahe an den Busch, denn diese Sache kam ihr trotz ihrer Hörner denn doch etwas bedenklich vor. Zwei Männer näherten sich über die Straße herüber. Sie stiegen die Böschung herauf. Der eine von ihnen war Herr Frömmelt. Dieser schaute die Wartenden scharf an und fragte kurz, fast gebieterisch:

„Sie sind Bankiers, meine Herren?"

Der von ihnen, der sprechen sollte, antwortete:

„Hm! Aufrichtigkeit gegen Aufrichtigkeit! Sie sind das sogenannte Geldmännle und nennen sich den Musterwirt. Wir sind Ritter des sogenannten Glücks und nennen uns Bankiers. Sie wissen, was wir wollen?"

„Ja. Ich war über die Schwatzhaftigkeit Ihres Teilhabers empört. Sie hätte ihm leicht das Leben kosten können und wird es ihm auch kosten, wenn er weiter schwatzt! Aber Ihre Aufrichtigkeit gefällt mir. Ich bin geneigt, das Geschäft mit Ihnen abzuschließen."

„Trotz der überraschenden Höhe der Beträge?"

„Grad wegen dieser Höhe. Überraschen kann mich nichts. Ich hoffe, daß auch Sie sich nicht überraschen lassen durch das, was ich Ihnen sage: nämlich: kommt der Abschluß nicht jetzt zustande, so ist es mit Ihnen aus! Wer das Geldmännle kennt, der hat sehr viel gewagt! Ich lasse mich nicht verraten!"

„Keine Sorge, Herr Frömmelt, wir können schweigen!"

„Das erwarte ich. Sie haben das Geld mit?"

„Ja. Aber es ist unser ganzes Vermögen und auch noch etwas mehr. Wann werden Sie liefern und wo?"

„Kommen Sie am ersten Ausstellungstag mittags punkt zwölf Uhr in meine Gaststube! Weiter sage ich nichts. Das Geldmännle ist verschwiegen. Gehn Sie darauf ein?"

„Unter der Bedingung, daß Sie uns den Schein ausstellen, den unser Teilhaber Ihnen abverlangt haben wird. In dieser Urkunde erklären Sie unterschriftlich und mit Ihrem Petschaft, daß Sie das Geldmännle sind. Sind punkt zwölf Uhr die falschen Banknoten nicht in unseren Händen, so liegt punkt ein Uhr der Schein bei der Polizei. Nehmen Sie uns das übel?"

„Nein. Der Schein ist schon fertig. Ich schrieb ihn sofort und habe ihn in der Tasche."

„Gut. Geld gegen Schein. Wo werden Sie zählen?"

„Gleich hier. Je kürzer, desto besser."

Er zog eine kleine Blendlaterne hervor, die jetzt wohl nicht zum erstenmal zu einem solchen Geschäft zu leuchten hatte. Der andere brachte aus seinem Überrock eine große, wohlgefüllte Banknotentasche, die er ihm reichte. Der Wirt begann zu zählen. Es dauerte ziemlich lange, ehe er fertig war. Dann griff er in seine Brusttasche, in der der Schein steckte, und gab ihn hin. Die drei betrachteten die Schrift und das Siegel genau und erklärten sich dann zufriedengestellt. Da steckte er die Banknoten zu sich, blies das Lichtchen aus, stand auf und sagte:

„So wie ich dieses Licht verlösche, so sei auch das Leben dessen ausgelöscht, der nicht hält, was er jetzt hier versprochen hat! Sie können gehn!"

Seine Worte hatten einen so schweren, gewichtigen Klang, daß die drei Männer ihnen sofort gehorchten. Sie blieben zwar unten auf der Straße noch einmal stehen, um leise Worte auszutauschen; dann aber entfernten sie sich. Als der Musterwirt ihre Schritte nicht mehr hörte, legte er die Hand auf die Stelle, unter der die Banknoten steckten, sah nach dem niedrigen, breiten Fenster der Druckerei hinüber und sagte:

„Verbrecherpack! Wer ist es, der grad heute diese Halunken zu mir schickte? Der Schwiegervater und die Frau, oder der Musteranton? Vielleicht gar alle drei zusammen! Dieses Geld ist Sündengeld. Auf falschem Weg erworben! Heute wird das Geldmännle zum erstenmal etwas tun, was es bisher niemals fertig brachte, nämlich seine Schuld mit echtem Geld bezahlen! Es reicht mit meinem Hab und Gut grad aus, mein irdisches Soll und Haben auszugleichen. Die andere Schuld — — — die habe ich gebeichtet, die liegt im Leichenhaus, die kommt ganz in die hinterste Ecke, wo ich den Neubertbauer hinhaben wollte. Ins Doppelgrab — — — die Schuld und dann das Beichtkind mit dazu!"

Er sah sich um, als ob er jemand suche.

„Wie kommt es doch, daß ich jetzt von den Toten

reden kann, ohne daß sie sogleich in mir erscheinen? Der Neubertbauer auch! Ist es mein Entschluß, als ich das Messer so unerwartet in meiner Tasche fand? Warten sie vielleicht von fern, was ich tun werde? Wenn sie mich hören, so will ich es ihnen sagen: ich zahle für das Geld hier in der Tasche nicht falsche Hundertmarkscheine, sondern ich tu, was ich vorhin mit meinen letzten Worten sagte; das Licht verlöscht. Dann habe ich es mir ehrlich erworben, und ehrlich soll es wieder ausgegeben werden! Nur noch zwei Tage und drei Nächte — — — dann, Neubertbauer, komme ich zu dir!"

Da raschelte der Schlehenbusch neben ihm. Er trat auf die andere Seite und sah die Ziege, die er im Mondschein sofort erkannte. Wie kam es doch, daß ihn ihr Anblick nicht befremdete, und daß auch sie so ruhig blieb?

„Karlinchen, du?" sagte er freundlich. „Bist heimlich von dem Bergle fort? Wohl wegen meiner Zuckerrüben hier? Wer dort im Häusle wohnt, der ist kein Dieb, der kann nicht stehlen. Ich stehe in eurer Schuld. Komm her, ich werde dich füttern!"

Er zog eine Anzahl Rüben aus dem Acker. Die gab er ihr und setzte sich dazu. Dann brachte er ein langes Messer aus der Tasche, das sorgfältig eingewickelt war. Mit diesem putzte er die Rüben und schnitt sie klein. Das Karlinchen stand vor ihm, ohne sich zu scheuen, und fraß aus seiner Hand. Zuweilen hielt es im Kauen inne und sah ihm verwundert in das Gesicht. Wohl weil er weinte, so ganz still, doch immerfort! Wenn doch das Herzle da wäre! Die würde ihm wohl sagen, daß kein Mensch zu weinen brauche, wenn er etwas Gutes tue.

Als es so weit war, daß sich das Karlinchen genauso kugelrund fühlte wie gestern und ihr auch ebenso die Beine zu wackeln begannen, stand er auf, steckte das Messer ein und sagte:

„Jetzt ist's genug! Das reicht zur Morgenmilch fürs kleine Häusle. Ich werde dich nun heimbringen. Komm!"

Sie folgte ihm willig die Böschung hinab, obwohl das bei ihrer gegenwärtigen Leibesfülle eine ganz bedeutende Leistung war. Sie dachte dabei gar nicht an die gestrigen Aurikeln, mit deren Vernichtung sie ihn hatte erbosen wollen. Er sprach so lieb und so vernünftig mit ihr, daß sie bei sich dachte:

„Nein, aber hat sich der verändert! Wenn er mit der Anna auch so gewesen ist, wie jetzt mit mir, da ist es gar kein Wunder, daß er seinen Schnurrbart hat auf ihr Haar drücken dürfen! Ich meinte damals, daß ich an ihrer Stelle ihm die Hörner zeigen würde!"

Während dieser ihrer Gedanken war man bei dem Brückle angekommen. Da blieb er stehen und sagte:

„Hier ist die Grenze. Das weißt du wohl am besten. Nun geh hinauf und schlaf dich recht aus! Der Schlaf — — — der Schlaf — — — der Schlaf!"

Er griff sich mit beiden Händen nach dem Kopf, was er in der letzten Zeit so oft getan hatte. Dann bog er sich nieder und schaute ihr in das Gesicht.

„Was du für gute Augen hast, Karlinchen!" sagte er.

Und was geschah jetzt? War es die Möglichkeit! Sie fühlte plötzlich zwischen ihren Augen seine Lippen. Dann richtete er sich schnell wieder auf, drehte sich um und ging. Sie sah ihm nach, bis er verschwand.

„Bin ich denn die Anna?" dachte sie. „Oder irre ich mich in ihm? Ist er ein andrer?"

Diesen Gedankengang verfolgte sie über das Brückle hinüber, das Bergle hinauf bis in den Stall. Dort legte sie sich auf ihr heute sehr gutes Gewissen und schlief darum wohlbefriedigt ein.

Eben, als sie am Morgen aufwachte, kam die Mutter mit dem Herzle, um nach ihr zu schauen. Sie war gar nicht verschlafen, wie gestern früh, und gab doch ganz dieselbe Menge der schönsten Milch. War das ein Verwundern! Wahrscheinlich hat die Luft viel mehr Nährbestandteile, als man meint.

Nach einiger Zeit kam der Herr Lehrer. Natürlich brachte er heute nicht eine einzelne Pfennigsemmel, sondern gleich zwei ganze Dreierbrötchen, die aber das Paar bloß fünf Pfennig kosten. Dafür nahm er die bewußten Taler für den Musterwirt mit.

Von jetzt an ereignete sich nichts mehr, was für das Karlinchen von größerer Wichtigkeit war. Aber drüben im Dorf geschah so manches, was die Teilnahme anderer erregte. Da hörte man zunächst mit größtem Staunen, daß Fräulein Rosalia ganz ohne Sang und Klang in die hinterste Ecke des Kirchhofs begraben werde, und zwar in ein Doppelgrab, dessen andere Hälfte einstweilen offen bleibe. Das hatte der Musterwirt durchaus so verlangt; aller Einspruch des Pfarrers war vergeblich gewesen.

Sodann erregte es großes Aufsehen in der ganzen Umgegend, daß alle Schuldner des Musterwirts ihre Borgbrüder sofort einzuliefern hatten. Sehr viele von ihnen taten dies in der Überzeugung, daß sie ausgepfändet werden sollen.

Diese Angst vergällte fast die Freude, mit der man der Ausstellung entgegengesehen hatte.

Auch entstand, man wußte nicht wie, das Gerücht, daß Herr Frömmelt eine ganz besondere Ausstellung eröffnen werde. Was für eine, das konnte man nicht erfahren. Man hörte, die Gaststube sei dazu bestimmt. Der Schankbetrieb war also eingestellt. Wenn man bedachte, was die Ausstellung grad diesem Betrieb eingebracht hätte, so gab es gar keinen Zweifel mehr, daß der Wirt wirklich wahnsinnig sei.

Ein jeder Dorfbewohner war jetzt in diesen letzten Tagen eifrig bemüht, seine Wohnung festlich einzurichten. Es hatte sich größerer Zuspruch angemeldet, als zu erwarten gewesen war. Man konnte überzeugt sein, daß selbst das kleinste Häuschen von Fremden besucht sein werde. Das hatte man besonders der geschickten Leitung des Herrn Lehrers zu verdanken, der eine ganz hervorragende Begabung entwickelte, in dieser Weise für das öffentliche Wohl zu wirken.

Natürlich mußte es einen Festplatz geben; das war die Wiese, die vor dem Bergle lag. Dort wurden viele Tische und Bänke eingeschlagen, von Brettern und Pfählen, die man aus der Schneidemühle holte. Der einzige Ladenbesitzer, der sich nicht durch das „Etablissement“ hatte werfen lassen, baute eine große Schank- und Speisebude hin. Weiter oben am Bach, auf der Waldwiese, wurde alles Nötige zu einem Schulfest eingerichtet, an dem auch die Jugend der umliegenden Ortschaften teilnehmen sollte.

Nun traten auch die Festjungfrauen in ihre Pflichten ein. Sie hatten die Kirche zu schmücken, denn auf dem Platz vor dieser sollte die Ausstellung eröffnet werden. Auch sollten sie an dem Festzug teilnehmen und dabei grad hinter der Musik hergehen. Sie hatten dazu ihre gewöhnlichen Werktagsgewänder anzulegen und ihre Klöppelkissen in den Händen zu tragen, mit einigen Blumen geschmückt. Ferner war es ihre Obliegenheit, die Ehrengäste des Festplatzes als Kellnerinnen zu bedienen. Der König hatte nämlich befohlen, daß am Nachmittag alle arbeitsunfähigen Armen des Kirchspiels zu einem Festmahl vereinigt werden sollten. Es waren hierbei zehn Taler für jede Person bestimmt. Der Überschuß solle jedem bar herausgezahlt werden. Diese Armen waren die Ehrengäste.

Als Burgau dem Musterwirt heute früh die falschen Taler vom Bergle brachte, legte dieser sie ruhig vor sich hin und sagte:

„Dieses Geld kommt mit in meine Ausstellung. Sie sprachen davon, daß auch Sie eine eröffnen werden — gegen mich. In welcher Weise werden Sie das tun?“

„Ich wollte jedem Ausstellenden zwei Exemplare meiner Bücher geben und Sie damit vollständig zugrunde richten", antwortete der Lehrer. „Auch sollten sie drüben auf dem Festplatz an jedermann zum Herstellungspreis verkauft werden. Es werden Tausende kommen. Wissen Sie, was das für Sie bedeutet? Den Ruin! Aber nachdem ich Zeuge Ihrer Beichte war, habe ich mich anders besonnen. Ich halte es nicht mehr — —"

„Warum anders besonnen?" fiel da der Wirt schnell ein. „Der Neubertbauer hat Ihnen in bester Absicht den Schlüssel zu meiner Kammer gegeben. Diese Absicht wurde erreicht. Haben Sie das Recht, nun plötzlich gegen sie zu handeln? Ich verlange von Ihnen, daß Sie unbedingt tun, was Sie beschlossen hatten! Ich verbiete Ihnen, mich zu schonen, denn ich schone mich selbst auch nicht! Hierbei will ich gleich erwähnen, daß ich wegen meiner Tochter vorhin beim Pfarrer war. Sie wird einen Tag später begraben, denn auch ich will dabei sein, und eher kann ich nicht; — — — auch — — ich — — will — — dabei sein!"

Der Lehrer fühlte sich von dieser Wiederholung eigenartig berührt.

Frömmelt aber fuhr schnell fort:

„Ich habe für meine Person auf den Schankbetrieb verzichtet. Aber bei dem großen Zuspruch, den Sie erwarten, wird der Gasthof gebraucht, denn es ist kein andrer da. Ich trete ihn für die Ausstellungszeit dem alten, braven Krämer ab, der durch meinen Betrieb bankrott geworden ist. Er kann sich die Schlüssel holen. Nur das Gastzimmer bekommt er nicht, denn da stelle ich aus. Er mag sich den Saal dafür herrichten. Dazu braucht er Geld. Bitte, geben Sie ihm diese fünf Hunderttalerscheine. Ich leihe sie ihm. Haben Sie keine Sorge; sie sind echt. Mit der Falschheit ist's bei mir vorüber! Nun gehn Sie!"

Er gab ihm die bereitliegenden Scheine in die Hand und schob ihn zur Tür hinaus.

Am Nachmittag stellten sich die ersten fremden Gäste ein, nämlich die Herrschaften aus Brüssel mit dem Herrn aus Mexiko. Sie nahmen Zimmer im Gasthof, wo der Krämer schon froh seines Geschäfts wartete, und gingen dann hinüber nach dem Bergle. Das Herzle mußte alles vorzeigen, was sie für die Ausstellung bereitliegen hatte. Man war so entzückt, daß man eine Tasse Kaffee nach der anderen trank.

Der Herr Lehrer ließ sich entschuldigen. Er könne heute nicht kommen, weil er gar soviel zu tun habe. Man ging zeitig schlafen.

Am anderen Morgen kamen die fremden Herrschaften wieder. Sie brachten den Herrn Lehrer mit, den sie als Schriftführer des Festausschusses schon brieflich kennengelernt hatten. Er berichtete den Frauen einigermaßen enttäuscht, daß ein Brief des Herrn Ministers angekommen sei. Man solle morgen mit der Eröffnung nicht auf ihn warten. Übermorgen aber werde er sicher im Dorf sein und die anderen Herren auch. Das warf eine kleine Trübung auf die frohe Stimmung, in der man sich befand, war aber nicht zu ändern.

Der Mexikaner schien es mit den Herzlespitzen sehr eilig zu haben. Das Karlinchen hörte von einem Vertrag. Der Herr Lehrer setzte ihn auf; dann wurde er unterschrieben. Als dies geschehen war, schauten alle verwundert auf die Ziege. Die hatte nämlich bis jetzt erwartungsvoll zugesehen. Nun aber sprang sie auf und begann, die Beine zu bewegen, daß jedem, der sich dabei befand, Hören und Sehen vergehen mußte. Sie rannte, wieder einmal wie aus der Pistole geschossen, das Bergle hinab und über das Brückle auf die Wiese hinüber und tanzte dort ein so tolles Ringelrennen, daß der Herr Lehrer ausrief:

„Wo hat sie das her?! Das sieht doch ganz so aus, als

ob sie es in guter Übung habe! Gibst du ihr etwa heimlich Unterricht, Herzle?“

Man war über diese großartige Leistung der Ziege so entzückt, daß sie nach ihrer Rückkehr sofort das größte Stück Ausstellungskuchen bekam. Dann zählte der Mexikaner eine ganze Menge Banknoten vor, denn er hatte den sämtlichen Spitzenvorrat des Herzle aufgekauft und dazu eine Bestellung gemacht, die auf Jahre hinaus sehr lohnende Arbeit gab. Das war die erste Frucht des klugen Versuchs der hiesigen Bevölkerung, sich von dem unlauteren Kampf zu befreien und auf die eigenen Füße zu stellen.

Ehe der Lehrer sich mit den Herrschaften wieder entfernte, sagte er, das Herzle brauche ihr eigenes Klöppelkissen nicht mit zum Kirchenplatz zu bringen. Es sei für ein anderes gesorgt, das sie im Festzug tragen müsse.

Der Tag verging in Ruhe, zwar nicht für das Dorf, doch aber für das Bergle. Gegen die Dämmerungszeit kam die Anna. Sie war von einer Bekannten eingeladen worden, einige Tage hier zu wohnen, um inmitten des Festes zu sein. Kurze Zeit darauf ging noch eine andere Person über die Wiese und grad auf das Brückle zu. Das war der Musterwirt. Er blieb am Bach stehen und starrte in das Wasser, finster, mit fast drohenden Augen.

Von rechts her, wo droben die Waldwiese liegt, nahte der Lehrer. Er hatte den Platz für das Schulfest besichtigt und sah Herrn Frömmelt stehen. Es zog ihn zu ihm hin.

„Hier ging sie in das Wasser“, sagte der Wirt, als sie sich begrüßt hatten. „Genau da, wo ich mein Verbrechen in dasselbe Wasser warf! Es kam in ihrer Gestalt zurück und legte sich mir aufs Bett. Seitdem habe ich keine Stunde geschlafen, keinen einzigen Augenblick. Ob ich wohl jemals wieder schlafen werde? Vielleicht niemals, in alle Ewigkeit! Ich werde es erfahren, und zwar sehr bald — — — sehr bald!“

„Das ist der Musterwirt, nicht der Neubertbauer", dachte der Lehrer. „Da oben sitzt die Anna. Vielleicht bringe ich ihn durch sie dazu, sich in ihn umzuwandeln!"

Er bat ihn, mit nach dem Häusle zu kommen.

„Nein, nie!" antwortete da der Wirt heftig. „Das Brückle ist die Grenze zwischen Gut und Bös! Der Gute kann herüber, der Böse aber nicht hinüber! Es ist leichter, daß ein Guter bös, als daß ein Böser gut werde!"

„Aber Sie waren ja schon drüben!"

„Ich?! Wann?"

„Als Sie das Geld brachten, das Sie der Leiche Ihrer Tochter aus der Tasche genommen hatten."

„Ich? Ich — —? Ich — — —?" rief er fast schreiend aus. „Ich hätte es gebracht? Nicht die Rosalia?"

„Ja, Sie, Sie selbst!"

„Und wer hat die Quittung verlangt?"

„Auch Sie selbst. Sie haben sie sogar diktiert!"

Da war es, als ob der Wirt zusammenbrechen müsse. Er hielt sich an dem Lehrer fest.

„So hat sie — — — gar nicht in — — — das Wasser gewollt!" hauchte er, indem sein Kopf schwer nach vorn fiel. „Sie ist — — keine Selbstmörderin, sondern sie ist — — — sie wurde — —"

Er sann — — — er lauschte — — — wie in sich selbst hinein. Dann hob er mit einemmal wieder den Kopf, richtete sich auf und fuhr hastig fort:

„Das war nicht ich, der das tat, sondern der Neubertbauer! Ich habe ihn zum Trunk, zum Spiel verführt, zum Spiel, um ihn zu betrügen. Da hat er sich gerächt! ‚Geist gegen Geist!' So hat er in der Kirche gesagt, als er in meinem Leib auferstand. Ich habe es erfahren! Ein abgeschiedener, freier Geist gegen einen Geist, der noch den Körper hat, der noch in Fesseln liegt! Da mußte ich das Spiel verlieren! Er hat mit mir genau eine solche Dame gespielt, wie damals der Musteranton mit meinem Schwiegervater, und hat das Spiel gewonnen! Der Preis war meine Beichte. Ich war betrunken von mir selbst, wie dort mein Schwiegervater von seinem eigenen Wein! Ich bildete mir ein, durch diese meine Beichte für hier und jenseits zu siegen. Und gerade durch diese Beichte habe ich alles, alles verloren, sogar vielleicht mich selbst! Der Musteranton hatte seine beiden Damesteine gerade auf das Mittelfeld gestellt. Da war das Spiel aus! Und der Neubertbauer hat Sie, seine besten Damesteine, in meine Kammer gesteckt, damit Sie alles hörten. So ging auch dieses Spiel verloren! Und doch habe ich geglaubt, der beste Spieler zu sein, den es nur geben kann! Herr Lehrer, mir ahnt etwas! Wenn Menschen es wagen, gegen Mächte zu spielen, die sie nicht begreifen und nicht fassen können, so werden sie zwar manche geringe Partie gewinnen, die wichtigste aber, auf die alles ankommt, nie! Der Neubertbauer hat es mir bewiesen!“

Da kam das Karlinchen das Bergle herab, die Frauen hinterher. Sie hatten die beiden Männer gesehen und wollten sie bitten, mit hinaufzugehen. Das Karlinchen begrüßte erst den Lehrer, dann den Musterwirt. Sie dachte an die süßen Rüben und leckte ihm dankbar die Hand. Der Lehrer beobachtete den Wirt heimlich, aber scharf. Denn wenn irgend noch jemals, so mußte die Verwandlung jetzt vor sich gehen.

Herr Frömmelt vermied es, der Anna in die Augen zu sehen. Es wurde dabei Gleichgültiges gesprochen. Bald aber wich er dem Blick der Anna nicht mehr aus. Er begann sogar ihre Augen zu suchen. Die seinen bekamen nach und nach ein milderes, freundliches Licht. Er lächelte. Hierauf kam sogar ein Scherz. Er ging zur Anna hin und faßte ihre Hand. Nach kurzem zog er sie näher an sich heran. Und endlich ließ er ein fröhliches Lachen hören und sprach:

„Warum stehen wir da vor dem Brückle, als ob wir nicht alle hinübergehörten? Gehen wir doch hinauf nach dem Häusle! Komm, liebe Anna, komm! Dort färbt die

Sonne schon die Wolken rot und gibt ihnen goldene Ränder. Ich will sie hier noch einmal untergehen sehen!"

Er führte sie hinauf. Die anderen folgten. Droben setzte man sich an den Tisch. Niemand sprach. Er schaute beharrlich nach dem purpurnen Westen. Die anderen hatten alle ein unbestimmtes Gefühl, daß sie ihn nicht durch Worte stören dürften. Bei dem Lehrer kam hierzu noch die Überzeugung, daß er jetzt den Neubertbauer vor sich habe, vielleicht zum letztenmal. Wie sonderbar, daß dieser sich gerade jetzt zu ihm herumdrehte und ihn fragte:

„Für wen halten Sie mich in diesem Augenblick?"

„Nicht für den Musterwirt", antwortete der Gefragte, in dem etwas aufstieg, was ihn zwingen wollte, den Frager zu umarmen und an das Herz zu drücken. Er begnügte sich aber damit, ihm nur die Hand hinüberzureichen. Der Wahnsinnige griff nach ihr, hielt sie fest, schaute wieder nach dem Abendrot und sprach:

„Also sind Sie nicht mehr irre, Herr Lehrer! Sie haben gesagt, ich spreche ganz anders wie der Neubertbauer und sogar noch besser als der Musterwirt. Das ist doch selbstverständlich! Der Geist hat keine Grenzen, hat weder Umrisse noch Linien. Der Geist ist keine Gestalt. Er ist Kraft, Gesetz und Wille. Das aber sind Dinge, die ineinanderfließen, wenn es gilt, eine Wirkung zu erreichen. Dem Musterwirt mußte der Neubertbauer gegenüberstehen. Das war aber nur der äußere Behelf. Hinter diesem Namen aber gab es noch etwas ganz anderes. So sehen Sie da drüben Wolke an Wolke, Farbe an Farbe, Hauch an Hauch. Hinter allem aber steht die Sonne. Sie scheidet. Sie hat ihr Tagewerk vollbracht."

Er gab die ergriffene Hand wieder frei, stand auf, küßte Anna auf das Haar, legte ihr die Hände auf das Haupt und sprach weiter:

„So gehe nun auch ich. Mein Kind, wenn dich die Sehnsucht nach mir überkommt, so wird es dir von morgen mittag an unmöglich sein, mich aufzusuchen. Gehe auch nicht an mein Grab. Ich bin nicht dort. Gehe zum Herzle! Nur da, wo du Liebe findest, kann ich bei dir sein. Jetzt scheiden wir. Du und ich. Für dieses Mal. Ich bleibe hier. Denn ich habe hier noch der Musterwirt zu sein — — durch diesen meinen Körper. Du aber begibst dich zum Herrn Pfarrer. Bete mit ihm morgen mittag für — für den Musterwirt. Er wird es nötig haben!"

Es wurde ihr schwer, zu gehen. Aber sie gehorchte. Er strich sich mit der Hand über die Augen und wendete sich ab, um ihr nicht nachzusehen. Sein Blick war jetzt wieder dorthin gerichtet, wo die Abendröte nun schnell erbleichte. Der Lehrer beobachtete ihn mit der größten Spannung. Nun mußte es sich ja zeigen, ob Wahnsinn oder nicht!

Nach einer Weile zuckte der Wirt zusammen, als ob er wie aus einem Schlaf erwachte. Er drehte sich um, sah, bei wem er sich befand, erschrak und rief ängstlich aus:

„Auf dem Damenbergle! Bei der Marie und beim Herzle! Das Brückle ist doch die Grenze! Soeben stand ich noch unten! Ich sollte herauf, konnte aber nicht! Ich will fort, fort, fort, — — — denn hier muß mich der Neubertbauer packen!"

Er schob zurück, was ihm im Weg stand, um sich schleunigst zu entfernen. Da sprang der Lehrer auf, hielt ihn fest und sagte:

„Bleiben Sie hier, Herr Frömmelt! Soeben hat der Neubertbauer seiner Tochter anbefohlen, morgen mittag für Sie zu beten! Er hat von ihr Abschied genommen und wird nicht wiederkommen. Denn Sie haben die Grenze zwischen Gut und Böse überschritten. Wollen Sie etwa wieder zurück?"

Da sank der Wirt auf seinen Stuhl nieder, faltete die Hände und fragte:

„Die Anna — — —? Für mich beten — —? Herr Lehrer, ist das wahr?"

„Die vollste Wahrheit! Hier sitzen zwei Zeugen, die es auch gehört haben."

„Ja, dann — — dann — — — dann ist das ja Verzeihung! Der Neubertbauer und seine Anna beten für mich! Und aber ihr — — —? Ihr beiden anderen — ?"

Das Herzle sprang auf, ging zu ihm hinüber, legte ihm den Arm um den Hals und flüsterte:

„Wir verzeihen auch. Wir beten ebenso!"

Der Wirt stand langsam wieder auf, sah sie nacheinander an, breitete seine Hände aus, als ob er sie segnen wolle, und sprach:

„So habt ihr mich erlöst! — — — Ich wollt morgen vor den Herrgott treten und ihn fragen, wer schuld an allen meinen schlimmen Taten ist. Ich dachte mir, ich sei es nicht! Wie ich von dem Geist meines Feindes gezwungen worden bin, aus meinen Sünden genau so herauszusteigen, wie es in der Kirche auf meinem Altarbild zu sehen ist, so hat es vorher in mir aber einen falschen Freund gegeben, dem zu Gefallen ich alles Böse tat, was er von mir verlangte. Diesen Freund wollte ich mir morgen vor den Herrgott fordern, um mit ihm abzurechnen. Jetzt kenne ich ihn. Es ist der — — Mensch! Der Mensch in meinem Körper! Und nun ich ihn kenne, rechne ich nicht erst drüben mit ihm ab, sondern schon hier. Er hat gehofft, daß ich ihn mit hinübernehmen werde. Und er hätte sich auch wirklich mit mir hinübergeschlichen, ohne daß ich es ahnte, wenn — — — wenn ich nicht von dem Neubertbauer gezwungen worden wäre, hier bei euch zu hören, daß ihr alle für mich beten wollt! Wie ich euch dafür danke — schon hier — — und dann auch dort, das werdet ihr erfahren!"

Er küßte das Herzle auf das Haar, tat dasselbe auch bei der Mutter, gab dem Lehrer die Hand und ging dann mit schnellen Schritten fort, als ob er keinen Augenblick mehr zu verlieren habe.

Die Mutter zitterte vor Aufregung. Sie sagte:

„Jetzt ist der Wahnsinn völlig bei ihm ausgebrochen. Nun gibt es für ihn nichts weiter als das Irrenhaus!" —

Die Glocken begannen zu läuten. Der Kirchhof war ebenso wie der Kirchenplatz voller Leute gewesen, die nun in das Gotteshaus strömten. Viele von ihnen waren in die Leichenhalle getreten, um die Mustertochter anzusehen, die im weißseidenen Festjungfrauenkleid im schwarzen Sarg mit goldenen Füßen lag, in demselben, den sie für ihren Vater bestellt hatte!

Das Innere der Kirche war mit Girlanden und Kränzen geschmückt. Die Festjungfrauen saßen in ihren Alltagsgewändern auf den vordersten Frauenbänken. Das Herzle auch. Sie war, wie immer, weiß gekleidet. Der Pfarrer hielt eine sehr schöne, wohldurchdachte Predigt über das Bibelwort: ‚Wirket, so lange es Tag ist, denn es kommt die Nacht, da niemand wirken kann!' Nach dem Gottesdienst eilte alles hinaus, um möglichst nahe an die Tribüne zu gelangen, von der aus der Herr Lehrer die Ausstellung zu eröffnen hatte. Um das Gedränge zu vermeiden, durften die Festjungfrauen gleich durch die Sakristei hinaus. Da stand ein Fremder. Er hatte einen Wanderanzug an und einen Überwurf am Riemen hängen. Der trat auf das Herzle zu und sagte:

„Mein liebes Kind, ich möchte gern alles hören und sehen. Gibt es vielleicht einen Platz, von dem aus das möglich ist?"

Sie schaute ihn an. Er hatte so brave, treuherzige Augen. Die gefielen dem Herzle so gut, daß sie schnell antwortete:

„Kommen Sie! Ich gebe Ihnen meinen Stuhl."

Sie nahm ihn bei der Hand und zog ihn mit sich fort.

Vor der Tribüne war ein Platz besonders abgesteckt. Da stand ein blumengeschmückter Webstuhl, ein Scherrahmen, ein Treibrad, ein Spulrad, ein Aufbäumegestell und noch vieles andere, was zur Handweberei gehört, alles mit Kränzen und Blumen behangen. Und da gab es auch die Sitze für die Festjungfrauen. Rundum, bis weit in das Dorf hinein, stand eine Menschenmenge, Kopf an Kopf. Das Herzle brachte den Fremden bis an den Scherrahmen und holte ihm ihren Stuhl. Zwar hatte sie nun keinen besonderen Sitz, aber bei der bescheidenen Art von Festjungfrauen, wie die gegenwärtigen waren, ist dem leicht abzuhelfen. Es setzten sich einfach drei von ihnen auf zwei Stühle. Das geht sehr leicht, zumal das Herzle nichts in den Händen hatte, weil sie ja ihr Klöppelkissen nicht hat mitbringen sollen. Die anderen aber haben die ihrigen alle.

Nun wird von der ersten Klarinette das eingestrichene a angeblasen, worauf die anderen Instrumente das Lied anstimmen: „Den König segne Gott!“ Jedermann fällt mit seiner Stimme ein! Am Schlusse des Gesanges besteigt der Herr Lehrer die Tribüne; auf ihr liegt ein Gegenstand, der sehr schön eingewickelt ist. Er hält die Eröffnungsrede. Er spricht vom Weben und Wirken. Das soll ein jeder für sich, aber auch für andere tun! Für das Haus, für die Gemeinde, für das Volk, sogar für die ganze Menschheit. Der Menschheit ist keiner nütze, der immer nur an sich selbst denkt. Für sich selbst sorge man am besten, wenn man für seinen Nächsten sorge. Das tue jeder brave Mensch, sogar auch Seine Majestät der König. Es sei allgemein bekannt, wie huldvoll er sich der hiesigen Armen angenommen habe. Und daß auch Ihre Majestät, die Frau Königin, an den fleißigen Klöpplerinnen warmen Anteil nehme, das wolle er jetzt beweisen. Sie habe ihm nämlich befohlen, das wohlbekannte Herzle freundlich zu grüßen und ihr das hier vor ihm liegende Ehrenklöppelkissen zu überreichen.

Bei diesen Worten öffnete er das Paket und brachte seinem vor Wonne ganz sprachlosen Herzle das königliche Geschenk von der Tribüne herunter. Wenn man aber denkt, daß er wieder hinaufgestiegen sei, um seine Rede zu vollenden und dann ein dreimaliges Hoch auf die Majestäten auszubringen, so irrt man sich. Es war zwar seine Absicht, dies zu tun, aber das Volk wartete diesmal gar nicht darauf, von dem Volksredner erst kunstmäßig begeistert zu werden, sondern die Begeisterung war schon gleich fertig vorhanden. Sie brach sich Bahn, wie damals das Musterbergle, als es aus dem Erdinnern herausgeflogen kam.

„Hurra dem König! Vivat die Königin! Dreimal Hurra alle beide! Das Herzle auch! Der Herr Lehrer! Der Herr Pfarrer! Die Ausstellung! Das Klöppelkissen! Hurra! Vivat!" so riefen und jubelten viele Hunderte von Kehlen, bis man gar weiter nichts mehr hörte als nur ein einziges großes Gewitter von lauter „— — rra!" und „— — vat!"

Der Herr Lehrer hörte eine ganze Weile lachend zu. Aber als es gar kein Ende nehmen wollte, befahl er der Musik, den Festmarsch zu beginnen. Sofort fuhren die Instrumente an die Lippen, und es ging los: „Muß i denn, muß i denn zum Städtele hinaus!" Das ging sogleich bis in die Beine. Ein jeder hörte, daß man nicht mehr zu vivaten, sondern zu marschieren habe. Man ließ die Musik durch, hinter ihr die Festjungfrauen mit ihren Klöppelkissen, das Herzle mit dem königlichen! Dann kam der Festausschuß, und hierauf folgten die Gewerbe und Gewerke in der Ordnung, die jedermann bekanntgegeben worden war.

Der fremde Herr war auch dabei, denn als der Zug begann, hatte das Herzle ihn wieder bei der Hand genommen und gerade vor sich hingestellt. So sah er sich gezwungen, mit als Festjungfrau anzutreten, was ihn aber ganz und gar nicht zu ärgern schien, denn er lachte über das ganze Gesicht. Er marschierte mit, das ganze Dorf hinauf und hinab, bis sich der Zug auf dem Festplatz aufzulösen hatte. Dort fragte er das Herzle, wo es einen Ort gebe, an dem man sich ein Stündchen ausruhen könne, ohne von zu großem Lärm belästigt zu werden. Da nahm sie ihn abermals bei der Hand und führte ihn über das Brückle und das Bergle hinauf nach dem Häusle, wo er sich zur Mutter setzte, die ihm sogleich den Kuchenteller zuschob. Das Karlinchen war auch da. Sie sah ihn an und dachte bei sich:

„Der gefällt mir! Dem Herzle auch! Mit dem muß man es also halten!"

Das Herzle hatte nur schnell den Gast abgeliefert, das Kissen auf den Tisch gelegt und war dann wieder fortgeeilt, um ihren vielen Pflichten als „Oberste" der Festjungfrauen zu genügen. Die Mutter wußte schon, woran sie mit dem Kissen war, denn während des Festmarsches durch das Dorf hatten sich alle möglichen Freundinnen bei ihr eingestellt, um es ihr zu berichten und dann schnell in das Dorf zurückzukehren. Man kann sich also denken, worüber sie so eifrig mit dem Fremden sprach! Auf dem Tisch lag noch ein kleines Paket, das der Musterwirt vorhin für den Herrn Lehrer geschickt hatte. Es wurde jetzt gar nicht beachtet.

Als es nach einiger Zeit zwölf schlug, entschuldigte sich die Mutter, daß sie einmal in die Küche schauen müsse, denn halb ein Uhr werde der Herr Lehrer kommen, um mit ihnen zu essen.

„Das Herzle auch?" fragte der Herr.

„Ja."

„Was gibt es denn heute Gutes?"

„So was man auf dem Dorf hat. Eine Grießsuppe mit Petersilie, grüngenüffte Klöße mit Sauerbraten und Speckgrieben, einen Eierkuchen mit Heidelbeermansch und hinterdrein einen Apfelbrei mit Zimtgestreu."

„Ja, wenn man doch mittun dürfte!" rief er aus.

„Warum denn nicht? Wollen Sie?"

„Wie gern!"

„Aber wahr muß es auch sein! Nicht so bloß ein Spaß von den vornehmen Stadtherren auf dem Dorf!"

„Es ist mein Ernst, liebe Frau. Ich bitte, mich völlig

als Ihren Gast zu betrachten. Es gefällt mir hier bei Ihnen. Hier ist ein kleines Paradies. Da müssen gute, gute Geister walten! Gehen Sie also in die Küche und walten Sie Ihres Amtes. Mich stört es nicht, allein zu sein.“

Kurz vor halb ein Uhr kam das Herzle. Sie nahm weg, was auf dem Tisch lag, und breitete ein blütenweißes Eßtuch aus.

„Herzle, ich speise auch mit“, sagte der Gast.

„Das habe ich mir gewünscht!“ antwortete sie. „Man sieht es Ihnen ja sogleich an, daß Sie anderen Leuten gern eine Freude machen!“

Nun stellte sich auch der Herr Lehrer ein, der dem Gast die Hand reichte und ihn bat, fürlieb zu nehmen. Die Mutter brachte die Suppe, und dann ging es los! Wie es aber auch dem fremden Herrn schmeckte! Man mußte die helle Freude daran haben! Und wie gut und warm er sprach und fragte. Er holte einem alles so recht aus dem Herzen heraus. So schön hatte man sich fast noch niemals unterhalten. Besonders der Herr Lehrer, der noch keinen gefunden hatte, bei dem er ein so tiefes und klares Verständnis für das wahre Wohl der arbeitenden Klasse bemerkte. Sie drückten einander schon bei den Klößen die Hände. Und während der Apfelspeise sagte der Fremde im Ton der Überzeugung:

„Herr Lehrer, Sie sind in der Dorfschule nicht an der richtigen Stelle. Hätte ich etwas zu befehlen, so wüßte ich, was ich machte!“

„Nun, was?“ fragte da das Herzle.

„Das sag ich nicht. Ich werd es Ihnen aber zeigen. Warten Sie nur, Sie gutes Herzle, Sie! Wenn Ihr Freund sich nur nicht in so gedrückter Stimmung befände! Er hat etwas auf dem Herzen, was er uns verbirgt.“

„Haben Sie mir das wirklich angemerkt?“ fragte Burgau. „Ich gab mir alle Mühe, es nicht merken zu lassen, weil ich wußte, daß es das Essen verderben würde. Nun es aber vorüber ist, kann ich reden. Ihr seid ja berechtigt, es vor allen anderen zuerst zu erfahren."

Er legte sich in seinem Stuhl zurück, holte tief Atem und sagte: „Das Geldmännle ist tot und hat sein ganzes, ganzes Geschäft offen zur Schau gestellt, von Anfang bis zu Ende!"

Man kann sich denken, was diese Worte für einen Eindruck machten, den größten vielleicht auf den fremden Herrn, der sich aber Mühe gab, dies nicht merken zu lassen! Die Frauen hatten gleich eine ganze Menge Fragen. Der Herr Lehrer bat aber, ihn ruhig anzuhören.

„Also das Geldmännle hat ausgestellt", wiederholte er. „Alle seine Geheimnisse. Elf Tische voll. Die Druckmaschinen mit den nachgemachten Platten. Die Münzstöcke für das falsche Silbergeld. Einen großen Haufen unechte Hundertmarkscheine. Eure Taler mit den zwei durchlöcherten und den Elsterperlen dabei. Alle Werkzeuge, die in Gebrauch gewesen sind. Viele Chemikalien. Darunter auch das Zeug, an dem man ersticken muß, wenn es ins Feuer geworfen wird. An jedem Gegenstand, an jeder Flasche befindet sich ein Zettel, der den Gebrauch genau bezeichnet. Sodann die heimliche Buchführung vom ersten bis zum letzten Tag. Man sieht da bis auf den Pfennig, welche Summe das Ganze ergibt. Die Namen der Abnehmer aber sind herausgeschnitten und jedenfalls vernichtet worden. Es soll niemand unglücklich gemacht werden. Sodann ist auch die ganze Buchführung des ‚Etablissements' in Ordnung gebracht und ausgestellt, mit der Bilanz auf den heutigen Tag. Alle armen Schuldner sind ausgestrichen. Ihre Borgbücher liegen in hohen Haufen da, bis auf den letzten Heller quittiert; das wird eine Freude geben, so weit die Kundschaft reicht! Auf einem besonderen Tisch liegt ein geschriebenes Heft. Es enthält das ganze, ausführliche Sündenbekenntnis des Geldmännle, seine letzten Gedanken und auch sein Testament. Auf dem letzten Blatt des Hauptbuchs steht die Schlußrechnung. Ein eiserner Kasten enthält eine Menge Gold und Silber und mehrere Pakete echter Kassenscheine. Wenn man zu diesen Beträgen den Wert der Außenstände, des Grundbesitzes und des Inventars zuzählt und allen verursachten Schaden damit bezahlt, so bleiben noch an die zwanzigtausend Taler übrig, die den Erben des Musteranton gehören sollen, weil das Geldmännle sein Mörder war."

Die Mutter und das Herzle waren still, ganz still. Der Fremde aber hatte sich weit herübergebeugt und rief:

„Aber das ist ja ein Ereignis von allergrößter Wichtigkeit für diese ganze Gegend, und auch für — hm! Bitte, erzählen Sie weiter!"

„Punkt zwölf suchte der Gasthofkutscher den Herrn Pfarrer und mich", fuhr der Lehrer fort. „Der Wirt hatte ihn geschickt, um uns beiden den Schlüssel zur Gaststube zu bringen. Herr Frömmelt erwarte uns dort. Wir gingen sogleich hin, schlossen die Tür auf und traten ein. Was wir sahen, ließ uns beinahe erstarren. Es war die Ausstellung, wie ich sie beschrieben habe. Genau an der Stelle, wo der Neubertbauer sich erstochen hat, stand am Schenktisch ein Stuhl. Darauf saß der Musterwirt, mit demselben Messer im Herzen, bis ans Heft — — — eine Leiche! Wir brauchten einige Zeit, um uns zu fassen. Dann sahen wir die ausgestellten Sachen schnell durch. Wir beschlossen, keinen Menschen hineinzulassen und einen Wagen nach der Stadt zu schicken, um den Staatsanwalt, die Polizei und den Bezirksarzt zu holen. Dann mußte ich hierher zum Essen. Der Herr Pfarrer hat den Schlüssel. Gerade als wir die Tür zuschlossen, kamen drei Fremde, die zum Musterwirt wollten. Wir sagten ihnen, er sei tot. Sie schienen ungewöhnlich zu erschrecken und behaupteten, daß er ihnen eine Menge Geld schuldig sei. Sie verlangten in der zudringlichsten Weise, zu seiner Leiche gelassen zu werden, und ließen sogar auf der Straße nicht von uns ab. Da begegnete uns zufälligerweise unser Brüsseler Herr. Kaum sah er sie, da fuhr er auf sie los. Und kaum sahen sie ihn, so ergriffen sie die Flucht. Er rief uns noch zu, zwei von ihnen seien internationale Gauner, die auch ihn bestohlen hätten; dann rannte er hinter ihnen her."

„Das war eine kleine Nebengeschichte, weiter nichts", sagte der Gast. „Solche Menschen scheinen bei jeder Ausstellung unvermeidlich zu sein. Bleiben wir bei der Hauptsache! Sie haben ganz richtig gehandelt, zuzuschließen und nach dem Staatsanwalt zu schicken. Man muß die Ankunft dieses Herrn abwarten und bis dahin verschwiegen sein. Mich aber haben Sie nun einmal eingeweiht, und so bitte ich um die Erlaubnis, einige Fragen aussprechen zu dürfen!"

Natürlich blieb es nicht bei nur einigen Fragen. Der Fremde besaß eine so eigene, gütig zwingende Art, zu erfahren, was er wissen wollte. Es dauerte gar nicht lange, so war er in alles eingeweiht, was sich ereignet hatte. Dann bat er den Lehrer, mit ihm einen Gang durch das Dorf zu machen, um nachzusehen, was von den Bewohnern ausgestellt worden sei.

Sie gingen. Auch das Herzle mußte fort. Sie hatte heute viele Pflichten zu erfüllen.

Die Ehrengäste waren mit Musik zusammengeholt worden. Nun speisten sie bei einem lustig schallenden Konzert. Währenddessen kam die Anna nach dem Bergle. Sie hatte einen köstlichen Gedanken. Wie wäre es, wenn man nach der Speisung der Ehrengäste die sämtlichen Festjungfrauen einlüde, am Nachmittagskaffee hier oben am Häusle teilzunehmen! Die Mutter war sofort einverstanden, und auch das Karlinchen tat einen Freudensprung.

„Hab ich es nicht gesagt!" dachte sie. „Nur eine Festjungfrau hier auf dem Bergle, das war mir viel zu wenig. Ein Dutzend muß es sein. Ich wußte es doch gleich!"

Selbstverständlich dauerte dieser Nachmittagskaffee bis in die blaue Dämmerung hinein. Platz war genug vorhanden, denn man hatte die nötigen Sitzgelegenheiten aus dem Gasthof holen lassen. Eben hatte die Mutter die letzte Kanne aufgegossen, die nun aber wirklich die letzte sein sollte, da kamen noch drei durstige Leute über das Brückle durch das Gärtle herauf, nämlich der Herr Pfarrer, der Herr Lehrer und der Herr Fremde. Sie fragten, ob es ihnen erlaubt sei, sich unter Festjungfrauen zu mischen, worauf das Herzle antwortete, sie habe schon beim Festzug bewiesen, daß dies nicht verboten sei. Die Neuangekommenen setzten sich also zu ihnen.

Wie es schien, hatten sie großes Wohlgefallen aneinander gefunden. Wenigstens zeigte sich der Fremde in alle auf das Bergle bezüglichen Verhältnisse so tief eingeweiht, als ob er schon seit Jahren hier ein täglicher Gast gewesen sei.

„Wer er nur sein mag?“ flüsterte das Herzle dem Herrn Lehrer zu.

Dieser neigte sich ganz zu ihr herüber und antwortete leise, ganz leise:

„Er hat es uns doch noch mitgeteilt. Sag es aber ja nicht weiter, denn er will durchaus unerkannt bleiben. Es ist, denk dir — — — der Herr Minister.“

Da sprang das Herzle auf, sah den Entlarvten ganz erschrocken an und rief mit lauter Stimme:

„Der Herr Minister! Mutter, der Herr Minister sitzt da neben dir.“

Sofort fuhren auch die anderen elf Festjungfrauen mitsamt der Mustermarie in die Höhe.

„— — — Der Herr Minister — — —!“

So schallte es um alle drei Tische.

Und der hohe Herr lachte über das ganze Gesicht und bat, doch ruhig sitzenzubleiben. Hier auf dem Bergle sei er weder Exzellenz noch Minister, sondern weiter nichts als nur die dreizehnte Festjungfrau. Der Festzug habe das bis zur Evidenz bewiesen! Die dreizehnte pflegt zwar nie gern gesehen zu sein, doch bitte er, das Karlinchen als die vierzehnte zu betrachten. Dann sei ja alles gut!

Es muß gesagt werden, daß die Mutter den Kaffee noch einige Male neu aufzugießen hatte — — — aber um wieviel Uhr zum letztenmal, das hat man zu verschweigen, ganz selbstverständlich aus Rücksicht auf — — — die Exzellenz.

Als dann der Herr Lehrer noch eine kurze Zeit mit der Mutter und dem Herzle allein am Tisch saß, fiel der ersteren das Paketchen ein, das der Musterwirt für ihn geschickt hatte. Sie holte und gab es ihm. Er öffnete es. Es enthielt die Postquittungen und den Brief. Aber es lag ein Zettel dabei, auf dem folgendes geschrieben stand:

„Diese Quittungen hat die Rosalia dem Herzle heimlich aus dem offenen Kasten genommen. Nun wissen Sie, Herr Lehrer, wessen Geschöpf Sie sind, nämlich das Geschöpf der Liebe, der Sie mit Stolz und gutem Gewissen danken können. Gott segne diese Liebe!" —

NACHWORT DES HERAUSGEBERS

Im Gesamtwerk Karl Mays nehmen die „Erzgebirgischen Dorfgeschichten" eine eigenartige Sonderstellung ein. Die meisten dieser Erzählungen entstanden sehr früh, nämlich im ersten Schaffensabschnitt bis zum Jahr 1880, gleichzeitig mit den Erstfassungen von abenteuerlichen Indianer- oder Beduinengeschichten, die später erweitert und gründlich ausgefeilt in den Reiseerzählungen wiederauftauchen, in ihrer Urform jedoch vielfach unbeholfen wirken im Vergleich zu den Dorfgeschichten, die von Beginn an größere Fertigkeit verraten. In den Achtzigerjahren schuf May seine später arg umstrittenen Lieferungsromane für den Dresdener Verleger Münchmeyer und parallel dazu die ersten wirklichen „Reiseerzählungen", die in der Zeitschrift „Deutscher Hausschatz" beim Verlag Pustet in Regensburg zum Abdruck gelangten. Es folgten seit 1887 die eigens jugendlichen Lesern gewidmeten Werke (in der in Stuttgart neu gegründeten Zeitschrift „Der gute Kamerad"), die später als Bände 35 bis 41 in der Gesamtausgabe Aufnahme fanden; seit 1892 kamen noch die ersten grünen Buchausgaben beim Verlag F. E. Fehsenfeld in Freiburg/Br. hinzu. Erst in der vierten, letzten Schaffensperiode, in der Karl May seine „symbolischen" Werke verfaßte, hat sich der Dichter mitten in der Arbeit an „Im Reiche des silbernen Löwen IV" (Bd. 29, heute unter dem Titel „Das versteinerte Gebet") noch einmal in die Welt des Erzgebirges begeben mit den Geschichten „Sonnenscheinchen" *und* „Das Geldmännle", *die 1903 als „Erzgebirgische Dorfgeschichten" zusammen mit vier weiteren ein Vierteljahrhundert zuvor veröffentlichten Erzählungen beim Belletristischen Verlag, Dresden-Niedersedlitz, in Buchform erschienen.*

Eine einzige davon, nämlich „Der Waldkönig" *(heute* „Der Waldschwarze"*), erschien auffallend oft unter den verschiedensten Überschriften (vgl. die Übersicht auf Seite 464). Bemerkenswerterweise zeigt gerade dieses Werk in der Darstellung einzelner Szenen die stärkste Verwandtschaft mit späteren Schilderungen in den Reiseerzählungen.*

Wie jene beiden letzten Erzählungen am Beginn und am Ende der ersten Buchausgabe angeordnet waren, so bilden sie noch heute Auftakt und Abschluß der Sammelbände 43 „Aus dunklem Tann" und 44 „Der Waldschwarze". Über die Erscheinungsjahre aller „Erzgebirgischen Dorfgeschichten" unterrichtet die nachstehende Übersicht.

Das Gewissen

unter dem Titel „Rache oder Das erwachte Gewissen" ohne Verfasser-Angabe o. J. in „Das schwarze Buch" Bd. II (um 1873/74?) – Verlag Münchmeyer, Dresden.

Der Dukatenhof

unter dem gleichen Titel von Karl May 1877 in „Bibliothek der Unterhaltung und des Wissens" Bd. 11 – Verlag Schönlein, Stuttgart.
1908 erneuter Abdruck in „Volksbücherei der Verlagsbuchhandlung Styria" Bd. 215/16 – Verlag Styria, Graz.
Erste Buchausgabe 1903.

Der Samiel

unter dem gleichen Titel von Karl May 1878 in „Das Buch für Alle" – Verlag Schönlein, Stuttgart.

Der Bonapartenschuster

unter dem Titel „Der Kaiserbauer. Von Karl May" 1878 in „Illustrirte Chronik der Zeit" – Verlag Schönlein, Stuttgart.

Der Grenzmeister

unter dem Titel „Im Sonnentau. Von Karl May“ 1880 in „Trewendt’s Volkskalender“, Verlag Trewendt, Breslau, Jahrgang XXXVI.
Gleichfalls unter dem Titel „Im Sonnentau. Von Ernst v. Linden“ 1884 in „Deutscher Wanderer“ – Verlag Münchmeyer, Dresden, Jahrgang VIII.
Von dieser Erzählung muß es jedoch bereits 1878 oder noch früher einen weiteren Vorabdruck gegeben haben, weil bereits 1879 in der Erzählung „Der Waldkönig“ (später „Der Waldschwarze“, vgl. S. 464, 472) auf den „Grenzmeister“ und seine vor längerer Zeit erfolgten schrecklichen Untaten Bezug genommen wird.

Der Teufelsbauer

unter dem gleichen Titel von Karl May 1878 in „Weltspiegel“ / „Deutsche Boten“ – Verlag Wolf, Dresden.
Unter dem Titel „Der Einsiedel. Von Karl Hohenthal“ 1880 in „All-Deutschland“ / „Für alle Welt“ – Verlag Göltz & Rühling, Stuttgart.
Erste Buchausgabe 1903 unter dem Titel „Der Einsiedel“.

Der Herrgottsengel

unter dem gleichen Titel von Emma Pollmer 1879 in „Weltspiegel“ / „Deutsche Boten“ – Verlag Wolf, Dresden.
Unter dem Titel „Der Klapperbein. Von Karl Hohenthal“ 1881 in „Für alle Welt“ – Verlag Göltz & Rühling, Stuttgart.

Des Kindes Ruf

unter dem gleichen Titel von Karl May 1879 in „Weltspiegel“ / „Deutsche Boten“ – Verlag Wolf, Dresden.
1881 „Für alle Welt“ – Verlag Göltz & Rühling, Stuttgart.
Erste Buchausgabe 1903.

Der Geldmarder

unter dem Titel „Der Gichtmüller. Von Karl May" 1879 in „Weltspiegel" / „Deutsche Boten" – Verlag Wolf, Dresden. Unter dem Titel „Der Geldmarder. Von Karl Hohenthal" 1881 in „Für alle Welt" – Verlag Göltz & Rühling, Stuttgart.

Der Waldschwarze

unter dem Titel „Der Waldkönig. Von Karl May" 1879 in „All-Deutschland" / „Für alle Welt" – Verlag Göltz & Rühling, Stuttgart.
Unter dem Titel „Unter Paschern. Von Dr. Karl Mai" 1882 im Delmenhorster Kreisblatt.
Unter dem Titel „Menschentrutz und Gottes Hand. Von Dr. Karl May" 1893 im Euskirchener Volksblatt.
Unter dem Titel „Das Geheimnis des Stollens. Von Dr. Karl May" als gekürzte Separatausgabe in „Weber's Moderne Bibliothek" Nr. 38, o. J. beim Verlag Otto Weber, Heilbronn.
Erste Buchausgabe 1903 unter dem Titel „Vergeltung".

Der Giftheiner

unter dem gleichen Titel von Karl Hohenthal 1879 in „All-Deutschland" / „Für alle Welt" – Verlag Göltz & Rühling, Stuttgart.

Die Rose von Ernstthal

unter dem gleichen Titel von Karl Hohenthal 1880 in „All-Deutschland" / „Für alle Welt" – Verlag Göltz & Rühling, Stuttgart.

Sonnenscheinchen

Erste Buchausgabe 1903.

Das Geldmännle

Erste Buchausgabe 1903.

SAMMELAUSGABEN IN BUCHFORM

Erzgebirgische Dorfgeschichten

Karl Mays Erstlingswerke Bd. I, o. J. (1903), Belletristischer Verlag, Dresden-Niedersedlitz, ein Schwester-Unternehmen des Münchmeyer-Verlags. Enthielt „Sonnenscheinchen", „Des Kindes Ruf", „Der Einsiedel", (= „Der Teufelsbauer"), „Der Dukatenhof", „Vergeltung" (= „Der Waldkönig"), „Das Geldmännle". Ein Nachdruck in größerem Format folgte 1907 o. J. beim Verlag Fehsenfeld, Freiburg/Br. – Obwohl beide Ausgaben mit dem Zusatz „Band I" versehen waren, erschien zu keiner von beiden ein „Band II".

Aus dunklem Tann

Seit 1921 Karl Mays Gesammelte Werke Band 43, Karl-May-Verlag, Radebeul, heute Bamberg. Enthält „Sonnenscheinchen", „Des Kindes Ruf", „Der Grenzmeister", „Der Teufelsbauer", „Der Bonapartenschuster", „Der Giftheiner", „Der Geldmarder", „Die Rose von Ernstthal". 1973 wurde als Anhang zusätzlich der Faksimile-Text vom Erstdruck der Dorfgeschichte „Der Samiel" beigegeben.

Der Waldschwarze

Seit 1921 Karl Mays Gesammelte Werke Band 44, Karl-May-Verlag, Radebeul, heute Bamberg. Enthält „Der Dukatenhof", „Der Herrgottsengel", „Der Waldschwarze" und „Das Geldmännle".

Schacht und Hütte

Seit 1968 Karl Mays Gesammelte Werke Band 72, Karl-May-Verlag, Bamberg. Enthält unter anderem die anonyme Dorfgeschichte „Das Gewissen" und die erzgebirgische Erzählung „Fundgrube Vater Abraham" von Elfried von Taura.

Es gibt noch einige weitere Werke Karl Mays, die – vom Schauplatz und von der Themenwahl her betrachtet – den „Erzgebirgischen Dorfgeschichten“ ähneln. Dabei handelt es sich zunächst um den dritten Münchmeyer-Roman „Der verlorene Sohn“ (um 1884), dessen Hauptteile heute die Bände 64 „Das Buschgespenst“ und 65 „Der Fremde aus Indien“ bilden. Zu nennen sind ferner die verschiedenen in Bd. 42 „Der alte Dessauer“ und 47 „Professor Vitzliputzli“ zusammengefaßten Humoresken und Erzählungen. Alle diese kleineren und größeren Geschichten haben den heimatlichen Schauplatz gemeinsam, den stärksten Themen-Anklang an die „Dorfgeschichten“ zeigt dabei „Das Buschgespenst“. Gedacht werden muß schließlich an den in Sachsen und Böhmen spielenden Beginn von Band 24 „Weihnacht“, den Karl May 1897 unmittelbar für die Buchausgabe niederschrieb, und weiterhin beschwört natürlich auch noch Karl Mays erschütternde Selbstbiographie „Mein Leben und Streben“ (in Band 34 „ICH“) alte Erinnerungen an die erzgebirgische Heimat des Dichters herauf.

Die vergleichende Betrachtung der Werke Karl Mays zeigt unter den frühen Schöpfungen in ausgeprägtester Weise bei den „Erzgebirgischen Dorfgeschichten“ einen Formwillen und die Fähigkeit zu knapper novellistischer Bewältigung der Themen, wie es bei den später entstandenen „klassischen“ Reiseerzählungen kaum mehr zu beobachten ist. Außerdem aber wird deutlich, daß viele der später entstandenen Werke mit exotischen Schauplätzen nichts anderes sind als eine Art von Projektion der kleinen in der Heimat spielenden Geschichten, die gleichsam in eine faszinierende, ferne, bunte und fremde Welt übertragen und in den Dimensionen vergrößert wurden. So stellen insbesondere Karl Mays „Erzgebirgische Dorfgeschichten“ letzten Endes interessante Vorstufen und Vorstudien für das spätere Hauptschaffen des Dichters dar.

Daß Karl May so betont am Anfang seines rastlosen Schaffens mit einer bereits unverwechselbaren Handschrift immer wieder das Milieu der „Erzgebirgischen Dorfgeschichten" suchte, ist gewiß nicht zufällig. Angeregt wurde er sicherlich auch durch die Lektüre der „Erzgebirgischen Erzählungen" von Elfried von Taura, der in Wirklichkeit August Peters hieß und 1817 in Taura (unweit von Chemnitz, wie auch Mays Geburtsort Ernstthal) zur Welt kam. August Peters starb nach einem bewegten Leben, das in mancher Hinsicht an das unseres Dichters erinnert, 1864 in Leipzig. Karl May veröffentlichte Elfried von Tauras Geschichte „Fundgrube Vater Abraham" *anonym nur mit dem Hinweis „E. v. T." beim Verlag Münchmeyer in Dresden, in dem von ihm selbst redigierten einzigen Jahrgang der Zeitschrift „Schacht und Hütte" 1875/76*[1]*. Anklänge an Handlung und Personen in Karl Mays eigenen Werken, die im sächsischen Erzgebirge spielen, sind oftmals verblüffend, weshalb früher Karl May selber als Verfasser der* „Fundgrube Vater Abraham" *vermutet wurde; auf jeden Fall ist Elfried von Tauras Einfluß auf Mays Werke unverkennbar. Bedeutungsvoller jedoch für die Schauplatzwahl und für die Stoffe war sicherlich die Umwelt der überschatteten Jugend, die bei Karl May triebhaft Nachgestaltung verlangte.*

Die notleidenden Weber und Bergleute, die Wilderer aus Passion oder Hunger, Schänkwirte, Schmuggler, arme schöne Mädchen, skurrile Einzelgänger, habgierige reiche Bauern, mitleidlose Gendarmen, Brandstifter, edle Fürsten, daneben aber auch schurkische Vertreter des Adels – diese Vielzahl und Vielfalt von Wesen seiner Umwelt, außerdem noch die düsteren Wälder des Erzgebirges, die Theatererlebnisse der Kindheit, die Lesefrüchte langer Winterabende, die Märchenerzählungen der Groß-

1 Vgl. hierzu auch Ges. Werke Bd. 34 „ICH" und Bd. 72 „Schacht und Hütte".

mutter in der durch Blindheit verdunkelten Kinderzeit und das Elend der Wanderjahre, Krankheit, Gefangenschaft – ein wahrer Rausch von Erlebnissen und überwiegend traurigen, depressiven und fieberhaften Eindrücken: Dies sind die Quellen, aus denen May seine „Erzgebirgischen Dorfgeschichten" schöpfte.

Über die Entstehungszeiten gibt es keine verläßlichen Angaben; klar ist lediglich, daß „Sonnenscheinchen" und „Das Geldmännle" tatsächlich im Jahr 1903 verfaßt wurden, also direkt für die Buchausgabe und unmittelbar vor deren Erstdruck. Alle anderen „Erzgebirgischen Dorfgeschichten" schuf Karl May spätestens zu den ermittelten Zeitpunkten der frühen Abdrucke, möglicherweise aber auch noch weit eher. Die Erzählweise im einzelnen läßt Rückschlüsse zu, in welcher Reihenfolge die Geschichten vermutlich entstanden sind, denn es zeichnet sich bei vergleichender Betrachtung eine unverkennbare Entwicklung der schriftstellerischen Gewandtheit ab. Ganz an den Anfang zu stellen ist aus gutem Grund „Das Gewissen", worüber in Bd. 72 der Gesammelten Werke auf S. 13 ff. Näheres mitgeteilt wird. 1877 kam „Der Dukatenhof" zum Abdruck, und zwar als einzige der Dorfgeschichten innerhalb der bekannten „Bibliothek der Unterhaltung und des Wissens." Im selben Verlag (Schönlein, Stuttgart) folgten 1878 noch „Der Samiel" und „Der Bonapartenschuster" in den Zeitschriften „Das Buch für Alle" und „Illustrirte Chronik der Zeit". Von nun an erschienen die „Erzgebirgischen Dorfgeschichten" 1878 und 1879 gleichzeitig in den inhaltsgleichen Blättern „Weltspiegel" / „Deutsche Boten" beim Verlag Wolf in Dresden, ab 1879 in den ebenfalls parallel erscheinenden Zeitschriften „All-Deutschland" / „Für alle Welt", Verlag Göltz & Rühling, Stuttgart, wo außerdem die für Wolf geschriebenen Erzgebirgserzählungen jeweils etwa zwei Jahre später neu abgedruckt wurden; alle vier Blätter gab es seit 1877. Auch diese vergleichende Betrachtung *der Daten führt zu einer Reihenfolge, wie sie aus oben erwähnten inneren Gründen für das Entstehen der Geschichten wahrscheinlich ist.*

„Der Dukatenhof" *unterscheidet sich von den späteren Sachen in mancher Hinsicht. Die mehrfache Rückblende in alte Chroniken wurde vielleicht angeregt durch Karl Mays 1876/77 verfaßten historischen Roman, der der Reihe der Gesammelten Werke als Band 69 „Ritter und Rebellen" angegliedert wurde. Der historische Bezug macht es wahrscheinlich, daß 1877 tatsächlich auch das Entstehungsjahr dieser Erzgebirgserzählung war. Im übrigen sind hier alle wesentlichen Motive zu finden, die in den anderen Dorfgeschichten und auch in späteren Werken immer und immer wiederkehren. Der Gedanke der Vergeltung einer lange zurückliegenden Tat tritt hier deutlich in den Vordergrund, genauso wie das Motiv der Läuterung, die schließlich zu einem befreienden Ausklang führt, und die übrigen Elemente – Schmuggel, Brandstiftung, unheimliche Schauplätze, besonders die beiden Friedhof-Auftritte – zeigen bereits hier einen Teil dessen, was in stets abgewandelter Weise bis zum Ende seines Schaffens in vieler Hinsicht für die Werke Karl Mays charakteristisch ist. Hierher gehört auch das Lied „O Ewigkeit, du Donnerwort", welches fast zwei Jahrzehnte später am Schluß des „Old Surehand" beim Tod von Old Wabble noch einmal eine dramaturgisch und psychologisch entscheidende Rolle spielt.*

„Der Samiel" *stellt insofern eine Ausnahme dar, als Karl May diesen Stoff ein knappes Jahrzehnt später von neuem behandelte, diesmal aber nicht in der kurzen Form der Erzgebirgischen Dorfgeschichte, sondern als kleinen in Bayern spielenden Roman im Rahmen seines Lieferungswerks „Der Weg zum Glück". Band 68 „Der Wurzelsepp" enthält diese spätere, breit angelegte Form, worin ein besonders charakteristisches Motiv der „Erzgebirgischen Dorfgeschichten" verarbeitet ist, nämlich die* absichtliche Blendung eines Gegners durch Schießpulver. Im übrigen sei, was die Urform des „Samiel“ anlangt, auf die Vorbemerkung verwiesen, welche die Faksimile-Wiedergabe der Erstfassung einleitet (Bd. 43 „Aus dunklem Tann“, S. 420).

„Der Bonapartenschuster“ gehört mit Sicherheit gleichfalls zu den ganz früh entstandenen Schriften Karl Mays, was an einer gewissen Unbeholfenheit im Ausdruck genauso deutlich wird, wie an der Unwahrscheinlichkeit der Darstellung und der Oberflächlichkeit in der Schilderung der Gestalten. Stark ausgeprägt hingegen ist auch bereits hier das Bemühen um eine knappe, ausgewogene Form.

„Der Grenzmeister“ behandelt wieder einmal das Unwesen der Pascher und der Schmugglerbanden, was bereits im „Dukatenhof“ eine wichtige Nebenhandlung darstellte. Dabei wird deutlich, daß Karl May sehr wohl zu differenzieren weiß, denn er wendet sich nicht gegen den Schmuggler schlechthin, sondern nur gegen jenen Gesetzesübertreter, den verbrecherische Triebe leiten und der auch vor anderen Untaten nicht zurückschreckt; daß Karl May den Schmuggler nicht unbedingt als Bösewicht sieht, zeigt das Beispiel des jungen Köpfle-Franz aus dem „Dukatenhof“. Bezeichnend im „Grenzmeister“ ist wieder die unerbittlich genau strafende Gerechtigkeit, die den Verbrecher schließlich ereilt.

In der Geschichte „Der Teufelsbauer“ tauchen zwei von Karl May immer und immer wieder neu variierte Szenenbilder auf: Feuer und Gefahr des Abstürzens und Zerschmetterns (beides bereits wesentliche Spannungselemente in der Novelle „Wanda“ von 1875). Absturz in die Tiefe oder glückliche Bewahrung davor durch mutige Helfer durchzieht Karl Mays Gesamtwerk genauso beständig wie Schadensfeuer aller Art, wobei nicht selten der zumeist unberechtigte Vorwurf der Brandstiftung erhoben wird. Und genau dies sind zwei charak-

teristische Szenen aus Mays Lebensbeichte, die er mit großer Eindringlichkeit im Biographie-Kapitel ‚Im Abgrund' schildert. (Vgl. Bd. 34 „ICH".)

Im übrigen verrät auch diese Erzgebirgische Erzählung noch manche Schwäche in der Logik der Handlungsführung. Andererseits kann man bereits das Urbild der vielen späteren Szenen in den Reiseerzählungen für die Läuterung eines verhärteten Menschen durch schreckliche Leibes- und Seelenqual finden – hier des Schurken Heinemann –, ein Motiv, dem man bei May sehr oft begegnet. Ähnlich verhält es sich mit der Bestrafung der lästerlichen Redeweise Heinemanns durch den Brand seines Besitztums: In zahlreichen späteren Werken verarbeitete May diesen Gedanken neu.

„Der Herrgottsengel" *zeigt im Grundgedanken eine gewisse Verwandtschaft zum* „Teufelsbauer" *und verrät zudem gegenüber der im ganzen recht harmlosen Stimmung etwa des* „Bonapartenschusters" *eine recht unbehagliche, gleichsam von Moderduft erfüllte Umgebung. Dies sogar im wahren Sinn des Wortes, denn ein bedeutsamer Schauplatz der Handlung ist der Gottesacker. Der Ausgangspunkt des Ganzen, ein schauriger Todesfall, der schon vor geraumer Zeit geschah, jedoch in seinen Folgen noch weiterwirkt, belastet besonders den „Klapperbein", den alten Totengräber. Im übrigen gibt es hier eine interessante Parallele zwischen des Totengräbers Rolle als „Herrgottle" und dem „Ruh-i-kulyan" im „Wilden Kurdistan" (vgl. Ges. Werke Bd. 2), wobei in dem einen wie in dem anderen Fall auch noch die sonderbare Einrichtung der „Herrgottspost" besteht. Ein weiterer Vorläufer der späteren Reiseerzählungen ist auch der „Jagdhieb"* Old Shatterhands, *den der „Klapperbein"* gradso *beherrscht. Und noch ein weiteres wichtiges Motiv aus späteren Werken ist erkennbar. Der Richterbauersanton muß sich genauso lange Zeit hindurch für einen Mörder halten wie der alte Desierto in den Kordilleren oder*

Reiter in „Weihnacht". *Die Friedhofs-Auftritte, die bereits im* „Dukatenhof" *zu finden sind, trifft man wenige Jahre später in den fünf „Münchmeyer-Romanen" (Ges. Werke Bd. 51 ff.) immer wieder an, ob der Schauplatz nun in Deutschland liegt, in der Türkei oder in Mexiko. Karl Mays Selbstbiographie „Mein Leben und Streben" gibt Aufschluß über die eigentümlichen Erlebnisse im Zusammenhang mit der unheimlichen Szene des Gottesackers seiner Heimatstadt.*

„Des Kindes Ruf" *enthält wohl am allerstärksten autobiographische Züge, wenn es auch sicherlich verfehlt sein dürfte, diese Geschichte vorschnell als eine Art „biographische Novelle" auffassen zu wollen. Aber ganz gewiß gehen die Gedanken des unschuldig im Gefängnis sitzenden Bauern Fährmann gerade hinsichtlich der kritischen Einzeldarstellungen zum Strafvollzug auf die frische Erinnerung an die eigene Haftzeit zurück und das damit eng verbundene verzweifelte Suchen und Ringen nach klarer Erkenntnis von Begriffen wie Schuld oder Gerechtigkeit.*

„Der Geldmarder" *bringt in neuer Variation einen Konflikt zwischen Sohn und Vater und verrät manchen Ansatz, wie er später z. B. im Roman „Der Weg zum Glück" zu erkennen ist.*

„Der Waldschwarze" *ist die dritte und in bezug auf konsequente Gestaltung des Stoffs bedeutendste der Schmugglergeschichten und stellt insgesamt unverkennbar eine Um- und Ausgestaltung des Grenzmeister-Stoffs dar. Hier zeigen sich, wie bereits eingangs erwähnt, Situationsschilderungen und Spannungsszenen, die sich in vielen Einzelheiten kaum noch von den späteren Reiseerzählungen unterscheiden.*

„Der Giftheiner" *birgt offenbar wieder in hohem Grad eigenes Erleben des Dichters. Auffallend vor allem ist die Tatsache, daß hier die Gestalt des Helden so sehr wie nirgends sonst im Mittelpunkt der Ereignisse steht.*

Auch Karl Mays Weihnachtslied „Ich verkünde große Freude ...", das zwanzig Jahre später das Kernstück seines Buches „Weihnacht" (Bd. 24 der Ges. Werke) bildet, verrät die starke und enge Bezogenheit auf sein eigenes Leben. Der Umstand, daß May später in Bd. 24 diese schlichten Verse ausdrücklich als sein eigenes Jugendwerk bezeichnet und sogar in humorvoll-gemütlicher Form die Entstehungsgeschichte schildert, läßt daher beinahe eine Gleichsetzung Karl May = Silberheiner in der Dorfgeschichte zu. So darf man in mancher Äußerung des Heiner vielleicht sogar ureigene persönliche Bekenntnisse vermuten.

„Die Rose von Ernstthal" *fällt in gewisser Hinsicht aus dem Rahmen der anderen „Erzgebirgischen Dorfgeschichten", denn hier tritt an die Stelle bisher namenloser oder mit erfundenen Namen versehener Schauplätze Mays eigene Geburtsstadt. Auch aus der früher zwar nicht näher bestimmten, aber doch sicherlich auf die Zeit nach der Mitte des 19. Jahrhunderts anzusetzenden Handlungszeiten wird der Leser hier um ein weiteres Jahrhundert zurückversetzt; die Geschichte spielt zur Zeit der Schlacht bei Kesseldorf, also 1745. Und ebenfalls im Gegensatz zur früheren bürgerlich-bäuerlichen Atmosphäre gehören die männlichen Träger der Handlung hier dem Soldatenstand an. Mit der* „Rose von Ernstthal" *ist ein Bindeglied zu erkennen zwischen Karl Mays „Erzgebirgischen Dorfgeschichten" und seinen Erzählungen um den „Alten Dessauer" (Bd. 42 der Ges. Werke).*

Ein typisches Merkmal der späteren Reiseerzählungen, aber auch der Dessauer-Geschichten und der Possen und Humoresken fehlt gänzlich beim übrigen Frühwerk, insbesondere bei den „Erzgebirgischen Dorfgeschichten": der Humor. Dies gilt für alle bisher angesprochenen Kurzerzählungen dieses Bereichs, nicht aber für die beiden letzten, auf die jetzt näher eingegangen werden soll.

Wie bereits erwähnt, wurden beide erst 1903 zum sofortigen Abdruck in Buchform geschrieben. Dieser Buchausgabe stellte May ein Vorwort voran, das sich bei näherem Hinsehen als in rhythmischer Sprache abgefaßt zeigt und hier als Faksimile des Erstdrucks wiedergegeben wird.

Vorwort.

Komm, lieber Leser, komm! Ich führe Dich hinauf in das Gebirge. Du kannst getrost im Geiste mit mir gehen. Der Weg ist mir seit langer Zeit bekannt.

Ich baute ihn vor nun fast dreissig Jahren, und Viele, Viele kamen, die meine Berge kennen lernen wollten, doch leider nur, um sich zu unterhalten! Dass es auch Höhen giebt, in denen man nach geistgem Erze schürft, das sahen sie bei offnen Augen nicht, und darum ist es unentdeckt geblieben.

Ich führte sie dann einen anderen Weg, der von der flachen Wüste aufwärts stieg, durch fremdes Land und fremde Völker führte und oben enden wird bei Marah Durimeh. Auf diesem Weg begann man, zu begreifen. Man sah nun endlich ein, was die Erzählung ist: nur das Gewand für geistig frohes Forschen. Man hat gelernt, zum Sinn hinabzusteigen, der uns des Erzes Adern, der Tiefe Reichthum zeigt. Wer das ihm Nahe nicht verstehen will, den muss man klüglich in die Ferne leiten, wenn auch auf die Gefahr, dabei verkannt zu werden!

Heut kehr ich nun ins Vaterland zurück, um jenen alten Weg aufs Neue zu betreten. Er ist nicht weit und auch nicht unbequem. Er führt nur auf ein kleines „Musterbergle“. Wir nehmen uns ein „Sonnenscheinchen“ mit, so einen Seelenstrahl, der uns zu leuchten hat, bis wir an unser kleines „Häusle“ kommen. Im „Bergle“ giebt es Silber, wohl auch ein wenig Gold. Das wird bewacht vom Geist des Neubertbauers. Wer diesen Geist, den doppelten, begreift, der darf den Schatz und dann auch selbst sich heben!

Radebeul, im Mai 1903.

Karl May.

Vieles hierin ist bemerkenswert. Zunächst die Bestätigung, wann May mit diesen Geschichten begonnen hatte; „Vor nun fast 30 Jahren“ bedeutet offenbar: etwas später als 1873. Gleich im Anschluß daran wird ein tieferer Sinn bei diesen Erzählungen angedeutet, der nicht verstanden worden sei: Es folgt ein Hinweis auf die Reiseerzählungen, die zur selben Zeit, Anfang des 20. Jahrhunderts, ihren Umschwung zur „Symbolik“ erlebten. Im Schlußabsatz bekennt Karl May deutlich, daß er wenigstens einen Teil der Geschichten 1903 neu geschrieben hat. Und die Bemerkungen im Hinblick auf das „Sonnenscheinchen“, das „Häusle“ und das „Musterbergle“ verraten eindeutig, um welche Geschichten es sich dabei handelt. Rätselhaft ist die Wendung, daß die edlen Bodenschätze des „Bergles“ vom „doppelten“ Geist des Neubertbauers bewacht werden, den es zu begreifen gilt. Hier wird ganz unmittelbar darauf hingewiesen, daß die Texte – wenigstens die beiden, auf die ausdrücklich Bezug genommen wird – doppelsinnig, also allegorisch seien (oder „symbolisch“, wie Karl May es selber nannte).

Für die Tatsache, daß es sich beim „Geldmännle“ *keinesfalls um eine früh entstandene Erzählung handeln kann, gibt es noch einen anderen triftigen Beleg. Am Beginn von Bd. 33 „Winnetous Erben“, der 1909 gedruckt wurde, spricht May vom „Herzle“, womit er seine zweite Frau Klara meint. Er betont, daß dies ein Kosename ist, und fährt fort:* „Er stammt aus dem ersten Bande meiner „Erzgebirgischen Dorfgeschichten“. Da kommt ein „Musterbergle“, ein „Musterdörfle“ ein „Mustergärtle“ und ein „Musterhäusle“ vor, in dem das „Herzle“ mit ihrer Mutter wohnt. Dieses „Herzle“ ist der, wenn auch nicht körperliche, aber doch seelische Abglanz meiner Frau, und wenn ich das Porträt, indem ich an ihm arbeitete, so lieb gewann, daß ich es „Herzle“ nannte, so versteht es sich wohl ganz von selbst, daß dieser Name so nach und nach auch auf das Orginal mit überging.“ – *Karl May heiratete seine zweite Frau Klara am 30. März 1903, und nur wenige Monate später erschien die erste Buchausgabe der „Erzgebirgischen Dorfgeschichten“.*

Die Erzählung vom „Sonnenscheinchen“ *ist in ihrer Handlungsführung sehr anspruchslos, es geht darin im Gegensatz zu den anderen Dorfgeschichten auch nicht um irgendein Kapitalverbrechen, obwohl eine recht dramatische Szene vorkommt, der Überfall des Pachthofers auf Felber. Die sonstige Armut an packendem Geschehen nimmt man jedoch in Kauf, wenn man im Bewußtsein des Doppelsinns liest und zudem einige Kenntnisse von Leben und Werk Karl Mays hat. Es kann nicht Aufgabe dieser kurzen vergleichenden Darstellung der „Erzgebirgischen Dorfgeschichten“ sein, die „symbolischen“ Elemente in ihrer Gesamtheit zu analysieren. Daher mögen nur einige wenige Gesichtspunkte dargestellt werden. Die recht drollige Episode mit dem über und über von Pflastern verunstalteten „Majörle“ erinnert an das gleichfalls durch Pflaster verunstaltete Pferd „Kiss-y-Darr“ aus dem zur gleichen Zeit entstandenen Bd. 29 der Ges. Werke. Über die Symbolik dieses Pferdes, dessen Namen Karl May an Ort und Stelle als „Schundroman" übersetzt, gibt es keinen Zweifel: Gemeint sind damit eben jene gerade damals so umstrittenen fünf langen Romane Karl Mays, die der Dichter in den achtziger Jahren für den Verlag Münchmeyer in Dresden verfaßte; mit den entstellenden Verpflasterungen bezieht sich Karl May auf die Kitschveränderungen, die durch Münchmeyers Mitarbeiter angebracht worden waren. Schon der namenlose „Major" samt seinem Sohn, dem „Majörle", birgt offenbar das Symbol des Verfassernamens: Maj(or) = May. Wenn man nun das „Majörle" als Sinnbild für Werke Karl Mays ansieht, so erhebt sich die Frage nach Sinn und Bedeutung auch der übrigen Personen. Offenbar gibt es eine Reihe von Beziehungen zu Karl Mays Werken und deren Verlegern, wobei der ungetreue Pachthofer aus der Sicht von 1903 sich mit größter Wahrscheinlichkeit auf den Verlag Münchmeyer oder einen seiner Repräsentanten bezieht.*

Weit gewichtiger als die alles in allem flache Mär vom „Sonnenscheinchen" *ist die letzte der „Erzgebirgischen Dorfgeschichten":* „Das Geldmännle". *Hier tritt weit stärker noch manche humoristische Szene in den Vordergrund, allem voran die glänzende Einleitungsepisode mit Pluto und Vulkan, in deren „Modell" man sicherlich die „Erzgebirgischen Dorfgeschichten" in ihrer Gesamtheit sehen darf, während der Großversuch, einen hohen Berg zu bauen, bei dem durch die Unachtsamkeit der Götter die treibenden Kräfte „in die Breite gewirkt" haben, sich auf die Lieferungsromane oder die Reiseerzählungen oder überhaupt alle bis zu diesem Zeitpunkt verfaßten Werke Karl Mays bezieht. Die eigentliche Erzählung ist die Geschichte vom reichen Musterwirt, der ein Falschmünzer und Betrüger ist. Es wird für den Leser bald sonnenklar, daß die Person und der Handlungsver-*

lauf sinnbildlich umkleidet sind. Um die übertragene Bedeutung zu verstehen, gilt es ganz besonders das Verhältnis des Musterwirts zum Neubertbauer zu untersuchen. Da der Musterwirt recht deutlich wieder auf den Besitzer des Verlags Münchmeyer hinweist, muß der Neubertbauer wohl in enger Beziehung zu Karl May selber stehen, wenn auch unübersehbar ist, daß die Selbstdarstellung des Verfassers in erster Linie durch die Gestalt des Lehrers Burgau erfolgt. Recht eigentümlich berühren einige weitere Fakten, wenn man die dazugehörigen Personen aus Mays Umwelt in Betracht zieht. So ist z. B. das „Herzle", in dem Karl May nach eigenem Bekenntnis seine Frau Klara sieht, zur Überraschung des Lesers bucklig, woran Rosalie, die Tochter des Musterwirts, die Schuld trägt. Daß May bei der Geschichte vom „Geldmännle" *offenbar auch ganz besonders seiner damaligen Widersacher gedachte, wird unter anderem durch eine Wendung auf der letzten Textseite deutlich: „Der Festzug habe das bis zur Evidenz bewiesen!" Dieses „bis zur Evidenz", was May später beispielsweise in seiner Selbstbiographie am Anfang des Kapitels ‚Meine Prozesse' zitiert, stammt aus dem Wortschatz des Karl May gegnerisch gesinnten Hermann Cardauns.*

Abschließend noch ein Hinweis auf einige Begriffe und Namen. Karl May selber hat im Lauf der Zeit Änderungen vorgenommen, besonders für die Buchausgabe von 1903. Das ergibt sich auch aus den Szenen am Ende des Pluto-Vulkan-Kapitels, wo auf die „etwas veränderte Gestalt" hingewiesen wird, die das „Bergle" inzwischen habe. Aus dem „Waldkönig" – diese Bezeichnung steht in enger Beziehung zum „kalten Herz" von Wilhelm Hauff, worin der böse Holländermichel mit dem gleichen Wort bezeichnet wird – entstand der „Waldschwarze", auch werden im Vergleich zwischen erster Buchausgabe und Vorabdruck in Zeitschriften kleinere und größere Textänderungen anderer Art deutlich. May verwendete hin und wieder Namen aus seinem Bekanntenkreis für die Gestalten seiner Werke. Im „Sonnenscheinchen" *fällt dem Kenner der Name Felber auf, der zum Freundeskreis des Dichters gehörte, aber ganz sicherlich gibt es darüber hinaus keine tiefere Beziehung. Der Lehrer Burgau aus dem* „Geldmännle" *hieß in der ersten Buchausgabe von 1903 Bernstein. Dies war der Name eines mit Karl May befreundeten Rechtsanwalts, der den Dichter seit damaliger Zeit viele Jahre lang in den Prozessen vertrat, besonders gegen Münchmeyer. Viel zu spät erkannte May, daß sein „Freund" Rudolf Bernstein in weit größerem Maße persönliche Interessen wahrte als die seines Mandanten. Aufgrund der späteren Entfremdung erfolgte die Namensänderung Bernstein in Burgau, was insoweit nicht schwer wiegt, als gewiß auch in diesem Fall außer dem Namen keinerlei Verbindung besteht zwischen der literarischen Gestalt des Lehrers und dem Advokaten Bernstein.*

KARL MAY
GESAMMELTE WERKE

1 Durch die Wüste
2 Durchs wilde Kurdistan
3 Von Bagdad nach Stambul
4 In den Schluchten des Balkan
5 Durch das Land der Skipetaren
6 Der Schut

7 Winnetou I
8 Winnetou II
9 Winnetou III

10 Sand des Verderbens

11 Am Stillen Ozean

12 Am Rio de la Plata
13 In den Kordilleren

14 Old Surehand I
15 Old Surehand II

16 Menschenjäger
17 Der Mahdi
18 Im Sudan

19 Kapitän Kaiman

20 Die Felsenburg
21 Krüger Bei
22 Satan und Ischariot

23 Auf fremden Pfaden

24 Weihnacht

25 Am Jenseits

26 Der Löwe der Blutrache

27 Bei den Trümmern von Babylon

28 Im Reiche des silbernen Löwen
29 Das versteinerte Gebet

30 Und Friede auf Erden

31 Ardistan
32 Der Mir von Dschinnistan

33 Winnetous Erben

34 „ICH"

35 Unter Geiern

36 Der Schatz im Silbersee

37 Der Ölprinz

38 Halbblut

39 Das Vermächtnis des Inka

40 Der blaurote Methusalem

41 Die Sklavenkarawane

42 Der alte Dessauer

43 Aus dunklem Tann

44 Der Waldschwarze

45 Zepter und Hammer
46 Die Juweleninsel

47 Professor Vitzliputzli

48 Das Zauberwasser

49 Lichte Höhen

50 In Mekka

51 Schloß Rodriganda
52 Die Pyramide des Sonnengottes
53 Benito Juarez
54 Trapper Geierschnabel
55 Der sterbende Kaiser

56 Der Weg nach Waterloo
57 Das Geheimnis des Marabut
58 Der Spion von Ortry
59 Die Herren von Greifenklau

60 Allah il Allah!

61 Der Derwisch
62 Im Tal des Todes
63 Zobeljäger und Kosak

64 Das Buschgespenst

65 Der Fremde aus Indien

66 Der Peitschenmüller
67 Der Silberbauer

68 Der Wurzelsepp

69 Ritter und Rebellen

70 Der Waldläufer

71 Old Firehand

72 Schacht und Hütte

73 Der Habicht

KARL-MAY-VERLAG BAMBERG

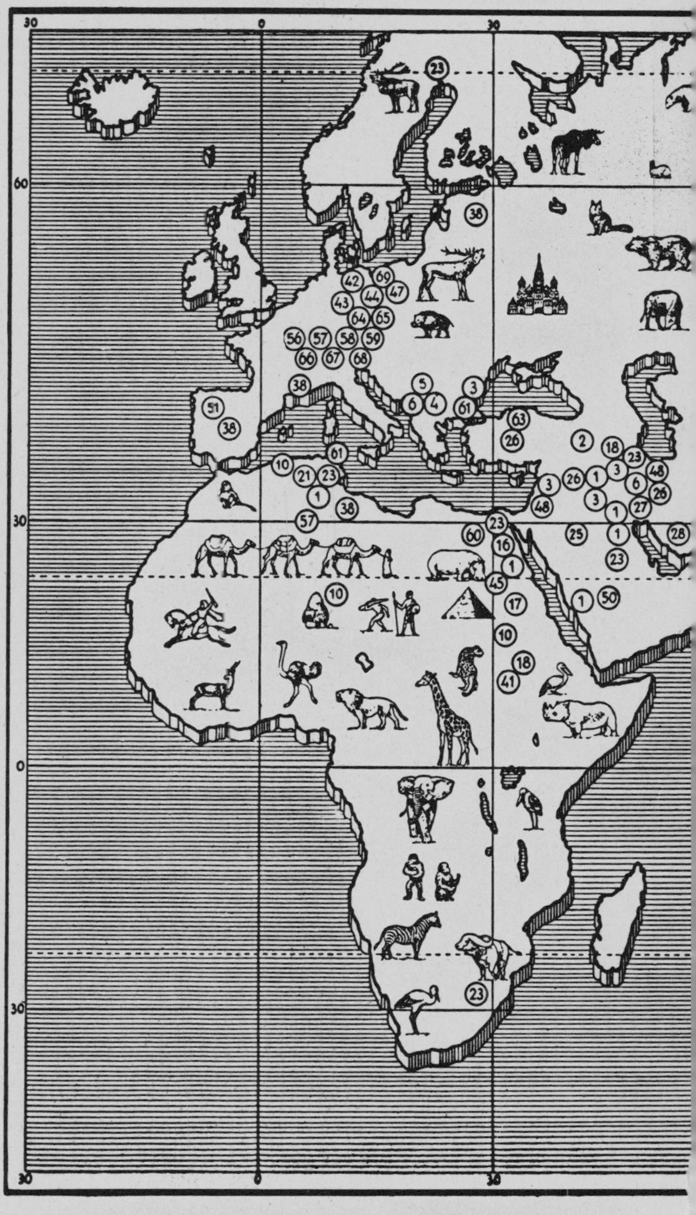

30
0
30
60
30
0
30
30
0
30
23
38
42
69
47
43
44
65
64
56
57
58
59
66
67
68
38
5
3
6
4
61
51
38
63
26
61
2
18
23
48
10
21
23
26
1
3
6
26
1
3
3
27
48
38
57
23
60
16
25
1
28
1
23
45
10
1
50
17
10
18
41
23